이석배 장편소설

흙무당

그물

아버지의 유작(遺作)을 출간하며

이 글은 지난(至難)했던 1990년대 초반을 현재 시점으로 하여 충청도의 한 농촌 마을을 무대로 땅과 가족들을 위한 질곡(桎梏)의 삶을 살아가는 흙무당과 그의 가족 이준보, 초순, 차순, 삼순 그리고 달기의 파란만장한 이야기입니다.

과거 한국전쟁에서 뜻하지 않게 좌와 우로 갈리어 생긴 집안 간의 갈등, 농촌의 산업화에 대한 마을 사람들의 갈등, 부부 간의 갈등, 부모와 자식 간의 세대 차이에 의한 갈등 그리고 우루과이 라운드 타결에 따른 농촌의 피해에 대한 우려 등이 다루어졌으며, 많은 갈등과 해결 그리고 화해의 과정이 포함되었습니다. 또한 전통의식인 굿이나 혼례식 등이 세밀하게 묘사되어 있습니다.

아버지의 손때 묻은 원고를 정리하며 많이 울었습니다. 14년 전에 돌아가신 아버지의 바람이었던 것을 바쁘다는 핑계로 이제야 출간하는 것이 죄송하여 울었고, 원고를 읽으며 이 세상에서 가장 순진하고 때 묻지 않은 흙무당의 삶의 무게에도 눈물이 났습니다.

　　원고를 정리하면서 소설을 쓴다는 것이 얼마나 어려운 것인지, 얼마나 많이 알아야 하는지, 또한 얼마나 많은 시간이 소요되는지를 짐작하게 되었습니다. 이 땅에서 문인들로 살아가시는 분들에 대한 존경심이 우러납니다.

　　이 책을 출간하도록 여러 차례 저에게 권면(勸勉)해 주신 '도서출판 고글'의 연규석 사장님께 감사를 드립니다. 이 글을 저자이신 아버지 영전에 바치며, 아직도 흙무당같이 정말 흙을 신앙처럼 생각하며 땅을 경작하고 계시는 많은 분들께 경의를 표합니다.

저자의 아들

1

대문을 힘껏 밀치고 들어서는 흙무당은 매우 기세등등하다.
문설주를 넘어서며 그니는 잠시 숨을 말아 쉬더니 시늉만 남
은 듯한 뱁새눈을 몇 번 섬벅거리다가 다시 숨을 길게 내뿜는
다. 이어 얼굴 구석구석에 어두운 그림자가 일순 스치고 지나
간다. 매우 언짢고 짜증섞인 표정이다. 아닌게 아니라 사람 사
는 집구석이라고 하기에는 너무도 어수선했다. 안마당은 온통
허섭쓰레기로 뒤덮여 있고, 한쪽 구석쟁이에는 손보다 만 농기
구의 부속품이 똑 객사한 노인의 지팡이처럼 제멋대로 팽개쳐
져 있다. 그리고 부엌 쪽 개구멍에서는 시궁창 내가 오늘따라
흙무당의 콧속을 강하게 후벼 판다. 도무지 정나미가 뚝 떨어
지는 순간이었다.

흙무당이 시름없이 발길을 서너 걸음 옮기자 툇마루 밑에서
혓바닥을 길게 빼 문채, 낮잠을 즐기던 북슬이가 인기척에 고

개를 반쯤 쳐들더니 부스스 몸을 추스르고서는 마지못해 꼬리를 흔들면서 흙무당을 마중한다. 흙무당은 반기는 북슬이를 냅다 오른발로 배때기를 힘껏 걷어찼다. 북슬이는 죽는 재수를 하며 대문 밖으로 줄행랑을 친다. 흙무당의 뒤틀린 심사에 북슬이가 애꿎게 당한 꼴이다.

헛청에서 모이를 쪼던 붉은 수탉이 북슬이의 돌연한 비명에 고개를 쳐들고 기웃거렸다. 수탉은 흙무당의 날벼락이 혹시 제한테라도 미치는 것이 아닌가하는 지레짐작에서 붉은 벼슬을 곤두세우고, 거느리고 있던 암탉을 한쪽 날개로 몰면서 경계태세를 취했다.

흙무당은 비로소 들고 온 구정물 통을 땅바닥에 쾅하고 내려놓는다. 오른팔이 뻑적지근하여 왼팔로 반대편 어깨쭉지를 서너 번 다독거린다. 이윽고 흘러내린 치맛자락을 거머쥐며 더는 못 참겠다는 듯 양미간을 진하게 모은다. 그리고 안방 문을 사납게 째려보면서 벼락치듯 고함을 질러댄다.

"흥! 해가 똥구멍까지 치밀어 올랐는디 아직두 오밤중인줄 아남. 참말루지 기가 맥히는구먼. 한동안 뜸혀서 맴 고쳤나 혔더니만 제 버릇 개 못 준다고 밤새 워디서 무슨 지랄 혀구서 대낮에 소대생이처럼 잠만 자빠져 자구 있댜."

흙무당의 좀 쉰듯한 청이 파도처럼 집안을 뒤집어 놓는다. 하지만 방안에서는 도통 응구대척이 없다. 흙무당의 찢어진 메기입이 또 한 번 헤벌쭉 벌어졌다. 그대로 주저앉을 수 없다는 강인한 오기 같은 것이 오뉴월 해돋이 때 꽃 안개처럼 흙무당의 얼굴에 피어오른다. 기어이 사단이 벌어질 조짐이 흙무당의 표정에 역력히 나타난다. 예사롭지가 않았다.

"집을 떼어가두 무르겠구먼! 시상에… 워찌 사람 심정을 이루두 물러준댜. 잉? 옛말에 백지장두 마주 들면 개볍다구 혔는디, 아무리 내 혼자 발버둥 쳐두 소용웂다구. 버리는 눔 따루, 애끼는 년 따루 이러니 집안 꼴이 바루 스겄어? 뻔할 뻔자지."

흙무당은 뒤뚱거리며 얕으막한 토방을 올라선다. 그리고 안산만한 궁둥짝을 마루에 반쪽만 걸친다. 이어 한숨을 땅이 꺼지도록 길게 토해내고서는 다시 마음을 다잡고 거침없이 고함을 퍼부어댄다.

"흉물 구만 떨구 불낳기 일어나라구. 삼십여 년 동안 내내 이 모양으루 속구 살어 왔어. 허지만 이제 더는 안 속을거라구. 냉수 마시구 속차려. 이 지집년 맴 멍든지 벌써 오래여. 이제 죽기 아니면 살기여. 괘니 호미루 막을 것 가래루 막지말구 정신 똑 바루 차리라구. 이 집구석 풍지박산 되기 전에 말여."

그랬다. 정말 흙무당의 몸과 마음은 예나 지금이나 안팎살림에 촌음을 다투면서 해내야만 했다. 정말 몸이 두 개라도 부족할 지경이었다. 한우(韓牛)만도 두 마리를 깜냥대로 키우고 있다. 게다가 돼지도 에미만 세 마리다. 그 중 한 마리는 엊그제 새끼를 아홉 마리나 분만하여 이십사 시간 먹어치우고만 있다. 이러니 사람으로서의 능력도 한계가 있는 것이다. 아무리 발버둥 쳐도 일손이 너무너무 태부족이다. 그래서 일에 쫓기다보면 본의 아니게 짜증이 울컥울컥 튀어 나오고 자연 큰소리도 내게 된다.

오늘도 새벽 댓바람에 일어나 논의 물꼬를 보살피고 내처 이웃집을 이 잡듯 뒤져 구정물을 거둬가지고 오는 길이다. 돼지고 소고 간에 눈만 뜨면 먹어치우는 바람에 값비싼 사료만

가지고는 영 수지타산이 맞지 않는다. 많이 먹이고 애정을 쏟아야만 소 돼지가 빨리 자라 남들보다 소득을 조금이라도 더 올리자는 것이 흙무당의 숨은 의도요 평범한 영농철학이었다. 그래서 누가 눈총을 하든 말든, 체면을 접어두고 가축을 기르지 않는 이웃을 순회하여 음식 찌꺼기와 구정물을 거둬오고 있는 것이다. 한데도 남편인 준보(俊輔)는 허구헌날 술에 절어 날밤을 새우고 새벽녘 비몽사몽으로 비실비실 기어들어와 해가 중천에 뜰 때까지 세상모르고 자빠져 자곤 한다. 흙무당은 남편의 이런 망동을 여자의 숙명으로 받아들이고 이적지 참고 또 참으며 살아왔지만, 오늘은 웬지 준보에 대한 오심이 부글부글 끓어오른다.

흙무당의 희끗희끗한 앞 머리카락이 하늘로 곤두서는 듯 하더니 이윽고 질그릇이 깨지는 듯한 질박한 고함소리가 안방문을 후려친다.

"원제까지 소죽은 구신처럼 그러구 자빠졌을겨 잉? 웬수여 웬수. 이제 입에서 신물이 나구 넌덜머리가 난다구. 내가 워째서 저런 하우불이와 이적지 살았는지 원. 생각혈수록 원통혀서, 원통혀서 못살겠다구. 염라대왕님께 손이 발이 되두룩 빌어 저 등신 잡아가라구 축수라두 혀야지 원, 사램 워디 원통혀서 살수가 있간디…."

걸죽한 욕악담이 거침없이 쏟아져 나온다. 그러자 방안에서 마디 없는 목소리가 문풍지를 타고 흘러나왔다.

"아침부터 왜 이리 시끄럽댜. 밤에 우는 새는 님이 그리워 울고, 낮에 우는 새는 배가 곫아 운다는디 임자는 어느쪽이랴 조용 좀 허라구 잠 좀 자자."

"시상에, 저런 육실헐 눔의 무굴쳉이가 워디 또 있댜. 잉? 뭣이라구. 밤에 우는 새는 님 그리워 울구 낮에 우는 새는 배가 곺아 운다구? 꿈보다 해몽이 좋다더니 꼭 그 꼴이네 그랴. 아이구 맙소사 하눌님 저 인간에게 불벼락이라두 좀 내려주셔유 야? 하눌님…."

흙무당은 정말로 두 손을 모으면서 싹싹 비벼댄다.

"저눔의 여편네가 참말루 죽을라구 환장했구먼. 이 여편네야, 여자의 악담은 오뉴월에두 서리가 내린단다."

"뭣이여? 저 등신 좀 봐. 오뉴월에 서리, 좋으타…."

흙무당의 서슬에 준보는 겁이 났던지 지게문을 슬그머니 열어 젖히면서 고개를 힘없이 문밖으로 내민다. 혈기 없는 몰골에 잠을 설친 탓인지 두 눈동자는 시뻘거케 충혈돼 있었다. 거기다 반백의 머리칼은 얽히고 설켜 흡사 쑤세미를 뭉쳐놓은 듯 했다. 하지만 타고난 이목구비는 또렷하고 수려한 편이여서 귀티마저 느끼게 한다. 선머슴 같기도 하고 동구 밖에 서 있는 지하여장군을 연상케하는 흙무당과는 좋은 대조를 이루고 있었다.

"저 여편네 말버릇 좀 보소. 저 등신? 서방보구 그게 헐 소리여?"

"히…히… 서방? 아니 원제 서방구실 한 번이라두 똑똑히 혀본적 있남? 있으면 있다구 혀봐! 이날 이때까지 말여. 쪽제비두 낯짝이 있댜. 삼십여 년간 살아오면서 손꾸락 하나 깨닥 안혀구 혀주는 밥만 충내구 살면서 서방을 찾어? 서방노릇 제대루 혀구 지 몫을 찾으라구, 이 화상아. 이 집안 현편이 워떻다는 것은 시상이 다 알구 있다구. 아녀, 하눌님이 알구, 땅이 알구 있다구. 젊어서는 노름에 지집질에 미쳐빠지더니, 늙어가면서는 술에 미쳐 날뛰면서 꼴에 외도를 혀? 맙소사, 하눌님. 내가 살아온 사연을 워찌 다 말루 헌댜. 얘기책으루 써두 백권은 쓸겨. 내 속은 아무두 모른다구. 아이구 원통혀라. 제 잘난 맛에 산다더니 이 노릇을 워떻게 허면 좋댜, 잉?"

그랬다. 흙무당의 깊은 속내는 정말 하늘하고 땅을 제외하고는 아무도 모른다.

흙무당이 나이 올해로 마흔 여덟 살, 이미 지천명의 나이로 접어들고 있다. 하지만 누가 보던지 환갑노인으로 착각할 만큼 겉늙어 보인다. 이날 이때까지 안팎일을 도맡아 하는 까닭에 입성 한 번 반반한 것을 몸에 꾀 본적이 없다. 뿐만이 아니다. 얼굴에는 시집인가 네집인가 오던 날, 박가(朴家)분칠을 한 번 해보고 아직까지 얼굴에 기름 한 방울 발라 본적이 없다. 화장품이라나 그런 것을 살 돈도 아깝지만, 첫째는 분가루를 칠할 짬이 없다. 시집오던 그 이튿날부터 오늘까지 두 팔을 걷어붙이고 타고난 가난과 치열한 사투를 계속하고 있기 때문이다.

동네사람들은 이구동성으로 흙무당은 여자가 아니라고 비아냥한다. 머리를 기르고, 치마를 두르고 아이를 쑥쑥 빼내니까 여자지 행동거지나 생김새는 결코 여자가 아니라고 했다. 우선 겉모습부터가 그러하다. 키는 남들이 하기 쉬운 말로 육척이라고 하지만 실지는 일 미터 칠십을 좀 넘는 키였다. 때문에 이 고장에서는 어느 여자도 흙무당의 키를 능가하는 자가 없었다. 그 신장못지 않게 체중도 칠십 킬로를 윗 돌고 있었다. 때문에 몸집도 굴곡 없는 절구통을 연상케 했다. 게다가 귀밑까지 찢어진 메기입 하며 코허리가 탁 꺼진 빈대코, 눈꼬리가 치켜진 뱁새 눈, 불거진 광대뼈, 뻐드렁니, 검으티티한 살결 등, 어느 구석을 훑어보아도 여자다운 면모는 일 푼어치도 없었다. 더욱 가관인 것은 그니는 희귀하게도 육손이다. 남들보다 손가락 한 개가 엄지위에 더 달려 있었다. 손가락 하나가 더 있어서인지 흙무당의 완력은 장사품(壯士品)에 들만도 했다. 사실 그니는 쌀 팔십 키로들이 쌀가마 정도는 우습게 추스리는 괴력을 지니고 있었다. 때문에 오척 단구에 허구헌날 술독에 빠져 비실거리는 준보 따위는 그니의 한팔접이도 되지 않는다.

하지만 준보는 남편의 체면을 지킨답시고 으레껏 흙무당의 극한적인 성화에 하룻강아지처럼 앙살피우기가 일쑤였다. 두 사람 중 누구 하나가 강약을 섞어 한 발짝 뒤로 물러서야 집안이 편안 할 터인데도 서로 얼굴만 마주하면 핏대를 세우는 통에 하루 종일 큰 소리가 그칠 줄 몰랐다. 하지만 승패는 불을 보듯 뻔하다. 언제나 흙무당의 일방적인 승리로 끝나고 만다. 준보는 살아오는 동안 흙무당을 휘어잡아 보려고 온갖 계략을 다 써보았지만 항상 자신이 참패로 끝나는 수모를 수도 없이 당해왔다. 뭐니뭐니해도 흙무당의 힘을 당해 낼 수가 없었고, 다음으로는 체면이나 예의 등 아랑곳 하지 않고 육두문자로 다발총처럼 퍼부어대는 억지에 두 손을 들 수 밖에 없었다. 그러나 보다 근본적인 패인(敗因)은 지금껏 살아오면서 남편으로서 제 할일을 다 못했다는 일말의 양심 때문에 스스로 머리를 떨굴 수밖에 없었다. 그렇게 아내의 오지랖 속에서 전전긍긍 살면서도 한편으로는 그니에 대한 불만과 오심(惡心)이 준보의 가슴 한 편에 침전되어 수시로 꿈틀거리기 일쑤였다. 참새가 죽어도 짹 한다고 시르죽은 이처럼 비실거리면서도 간간히 흙무당의 오장육부를 들쑤셔 놓는 경우도 있기는 있었다. 바로 오늘의 경우가 그러하다.

"옛날 성현말씀이 여필종부요, 부창부수라고 했디야. 남편을 하눌같이 섬기라는 뜻이지. 아무리 무식허지만 삼강오륜의 기본정도는 알아야지, 찢어진 입이라고 혜서 된말 안된 말 함부로 지꺼려대서는 뭇쓰는 뱁여. 뭘 알아야 면장을 하지. 자식 낳구, 살림만 잘 한다구 혜서 모두가 현모양처는 아니라구."

준보가 고개를 푹 숙인 채 곁눈질을 하면서 두꺼비 파리 잡아먹듯 띄엄띄엄 늘어놓자, 흙무당의 반응이 예상대로 벼락처럼 터져 나왔다.

"뭐라구? 남편을 하눌같이 섬기라구? 이 노릇을 워쩐댜, 잉? 아니 서방이면 다 서방인감. 아이구 하눌님 이 일을 워쩐대유야? 세월이 갈수룩 하나밖에 읎는 서방인가 뭣인가는 서방구실두 변변히 뭇허면서 자꾸 미쳐만 가니 말유. 이게 무신 조화속이래유, 야? 아이구 원통혀. 나 뭇살어. 뭇살구 말구."

하지만 준보는 오늘만큼은 결코 질 수 없다는 듯 혓바닥으로 입술을 핥으면서 제딴에는 점잖게 대거리를 한다.

"서방구실 변변히 못한 게 있어, 밥을 굶겼어, 옷을 안 입혔어? 애를 못 낳았어? 여편네가 갈수록 극성이여. 오늘 새벽에만 서방구실을 한 번 못한거 가가 지지…."

준보는 말끝을 맺지 못하고 우물거린다.

"옳지, 이제야 실토를 혀는구먼…. 그려 제 버릇 개 뭇준다더니 그래 워디서 어느 개잡년 끼구 잡바져 지랄치다가 새벽녘에 들어왔댜, 잉? 말 좀 혀봐!"

불장난하다 들킨 어린애처럼 고개를 푹 숙이고 눈치만 살피는 준보에게 흙무당은 더욱 기세를 올리면서 종주먹을 디려댄다. 흙무당의 기세에 질린 준보는 모기소리만큼 대답한다.

"누구라면 알겄어? 천지가 지집판인디."

말을 마치자 준보는 고개를 쳐들고 두 눈을 휘번득 거린다. 그리고 자신의 한말에 대하여 후회하는 낯빛이면서도 그의 입가에는 실낱같은 치소(嗤笑)가 스치고 지나간다.

순간 흙무당의 안색이 새파랗게 상기되면서 혓바닥으로 마른 입술을 다시 한 번 축이고 나더니, 계속 포문을 연다.

"아이구 억장이 미어지네, 억장이 말여. 저런 푼수를 서방이라구 여기구 한 지붕 속에서 삼십여 년을 살아온 이네 팔자가 참말루 박복두 혀지. 쪽제비두 낯짝이 있댜. 그려 잘 걸렸다. 워디 한 번 따져보자."

흙무당이 팔을 걷어 올리고, 준보에게 주춤주춤 다가앉자, 준보는 제물에 뒤로 밀려간다.

"그려 입은 가루 찢어졌어두 말은 바루 혀랐댜. 그래 이날 이때까지 모 한 포기래두 제대루 심어봤어? 나무 한 짐이라두 실혀게 혀서 나무간에 부려본 적이 있어? 자식을 낳다구? 얼래 세상이 개명혀더니 참말루지 사내가 새알 까듯 새끼를 다 까나부네. 옛말에 물에 빠진 놈 건져놨더니 보따리 달란다더니 똑 그 꼴이네 그랴. 다 죽어가는 것 병구완 죽두룩혀서 이날이적 지 멕이구 입히구 혀서 살려놓으닝께 이제 와서 현다는 소리가 참나무에 전대구녁같은 소리만 혀구 자뻐졌으니 이 일을 워찌 혀야 좋디야, 잉? 아이구 원통혀…."

"무정난 병아리 까는 것 봤남? 다 음과 양이 조화를 이루어 생명이 창조되는 거여, 무식혀면 입이나 닥치구 있으라구. 보살이나 찾도록 말여. 에이 여편네두."

"그려, 난 낫 놓구 기역자두 무르는 천치구 무식꾼이여. 참말루 공자님, 맹자님보다두 더 유식혀서 돈 많이 벌어다 지집새끼 싫컷 멕여 살리구. 잘두 가리켜났구면 그랴. 찢어진 입이라구 아무터키나 놀리면 못써. 천벌 맞는다구. 천벌!"

"저 여편네가 죽을라구 환장을 했나, 점점 입심이 사나워진댜. 서방을 뭘로 아는 거여."

"오는 말이 고와야 가는 말두 곱댜. 누가 먼저 시비를 걸었어. 이 화상아."

"아번님의 뼈를 빌고, 어먼님의 살을 빌어 태어나는 것이 사램의 팔자여. 그 숱한 인종 중에서 이렇게 둘이 만나 살을 섞고 사는 것이 얼마나 기맥힌 팔자소관이냐 말여. 그래서 아들딸 낳구말여."

준보의 입가에 좀 더 짙은 웃음이 배어든다. 그 웃음은 다분이 흙무당을 구슬러 보려는 의도가 역력히 나타나 있었다. 그러나 그니는 준보의 의도를 꿰뚫은 듯 더더욱 기승을 돋구며 물러설 기색을 보이지 않는다. 평소에 세상사를 곧이곧대로 받아들이는 성향이 짙은 흙무당의 외곬수를 준보는 손바닥 디려다 보듯 훤히 알고 있으면서도 이제 그니와 말다툼을 한다는 것이 영판 생리적으로 거부감을 유발하고 있었다.

"흥! 뻔뻔두혀지. 아들 딸? 걔들이 누구 새낀디⋯."

"내 새끼다. 내 새끼여. 워쩔텨?"

"지 새끼라구? 흥! 준보라는 사내의 피는 한 방울도 섞이지 안혔어⋯."

"뭐라구? 내 피가 한 방울도 안섞였다구?"

"오냐, 그렇다. 서방질을 골백 번두 더 혀서 낳았다. 워쩔텨? 혈말 있으면 혀봐! 이 화상아."

"말할 것도 없어. 벌써 다 알구 있는 사실인디 뭘. 괜히 입만 아프지."

"나가! 이 화상아. 썩 나가라구 이 집은 내 집이여. 어서 꺼져버려! 나가서 술을 쳐먹든, 놀음을 하든, 지집질을 하든 그도 저도 아니면 황천으루 가든, 맘대로 혀라구. 꼴두 보기 싫으닝께 어서 나가지 뭇혀? 개 돼지만두 뭇현 인간 같으니라구."

흙무당이 게거품을 입에 물고, 준보에게 비호처럼 달려들어 그의 뒷목부위를 냉큼 움켜잡자마자 단숨에 치켜든다. 하지만 준보는 여장부에다 흥분상태인 흙무당의 힘을 당해 낼 재간이 없다. 준보는 그니의 힘에 밀려 발버둥치며 연신 앙달만 떨어댄다. 이윽고 흙무당의 표정이 청청백일처럼 해맑아지더니 잡았던 뒷덜미를 슬그머니 놓아 주는 순간, 누구도 헤아리기 힘든 기묘한 웃음을 실쭉 흘리고 뒤로 물러나 앉는다. 일 년이면 으레껏 서 너 차례씩 벌어지는 육탄전이다.

"이 년이 또 사람 치네."

"사램 같지 않은 것 괜히 살아서 애매한 밥만 죽이지 말엇. 그 쌀 모아놨다가 배고픈 사람에게 적선이나 혀게 말여. 이 버러지만두 뭇현 인간아. 어서 뒈져, 어서 한 시두 보기 싫응께 말여. 죽이구 싶어두 살인누명 쓰기 싫어 뭇죽인다구. 이 등신아!"

"나가지 나가구말구. 어디가면 네년만 못한 지집 읎을상 싶은감. 나간다. 나갈 테니 내 재산 내놔라! 내 재산 말이다. 피땀 흘려 번 내 재산 말이다."

준보도 점점 독이 오르고 있었다.

"재산? 아이구 하눌님, 이 일을 워찌야 올태유. 야? 시상에 이런 날벼락을 맞을 소리가 세상천지 워딧대유. 아이구 나 뭇 살어 하눌님, 어굴혀서 뭇살어유…."

비로소 흙무당의 눈언저리에 이슬방울이 맺히기 시작한다. 죽일 놈, 살릴 놈 해도 삼십여 년간 서로 살을 섞어가며 살아온 사이다. 숱하게 쌈박질도 했지만 그것은 피차에 정신 차리고 잘 살아보자는 의도에서였다. 때문에 겉으로는 죽일 년, 죽일 놈 하면서도 마음밑바닥에는 어쨌거나 부부지간이라는 애증이 진하게 깔려 있는 것이다. 그러나 오늘의 상황은 과거의 쌈판과는 영판 궤를 달리하는 극단의 감정대립으로 비약한 것이다.

흙무당은 준보가 젊었을 때 주막집 색주개와 붙어서 죽자사자할 당시의 모습과 아주 흡사하다는 생각이 들었다. 남자가 여자에게 주는 정은 오로지 한 가닥뿐이라고 했다. 때문에 준보가 색주개에게 미쳐 날뛸 때 흙무당은 흡사 감과(坩堝) 속의 부나비처럼 천방지축으로 날뛰기 일쑤였다.

기실 마음대로라면 준보의 모가지를 닭 새끼 비틀 듯 조이고 싶었지만 차마 그렇게까지 극단적인 행동을 할 수는 없었던 것이다. 그와 같은 분노가 휘젓고 지나간 뒤의 흙무당은 넋 빠진 여편네와도 같이 무척 허탈해 보였다. 그리고 회한의 감정으로 이를 부드득 갈기도 하는 것이었다.

자신도 남들처럼 한 번 멋지게 살아보겠다고 밤과 낮을 구분치 않고 손과 발바닥이 닳아 피가 흐르도록 노력(勞力)했지만, 지금 생각하니 한낱 악몽에 시달리다 깨어난 것만 같다.

흙무당은 그 중후한 체구를 제물에 앞뒤로 한 번 뒤채고서
는 비 맞은 중처럼 또 주절주절 한다.

"시상에 이렇게 박복헌 년이 세상천지 워디 또 있댜. 뭐헐러
구 밤을 낮 삼어 죽을 둥 살 둥 일을 혔는지 원, 참말루지 원
통혀서 뭇살겄네."

자조 섞인 한탄이 가락처럼 새어나왔다. 그리고 계속해서 똥
구멍이 찢어지게 가난했던 지난날의 환상이 절묘하게 준보의
형상과 어울어지며 부모 복이 없으면 남편복도 없다는 속설을
되씹어본다.

이어 수십 년 동안 꿈에서조차 까맣게 잊고 있던 친정아버
지와 어머니의 환영이 아닌 밤중에 홍두깨처럼 흙무당의 눈꺼
풀에 덮씌워진다. 그리고 부모의 환영은 이내 엷은 미소를 머
금은 채 천리만리 무한대의 공간속으로 홀연히 사라지고 만다.

굶기를 밥 먹듯 하는 사변전 후의 그 가난했던 시절, 아버지
가 총살당하자 한 달도 채 못 되어 앉은뱅이 어머니마저 차례
로 세상을 떴다. 천애의 고아가 된 소녀는 이웃집을 전전하며
구걸질을 하다가 끝내는 구정리(九井里) 외가에 의탁하게 되었
다. 말이 외가이지 엄밀히 따지자면 서캐붙이도 될 수가 없었
다. 외조부모는 물론, 하나밖에 없는 외숙마저 요절하자 외숙
모는 남매를 데리고 개가를 했다. 새로 얻은 남편은 근동에서
소문난 노름꾼에다가 알건달이었다. 그런 새 남편으로부터 외
숙모는 목불인견의 학대를 받았다. 외숙모는 허구헌날 심한 술
주정과 툭하면 개 패듯 패잦치는 매질에 시달리면서도 어찌된
노릇인지 헤어져야지, 헤어져야지 하면서도 새 사내에게 미쳐
연년생으로 아이를 뽑아냈던 것이다. 소녀는 그와 같은 열악한

환경 속에서 모진 구박을 감내하면서 근근이 입에 풀칠을 하면서 목숨을 이어왔던 것이다. 해가 갈수록 소녀의 머리통이 커지자 외숙모는 소녀의 혼처물색에 골몰하기 시작했다. 하지만 열 발 바지랑대를 사방팔방에 휘저어도 짚오라기 하나 걸릴 것 없는 사고무친에다 육손이요, 추물단지인 소녀를 며느리로 데려가겠다는 혼처가 냉큼 나설 리가 없었다. 그런 와중에도 세월은 자꾸 흘러 소녀나이 어느 덧 스무 살까지 차오르고 애띤 꺼풀이 조금씩 벗겨지기 시작했다. 이제는 영락없이 손각씨가 될 수밖에 없다고, 소녀는 물론 외숙모까지 한숨을 땅이 꺼지도록 들어 쉬고 내쉬는데 짚신짝도 짝이 있다고, 정말 뜻밖에도 지금의 준보와 혼사가 급전직하로 이루어졌던 것이다. 그때, 준보의 나이 스물 셋, 신부보다 세 살이 위였다. 그리고 준보는 그때, 폐병이라나 무슨 속병에 걸려 징병도 면제된 채, 똑 말러 죽어가는 솔가지처럼 비비 꼬여들면서 누르팅팅 떠 있었다. 한마디로 준보의 병은 백약이 무효였다. 동네사람들은 준보가 사람노릇을 못할 것이며 머지않아 저승으로 갈 것이라고 단정을 하고 있었다. 준보의 부모는 이왕 죽는 자식, 죽을 바에야 몽달귀신이나 면해주자며 상대가 누가 됐던 호, 불호를 불문하고 절구통에 치마만 둘렀어도 며느리로 맞이하겠다는 조건을 내 걸었다. 이때, 소녀로서는 천재일우의 기회였다. 소녀의 외숙모는 물불을 가리지 않았다. 여자팔자는 되웅박이라면서 밥이나 싫건 얻어먹고, 암탉이 알을 품듯 준보를 잘만 품어주면 하늘이 도우사 준보가 운권천청 할 것이라며 소녀를 닥달하여 구정리 부락에서 양지말로 번개불에 콩구어 먹듯 허겁지겁 시집을 보냈던 것이다.

소녀는 자신의 기구한 운명을 되돌아보며, 빈 배를 한 번이라도 실컷 채운다는 일념에서 군말 없이 애송아지처럼 질질 끌려 시집이랍시고 간 것이었다.

흙무당은 첫 날밤부터 남의 집 곁방살이였다. 하지만 그녀는 그러한 악조건을 탓할 계제가 아니었다. 타고난 성실성에다 부지런함, 그리고 무쇠 같은 강인한 체력과 항우 같은 힘을 그녀는 소유하고 있었다.

흙무당은 시부모로부터 물려받은 소작논 서마지기와 밭 한 뙈기에 정렬을 힘껏 쏟아 부었다. 그리고 신랑 준보를 성심껏 품어주며 간호를 했다. 지성이면 감천이라더니 정말 그랬다. 결혼 후 한 달이 채 가기도 전에 중병으로 소생의 가망이 없었던 준보는 흙무당의 희생적 간병과 그리고 죽더라도 원한이나 없이 가라고 무당을 불러다가 하루 밤 굿판을 벌인 탓인지 어쨌든 준보는 조금씩 신묘하게도 기사회생의 조짐을 보이기 시작했다. 그럴수록 흙무당은 신바람이 나 십리나 되는 칠보사 (七寶寺)를 하루 걸이로 찾아가 부처님 앞에 부복하여 손이 발이 되도록 빌었던 것이다. 한 달이 가고 두 달이 갔을 때 준보는 거의 병줄에서 탈출하다시피 했다. 그러자 시부모는 말 할 것도 없고, 동네사람들마저 이구동성으로 흙무당을 천하의 복녀(福女)라고 입에 침이 마르도록 칭찬을 아끼지 않았다. 그리고 사람들은 업두꺼비가 제 발로 굴러들어 왔다고 입방아를 찧고 있었다. 하지만 흙무당은 전혀 오불관언이었다. 우물에라도 가면 이웃 여편네들이 흙무당을 힐끔힐끔 쳐다보면서 속닥거려도, 또 어떤 때는 대놓고 다 죽어가는 사람을 살리는 비방이 뭐냐고 이기죽거려도, 흙무당은 태연히 한귀로 듣고 한귀로 흘려보냈다. 흙무당은 자나 깨나 오로지 그 철천지원인 가난을 하루라도 빨리 털어버리는 것이 지상의 목표였던 것이다. 뼈가 몽땅 으스러지는 경우가 있더라도 어려서부터 지금껏 찰귀신 마냥 따라붙는 그놈의 가난을 떨쳐버리는 것이 일생일대의 숙원이었던 것이다.

흙밖에 읎서, 흙밖에 말여. 넘의 흙 죽을 둥, 살 둥 농사 지어봐야 죽 쑤어 개에게 퍼 먹이는 격이지, 있는 놈들은 배터져 뒈지구, 읎는 늠은 배곯어 뒈지구. 참말루지 고르지두 뭇헌 시상이여. 살어야지 워떻기던지혀서 살어야지. 그럴라면 내 흙을 마련혀야 쓴다구. 내 흙을 말여. 그런디 이런 푼수루는 워느 천년에 내 흙을 마련하느냐 이것이여. 헌디말여 이렇기 밤낮읎시 뼈골이 빠지두룩 일을 혀는디 하눌님이 참말루지 계시다면 설마 내 흙을 주지 않을라구? 틀림읎시 주신다구. 흥! 두구보란 말여, 노래두 있잖은감. 화홍은 십일홍이요, 달두차면 기우느니라 혔어. 열흘 불꽃 읎구 권불십년이라는 말두 있구말여. 지눔들이 아무리 권세를 부리구 지랄을 쳐두 읎는 사람들의 피를 빨아 모은 재산은 제 대(代)를 넘기지 뭇현다구 혔어. 우라질 눔들! 젊은 흙무당은 가난의 한풀이를 이렇게 입속으로 주절거리는 것이었다.

모두가 하나같이 죽는다고 치부했던 준보가 기적같이 살아났지만 흙무당은 남편을 폄하하거나 또는 의지하려는 기색은 전혀 찾아볼 수가 없었다. 그저 시집오던 그날부터 이날 이때까지 시종일관 묵묵히 주어진 제 일에 전념할 뿐이었다. 그니는 밭일, 논일뿐만 아니라, 심지어 지게질도 논갈이 밭갈이 까지도 남정 못지않게 해치웠다. 완전히 상머슴으로 변신해 가고 있었던 것이다. 한마디로 남자도 따르기 힘든 초인적인 억척꾸러기이었다.

첫딸 초순이를 순산한 뒤에 그니는 짚자리를 박차고 다시 들녘으로 나갔다. 동네사람들은 혀를 차며 경탄했다. 그런가하면 어떤 새암 많은 아낙네는 그니의 메기입을 들먹이며 그곳도 입과 똑같이 헤벌쭉하여 애가 쉽게 빠져 나왔을 것이라고 입방아를 찧었다. 그 후 차순이, 삼순이를 낳을 때는 초순이때 보다도 더욱 힘 안들이고 출산하여 본인도 고개를 갸우뚱거렸던 것이다.

그러니까 삼순이를 생산할 때였다. 새벽녘부터 배가 간헐적으로 사르르 아프면서 아랫도리에 양수가 조금씩 비치기 시작했다. 그니는 즉각 산기를 예측했지만 한창 농번기라 삐져나올 때까지 참아야 한다고 나름대로 다짐하면서 뒤뚱뒤뚱 들녘으로 나갔다. 그날은 이웃집 만돌네가 모를 심는 날이었다. 오래전부터 품앗이를 예약했기 때문에 만약 만돌네의 모를 심으러 나가지 못하면 피차간 농사일정에 적잖은 피해를 빚어내는 것이었다. 그니는 안산 같은 배를 안고 천천히 걸어서 현장에 당도하는 즉시로 모판에서 모를 모숭모숭 뽑아 내었다. 그러나 그니는 모를 힘없이 찌면서 차츰 아랫배에 쏠리는 힘을 빼면서 똥을 참듯 참아보려고 안간힘을 썼다. 지금 어린애가 나오면 품앗이가 빠개지기가 십상이다. 그니는 속으로 하느님을 찾기 시작했다. 그저 오종 때까지만 참게 해주십사 하고 빌고 빌었다. 하지만 거룩하고 신비한 신의 섭리를 인간의 힘으로 반항한다는 것은 손바닥으로 하늘을 가리는 것보다도 더 어리석은 짓이었다. 드디어 흙무당은 자주 배를 뒤틀면서 신색이 참혹하게 일그러지기 시작했다. 그리고 모 찌는 손놀림이 눈에 띄게 바들바들 떨면서 둔해지기 시작했다. 만돌어머니가 그니의 신색을 살피더니 드디어 산기를 눈치 챈 듯 곰이 재주부리는 것 같다며, 다음 자기 품앗이 때는 반나절만 갚는다고 진반농반으로 채근했다. 그리고 큰소리로 잘못하면 사람 궂히겠다며 빨리빨리 집으로 들어가라고 불호령을 퍼부었다. 끝까지 버텨보려고 기를 쓰던 흙무당은 만돌어머니의 힐책성 권고에 더는 버티지 못하고 허리를 펴더니 질그릇 깨지는 목청으로 대꾸했다.

"품앗이 미찌면 워쩐댜. 잉? 이 바쁜 판에 말여. 금쪽같은 시간인디, 원 아무리 핏덩어리지만 사램의 탈을 쓰구 태어나면 좀 염치가 있샤지. 에이 참말루지 환장헐 노릇이네…."

부끄럽고 난감한 현재를 탈출해 보려는 순박한 의도가 말속에서 묻어나왔다.

한쪽에서 여자들의 비소가 조금 새어나왔다. 이어 만돌어머니의 걸걸하면서도 다분히 도전적이고 냉소적인 목소리가 담박에 일판을 긴장시켰다.

"워떻기, 애를 낳구 싶으면 낳구, 낳기 싫으면 안 낳는댜. 그게 바루 제 손 안대구 코를 풀랴는 심뽀라구. 옛날 성삼문이라나 누구의 어머니는 만고에 읎는 충신을 낳기 위하여 시숙에게 세 번 물은 끝에 목말(木斗)을 거꾸로 놓고 앉아 세 시간인고 끝에 출산혀서 그와 같은 충신을 낳았디야. 뭐 흉내는 아무나 내는 줄 아나베 히히…. 품앗이구 지랄이구 다 집어 치우구 어서 들어가 몸이나 풀라구. 잘못 허면 산모까지 궂힌다구… 쯔쯔…."

만돌어머니는 흙무당이 미련을 피우기 시작하면 걷잡지 못한다는 것을 기왕부터 잘 체득한 처지였다. 어찌 보면 쑥맥 같기도 하고 또 어찌 보면 우직스런 고집통이로 보이는 희한한 벽창호였다.

　만돌어머니는 말을 하고서도 혹시나 진심어린 권유를 곡해하고 엇나가는 것이 아닌가 하여 그니를 힐금 곁눈질 했다. 만돌어머니는 흙무당이 망연자실 그 자리에 엉거주춤 서 있는 것을 보자 가슴이 두근두근해지기 시작했다. 이때, 만돌아버지가 구세주처럼 여편네의 손을 들어 주었다.

　"그 몸으루 품앗이를 하겠다구 나온 게 애시 당초 잘못 생각헌규. 그래 참는다구 시가 되어 나올 애가 뱃속에 진득허니 기다리겄슈. 누을 자리 보구 다리 뻗으랬대유. 이 물구덩이에서 워떻게 애를 낳는대유. 어서 가슈, 어서유. 준보가 잘못이여, 준보가… 저런 만삭의 마누라를 품앗이로 내보내다니… 쯔쯔…."

　이때, 그니도 비로소 이 가혹한 죽사리와 더는 견줄 수 없음을 느꼈다. 하체 통증도 통증이지만 애가 어서 바깥 구경을 하고 싶다며 뱃속을 온통 휘젓고 돌면서 뜸배질을 할 때마다 금시라도 자지러질 것만 같았다. 흙무당은 얼굴에 죽상을 그은 채 손을 흙탕물에 대충 헹구고서 말했다.

　"그류, 나 집에 들어가서 얼릉 애낳구 와서 품앗이 이을거유. 만돌아부지, 엄니 참말루지 미안혀유. 얼릉 나올게유, 야?"

　"그 여드레 쌂은 호박에 도래송곳 안 들어갈 소리 작작혀유. 원 말 같은 소릴 혀야지, 꼭 천치 같은 소리만 골러 현다구."

　만돌어머니가 비아냥조로 말했다.

"뭣이여? 천치라구. 그려 난 천치구, 만돌엄니는 제갈공명 같이 성현군자에다 지략도 뛰어난 천하의 여장부지. 어이그 워찌 제 주제두 무르면서 넘보구 천치라구 악담을 현댜. 미친 여편네 같으니라구."

강팍하기로 소문난 만돌어머니가 잠잖고 듣고만 있을 리가 없었다.

"육손이가 육갑치구 자빠졌네 히히…."

일제히 일판에서 악의 없는 홍소가 터져 나왔다. 하지만 흙무당은 웃지 않았다. 그리고 좌중을 웃기기 위한 농담으로도 받아들이지 않았다. 육손이 육갑 친다는 이 비아냥을 들을 때마다 그니는 정말 뼈마디가 녹아나는 것 같은 아픔과 슬픔을 느끼는 것이었다. 흙무당이 즉각 대거리를 했다.

"오손이가 오잡치구 자뻐졌네. 워쩨서 육손이가 병신이구 오손이가 성한 사람이랴. 내 원 참, 옛날에 두눈박이가 외눈박이 세상에 가면 병신으로 돌린다더니 참말루 그 꼴이네 그랴. 이따가 보자구. 애 낳구 오나 안 오나 말여 우라질…."

누구보고 하는 욕설인지 분간이 안 갔다. 흙무당은 묘판을 철벅거리며 걸어 나와 손발을 대충 헹구고서는 양지말을 향해 걸음을 옮겼다.

집에는 마침 윗말에 사는 시어머니가 마침 무슨 일로 아들 집을 들렸다가 기진맥진 들어서는 그니를 가뭇없이 쳐다보고 있던 시어머니의 표정은 흡사 생쥐를 앞발로 집적거리는 고양이 상으로 변해가고 있었다. 그리고 무엇을 기대하는 듯한 안광이 초롱불처럼 가마득히 빛나는 것을 보았다.

"니가 환장을 했냐? 아니 산기가 있으면 제백사혀구 방에 누워 있샤지, 무신 품앗이를 가느냐 이말여 잉? 참말루 시상을 오래 사니 별일을 다 보구 살것네 시방. 어서 들어가 누어라. 이러다가 참말루 몸이 붓저지 못혀구 쓰러질라 쯔쯔. 에이그 떡두꺼비 같은 아들이나 하나 낳아야 쓰겄는디 원. 삼신할머니가 뭘 점지 하셨는지 알 수가 있샤지 히히….”

비로소 그니는 시어머니의 초롱빛 눈초리의 의미를 알 것 같았다.

흙무당은 짚자리에 눕자마자 땀이 비 오듯 쏟아졌다. 날씨 탓도 있지만 몸이 유독 허한 탓이었다. 그렇게 땀이 흐르는데도 요상하게 으스스 한전이 왔다. 그리고 흰 쌀밥과 걸죽한 미역국이 눈앞에 아른 거렸다. 한전이 조금 멎는 듯하자 이내 양수가 확하고 터져 나오면서 영아가 쑥 빠져나왔다. 그야말로 식은 죽 갓 둘러먹기보다도 더 수월하게 해산을 한 것이었다. 곧이어 갓난 애기의 최초의 울음소리가 그니의 귓전을 아련히 맴돌았다.

그런 신비의 울음소리를 들으면서 생명을 창조했다는 희열이 가뭇가뭇 떠올랐다. 이런 와중에서도 흙무당은 시어머니의 반응을 염두에 둘 수밖에 없었다. 그리고 그니는 또 계집애면 어쩌나 하는 지레걱정이 은연중 앞섰다. 여자로서 시집의 대(代)를 잇지 못하면 칠거지악에 속한다는 사실을 옛적부터 머릿속에 각인돼 있는 것이다. 이미 두 딸을 낳은지라 이번만은 꼭 아들을 낳고 싶은 아내로서 남의 집 며느리로서의 의무감이 옥죄어 왔다. 시어머니나 준보는 물론, 이웃들조차 이번에는 꼭 아들을 낳아야 한다는 무언의 압력을 느껴왔던 것이다. 때문에 흙무당으로서는 이번에 또 다시 딸을 낳으면 자신의 운명이 매우 불투명하다는 사실을 은연중 느끼고 있는 터였다. 사실 인근에서도 대를 잇지 못했다 하여 합의적으로 이혼을 하는 경우가 종종 있는 것이다.

태줄을 다 자르고 나서도 시어머니는 달다 쓰다 두통 말이 없이 이제는 우거지상을 하고 있었다. 순간 흙무당은 낌새를 눈치 챘고, 어쨌거나 자신의 눈으로 남녀를 가리고 싶은 조바심에서 산후통증도 잊고 안절부절 못했다. 그렇다고 자신이 냉큼 뭐냐고 물을 용기는 더 더욱 없었다. 잠시 후 시어머니가 침묵을 깨고 한숨 섞인 푸념이 으스럼 달밤에 여우울음소리처럼 불길하게 들려왔다.

"네 뱃속에는 딸만 맨드는 공장을 채렸니? 에이 속상혀라. 사램이 염치가 있샤지, 부러 그렇게 혈나두 못혀겄다. 워떻게 지지배만 줄줄이 뽑는댜."

시어머니는 짚자리를 대충 걷어가지고 지게문을 부서져라 메닫고 부엌으로 나갔다. 먼저 거냉한 물 한 자박지를 디려 밀고 곧이어 밥과 미역국 한 사발을 갖다놓고 간다온다 말 한마디 없이 바람처럼 윗말로 사라지고 말았던 것이다.

흙무당은 부석부석한 얼굴을 손바닥으로 서너 번 문지르고서는 용수철 튕기듯 일어나 앉았다. 그리고 짚자리에 뉘여 있는 핏덩이의 까맣고 부정 없는 눈동자를 무연이 바라보는 순간, 그니의 꽉 다문 메기입가에 서릿발 같은 오기와 핏덩이에 대한 사랑의 결정(結晶)같은 것이 아침 안개처럼 살풋이 어리는 것이었다. 흙무당은 다짜고짜 시어머니가 지어놓고 간 밥사발과 국대접을 제 앞으로 당겨놓고 단숨에 게 눈 감추듯 먹어치우는 것이었다. 그니의 이마에서 굵은 땀방울이 쉴새없이 흘러내렸다.

  핏덩이는 연신 숨을 새록새록 쉬면서 흑진주 같은 검은 눈망울을 반짝이다가 다시 감기를 반추하는 것이었다. 좁디좁은 자궁에서 살다가 대명천지 바깥세계로 갑자기 나오니 반사적으로 모두가 다 신기하고 생소한 모양이었다. 흙무당은 핏덩이를 보듬고서는 또 한 번 한숨을 길게 달았다.

  흙무당은 다시 한 번 거구(巨軀)를 부르르 떨었다. 그리고 그니의 갈퀴 같은 두 손이 갓난이의 목 부위에서 멈칫거리는 순간, 그니의 뒷통수에 벼락이라도 내리치는 듯한 격렬한 충격을 받았다. 흙무당은 기절에서 깨어나듯 눈을 번쩍 떴다. 갓난이는 조금 전과 똑같이 새까만 눈동자를 이리저리 굴리면서 입을 모았다가는 풀고 조막만한 얼굴을 사뭇 구기는 품이 벌써 본능적으로 먹이를 찾는 듯 했다. 순간적으로 그니는 갓난이가 자신을 쏙 닮았다고 신기하게 생각했다. 핏덩어리에 지나지 않지만 제법 얼굴 윤곽이 뚜렷했고, 머리통까지도 자기를 닮은 듯 숱이 제법 짙었다. 핏덩어리지만 너무도 못생긴 편이었다. 흙무당은 자화상을 알고 있는지라, 제 뱃속에서 이렇게 똑같은 애기가 창조되었다는 사실이 도무지 쉽게 믿어지지가 않았다.

  다시 갓난이의 눈동자를 쳐다보았다. 보고 또 보아도 그 눈동자는 한마디로 신의 거룩한 조형물임에 틀림이 없었다. 세상에서 가장 아름답고, 순수하고, 신비하고 위대한 신의 계시(啓示)의 창문 같기도 했다. 흙무당은 죄의식을 통감하면서 으스스 오한을 느꼈다. 그리고 입속으로 천벌을 맞아 뒈질년 하고 중얼거렸다. 무슨 수를 써서든지 다음번에는 반드시 아들을 낳아 지금의 절통한 심정과 패배의식을 설욕하리라 혀를 깨물면서 다짐하는 것이었다. 이렇게 마음을 다잡자 그니의 어뒀던 얼굴이 조금씩 밝아지기 시작했다. 쏟아지던 땀방울도 차츰 멎고 본색이 드러나기 시작했다. 흙무당은 하체를 대강 추스르고서는 그담 밖으로 비틀비틀 걸어 나갔다. 딸을 출산했다는 절망감에서 더는 삼자리에 버티고 누어있을 수가 없었다. 그니는 어정어정 일터로 힘없이 걸어 나갔다. 애 낳기 전 일터에서 일꾼들이 빈정거리던 장면이 떠오르면서 만난을 무릅쓰고 기어이 품앗이를 이어 그들에게 본때를 보여줘야만 직성이 풀릴 듯도 싶었다. 그것은 막연하지만 딸을 낳았다는 패배감과 의무감, 그리고 오늘 품을 잇지 못한다면 영영 밑지고 만다는 억울함과 오기 같은 감정이 얽히고 설켜 흙무당을 더는 짚자리에 우두커니 앉혀놓질 않았던 것이다. 그래서 그니는 천근 같이 무거운 몸도 사개마디마디가 시루번처럼 굳어 있음에도 아랑곳 하지 않고 어금니를 부득부득 갈면서 모판으로 되 기어 나왔던 것이다.

흙무당이 만돌네 논에 당도했을 때는 이미 점심 때가 훨씬 지난 오후 곁방 때가 다 되어서였다. 흙무당이 논두렁에 힘아리 없이 추레한 모습으로 나타나자 일꾼들은 일제히 일손을 놓고 흙무당에게 시선을 집중하는 것이었다. 분명히 점심 전까지만 해도 안산 같던 배가 불과 수 시간 만에 주먹 맞은 망건처럼 착 까부러져 있었다. 정말 희한한 일이었다. 일꾼들은 흙투성이의 손잔등으로 눈자위를 씻고 또 씻고 보아도 흙무당의 배는 영판 집에 들어갈 때와는 천양지판이었다. 일꾼들을 더욱 황당케 한 것은 흙무당이 그 몸으로 주저 없이 모심는 대열에 끼어 입을 꽉 다물고 일꾼들과 똑같이 모를 심어 나가는 것이었다.

흙무당은 지금도 그 시절 그때를 회상하면 절로 전율을 하면서 전신에 잔소름이 쪽 퍼지는 오한을 느껴야 했다.

두고두고 그때를 회상할 때마다 사람으로서는 통상 취할 수 없는 초인적인 행위에 자신도 슬그머니 겁을 집어먹었다. 어디서 그런 괴력과 만용이 작용하여 그 구로(劬勞)를 극복했는지 수수께끼만 같았다.

방바닥에 나둥그러졌던 준보가 흙무당의 기상을 과부집 수캐처럼 힐끔거리며 슬그머니 일어나 앉는다. 조금 전 맞대결을 할 때의 비장한 안색은 많이 풀려 있었다. 삭신 어느 부위가 흙무당의 폭력에 상해있는지도 몰랐다. 세 살쩍 버릇이 여든까지 간다고, 한동안 잠잠했던 흙무당의 완력이 다시 도졌다는데 준보는 내심 불안해하는 눈치였다.

그러나 한편 준보로서는 양심의 구석이 찔리는 데가 있기는 있었다. 간밤에 오릿골에 새로 들어서는 전자부품공장주와 오릿골 이장 박판제(朴判濟)와 셋이서 화투장을 두들기다가 새벽녘에 정말 오래간만에 공장주의 제안으로 온양나들이에 나가 번갯불에 콩 구어 먹듯 개닥질을 치고 부리낳게 집으로 돌아온 것이다. 하지만 아직도 코끝에는 꿀맛 같은 젊은 여인의 체취가 묻어 있을 뿐만 아니라, 메마르지만 그런대로 타인의 풍성한 엉덩짝이 눈자위에서 아른 거리면서도 늙어 되살아난 건과(愆過)를 한편으로는 뉘우치고 있었다.

"나이가 오십 줄이여. 다 큰 딸자식들 부끄럽지두 않은감. 젊어서는 젊으닝께 그렇다치구. 그래 이 늘그막에 밤을 허헣게 새워가며 술 쳐먹구 노름혀구, 지집질치구 잘 혀는 짓이여. 천벌을 맞어 뒈질 눔의 영감택이 같으니라구."

준보의 안색이 순식간에 싹 변하더니 기어 넘어가는 목소리로 말한다.

"술 먹구 노름은 혔어두 지집질은 안혔어…."

"뭣이여? 지집질은 안혔다구? 야. 이 쪼다야, 야료 구만 부려. 구신은 속여두 이 천하의 흙무당은 뭇 속인다구. 뭐시냐, 내 증거를 댈까?"

"……."

준보는 우거지상을 한 채 검다 쓰다 도통 말이 없다.

"그년이 워떤 년여? 대음리 주막에 새로 사왔다는 색주개여? 워떤 년이여? 왜 말이 웂댜, 꿀먹은 벙어리 마냥."

쉴새 없이 다구치자 준보는 주눅이 든 채 입술만 달싹 거린다.

"그 여자는 아녀…."

"얼씨구 풍월읊구 자빠졌네. 허긴 그려. 올라가질 뭇혈 낭구는 쳐다두보지 말랬댜. 색주개지만 새루 온 년이닝께 아다라시지. 그러니 제 차례가 오건남. 늙은 숫캐처럼 암창난 암캐를 빙빙 돌다 오냥나들이 갈보집이라두 갔겄지 뭐, 뻔혀지."

흙무당은 뜸배질 하며 준보에게 달려들며 종주먹을 디려대다.

준보는 흙무당의 서슬에 또 뒤로 주춤 물러앉으며,

"워찌 그리 잘 안댜. 흙무당두 점을 치나베. 그런 일은 웂쓰닝께 참으소!"

긍정도 부정도 아닌 애매모호한 대꾸를 한다.

"여편네는 시집인가, 네 집인가 온 그 이튿날부터 이날 이적지 물불을 가리지 않구 머리가 벗겨지구 뼈 빠지게 뇌력혀서 서방 살려놓구, 집 장만 혀구 이만큼이라두 살게 혀 놓으닝께 고만이가 따른다더니 그것마저 홀라당 까쳐먹으려구 늘그막에 또 지랄이여? 이 악마 같은 풍신아."

"뭘 까먹는다구 혼자 야단이랴."

"닭 잡어묵구 오리발 내밀지말란 말여. 구신은 속여두 난 뭇 속인다구 웬수야."

그랬다. 새벽녘에 준보는 어디서 뭔 짓을 저지르고 왔는지 술냄새에 곁드려 젊은 여인의 값싼 향내가 몸에서 끈적끈적 묻어 나왔다. 흙무당은 전에도 여러 차례 그런 경험이 있는지라 대뜸 어디선가 갈보년과 접속을 했다고 판단을 한 것이다. 비몽사몽에서도 흙무당은 준보가 괘씸하여 남편의 사타구니에 손을 집어넣고 사추리를 만지작거렸지만, 그것은 전류 끊긴 전구처럼 전혀 감감 무소식이었던 것이다. 젊어서는 젊은 혈기에 경우에 따라 접촉을 할 수도 있다. 하지만 지천명의 나이에 그 부도덕한 행실을 세 살쩍 버릇, 여든 간다고 아직도 고치지 못하고 방황한다면 단단히 손을 봐야한다. 결코 자신이 준보를 과하게 탐해서가 아니다. 근자에 와서는 흙무당이 원하던 원치 않던 부부간의 교접이 딱 끊긴지가 꽤는 오래된다. 그래서 외도를 하더라도 가뭄에 콩나듯 어쩌다 한 번만이라도 흙무당과 접속을 하는 것이 평범한 이치요, 동시에 왼손이 하는 일을 바른손이 모르게 하여야 한다는 이치에 해당하는 것이다. 나이가 들면서 고주배기처럼 퇴영해 버렸지만 그래도 여자인 만큼 본능적인 시샘은 생명이 존속하는 한 소멸 될 수 없는 것이다.

또 남녀를 불문하고 늦바람에 탐닉하다보면 상호간에 자멸뿐이라는 진리를 살아오면서 숱하게 보아 왔다. 한마디로 건강 망치고, 돈 날리고, 망신살 뻗치고 하나에서 열까지 단 한 가지도 득 되는 일은 없다. 사실 준보는 결혼 후 이날까지 히구헌날 흙무당의 주머니를 털어갔으면 갔지, 단 일전 한 푼 벌어다 집에 내 놓은 적은 거의 없다. 가랑비에 옷 젖는다고 준보가 솔래솔래 알겨가는 돈이 액수로 따져도 수월찮을 것이다.

이제 흙무당은 마음도 몸도 늙고, 건강마저도 해를 거듭할수록 쇠약해져 앞으로 집안 살림을 얼마나 꾸려갈지 심히 걱정이 된다. 몸이 늙어가는 것은 대자연의 순리이니까 어쩔 수가 없다. 하지만 최근 시나브로 몸 상태가 급속도로 나빠진다는 사실을 확연히 느낄 수가 있는 것이다.

이제는 마음도 몸도 늙어 몸 상태가 영 전같지 않아 앞으로 이나마 현 상태가 얼만큼 유지될지 전혀 예단을 할 수가 없다.

사실 작년까지만 해도 배가 고플 때 흙을 씹어 먹어도 트림 한 번 없이 일사천리로 쑥쑥 내려갔다. 그런데 근자에는 요상하게도 음식을 먹으면 명치끝이 개운치가 않고 겉드려 대소변마저 시원치가 않은 것이다. 그리고 온 몸이 나른하고 매사에 의욕이 나지 않는 것이다. 흙무당은 몸 상태가 좋지 않을 때마다 준보의 힘이 필요했다. 아니 시체말로 사랑이 필요했다. 흙무당은 무연히 서산마루를 쳐다보면서 호미로 막을 건강을 가래로 막는 사태가 일어나지 않을까 하는 근심에 잠겨보기도 한다. 무슨 일이고 초등단계에서 쐐기를 박아야 한다는 것이 그니의 인생단초의 철학이기도 했다. 누구말대로 고창병(蠱脹病)이 아닌가 하는 의심도 품어본다.

"눌 자리보구 다리 뻗으랴댜. 다른 짓은 다 혀두 지집질만은 더 뭇 봐! 이 몸 썩어문드러져두 그 지긋지긋한 지집질은 더는 뭇 봐. 신세 생각혀서 지집질을 혀던 말던 혀! 사램이 태어나 한 번 죽지 두 번 죽남, 내말 헛듣지 말어. 현다구 혀면 벼락이 쌔려두 혀는 사램이여. 이 푼수야."

잠시 한숨을 거칠게 내쉬던 준보가 어렵사리 입을 열었다.

"아까두 말했지만 오릿골 박판제 이장을 우연히 만나 술 한 잔 하던 차에 전자공장 사장이 천둥에 개처럼 뛰어들어 술을 진탕 마시구 인사불성에서 아마 실수를 혔나벼. 앞으루 다시는 그런 일이 웂쓸겨, 다 술이 죄라구. 그 눔의 술이."

"그게 무신 개갈 안나는 소리랴?"

"물러서 묻남? 우리 오릿골 밭머리에 무신 전자부품 공장이 들어선다구 침이 마르두룩 야기혔는데…. 쯔…."

"뭣이여? 오릿골 밭머리에 공장을 지어?"

흙무당의 얼굴이 무섭게 일그러지며 두 눈에서는 불똥이 탁 탁 튀어나왔다.

준보는 흙무당의 심상찮은 기상에 기가 질린 듯 뒤로 주춤 물러앉으며 또 중얼 거린다.

"뭐 우리야 좋지? 땅값두 오르구 또 그 공장에서 우리 밭은 꼭 필요할 것 두 같던디. 그럼 월마나 좋아. 꿩 먹구 알 먹는 거지."

"풍월 읊구 자빠졌네. 우리 밭은 억만금을 준대두 뭇 내놔! 그 여드레 쌞은 호박 도래송곳 안 들어갈 소리 구만혀. 이 버러지만두 뭇현 화상아."

"어이구 저 눔의 억지두…. 죽으면이나 고칠라는지 원…."

준보는 오른손으로 입언저리에 돋아난 검웃한 턱수염을 문지르면서 힐끔힐끔 흙무당의 기상을 살핀다.

흙무당이 걸쭉한 목소리로 사정없이 되받아 친다.

"저런 육씰혈 늠의 웬수 덩어리. 저 늠의 웬수 말허는 것 보니께 참말루 말속에 뼈다귀가 숨어 있다구. 아니 새알 멜빵 짊어질 공장 사장늠이 지랄 열쳤다구 뜨물에 뭐 담그는 무굴챙이한테 술 사주구 색주개까지 받치느냐 말여. 무신 꿍꿍이 속이 있지? 그렇지?"

흙무당이 종주먹을 대며 입에 허연 거품을 물자,

"꿍꿍이 속은 무신 꿍꿍이 속이라구 그런댜. 말이여 바루 말이지 박판제 이장이 워디 보통 사램이여. 산전수전 다 겪은 천하의 쇠돌뭉치인디… 쯔쯔."

준보는 슬그머니 꼬리를 내리면서 문제의 책임을 박판제 이장에 돌리는 듯한 인상이 짙게 깔려 있었다. 그리고 준보의 죽었던 눈빛이 되살아나며 얼굴빛이 좀 펴지는 듯도 하였다.

"냉수 마시구 속차렷! 이 등신아. 우선 먹기는 곶감이 달다구 혔어. 공술이나 얻어 먹구, 지집질에 넋빠지구 놀아나다가 낙동강 오리알 떨어지듯 불쌍현 신세 되지 말구 말여. 이 등신 중에두 상등신아."

"허허, 뭐 내가 쓸개 빠진 바본 줄 아남."

"암만, 참말루 똑똑현 사내지. 그렇구 말구. 그려서 이날 이적지 지집 머리정수리가 빵구나두룩 여나르구 손톱이 뭉드러지두룩 일혀서 모은 쇠푼 알겨다가 술 마시구, 투전혀구, 지집질혀구 왼갖 잡질 다 혀? 저런 사내를 서방이라구 믿구 살어온 내가 천치중에두 왕천치라구. 참말루 사내 생각혀면 이가 갈린다구."

"처녀가 애를 배두 헐 말은 있댜. 그래 내가 무슨 집 돈을 내다 버렸다는 거여. 내가 벌어 내가 썼지. 사내가 오죽 못났으면 집 돈 내다 술 퍼마시라구, 투전허구 외입질 헐까. 자꾸 그렇게 헐뜯지 말어. 넘들은 나 보구 인물 잘 나구 마음씨 착허다구들 허더문서두 한 가지 험이 된다면 넘들처럼 농사일을 억척으루 못허는게 옥에 티지 뭘…."

준보가 전에 없이 객기까지 부리며 대거리를 하자, 흙무당은 기가 찬 듯 자신도 모르게 후유하고 입에서 긴 한숨이 처절하게 새어나왔다.

흙무당이 타들어가는 혓바닥으로 마른 입술을 몇 번 핥고 나더니 말한다.

"그 신선놀음에 도치자루 썩는 줄 무른댜. 부지런히 그자들과 어울려 술 먹구 노름 허구 지집질 허는 동안에 이 피땀 밴 전답 홀러덩 날리구. 끝내는 바눌 도둑이 소 도둑 된다구 패가망신 허구 쇠고랑차기 십상일껴. 내 말은 예수님 말씀이구, 부처님 경이여. 똑똑히 알어 듣구 머릿속에 새겨 놔!"

불꽃같던 분노가 체념으로 변질되는 듯 말씨가 조금은 누구러드는 듯 하였다. 하지만 지금 흙무당의 속내는 자신조차 가늠하기가 힘들었다. 일시에 살아온 과거가 원망스럽고 한스러운 감정이 복받쳐 절망과 피곤이 아시시 전신을 휘감는 것이었다.

눈치 빠른 준보가 이 기회를 그냥 놓칠 수가 없었다.

"예로부터 부부싸움은 칼로 물 베기랴. 이렇게 서루 으르렁대다가두 밤이 오면 모든 미움이 봄눈 녹듯 녹어 읖서진댜. 그러니 우리 오늘밤 궁둥짝 한 번 찍지게 쳐서 서루의 미움을 풀어보자구. 그런 의미에서 어서 술국이나 한 그릇 끓여. 속 씨려 환장 혀겄어. 알겄남?"

"뭣이여?"

흙무당은 다시 두 눈을 하얗게 구석으로 모으면서도 조금 전 같이 극악한 표정은 아니었다. 궁둥짝을 멋지게 맞추자는 농담이 그리 싫지는 않은 모양이다.

"아이구 웬수."

"해장 한 잔 혀구, 대음리(大飲里)에 나가서 차 한 잔 허게 한 닢만 집어 줘…."

준보는 흙무당의 뱃속을 훤히 꿰뚫은 듯 정감 있는 눈길을 흙무당에게 던진다. 부부지간만이 오갈 수 있는 그런 눈빛이다. 흙무당은 그 동안 살아오면서 저 눈빛에 수도 없이 속고 살아 왔다. 다시는 속지 않는다고 다짐하면서도 돌아서면 물거품이 되고 만다. 그리고 팔자소관으로 치부하면서 자위하곤 했다.

"참말루지 사내들은 다 도둑놈이라구."

흙무당은 구시렁거리면서 치마를 들추어 단숫것 봉창에서 꼬기꼬기 구겨진 만원지폐 한 장을 어렵게 꺼내 준보에게 풀 썩 던져준다.

오늘밤을 기다리는 그런 눈초리로.

2

흙무당은 니야카에 분무기를 싣고 둥구나무 앞에 이르렀다. 둥구나무 아래에는 동네 모모한 아낙네들이 웅기중기 모여 앉아 땀을 식히고 있었다. 그중의 한 여편네가 땀을 뻘뻘 흘리며 니야카를 끌고 지나치려는 흙무당을 불러 세운다.

"이봐! 흙무당? 좀 쉬어가. 이 한 더위에 무슨 망녕이랴. 앞으루 쌀 한 가마에 사오만 원 짜리가 물밀 듯이 들어 온다는디 누가 십오만 원 짜리를 사 묵겄어. 시방 아무리 땀 흘려 농사 지어봐야 죽쒀 개 퍼주는 꼴이지라구. 극성 구만 떨어. 세상 독불장군으루는 못 사는 벱이여. 목 타는디 막걸리나 한 잔 혀구 가라구."

못들은 척하고 지나갈 흙무당이 아니다.

아무리 날씨가 더워도 그렇지 이 청청백일에 일손을 놓고 한가하게 그늘 밑에 모여 앉아 수다를 떠는 여편네들의 행태에 흙무당은 배알이 꼬여들기 시작했다.

"신선놀음에 도치자루 썩는 줄 무르남? 당정은 대싸리 밑의 개팔자지만 그렇게 판판놀구 엄동설한에 쪽박 가지구 구황미 얻으려 다닐나남. 구만 살강접시 뒤집지 말구 얼릉 밭에 나가 풀 한 포기라두 뽑으라구!"

스스럼없이 오가는 대화지만 그 대화 속에는 가시 같은 의미가 숨어 있었다.

"흥! 앞으루 오만 원 짜리 쌀이 지천인디 뭐 혈라구 이 뙤약볕에 뼈 빠지게 일허여, 미찌는 쌀농살 짓는댜. 하나만 알구 둘은 무르는 여편넬세. 악바리루 호가 난 흙무당이 말여."

만돌어머니도 한 몫 끼려는 듯 덩달아 이기죽거리고 있었다.

"저 눔의 여편네가 대낮부터 취했나? 횡설수설이랴. 옛날부터 송쳉이가 갈잎을 먹으면 배탈난다구 혔어. 뭣 땜에 제 땅에서 소출되는 곡식을 버리구 넘의 나라 쌀을 묵는댜. 싼게 비지떡이란 말두 못 들어 봤남?"

흙무당이 걸음을 드티면서 정색을 하자 만돌어머니가 대뜸 눈치를 채고 한결 가라앉은 음성으로 대꾸한다.

"흙무당 우는 속이 내 웃는 속만큼 아퍼? 나두 하두 답답혀서 홧김에 서방질 한다구, 이렇게 모여 앉어 막걸리 한 잔씩 허구 신세타령 허능거. 흙무당이나 나나 다 동병상련이라구. 올해는 날씨조차 가물어 밭곡조차 망쳤으니 원 하눌이 살려야 허는디. 하눌이 정치 허는 눔들이 눈만 뜨면 대가리 도치삼구 쌈박질만 혀니께 하눌이 미워서 비 한 방울 안주시는 거라구. 우라질 눔들!"

만돌어머니의 원성은 정말 하눌의 불호령과도 같이 서슬이

퍼랬다. 만돌어머니의 위압에 누구도 군입을 떼지 않고 있는데 흙무당이 맞장구를 치고 나온다.

"정치 혀는 눔들만 그런감, 세상 모던 사램들이 영악현 것을. 그랴서 천벌이 쏟아지는 거라구, 아니 불(火)벌이 내리능겨."

흙무당이 니야카를 길섶으로 대면서 중얼거렸지만 누구도 올바로 알아들은 사람은 없는 듯 잠시 침묵이 흐른다.

여편네들이 둥구나무 밑에 모여서 막걸리 잔을 돌리면서 노닥거리는 풍습은 어제 오늘의 일은 아니다. 여름철 한더위에 품앗이를 하다가 목이 타고 지치면 약속이나 한 듯 이 그늘 아래로 하나씩 둘씩 모여들어 더위를 식히다가 추렴을 해서 대음리 술도가로 아이들을 보내 막걸리되나 사다가 권커니 받거니 하는 것을 유일락으로 삼고 있는 것이다. 안주래야 케케묵은 쓴 된장에 풋고추 몇 개가 전부다. 하지만 텁텁한 막걸리한 잔으로 타는 목을 축이고 풋고추로 된장을 찍어 아삭아삭씹어 먹는 맛은 그야말로 그니들로서는 천하의 일미였다.

오늘도 여편네들은 이심전심으로 오종이 가까워지자 둥구나무 그늘로 모여들어 마른 하늘과 타들어가는 농작물을 무연이 바라보며 앞으로 살아갈 걱정을 땅이 꺼지도록 하소연 하다가 평소와 같이 막걸리 잔을 돌리며 수다를 떠는 중이었다.

흙무당도 사십 대에 접어들면서부터 술을 입에 대기 시작하여 지금은 그 체구에 걸맞게 한 서너 사발 마셔야만 간에 기별이 갈만큼 호주객이 되고 만 것이다. 참새가 방앗간을 그냥지나치지 못한다고 여편네들의 술판을 만돌어머니가 수작을 걸지 않았다손 치더라도 흙무당이 우정 못 본체 지나쳤던들 두고두고 아쉬움이 남았을 것이다.

"어서 이리루 와! 한 잔 마시구 그 꼭꼭 묶은 주머니 좀 풀라구. 젠장 엉뚱허게 헤푸게 쓰지 말구 이런 때 술값 좀 내라구."

흙무딩은 못들은 척 고개를 빼고 그늘 밑으로 다가선다.

"시상에 임금님 수라상보다두 더 먹음직혀네…."

흙무당은 풋고추와 된장 탕기를 일별하면서 목소리가 꼬여들었다.

"얻어먹는 주제에 무신 찬밥 더운밥이여. 주는대루 마시기나 혀! 히히…."

여편네들은 거의가 전작 탓으로 얼굴이 발그레 달아오르고 말끝이 감겨든다.

만돌어머니가 스텐양재기에 막걸리를 찰랑찰랑 따라 흙무당 앞으로 내민다. 흙무당은 두 말없이 그 술잔을 받아 단숨에 쭉 들이킨다. 정말 목이 컬컬하던 판에 술이 꿀꺽꿀꺽 들어가니 금방 목이 확 트이면서 새롭게 힘이 솟구치는 듯 하였다. 그리고 이웃사촌이라고 만돌어머니의 정이 은근히 고맙기도 하다. 인과응보라고나 할까. 사실 흙무당은 만돌어머니에게 구메구메 술대접을 많이 했다. 유유상종이라고 서로의 처지가 엇비슷하여 피차간 아끼고 사랑하는 이웃사촌간인 것이다. 만돌어머니는 흙무당이 마시고난 빈 잔에 다시 술을 치면서 말한다.

"돼지괴기 한 점 먹어 봐! 맛이 괜찮여."

"얼래, 오늘은 워쩐일루 괴기가 다 있댜. 잉?"

"통모퉁에서 돼지 잡았댜. 그래 추렴혀서 한 근 사다 쌂었어."

"괴기두 괴기 같은 것을 묵어야 힘을 쓰지. 얼마간 판판 굶었드니 이제 아래는 종문 소식여."

"저 눔의 여편네 육두문자 또 도지는구먼 제 버릇 개 못 준다드니, 갈갈…."

여편네들은 흙무당의 구수한 입담이 싫지 않은 듯 호기어린 눈초리로 다음 말을 기다리는 눈치였다.

흙무당은 여편네들의 시선을 의식한 듯 얼굴을 조금 숙이면서 쑥스러워하는 눈치다.

"내 이따가 종달아부지헌테 오늘 밤 당장 괴기 맛 좀 보여주라구 채근할 거여! 갈갈."

흙무당과 만돌어머니가 얼굴을 마주하면서 씩 웃는다. 두 얼굴 어느 구석에서도 사기(邪氣)라고는 찾아볼 수가 없다. 그야말로 천진무구한 포장이다.

하지만 당돌하기로 소문난 흙무당이 선선이 흐려버릴 리가 없다. 그니는 최소한 막걸리 두 잔과 돼지고기 한 점 값은 해야 된다는 듯 말머리를 다잡는다.

"일러바치든 말든 맴대루 허여. 까짓거 진 다 빠진 괴기 신물이 난다구. 그 뿐인감, 쇠괴기두 닭괴기두 개괴기두 갈수록 서양 피가 섞여 옛날마냥 토종 맛이 안 나구 노린내가 심혀서 비위를 긁는다닝께… 큰일이여. 이러다 사램꺼정 서양 피 섞이는 건 아닌지 무르겄어. 우리 것은 다 나뿌구 넘의 것만 좋아혀니 큰일이여."

흙무당의 표정이 금시 씁쓸해지면서 한탄조로 말한다.

"걱정두 팔자지, 그 눔의 혓바닥은 뭐 가시나무 삼신인가. 입만 열었다혀면 독(毒)말이 흰 떡가래 빼듯 나온댜."

"만돌어머니는 그래 요즘 괴기에서 노린내 못 맡아봤어. 혓끝이 죽으면 쉬 죽는다는디."

"뭣여? 살라구 버지럭거리는 사램보구 자꾸 죽는다, 죽는다 허질 말어. 다 답답해서 허는 소리여. 왜 나라구 그런 맛을 못 느끼겄어. 워니 괴기맛은 노린내가 나남. 모든 농산물이 다 그렇지. 무도 배추도 시금치도 마늘도 파도 쑥갓도 하나같이 중국산이라나, 대국산이라나 해서 쌉쌀허구 감칠맛 같은 것은 맛볼 수도 읍고, 그냥 덤덤허구 지려서 옛적 맛은 온디간디 읍다구. 게다가 시도 때도 읍시 그 눔의 비닐허우스라나 워디서 나오는 무 배추가 그게 무 배추냐구? 그저 먹으닝께 야채지. 세상 벌써 망헌거여. 뜬금 읍는 소리 구만혀구 어서 속 차려! 땅덩어리 쥐두 새두 무르게 날러가기 전에 말여."

만돌어머니가 입을 닫자, 흙무당의 독기실은 포문이 이어진다.

"쌀두 마찬가지여. 지금은 그나마 아끼바리만 지어 그런대루 밥맛을 내구 있지만, 몇 해 전 그 눔의 통일벼인가 뭔가 하는 것 그것이 워디 쌀여? 우리 어릴 적에 은방조나 곡량도를 멍석에 널었다가 절구에 넣구 푹푹 찧어 그 쌀루다 가마솥에 장작불로 밥을 지어 사발에 퍼 담으면 밥은 찰밥같이 차지구 기름이 잘잘 흘렀지. 그런 진짜 쌀밥을 먹구 살아야 소화두 잘되구, 살이 되구 피가 되는 거라구."

그칠 줄 모르게 쏟아내는 자신들의 한을 풀어놓는 동안에 흙무당은 본색대로 기어이 주전자를 깨끗이 비워버리고 말았다. 술이 떨어진 것을 어렴풋이 느낀 흙무당은 푸스스 자리를 뜨며 말한다.

"원님 덕분에 나팔 불었구만 참 잘 마셨어. 만돌어무니."

"빈말은 냉수만두 뭇혀ㅑ."

"암만 그렇구말구."

만돌어머니의 기색이 어딘지 평소같지 않고 수상쩍어 흙무당이 걸음을 드티면서 무언으로 채근하자, 만돌어머니는 실쭉하고 먼 산에 눈길을 던진다. 어딘지 심상찮은 찬바람이 만돌어머니의 얼굴을 스치고 지나간다. 으뭉하기로 소문난 흙무당이 그대로 흘려버릴 리가 없다.

"왜 전에 웂시 저 여편네가 저런댜. 혈 말 있으면 툭 까놓구 혀봐! 속 터지네. 술 한 잔 더 혀구 싶은감?"

궁금증이 치민 흙무당은 안달을 부리며 조여든다.

"술 더허면 안디야. 지금이 딱 좋구만 그랴. 이런 기분으루 샛서방과 함께 고식뽀시나 타구 훨훨 설악산이라나 워디루 관광이나 가면 딱 맞겄다. 젠장할 눔의 시상."

"화냥년이 따루 웂서. 넘이 장에 가니께 사갓쓰구 따라나슨 다드니 꼭 그 꼴이네. 여편네 호세 구만 시키구 속차려!"

"나이 사십 줄에 요조숙녀 숭내 내면 지나가든 개가 다 웃는다구. 갈갈…."

만돌어머니는 술에 엔간히 절은 듯 이성이 흔들리는 듯 횡설수설하고 있었다. 만돌어머니의 주량을 대충 짐작하고 있는 흙무당은 자신도 덩달아 술기운이 차오르면서 모든 시름이 사그러들면서 가슴 속이 사해(四海)같이 넓어지면서 만돌어머니를 손위형님같이 존대하고 싶은 충동이 꿈틀거렸다. 그리고 지금 당장은 세상에 무서운 것이 하나도 없었다. 하늘도 동전짝만큼 작게 보인다. 이와 같은 황홀경 때문에 사내들은 내남적 없이 밤을 새워가며 술을 마셔대는 모양이다.

흙무당이 오늘따라 술에 약하고, 은근히 술을 예찬하게 된 당위는 얼마전 집을 나설 때 남편의 뒷덜미를 잡고 메꽂은 것이(물론 그만한 이유가 있기는 하지만) 아직도 일말의 죄의식으로 남아있기 때문이다.

만돌어머니 역시 술기운으로 안색이 환하지만, 여전히 옴 걸린 영감택이처럼 체위 이곳 저곳을 긁적거리면서 초조감을 감추지 못하고 있었다. 그러다가 만돌어머니는 돌파구를 찾으려는 듯 흙무당의 등을 떠다밀면서 어서 농약이나 치러가라고 독촉을 한다.

"이 여편네가 언제는 술 먹구 가라구 잡드니 이제는 가라구 야단이랴."

"해 잡어 매놓은 줄 아남? 쬐금 있으면 오종이여. 빨리 허구 둘와!"

흙무당은 만돌어머니의 수선에 못 이겨 여타 사람들에게 잘 먹고 간다고 대강 인사를 던지고서는 쫓기다시피 큰길로 나왔다. 하지만 두 다리는 술로 해서 휘청거렸다. 그리고 마음이 싱숭생숭 어디론가 훨훨 날고 싶은 유혹에 빠져든다. 술만 마시면 으레껏 발동하는 병리현상이다. 좀 이른 감이 있기는 하지만 흙무당 자신이 생각할 때 어느 듯 인생의 황혼기에 접어든 듯 했다. 어린 시절, 그 참혹했던 동뇌고(凍餒苦)를 회상하면 진저리가 쳐진다. 그런 연유로 해서 쉬 늙어버린지도 모른다.

시집이라고 와서 자식을 줄줄이 낳고 살면서도 한 날 한 시 일손을 놓아본 적이 없다. 나이가 들면서 왜 사람은 모진 고생을 되풀이 하면서도 살기를 그토록 갈망하는지를 조금씩 깊이 있게 생각하는 흙무당이었다. 특이나 오늘처럼 술을 몇 잔 마시고 나면 이와 같은 인생에 대한 회의가 묘하게 꼬리를 치면서 더더욱 마음을 산란케 하는 것이다.

뒤에서 인기척이 들려 뒤돌아다본다. 막내요 외아들인 달기(達己)가 어슬렁어슬렁 따라오고 있었다. 딸을 셋 낳고 마지막으로 천신만고 끝에 얻은 아들이다. 지난봄 대학입시에 연거푸 실패하고 삼수를 한답시고 천안에 있는 무슨 학원에 수업준비를 한다면서 매일같이 시계부랄처럼 왔다 갔다 하는데 정말 공부를 하러다니는 것인지, 아니면 놀러 다니는 것인지 흙무당으로서는 감이 잡히지 않았다. 마침 오늘은 일요일이라 농약을 혼자 칠 수가 없으니 고무줄이라도 조금 당겨달라고 애원 반 구슬렸던 것이다. 그러자 놈은 입을 닷 발이나 내밀고 미련을 떨더니 흙무당과 준보의 쌈박질을 제방에서 숨죽이고 듣고 있다가 삼순(三順)이가 네가 어머니를 돕지 않으면 자신이 농약을 치겠다고 호통 치는 바람에 달기는 마지못해 도살장에 끌려가는 황소처럼 죽살이 상을 짓고 어슬렁어슬렁 흙무당의 뒤를 따라붙고 있는 것이다.

흙무당이 무척 반기는 음색으로 말한다.

"이런 것이 참말루 공부여. 워디 글공부만 공분 줄 아남."

"엄니는 맨날 헌소리 되허구 되허구 헌대유. 농사짓는 게 무신 공부유. 뼈대기만 아푸지."

달기가 퉁명스럽게 내뱉는다. 하지만 흙무당은 들은 척도 하지 않고 여전히 그윽한 눈길로 바라본다. 벌써 구슬 같은 땀방울이 그니의 이마에서 송알송알 돋아나오고 있었다.

"왜 쳐다보셔유? 내 말이 틀려유?"

"달기야?"

달기가 계속 곱지 않은 눈초리로 거칠게 대답한다. 도무지 모자지간으로 여겨지지가 않을 만큼 달기의 태도는 불손하다.

"달기야?"

흙무당은 포기하지 않고 다시 한 번 낮은 목소리로 묻는다.

"씨!"

"사램은 흙과 곡식으루부터 배울 점이 한 두 가지가 아니여. 죽을 때까지 배워두 다 뭇 배워. 시상에 흙과 곡식만큼 신비혀구 정직헌 것이 워디 또 있니?"

"히히….""

달기는 말 같지 않은 소리 고만 하라는 투로 냉소를 흘리고 있다.

"곡식은 사람이 정성을 들이면 들인 만큼 소출이 나온다구. 금년 농사를 잘 지어서 우리두 남부럽지 않게 살아야 혈 것 아닌감."

"농사 잘 짓기는 황새 울었네유. 날씨가 이렇게 가무는디 뭘… 농약 같은 것 힘들여 쳐봐야 돌아아미타불유."

"나두 농약 뿌리는 일만큼은 널 시키구 싶지 않지만, 워쩌니. 니 아부지는 젊어서나, 늙어서나 허구헌날 저 타령이구, 워떻기 할 방도가 읍잖남. 니가 보다시피 말여."

"농약 중독 돼두 난 물러유."

"너무 걱정혀지 마라. 에미는 벌써 수십 번두 더 중독이 되야 벌써 죽었을지두 무른다."

"엄니?"

"오냐."

"우리두 있는 것 다 팔어 가지고 서울로 이사가유. 편하게 살게 말이쥬. 이제는 농사 짓구 사는 시대는 물 건너 갔대유. 더욱이 우르과이 라운드가 타결되구 몇 년 안 있으면 농촌은 전부 망해 버린대유."

흙무당은 일손을 머뭇거리며 달기를 무연이 바라본다. 이때까지 철부지로만 여겨왔던 놈이 제법 어른스러운 말을 툭툭 던지는데 새삼 놀랜 것이다.

"우루과인지 지랄인지 나는 그런거 하나두 무른다. 그런디 그것이 되얐다구 혀서 그 눔들이 흙덩이까지 파가지는 뭇혈 것 아녀. 괴기두 놀던 물이 좋다구 혔어. 그리구 송챙이는 갈 닢을 먹으면 죽는다구 혔구. 나는 누가 뭐라두 여기 흙을 떠나 서는 한 날 한 시두 뭇산다."

"넘들은 서울로 올라가서 잘들만 산데유. 고지 논 죽어라 파 봐야 평생 요모양 요꼴이유."

달기는 논두렁을 어슬렁거리면서 흙무당이 들으라는 듯 조금 청을 높여 투덜거리고 있었다.

흙무당은 분무기의 조립을 마치자 언제나처럼 차양이 넓은 맥고모자를 푹 눌러쓰고 수건으로 코와 입을 막는다. 농약의 독기가 체내에 흡인되지 못하도록 하는 예방조치다. 하지만 효과는 반반이다. 이윽고 흙무당은 붉은 다라에 물을 가득 채우고 경험적으로 농약을 적당량 타고서는 긴 막대기로 그것을 휘젓는다. 흙무당의 하는 양을 멀거니 지켜보던 달기가 불쑥 한마디 던진다.

"옛날 농약 안 칠 때는 농사짓기 참 편했건네."

"워디가. 지금 농사는 옛날 농사에다대면 누어 팥떡 먹기여.

몇 년 전만 혀두 모를 일일이 사램 손으루 심구 게다가 모가 착근혀면 호미루 애벌논을 매구, 또한 보름쯤 후에 초벌 매구, 또 보름 후에 재벌 매구, 음력으루 칠월 들어서는 만물을 혀구, 베가 팰 잎세에는 제피를 혀구 타작을 마칠 때까지 사램 손드는 것을 워찌 말루 다 혀것냐."

"그렇지만 농약 뿌리는 일은 없었잖어유. 농약 치는 일이 얼마나 고역이여유."

달기는 부어올랐던 소가지가 차차 진정되는 듯 말씨가 한결 부드러워진다.

"세상이 개명 혀닝께 곡식두 따러 개명을 혀서 이 모양이지. 지금이야 워디 농약 읎시 농사지을 수 있남."

"후후…. 엄니는 나 고등핵교 일학년 때까지만 해두 농약을 안치구 농사짓는다구 허다가 농사 망치잖었슈?"

"그랬지. 농약 안 치기루 작심을 혀구 끝까지 버텨보았지만, 고집만 가지구 되는 게 아니더라. 그리구 농촌지도원이 하는 이야기가 나만 농약을 안 친다구 혀서 청정 농산물이 나오는 게 아니랴. 옆 농지에 치는 농약이 오염되여 더 불순농작물이 생산된다는 말을 듣구 내 고집을 꺾었다. 그리구 농약을 뿌린 옆 논들은 벼가 누렇게 익어 가는데, 약을 안친 우리 논베는 도열병에 걸려 이삭두 못패구 비비 말러죽는 것을 볼 때 참말루지 가슴에 비수라두 박구 죽구 싶더라. 할 수 읎시 내가 두 손 든거지 뭐."

"옛날 말에 성인두 시속을 따르라구 헷대유. 잘 허신거유."

"암만."

"옛날에는 인심두 참 좋았다메유. 지금처럼 툭 혀면 사램을 쥑이는 일두 드물구, 도독질 허는 사램도 적구유."

"여부가 있간디. 오죽혀면 이웃 사촌이라구 혔건남. 서로가 서로를 신주처럼 떠받치구 살았다구. 목숨은 바루 하눌이요, 천황상제루 생각혔었지. 그러니 인심이 좋을 수밖에. 그리구 옛날에는 이 시골 구석에두 젊은 청년들이 넘쳐 흘렀다구. 서루 품앗이를 혀구, 가을 타적을 혀는 날은 내남적 웂시 동네 잔치날이었지. 그렇던 푸군한 시상 인심이 극악혀게 변혀서 타적은 고사허구 혼인 대사에두 돈 봉투를 들구가야 점심 한 끼 얻어먹는 못된 시상으루 변현거여. 쯔쯔. 따지구 보면 이게 다 그 눔의 기계 탓이라구. 하나에서 열까지 모두를 기겐가 지랄인가를 의지혀구 살구 있으니 인심이 메마를 수밖에 웂지. 젊은이들두 기계 따라 고향을 등지구 심지어 아이배는 일두 제대루 안들어스면 기계루 아이를 맨들어 넣는다니 시상은 끝장까지 왔다구. 목숨을 만드는 일은 하눌님이 혀시는 신비현 일인디 사람이 기계루 애를 스게 현다니 하눌님이 그냥 계실 리가 웂다구. 참말루지 이 시상에서는 더 바랄게 웂다. 말세다 말세여. 성교(聖敎)에서 말혀는 말세가 아니구. 이 흙무당이 말혀는 말세다. 두구봐라! 하눌님이 버르장머리라구는 손톱만큼두 웂는 버러지만두 못현 이 인간들은 언제까지 그냥 내버려 둘쌍 싶은감, 어림두 웂다구. 머지않어 하눌님이 분통을 터뜨리실 거다. 그때가서 허둥지둥혀며 용서를 구해봐야 때는 늦는다구. 불구덩속에서 남녀노소를 가릴 것 웂시 지글지글 타죽을 테니까. 태고사 스님두 그러드라. 그것이 뭐라드라 인과응보(因果應報)라구 혀단가 다 잃어묵었다. 시상 끝장이여. 정신차려야지."

혼자 열변을 토하고 난 흙무당의 입가에는 비지 같은 침이 엉켜 있었다.

"엄니가 자꾸 그런 된 소리 안 된 소리 허닝께 흙무당이라구 혀지유."

"흙무당이라는 말이 뭐이가 나뻐. 나는 듣기만 좋더라. 나는 말두 못 혀구 낫 놓구 기억자두 무르는 시골 여편네지만 나두 속으루 생각은 월마든 혈수 있다구. 그 생각의 일부를 너 좀 들어 보라구 현소리여. 내 말은 어떤 경(經) 보다두 소중현 말이닝께 잘 간직혀 둬! 알것남?"

모자간의 대화가 오가는 동안 농약뿌릴 준비는 끝났다. 이어 흙무당이 휘발유발동기에 끈을 걸어 잡아당기자 단번에 시동이 걸린다. 발동기는 기세 좋게 돌아가고 있었다. 이윽고 흙무당은 분무기의 강약을 엄지로 조절하면서 논바닥으로 들어가 농약을 살포하자 주위는 삽시간에 안개가 진하게 깔렸을 때처럼 시야가 부옇게 흐려졌다. 하지만 흙무당은 금년 들어서도 벌써 세 번째라 별로 고통을 느끼지 못하며, 벼 포기 사이를 누비며 농약을 쳐나간다. 그 솜씨는 어느 장정 못지않게 능수능란했다.

흙무당은 농약을 뿌리면서 골돌이 앞일을 그려본다. 우루과이 라운드라나 그런 것이 타결됐다고는 하지만 당장 쌀 한 가마에 이삼만 원 짜리가 물밀 듯이 들어오는 것은 아니라고 했다. 그렇다면 어쨌거나 금년 농사는 한 번 기대해 볼만도 하다. 가뭄이 극심하다고들 하지만 이곳은 비교적 수량이 풍부한 지대라 그닥 타격은 받지 않는다. 되려 예년보다 일조기간이 길어 소출이 훨씬 증산될 것으로 예상이 된다. 그렇게만 되면 정부의 수매량과 식량을 제외한 나머지 전량을 서울에 있는 무슨 아파트와 자매결연한 곳으로 작년처럼 반출하여 제값을 받는 경우, 줄 잡어 이백여 만 원은 더 소득이 증가하게 된다. 수세 농지세 농협대출금 이자를 갚고 쇠돼지를 처분하면 논마지기나 또 장만하고, 천행으로 달기놈이 전문대학이라도 합격하면 입학금을 내야한다고 제법 찬란한 꿈을 그리며 김치국을 마시는 것이다.

흙무당은 습관처럼 힘들은 일을 할 때에는 으레껏 그와 같은 야무진 청사진을 그리면서 당장의 고통을 이겨내곤 한다. 한 치 앞을 못보고 사는 것이 인간의 타고난 비극적인 운명이다. 하지만 흙무당은 그와 같은 청사진이 크게 빗나간 적은 별로 없다. 그것은 뻔한 노력의 대가였고 성실의 열매였다.

세 마지기의 농약살포는 언제나처럼 한 시간여만 끝났다. 흙무당은 고무호스를 말어 니야카에 얹고 발동기도 실었다. 그리고 옆 개울로 가 고인 물로 두 손을 행구었다. 머리에 두른 수건을 풀어 마른코를 팽팽 푼다. 농약의 독기를 뽑아낸다는 예방에서다. 하지만 콧속에서는 좀처럼 농약내가 지워지지 않는다. 콧속이 마비된 탓일까. 농약내외는 도통 다른 냄새를 맡을 수가 없다. 코뿐만이 아니다. 눈망울이 아리고 따갑고 욱신거린다. 풍향(風向) 탓일까. 오늘은 유심히 유독성의 영향을 많이 받은 것 같다. 흙무당은 다시 수건을 뒤집어 얼굴에 번지르르 흐르는 땀을 닦아낸다. 해는 이미 중천으로 근접해 있었다. 오시가 제법 지난 듯 했다. 둥구나무에서 만돌어머니와 너무 오랫동안 노닥거린 것 같다.

더위는 더더욱 기승을 부리고 있었다. 사람도 목축도 산천초

목도 한결 같이 생기를 잃고 파김치가 돼 있었다.

달기는 흙무당의 손놀림을 옆에서 묵묵히 바라보며 꿀 먹은 벙어리였다. 불만으로 겹치고 겹친 그런 표정이였다. 흙무당은 그런 달기를 다독거려 엇나간 마음을 풀어줘야 되겠다고 생각한다.

"혼났다. 먹구 살기가 이렇게 힘이 드는 벱이여."

"에이 씨. 이것저것 다 집어치우고 군인이나 나갈까 봐유."

"잘 현댜 잘혀. 군인가면 뭐 놀구 멕여주남. 시상에서 젤루 중죄인이 놀구 먹는 사램이랴. 그저 잠자는 시간을 빼구는 하다 뭇에 길바닥에라두 나가 쇠똥 개똥이라두 주어 와야 사느니라."

"공부는유?"

"일중에 젤루 힘드는 일이 공부여. 뭐 먹구 노는게 공분 줄 아남."

"힝, 내년에 대학 뭇가두 내 탓 허지마유."

"워쩨서 그렇댜?"

"힘 드려 공부헐 시간에 농약 뿌리는데나 따라 다니니 공부는 어느 천 년에 혜유. 그러니 대학가기는 벌써 황새 울었슈. 차라리 군인을 가던가 그렇지 않으면 서울 가서 공장에 취직이라두 허든가 해야쥬. 워디 젊은 눔 숨 막혀 살겄슈."

잠시 수그러들었던 달기의 소가지가 다시 살아나기 시작한다.

"흥! 꿈보다 해몽이 좋구나 달기야?"

"왜유."

"니가 참말루 내 자식이니?"

"낳은 엄니가 알지 내가 워떻기 안대유. 워디 다리 밑에서 주서 왔남…"

딴은 옳은 말이다. 흙무당은 속으로 긍정을 하면서도 달기로부터 발등이라도 밟인 듯한 패배감을 느낀다. 그래서 이런 때 확실히 보복을 해야 되겠다고 궁리했다.

"흥, 물에 빠진 눔 건져 놓으닝께 봇따리 달란다더니 꼭 그 꼴이네 그랴. 이눔아, 니는 국민핵교를 들어가구서두 이 에미 젖을 쭉쭉 빨어 먹은 것을 천치가 아니면 알거다. 이 눔아! 너를 워떻기 낳어서 워떻기 기른 눔인디 하눌이 무섭구, 땅이 무섭구 동네사람들이 무섭다. 어이구 원퉁혀!"

흙무당은 단호하게 내뱉었지만 말끝에 가서는 기어이 눈물이 묻어나왔다. 이어 흙무당은 때국이 잘잘 흐르는 적삼 밑으로 슬그머니 삐져나온 검으티티한 젖꼭지를 손으로 감쌓아 쥐면서 아주 냉엄한 표정으로 돌변한다. 달기는 전에 없이 어머니의 분노하는 모습에 당황해 한다. 어머니는 언제나 자신의 투정에 물러섰고 또 들어주었다. 그런 어머니가 오늘은 영 오뉴월 감주 맛 변하듯 변해버렸다. 아마도 내가 참말로 당신 자식이 맞느냐고 디려댄 것이 큰 실수였나 보다.

"가자! 이 눔아."

절망의 신음소리처럼 들려왔다.

그런데 이때 뜻밖에도 달기의 땀에 절은 손바닥하나가 흙무당의 적삼 섶을 들추고 쭈그러들은 젖무덤을 움켜쥔다. 달기의 이런 돌발행동은 극히 이례적이었다. 그 순간 달기의 두 눈동자는 젖을 먹던 어린 시절의 귀엽고 순진무구한 눈동자로 초롱거리고 있었다. 그리고 그의 입가에는 천사 같은 웃음끼마저 담고 있었다.

흙무당은 이십여 년 전 그 시절로 회귀한 듯 간난 애기처럼 달기를 보듬어 안는다. 정답고 신비하고 피차에 붉고 진한 피가 전류처럼 배어드는 듯한 영감을 느낀다. 어미와 자식만이 느낄 수 있는 참된 애정이 무한으로 상통하는 순간이기도 하다. 그리고 이 세상에서 가장 아름답고 심연과도 같이 깊고 순수한 사랑의 행위였다.

태양은 여전히 머리위에서 이글이글 타오르고 있었다. 모자 간의 뜨거운 애정만큼이나 햇빛도 강렬히 내리 퍼붓고 있었다.

흙무당은 두서너 번 달기의 등을 가볍게 어루만지고서는 시선을 자연적으로 건너편에 던진다. 눈이 멎은 곳에는 벼가 아닌 푸른 잡초가 무성히 자라고 있었다. 지난해 서울사람의 소유가 되고부터 모를 심지 않고 그대로 묵히고 있는 것이다. 땅의 매매를 소개한 대음리 복덩방 주인이 단 한해만이라도 농사를 짓겠다고 제의했지만 소유주는 무슨 꿍꿍이속이 있는지 승낙을 안 하고, 이 들녘에서 가장 옥답을 묵여 팽개치고 있는 것이다. 사람들은 이 묵은 논을 볼 때마다 혀를 끌끌 차며 땅주인을 괘씸하게 여기고 있는 것이다.

"쥑일 눔들! 저 지름진 땅을 놀리다니, 천벌을 마질눔들…."

흙무당은 땅이 너무 아까운 나머지 똑 비 맞은 중처럼 시부렁거리고 있었다.

"저 논임자는 땅을 저렇기 묵혀두 우리보다 백배 천배 더 잘 살거유."

"그러닝께 저런 눔 현티는 벼락이래두 쌔려야 헌다구."

"엄니는 또 저러네. 넘헌티 왜 그런 못된 욕을 헌대유. 난 엄니 그런게 싫어유."

"그까진 욕은 약과여. 저렇게 땅을 묵히면 천신(天神)과 지신(地神)이 진노하셔서 언젠가는 큰 흉년이 거푸 드는 법이다. 워쩨서 한 눔의 잘못으루 여러 사람이 죽어야 혀느냐 말이다. 봐라 사람은 하눌에서 내려와 땅으루 돌아가는 것이 이치인디. 그래 그 성스러운 땅을 저렇게 객사현 늙은이 지팽이 팽개치듯 팽개쳐두 되느냐 말여. 땅에서는 때가 되면 곡식이 무럭무럭 자라 열매가 여는 것이 천지조화여. 그런디 저 기름진 땅에 곡식대신 잡초가 저렇게 무성혀서 쓰겄남. 뭇쓴다구, 뭇써! 천벌을 받어 마땅혀다구. 저런 짓은 하눌님의 뜻을 정면으루 거역혀는 대죄다."

모자가 도란도란 이야길 나누는 동안 어느덧 예의 둥구나무 앞까지 다다랐다. 둥구나무 밑에는 아까 나갈 때보다 더 많은 사람들이 웅기중기 모여앉아 더위를 피하고 있었다. 여편네들뿐만 아니라, 남정들도 몇몇이 끼어 있었다. 오랜 동안의 가뭄에 밭곡은 바작바작 타들어가고, 설상가상으로 우르과이 라운든지 뭣이가 타결되어 삼복더위인데도 한파가 몰아닥쳐 농민들의 마음은 내남적 없이 허전하고 도통 일손이 제대로 잡히지 않고 있는 것이다. 하지만 흙무당은 사람들이 걱정하는 우루과인지 뭣인가가 우리 농민들에게 무슨 해를 끼치는지 듣고 또 들어도 얼릉 납득이 가지 않았다. 그저 막연하게나마 그 물귀신 같은 잡것은 우리 농민을 한숨과 실의에 빠뜨리게 하는 도깨비 같은 요상한 재주와 심술을 부리는 놈일 거라고 막현히 생각하고 있는 것이다. 흙무당이 땀을 뻘뻘 흘리며 둥구나무 앞을 또 지나가는데 이번에는 어디서 나타났는지 만돌어머니가 아니라, 아버지가 수작을 걸어온다.

"흙무당? 이제 앞으루 농촌에서는 일을 허면 허니만큼 손해 본대유. 소용 웁슈. 백날 일해 봤자 말짱 돌아아미타불유. 얻는 것보다 잃는 게 더 많대유. 이 더위에 무신 가당찮은 일을 허구 다닌대유. 더위래두 먹는 날에는 약값으루 배보다 배꼽이 크다는 말두 못 들어봤슈?"

"다 구만둬유. 손해를 봐두 내가 보구, 이득을 봐두 내가 보닝께유. 상관혀지 말어유. 별걸 다 참견혀구 그런댜."

"딱혀서 허는 말유. 젠장헐눔의 세상."

말은 그렇게 하지만 그들 대화 속에는 전혀 가시 같은 것이 숨어있지 않았다. 일종의 해학과 그리고 정분, 위안 같은 것이 말마디 마디마다 묻어 있었다. 듣는 사람들도 전혀 부담감을 느끼지 않는다.

"오후에는 뭐 헐래유? 나 좀 잠깐 만나유."

"오이 끝물 따가지구 움내나 나갈까 혀유. 넘 바뻐 죽건는디 왜 만나자구 그런대유. 만돌어머니 눈총 사납게 헐라구 그류."

"이래두 한 시상 저려두 한 시상, 까짓눔거 만수산 드렁칙이 얽어진 것처럼 살쥬 뭐허…."

만돌아버지는 호탕하게 받어넘겼다.

"뭔말 있슈?"

"나 별말 웁슈."

"아니 이 양반들이 안팎에서 왜 사람을 자꾸 구찮게 현대유. 아까는 만돌어머니가 술을 퍼먹이구 무신 말을 할뜻할뜻 혀드니만서두, 뭐 돈 생기는 일이라두 생겼남유."

"워디 돈 뿐인감유. 잘만혀면 부자가 되던가 아니면 쪽박을 차든가 둘 중에 하나유."

"그게 무신 소리래유? 언중에 유골이라더니 예사말이 아닌 상 싶으네유. 우리 달기 아부지 또 무신 일 저질렀남유."

"또 그 소리, 하두 여러 번 들어서 이제 귀에 못이 박혔슈."

"못이 백혔으면 못을 빼구 귀 후비구서 다시 새겨 들어유. 그러면 땀과 흙의 귀함을 알게 될거유."

"알았슈. 내가 말대꾸헌 것이 잘못이쥬. 이러다 해 넘기겄 슈."

"알으니 손돌이네유."

"준보 심정 알만혀유, 허허허⋯."

"초록은 동색이랬다구, 만돌아부지나 우리 달기아부지나 오 나지가 한가지여유. 후⋯."

흙무당은 독특한 웃음을 한 가닥 찍 깔기고서는 이내 달기 를 재촉하여 니야카 뒤를 따라 집으로 돌아왔다. 집에 당도하 자마자 달기는 꽁지 빠진 장닭처럼 달아나 버리고 대신 만돌 어머니가 들어서고 있었다.

흙무당이 쳐다도 안보고 뱉는다.

"막걸리가 떨어졌남?"

"쪽집개네. 차말루지 무당은 무당여. 막걸리 더 먹구 싶어서 돈 좀 꾸러왔어. 천하의 구두쇠한테 말여."

"구두쇠, 구두쇠. 자꾸 그러지마. 뭇 먹구 뭇 입구 피를 말려 이만큼이나마 사는겨. 그렇다구혀서 누구마냥 자반사다 방가운 데 매달아놓구 냄새루 밥반찬혀는 구두쇠는 아니라구."

"괜히 혀본 소리여. 고깝게 생각혀지 말라구. 흙무당 고생현 것 세상 사램이 다 알어. 그래 이 더위에도 읍내에 오이 낼나남. 이 한 더위에 말여."

"가야지. 오늘 넘기면 선도(鮮度)라나 그런 게 바래져 제 값을 뭇받는다구. 이 가뭄에 목아지가 휘두룩 물을 여날러 기른 오이인디, 한 푼이래두 더 건져야지."

"어이구 극성두, 오늘 해질 녁에 따 났다가 니알 새복 첫 뽀시 타면 스잖남."

"그렇기두 혀지만 벌써 아침 일찍 따 났으니 워쩐댜."

"우리는 수량두 월마 되지 않구혀서 중개인에게 넘기구 말었어."

"잘혔군 잘혔어."

"노래소리 같으네."

때로는 아웅다웅 아귀다툼을 하면서도 두 집은 뗄래야 뗄 수 없는 사십 년 지기인 것이다. 나이도 엇비슷하여 안팎으로 형제지간처럼 터놓고 지내는 자별한 사이이다.

"그늘 밑에서 세월이야 네월이야 하면서 한량(閑良)질이나 혀잖구. 아니 뭣 땜에 바쁜 사람 집구석까지 따라와서 넘의 지사에 대추 놔라, 밤 놔라 하고 수다를 떤댜. 내 원 참."

"그려. 대추 놔라, 밤 놔라 할랴구 쫓아왔어. 저… 거시기."

"이 여편네가 싸래기밥을 묵었나 아까부터 사램 감질만 나게 현댜. 헐말 있으면 속시원혀게 혀봐! 돈좀 꿔달라는 것이여 뭐여. 아니면 관광 가잖은겨."

"피!"

"왜 코웃음만 친댜. 오는 말이 고와야 가는 말두 곱댜."

흙무당의 음계가 좀 사나워지기 시작한다.

"시룽터지게 돈은 무신 돈을 꾸어. 우리두 오이 낸 돈 그대

루 있어. 관광? 하눈님 맙소서. 이 더위에 무신 살판났다구 관
광을 가."

"그럼, 새북에 만돌아버지가 이상헌 짓거리 혀다가 헛물만
켰남? 갈갈…."

흙무당은 새벽녘 잠결에 고만 준보의 살을 더듬으며 추태를
부렸던 자신의 추한 모습을 떠올리며 제물에 얼굴이 붉어진다.
그리고 부끄러워 고개를 들지 못한다. 만돌어머니가 이내 퉁박
을 놓는다.

"어이구 도둑이 제발 저리다더니. 자기들 한 간이 있으닝께
넘들두 그런 줄 아남. 갈갈."

흙무당은 가슴이 뜨끔했다. 정말 죄짓고는 못 사는 세상사라
는 것을 느낀다.

"그런 힘이나 있으면 걱정 웁게. 우리 달기아부지는 참말루
쓸모없는 화상이라구. 집의 재산 빼내다 움세는데만 이력이 붙
은 사램이여."

"달기아부지 얘기가 나와서 말인데, 만돌아부지두 속으로 한
걱정만 혀구 차마 말을 뭇 끄내는 것 같어. 내가 사실은 따라
온거라구. 무신 말 바람결에라두 뭇 들었어?"

"무신 말…."

흙무당의 근육질이 팽팽하게 굳어지면서 두 눈알에서 시퍼
런 불똥이 튀기 시작한다. 심상치가 않다.

"참말루 귀동냥이래두 들은 것 웁써?"

만돌어머니는 흙무당의 서슬에 한풀 꺾인 듯 기어들어가는
목소리로 재차 확인하는 것이었다.

"아니 이 여편네가 아까부터 도깨비 비자루질한 듯 헛말만

늘어 놓는디야. 속상혀게스리. 얼릉 바른대루 말 뭇혀겠어? 우리 달기애비가 또 무신일 저질렀지? 밤새구 올 때부터 짐작은 혔다구."

흙무당은 준보가 꼭두새벽에 들어와 주언부언하던 말을 한 귀로 흘리기는 했지만 아무래도 마음에 걸리는 구석이 있어 내내 찜찜하던 중에 만돌어머니로부터 이야길 듣고 나니 비로소 감이 잡히면서 불길한 사안이 발생한 것으로 일단 예단했다.

"그게 아니구 말여. 저 오릿골에 무신 전자부속 공장 들어슨다는 말 들었지?"

"그게 우리랑 무신 상관이 있댜."

"워째서 상관이 옶서. 그 공장터 옆에 달기네 밭이 있잖은감."

"우리 땅에 한 치라두 들어와만 봐. 내 그냥 있을 것 같은감. 저 죽구 나 죽는겨."

"한 치 좋아혀네 다 먹을라구 덤벼든댜. 아까 둥구나무 밑에서 남정네들 말을 엿듣구 귀뜸 혀주능겨."

"뭣여? 그게 무신 소리랴. 우리 오릿꼴 밭을 통째루 먹다니 워떤 눔이여 그게…. 어서 바른대루 말 좀 혀줘…."

흙무당의 질박한 목소리가 조용하던 집안을 온통 들쑤셔 놓는다. 흙무당의 가랑잎에 불 붙기식 성깔을 그 누구보다도 구석구석 이해하고 있는 만돌어머니는 흙무당의 흥분에 일순 갈팡질팡하다가 어짜피 불난 집에 부채질하기는 마찬가지라며 둥구나무 밑에서 들은 대로 가감 없이 쏟아놓는다.

"전자부품공장을 곧 짓기 시작혀는데, 현제 사들인 땅만으루는 터가 좁댜. 그래서 바루 옆에 붙어있는 달기네 밭을 사 넣어야만 구색을 갖춘댜. 뿐만 아니라, 공장의 입지상으루 달기네 밭을 꼭 사야만 현댜. 원래부터 달기네 밭을 사기루 계획이 되어 있었댜. 그래서 월마전부터 달기아부지를 불러내어 온양이다, 천안이다 워디루 끌구 댕기면서 술을 사주구 밥을 사주혀면서 흥정 중이랴. 달기아부지가 뭇 판다구 난색을 보이자 우루과이 라운드라나 뭣이가 해결되얐기 때문에 앞으루 농지값은 헐값이 아니라, 똥값 보다두 뭇혀다면서 지금 시세대루만 밭을 팔어두 그야말루 빈집에 황소 들어가는 횡재를 얻는다면서 설득을 혀구있댜. 열 번 찍어 안 넘어가는 낭구 웂댜. 달기아부지두 앞으로 농지 값이 똥값이 된다는 것을 깨닫구 밭을 팔기루 결심을 굳힌 듯 하댜. 아마 오늘 중으루 매매기약이 이뤄질지두 무른댜. 사램들의 공론두 앞날이 어두니만큼 현 시세대루 파는 것이 이득일 것이라구들 혀든구먼. 허지만 우리는 그 밭을 사들인 내력을 잘 아는지라. 일부 사램들은 흙무당도 허락을 했을 것이라고들 허지만 아무래도 미심쩍어 종달아부지와 같이 따라온 것이여. 그런디 알구 보니 참말루 우리보다두 흙무당은 더 먹통이니 이 일을 워쩐댜 잉? 허기사 우리두 흙무당이 가진 고생고생 끝에 장만한 땅이라 흙무당이 문문히 땅을 팔리는 웂쓸 것이라구 생각은 혔었어. 그리구 가정의 분란을 미리 예방한다는 맴에서 말혀는 것이닝께 성질부터 돋구지 말란말여. 알것남. 성질부터 부리면 될일두 안되는 뱁이여. 이 지역 발전을 위하여 면사무소나 지서에서두 자진혀서 공장 땅 매입에 앞장 스구 있댜. 눌자리보구 다리뻗으랬다구 초장부터 성질내면 빈대잡기 위해 초가삼칸 불살으는 꼴 되구만다구.

그리구 말여 그 땅 비싼값으루 팔구 그 보다두 더 넓구 더 좋은 땅으루 대토(代土)혀면 월매나 좋아. 그것이야말루 누이좋구, 매부좋구 꿩먹구 알먹구지."

만돌어머니는 장황하게 늘어놓는다. 다 듣고 난 흙무당은 숨을 사납게 내쉬고 있었다. 그리고 얼굴에 덮쳤던 냉기류가 씨슨 듯 걷히고 섬뜩하리만큼 차가운 성애가 하얗게 서리는 것이었다.

그리고 무겁게 입을 연다.

"그 비단보에 개똥 쌓는 소리 작작 혀. 워쩼던 알려줘서 고마워 내 밭을 공장에 판다구, 아하… 허허…."

흙무당은 삼복에 하루거리라도 걸린 듯 턱주가리를 달달거리면서 똑 실성한 사람 같았다. 그제사 만돌어머니도 사태가 심상치 않음을 느끼고, 안절부절 하며 타는 입술에 혓바닥으로 침을 바르면서 후회막급하다는 듯 낭패한 표정을 짓고 있었다. 그녀는 이 위급한 사태를 수습하려는 듯 더듬더듬 말했다.

"이봐! 흙무당? 내가 조금 전에두 말혔지. 너무 그렇게 성을 내구 우격다짐으루 일을 풀으려구 들면 되려 일을 망칠 수두 있다구 말여. 누가 알어? 시세 몇 곱절을 받어가지구 참말루 떼부자가 될지 말여."

"듣기 싫여. 이 늠의 여편네야! 그 삼년 짧은 호박에 입빨 안 들어갈 소리 구만혀구 어서 끄져버려! 아이구 원통혀라. 그 땅을 워뜨기 장만헌 땅인디. 정수리가 다 벗겨지두룩 적성산(赤誠山)에서 나무를 혀여다가 읍내에 내다 판 돈으루 산 땅이여. 하눌이나 알구, 땅이나 알지. 나 고생헌 것 말여."

"내가 왜 그것을 무르겄어. 너무 속속들이 다 아닝께 귀뜸

하는 거 아닌감. 진정혀 떠든다구 될 일이 아녀."

"진정혀구 자시구 혈 것두 읍다구. 서방인가 네방인가 그 눔이 돼질려구 환장혔구만 그려. 젊어서부터 이날이적지 손꾸락 하나 깨딱혀지 않구 지집 진을 있는대루 쪽쪽 빨어 쳐먹구 빈둥대면서 술에 미치구, 놀음에 미치구, 지집질에 미치더니 끝내는 그나마 가지구 있는 목구멍에 풀칠거리까지두 팔아쳐먹으려구 혀는구면. 천벌을 맞어 돼질 인간말족 같으니라구. 그렇게 문문이는 안될걸, 내 눈에 흙이 들어갈 때까지는 절대루 안될걸. 하눌님이 무심혀시지 이 일을 워쩌야 옳다 잉? 그래서 그 인간이 어제 밤 그 공장 사장눔과 박판제 이장눔과 어울려 술과 지집에 취혔구면 그랴. 참말루 기가 차네. 늦바람에 터럭 쉰다더니, 이제 눈에 보이는 것이 읍는 모양이구면 그랴. 이 쑥맥은 그것두 무르구, 서방과 짜그락 거리면서 넘의 다리만 긁었으니 이년이 만고에 읍는 천치지. 천치구 말구. 시상에 꿈은 자다가나 꾼다는디."

흙무당은 완전히 반미치광이 되고 있었다. 그의 별호대로 흙무당의 귀신이 내린 듯도 하였다. 한과, 분노와 배신과, 고독과 패배감 같은 것이 얽히고 설켜 그대로 몸이 순식간에 파열할 것만 같았다.

"그 땅이 무신 땅인디 시상에, 이게 꿈이여 생시여 잉?"

그랬다. 흙무당은 시집이라고 오자마자 다 죽어가는 병객서방에다 물려받은 농토라곤 소작논 세 마지기와 통모퉁이에 위치한 삼백 평도 채 안 되는 척박한 자갈밭 한 뙈기가 전부였다. 사실 그 잘난 논밭 가지고는 두 목구멍에 일 년간 풀칠하기도 힘들었다. 흙무당은 골똘한 궁리 끝에 자갈밭에 보리나 콩 대신 채소재배로 작물을 변경했다. 그리고 매일같이 문살이 훤해지면 밭으로 나가 자갈을 골라내고 퇴비와 거름을 있는 대로 질렀다. 그렇게 정성을 들인 탓인지 이듬해부터 생산량이 부쩍부쩍 늘어났다. 철따라 채소의 종류도 다양했고, 사토(沙土)의 영향으로 오이와 참외의 수확이 아주 짭짤했다.

장성이 지게로 져도 한 짐이 될 만한 양을 흙무당은 광주리에 담아 머리에 이고 이십 오 리나 되는 초간한 읍내를 매일같이 왕복했다.

각종 채소로부터 경우에 따라서는 쌀, 콩, 팥 등 닥치는 대로 여날랐다. 그리고 틈이 나면 밭매기, 모심기, 논매기, 심지어 쟁기질, 써래질 그리고 지게질, 타작일 등 남정들도 힘들어하는 농사일을 타고난 체력과 잘 살아보겠다는 신념하나로 검다 쓰다 불평한마디 없이 해냈다. 뿐만이 아니었다. 한겨울 농한기(農閑期)에는 지게를 지고 적성산에 올라가 나무(薪)를 해다가 이튿날 동틀 무렵 나무를 이고 읍내에 내다 팔곤했다. 사실 나무장사는 힘이 곱빼기로 들기는 했지만 힘이 든 만큼 수입도 좋은 편이었다. 나무장에 재미가 있다는 소문에 동네여편네들이 너도나도 나무장사를 시작했지만 그네들은 읍내에 한 행보를 하고 모두 나가자빠지고 말았다. 유독 만돌어머니가 젊음과 이웃 간의 시샘으로 몇 행보 더 했지만 열흘 못 채우고 병석에 들어 약값으로 배보다 배꼽이 더 컸다고 했다. 보다도 그네들의 나무짐은 흙무당의 반밖에 되지 않아 고생은 같이 하면서도 돈은 반절밖에 벌지 못했던 것이다. 꼭두새벽에 나무를 이고 나오면 너나없이 허기가 지게 마련이었다. 만돌어머니가 견디다 못하여 뭐 요기나 좀 하자고 제의하면 흙무당은 먹고 싶은 것 다 먹고, 입고 싶은 것 다 입고 나면 평생 소작쟁이 밖에 할 게 없다면서 특유의 뱁새눈을 하얗게 휘번득대면서 호통을 치는 바람에 더 이상 말을 못하고 입을 함봉하기가 일쑤였다. 그때 만돌어머니는 속으로 욕바가지를 퍼부으면서도 흙무당의 초인적인 인고에 절로 머리가 숙여지곤 했다. 세상천지 어느 누구도 감히 흉내조차 낼 수 없는 무서운 억척꾸러기였다. 사람이 몇 백 년이나 산다고 저렇게 극성을 떠냐고, 더러는 사람들이 손가락질도 하는 모양이지만 흙무당은 타고난 천성이 그러한지라 전혀 개의치 않고 되려 그니들을 비웃고 있었다. 도둑질만 빼고 무슨 짓이던지 다하여 그 지긋지긋한 가난을 이겨보겠다는 것이 흙무당은 지상(至上)의 덕목으로 삼고 있는 것이었다. 아니 투철한 인생관이기도 했다.

그렇게 몇 년간을 비가 오나, 눈이 오나 하루도 빼먹지 않고 노력한 결과 다락속의 석유궤짝 밑에는 지전(紙錢)이 조금씩 쌓이기 시작했다. 반대급부로 돈이 쌓이는 대신 흙무당의 몸은 많은 변화를 자초했다. 키가 큰 탓도 있지만 황새목 같이 길죽했던 모가지는 시나브로 오므러들었고, 새색씨인데도 얼굴구석에는 이미 가늘은 주름살이 엉켜들었던 것이다. 보다도 낮이나 밤이나 닥치는 대로 머리에 이고 다닌 탓으로 정수리의 머리카락이 닳고 빠져 여자 대머리가 되고 만 것이다. 그래도 흙무당은 쉬지 않았다. 소원인 논과 밭과 제집을 장만하기 전까지는 결코 게으름을 피울 수 없다는 것이 그니의 인생관이었고, 삶을 이어가는 방식이었던 것이다.

흙무당은 궤짝 속의 지폐를 대충 손가락으로 꼽아 보았다. 어림으로 한 삼십만 원은 실히 될 듯 싶었다. 이런 거금(?)을 다락 속에 오래도록 처박어 둔다는 것은 누구네처럼 도둑맞을 염려도 있고 보다도 남편인 준보의 손이 탈 염려도 배제할 수가 없었다. 그런 불의의 사고를 미연에 막기 위해서라도 이 돈을 어딘가 합당 곳에 투자를 하여 재산을 증식해야 되겠다고 궁리를 거듭한 끝에 준보보다는 시어머니에게 무게가 실려 상의를 했다. 시어머니는 새 며느리의 피맺힌 노력의 결실에 검다 쓰다 말을 못하다가 흙무당의 추궁에 정신을 가다듬고 새 며느리의 갈퀴 같은 손뿌리를 어루만지면서 그저 눈시울만 적시는 것이었다. 그 눈물 속에는 아들이 서방구실을 못한다는 에미로서의 회한이 서려 있는 것이었다.

며칠 후 시어머니가 윗말에서 내려오더니 돈의 액수에 딱 맞는 땅이 하나 나왔다고 희희낙락하는 것이었다. 바로 오릿골 윤영장네 밭이라고 했다. 비록 평수는 삼백여 평에 불과하지만 평지에 위치하고 있을 뿐만 아니라, 토질이 기름져 무슨 곡식이고 심기만하면 안 되는 농작물이 없다고 침을 말리는 것이었다. 흙무당은 그 즉시로 땅을 사기로 결심하고 시어머니에게 부탁을 했었다. 그런데 시어머니는 젊은 여자가 나서는 것 보다는 준보의 형 학보(學甫)를 내세워 계약을 하자고 했다. 흙무당은 그때, 시어머니도 학보씨도 초록은 동색이라고 준보와 닮은꼴이라 계약금과 잔금지급만은 반드시 제 손으로 처리하겠다고 단호히 주장했다. 시어머니는 시에미도 못 믿느냐면서 뾰로통했지만 흙무당은 끝까지 자신의 고집을 굽히지 않았다.

시어머니의 심기가 상한 채 큰 아들집으로 돌아간 후 흙무당은 땅값 지급건을 곰곰이 생각해 보았다. 성질이 사특하고 얄팍한 시어머니는 며느리로부터 불신을 받은 관계로 앞으로 땅 사는 일에 앞장서서 협조를 할 것인지가 의심스러웠다. 하지만 흙무당으로서는 기가 막힌 돈이었다. 아니 혈한(血汗)으로 수삼년 동안 긁어모은 돈이다. 그런 거금이 아차 실수로 바람에 날려버릴지도 모르는 모험을 자초할 수는 없었다. 때문에 돌다리도 두들겨보고 건너야하는 신중한 주의가 절대적으로 필요했다. 사촌이 땅을 사도 배 아파하는 세상이다. 시어머니도 그렇고 시아주버니 학보는 더 더욱 신뢰가 가지 않는 사람이다.

흙무당은 모든 것을 일단 운으로 치부하면서도 현금만은 시어머니나 시아주버니인 학보의 손에 넘길 수 없다고 또 한 번 다짐을 했다.

흙무당은 땅 주인인 윤영장을 직접 찾아가 땅값을 지급하기로 마음을 먹었다. 흙무당은 그날 저녁 무렵 돈 삼십만 원을 싸들고 윤영장을 직접 찾아갔다. 윤영장은 이 마을 윤씨 집성촌의 우두머리로서 윤씨 일문의 실질적인 지주(支柱)의 역할을 하고 있는 토반의 후예였다. 근동에서도 그를 올곧고 덕망 있는 사람으로 평가하고 있었다. 그는 오십대 후반의 신사로서 단정한 용모에다 당당한 체구 등, 두루 구색을 갖춘 이 고장에서는 걸출한 인물이었다. 근동의 산과 논밭이 대부분 그의 소유였지만 해방 이듬해 토지개혁과 사변통에 가세가 기울기 시작, 세월이 갈수록 남은 재산을 야금야금 팔아조지고만 있었다. 그렇지만 부자가 망해도 삼년 간다고, 더러는 속빈 강정이라고 혹평하지만 아직도 많은 산과 전답을 소유하고 있는 것이었다.

윤영장은 마침 사랑방에서 어떤 사람과 바둑을 놓고 있었다. 흙무당이 왔다는 말을 전해들은 윤영장은 잠시 후 툇마루로 나왔다. 언제나처럼 하이칼라에 기름을 이겨바르고 금테안경을 붙인 멀쑥한 신사였다. 한동네에서 오랫동안 같이 살았지만 좀처럼 얼굴을 대하기가 어려운 사이였다.

흙무당은 윤영장 앞으로 한 발짝 다가서며 코가 땅에 닿도록 허리를 굽혔다. 그리고 찾아온 사연을 더듬더듬 이야기했다. 다 듣고 난 윤영장은 시큰둥한 표정을 짓더니 학보로부터 이야길 들어 이미 알고 있다면서 평당 이만 원이 아니면 안판다고 배짱을 부리는 것이었다. 그 시절로서는 꽤 높은 가격이었다. 하지만 목마른 쪽은 흙무당이었다. 이만 원 아니라, 이만 오천 원이라도 사야 한다는 것이 흙무당의 확고한 신념이었다. 대충 계산을 해도 삼백 평을 기준하여 에누리를 감안하더라도 오십여 만 원이 소요될 것 같았다. 흙무당은 이러지도 저러지도 못하고 망연자실 그 자리에 장승처럼 서 있었다. 윤영장은 놓다만 바둑에 정신이 팔린 듯 땅 파는 데는 별로 관심이 없는 듯 보였다. 그는 흙무당을 귀찮다는 듯 일별하더니 사랑방으로 되돌아가려고 했다. 하지만 흙무당의 성미도 만만치가 않았다. 그렇게 모멸을 당하고 빈손으로 돌아설 흙무당이 아니었다.

"영감님? 즈희에게 파셔유. 우리가 살 거유 야?"

"허허 무신 일을 급히 서둘러."

"쇳뿔두 단김에 빼랬대유. 우리 주슈. 삼십만 원 가지구 왔슈."

"아니 자네가 무슨 삼십만 원씩 현찰을 가지고 있나 응? 이 어려운 때에."

"있슈."

"삼십만 원 가지고는 아주 부족하군. 한 반 가량 말여. 그 땅은 삼백 평이 훨씬 넘어. 삼백이십 평이 거반 된다구."

순간 흙무당은 절망과 함께 부아가 슬그머니 치밀어 올랐다. 준보가 옆에 있으면 모가지라도 비틀고 싶었다. 그러니까 지난해 늦가을쯤이었다. 베 수매한 돈 십만여 원을 궤짝 깊숙이 숨겨났는데 어느 날 궤짝을 확인하니 다른 돈은 그냥 있고 수매한 돈 십만여 원이 쥐도 새도 모르게 없어졌던 것이다. 그때까지도 준보의 도벽을 물증으로 확보치 못했던 흙무당은 혹시 집을 비운사이 좀도둑이 든 것이 아닌가 하고 생각도 해 보았지만 한편으로 도둑이라면 다른 돈은 놔두고 궤 속에서 그 돈만 가지갈 리가 없는 것이다. 도둑맞았다는 소문이 퍼지자 이웃사람들은 누어 제 얼굴에 침뱉기라며 쑥덕거렸던 것이다. 그때 귀뜸해준 것이 만돌어머니였다.

준보가 며칠 전 투전판에서 쌀 다섯 가마 값을 잃고 벼 수매한 돈이라며 제 깐에 한 걱정을 하더라는 것이다. 흙무당은 그 소문을 듣는 순간 범인은 바로 준보라고 단정했다. 제 버릇 개 못준다고, 남편은 소문대로 지집질과 술주정과 노름과 하나 더 도둑질까지 겸비한 것이었다. 흙무당은 그때 속으로 몇 사람을 지목한데 대하여 사죄하고 잃은 자가 죄인이라는 것을 다시 한 번 곱씹었던 것이다.

생각할수록 절통한 노릇이었다. 그때, 그 돈만 있어도 별다른 구애 없이 윤영장네 밭을 살 수 있는데, 이십여 만원 상관으로 일이 묘하게 꼬여들은 것이다. 이십여 만원 때문에 그 기름진 땅을 놓친다 생각하니 가슴의 피가 온통 역류하면서 열통이 치밀어 올랐다.

산전수전 다 겪은 윤영장은 절망하는 흙무당이 몹시 측은했던지 아니면 땅을 꼭 살 사람이라고 인정을 했는지 하여간 오만기가 수그러들며 여유를 보이는 것이었다. 실은 서울 사는 큰아들이 아파트라나 뭣을 분양받는데, 잔금이 그러구러 백여만 원 부족하여 부득이 땅을 처분하기에 이르른 것이라고 했다. 윤영장은 흙무당에게 이와 같은 전후 사정을 대충 설명하고, 우선 삼십만 원만 지불하고 잔금은 가을 추수 때까지 유예하겠다는 실로 윤영장으로서는 파격적인 조건을 제시하는 것이었다. 이때, 흙무당은 윤영장이 사람이 아니고 신선으로 보이기까지 했었다. 감격한 나머지 흙무당은 그 자리에 털썩 주저앉으며 너풀 큰절을 했었다.

그날 해질 무렵, 삼십만 원을 지급하고 매매계약을 체결한 흙무당은 윤영장네 집을 나서자 그길로 오릿골 밭을 향하여 달려갔다. 해는 가뭇없이 넘어가고 어스름이 슬금슬금 대지를 내리덮고 있었다. 저편 야산 나뭇가지에서는 날짐승들이 잠자리를 찾느라 푸드득거리고 있었다.

흙무당은 해넘이 더위도 아랑곳 하지 않고 삼백여 평이나 되는 편편한 밭 가운데서 가로 뛰고 세로 뛰다가 못내는 두 팔을 치켜들고 너울너울 춤을 추기까지 했다. 그리고 내 땅이여! 내 땅이여! 하고 외쳐대었다. 이윽고 땅바닥에 얼굴을 묻고 비벼대다가 혓바닥으로 흙을 무차별로 핥았다. 향긋하고 신선한 흙내에 흙무당은 최면되어 엉엉 울기 시작했다. 그때 마침 지나가는 동네사람의 도움으로 집까지 끌려왔던 것이다. 이와 같은 일화가 온 동네에 퍼지면서 그니는 흙무당이라는 별명을 얻게 된 것이다.

이렇게 천신만고하여 사들인 땅이다. 그런 땅을 흙무당 몰래 공장터로 팔려고 한다니 이야말로 마른하늘에 날벼락이다. 하늘이 무너지고 땅이 꺼지는 노릇이었다.

흙무당이 뱁새눈을 흡뜨고 길길 날뛰자 만돌어머니는 사색이 된 채 움직일 줄을 모르고 있었다.

"시방 그 눔들이 워디 있댜. 어서 사실대루 말 안 혀면 살인날줄 알어."

계속 홋되게 다구치자 만돌어머니는 고개를 외여뺀 채 몇 차례 한숨을 달더니 흙무당의 기세에 눌려 입을 열었다.

"이웃간에 그냥 있을 수 웂서 귀띔을 했더니만, 참말루 불난 집에 부채질 헌 꼴이 되구 말었네. 흙무당? 지발 좀 진정고정 좀 허유. 깨닥허다가 사램까정 다치는 거 아닌지 무르겠어. 아무리 화가 나두 좀 참었다가 달기아부지 둘어오거들랑 자초지종을 알아봐유. 그리구서 무신 수를 쓰던지 혀유. 말 전주가 아니유, 누가 알어유. 헛소문이 돌 수두 있으닝께유."

"뭐라구? 헛소문이라구. 이 여편네까지 한 통속이네 그랴. 달기아부지 들어오면 물어보라구. 아닌 땐 굴뚝에서 연기 나는 것 봤어. 한 일을 보면 열 일을 안댜. 벌써 행차후에 나팔이구. 지나간 뽀시여. 한시가 급혀. 얼릉 그 눔들이 워디 있는지 들은대루 말 뭇혀? 이 년이 미련투가리라 알구두 속구 무루구두 속능겨. 새벽에 더 닭달질을 혀야혀는디, 그 눔의 농약치려다가 대사 망치네. 어이구 이 눔의 팔자. 참말루 하눌두 무심혀시지."

흙무당은 만돌어머니를 뱁새눈을 흡뜨고 쏘아보자 만돌어머니는 목을 자라처럼 움츠리며 제물에 뒷걸음질을 친다.

"내가 보지 않았는디 달기아부지가 워디 있는지 워치기 알어."

"왜 물러. 그렇기 앞뒤사정을 훤히 알구 있으면서 그 날강도 들이 워디 있는지 왜 물러. 얼릉 들은 말이래두 있으면 말혀봐! 이 흙무당 땅바닥에 캑 혀구 쓰러지는 꼴을 봐야만 말 혀겠어?"

사십년 가까이 이웃에 살아오면서 자는 시간을 빼고 하루도 되차간 떨어져 본적이 없는 만돌어머니는 흙무당이 이토록 성질을 부리는 것을 본적이 없었다. 그니는 너무 무서워서 이 자리를 피해야 되겠다고 퍼뜩 생각이 들었다. 만돌어머니는 순간적으로 열려 있는 소슬대문을 향하여 꽁지 빠진 수탉처럼 잽싸게 줄행랑을 쳤다. 하지만 무엇 하나 만돌어머니는 흙무당의 적수가 될 수 없었다. 대문간을 막 벗어나려는 만돌어머니의 뒷덜미를 흙무당의 무쇠 같은 손바닥이 순식간에 덮쳐버린다.

"요런 생쥐 같은 여편네가 있어. 도망가 봐야 부처님 손바닥 안이여. 자고로 이웃 사춘이라구 혔디야. 이건 이웃 사춘이 아니라, 시방 보닝께 웬술세 웬수여. 넘 억장 질러놓구 워디루 도망친댜. 헐 말을 다 안 혀구 그치면 만돌아부지와 그 일을 혀다가 끝장을 못 내는 거와 한가지여. 사램 감질나게 혀지 말구 어서 딱 부러지게 말혀라구. 그 눔들이 시방 어디서 무슨 꿍꿍이 짓을 벌이구 있는지 말여."

흙무당은 거의 이성을 잃고 있었다. 만돌어머니는 괭이 앞에 생쥐처럼 오돌오돌 떨다가 둥구나무 밑에서 주어들은 대로 자기도 모르게 씨부렁거렸다.

"대읍리 길손다방에 모여 있다구. 둥구나무 밑에서 사내들이

지껄이던디. 참말인지는 무르겄어. 내 눈으루 본 것은 아니닝께 말여. 어이구 저 눔의 승질머리 참말루 가랑닢에 불붙는 것 같다구."

"흥! 그려. 읍네가 아녀서 다행이네. 등잔 밑이 어둡다더니 그런 것두 무르구 지금껏 헛물만 켜구 있었으니 내가 천치여."

흙무당은 만돌어머니의 뒷덜미를 놓자마자 헛간으로 달려가 달기가 읍내 종고(綜高)에 다닐 때 타던 헌자전거를 끄집어내어 빗자루로 먼지를 대충 털고서는 밖으로 끌고 나가 안반만한 궁둥짝을 안장에 싣자마자 이내 작살 맞은 뱀처럼 대음리로 내달린다. 그니는 젖 빨던 힘을 다하여 페달을 밟아댄다. 하지만 속력은 나지 않는다. 꿈속에서 무뢰한한테 쫓길 때처럼 똥끝이 타며 누가 금방이라도 뒷덜미를 나꿔채는 것 같은 환상에 사로잡힌다. 아무리 달려도 그저 제자리걸음을 치는 것만 같다. 그 순간 두 눈에 불똥이 튀면서 열길 단애 밑으로 처박히면서 온몸이 산산 분해되는 듯한 신고(辛苦)를 느낀다. 아뿔사 꿈이 아니었다.

흙무당은 자전거와 같이 길옆 개울 한 복판에 자전거를 처박고 자신은 시궁창에 머리를 박고 버리적거리고 있었다. 지나가던 사람이 이를 보고 기겁을 하고 흙무당을 일으켜 세웠다. 흙무당은 와중에서도 부끄러움을 느낀다. 허겁지겁 일어나려고 안간힘을 다한다. 이대로 죽을 수 없다는 것이 흙무당의 한결같은 철심이었다. 그니는 천신만고 끝에 처 박혔던 자리를 박차고 일어났다. 그리고 비로소 돌아갔던 그니의 눈동자가 제자리를 찾았다. 이어 몸을 추스르더니 나둥그러진 자전거를 건져 올린다. 자전거에 묻은 흙을 털고 자신의 옷매무새를 손질하고

서는 가타부타 말 한마디 없이 다시 자전거에 몸을 싣고 가던 길을 내달렸다. 그니를 구해준 지나가던 사람은 황당한 얼굴로 멀어져가는 그니를 지켜보며, 혀를 내두르고 있었다.

단숨에 대음리로 달려온 흙무당은 단숨에 길손다방의 문을 밀치고 기세등등하게 들어섰다. 시골다방이지만, 그런대로 냉방장치가 되어 있어 시원한 바람이 일시에 전신을 휘감는다. 턱까지 차올랐던 호흡이 잠시 정지되면서 등골에 고였던 땀방울이 섬뜩하게 식어짐을 느낀다. 다방구석에 놓여있는 구닥다리 전축에서는 소양강처녀라는 흘러간 가락이 끊길락 말락 흘러나와 시골다방임을 더욱 실감나게 했다. 다방 내에는 서너 사람이 똑 송장에 분칠한 듯한 레지를 가운데 놓고 진한 음담패설을 나누고 있는 중이었다.

흙무당은 우선 남편 준보를 찾았지만 눈에 띄지 않았다. 눈을 홉뜨고 몇 차례 훑어보았지만 준보는 어디에도 없었다.

흙무당은 낭패감에서 잠시 주저주저 했다. 육척거한의 지하여장군 같은 험상궂은 여편네가 천둥에 개처럼 뛰어들어 으르렁거리자 사람들은 잡담을 뚝 끊고, 경악의 시선으로 흙무당에 시선을 집중하고 있었다. 그 중에서도 레지라는 여자가 기가차다는 듯 빛바랜 눈동자를 디굴거리고 있었다. 잠시 무겁고 어색한 침묵이 흘렀다. 구식전축에서는 소양강 처녀가 끝나고 칠갑산이라는 향토색 짙은 노래가 구성지게 흘러나왔다.

"아니 양지말 준보씨 부인 아니슈? 이 더위에 워쩐 일이슈?"

대음리에서 소규모로 슈퍼를 경영하는 반건달 방(房)씨였다. 오다가다 슈퍼에 어쩌다 한 번씩 들린 적이 있어 안면은 있었다. 그러나 방은 흙무당보다는 준보와의 친분이 두터운 편이었다. 하다못해 소주병이라도 매일 팔아주는 단골이 바로 준보였던 것이다. 다른 두 사람도 알만한 얼굴들이었다. 한 사람은 면사무소 사회계 계장이고, 또 한 사람은 대음리 술도가집 큰 아들이었다.

"우리 집 바깥양반 워딧슈 야? 바른대루 대유. 다 알구 왔슈."

거두절미하고 곡사포처럼 쏘아대었다. 그러자 방 씨가 능글맞게 웃음을 찍 갈기더니, 아니꼽다는 투로 대답한다.

"아닌 밤중에 홍두깨두 유분수지, 어디 와서 준보를 찾는 거요. 번지수가 틀려도 한참 틀렸어요. 에이 암탉이 울면 될 일두 안 된다구."

말투로 짐작건데 방 씨도 오릿골 땅 매매 건에 이해관계가 얽힌듯 했고, 또 내용도 다 알고 있는 듯 했다.

"얼릉 빨리 알려줘유."

"뭘 빨리 알려달라는 거여. 거 시건방지네."

사회계장이라는 자가 볼멘소리를 했다.

"사램 죽는 꼴 봐야 알려 주겄슈. 시상 사람들이 땅 팔구 사는 것 다 알구 있슈. 능청구만 떨어유. 어서 내 남편이 워디 있는지 말혀유. 어서유!"

"아따 그 아주머니 우물을 들구 마시려구혀네. 세월이 좀 먹어요? 좀 진정하고 차근차근 이야기하슈. 무슨 일로 준보인지 남편인지를 다급하게 찾는 거요? 옛말에 말탄 서방이 머냐, 자친 밥이 멀었느냐고 했대요. 찾는 이유나 좀 압시다."

흙무당이 하도 다급하게 설쳐대자 술도가 큰아들이 아니꼽다는 듯 나오는 것이었다.

"시치미 떼지 말어유. 내 앞에서는 어떤 둘러댐두 통혀지 않어유. 오릿골 박판제 이장눔 허구 공장 사장이라나 하는 자 허구 내 남편이 시방 워딨슈 야? 얼릉 가리켜 줘유."

"……."

"시방 세 눔이 모여서 내 살과 피 같은 땅을 팔어 먹으려구 흥정들 혀구 있대유."

그들은 서로의 얼굴을 맞쳐다보며 뜻하지 않는 돌발 사태에 당혹감을 감추지 못하면서 애꿎은 담배만 피워대고 있었다. 그 중에서 그래도 나이가 가장 지긋한 사회계장이 눈알을 잠시 땅바닥으로 깔더니 오만불손하게 툭 뱉었다.

"굴러들어오는 복을 차도 분수가 있지 딴 사람들은 땅을 못 팔아 안달인데…. 할 수 없어. 복을 안겨줘도 싫다는데 도리 없지. 평생을 똥구녕이 찢어지게 살라는 팔자닝께 누구 탓을 하겠어. 에이 기분 되게 잡치네. 모르면 구구로 있으면 본전이나 건지지."

사회계장은 가래침을 캑캑 긁어모아 다방바닥에 퉤! 하고 뱉아 버린다. 그러자 옆에 붙어 앉아있는 레지가 팔꿈치로 사회계장의 가슴팍을 직신거리면서 두 눈알을 하얗게 구석으로 모은다.

"그류. 난 아무 것두 무르는 바보구 천치유. 그저 이날 이적지까지 흙을 파구 씨를 뿌리구 걷워들이는 일밖에는 아무 것두 물류. 그래서 굴러들어오는 복두 자발 읎이 차버리능규. 잘나구 똑똑현 년이 지랄 열쳤다구 이러겠슈. 하루 삼시 밥 먹구 똥 싸는 것은 대통령이나 나나 똑같어유. 목숨두 똑 같어유. 뭐 세도 있구 돈 많은 사램은 넘 두 몫 묵구 두배루 산대유?

가당찮은 소리허들 말어유. 어서 더 흉한 꼴 보기 전에 우리 남편 워디 있는지 가리켜 줘유. 대통령이 백성 굶기잖구 먹여 살리는 게 일이라면 나는 시방 내 남편 찾는 게 할 일이유. 댁들은 내 냄편이 워딧는지 알려주능 게 일이구유 아남유."

흙무당의 걸죽한 육두문자가 거침없이 쏟아져 나온다.

"워쩨서 꿀 먹은 벙어리마냥 말이 읍대유 그래. 씨부랄 참!"

기어이 흙무당의 입에서 거친 욕설이 튕겨져 나온다.

그들은 흙무당의 광기에 질러버린 듯 더더욱 위축되는 듯했다. 그래도 상이군인 출신인 슈퍼 방 씨가 입맛을 쩍쩍 다시다가 기어코 실토를 한다.

"길이 아니면 가질 말고, 말이 아니면 탄을 하지 말랬다는디 워떻겨. 아는 대로 알려주리다. 지금 박판제와 준보는 공장사장과 함께 진미식당에 있을 거요. 확실헌건 아니구 한 번 가보슈. 이 좁은 바닥에 어디간들 못 찾겠소. 우리도 땀을 식히고 그리로 가리다. 아마 점심들 먹을거요."

방 씨의 말이 떨어지기가 바쁘게 흙무당은 다방문을 박차고 밖으로 나왔다. 다방을 등질 때 그들의 비아냥 소리가 귀바퀴를 뱅뱅돌았지만 흙무당은 들은 척도 하지 않고 백여 미터쯤 떨어져 있는 진미식당으로 쏜살 같이 달려간다. 부지중 달리면서도 오릿골이장 박판제라는 이름 석 자가 가뭇없이 떠올랐다가는 사라지곤 한다.

그리고 자신도 모르게 '그 눔이 끝내 우릴 잡어먹으려구 허는구먼 우라질 눔, 내 저주에 지 눔이 옳게 돼질 것 같은감. 우라질 눔. 당장이래두 천벌을 맞거라!'

흙무당이 한달음에 진미식당으로 뛰어들자, 식당 안은 바깥

보다도 더한 열기가 조청처럼 끈적끈적 피부에 와 닿았다.

슈퍼 방 씨가 말한 대로 그곳에는 남편을 위시하여 모두 세 사람이 식탁에 둘러앉아 삼겹살에 소주를 걸치고 있었다. 한 사람은 생판 모르는 사람이고 나머지 한 사람은 오릿골 이장 박판제였다. 직감적으로 일은 이미 저질러진 듯 했다.

흙무당은 뱁새눈을 무섭게 치뜨고, 대갈일성을 터뜨렸다.

"이 대낮에 무신 정신 빠진 짓들이랴 잉? 댓싸리 밑의 개 팔자라더니 참말루 그 꼴이네 그랴. 지집은 뙤약볕에나가 죽을 뚱 살 뚱 농약을 치는디두 서방은 한가혀게 술집에서 술만 퍼마시구. 그것 참 집안꼴 잘 되어간다. 하눌이 내려다 보구 있다. 이 웬수 덩어리야. 어서 뒈져버렷!"

인정사정없이 흙무당이 퍼부어댄다. 술이 알맞게 취한 준보는 실눈을 슴벅거리며 별안간 닥친 이 위기국면을 수습해보려고 안절부절 못하다가 혀꼬부라진 목소리로 항의를 한다.

"암탉은 집안에만 있어야 하는 법이여. 워쩨서 바깥까지 쫓아나와 집안 망신을 다 시킨댜. 참말로 챙피혀서 살 수가 있나. 암탉이 기승을 부리면 집안이 망허는 뱁인디. 쯔쯔…."

"암탉이 울면 집안이 망현댜? 좋다. 이 화상아. 암탉이 울구 싶어 우는 줄 아남. 수탉이 뭇 우닝께 암탉이라두 대신 울어야지. 쪽제비두 낯짝이 있다. 아이구 아이구. 하눌님 이 일을 워쩐대유 야?"

"듣기 싫엇!"

"듣기 싫다구? 이런… 순, 이봐 이 화상아 옛말에 말 한 마디루 천냥 빚을 갚는다구 혔어. 말이면 다 말 인줄 알엇?"

"아이구 내 팔자야."

"옳다 팔자타령 한 번 잘 혔다. 기는 놈 위에 나는 놈이 판친다더니, 저 화상이 원제부터 저렇게 똑똑혀졌댜, 잉? 잔말말구 어서 바른대루 말혓! 바른대루 말 안혀면 살인난다."

"그래두, 불여 악처가 열 효자보다 낫다구 해서 참고 살자니 참 힘이 드는구먼…."

"그래 천하의 불여 악처다. 모 아니면 도여. 이판사판이다. 그래 오릿골 땅이 네 땅여? 이 대가리가 벗겨지두룩 머리 품 팔어 산 땅이다. 만일 그 땅을 팔구 사기만 혀봐. 여러 눔 죽을 줄 알어. 빈말이 아녀."

"이 아주머니 되게 흥분했군. 좀 마음을 진정하고 전후 사정을 들은 후 사람을 죽이던지 말든지 허슈."

박판제가 제 딴에는 체면을 차리는 듯 목을 뻣뻣이 곤두세우면서 말했다.

"흥! 이웃 사춘이러더니, 그래 그 말 밖에 혈말이 웂슈? 무신 전후 사정이유. 이장이 뭘 안다구 침통을 흔드는 거여. 소시 적에 머리카락이 이렇게 빠지도록 낭구와 채소를 읍내에 내다판 돈으루 산 땅이여. 그 땅은 그대루 내 목숨이나 진배웂다구. 그것은 흙이 아니라, 내 살과 피와 땀으루 뭉쳐 놓은 것이라구. 무르면 입이나 다무루고 있으라구. 주제넘게 나서지 말구."

목구멍에서 선지피를 토해내는 듯한 절규였다. 잠시 분위기가 숙연해졌다. 하지만 이런 위기상황을 돌파하는데 이골이 난 박판제는 금세 안면을 바꾸었다. 아니 일보 전진을 위해 일보 물러서는 듯도 했다.

"허허…. 아주머니? 내말 좀 잘 새겨 들으슈. 이 낙후한 우리 고장에 공장이 들어서면 어떻게 발전하는지 알어요?"

"나는 아무 것두 물류. 흙 파는 일 밖에유."

"그러니 내 설명을 귀담어 들어봐요. 이곳에 공장이 들어서면 지역적으로 발전을 할 뿐만 아니라, 영세한 주민들이 일자리를 얻어 생활이 향상되구 그야말로 일석이조란 말이요. 앞으로 아주머니도 농한기에 공장에 취직하여 돈을 벌면 그야말로 꿩 먹고 알 먹는 식이지요. 이 뙤약볕에 논에 나가 농약을 치는 그런 혹독한 일을 안 해도 된다는 사실을 알란 말이요. 농사일이 싫으면 평생 공장에 다니면서 후한 월급에다 상여금을 곱으로 타고 얼마나 좋소. 하루아침에 팔자가 늘어지는 거죠. 왜 떡시루 갖다 놓구 절을 해도 시원찮을 텐데… 왜 그리도 답답하슈. 한 나무만 보지 말고 숲 전부를 보란말두 못 들어봤어요?"

박판제는 의기양양 늘어놓는다. 그러면서도 한편으로는 불청객으로 해서 술판을 깼다는 아쉬움이 가시지 않는 듯 연신 젓가락으로 고기점을 들었다 놨다 하면서 흙무당을 곱잖은 시선으로 힐끔힐끔 훔쳐보고 있었다.

"공장이 들어서서 부자가 되구, 날 데려다가 고대광실 안방마님으루 모신대두 난 땅 뭇팔어유. 있는 그대루 내 땅을 내가 일궈 씨를 뿌리구 가꾸구 거둬서 남편과 자식들허구 오순도순 사는게 좋아유. 그런 사탕발림에 넘어갈 내가 아뉴, 지발 우리 집안에 풍파를 일으키지 말어유. 우리 땅이 꼭 필요허구 사구 싶으면 나를 이 세상에서 읎세 버리구 갖든지 말든지혀유. 그렇지 않구서는 안 되유."

흙무당은 완강했다. 결코 땅은 목숨과 바꿀 수 없다는 결연한 의지가 역력히 드러나 있었다. 준보는 주량이 한계에 다다른 듯 왼손으로 턱을 고인 채 딸꾹질을 연신 토해내고 있었다. 땅덩어리가 날라가든 말든 자신과는 무관하다는 듯 무덤덤한 얼굴색이었다.

이때, 벽시계가 두시를 가리키고 있었다. 흙무당은 조반도 준보와 짜그락거린 뒤라 입맛이 없어 드는 둥 마는 둥 했고, 아직도 점심을 굶은 터라 생리적으로 허기를 몹시 느꼈다. 그래서 한시바삐 이 사건을 종결짓고 싶었다.

"양지말이나 오릿골 사람 할 것 없이 이 고장에 공장이 들어선다니께 모두 환영일색인데 도대체 흙무당은 중뿔나게 이유 같지 않은 이유로 반대를 하는 거유. 다 된 밥에 재를 뿌리자는 심뽀유? 코를 빠뜨리는 심뽀유. 이 공장을 오릿골로 끌어오는데 이곳 유지들이 얼마나 심혈을 쏟았는지 알구나 하는 소리요. 그 보다도 다른 사람들은 우루과이 라운드가 해결나자 땅을 서로 못 팔어 안달이 났는데 도대체 흙무당은 무슨 꿍꿍 잇속으로 그러는 거요. 넘들은 모두 동쪽으로 가는데 혼자 서쪽으로 간다고 해서 살 것 같어요?"

"동쪽이구 서쪽이구 그런거 따질라구 여기까지 온 거 아뉴. 여러 말 필요 읎슈. 땅 못팔어 안달혀는 사램 것 사서 공장 세우면 되잖유?"

박판제 이장이 이때 흙무당의 말을 가로챈다.

"워찌 세 살 먹은 어린애 같은 소리만 헌대유. 공장이 서는데 필요한 땅을 사야지 필요치 않은 땅을 뭣 땜에 산대유. 흙무당네 밭이 공장 들어설 땅과 맞물려 있으닝께 필요한거요. 허허…."

흙무당 81

박판제는 공허하고 가증스런 웃음을 억지로 흘리고 나더니 휴지를 오른손에 둘둘 말아 얼굴에 줄줄 흐르는 땀을 난폭하게 훔친다. 박판제 바로 옆에 앉아 있는 오십대 초반의 낯 서른 사람은 두 사람의 대화를 경청하면서 일희일비하고 있었다. 공장을 건설하는데 직접 관여하는 관계자임이 틀림없었다. 흙무당은 매부리코에 얼굴이 반 쯤 얽은 그 사내를 자기만큼이나 못생겼다고 얼핏 생각한다.

박판제는 목청을 더 돋구어 제 말을 계속 늘어놓고 있었다.

"공장은 아무데나 세우는 게 아니라구요. 첫째로 입지조건이 맞아야 하는데 우선 공업용수가 있는가를 봐야 하고, 부지의 평면(平面) 또한 진입로, 또 민원의 발생여부 등 제약조건이 한 두 가지가 아니오."

"시상에 그런 곳이 우리 동네 밖에 읍대유? 이 넓은 조선 천지에 물 좋구 땅 좋은 디가 월마든지 있슈. 이장님두 그러능겨 아뉴. 긴말 헐 것 읍슈. 내 땅은 하눌이 무너져두 못 팔어유. 만약 기약을 혔으면 얼릉 기약서 내놔유. 내 승낙읍시 기약서 백장 있어두 소양읍슈. 다 헛거유."

흙무당이 단호하게 내뱉는다.

"이봐유 흙무당? 이곳 땅 시세가 얼마 가는지 알구 있죠?"

"나는 자구나면 두더지마냥 흙밖에 팔줄 물러유. 그까짓 땅값은 알어서 뭣 현대유. 물류."

흙무당은 그런 땅 시세 따위는 관심 밖이라 전혀 알 턱이 없었다.

"아니 땅값을 알구 있어야 앞으로 싼 땅을 사 모을 것 아뉴."

"무신 돈으로 땅을 또 사유. 사내는 허구헌날 대음리 아니면 읍내 술집을 기웃거리구, 아들 눔은 대학 간다구 삼수라나 사수를 허구. 나 혼자 뼈 빠지게 머리루 여날러 벌어봐야 남편자식 뒷바라지 혀기에두 죽겠슈. 인자 땅 못사유. 다 여자팔자 되웅박이러더니 황새 울었슈."

"그러기에 오릿골 땅을 시세보다 비싸게 팔라는 거 아니요. 그 땅을 비싼 값으로 팔고 좀 더 평수가 넓은 땅과 대토(代土)를 하든지 아니면 투자회사에 예금하고 이자를 받으란 말이요. 그야말로 알부자가 되는 거요. 왜 이런 좋은 기회를 스스로 차버리느냐 이거요. 답답 허구면."

"비단보에 개똥같은 소리 듣기 싫어유. 그래 대토를 혀면 나무함박이 쇠함박 된다유? 삼 년 짧은 왜호박에 송곳 안 들어갈 소리 허들 말어유."

"거 무슨 말투가 그래요. 점잖은 공장 사장님두 계신디서…"

"흥! 점잖은 공장 사장님유? 점잖은 강아지 부뚜막에 먼저 올라간답디다요."

박판제 이장은 끓어오르는 부아를 가까스로 진정시키면서 똥이 무서워 피하는 것이 아니라는 표정을 억지로 짓고 있었다. 흙무당이 권리자는 아니더라도 실질적인 소유자임을 만천하 사람이 다 알고 있기 때문에 매수자 입장으로서는 어떻게든지 흙무당을 설득하여 반 승락이라도 받아놓는 것이 후일에 탈이 없을 상 싶었다.

박판제 이장은 오장육부가 있는 대로 들끓어 올랐지만 구전 몇 푼에 사로잡혀 분을 꿀꺽꿀꺽 참는 모습이 어찌 보면 처절하기까지 했다. 한편으로는 박판제 이장은 부동산꾼은 아니지만 이 근동에서 이루어지는 부동산매매에는 거의 빠지지 않고 직간접적으로 개입을 해 왔다.

그 과정에서 박판제 이장은 숱한 어려움과 모독을 체험하기도 했다. 그에 비하면 이번 건은 그야말로 누어서 팥떡 먹기보다도 수월한 흥정이라고 단정지었다. 흙무당의 반발쯤은 흔히 있는 부작용이다. 그래서 박판제 이장은 안 나오는 웃음을 짜내기 위하여 헛기침부터 하고서는 표정을 다시 고치면서 하하하고 어색하게 웃는다.

"지금 이곳 땅 시세는 밭이 평당 오만 원이고, 논은 삼만 원도 못가요. 밭은 잘 받아야 오만 원이지만, 그 밭의 내력을 잘 아는지라 사장님을 설득해서 만원을 더 얹어주기로 했지요. 이 어려운 시기에 이천여 만원이면 돈이 얼마요. 그야말로 칠년 대한에 장대비 같은 돈이지요. 그 돈을 농협에 예금하고 그 이자로 준보와 나란히 삼천리 방방곡곡 유람이나 다니고…. 그야말로 팔자가 늘어져 자빠질 팔자지…."

"말 뭇혀구 죽은 구신은 구신 축에두 뭇든다드니 말 연습 많이 혔네유. 워찌 그리두 말을 번드르르 잘 현대유. 변후사혀두 쓰겄네유. 뭇 써유, 그러면 뭇 써유. 사램이 안벽 치구 겉벽 치면 삼대를 보부짐 진대유."

흙무당과 박판제 이장 간에 말씨름이 길어지자 조는 듯 눈을 감고 있던 준보가 혀꼬부라진 소리로 불쑥 참견을 한다.

"들자든자 허닝께 참말루 더는 못 듣겠네. 야? 이 ○같은 ○아! 땅은 이미 팔렸어. 아무리 떠들어 봐야 죽은 자식 부랄 만지기여. 예로부터 부창부수요, 여필종부라고 혔어. 남편 허는 일에 뭣 땜에 지집○이 나와서 팥 심어라 콩 심어라 지랄이여.

재수 옴 붙었다. 아! 취한다. 꺼꾹, 꺼꾹…."

준보의 이 한마디는 결과적으로 일을 파국으로 모는 도화선이 되고 말았다.

아무리 술김에 한말이지만 제삼자가 듣기에도 준보의 말투는 도가 지나쳤다. 준보는 자는 척 하면서도 대화의 흐름을 예단하고 아내의 심성으로 보아 누가 무슨 말을 해도 그니를 설득하기는 틀렸다고 단정하고 못 먹는 감 찔러나 본다는 심술기에서 먼저 큰맘 먹고 선수를 친 것이었다. 하여간 준보는 화약을 지고 불속으로 뛰어든 꼴이 되고 말았다.

순간 침묵으로 일관하던 공장 사장이 준보의 강한 반발에 자극을 받은 듯 그도 한마디 거들었다.

"당신은 법적으로 그 땅에 대하여 이미 권리를 주장할 수 없는 사람이요. 벌써 합법적으로 땅의 매매는 성립되었기 때문에 땅임자는 나란 말이요. 사람 자꾸 피곤하게 만들지 말어요. 우리가 뭐 그 땅을 강제로 빼았기라도 했단 말이요, 뭐요? 말이야 바로 말이지, 우리는 이곳에 공장을 꼭 세워야할 이유도 없어요. 면 유지들이 하도 사정사정해서 이보다 더 조건이 좋은 곳도 포길하고 이 곳을 택했는데 자꾸 이런 부작용이 생기면 우리는 당장이라도 이곳서 철수할 거요. 땅을 공짜로 빌린대도 이렇게 푸대접은 못 할 거요. 시세보다 만원이 비싸게 사면서 이게 무슨 망신이야. 주객이 전도돼도 유만부득이지 에이 갑시다."

세 사람이 합동으로 흙무당의 야코를 죽일 작정인 듯 했다. 하지만 흙무당은 이미 돌아설 수 없는 극한 사항에 다다르고 있었다.

"뭐라구? 이놈들…. 땅이 이미 팔렸다구. 그리구 뭣이여? 내가 권리가 읎다구. 내 모가지가 부러지구 머리칼이 벗겨지두룩 여날러 번 돈으루 산 땅인디 권리가 읎다구? 이런 사기꾼 놈들 좀 봐! 이 늠들 천벌을 좀 맞어 봐라! 그 맛이 쓴가 단가 말이다."

흙무당은 의자에서 벌떡 일어났다. 순간적으로 흙무당은 이들에게 본때를 한 번 통쾌하게 보여줘야 되겠다고 생각했다. 흙무당은 우선 사장 눈앞에 자신의 벗겨진 정수리를 디려댔다.

"두 눈으루 똑똑 보아두라구. 그 땅을 사는데 부무님헌티 물려받은 이 머리털을 바친거라구. 이 무도한 작자야."

사장은 흙무당 벗겨진 정수리를 손바닥으로 밀치면서 주춤주춤 뒤로 물러앉는다. 몹시 불쾌하다는 듯 오만상을 찌푸렸다. 그는 물러앉으면서 말한다.

"세상에 살다살다 이렇게 무식하고 몰상식한 여자 처음 보겠네. 에이 공장이고 뭐이고 다 집어치우고 철수하겠소. 여자가 재수없게 초장부터 초를 치니 공장이 제대로 건설될 리도 없을 뿐더러 사업도 뜻대로 될 수가 없을 거요. 세상에 이게 무슨 망신이야. 돈 버리고 창피당하고…."

사장은 정말 공장건설을 때려치우고 금방이라도 보따리를 쌀 그런 기세였다. 하기는 사장의 입장도 한편으로는 이해가 되기도 했다. 경기도 일산에서 공장을 경영하고 있는데 그 일대가 아파트군이 형성되면서 만부득이 남쪽으로 이전하게 된 것이다. 당초에는 수도권 공단을 염두에 두었으나 소규모부지가 없을 뿐더러 있더라도 짓기가 비싸고 용수, 전력 등 여러 가지 규제가 심하여 멀찍이 충청도까지 내려오게 된 것이다.

마침 지역 유지들의 간곡한 권유도 있고, 또 인력 등 입지조건도 비교적 양호한 편이라 땅값이 시세보다 좀 비싸더라도 정착하기로 결정을 한 것이었다. 그런데 대지매입부터 뜻하지 않은 불상사가 불거져 나온 것이다.

사실 삼백 평 땅이 당장 공장 짓는데 필요한 땅도 아니었다. 그럼에도 불구하고 땅값을 시세보다 만원씩 더 얹어주는 조건인데 그런 후의(厚意)도 모르고 법률상 제삼자가 나서서 소갈머리 없이 미주알고주알 참견을 하는 것이다. 사장은 정말 흙무당의 무례한 태도에 솔직히 기분이 이만저만 상하는 것이 아니었다. 오십여 평생을 살아오면서 아녀자로부터 직접 놈자를 들어보기는 이번이 처음이다.

박판제 이장이 두 손을 앞으로 공손히 모으며 정중히 사과를 하는 것이었다.

"근동에 소문난 반미치광이입니다. 상대를 한 제가 큰 잘못이었고 실수였습니다. 저렇게까지 미쳐 날뛸 줄 정말 몰랐습니다. 바로 이웃동네에 살지만 저 여자와는 전혀 상대한 적이 없는 생면부지나 마찬가지입니다. 저희 실수입니다. 백배사죄 드립니다."

"뭐 반미치광이? 생면부지? 야! 박판제. 우리 아부질, 우리 아부질…. 누구여? 이놈 한 입가지구 두 말 혀네. 박판제가."

흙무당은 앞에 있는 육중한 식탁을 번쩍 치켜들더니 비호같이 박판제 이장과 사장의 머리통을 향하여 죽기 아니면 살기로 내리 꽂는다. 그러자 식탁에 있던 국그릇, 반찬그릇이 우수수 쏟아지며 땅바닥에 부딪는 소리와 함께 식당 안은 금방 아수라장으로 돌변하고 말았다. 준보와 식당안주인이 발을 동동 구르며 울부짖었지만 포효하기 시작한 호랑의 기세를 막을 수는 없었다. 삽시간에 사고는 크게 벌어지고 말았다. 흙무당은 고삐 풀린 황소같이 날뛰면서 이번에는 의자를 들고 닥치는 대로 휘둘러댔다. 악이 절정에 달한 흙무당을 당장은 당해내는 사람이 없었다. 흙무당의 전광석화 같은 공격에 속수무책인 박판제 이장과 사장은 식당 바닥에 쓰러진 채 코에서 선지피를 쏟고 있었다.

"이런 개만두 뭇현 인간 같으니라구. 사램의 탈을 쓰구 이게 할 짓이여? 이 무도현 늠들아. 야, 이 버러지 같은 화상아? 땅문서 훔쳐 가지구 나와서 이 지랄혔지? 그렇지? 네 속 훤히 디려다보구 있다구."

"이 여편네가 도무지 보이능게 없나. 아니 죽을라구 환장한 거야? 다 잘 살아 보자구 하는 짓인디, 이 일을 어쩐댜? 잉. 큰일 났네. 너두나두 다 쇠고랑이다."

"뭐라구. 죽을라구 환장혔다구. 그렇다. 환장혔다. 죽을라구 땅문서 훔쳐다가 천금 같은 땅을 팔아 쳐먹는 저 화상에게 하눌님이 계시다면 금방이라두 날벼락을 쳐 주셔유. 야? 아이구 내 팔자야…"

"아니 이 여편네가 땅문서 달래면 잘도 순순이 내 주겠다. 누이 좋구 매부 좋구 다 잘 살아보기 위한 짓이여. 이제 우리는 완전히 망했고나. 이 일을 워떻게 한댜. 잉?"

준보는 오열하고 있었다. 이때 길손다방에 진치고 있던 일당들이 마침 몰려왔다. 흙무당은 그들에게 눈도 주지 않고 준보를 똑 독수리가 병아리를 채가듯 나꿔 가지고 문밖으로 나왔다. 그리고 세워놨던 고물자전거의 뒷짐받이에 준보를 싣고서는 냅다 내달린다. 그러나 술에 절은 준보가 중심을 잃고 자전거에서 굴러 떨어졌다. 흙무당은 자전거를 세우고 준보를 다시 싣고서는 이번에는 왼팔로 준보의 허리를 움켜잡는다. 하지만 이런 상태로 집까지 데갈 수는 없었다. 흙무당은 젖빨던 힘을 다하여 페달을 밟으면서 씨부렁거린다.

"그려 뒈지는 게 백 번 옳다구. 이까지 무굴쳉이 쓸모가 읎다구. 애매한 밥만 축낸다구. 아이구 이 눔의 팔자야."

흙무당은 대음리를 벗어나자 속력을 드티면서 생각에 생각을 거듭 했다. 이윽고 그니는 땀을 손바닥으로 훑으며 자전거를 가로수 아래에 세운다. 그리고 흐느적거리는 준보를 번쩍 안아다가 도로 옆 논바닥에 그대로 던져버린다. 순간 그니의 표정은 너무도 상기돼있어 사람 같지가 않았다.

이윽고 그니는 말 한마디 없이 자전거를 되타고 집을 향하여 달린다. 흙무당은 양지말 어귀에 이르자, 자전거의 속도를 늦추면서 오던 길을 되돌아다 본다. 그때 마침 준보는 죽을 수 없다는 듯 물구덩에서 엉금엉금 기어 나와 진흙으로 전신을 맥질한 채 신작로 한복판을 네 땅이냐, 내 땅이냐 하며 팔자걸음으로 걸어오고 있었다. 자동차 몇 대가 줄지어 준보를 따르는 광경이 무슨 희극영화를 방불케 했다.

흙무당은 핸들을 틀어 오릿골 밭으로 향한다. 밭에 닿자마자 그니는 밭이랑에 언젠가 처럼 얼굴을 흙속에 묻고 소리 내어 통곡을 한다. 아무래도 미구에 이 땅이 누구의 손으로 넘어갈 것만 같은 예감이 강하게 떠오른다. 하지만 그니는 땅의 열기에 더는 얼굴을 묻지 못하고 고개를 쳐든다. 이윽고 그니는 청청한 하늘을 바라보고 뱃살이 아프도록 웃음인지 울음인지 갈갈갈… 하고 오열을 토해낸다. 그것은 그니의 폐부를 난도질하는 듯한 아픔의 소리였다.

백로 한 쌍이 하늘높이 어디론가 날라가고 있었다.

오후의 햇살이 더욱 쨍쨍 내리 퍼붓고 있었다.

3

이튿날 아침나절이었다. 대음지서에서 이 순경이라는 애송이가 만돌아버지를 앞세우고 들이닥쳤다. 도수 높은 안경을 번득이며 기세등등한 이 순경은 한마디로 안하무인의 거드름을 피우고 있었다. 흙무당은 즉각적으로 어제의 사건으로 자신을 취조하러 왔거나 아니면 연행하러 나온 것으로 생각했다.

만돌아버지는 갑자기 벙어리가 된 듯 순경의 뒷편에 서서 괜히 머리만 긁적거리고 있었다. 그의 표정은 흡사 밥 속의 돌이라도 씹은 듯 오만상을 찌푸리고 있었다.

어제 밤 양지말 새마을회관에서 몇몇 동네사람들이 자발적으로 모여 흙무당의 폭력사건을 해결해보려고 대책회의를 가졌지만 별다른 묘안이 안 나와 중구난방으로 떠들어대다가 한가지로 결론을 내리지 못하고 흐지부지 회의를 마쳤다는 것을 흙무당은 듣고 있었다. 하지만 중론은 대체적으로 이 지역 발전을 위해서는 흙무당이 사과하고 깨끗이 양보해야 된다는 쪽으로 기울고 있었다고 했다. 그런가 하면 일부 젊은 층에서는 흙무당의 행위는 정당하며 자위책이라고 두던하는 사람도 상당수였다고 했다. 그리고 그들은 준보와 공장유치 추진파들의 부도덕성을 신랄히 비판하였다고도 했다. 또 일부 노인들은 조용하고 때 묻지 않은 비교적 청정한 이 고장에 산업시설이 들어서면 득보다 실이 크다며 벌써부터 환경정화론을 들먹이는 어른들도 있다는 것이었다.

이와 같은 회의 분위기와 기왕의 대체적인 여론을 만돌아버지로부터 어제 밤늦게 전해들은 흙무당은 거의 뜬 눈으로 날밤을 새우다시피 했다. 도무지 어제의 일을 생각하면 아주 못된 악몽에 시달린 것만 같다. 순간적으로 부아가 활화산같이 폭발하여 식탁과 의자를 조자룡 헌 칼 쓰듯 내 팽개쳤던 것이다. 그리고 준보를 신고 오다가 무슨 초친 맛으로 논바닥에 거꾸로 쳐 박어 반 주검을 시켜놨는지 자신이 저지른 일이면서 냉큼 수긍할 수가 없었다. 길바닥에 기어 다니는 벌레조차도 밟지 않고 피해가는 흙무당의 생명에 대한 경외심은 괴팍하리만큼 철저했다. 그런데 하물며 사람을 둘씩이나 죽어라 하고 족쳐놓고, 그리고 하늘같은 남편을 물구덩이에 쳐 넣은 행위는 이유 여하를 불문하고, 악랄한 추태였음은 부인할 수가 없다. 하지만 식탁을 들어 올려 박판제를 노려보는 순간, 흙무당은 사십여 년 전 비극적으로 세상을 떠난 아버지의 초췌한 환영이 박판제의 얼굴에 포개져 있었다. 그리고 식탁을 내리칠 때 준보와의 한 때 맛본 절정의 쾌감을 통쾌하게 느꼈던 것이다.

아마 그런 쾌감은 일생일대에 한 번 있을까 말까였다.

"아주머니가 추간남(秋侃男)이요?"

"그런디유 무신 일루 그런대유?"

흙무당은 뻔한 현실을 일단 부정하는 듯 오리발을 내민다.

"몰라서 물어요? 생긴 대로 악질이군."

"오뉴월 볕은 하루가 새룹다는디 워디 젊은 사램이 순사라구 함부루 혀두 되유?"

"당신이 먼저 뻔한 일을 무른다구 버티니께 그렇죠."

"물르구 말구혈게 뭐 있대유. 잡어가구 싶으면 어서 잡어가유. 내가 죄를 지었다면 그 죄는 사람들이 워쩌구 저쩌구 뭇혀유. 세월이 가면 옥황상제께서 잘잘못을 가리셔 벌을 주던 상을 내리던 혈거유. 그 알량한 법가지구 따지지마유."

흙무당은 단호하게 대꾸했다. 그리고 자신의 품고 있는 의지를 눌변이지만 진솔하게 설파했다.

"추간남 씨는 여자요? 남자요?"

"얼래? 여잔지 남잔지 분간두 뭇혀는 사램이 무신 순사를 현댜. 참말루 요새 말루 웃기는 사람이네…."

"말 삼가해요. 치마를 둘렀으니 틀림없는 여자 같은데 체구나, 생김새나, 이름자를 봐서는 똑 남자 같아서 하는 말이요."

이 순경은 볼멘소리였지만 반은 농기가 섞여 나왔다. 하지만 흙무당은 그 농조를 받아들이지 않았다. 참는 자에 복이 있다고 했다. 그래서 평생을 형언할 수 없는 인고 속에서 살아왔다. 세상 누구하고 참는 경주를 벌이면 일거에 이길 자신이 있다. 하지만 지금 애송이 순경의 경멸의 농지거리는 호락호락 받아들일 수가 없다. 어제부터 터져 나오기 시작한 일련의 사건들이 그니를 끝까지 참고 견디도록 내버려두질 않는 것이다.

"얼래. 눈뜬 당달봉사유? 남녀두 물러보니….."

흙무당의 이 한마디에 이 순경은 자존심이 상하는 듯 얼굴을 찡그리면서 담배를 또 꼬나물었다. 그 담배 피우는 모습이 시건방지기가 이를 데 없었다. 그는 담배를 서너 모금 빨더니 반도 안탄 담배개피를 땅바닥에 내던지고서는 뭉뚱한 군화발로 짓이겨 불씨를 지웠다. 그리고 반사적으로 흙무당의 옷소매를 잡아당겼다.

"당신은 현행범이야. 또 폭행까지 한 중죄인이라구. 죄를 뉘우치기는커녕 됩데 야료를 부려."

이 순경의 말투가 점점 거칠어졌고, 얼굴조차 무섭게 표변해 가고 있었다.

"나는 바쁜 사람이외다. 여기 이렇게 한가하니 서서 범인과 왈가왈부할 처지가 못 되요. 어서 갑시다 지서로….."

"이렇게 나와서 조사혔으면 되얐지 지서는 또 왜 가유. 오늘 통모퉁이 논에 재벌 농약을 뿌려야유. 안 뿌리면 금년 농사 헛짓구 마능규. 그리구 오릿골 밭에서 열무두 속아다가 읍내에 내다 팔어야 융자금두 마저 갚어야쓰유. 니얄은 참외 오이두 따다 팔어야 살구유. 나 한가한 몸둥아리 아뉴. 여기서 조사혔으면 되얐지 워딜 또 가유. 가당찮은 소리 허들 말어유."

하지만 이 순경은 공무를 집행하는 입장이었다. 오랫동안 군림해 내려온 관이 민을 예속하고 지배해 왔던 습성이 이 사회에서는 아직도 사라지지 않고 있는 것이다. 특히나 도회보다도 농촌으로 갈수록 관과 민의 간극은 좁혀지지 않고 민은 음으로 양으로 관으로부터 압력과 불이익을 당하고 있는 것이다. 드디어 이 순경은 눈알을 부라리며 본성을 드러내기 시작했다.

"못가겠어? 어제 즉시 구속을 해야 하는데 지역사회라 사정을 봐준거라구. 수갑을 차고 갈거요? 그냥 자유롭게 걸어 갈거요?"

죄인인 주제에 어디서 함부로 하명하느냐는 질타성 목소리였다.

"못가! 나는 가갸 뒷다리두 무르는 무식쟁이지만 한가지만은 알구 있다구. 세상만사는 다 하눌님의 뜻으루 이루어진다는 거 말여. 날 잡어가려거든 하눌님현티 승낙 받구 데려가라구. 이 천하의 무도현 인간들아. 냉수 마시구 속 차렸!"

"당신 무당여?"

"넘들이 흙무당이라구 현다구."

"재수 옴 붙는 날이로군. 무당 잘못 건드렸다가 벌 받는 것 아닌지 모르겠네."

이 순경은 자탄조로 만돌아버지를 쳐다보며 구원의 눈길을 보냈다.

"말 조심혀! 무당이면 워떻구 박수면 무신 상관이여. 나두 일찍 낳았으면 당신 같은 아들이 있을겨. 법보다는 주먹이 가깝다구 혔는디, 주먹보다 앞서는 것이 윗사람에 대한 공경심여. 시시혀구 버릇웂이 굴지말엇! 쥐꼬리만두 뭇현 권력가지구 말여. 순사혀닝께 하눌이 돈짝만현감."

이 순경은 더는 참을 수 없다는 듯 서두르기 시작했다. 그는 바지주머니에서 수갑을 끄내자마자 흙무당의 앞으로 바짝 다가왔다. 하지만 흙무당이 순순히 응할 리가 없다. 흙무당이 두 팔을 힘껏 뿌리치자 이 순경은 지레 겁을 먹고 뒤로 주춤 물러선다.

흙무당과 이 순경이 옥신각신하는 동안 만돌아버지는 혹시 자신에게도 모진 놈 옆에 있다가 벼락 맞는다고, 불똥이 튀는 게 아닌가 하고 슬금슬금 뒷꽁무니를 빼더니 구렁이 담 넘어가듯 사라지고 말았다.

이 순경도 젊은 오기와 권세로 계속 흙무당을 구금하려고 시도해 보았지만 원체 황소처럼 식식거리며 버티는 흙무당의 힘을 당하기는 어려울 듯 싶었다.

"당신 이러면 공무집행 방해죄까지 추가된다는 사실을 알아야해."

"공무방해인지 나팔인지 나는 그런 것 하나두 몰러. 워떤 눔이 별의별 지랄과 권력을 써두 내 땅은 못팔어!"

"땅을 팔구 안팔구가 문제가 아니래두. 추간남 씨는 지금 사람을 둘씩이나 폭행을 해서 중상을 입힌 중죄인이란 말요. 폭행죄는 대통령이라도 용서를 못해요."

이때 마침 하기휴가를 얻어 그날부터 직장을 쉬고 있는 셋째 딸 삼순이가 광주리에 채소를 가득 담아 이고 황급히 대문을 들어서고 있었다. 자녀 사남매 중 가장 출중한 딸이었다. 마음 씀씀이가 넓고, 행동거지가 바르면서 또한 어머니인 흙무당의 심정을 속속들이 이해하는 소문난 효녀였다. 초순이와 차순이는 국민학교를 마치자마자 일 이년 집에서 빈둥거리며 앙살을 까며 속을 있는 대로 뒤집어 놓고 서울의 무슨 공장으로 돈벌이 간다며 쥐도 새도 모르게 가출해 버렸다. 그러나 삼순이는 국민학교를 마치자 집에 틀여 박혀 묵묵히 흙무당의 농사일을 돕다가 지지배가 인물 좋고 영특하여 이내 읍내에 있는 무슨 법무사 사무실에 사환으로 취직을 했던 것이다. 계집애가 워낙이 고지식하고 총명하고 부지런하여 이 년 만에 정식직원으로 승진, 오늘에 이르른 것이다. 삼순이는 그동안 시집갈 뒷돈도 상당액 저축하고서도 구메구메 집안 살림을 돕는 말하자면 누구나 며느리감으로 탐내는 아주 얌전한 규수였다. 또한 용모나 신체적인 조건도 별로 험 잡을 데가 없었다. 체위는 흙무당을, 용모는 준보를 쏙 빼닮아 늘씬하고 해사한 얼굴을 소유하고 있었다. 처녀티가 몸에 배면서 젊은 놈들이 눈독을 들이고 더러 지분거리는 모양이지만 손위 두 언니들의 무단가출에 충격을 입은 그녀는 항상 의연한 자세를 견지하면서 자신은 양가부모님의 승낙 하에 결혼을 한다고 굳게 다짐하여 흙무당을 기쁘게 해주는 효녀 중의 효녀였다.

광주리를 툇마루위에 쾅하고 내려놓은 삼순이는 집안 분위기를 이내 눈치로 감지한 듯 아주 심각한 표정으로 돌변하면서 체념과 분노의 눈빛으로 이 순경을 힐끔 쳐다보고서는 입가에 묘한 미소를 머금는 것이었다. 출퇴근길 노상에서 어쩌다 이 순경과 마주한 적이 있어 생면부지는 아니었다.

이 순경도 수갑을 쥔 채 엉거주춤 서서 삼순에게 눈인사를 건네며 말을 걸었다. 그의 말소리가 갑자기 낮아지면서 태도까지 누글누글해졌다. 이 순경의 갑작스런 행동변화는 삼순이를 노상에서 간혹 만날 때마다 속으로 정말 괜찮다고 눈독을 들이고, 말이라도 한 번 걸어보겠다고 벼르던 참인데 뜻밖에도 외나무다리에서 맞딱드린 것이다. 그는 잠시 뜸을 들였다가 말했다.

"아니 이 집에 사십니까?"

"안녕하셔요? 더러 길에서 뵌 적은 있지만 인사드리겠습니다. 우리 어머니 일 때문에 나오셨군요. 그러잖어도 밭에서 오시는 것을 보고 부랴부랴 왔는데…."

약간 굴곡은 섞였지만 아주 또렷하고 카랑카랑한 목소리였다.

"아니 추간남 씨가 어머니 되십니까?"

무척 놀라는 기색이면서도 실망스런 반문(反問)이었다. 하지만 삼순이의 대답은 명료하면서도 당당했다.

"그런데요. 왜 그렇게 놀래시죠?"

"평범한 상식으로 자식은 부모를 많이 닮는 법인데 너무 판이해서요."

이 순경은 말끝을 흐리면서 흙무당과 삼순이를 번갈아 쳐다보며 기가 찬 듯 히죽이 웃는다. 도무지 모녀간으로는 보이지 않는다는 그런 표정을 노골적으로 나타내고 있었다.

"제가 이 세상에서 가장 사랑하고 가장 존경하는 우리 어먼님이세요."

삼순이는 흙무당의 옆으로 다가가 두 팔로 덥썩 끌어안으며 힘주어 말한다.

"그런데 왜 그렇게 놀란 눈으로 보시죠?"

이 순경은 여전히 의문이 완전히 풀리지 않은 듯 잠시 고개를 쳐들고 허공을 쳐다본다.

두 사람의 대화를 잠잖고 듣고만 있던 흙무당이 이 순경의 의중을 꿰뚫은 듯 퉁명스럽게 한마디 뱉는다.

"뭐 읍내 다리 밑에서 주서다 키운 자식인줄 아나베…."

뱃속의 창새기가 꼬이는 듯한 목청이었다. 삼순이가 듣기에도 좀 민망스러울 정도였다. 그래서 흙무당을 살짝 흘키면서 훈계하는 식으로 말한다.

"어머니는 죄를 지셨으면 좀 자중을 하셔야죠."

하지만 잠잖고 넘어갈 흙무당의 성깔이 아니다. 즉각 반응이 왔다.

"이눔의 지지배두 지 애비를 닮아가나. 왜 이리 한통속이랴. 누가 죄를 지었다능겨 이 지지배야. 내 피랑 땀이랑 살이랑 뼈대기가 부러지두룩 일을 혀서 산 땅인디 그 땅을 나두 무르게 팔어 쳐먹구. 그래 워떤 눔들이 그 땅을 산단말여?"

흙무당은 삼순이가 나타나자 소도 언덕이 있어야 비빈다고, 딸에게 의지하는 기색이 역력했다. 하지만 어머니에게 좀처럼 말대꾸를 할줄 모르던 삼순이가 사죄라도 하는 양 큰 눈을 살짝 구석으로 모으며 은근히 미소를 흙무당에게 던지는 모습은 정말 우아해 보였다.

어쨌든 삼순이의 출현으로 딱딱했던 분위기는 훨씬 누그러들었다. 이 순경도 지역사회라는 것을 항상 염두에 두고 있지만 그것보다는 마음 한구석에 은근히 품고 있던 삼순이에 대한 호감으로 자신이 경찰이며 피의자를 연행하러 왔다는 사실조차도 잊고 있는 듯 했다.

하지만 이 순경은 잠시 시간이 흐르는 사이, 자신은 현행범을 연행해야 한다는 책무와 경찰이라는 신분을 생각하면서 냉철히 행동해야 된다고 거듭 자신을 다그치는 듯 했다. 경찰로서의 직무를 망각하고 직무유기를 한다면 어렵게 입은 경찰복을 스스로 벗어야만 할 것이다.

이 순경은 잠시 주저하다가 지서에 전화를 걸려는 듯 송수화기를 잡으려고 했다. 이때 삼순이가 순경 옆으로 다가서며 송수화기를 빼앗았다.

"순경 아저씨? 전화하실 것 없어요. 저희 어머니는 제가 모시고 가겠어요. 아무리 현행범이라고는 하지만 경우에 따라서는 법보다 일반적인 상식이 앞설 수도 있잖아요? 증거인멸이나 도주의 우려가 없는 이상, 한 가족이 모여 사는 것 같은 이 좁은 바닥에서, 그것도 다 큰 자식 앞에서 꼭 수갑을 채워 연행하셔야만 되겠어요? 제가 책임지고 당장 어머니를 지서로 모시고 가겠어요. 그러니 수갑만은 좀 채우지 마세요. 네?"

삼순이의 큰 눈에서 금방이라도 닭똥 같은 눈물이 뚬벙뚬벙 쏟아질 것만 같았다. 이 순경은 더욱 초조한 모습으로 갈피를 못 잡는 듯 하다가 말했다.

"잘 알겠습니다. 나도 사실은 수갑까지 채워 연행하고 싶은 생각은 추호도 없습니다. 하지만 사람 사는 사회는 상대적인 것입니다. 죄를 지은 사람이 반성은 커녕 되려 큰소리를 탕탕 치니까 나도 오기가 나서 법대로 집행하려고 했던 것입니다. 아가씨에 대하여는 정말 미안케 생각합니다."

이 순경의 정중한 사과였다.

"고맙습니다. 순경 아저씨."

이렇게 해서 수갑 채우는 문제는 일단락이 됐고, 주위는 다시 원래대로 조용해졌다. 만돌아버지와 어머니가 어느 새 되돌아와 그들 뒤켠에서 근심스런 표정으로 서성거리고 있었다. 외양간의 암소가 여물을 먹다가 무엇을 잘못 삼켰는지 캐악캐악하고 기침을 했다. 이때 목에 매달린 쇠방울이 달랑달랑 울린다. 북슬이는 언제나처럼 낯선 사람을 보고도 짖기는커녕 툇마루 밑에서 꼬리를 사린 채 숨어있었다. 집도 못 지키는 개새끼

보신이나 하자며 작년 여름부터 준보가 보채는 것을 흙무당은 생명에 절대 손댈 수 없다며 강력히 반대하여 아직도 근근히 생명을 부지하고 있는 것이다. 북슬이는 이제 제 명을 다해가는 듯 해마다 행동이 굼뜨고 밤이나 낮이나 틈만 나면 툇마루제 집에서 누워지내고 있었다. 머지않아 자연사 할 것이라고 흙무당은 생각하고 있었다.

"자, 그러면 가시죠!"

이 순경이 재촉했다. 말투가 조금 전보다 영판 달라져 있었다.

"어머니? 옷이나 좀 갈아입고 가셔요."

"옷? 옷을 갈아 입으라구, 삼순아? 나는 뭇 간다. 그렇게 가구 싶으면 니나 다녀오려므나. 나는 잠시두 집을 비울 수가 웁다. 저 쇠돼지는 누가 거두구, 또 오릿골 참외는 누가 내다 팔어. 이 에미 손이 잠시라두 놓게 되면 봄내 여름내 땀 흘려 지은 농사 다 망친다. 날 끌구 갈라거둥 쇠돼지, 개새끼 그리구 너희 아버지까지 몽땅 끌구 가라구 혀라! 난 뭇 간다. 그렇잖고는 한 발짝두 뭇 움직인다. 죽어두 이 자리에 앉어 죽을란다. 옛말에 짐승두 죽을 때는 지가 태어난 고향 쪽에다 머리를 두구 죽는다구 혔다. 나두 마찬가지여."

흙무당은 메기입을 씰룩대면서 흘러내린 앞머리카락을 육손으로 긁어 올린다. 그때 찢어진 적삼사이로 드러난 시커먼 뱃가죽이 벌룸거리고 있었다. 그야말로 삶에 지친 불쌍한 모습이었다. 겉으로는 표한(慓悍)한 척 하지만 속으로는 아주 여리고 눈물이 많은 편이었다. 이미 흙무당은 고독한 싸움에서 판세를 읽은 듯 얼굴 한구석에는 체념의 빛이 역력히 떠올라 있었다.

이 순경은 쉴 새 없이 흙무당과 삼순이를 번갈아 쳐다보며 어서 가자고 무언의 독촉을 보내고 있었다.

이 순경은 두 모녀를 나름대로 비교분석해 보는 듯 했다. 결론은 나이차가 크기는 하지만, 하여간에 삼순이는 흙무당을 닮은 곳은 두 눈을 몇 번씩 씻고 파보아도 키와 장단지 밖에 발견 할 수가 없었다. 그러나 순간적으로 느낀 것은 그 어머니에 그 딸이라는 것을 이내 알아낼 수가 있었다. 세대 차이에서 오는 사고(思考)는 그렇다 치고 근본적으로 세상을 보는 안목과 생명에 대한 경외심, 매사를 진실의 바탕에서 이해하고 행동하려는 순수성은 옥에도 티가 섞였다고는 하지만 아직도 이물질이 석이지 않은 백설과도 같은 인간성을 보지(保持)하고 있는 듯 했다.

"어머니? 사람은 결코 혼자서는 못 사는 것 아시죠? 가족단위가 있고, 마을이 있고 그래서 나라가 형성되는 것이죠? 나라를 경영하고, 나라가 지탱하는데 있어 가장 중추적인 것이 바로 나라의 법이라는 거예요. 백성이 법을 존중하고 준수하는 것은 소중한 의무여요. 어머니… 어머니는 지금 그 지켜야 할 법을 어기고 계신 거라구요. 위법을 하신 까닭에 당연히 법의 심판을 받으시는 게 도리라구요. 어머니? 일단 순경아저씨와 같이 지서로 가세요. 가셔서 잘잘못을 가리시라구요. 참외, 수박, 쇠돼지 하나도 걱정하지 마셔요. 저의 휴가가 앞으로 일주일간이니까. 그 동안에 제가 어머니 때보다 더 잘 수박과 참외를 거둬 팔고 쇠돼지 잘 거둘게요. 어서 가셔요. 저도 어머니 뒤에 따라갔다 올께요."

"어허 저년 좀 봐. 니가 시방 누구 편을 드능겨. 피는 물보다 진혀다구 혔댜. 이년아? 니가 벤호사냐? 말은 청산유수네. 이년아 넘의 생땅을 무굴챙이 같은 니 애비 꼬셔내어 술 퍼 멕이구, 지집질까지 시켜 놓구, 똑 귀 막고 방을 도둑질하듯 넘의 생땅을 사기치는 눔들이 잘 혀는 짓이냐? 아니면 땅을 사기당한 내가 잘못이냐? 옛날부터 팔이 안으루 굽는다구 혔다. 워쩨서 에미 편을 안들구 됩데 도둑질현 눔들 편을 든댜 잉? 아이구 원통혀라. 아이구."

드디어 흙무당의 특기인 욕바가지가 서서히 터져 나오기 시작하자 만돌아버지를 위시하여 모두가 긴장하기 시작한다. 하지만 삼순이는 위기 국면에 처할수록 차분하고 당돌한 구석이 있었다.

"어머니? 조금 진정을 하셔요. 그리고서 냉정히 생각해 보셔요. 한 가지 분명한 사실은 어머니는 폭력을 행사하셨어요. 어머니는 오릿골 박 이장님과 사장님에게 폭력을 행사하셨기 때문에 이유야 어쨌든 폭력범은 중죄를 받게 되어 있는 것이 우리나라 법이라구요."

"어이구 살다 별꼴을 다 보았다. 그래두 사내 눔들이 약하디 약한 지집한티 얻어 맞구 고발을 혀? 불쌍두 혀라! 그게 사내새끼들이여. 당장 불알망태기 떼어서 물금내 방죽에 집어던지라구 혀라! 나 같으면 창피혀서두 지서에 말 못혀겠다."

뒤쪽에서 웃음소리가 쿡쿡 새어나온다. 만돌아버지와 어머니가 딴은 옳은 말이라고 하는 긍정의 웃음소리다. 그들 뿐만 아니라 순경도 삼순이도 가늘은 미소를 입가에 담고 있었다. 그러나 흙무당은 더욱 성난 신색을 보이고 있었다.

"어머니? 고기가 물을 떠나서는 살 수 없듯이 사람도 법을 떠나서는 살 수 없어요. 아셨죠? 어서 찢어진 적삼이나 갈아입으시고 나와 같이 다녀오셔야 해요. 어머니."

웃는 낯에 침 못 뱉는다고 삼순이가 한결 같이 포근한 미소와 사근사근한 말씨로 흙무당을 설득하자, 무쇠 같던 흙무당의 마음도 조금씩 눅눅해지기 시작한다.

"옷은 갈어 입어 뭣혀. 이대루가 좋지."

비로소 흙무당이 지서에 갈 뜻을 내비친다. 모두가 반가운 표정을 지으면서 안도의 숨을 내쉰다.

"그 찢어진 옷을 창피하게 어딜 입고 가셔요. 지난번 제가 사다드린 윗도리 있잖아요. 소매 짧은 망사 말이예요."

"이년아 나들이라두 가는겨. 감악소 가는 여편네가 무신 새 옷이여. 우리 소가 다 웃겄다. 에이… 진작이 죽어 읎써져야 혔는디…."

"어머니? 잘 나가시다가 왜 또 삼천포로 빠지신대요. 제발 제 말을 좀 들으시라구요."

"이 육씰헐 눔의 팔자…."

흙무당은 삼순이의 말은 대꾸도 하지 않고, 버릇이 된 팔자 타령을 또 늘어놓는다.

"그래요. 어머니, 사람 팔자는 옛날에도 새옹지마라고 했대요. 맞아요. 다 팔자 소관대로 사는 거죠."

"내 죽으면 죽었지 감악소에는 안 갈란다. 그런디, 우리 지지배 애기 듣구 보닝께 가야만 쓰겄네유. 밤 안으루 집에 올 수 있쥬?"

순경에 한 발짝 다가서며 다짐을 하자 이 순경 대답 없이 빙그레 웃음을 지리고 있었다. 어떤 마당극의 한 장면을 연상케 하는 것이었다.

흙무당은 삼순이의 간곡한 권에 할 수 없이 적삼만 갈아입고 순경을 따라 나선다. 만돌아버지와 어머니는 물론, 어느 새 소문을 듣고 모인 몇몇 동네사람들이 대문간에서 일행을 말없이 전송하고 있었다. 이때, 뒤에서 누군가가 헐레벌떡 쫓아왔다. 일행은 걸음을 드티면서 뒤돌아보았다. 집안에 온통 난장판이 벌어졌는데도 소죽은 귀신처럼 윗방에 처박혀 있던 준보가 따라오면서 숨넘어가는 소리로 말했다.

"그저 덮어 놓구 잘못했다구 백배 사죄하란 말여. 쓸데없이 뙁고집 부리는 것은 겨란으로 바위 치기여. 감옥가기 십상이라구… 그러구 해약 소리는 입 밖에 내지도 말어. 다 된 밥에 재 뿌리는 꼴여. 괘니 불난 집에 부채질 허는 어리석은 짓이닝께. 혹여 땅 해약 소리가 나오거든 삼순이 니가 잘 좀 무마해라! 너는 법률사무소에 나가닝께, 해약을 우리가 원해서 허면 얼마나 큰 불이익이 오는지 알쟈?"

준보는 어제 물구덩이에 처박힐 때 가벼운 부상이라도 입은 듯 왼쪽 발을 약간씩 절뚝거리고 있었다. 그런 와중에서도 준보는 혹시 땅을 해약할까 봐 걱정이 앞서는 듯 했다.

"뭣여 저런 인간 망아지만두 뭇현 사내. 그래 저게 긴 베개 같이 뵈구 삼십여 년을 살아온 서방이 혈소리여. 아이구 하눌님 생사램 잡아가지 마시구유 저런 인두겁을 쓴 망나니를 왜 안 잡아가신대유. 그래…."

흙무당은 자신의 가슴을 또 두들겨 패며 목구멍에서 피를 토하듯 오열한다.

좀 풀어졌던 해빙의 분위기가 다시 꽁꽁 얼어붙는 듯 했다.

삼순이가 분위기를 풀어보려고 안간힘을 쓴다.

"어머니? 제발 좀 참으셔요. 어머니가 좋아하시는 말씀 있잖어요. 참을 인자 셋이면 살인도 면한다는 말 말이예요. 참으셔요. 어머니는 아버지와 일 이년 사신 깃도 아니잖어요. 삼십여년을 사시고 왜 아버지의 속뜻을 그리도 모르시는 거예요. 자어서 가셔요. 호랑이에 물려가도 정신만 똑똑히 차리면 산다고 했어요. 이런 때일수록 마음 단단히 잡수시고 참으셔요."

"저건 서방두 아니라구. 웬수여 웬수. 니는 자꾸 참으라구 혔사는디, 우연만혀야 참지. 아이구 이 늠의 팔자야."

흙무당은 삼순이의 손에 이끌려 가면서 끊임없이 푸념을 깔아놓고 있었다.

회다리목에 이르르자 흙무당은 잠시 이어지던 푸념을 접고 삼순이에게 묻는다. 여전히 부아가 치민 말투다.

"니 애비 조금 전 해약 워쩌구 혔는디 그게 뭔 소리라니?"

"걱정 마시래두요. 어제 밤에도 말씀 드렸잖아요. 어제 늦게 계약금과 계약서를 공장 사장한테 돌려줬으니까 그것으로 해약은 된 거라구요. 제가 사법사 사무실에 있는데 그런 것을 모르겠어요?"

어제 물구덩이에서 가까스로 살아나온 아버지의 입성을 손질하다가 주머니에서 매매계약서와 계약금을 발견한 삼순이는 그런 사실을 흙무당에게 이실직고 즉시 공장 사장이 묵고 있는 하숙으로 달려가 계약서와 현금을 막무가내로 거절하는 사장에게 내동댕이치고 돌아왔던 것이다. 그런 내용을 까맣게 모르는 준보는 맥도 짚어보지 않고 침통 흔들 듯 해약소리는 입밖에도 내지 말라고 당부를 하는 것이었다.

"웬수….."

"어머니? 참으셔요. 삼십 년 이상 머리를 맞대고 살아오신 하늘이 맺어주신 부부사이란 말이예요. 그리고 사 남매를 낳아 기르시구요. 한마디로 미운 정, 고운 정 다 들은 천생연분이신데 자꾸 미워하시면 안 되요. 하느님으로부터 벌 받으신다고요, 어머니. 남들한테는 천사같이 대하시면서 어째서 아버지한테는 그리도 모지락스럽게 하신대요."

"오는 말이 고와야 가는 말두 곱다구 혔어. 그 화상이 사램노릇 뭇혀닝께 그러지. 지가 사람같이만 살어 봐라. 내 입에 있는 사탕이라두 빼서 물려줄 거다. 참말루지 지난날을 생각혀면 내가 뭣 땜에 사람으루 태어났는지를 한탄혀게 된다구. 그래 집안에 이런 분란을 일으킨 게 누구냐 말여. 제 이름으루 등기가 났다구혀서 목이 옴츠러들구 정수리가 벗겨지도록 낭구와 채소를 여다 팔어 사들인 땅을 나두 무르게 팔어 쳐먹다니. 아니 그게 서방이구 사램이여? 도적 같은 눔이지. 워찌 그게 서방여, 웬수지. 읍네에 가서 길을 막구 물어봐라 내말이 틀리나. 말이야 바른 말이지 나 같은 뭇난 년이 아니면 그 웬수 지집 구경두 뭇혀구 벌써 뒈져 황천길을 헤매구 있을 거라구. 그나마 지집 튼실현거 만나 아들딸 낳구 밥술이나 쳐먹으닝께 하눌을 손바닥으로 가릴려구 억지를 쓰는데 내가 제 눔한티 한두 번 속은 줄 아남. 아이구 웬수….."

"아버지라구 안 되기 위하여 하신 일은 아니시잖어요. 중간에서 자꾸 부추기니께 그들의 농간에 넘어가실 수도 있다구요. 아버지는 단순허셔서 그들의 번지르르한 말에 그냥 넘어가신 거라구요. 공장이 들어서면 시골도 발전이 되고 또 공장에 달기를 취직시켜준다는 말에 현혹되신거죠. 어디 그 뿐인가요. 시세보다 비싸게 팔어 그 돈으로 더 싼 땅, 더 넓은 땅을 살 수 있다는데 어느 누가 안 넘어 가겠어요. 안 그래요, 어머니?"

"갓 마흔 첫 보살이라더니, 니두 니 애비와 한 통 속으루 그리되길 기다렸구먼…."

"어머니는? 나두 아버지로부터 대충 이야길 들었어요."

삼순이가 걸음을 천천히 옮기면서 눈을 하얗게 흘린다. 하지만 무슨 악의가 담긴 눈매는 아니다.

"니 애비 혀는 말은 말쩡 개구멍에 망건치는 거와 똑같다구. 그 화상 젤루 잘 혀는 건, 주뎅이 놀리는 일밖에 뭐 또 있어… 아이구 웬수…."

"어머니두 이제 자신을 뒤돌아다보고 반성하시면서 고집을 줄이실 연세도 되셨다구요. 그러니 지서에 가셔서도 자꾸 어머님 말씀만 옳다고 주장하지 마시고 잘못했다고 용서를 구하셔요. 하늘이 무너져도 솟아날 구멍은 있다고 했잖어요. 어머니가 진심에서 사죄하시면 순경아저씨들도 불쌍해서 용서하실지 누가 알아요? 사람만 상하지 않았어도 잘 해결이 될 수도 있을 터인데 두 사람 모두 읍내 병원에 입원까지 했다지 뭐예요. 그리고 진단도 '이주가료를 요함'이라고 나왔대요. 어머니? 제가 아까 말씀드린 대로 꼭 잘못했다고 빌으셔야 해요. 그리고 순경이 무슨 말을 하든 화내지 마시고 참으셔야 되요. 아셨죠?"

"안 참았으면 이날이적지 워떻게 가난과 싸우면서 너희들을 키웠겠니. 참말루지 너무너무 기가 맥힌다. 이 에미의 속맴은 하눌이나 알구, 땅이나 알지 아무두 무른다구. 암만 그렇구말구."

"이 삼순이는 어머니의 그 슬픈 사연과 속마음을 알구 있어
요."

"암만. 니는 이 에미의 슬픈 속맴을 이 시상에서 그 누구보
다두 잘 알구 있지. 그러닝께 효녀 심청이라구 혔잖은감."

흙무당은 또 쓸쓸한 표정을 짓는다. 강철같은 의지와 장정
못지않은 근력을 소유하고 있으면서도 때로는 대수롭지 않은
일에도 눈물을 흘리는 여자로서의 섬세함과 나약성을 지니고
있었다. 지금도 삼순이의 정연한 설득을 듣고 보니 자신의 행
위가 아무리 정당했다 하더라도 다른 사람들의 시각에서는 현
실적으로 굴러 들어온 복을 스스로 차버렸다는 비아냥을 면할
길이 없다는 것을 흙무당 자신도 막연히 느끼고 있는 것이다.
아무리 홧김에 저지른 한풀이라 하더라도 사람을 둘씩이나 두
들겨 병원에 입원까지 했다니, 정말 상식적으로는 이해가 되지
않는 폭력이다.

한편 흙무당은 왜 자신이 이리도 심약해졌나하고 다시 이빨
을 악물었다. 이제 와서 후회하고 패배의식에 사로잡히느니 보
다는 자신을 위해서나 집안을 생각할 때 물러서는 안 된다
고 재 다짐하는 것이다. 아무리 뜯어보아도 똥밖에 버릴 것이
없는 삼순이다. 삼순이 같은 딸이 있기에 자신은 희망이 있고,
희망이 있기에 끊임없이 흙을 파고 파종을 하고 수확을 하는
것이다. 이렇게 해마다 반추되는 연사(年事)로 해서 흙무당은
삶의 희열을 맛보기도 하고 슬픔을 씹어도 본다.

"어머니? 정말 사랑하고 존경해요. 앞으로 되도록 편하게 근
심걱정 말끔이 씻어버리시고 행복하게 사실 수 있도록 노력할

께요. 어머니…."

"암만 그리야지. 근디 감악소를 가면 안 되잖여."

흙무당의 말꼬리에 힘이 빠져 있었다.

이 순경은 이십 미터가량 앞서가고, 그 뒤를 모녀가 도란도 란 이야길 주고받으며 뒤따르고 있었다.

근 한 시간만에 세 사람은 지서 앞에 이르렀다. 흙무당과 삼 순이가 냉큼 들어가지 못하고 문밖에서 주저주저하자 이 순경 이 되돌아 나와 빨리 들어오라고 눈짓으로 독촉을 한다. 그의 독촉에 못이겨 흙무당과 삼순이는 주뼛주뼛 하면서 지서 안으 로 가만이 들어선다.

지서 안은 창문을 모두 열어놨는데도 찜통이나 진배없었다. 화끈한 열풍이 흙무당과 삼순이의 숨통을 짓눌렀다. 낡은 책상 머리에 놓여있는 해묵은 선풍기가 덜덜거리며 힘겹게 돌아가 고 있었다. 하지만 시원한 바람은 전혀 내뿜지 않고 있었다. 오늘은 유난스럽게 해뜨기 전부터 더위가 극성을 부렸던 것이 다. 라디오에서는 오늘 대구지방의 정오의 기온이 대구기상관 측소가 생긴 이래 최고치를 가리켰다고 떠들고 있었다.

지서 안에는 생각과는 달리 여러 사람이 진을 치고 있었다. 지서장을 비롯하여 차석과 이 순경 외에 젊은 순경 하나가 구 석책상에서 한눈도 팔지 않고 무엇인가를 열심히 끄적거리고 있었다. 면사무소나 농협 같은 기관의 분위기와는 영판 판이했 다. 하나 같이 무뚝뚝한 얼굴로 흡사 묘석 같이 굳어진 채 제 할 일들을 하고 있었다.

그런데 뜻밖에도 지서 주임 책상 앞에는 오릿골 박판제 이 장의 부인과 그의 아들 박영구(朴瑛九)가 초조한 몰골로 접의

자에 불편스리 앉아 있었다. 흙무당이 사는 양지말과 오릿골과
는 일 킬로 남짓밖에 떨어지지 않은 이웃동네이다. 오다가다
서로 만나는 경우, 박판제 부인과 흙무당은 간혹 눈인사는 하
고 지내는 그리 교분이 두텁지 않은 사이다. 두 여자간의 나이
차는 흙무당이 박판제 부인보다 한 살이 아래이지만 흙무당이
농사에 몹시 시달린 탓으로 겉늙어 박판제 부인보다 십 년은
더 늙게 보인다.

박판제 부인은 체구는 가냘프지만 가무잡잡한 살색에 야무
진 입술과 딱부리 같은 눈매를 소유하고 있었다. 누가 보던지
다부지다는 인상과 함께 사람을 얕잡아보는 듯한 오만이 깃들
어 있었다.

박판제 부인은 들어서는 흙무당과 삼순이를 뚫어지게 노려
보고 있었다. 심상찮은 저기압이 위압하고 있었다. 모녀가 주
임 앞으로 살금살금 가서 인사를 정중히 했다. 노려보던 박판
제 부인이 드디어 가느다란 팔뚝을 걷어 올리며 벌떡 일어섰
다. 그리고 후닥닥 모녀 앞으로 다가왔다. 완력으로는 도무지
상대가 안 될 듯 싶은 박판제 부인이 선수를 치고 나왔다.

"이 눔의 여편네 참 잘 만났다. 어제 당장 네 집으로 달려가
사생결단을 하려고 했지만 우리 아들이 하도 말리는 바람에
지금껏 참아왔다. 이년! 우리 집 양반이 너 같은 추물단지의
입을 달라더냐 배꼽을 맞추자고 하더냐? 이년 그래도 사람의
도리로서 과거를 덮어두고 사람대접을 해 주닝께 보이는 게
없느냐? 아이고, 아이고."

박판제 부인은 이곳이 지서라는 것도 아랑곳 하지 않고, 흙
무당의 머리채를 눈 깜짝할 사이에 움켜잡고 몸부림치며 대성

통곡을 하는 것이었다. 하지만 힘으로 견준다면 어른과 아이의 싸움이나 마찬가지다. 장정도 못 당하는 흙무당의 완력을 염두에 두지 않았던 박판제 부인은 흙무당이 두 팔과 두 어깨를 힘껏 흔들면서 박판제 부인을 밀쳐버리자, 박판제 부인과 말리던 사람들까지 똑 육칠월 장마철에 애호박 꼭지 물러나듯 떨어져 나간다. 과연 여장부다운 호쾌한 일격이었다. 승패는 단박에 갈라졌다. 일방적인 흙무당의 승리였다. 너무나도 갑작스럽게 벌어진 일이라 누구도 손쓸 틈이 없었다.

경찰과 박영구, 삼순이가 부리 낳게 달려들어 뜯어놓으려고 했지만 독이 한껏 오른 박판제 부인은 정말 죽자 사자 덤벼들기 때문에 되려 말리는 사람들까지 얽이고 설켜 지서 안은 온통 난장판이 벌어지고 말았다. 그래도 군에서 막 제대하고 나온 박영구가 뚝심이 있어 제 어머니를 뒤에서 끌어안고 가까스로 쌈판에서 떼어놓는다. 참새가 죽어도 짹 한다고 박판제 부인은 그 가냘픈 몸을 파닥거리면서 눈을 까뒤집고 제 분에 취하여 실신상태로까지 와 있었다. 그러면서 연신 욕악담을 퍼부어대고 있었다. 박판제 부인의 두 주먹에는 흙무당의 반백의 머리카락이 한 옴을 쥐어져 있었다. 어쨌든 박판제 부인은 이 지방에서는 행세깨나 한다는 집안의 부인답지 않게 치기어린 말투로 행패를 계속 부리고 있었다.

"내 남편 내 자식 금쪽 같이 귀한 것은 동서고금을 막론하고 인지상정이여, 이년! 내가 네 서방의 대갈통을 그렇게 뭉개놓으면 네년은 천사처럼 가만이 있겠느냐?"

흙무당은 어처구니가 없다는 듯 덤덤한 표정으로 흐트러진 머리칼을 매만지고 나자 다시 구겨진 옷매무새를 바로 고치고 나더니 그 특유의 질그릇 깨지는 청으로 거침없이 대거리를 한다.

"저런 급살을 맞어 뒈질 년 좀 봐! 저년이 싱겁기는 똑 고드름으루 짱아찌 담궈 먹을 년이네. 이년아? 니년이 뭣 땜에 아무 죄두 읍는 우리 서방의 대갈통을 까. 저년이 미쳐두 한참 미쳤네 그랴. 에이 재수 옴붙었다. 퉤! 퉤!"

육두문자를 쓰기로 한다면 누구도 흙무당의 적수가 될 수 없었다. 그래서 양지말에서는 흙무당 대신, 육손이 욕뽀라는 또 다른 별명으로 호칭되기도 했다.

애시당초 박판제 부인이 선수를 친 것이 큰 잘못이었다. 한마디로 화약고를 건드린 격이었고, 가랑잎에 불을 당긴 꼴이었다. 그렇잖아도 아침부터 심사가 뒤틀려 지서에 닿을 때까지 내내 똥누고 밑 안 씻을 때처럼 머리가 개운치 않은 판에 정말 사자가 먹이사슬을 발견했을 때처럼 반가운 대상을 만난 것이다. 흙무당은 정말 날개가 달렸다면 저 푸른 하늘을 훨훨 날으고 싶은 심정이었다.

흙무당의 걸쭉한 한마디에 박판제 부인은 오금이 저려오는 듯 박영구의 품에 안긴 채 숨만 색색 토하고 있었다.

"어머니? 도대체 어머니 답잖게 왜 이러세요 네?"

아들 박영구가 원망쪼로 채근했다.

"저 여편네를 보는 순간, 눈이 뒤집히는구나. 그래 저 년이 사람년여?"

"사램이 아니면 천사루 보이남, 그년 입은 가루 찢어 졌어두 말은 바루 혀네."

"천사? 지옥의 악마루 보인다."

"그려, 원래 개 눈에는 똥만 보인댜."

"시상에 은공도 모르고…"

"은공? 야 이 년아 은공, 야 참 말 잘혔다. 옛말에 은혜는 물에 새기고, 웬수는 돌에 새기라구 혔댜. 내 눈에 흙이 들어 갈 때까지 너희에게 웬수를 갚겠다고 칼을 가는 나다. 이 개만 도 못한 여편네야."

다시 박판제 부인이 발을 동동 구르고 있었다. 말로나 힘으 로나 박판제 부인은 흙무당을 도저히 당해낼 수가 없었다. 이 미 승패는 확연히 드러났다. 먼저 쌈을 걸어 참담한 패배를 맛 본 박판제 부인은 조금이라도 패배를 만회해 보려고 안간힘을 쓰는 모습이 애처롭기까지 하다.

"하느님, 저 여편네에게 당장 벼락이라도 쳐 주시옵소서."

"흥! 벼락은 아무나 맞는 줄 아남. 참말루지 벼락을 맞을 사 램은 박판제 그 눔과 그 지집년이라구. 그럴 걸 보구 뭐라드 라? 사필구정(事必歸正)이라구 혀능겨."

"저년 입 좀 봐! 정말 생긴대루 노네."

"그래 두구 봐라! 여자의 악담에는 오뉴월에두 서리가 내린 다더라! 두구 봐라, 박판제의 대갈통에 벼락이 우박처럼 쏟아 질 거다. 빈 말이 아녀."

"말 한마디로 천 냥 빚은 못 갚을망정 저렇게 악담을 할 수 가 있어, 이년아. 물에 빠진 놈 건져 놓으닝께 보따리 달란다 더니 이년아 네 년을 살린 게 누군데…."

듣다 못한 박영구가 다시 나선다.

"어머니? 제발 이성을 좀 찾으세요. 이게 도대체 무슨 망신 이세요. 어머님이 자꾸 이렇게 흥분하시면 아버님 얼굴에 더더욱 똥칠을 하는 격이예요."

한쪽구석에서 두 손바닥으로 얼굴을 가리고 훌쩍이던 삼순이가 자기마저 눈물을 보여서는 안 되겠다고 생각했는지, 치맛자락으로 눈물을 대강 닦고 흙무당 곁으로 다가오며 차분한 목소리로 말한다.

"어머니? 한두 살 먹은 어린애가 아니시잖아요. 도대체 왜들 이러시는 거예요? 오늘만 살고 내일은 돌아가실 거예요?"

"이 지지배가 되잖게 왜 나스구 지랄이여. 이 년아 내가 뭘 웠쨌다는 거여, 저 여편네가 먼저 쌈을 걸어오는 걸 니 눈으로 똑똑히 봤쟈? 니가 꼬시구 꼬셔서 나왔더니만 재수웁게스리 쌈판이 되얐구먼. 에이 꿈은 자다가나 꾸지….."

이때, 지서장이 수건으로 땀을 훔치며 의자에서 일어나 사람들 앞으로 오더니 일갈했다.

"여기가 무슨 당신들의 한풀이 마당인줄 아슈? 박영구? 대질이고 뭐이고 다 집어치우고 당신 어머니를 데리고 돌아가요. 우리는 법대로 처리할 수밖에 없어요. 사람들이 좀 최소한의 예의는 지킬 줄 알아야지 점잖지 못하게 닭싸움이나 하고 무슨 꼴들이요. 자식들 부끄럽지도 않소? 어디서 그런 욕악담을 하는 거요."

사실 지서장으로서는 입맛이 쓸 수밖에 없었다. 가해자와 피해자간의 대질에서 화해의 실마리를 찾아보려고 가해자는 물론 현행범이지만, 피해자 가족까지 연행해 온 것이 고만 긁어 부스럼을 만든 꼴이 되고 말았다.

지서장의 지시대로 박영구는 자기 어머니의 팔을 끌고 지서 밖으로 사라진다. 어머니를 다독거리며 나가는 박영구의 태도는 아주 진실해 보이면서도 효심이 넘쳐흘렀다. 모자가 나가고 나자, 지서 안은 태풍 일과 후의 들판처럼 썰렁하면서도 고요했다. 그리고 싸움의 열기 탓인지 흡사 찜통처럼 무더웠다. 숨조차 제대로 쉴 수가 없었다. 대단한 더위였다. 게다가 바깥 국도를 화살 같이 질주하는 자동차의 소음으로 더더욱 짜증을 배가케 했다.

이때, 박영구가 자기 어머니를 어딘가에 놔두고 혼자 발걸음을 죽이며 지서 안으로 들어왔다. 박판제를 많이 닮은 박영구는 군대생활 삼 년을 마치고 엊그제 제대하고 왔는데도 예나 조금도 다름없이 표정이 순수하고 아주 행동거지 하나하나 나무랄 데가 없었다. 대전에 소재한 무슨 대학을 마치고, 경기도 안산 소재의 중소기업에서 일 년 간 열심히 근무하더니 군을 필해야 한다면서 자진 군에 갔다 온 아주 성실하기로 소문난 청년이다. 대학을 다닐 때부터 젊은이답잖게 사리판단이 빠르고 대인관계가 원만하고 우애를 돈독히 지켜 모범청년으로 진작부터 소문이 자자한 청년이었다.

박영구가 들어서자 누구보다도 지서장이 반기면서 말한다.

"어머님을 어디 두고 왔소?"

"회다리 못미처 친척집에 잠시 계시라고 하고 왔습니다."

"또 쫓아 오실 것 아뇨?"

지서장은 박판제 부인의 극악한 행동에 질린 듯 근심스럽게 묻는다.

"아닙니다. 절대로 오시지 않을 겁니다. 어머님께 간곡히 말씀드려 어느 정도 이해가 되셨고, 또 친척 분께도 신신 당부를 했습니다. 안심하셔도 좋습니다. 정말 죄송하기 이를 데 없습니다."

그는 듣던대로 정말 예의범절이 깍듯한 청년이었다. 말씨 뿐
만 아니라, 그 음질조차도 사내답게 우렁우렁하고 무게가 실려
있었다. 지서장은 자기자리에 앉은 채 고개를 끄덕이다가 더위
에 지친 듯 하품을 입이 찢어지도록 크게 하고 나더니 이번에
는 시선을 돌려 싸움이 끝난 후 똑 꿰다놓은 보리자루처럼 무
덤덤히 앉아있는 흙무당을 향하여 힐책하듯 말한다.

"추간남 씨? 이리 좀 와 봐요!"

지서장의 목소리는 몹시 피곤한 듯 힘아리가 없었다. 보다도
이 좁은 지역 사회에서 이와 같은 분쟁에 경찰이 간여하는 것
이 여간 곤혹스러운 일이 아닌 듯 초조감을 감추지 못하고 있
었다.

흙무당이 엉거주춤 일어나 쭈뼛거리자 지서장은 또 한 번
하품을 하고서는 새끼손가락으로 오른 귓구멍을 후비다가 신
통치 않다는 듯 표정을 잠시 찡그리다가 오른 손바닥으로 콧
잔등을 주무르고 있었다. 그것은 지서장이 입장이 난처할 때
으레껏 하는 일종의 습벽이었다. 콧잔등을 쓸 때마다 콧구멍
밖으로 삐져나온 코털이 파르르하고 떨었다.

흙무당이 앞에 오자 지서장은 등을 회전의자에 깊숙이 묻으
며 부채질을 활활하며 말한다.

"추간남 씨는 왜 그리 입이 거슈?"

"걸다뉴. 그 여편네가 글쎄 똥 묻은 주제에 겨 묻었다구 나
무래잖어유. 옛날부터 오는 말이 고와야 가는 말두 곱다구 혔
슈."

"허허…"

"왜 그러신대유. 힘 빠지게유."

"아까 싸울 때보다는 너무 대조적이라 그래요."

"내 입이 건게 아뉴. 그 여편네 입은 더 걸어유. 시궁창이유 시궁창. 내 입은 게다 대면 양반 중에두 상 양반이어유. 내 입에서 나오는 한마디 한마디는 오동지섣달 하늘에서 떡가루같이 쏟아지는 흰 눈 보다두 더 깨끗혀유. 아셔유?"

지서장이 또 빙그레 웃으며 말한다.

"추간남 씨, 정말 보기드믄 여장부네. 어디서 그런 힘이 솟나요. 체격도 크고, 말도 잘하고…."

"비양기 태우지 말어유. 순사님이 두꺼비 파리 잡어 먹듯 말참 잘 혀네유."

"아뇨, 난 추간남 씨 같은 사람은 처음 봐요."

"싫건 보셔유. 그리구 집에 보내줘유."

"허…."

지서장은 흙무당의 황소 같은 힘과 어눌한 말씨에 의미를 부여하면서도 계속 감탄을 아끼지 않는다. 비록 피의자로 연행돼 오기는 했지만 외양과는 달리 천연덕스럽게 한마디씩 툭툭 던지는 말씨는 듣는 사람을 감명케 하는 것이었다.

"참말 남자로 태어났으면 활량이었을 텐데…. 체구도 거인이고 힘도 장사고, 말도 잘하고 거 참. 빈말이 아니고 사실이예요."

"나두 물류. 왜 이렇게 몸둥이가 넘 두 배나 크구 또 무거운지유. 하두 크구 무거워서유 구찮구 심난혈 때가 한 두번이 아뉴. 그래서유 우라부지랑, 우럼니를 탓두 숱허게 혀봤지만 소양 있간듀. 죽은 후에 굿풀이쥬. 워쩌유 시상 밖으로 삐져나온

몸뚱아리, 팔자소관으루 여기구 기쁘게 살라구혀유. 갈갈….”

“어머니?”

삼순이가 또 옆에서 흙무당을 직신거리에서 눈을 하얗게 홀
키면서 말이 많다고 채근한다. 이내 지서 안의 분위기가 가라
앉고 평온을 되찾았다. 하지만 젊은 경찰들은 똑 우리속의 불
곰을 구경하는 듯 흙무당을 힐끔힐끔 쳐다보다가는, 삼순이를
훔쳐보다 서로 눈길이 부딪치면 얼른 고개를 떨구면서 계면쩍
어 한다.

지서장이 이번에는 삼순이를 보고 묻는다.

“따님이신가 보죠?”

“그런데요.”

대답하는 말투에 조금 가시 같은 것이 묻어 있었다. 두 여인
의 싸움을 무연이 바라보던 경찰의 무성의에 불만이 있는 듯
하였다.

“따님이 너무 미인이셔서….”

“빈말은 찬냉수 한 잔만두 뭇혀대유.”

“경찰이 거짓말 하는 것 봤어요?”

“참말루 이뿌유?”

“보기드믄 미인인데요. 우리 고장에 저런 미인이 있다니 영
광입니다.”

“참말루 입술에 침이나 바르구 혀는 말이유? 꼭 흥보는 소
리 같네유…, 갈갈….”

“농담이 아니래두요. 자세히 보니 이준보 씨와 많이 닮았는
데요. 그러니까 여자라 더 이쁘지요.”

“워디 좋은 신랑감 있으면 중신 좀 혀서유. 잘혀 주시면 술

이 석 잔이구, 뭇혀시면 빰대기가 석 대닝게유. 갈갈….”

“그래봅시다. 정말 시체말로 롱다리고, 얼굴은 서구적에다 동양적인 수줍음마저 갖춘 나무랄데 없는 미인이예요. 키도 크고, 진작 농구선수를 시켰어도 크게 빛을 봤을텐데 아쉽군. 영화계로 나갔어도 대성을 했겠고….”

지서장은 침이 마르도록 칭찬을 늘어놓고 있었다.

“비양기 구만 태워유. 비양기 떨어지면 몸둥아리두 뭇찾는대유.”

“추간남 씨 정말 사람 말을 왜 그리도 안 믿으세요. 왜 익은 밥 먹고 선소릴 하겠어요.”

“그 눔의 가난이 죄여유. 중핵교만 보냈어두 뭐시 되얐어두 되얐을텐디, 국민핵교에 대닐 때두 공부를 썩 잘혔어유.”

“쯔쯔 아깝군요.”

지서장도 아까운 듯 혀를 찬다.

“그때만 혀두 입에 풀칠 혀기가 힘들었쥬. 호랭이 담배피던 시절인디 지지배를 무신수로 중핵교를 보낸대유. 국민핵교면 되얐지유. 지지배 골 빠지게 가리켜놔야 넘 좋은 일만 시키능규 말짱 헛것이여유.”

지서장은 기가 차다는 듯 흙무당과의 대화를 끊고 말머리를 돌린다.

“실례지만 아가씨 키가 몇 센치입니까?”

“후 후…. 굉장히 커유.”

“큰건 기정사실이고 수치로 얼마나 말요?”

“그렇게 알구 싶으세요. 그게 뭐이 중요하다구요.”

“허허….”

"백 팔십 센치를 조금 밑돌아요."

"아이구 나보다 십 센치가 더 크구먼. 그럼 체중은?"

"후후. 그 질문은 실례 아니신가요."

삼순이는 두 눈알을 불만스럽게 옆으로 모으면서 얼굴을 살짝 붉힌다. 그녀의 타고난 미모와 그리고 행동거지에 지서장도 다른 사람들도 마른침을 삼키면서 정말 괜찮은, 아니 괜찮을 정도가 아니라, 보기드문 미녀라고 속으로 감탄들을 하고 있었다.

"한 칠십 키로쯤 나가겠군."

"안 그래요, 지서장님. 그러면 정말 시집도 못가요."

"자, 잡담은 이정도로 하고 본론으로 들어갑시다. 추간남 씨? 여기 무엇 때문에 왔는지 알고 있지요?"

해묵은 벽시계가 어느덧 정오를 가리키고 있었다.

지서장은 자세를 바로잡고 나더니 비로소 본연의 위치로 돌아서는 듯 제법 근엄한 표정을 짓는 것이었다. 그리고 책상에서 부채를 들어 활활 바람을 일으켰다. 다른 경찰들도 지서장을 따라 자세를 가다듬는다.

"나는 암것두 물류. 흙 파는거 밖에유."

"아니 흙 파는 거 밖에 모른다는 분이 어떻게 남자를 둘씩이나 녹초를 만들었어요. 말과 행동이 다르잖아요."

"나두 잘 무르겄슈. 그때 하두 부애가 치밀어 내 정신을 잃었나 봐유. 지금 생각혀니 꼭 무신 헛것에 홀린 것만 같네유. 후⋯."

"그럼, 분명 추간남 씨가 잘못했다는 것을 시인하는 거죠?"

"아니 이 양반들이 사램을 낭구에 올라가라구 혀놓구서 밑에서 흔들구 있네. 나는 눈꼽만큼두 잘뭇현 것 웁슈. 천지신명게 맹세혀유. 오릿골 우리 밭이 그게 무신 땅인듀. 이 대갈빼기 좀 봐유. 소시적부터 머리가 벗겨지두룩, 뼈가 부러지두룩, 피가 마르두룩 낭구장수혀구 푸성기를 내다 팔어 장만현 땅이유. 말혀자면 내 피와 살과 뼈와 땀이 뭉쳐져 사들인 흙이유. 그래 그런 땅을 나 헌티는 의논 한마디 웁시 저희들끼리 땅문서를 훔쳐다가 쏙닥쏙닥 거려 팔구사야만 혀능규. 그래 이게 법이구 세상 이치유? 그 도적 같은 눔들마저 뒈져두 싸유. 지들한 소행머리를 생각혀면 그까짓 매쯤은 약과유 약과. 폭행이라나 뭣은 내 손으루 혔지만 참말루지 그것은 하눌님이 내리신 천벌이여유, 천벌. 그래 천벌을 맞은 지눔들이 잘뭇혔지, 어찌서 내가 잘뭇혔다는거유. 그래."

다시 분위기가 숙연해지기 시작한다. 지서장은 흙무당의 벗겨진 정수리를 일별하고는 한숨을 크게 푹 하고 내쉬더니 주체할 수 없이 흘러내리는 땀을 닦아 내린다. 무척 더운 날씨였다. 팔월도 중순으로 접어들어 무더위가 한풀 꺾일 만도 한데영 수그러들지 않고 매일 수은주 수치를 갱신하는 것이었다. 바깥 하늘은 구름 한 점 없이 맑게 개어 불볕이 쨍쨍 내리퍼붓고 있었다. 대형트럭이 전속력으로 달리는 바람에 심한 소음과 함께 뿌연 먼지가 안개처럼 스며들면서 땅바닥이 가늘게 진동한다.

"추간남 씨의 처지는 십분 이해가 되고 한편으로는 동정도 불금합니다. 그러나 세상은 혼자만의 힘과 뭐랄까 아집으로는 살 수가 없는 것입니다. 서로 더부러 사는 것이 세상사요, 인간의 운명이기도 합니다. 우루과이 라운드다 뭐다해서 너나없이 어려운 처지에 농사를 지어봐야 소득도 시원찮고 하여 너 나없이 땅을 처분하려는 판에 시세보다도 비싼 값으로 사겠다는 원매자가 나타났는데, 그거야말로 호박이 넝쿨채 굴러 들어오는 것 아뇨."

"얼래? 어제 그 사램들과 워찌 똑같은 말을 앵무새처럼 현대유. 내 참, 별꼴을 다 보겄구면. 아무리 돈을 천 만냥 더 얹어준대두 나는 시방 그 땅 뭇 팔어유. 이 손 좀 봐유! 대갈빼기 못지않게 열 손꾸락 모두 이렇게 악마디가 졌슈. 내 맴은 참말루지 하눌님이나 알구 땅이나 알지 아무두 물류. 참말이여유. 후!"

흙무당이 악마디가 지고 흉하게 꾸부러진 열 손가락을 지서장 눈앞에 바싹 디려대자 지서장이 흠칫 등을 뒤로 젖힌다. 흙무당 오른손 엄지가락 중마디 바로 옆에 세 살배기 엄지만한 손가락이 똑 실뱀 대가리처럼 고개를 반짝 쳐들고 파르르 떨고 있기 때문이다. 지서장은 육손을 보자마자 정나미가 떨어지는 듯 표정을 찡그리며 시선을 천장에 박고 있었다. 이윽고 그는 자세를 고치면서 정색을 짓더니 말한다.

"추간남 씨는 남보다 손가락 한 개가 더 달려 힘이 그리 세신 모양이죠?"

"그류. 넘들이 자꾸 육손이라구 골려유. 그까짓 손꾸락이 열 개면 워떻구 열 한 개면 무신 상관이래유. 손꾸락 한 개가 더 있는 게 왜 병신이래유. 하나 읎는 게 더 병신이지유. 그런디 육손은 눈 씻구 찾아봐두 읎데유. 그때서야 두 눈배기가 외눈배기 세상에 가면 병신이라구 골림을 당현다는 생각이 문뜩 나서 내가 참말루 병신은 병신인가부다 하고 생각혔슈. 그래서 처녀 때는 울기두 한량읍시 울었슈. 아무리 울어두 소양있간듀. 한 번 붙은 것 나뭇가지처럼 쳐버릴 수두읍구, 또 엄니 아부지가 붙여준건디 함부루 떼내면 죄받을 거유. 나는 이렇게 슬픈 사램이여유. 그런듀 나는유 손꾸락하나 더 붙었다구혀서 넘을 해친적은 한 번두 읍슈. 참말루지 이날 이적지 넘의 털끝하나 근드려 보지 않았던 내가 어제는 속이 하두 상혀서 손 쫌 봐 줬슈. 후후….”

“그럼 앞으로 계속해서 속이 상하면 누구든지 손을 볼거요?”

지서장이 조금 비아냥기가 섞인 말투로 묻는다.

“워디가유 안 그려유. 나는 어릴 적부터유 벌레 한 마리 쥑여본 적이 읍슈. 하루살이가 눈 속으루 날라들어두 비비지 않구 눈을 크게 뜨구설랑 눈물을 흘리며 하루살이가 살어나오길 기다렸슈. 순경님유. 내 속맴은 저기 우리 삼순이가 쬐끔 알어유. 그리구유 우리 집구석 내 읍쓰면 큰일나유. 쇠, 돼지, 거이, 닭 같은 솔거 등은 나 하루만 집에 읍써두 다 굶겨 쥑여유. 그래서 아마 하늘님이 불쌍하다구 손꾸락 하나를 더 붙여 주셨나봐유. 그런디 소양있간듀? 심두 읍구 맘대루 쓸 수두 읍구. 더 거치적거리기만혀유. 나 어서 집에 싸게 가야혀유. 야? 우두머리님.”

“그렇게 인정도 많고 바쁜 사람이 자신을 도우려는 사람을 그렇게 해칠 수가 있어요?”

“얼래? 아까 헌 소리 또 헌대유. 내참 입 아푸유. 부뚜막에 있는 소금두 집어넣어야 짜다구 혔으닝께 한마디만 더 혈래유. 사램이면 사램 노릇 혀능게 하눌과 땅의 이치라구 말혔잖은감유. 그 눔들은 사램 탈을 쓰구 백 년 묵은 여시짓을 헌 눔들여유. 워떻기 인두겁을 쓰구 그런 짓을 헌대유. 아까두 말혔쥬. 내가 때린게 아니구 천벌을 맞었다구유. 나 집에 가야혀유. 점심 때유. 배 곯아유, 나 얼릉 보내줘유. 야? 우드머리님….”

“참 추간남 씨는 말두 잘하는구만….”

“얼래, 난 시상에 태어나서 말 잘헌다는 첨 들어보내유. 후유….”

“추간남 씨의 집안사정과 그 심정 십분 이해가 됩니다. 하지만 누차 반복되는 말이지만 우리나라는 법치국가입니다. 따라서 모든 문제는 법의 테두리 속에서 처리해야 합니다. 때문에 추간남 씨는 이미 어제 구속이 집행됐어야 했습니다. 그리고 상호간 합의에 의한 화해가 없는 한 조서와 같이 본서에 이송되어 공주지원에서 형사재판을 받는 것이 순서입니다.”

“우리 삼순이가 그러는디유. 사램 생기구 법두 생겼다구 혀데유. 우리 삼순이는 그런 거 월매나 잘 아는디유. 냉수부터 마시지마유. 아무리 법이라지만 난 뭇가유. 정이 데려갈라거등 날 쥑여서 시체를 끌구가유. 우두머리님.”

흙무당의 양눈에 다시 눈물방울이 매달리기 시작한다. 평소의 흙무당답지 않게 어제 오늘 양일간 벌써 세 번째 눈물을 흘리는 것이다. 지서장은 흙무당의 눈물을 보자 또 다시 자신의 본분을 망각한 듯 얼굴에 암운 같은 것이 감도는 것을 육안으로 확인할 수가 있었다. 기실 지서장은 흙무당을 처음 접하고 그니의 대화를 경청하면서 이 여인은 아직 세파의 물이 들지 않은 정말로 원초적인 인간성과 진면목을 소유한 희귀한 사람으로 치부했다. 그리고 아직도 세상에 때 묻지 않은 이런 사람이 생존해 있나하고 의구심을 품기조차 했던 것이다. 그래서 어떻게 흙무당을 구제해보려고 여러모로 궁리를 해 보았지만 폭력에 의한 현행범이라 법리상 뾰족한 방법이 없어 나름대로 고심 중이었다. 그리고 자신은 지서장의 입장에서 이 사건을 본서까지 이첩할 것이 아니라, 가급적 지서차원에서 매듭을 짓고 싶었다. 지서장은 목청을 가다듬고 점잖게 말을 이어간다.

"지금 추간남 씨가 풀려날 수 있는 길은 피해자 두 사람, 즉 박판제 씨와 공장 사장이 다 같이 고소취하서를 제출하면 됩니다. 그러면 당장이라도 집에 돌아갈 수 있지만 그렇지 않으면 방법이 없습니다. 나로서도 추간남 씨의 처지가 이해되는 만큼 정말 안타깝습니다."

"그럼 워뜨기 되능거래유?"

"취하서가 들어오지 않는 한 일단 유치할 수밖에 없습니다."

지서장은 괴로운 듯 말꼬리를 흐린다. 그리고 그의 말 속에는 양쪽 모두가 한 발작씩 물러나 서로 화해해야 된다는 강력한 사사가 숨어 있었다. 지서장과 박영구가 눈을 맞추며 서로간에 암시를 주고받는 듯도 했다.

"나는 감악소 뭇 가유. 감악소는 죄진 눔들이 가는 곳 인줄 아는듀. 뭐 할려구 나 같은 죄읍는 사람이 가유. 우리 땅 사기 치려구현 눔들 어서 감악소에 가둬유. 나만 감악소 보내봐유, 그 눔들두 나와 하냥 오늘이 지사날이유. 사램 문문이 보질 말어유. 어림 서푼 어치두 읍슈. 후유."

"그것은 추간남 씨의 일방적인 억지예요. 아시죠? 법은 만민에게 평등한 것입니다. 안 팔겠다는 땅을 강제로 산 것도 아니고 어디까지나 등기권리자가 팔겠다고 하여 합법적으로 계약이 성립되었는데, 엄밀히 말해서 제삼자인 추간남 씨가 불쑥 나타나 내 땅이라고 주장하고 매수자를 죽잖을 만큼 폭행한 것은 이유여하를 불문하고 대단히 큰 죄를 지으신 것입니다."

"땅주인은 내유. 내 승락두 읍시 워떻기 땅을 팔구 산대유. 그게 워느나라 법이래유. 내 서방 준보는유 넘의 술 한 잔이면 지 쓸개래두 빼주는 무굴쳉이유. 그런 푼수를 꾀서서 술사주구 투전혀구 지집질까지 시켜 놓구 땅을 팔구 산 것이 그래 잘현 일유? 그게 법이유. 우두머리양반 순사질 헛혔네유. 워찌 법을 나 만큼두 무르면서 무신 우두머리짓을 현대유 그래, 후! 후!"

"허허, 추간남 씨가 장구치구 북치구 다하네. 세상에 별일을 다 보구 살겠네."

"길에 있는 지렁이두 밟으면 꿈틀현다구 혔슈. 죄 읍는 사램 자꾸 지분거리지마유, 죄 받어유. 천하일색 양구비두 땀내 날 때가 있대유. 뭐 우두머리님은 죄 안 짓구 살 것 같은감유. 화홍은 십일홍이요. 달두 차면 기운다구도 혔슈. 그리구 십 년 권세 읍구 열흘 불꽃 읍대유. 사램 못 생겼다구 하시혀지 말어유."

"허허, 추간남 씨가 여간내기가 아니네. 다시 봐야겠는데."

지서장은 지금껏 나름대로 생각했던 추간남 씨가 아님을 새삼 깨닫고 조금은 실망과 당황하는 모습을 보이고 있었다.

"다시 보던지 열 번을 보든지 맴대루 허슈. 나는 시방 눈에 뵈이능게 읍구먼유. 땅밖에 생각나는 게 읍슈. 그리구 얼릉 집에 가서 열무김치에 보리밥을 썩썩 비벼 먹구싶구유. 나 얼릉 보내쥬슈. 야? 우두머리양반."

이때, 한쪽 구석에 움크리고 앉아서 내내 침묵으로 일관하던 박영구가 자리를 박차고 지서장 앞으로 성큼성큼 힘차게 다가서드니 정중히 허리를 굽히면서 말한다.

"저희는 어제 밤 고소장을 제출하고는 곧바로 가족회의를 열었습니다. 한마디로 저희 아버님께서는 지역발전을 위해 공장을 유치하는데 앞장서셨고, 그 공장이 필요로 하는 땅을 사심없이 알선했을 뿐인데 어찌하다가 이런 불상사를 당하게 된 것입니다. 사실 저희 입장에서는 정말 너무너무 억울한 면도 있습니다. 하지만 사람이 자기 감정만 주장하고 살 수가 있습니까. 지금 저 아주먼님의 말씀을 듣고 보니 정말 가슴이 뭉클하며 반성할 점이 한 두 가지가 아닙니다. 그야말로 난생처음 세상의 진실이라는 것이 바로 이런 것이라고 하는 생각을 고쳐먹기에 이르렀습니다. 더욱이 아주먼님의 머리 빠진 정수리와 무뎌진 손마디를 보고 저희 양심이 순간적으로 요동을 쳤습니다. 지금 곧바로 읍내 하외과에 가서 아버님을 설득하여 우리는 오늘 중으로 고소 취하서를 제출하겠습니다. 정말 아주먼님께 아버지를 대신하여 심심한 사죄를 드립니다. 참말 죄송합니다. 용서하여 주십시오."

박영구는 조금은 흥분하고 있었다. 정말 젊은이다운 패기와 과단성과 진실성에 혼을 빼앗긴 듯 떨떠름한 표정을 짓고 있었다. 박영구의 결연한 의지가 모두의 마음을 다잡고 있었다. 잠시 후에 지서장이 더듬더듬 말했다.

"정, 정말 진솔한 의견이요. 당신 같은 걸출한 젊은이가 존재함으로써 이 고장의 미래는 밝고 또 활기 넘치게 발전할거요. 정말 고맙소. 부디 박판제 이장님을 찾아 뵙고 잘 말씀드려 취하서를 내도록 하시죠. 두 분 모두 큰 상처를 입기는 하였지만 중상은 아니니까 설득을 잘하면 모두 이해하시리라 믿어요. 하지만 치료비는 가해자가 부담하셔야 합니다. 그마저 거부하시면 정말 산통깨집니다."

"그런 문제는 지엽적이라고 생각합니다. 문제는 공장 사장님이 듣기로는 무척 깐깐하고 고집이 세시다고들 하던데 잘 설득이 될지 병원에 가는 길에 같이 한 번 취하서를 받는 쪽으로 시도를 해 보겠습니다. 하지만 열 번 찍어 안 넘어가는 나무 없다고 최선을 다해 보겠습니다."

박영구가 자신만만하게 말했다. 이때, 흙무당이 불쑥 끼어들었다.

"나는 고소가 뭔지 취하가 뭔지 그런 거 꿈에두 생각혀 본 적 읎슈. 맞을 짓을 혔으닝께 맞구, 때릴만혀닝께 때링기유. 내가 잘못혔다면 감악소 아니라, 지옥이라두 갈규. 그런디 시방은 내 잘못이 읎슈. 신작로 나가 길을 막구 잘잘못을 따져봐유. 누가 잘못혔나유. 저 아들눔두 다 지 애비랑 한 통속이여유. 후흐…"

흙무당은 말하는 동안 시종 박영구를 노려보고 있었다. 일종의 시위요, 위협 같기도 했다. 기실 흙무당은 박영구가 박판제의 자식이라는 천륜을 무시할 수가 없었다. 그렇다면 박영구 저놈도 제 애비의 음흉하고 모사꾼 기질을 이어받아 말은 번드르르 하지만 속으로는 무슨 음모를 꾸미는 듯 하여 흙무당은 애초부터 박영구의 말을 믿으려 들지 않았다.

흙무당은 박영구 저놈도 피는 못 속이듯 제 애비를 닮아 웃으며 빰치는 놈으로 일단 치부했던 것이다.

"추간남 씨? 그 다된 밥에 코풀지 마시오. 당신을 위해서 잘

해보자고 하는 일인데 말 한마디로 천 냥 빚 갚는다고 무슨 말을 그렇게 하슈. 가만히 계시면 되요."

때리는 시에미보다 말리는 시누이가 더 밉다고 흙무당은 이 제 박영구 보다도 사람을 깔보는 듯한 지서주임이 더 미워지 는 것이었다. 흙무당은 속으로 죽일 놈들하고 되뇌이다가 열불 이 치밀어 한마디 더 한다.

"쥑일 눔들 같으니라구. 넘의 눈에서 눈물을 나게 혀면 제 눈에서는 언젠가 피눈물이 나온다구. 넘의 맴을 이렇게 아프게 혀놓구 감악소에 날 보낸다구? 또 날 안보내기 위해서 무신 취하서라나 그런 걸 내서 풀려나두룩 헌다구, 잡눔들 병 주구 약 주구 지랄 빵구하구 자빠졌네. 그 눔이 그 눔이여. 시상천 지 서방두 못 믿구 사는 판인디 누굴 믿어. 하눌님이나 믿구 흙이나 믿는 거지."

이때, 잠잫고 듣고만 있던 박영구가 흙무당 쪽으로 돌아서면 서 상기된 표정으로 차근차근 말한다. 하지만 그 말투는 아주 정중했다.

"아주먼님, 세상이 아무리 험악하고 위선이 판친다 하더라도 결코 진리는 변할 수 없습니다. 하늘과, 땅과 그리고 저를 믿 어주십시오. 저는 정말 아주먼님이 무슨 말씀을 하시든 아주먼 님의 인간 자체를 사랑하고 무지하게 존경합니다. 진심에서 말 씀 드리는 것입니다. 제 말씀이 잘못됐다면 용서하십시오."

"추간남 씨? 흑과 백은 분간하셔야 합니다. 박영구 씨의 진 심을 이해 못하시고 자꾸 엉뚱한 방향으로 나가신다면 정말 법대로 처리할 수밖에 없습니다."

"맘대루 혀유. 법 대루 혀기 전에 굶어 죽겄슈. 얼릉 집에 보내줘유. 밥 묵고 또 올께유, 야?"

"허허⋯."

지서장은 공허한 웃음을 흘렸다.

지서장의 튜브에서 바람 빠지는 듯한 웃음소리에 흙무당은 움츠렸던 목을 길게 뽑아들었다. 그 웃음소리가 한마디로 귀에 익었던 것이다. 눈이 펑펑 쏟아지는 한 겨울, 따뜻한 사랑방에서 세 살배기 손주로부터 흰수염을 잡아 뜯길 때 터뜨리는 할아버지의 웃음소리와도 같았다. 지서장은 직무상 이중인격자가 될 수밖에 없었다. 흙무당을 정의 측면에서 동정한 나머지 격의 없이 속마음을 드러내는 표현의 웃음이었을 것이다. 하지만 그는 경찰이라는 조직이 어쩌면 시골 농민들 앞에서는 권위적이고 군림하는 타성에 빠져있는 것을 느끼는 듯 했다.

지서장은 흙무당만 남겨 놓고 여타사람들은 모두 강제적으로 귀가 조치했다. 반강제로 쫓겨난 삼순이는 끝내 발길이 떨어지지 않아 문밖에서 한참 서성대다가 유리창너머로 흙무당에게 눈짓을 했다. 어머니의 울상을 보는 순간, 삼순이는 억장이 무너져 내리는 듯 하였다. 이때, 옆에 붙어 있던 박영구도 읍내에 가서 취하서를 받아오겠다며 정중히 목례를 하고 가버리자 삼순이는 외톨이가 되었다. 삼순이가 다시 지서 안으로 들어서자, 젊은 순경이 나가라고 호통을 치는 바람에 두 말도 못 붙이고 되 쫓겨나왔다. 삼순이를 보는 순간 흙무당은 구세주가 나타난 듯 반가웠지만, 젊은 순경의 고함에 고만 찔끔하고 주저앉았다.

이윽고 흙무당은 지서장 다음으로 높은 듯한 사람에 불려갔다. 그리고 근 한 시간 이상을 미주알 고주알 묻는 말에 그저 나오는대로 대강대강 대답했다. 그리고 조서에 무인을 찍으며 말했다.

"이제 가두 되능규. 배곺아 뒈지겄슈."

"이 아주머니가 갈수록 기고만장이야. 이봐요? 당신은 범죄인이야. 여기가 무슨 코미디무대라도 되는 줄 아슈?"

"그게 뭔 말이랴. 배곺은디 밥 안 멕여줘유?"

"이 양반이 정말 땅강아지 하품하는 소리 자꾸 할꺼요. 여기가 어딘 줄 알고 감히 집에 간다, 밥 내놔라 하는 거요."

취조하던 순경은 야박하게 내뱉고는 흙무당을 연행해온 이 순경을 부르더니 흙무당을 유치하라고 턱으로 지시를 했다. 명령을 받은 이 순경은 불만스러운 듯 얼굴을 찡그리며 할 수 없다는 듯 흙무당 앞으로 다가오더니 그니의 팔뚝을 잡아끌었다. 그 장면을 묵묵히 지켜보던 지서장은 법대로 집행하는 차석의 처사에 할 말을 잃은 듯 온다간다 말 없이 자리를 뜨고 만다.

"엄세 왜 이런대유. 집에 가라능규?"

"잔말 말구 빨리 저속으로 들어가요!"

"아니 풀어준다더니…."

"언제 풀어준다고 했소."

"쬐금 전 우두머리랑, 박판제 아들눔이랑 안 그랬슈. 참말루 한 입가지구 두 말들 혀네."

"왜 남의집 귀한 아들보고 욕이요. 풀려나도록 노력한다고 했지, 풀어준다고 했어? 추간남 씨 순진한척하면서 똥구멍으로 호박씨 까고 있구만."

"나 한시두 집을 비울 수 읍는 몸이유. 이 팔 놔유. 나 집에 가야 써유, 야?"

흙무당은 이 순경에게 강제로 끌려가면서 오열하고 있었다.

"시끄러워요. 여기가 당신네 한풀이마당 인줄 알아?"

"아이구 이 일을 워쩐댜 잉? 우리 쇠돼지는 누가 거둬. 돼지는 새끼까지 낳는디 잉? 내가 한나절만 집에 웂써두 금방 표가 나는디 잉? 이 일을 워쩐댜."

이 순경이 거칠게 반박했다.

"당신 딸이 마침 휴가라 잘 거두겠다고 그랬잖아요. 별게 다 걱정이야."

"개두 말만 그러유. 질래 거둬온 나만큼 현가유. 어림두 웂슈. 그리구 우리 딸은 쇠돼지가 잘 먹지 않으면 작대기루 막 때려유. 안 되는디 이레서는 안 되는디."

흙무당은 유치장 속으로 안 들어가려고 유치장 철책기둥을 두팔로 잡고 흡사 일주문의 금강역사처럼 버티고 서 있었다. 그러면서 흙무당은 두 눈을 부릅뜨고 똑 황새 늦새끼처럼 끼억끼억 울다가 끝내는 아이고, 아이구 하고 통한의 울음을 터뜨린다. 대낮에 지서 안에서 여자의 통곡소리가 새어나오자 행인들이 발길을 멈추고 기웃거리고 있었다.

불과 서너 평 남짓한 유치장에 홀로 유치된 흙무당은 날개 접힌 독수리요, 이빨 빠진 늙고 늙은 호랑이와도 같았다. 한참 통곡을 하다가 그마저 지친 듯 흙무당은 중얼거리는 것이었다.

"아니 나를 왕생극락이라두 보낼냐구 가두능겨 뭐여? 아니 죄진 눔들은 안 가두구 워쩨서 날 가두능겨. 그래 이게 그 우라질눔의 법이라는거여. 하눌님 참말루 하눌님이 계시거들랑 이 눔들을 몽땅 데려다가 날벼락을 쳐주셔유 야? 하눌님. 가난혀구 무식혀구 심욱구혀서 이렇게 되루 주구 말루 받는구만유. 워쩐댜. 이 노릇을 잉? 아이구 하눌님, 이 어굴현 흙무당을 좀 살려주서유 야? 하눌님, 아이구 아이구."

유치장 안에서는 끊임없이, 때로는 굿타령 같기도 하고 또 어떤 때는 늙은 황소울음소리와도 같은 흙무당의 오열에 순경들은 일이 손에 안 잡히는 듯 면상을 찡그리며 투덜거리고 있었다. 한마디로 염병에 까마귀 울음소리보다도 더 듣기 싫은 소리였다. 참다 못해 흙무당을 취조했던 차석이 유치장 철책을 발로 차면서 조용히 하라고 으름장을 놓았지만 이번에는 한풀이를 경찰관쪽으로 돌린다.

"순사눔들이나, 사기꾼눔들이나 모두가 한통속이라구 한통속. 풀어 준다구? 빈 말은 찬 냉수만두 못혀댜. 시상에 이럴 수가 있능겨? 그래 뭣이 법이여 법이 잉? 가재는 게편이라구 순사눔들이 그 사기꾼들 편에 끼어 이 무고한 흙무당을 가두는 것이 그래 법이라는거여? 우라질눔들! 날 속이구 내 땅을 사기쳐 먹으려는 눔들이 무도한 눔들이지, 그 사기치는 것을 막으려구 현 내가 워찌서 죄인여? 죄 읎는 멀쩡한 사램 이렇게 죄인으루 올개미를 씌우는 눔들이 그게 순사여?"

"닥쳐! 죄인인 주제 못하는 말이 없네. 자꾸 그렇게 어거지 욕악담을 하면 욕 한마디에 한 달씩 더 감옥생활이 늘어난다는 사실을 알으란 말요! 정말 지독한 악질이로군!"

취조하던 차석이 맞고함을 지른다. 이렇게 호되게 나오자 흙무당이 주춤한다.

이후에도 경찰들은 참다 지쳐 때로는 호통도 치고 때로는 오장육부를 팽개치고 구슬려도 보았지만 막무가내였다. 하도 밥을 달라고 외쳐대는 바람에 가라앉을까 싶어 육개장을 한 그릇 디밀었지만, 밥 한 그릇을 게 눈 감추듯 뚝딱 먹고서는 힘이 솟구치는지 밥 먹기 전보다도 더욱 기승을 부리는 것이었다.

그러구 서너 시간이 지나자, 흙무당은 기진한 듯 유치장구석에 머리를 박고 쿨쿨 잠을 자고 있었다. 경찰은 서로들 별 희한한 일을 다 보고 살겠다며 그닥 기분 나쁜 표정들은 아니었다. 그러나 낮잠도 잠시뿐이었다. 잠이 깬 흙무당은 기력을 완전히 회복한 듯 똑 선불 맞은 멧돼지처럼 날뛰기 시작했다. 금방이라도 유치장 쇠창살을 뚫고 울 밖으로 뛰쳐나올 듯 등등한 기세였다. 취조하던 순경이 참다못하여 지서장을 찾아가 긴박한 사항을 보고하고 안전하게 수갑을 채우자고 상의했지만 지서장은 조그만 더 기다려 보자고 반대하는 바람에 수갑 채우는 일은 이루어지지 않았다. 다급했던지 보고를 받은 지서장이 급히 들어와 설득을 했지만 별무효과였다. 되레 욕설만 실컷 얻어먹고 머슥해하는 지서장이 측은해 보이기까지 했다.

지서장이 말했다.

"저러다 기진맥진하면 제풀에 수그러들겠지, 박영구가 얼추 돌아올 시간이 되었으니 조금만 더 기다려봅시다. 예감이 취하서를 받아가지구 올 것 같아요. 신뢰가 가는 사람입니다."

"지서장님? 워쩨서 저런 악랄한 죄인에게 그리도 관대 하십니까?"

"관대한 게 아니고 법 이전에 추간남 씨가 불쌍타는 생각이 안 들어요? 법 이전에 인도적인 차원에 생각해 본거요. 너무 탓하지 말아요. 추간남 씨 주장도 충분한 이유가 있다고 생각해요."

"박영구도 그렇지요. 제 아버지 취하서는 받아올지 모르지만 공장 사장거야 되겠어요. 어제 사태로 봐서는 지난할 것 같은데요."

"어제 사건당시야 두 사람 다, 아니 가족들까지도 극악상태였지만 시간이 가면 잊어먹는 게 인간의 습성이니까. 아마 공장 사장도 오늘은 많이 누그러들었을 거요. 그리고 박영구 그 사람 비보통입니다. 사려가 깊고, 진취적이고, 설득력도 있어 보이니 올 때까지 기다려 봅시다. 같은 병실에 누워있는데 자기 아버지 것만 달랑 받아가지고 올 리가 없지요."

"그럴까요?"

취조했던 차석은 아무래도 믿어지지가 않는다는 듯 대답이 시큰둥했다.

"좌우간 무슨 탁방이 나겠지. 저렇게 고삐 풀린 망아지같이 날뛰는 저 피고인을 어떻게 오늘밤을 넘기겠소. 정말 지역사회 기관장도 해먹기가 힘드는구만."

지서장의 한탄소리가 떨어지기가 무섭게 박영구와 삼순이가 헐레벌떡 뛰어들었다. 그들의 표정은 무척 상기돼 있었다. 대뜸 박영구가 들고온 취하서 두 통을 지서장 책상머리에 공손히 놓으면서 감격이 복받치는 목소리로 말했다.

"오래 기다리셨죠. 두 분 다 완강히 취하서를 못 내시겠다고 버티시는 것을 미인계를 써서 받아가지고 왔습니다. 이삼순 씨랑 같이 갔었습니다."

"그래요? 하긴 악록산도 양귀비 앞에선…"

지서장은 눈을 크게 뜨고 두 남녀를 번갈아 쳐다보며 경악하고 있었다.

삼순이가 끼어든다.

"일이 너무 다급한 것 같아서 이 분을 그냥 따라갔어요. 기다릴 수가 없어서요. 안낸다고 하시는 것을 제가 울면서 호소했어요. 안 해주시면 그 자리에서 죽겠다고 정색을 했더니 도장을 찍어 주시드라구요. 후 후."

"정말 이삼순 씨와 같이 안 갔으면 어려울 뻔 했습니다."

"이삼순 씨가 모두를 살리셨구면요."

되려 지서장이 고마워하며 환하게 웃더니 두 사람에게 악수까지 청했다. 유치장 속의 흙무당은 박영구의 목소리를 듣고 또 발광한 듯 날뛰었다.

"어릴적에 우라부지루부터 귀에 못이 백이두룩 들은 말이 있다구. 사필귀정이라구, 아니 지눔들이 감악소에 들어가야지 왜 죄 웂는 내가 감악소에 간히느냔 말여. 이 눔들 하눌님이 내려다보구 기시다. 어서 날 풀어줘. 그리구 그 눔들을 감악소에 가두라구 순사나으리, 야?"

흙무당이 무차별로 최후 발악을 하자 지서장이 점잖게 꾸짖는다.

"아주머니? 조금 참으세요. 곧 집에 가시게 된다고요."

"얼래, 만날 곧이여. 저 눔의 순사두 한 입 가지구 두 말 혀네. 도둑이 지발 저리다구 죄 웂는 사램 가둬 놓구 미안혀닝께 자꾸 씨 안먹는 소리만 혀능구면. 주리를 틀 눔들!"

마지막 욕설에 지서장은 속이 상한 듯

"자꾸 그러면 풀어줄 것도 안 풀어줘요. 한 십 년만 살구나 가요. 지은이면 보은이라구 했어요. 용서를 하려고 해도 입이 하도 사나워 동점심이 싹 가신다구요. 그래 누어 침 뱉으면 어디 떨어져요, 자기 무덤을 자기가 파구 있다구."

"뭣이여? 십 년을 가둔다구. 하눌님, 이 죄 읍는 사람을 욱박지르는 저 순사눔에게도 벼락을 째려주셔야… 야? 하눌님."

"닥쳐! 이 눔의 여편네, 뜨거운 맛을 봐야 한 번 정신 차리겠어?"

취조하던 차석이 고함을 질렀다.

"아이구 하눌님. 이 죄 읍는 사램을 죄인으루 맨들어 놓구 큰 소리 치는 저 눔에게두 천벌을 내려주셔유 야? 하눌님…. 아이고, 아이구. 이 일을 워쩐대유…."

흙무당의 통곡소리가 끊임없이 터져 나오자 지서장도 여타 순경들도 속수무책으로 망연자실하고 있었다. 이때, 박영구와 삼순이가 지서장을 그윽한 눈빛으로 탄원을 한다. 지서장이 비로소 알았다는 듯 고개를 끄덕이더니 이 순경을 시켜 유치장 철문을 활짝 열어 제친다. 문이 열리자마자 흙무당은 갇혀있던 불곰을 풀어 놓을 때처럼 후다닥 밖으로 뛰쳐나와 검다 쓰다 말 한마디 없이 지서 정문을 박차고 뛰쳐나갔다. 그 동작은 흡사 비호와도 같았다. 밖으로 뛰쳐나온 흙무당은 치맛자락을 펄럭이며 양지말을 향하여 신작로를 쏜살같이 달려가고 있었다. 어찌 보면 조롱에서 해방된 독수리가 창공을 향하여 힘차게 비상하는 거와도 같았다.

흙무당의 뛰어가는 등 뒤에서는 살았다, 살았어 하는 비명이 메아리 소리처럼 가물가물 들렸다. 그 뒤를 박영구와 삼순이가 헐레벌떡 따라 가고 있었다. 그것은 생존의 경주였다.

4

그랬다. 남들처럼 달기만은 꼭 대학에 넣고 싶었다. 그리하여 어엿한 대학생의 어머니가 되고 싶었다. 그래서 달기는 작년 읍내 종고(綜高)를 거의 꼴등으로 졸업하고 대학에 도전했지만, 일 이차 모두 낙방하고 전문대학마저 실패하고 말았다. 본인이 굳이 재수를 한다기에 희망을 버리지 못하고 열불나게 채소를 여날라 그의 뒷바라지를 했지만 그 보람도 없이 올해에도 줄줄이 떨어지고 말았다. 본인도 본인이지만 흙무당의 실망은 이루 말 할 수가 없었다. 남들처럼 한 번 잘 살아보겠다는 철석같은 집념과 더불어 유일무이한 외아들 달기가 대학생이 되어 주는 것이 흙무당으로서는 유일무이한 최후의 소망이었던 것이다. 하지만 달기는 해마다 낙방이라는 비운 속에서 개미 체바퀴 돌 듯 벗어나질 못하고 있다. 달기는 그 굴레를 벗어날 수 없다는 것을 번연히 알면서도 다시 삼수를 하겠다고 염치없이 나올 때 흙무당은 두 번 속은 것, 삼 세 번 못속 으랴 하고 눈물을 삼키면서 동의를 했다. 삼순이도 본인이 정 신 차리면 합격할 수도 있을 것이라며 굴려보자고 하여 다시 심수를 시작한 것이다.

달기는 매일같이 도시락을 두 개씩 싸들고 천안에 있는 무 슨 학원에 들락날락 했다. 하지만 흙무당은 달기가 정말 학원 에 나가 무슨 공부를 어떻게 하는 것인지, 그리고 공부를 정말 열심으로 하고 학력진도가 어느 정도 상향됐는지, 내년에는 틀 림없이 합격할 것인지에 대하여는 전혀 아는 바가 없었다. 알 려고 하지도 않았다. 그저 그니는 일구월심 내년에는 우리 달 기가 꼭 대학에 붙게해 달라고 밥 지을 때는 조왕님께, 일할 때는 지신(地神)님께, 밤에는 별과 달님에게, 개울에서 빨래라 도 할 때에는 용왕님께 간절히 축수 하곤했다. 그리고 그 어려 운 살림살이에도 달기가 책을 산다든지 학원비 등, 용돈을 달 라고 손을 벌릴 때에 흙무당은 웃는 낯으로 자기 주머니에 돈 이 떨어지면 이웃에서 꿔서라도 군말 없이 건네주곤 했다.

그런데 삼수를 시작하고서는 재수 때처럼 열심으로 공부를 하는 것 같지가 않았다. 얼렁뚱땅하는 듯한 눈치가 간간 느낄 수가 있었다. 어떤 날은 입에서 소주내가 폭폭 풍길 때도 있었 다. 이심전심으로 삼순이도 눈치를 채고 모질게 질책하는 것을 몇 번 본적도 있었다. 그럴 때마다 흙무당은 잘못 더치면 되려 역효과만 유발할 것 같아 삼순이를 되려 나무라고 달기를 두 둔하며, 음력 초하루 보름을 택하여 동도 트기 전 칠보암을 찾 아가 예불을 올리곤 했다.

흙무당은 부처님 앞에서 있는 단심을 다하여 달기가 내년 봄에는 꼭 대학생이 되게 해달라고 뼈저리게 빌었다. 그리고 부처님의 자비로 달기가 작년보다도 더 열심히 공부하여 내년에는 장원급제하여 달라고 일구월심으로 기구했다.

하지만 기도의 보람도 없이 달기의 생활태도는 나날이 흐트러져가고 있었다. 더러는 공부를 해야 한다면서 외박도 서슴없이 했고, 술 마시는 빈도도 잦아졌다. 자연 씀씀이도 커지는 만큼 놈의 용돈도 배가로 지급해야만 했다. 흙무당은 팥심은데 팥나고 콩심은데 콩 난다는 속담을 생각하며 준보를 더욱 원망하기에 이르렀다. 씨도둑질은 못한다드니 정말 핏줄은 무섭다는 것을 새삼스럽게 느꼈던 것이다.

흙무당은 아무리 금지옥엽같은 외동아들이지만 언제까지 수수방관만 할 수는 없었다. 벼르고 벼르다 어느날 놈을 붙잡고 자신의 고뇌를 진솔하게 털어놨다.

"공부도 팔자에 타구나야 혀는 뱁이다. 고등핵교면 까막눈은 면현 것 아닌감. 두말말구 내년에두 대학 떨어지면 에미랑 흙이나 파면서 살자. 딴 맴 묵지말구 말이다. 나두 아들하나 있는 것 넘들 같이 잘 멕이구, 잘 입히구, 잘 가리켜서 장관까지 되기를 기맥히게 바라지만 사람팔자를 워디 맴대루 뜯어고칠 수가 있남. 그러니 너두 정신 똑바루 차리구 이왕 시작현 것이닝께 올 한 해만 뼈가 부서지두룩 공부를 혀서 내년에는 대학에 철석 붙어 이 에미의 천추의 한을 풀어줘야 현다. 그리구 만에 하나 내년에 또 실패혀면 군소리 말구 에미 말대루 농사나 같이 짓자. 대학에서 뭘 가르치는지 나는 무식혀서 무르겄다만 사램은 참말루지 흙과 곡식에서 배울 게 엄청 많어. 괘니 허풍에 들뜨지 말구 흙공부에 매달려 진짜 인생인지 사램인지

공부를 혀보자. 흙공부는 죽을 때까지, 아니 세상이 망혈 때까지 혀두 다 뭇현다. 그리구 세상에서 젤루 깊고 믿을 수 있는 공부가 바루 흙공부다. 땀을 흘리면 흘린 만큼, 피를 쏟으면 쏟은 만큼 소출이 나오는 것이 바루 흙공부여. 알것남?"

"그 지긋지긋한 흙소리 하지도 말어요. 나는 흙은 죽으면 죽었지 싫어요. 그까지 흙에서 배울게 뭐가 있어요. 사람 골만 빠지지, 나는 삼수든 사수든 끝까지 해 볼래요."

달기는 흙무당을 비예하면서 시답잖게 대답했다. 그의 입가에 수염이 드믄드믄 돋아나는 것을 보면서 흙무당은 세월이 무상함을 절감하는 듯 한숨을 습관처럼 푸 하고 내쉬는 것이었다.

"안 된다. 사램은 분수껏 살어야 현다. 작년, 올 두 해나 대학갈 공부를 혔으면 그것으루 충분혀. 사램이 분수를 넘으면 뭇쓴다. 촉새가 황새를 따라가려면 가랑이가 찢어진다구 혔다. 세상에서 이 서럼 저 서럼해도 배곯은 서럼이 젤루 크다구 혔어. 땅만 열심으루 파봐라. 평생 배는 안 골구 살 수 있단 말여. 그리구 옛말에 올라가지 뭇혈 낭구는 쳐다두 보지 말라구 혔다. 무식헌 에미지만 귀담어 들어라. 쓸수록 약이 된다더라!"

"열 번을 봐서 떨어져두 나는 시굴서 농사 못지어요. 그 힘든 생활을 바보천치들이나 하는 짓이지 누가해요. 하다못해 안산공장에라두 가서 선반이라도 돌리는 게 농사일보다야 백천 번 나요."

"농살 안 짓는다구? 이 눔아, 사람될 성싶은 것은 떡잎부터 알아본다구 혔다. 아직 정수리에 피두 안마른 니깐눔이 뭘 안다구 농사를 짓느니 마느니 혀능겨. 이 시건방진 눔의 새끼 같으니라구. 고염 나무마냥 속은 텅텅 비어 가지구 겉멋만 뻔드르르 들어 실속두 웂시 날뛰지 말엇! 망뎅이가 뛰니까 꼴뚜기두 뛴다는 그 꼴 되구 싶으냐. 쓸개 빠진 눔. 이 눔아? 호박에 줄 긋는다구 수박되냐? 사램의 팔자는 사램 심으루는 아무리 뜯어 고치려혀두 소양웂서. 타구난 팔자대루 사능겨. 이 눔아? 에미말 잘 들어두라구 그라면 자다가두 떡을 얻어먹는 벱이여. 두말말구 또 떨어지면 흙을 파능겨. 시상 사램들이 저렇기 싸우구, 쥑이구, 헐뜯구 혀는 것두 다 흙을 믿지 않혀서 그런겨. 흙같이 정직혀구 신성헌 것이 그래 세상천지 워디 또 있어. 이 눔아? 이제야 말현다만 툭혀면 집에 안 들어오구 하루걸이루 술 쳐든질르구 그래 공부는 어느 천 년에 혀능겨. 대학갈 자신 웂으면 삼순지 지랄인지 당장 때려치워. 그리구 맴 고쳐 먹구 에미랑 같이 흙속에 묻혀살자. 이게 이치다. 대학나와 장관두 뭇혈바에야 굳이 대학은 나와 뭣혀? 소양웂는 허영심이여, 이 눔아.”

흙무당은 지금껏 달기 앞에서 이토록 격앙된 어조로 이야길 나눠본 적이 없었다. 재수 삼수를 하는 동안 달기에 대한 곱까움이 맺히고 맺혔다가 일시에 터져 나온 것이다.

달기는 어머니의 전에 없던 심한 꾸지람에 어안이 벙벙한 듯 잠시 흙무당을 망연자실 바라보다가 이윽고 씩 냉소를 흘린다. 그 하는 품이 때에 따라 준보와 너무도 흡사하여 자신의 눈을 의심할 지경이었다. 그리고 자신도 모르게 무섭다는 생각이 들면서 전신에 닭살이 돋는다. 달기가 과연 자기 뱃속에서 잉태하여 해산을 했고, 국민학교 일학년 때까지 젖을 물렸던가 하는 의구심이 치밀어 올랐다. 하지만 분명코 달기는 자신의 뱃속에서 열 달 동안 생성하여 세상에 태어난 자식이고, 그것도 부족하여 아홉 살 초반까지 젖을 물려, 쥐면 깨질까, 불면 날라 갈까, 애지중지 길어온 자식이다.

흙무당은 비로소 달기도 이미 자랄대로 자라 자연적으로 에미 품을 일탈하려는 몸부림이라고 생각했다. 그리고 이러한 현상은 필연적이며 누구나 한 번은 꼭 거쳐야 하는 숙명의 역정이라고 생각했다. 달기는 흙무당의 전에 없던 서슬에 기가 조금은 꺾인 듯 처음보다는 훨씬 낮아진 목소리로 이렇게 말했다.

"엄니는 한말을 재탕 삼탕 한대요. 나는 죽으면 죽었지 힘들고 희망도 없는 농사는 짓지 않겠다구요. 누가 그러데요. 꿩 잡능게 매라구요. 농사 안 짓고 돈 많이 벌어 호의호식 허면 될거 아니예요?"

"뭣여? 꿩 잡능게 매라구? 말 뭇혀구 죽은 구신이 니말 듣구 통곡을 혀겄다. 이눔아? 하눌님께서는 땀을 흘리면 흘린 만큼, 피를 쏟으면 쏟은 만큼 주신다구 혔다. 손안 대구 코 푼다드니 니가 꼭 그 꼴이구먼. 심 안 들이구 번 돈은 오래 가지를 뭇혀는 벱이여. 그것은 하눌님의 이치여, 공짜루 번 돈은 손에 묻은 바플이라구 혔어. 니가 더 나이가 들구 산전수전 겪구 나면 깨달을 때 있을겨. 내가 초순이와 차순이 땜에 넘 무르는 눈물을 월매나 흘렸는지 니가 짐작이나 하겄남? 열 손꾸락 깨물어 안 아픈 손꾸락 웂다구 혔디야. 그 두 년들 생각을 혀면 자다가두 피를 토할 노릇이다. 그 년들두 시방 니눔처럼 농사를 쥑여두 안 짓는다며 돈 벌어 잘 살겠다구 서울루 줄행랑치더니 돈은 고사혀구 신세까정 망치구 저 꼴이 되였잖은감.

달기야? 니만은 지발 서울소리 구만 찾구 공부를 열심으루 허여 대학가서 에미의 한을 풀던가 그도 저도 아니면 에미와 같이 흙에 매달리자. 응? 나는 서울소리만 들어두 초학이 떨어질 지경이다."

"흥! 엄니두 누님들이 왜 어때서요?"

"물러서 묻는겨. 일 년 열두 달 가야 대가리 한 번 디밀기는 고사허구 편지 한 장 읍능걸루 봐두 잘 사는 것 같지는 않혀. 그리구 별 소문이 다 돌구 있어. 뭐 술집에 나간다는 둥, 시집을 몇 번씩 갔다는 둥, 워찌 불 안땐 굴뚝에 연기 나겄니. 소문두 모른체 혈 수는 읍다구."

"누님들은 누님들의 인생이구, 내 인생은 내 인생이예요. 나는 무슨 일이 있어두 절대루 흙은 안파요."

"이 눔아 니 눔이 넘들처럼 공부 잘혀서 높이만 된다면 누가 뭐라구 혀. 에미두 그렇게 되길 기막히게 바라는 바라구. 그렇게 못되면 또 한 번 다짐한다마는 흙이나 파능겨. 사람이 흙에서 살다가 흙으루 가는 것은 천지이치여. 흙이 죽어두 싫다구? 참말루지 피는 못 속인다더니 워쩌면 그리두 지 큰누이와 작은 누이를 그렇게 도승했냐?"

순간, 흙무당의 기상이 심상치 않자, 달기는 에미의 성깔을 어느 정도 짐작하고 있는지라 슬그머니 꼬리를 사리는 듯 했다. 그리고서는 슬금슬금 뒷걸음질 치더니 구렁이 담 넘어가듯 사라져 버린다.

흙무당은 지금까지 쌓아올린 공든 탑이 일시에 와르르 무너져 내리는 듯한 절망감을 느낀다. 곡식농사는 피땀을 쏟으면 그에 상응하는 소출이 있게 마련이다. 그런데 자식농사는 그렇지 않다는 것을 여실히 실증하고 있는 것이다. 시집와서는 가난을 극복하기 위하여 피와 땀을 흘렸고, 중년에 접어들면서부터는 달기에게 인생의 마지막 승부를 걸고 온갖 정성과 노력을 쏟아부었다. 그와 같은 간절한 소망과 노력과 정성에도 불구하고 놈은 사람 됨됨이가 어려서부터 영 푼푼치 못하고, 흙무당을 점점 실망시키더니 예상대로 끝내는 도저히 구제불능의 늪 속으로 깊숙이 빠져 들어가고 있음을 흙무당은 확인하기에 이르른 것이다. 절통할 노릇이다. 차라리 놈에게 쏟은 정성과 노력의 십 분지 일 만이라도 삼순이게 나누어 주었던들, 삼순이는 지금 무엇이 되었을까하고 궁금증도 품어보았다.

사실 위로 세 자매, 즉 초순이, 차순이, 삼순이 세 자매는 한마디로 천덕꾸러기로 자랐다. 배 곯리고, 헐벗기고 더하여 매타작까지도 훗되게 가했다. 그렇게 천덕꾸러기로 자란 세 자매였다. 그런데 세 딸 중 초순이와 차순이는 흙무당의 화풀이와 한풀이 대상이었다. 초순이와 차순이는 아둔한데다 생김새마저 두렁 넘어 올챙이를 빼닮아 음으로 양으로 미움의 표적이 될 수밖에 없었다. 만일 흙무당이 위의 두 딸들을 진실한 애정과 사랑으로 감싸고 키웠던들 저렇게까지 타락하지는 않았을지도 모른다. 한편 삼순이도 회초리를 많이 맞기는 하였지만 그녀는 어려서부터 눈치가 빠르고 사근사근하여 흙무당이 매를 들었다가도 차마 때리질 못하고 되려 웃음을 자아내게 하는 경우가 허다했다. 성격이 두 언니와는 너무나 대조적이었다. 게다가 얼굴바탕이 삼순이는 준보를 쏙 빼닮아 사남매 중 외모는 가장 출중했다. 아니 양지말 전체에서도 타의 추종을 불허하리만큼 소문난 미모의 소유자였다. 달기는 딸 셋을 줄줄이 뽑고,

천신만고 끝에 네 번째로 얻은 아들이라, 흙무당은 달기를 그 야말로 금지옥엽같이 키웠으므로 그에게는 감히 회초리 같은 것은 엄두도 내지 못했다.

그러니까 삼순이를 출산하고 시어머니로부터 네 뱃속에는 딸 삼신만 들어있느냐며 여자는 집안의 대를 잇는 자식을 못 낳으면 그것도 칠거지악에 든다며 통박을 당했을 때 흙무당은 눈앞이 캄캄했던 것이다. 아들을 낳고 싶은 심정이야 시어머니보다도 흙무당이 몇 곱절 더 간절했건만 시어머니는 짚자리가 마르기도 전에 손자타령을 늘어놨을 때 흙무당은 정말 갓 태어난 핏덩이의 목이라도 누르고 싶은 충동을 꿀꺽꿀꺽 삼켰던 것이다. 그때, 흙무당은 이 목숨이 다할 때까지 기어코 아들을 낳아 시어머니에게 분풀이를 하겠다고 결심을 했던 것이다. 때문에 앞으로 다섯이 되던 열이 되던 아들이 나올 때까지 낳기로 마음을 굳혔었다.

삼순이를 출산하고 일 년도 채 안되어 바라던 대로 네 번째로 배태를 했을 때 흙무당은 손가락을 하나하나 꼽으면서 그저 떡두꺼비 같은 아들을 무우 밑둥치 같이 쑥 빠져나오길 눈만 뜨면 손이 발이 되도록 천지신명께 빌고 또 빌었다.

그러나 낳을 달이 차차 다가와도 태아의 동태가 전 같지가 않고 의심스러운 점이 많았다. 이번에야말로 아들이기 때문에 딸적과는 다른 모양이라고 자위를 하면서도 한편으로는 걱정이 앞서기도 했다. 아이를 설 당시에도 딸 때와는 달리 입덧이 너무 심하여 물 한 방울만 마셔도 똥물까지 토해내는 엄청난 고통을 겪었었다. 열달 내내 식욕을 잃고 자연 기운이 쇠하고 허해서 더러는 눈꺼풀에 헛것이 들씌워지기도 했다. 심상치 않은 징조라고 생각하면서도 나이 탓이려니 하고 좋게 치부했다. 그러면서도 인고(忍苦)에 순치된 흙무당은 누구 앞에서도 일언 반구도 불평없이 천근같은 몸을 이끌고 그 숱한 농사일을 차 질없이 해냈다.

달기를 해산하던 그 해는 비교적 농사도 잘되어 평년작을 훨씬 상회했고, 일기까지 순조로워 가을걷이도 예년에 비하여 일찍 끝이 났다. 흙무당은 다 길조라고 기뻐하면서 남은 일은 첫째가 순산이고, 더 중요한 일은 아들을 낳는 일이라고 생각 했다. 그 때만 해도 이십대 중반이라, 준보에게 기대는 애정은 지금과는 비할 바가 아니었다. 준보의 주색잡기도 궁극적으로 는 자신이 아들을 못 낳는데 기인한다고 너그럽게 생각하면서 죄의식에 깊이 빠져들곤 했다. 때문에 아들을 낳고 못 낳는 결 과에 따라 집안의 흥망성쇠가 달렸다고 굳게 믿고 있었다. 문 제는 시어머니였다. 당시 칠십 살이 넘은 시어머니는 교활하기 가 불여우 뺨칠 지경이었다. 시어머니는 딸 셋을 낳으면, 넷째 도 다섯째도 딸이라며 아들인 준보에게 더 늙기 전에 밖에 나 가 씨받이라도 하라고 준보를 꼬드긴다는 말도 바람결에 듣고 있었다. 시어머니의 농간 탓인지 어쨌든 준보는 대음리 주막의 춘자라는 작부와 눈이 맞아 밤이고 낮이고 푹 빠져들었던 것 이다. 하지만 아들 못 낳은 죄로 치부하면서도 모르는 척 눈감 을 수밖에 없었다. 그와 같은 고뇌의 나날 속에서도 아들만 낳 게 되면 준보는 자연적으로 춘자라는 작부와 관계를 끊고, 흙 무당품으로 돌아올 것이라고 확신했다. 그와 같은 준보의 무절 제한 생활은 여러 면에서 예상찮은 부작용을 수반 할 수밖에 없었다. 첫째가 경제적인 문제였다. 흙무당이 만삭이 되기 전까지 핏땀흘려 주어 모은 돈을 준보는 솔랑솔랑 알겨갔다. 흙무당은 준보의 습벽을 너무도 잘 아는지라 일시적 현상이려니 하고 참아냈다. 참아가면서도 그니는 아들만 낳으면 충분히 보복이 된다는 결기로 참아 내었던 것이다.

만 십 개월 하고 십여 일이 지난 어느 날 어스름이 스멀스멀 덮일 때쯤 드디어 흙무당의 아랫배에 산기가 조금씩 비치기 시작했다. 이때, 남편이 뜻밖에도 일찍 들어왔던 것이다. 흙무당은 본능적으로 반색을 했지만 준보는 흙무당의 산기 따위는 안중에도 없다는 듯 지극히 무덤덤한 표정을 짓고 있었다. 아니 짜증 섞인 귀찮은 표정이었다.

준보는 말 한마디 없이 벽장문을 열고 몇 푼 밖에 남지 않은 돈지갑을 슬쩍해서 들고 나갈 때 흙무당은 남편의 다리를 휘어잡고 이번만은 이 불쌍한 여편네를 생각하고 기다렸다가 또 딸을 낳거든 그때는 군말 옵시 당신의 뜻에 복종하겠노라고 울면서 호소했지만 준보는 막무가내었던 것이다. 육손은 육녀를 주르르 낳아야만 명대로 산다는 실로 얼토당토않은 억지를 쓰면서 육손이 아들을 낳으면 집안에 망사가 든다면서 생떼를 부렸던 것이다. 준보는 시간이 흐를수록 산고가 깊어가는 흙무당을 거칠게 뿌리치고는 달다 쓰다 첨언없이 대음리 춘자한테로 사라져 버렸던 것이다.

준보가 바람처럼 사라지자 흙무당은 정말 난감했다. 누군가의 조력이 꼭 필요한데 죽두 같은 시어머니는 몇 달 전에 타계했고, 애들은 아직 어리고 아무리 생각해봐도 자신의 해산을 도울만한 사람은 없었다. 흙무당은 목마른 놈이 우물판다고 혼자 힘으로 출산하기로 마음을 다잡았다. 그렇게 결심한 흙무당은 오히려 홀가분했다. 그니는 무거운 몸을 이끌고 짚자리도 만들고 물도 가마솥에 채워 거냉을 했다. 그리고 신생아에 입힐 옷과 기저귀 등도 대충 마련을 했다.

이렇게 혼자 출산준비를 하면서도 마음 한구석에는 설마 남편이 아내의 산기를 목격했는데, 금수가 아닌 이상 돌아올 것으로 은근히 기대하면서 문밖에서 바람소리만 들려와도 귀를 기울이곤 했다.

하지만 자시(子時)가 가까워오는데도 준보는 감감 무소식이었다. 반면 흙무당의 진통은 점점 깊어만 갔다. 남편을 속으로 기다리다 지친 흙무당은 남편의 비인간적 행위가 증오로 불타오르며 그저 태어나는 아기가 아들이기를 바라면서 원한의 불꽃을 잠재우고 있었다.

흙무당은 산고가 극에 다다른 듯 더는 견디지 못하고 아랫목에 펴놓은 짚자리 위에 가서 큰대자로 누우며 신음소리를 뱉어내었다. 배가 너무 아파 앉아 있을 수가 없었던 것이다. 흡사 예리한 바늘 끝으로 창자를 콕콕 찔러대는 극렬한 통증이 몰아닥친 것이다. 전에 없었던 산고가 끊임없이 이어졌던 것이다. 삼순이 때만 해도 만돌네 모를 심다가 배가 사르르 아파 집으로 들어와 일거에 어린애를 빠뜨리고, 재차 논으로 나가 품앗이를 이었던 것이다. 그런데 이번에는 유별나게 통증이 심했다. 노산일수록 진통이 심하다더니, 정말 그런가 보다고 생각했었다. 그렇게 산고를 느끼면서도 한편으로는 계집애 때와는 달리 이게 모두 아들을 낳을 길조라고 와중에도 자위하면서 아금니를 악물었다. 참으면 참을수록 뱃속에서는 창자를 예리한 면도날로 싹싹 도려내는 듯한 지독한 아픔이 끝없이 이어져 흙무당을 혼미 속으로 몰아넣고 있었다. 하나의 생명을 창조하는데 이토록 통초한줄 미리 짐작이라도 했던들, 그 빙충맞은 남편을 받아들이지 않았을 것이었다.

흙무당은 드디어 아픔에 못 이겨 신음소리가 점점 커지기 시작했다. 그리고 본능적으로 치마끈을 풀고 옷을 벗었다. 다 헤어진 속내복마저도 벗어던졌다. 어느새 하체에서는 붉으스름한 액체가 조금 내비취고 있었다. 양수가 터져 나온 듯 했다. 통증은 미지의 절정을 향하여 치닫고 있었다. 경황에도 돌아가신 앉은뱅이 친정어머니와 아버지를 비롯하여 돌아가신 시어머니의 사악(肆惡)한 얼굴이 언젠가 공주에서 평생에 딱 한번밖에 본적이 없는 무슨 활동사진이라나 그런 귀신곡할 노릇의 요상한 장면 속에 떠올랐다가는 이내 지워져 버렸다. 마지막으로 남편의 환상이 나타났다. 그것은 남편의 모습이 아니라 저주의 화신으로 확대되면서 비취어왔다. 흙무당은 눈을 한껏 부릅뜨고 쏘아보자 남편의 환상도 곧 꺼져버렸다.

흙무당은 재차 아랫배에 힘을 있는 대로 집중시켰다. 지난날과 똑같은 출산이지만, 통증도 몇 곱절 심하고 힘도 배 이상 더 드는 듯 하였다. 두 다리를 쩍 벌리고 하눌님 이 죄인을 살려주서유 야? 하고 최후의 간구와 함께 끙 하고 죽을 힘을 다 써보았지만 애는 종무소식이었다. 흙무당은 하도 고통이 심하여 이러다가 정말 쥐도 새도 모르게 죽는 것이 아닌가 하는 겁이 덜컥 들기도 했다.

흙무당은 다시 정신을 가다듬고 천장을 무섭게 노려보는 순간 하나의 묘안이 떠올랐다. 그니는 즉시로 그 큰 몸을 뭉그적뭉그적 지게문 앞으로 다가가 두 팔로 문꼬리를 움켜잡았다.

그니는 문꼬리를 잡자마자 젖 빨던 힘을 다하여 아랫도리에 힘을 집중시켰다. 그렇게 일분, 이분 죽음이냐 삶이냐의 기로에서 미치광이처럼 몸부림 쳤다. 그러고서 한 오 분가량 경과하자 때가 됐는지 드디어 태아의 새까만 머리가 해돋이처럼 삐죽히 비춰기 시작했다. 여기서 힘을 놓았다가는 그야말로 죽도 밥도 아닌 어쩌면 어린애와 같이 죽을 수도 있다는 생각이 퍼뜩 들었다. 흙무당은 또한 차례 힘을 들이며 끙 하고 용을 썼다. 드디어 하체의 무지근하던 뭉치가 미끈둥하고 시원스럽게 빠져나왔다. 대단한 난산을 정신력과 타고난 체력으로 극복했다. 흙무당은 천근보다 무거운 몸을 뒤채며 두 손을 더듬어 준비해 놓은 가위를 잡자 비몽사몽에서 탯줄을 잘랐다. 이어 영아의 두 다리를 모아 쥐고 궁둥짝을 탁 치자 영아는 악 하고 태초의 정적을 깨뜨렸다. 그 최초의 울음소리는 세상에 태어났다는 신고의 절차이기도 했다. 그리고 그 울음소리는 추호도 때묻지 않고 태고의 신비를 그냥 간직한 원초적인 사람으로서의 가장 순수하고 가장 아름다운 인간의 참 소리였다. 아울러 생명의 위대함을 표현하는 신의 소리이기도 했다.

이윽고 흙무당은 영아의 사타구니를 더듬었다. 생애 가장 절박한 순간이었고 생사가 엇갈리는 도박의 순간이기도 했다. 악마디 진 다섯 개의 손가락과 여벌로 달린 여섯 번째의 손가락까지 사시나무처럼 파르르 떨렸었다. 순간, 산고와 번뇌로 굴절됐던 흙무당의 험상궂은 얼굴에 생애 중 최초로 어쩌면 최후의 환희가 동해의 떠오르는 햇빛과도 같이 찬연히 배어드는 것이었다. 그리고 무의식적으로 고추다, 고추여! 아들이다, 아들이여! 하고 외마디 비명을 질렀다. 죽음보다도 더 고통스러웠던 산전의 괴로움도 또 산후의 후유증도 고추를 확인하는 순간, 씻은 듯이 사라져버렸다.

하지만 그와 같은 기쁜 맛을 보는 것도 잠시뿐이었다. 사람으로 태어나 최초의 큰일을 스스로 해냈다는 심한 충격에서 흙무당은 순간적으로 의식이 아찔하더니 그대로 짚자리에 쓰러지고 말았다. 이런 때 정말 사람의 따뜻한 손길이 필요했다. 그러나 서발장대를 사방으로 휘둘러도 걸릴 것이 없었다.

잠시 후 흙무당은 가물가물 의식이 회복되었다. 정말 초인적이었다. 살아야 한다는 본능적인 의지와 그리고 이 기쁜 소식을 누구보다도 준보에게 알려야 한다는 책무감 같은 것이 혼절의 시간을 단축했는지도 몰랐다. 아들을 못 낳는다는 이유 때문에 늘상 죄인처럼 지기를 펴지 못하고 구박과 죄인취급을 당하며 살아왔었다. 아들 못 낳는 것이 흙무당의 책임만이 아닌데도 생전의 시어머니나 준보는 전적으로 흙무당이 부덕하고 죄가 많아 아들을 못 낳는 것으로 그 책임을 추궁했던 것이다. 네 번째에 또 딸이었다면 자신은 아마 쫓겨나던지 죽던지 둘 중의 하나였을 것이라고 생각했던 것이다. 그런데 정말 천우신조로 아들이 점지되어 태어났다. 그야말로 위기일발에서 쟁취한 위대한 인간의 승리였다.

이 거룩한 인간승리의 쾌거를 자신이 직접 남편에게 알리고 여자로서의 채무를 무루 없이 완수했다는 당당하고 떳떳함을 여봐라는 듯이 과시하고 그동안 음으로 양으로 당해온 수모를 보상받고 싶었던 것이다.

흙무당은 축축한 잠자리에서 버르적버르적 움직여 미리 떠다놓은 미지근한 물로 영아를 씻겨놓고 이어 속옷을 아무렇게

나 꾀고 치마를 손가는 대로 둘렀다. 그리고 엉금엉금 지게문을 밀치고 밖으로 나왔다. 순간, 오동지섣달 칼바람이 사정없이 전신에 와 부딪칠 때처럼 한기를 느낀다. 전신에 오한이 쫙 퍼지면서 시야에는 무수한 별똥이 번쩍이면서 현훈이 아슴푸레 덮쳐왔다. 아랫도리에서는 하혈이 계속해서 흘러내리고 있었다. 핏물은 허벅지를 타고 발끝까지 적셨다. 도무지 몸의 중심을 잡을 수 없이 부들부들 떨렸다. 산후의 필연한 혹독한 후유증이었다. 하지만 어떠한 고통이 닥쳐와도 결코 좌절할 수 없다는 것이 흙무당의 강철 같은 신념이었다. 한데 바람은 칼날 같이 섬득하고 맵고 차가웠다.

하지만 흙무당은 바람이 차거나 말거나 아랑곳하지 않고, 대음리쪽을 향하여 비척비척 똑 만취한 사람처럼 걸음을 옮기고 있었다. 통모퉁이를 벗어날 무렵 흙무당은 기어이 돌뿌리에 발이 걸려 푹 고꾸라지고 말았다. 기진맥진한 탓이었다. 하지만 웬일인지 몽롱해진 의식은 반대로 점점 깨어나는 듯 하였다. 호랑이에 물려가도 정신만 차리면 산다고 흙무당은 더욱 이빨을 악물었다. 그러고 다시 일어서려고 안간힘을 다 썼지만 허사였다. 도무지 사지가 누굴누굴 해지면서 전혀 맘대로 움직일 수가 없었다. 흙무당은 궁여지책으로 이번에는 열 손가락으로 길바닥을 후벼 파기 시작했다. 뭣이든지 잡히기만 하면 의지해 일어서기 위한 사투의 몸부림이었다. 하지만 아무리 길바닥을 더듬어도 손에 닿는 것은 딱딱 한 맨땅뿐이었다. 흙무당은 최후적으로 간난애처럼 배밀이를 시작했다. 길섶에 나무 한 그루가 조각달빛을 받고 아스름하게 보였다. 흙무당은 그 나무 밑둥치를 잡고 몸을 일으켰다. 순간, 전신이 신장대처럼 덜덜 떨다가 다시 쓰러졌다. 지근거리에서 첫닭우는 소리가 힘차게 들려왔다. 닭 목아지를 비틀어도 새벽은 온다더니 머지않아 동이 틀 조짐을 보이고 있었다. 그리고 마을회관 마당에 설치한 가로등 불빛이 가물가물 흙무당의 시야에 들어왔다. 이제 멀지않은 곳에 양지말 주막집이 있을 것이라는 생각이 들자, 그니는 생기가 살아나는 듯 하였다. 그리고 주막집을 삶의 마지막 극점으로 설정하고 조금씩 기어갔다. 흙무당의 아랫도리에서는 줄창 붉은 액체가 고뿔든 어린이 코 흘리듯 흐르고 있었다. 한동안 그렇게 사투하면서 주막 쪽으로 근접하자 바로 눈앞에 불빛이 하얗게 비춰었다. 틀림없는 주막집이었다. 불빛이 새어나오는 방에서는 사람 소리까지 도란도란 새어나왔다. 간간이 젊은 여자의 간드러진 웃음소리도 남정들의 목소리 속에 묻혀 있었다.

반 주검이 된 채 주막 앞에 당도한 흙무당은 다짜고짜 방문을 부셔져라 하고 열어젖혔다. 그곳이 뭣 하는 곳인지, 또 누가 있는지 그런 사소한 것을 따질 계제가 아니었다. 잘되면 충신이요, 안 되면 역적이라는 심산에서였던 것이다. 머리칼을 풀어헤치고 초점 없는 휑한 눈을 홉뜨고 피투성이가 된 흙무당이 문지방을 기어 넘자 방안 사람들은 악귀가 나타난 듯 혼비백산하는 것이었다. 젊은 여자가 비명을 지르며 문밖으로 도망치는 아수라장이 벌어졌다.

그랬다. 흙무당은 귀신보다도 더 무섭고 처참한 형상이었다. 흙무당이 방바닥에 그대로 나뒹굴자 방안은 별로 여백이 없었다. 순간, 흙무당은 두 눈을 거슴츠레 뜨고서는 누군가를 집요하게 찾는 눈치였다. 가물거리는 의식 속에서도 준보의 얼굴이 바로 눈앞에서 어른거리자 기어 넘어가는 목소리로 아들여! 나 아들 낳았다구 아들…. 이 눔의 서방아… 하고는 눈과 입을 같이 닫아 버렸다.

이렇듯 기막히게 얻은 것이 바로 달기 놈이다. 그런데 벌써 놈은 스무 살이 되어 에미 품을 벗어나려고 날개 짓을 하고 있는 것이다. 그리고 애늙은이가 다 돼 가지고 사사건건 흙무당의 애간장을 녹이고 있는 것이다.

만 하루를 제 방에 쳐 박혀 끼니도 일체 거부하고 소죽은 귀신처럼 미련을 떨더니 이틀 되던 날 배가 몹시 고팠던지 놈은 읍내에 다녀온다면서 배추잎 석장만 달라고 손을 내밀었다. 하는 소행머리로 봐서는 단돈 일원도 주고 싶지 않았지만, 혹시 단식을 하면서 스스로 목숨을 끊는 것이 아닌가 하고 은근히 걱정을 하던 참이라, 흙무당은 두말없이 웃는 낯으로 이것뿐이라며 만 원을 건네주었다. 하지만 놈은 돈을 받지 않았다. 요구한 액수를 다 내노라는 무언의 항거였다. 항용 있는 일이라 흙무당은 주머니바닥까지 뒤져 삼만 원을 채워줬다. 떡본 김에 제사 지낸다고 놈은 차제에 자신이 소용되는 금액을 몽땅 울겨낼 심보임에 틀림없었다. 그래도 흙무당은 웃는 낯을 지우지 않았다. 완전히 주객이 전도된 것이었다. 돈을 보자 놈은 고기가 물을 만난 듯 만면에 웃음기가 차오르기 시작했다.

"그래라! 읍내 나가서 바람두 쐬구 친구들두 만나 고피라나 그런 것두 한 사발 마시구 혀라! 방안에 너무 오랫동안 박혀 있으면 개구를 할 수 움다구. 공부두 쉬엄쉬엄 혀야지 붙박이루 공부를 혀면 멀미난다. 능율이라나 뭐 그런 게 제대루 오르지 않는댜."

"참, 엄니두, 무식… 어떻게 커피를 한 사발씩 마셔요."

"그럼 막걸리처럼 몇 사발씩 마시남?"

"어이구 창피해. 모르면 잠잫구나 있어요. 아는 척 하지 말구요. 이러닝 게 집이 싫다구요."

달기는 얼굴을 찡그리며 볼멘소리를 내질렀다. 흙무당은 하도 어이가 없어 더 이상 대꾸를 하지 않았다. 정말 자식은 애물단지요, 무자식 상팔자라더니 그 말이 맞기는 맞나보다. 그리고 품안의 자식이라더니 대가리가 커지면서부터는 도통 부모의 말은 발가락 사이의 때만큼도 여기지 않는 것이 요즘 세태다.

삼순이를 빼고서는 위의 초순이 차순이는 달기보다도 더 거칠고 강렬하게 항거했던 기억이 난다.

똥구멍이 찢어지게 가난한 탓으로 초순이, 차순이, 삼순이 모두를 국민학교만 가까스로 졸업시켜 집안에서 잔심부름도 시키고 때로는 들녘에 데리고 나가 농사일도 거들게 하면서 여자는 그저 시집가서 시부모 잘 섬기고, 일부종사 하면서 그 집의 대(代)를 잇는 것이 최대의 행복이라고 혀가 닳도록 타일렀던 것이다. 하지만 초순이와 차순이는 처음에는 듣는 척 하더니, 웬걸 초조가 비치기 시작하자 한숨을 들어 쉬고 내쉬기를 거듭하더니 흙무당의 간곡한 타이름도 아랑곳하지 않고 차례로 벽장문을 따고서는 노자돈을 훔쳐 야밤 도주, 아직까지도 동가식서가숙 한다는 것이었다. 삼순이를 제외한 초순이, 차순이, 달기는 구조적으로 준보와 닮은꼴이다. 달기도 달기지만 위로 두 딸의 처지를 생각하면 자다가도 열불이 치밀어 날밤을 하얗게 새울 때가 한 두 번이 아니다.

이년 전 초순이가 결혼하겠다는 통지가 느닷없이 날라와 흙무당은 삼순이를 대동하고 부랴부랴 상경을 했었다. 예식장에서 총망 중 만난 후로는 두 딸 모두 소식이 끊겨 있는 것이다. 제 애비 에미가 죽어도 기별할 곳이 묘연한 것이다. 뿐더러 설령 연락이 닿는다손 치더라도 상주 노릇할 년들이 아니다.

하지만 달기는 위 두 누이와는 근본적인 차이가 있다. 엄연한 이씨 가문의 맏상주요, 동시에 영속토록 대를 이을 아들이다. 한데도 달기는 초순이와 차순이의 전철을 엇비슷하게 답습하면서도 아직까지 가출까지는 않고 있는데 대하여 흙무당은 그래도 일루의 희망을 갖고 있는 것이다.

달기는 그러구러 사춘기도 넘기고 고등학교도 정원미달로 들어가기는 했지만 어쨌든 졸업은 했다. 평생 소원인 대학만 가준다면 초순이나 차순에게 비할 바가 아닌 효자 중에도 효자인 것이다. 그런데 씨는 못 속인다고 극기야 집을 나갈 채비를 서서히 하는 것 같다. 하여간 달기는 좀 늦게 콧구멍에 바람이 들기 시작했다.

초순이와 차순이는 똑같이 죽으면 죽었지 시골서 농사는 못 짓겠다고 반발하다가 기어이 가출을 감행했다. 달기도 끝내는 누이들처럼 집을 뛰쳐나갈지도 모른다. 오뉴월 감주 맛 변하듯 달기도 언제 어떻게 돌변할지 모른다.

흙무당은 이와 같은 비극적인 가정사를 우선은 가난 탓으로 치부하면서도 한편으로는 내남적 없이 흙을 홀대하고, 천시하는 까닭이라고 굳게 믿고 있었다. 세상에서 가장 정직하고, 그리고 지상의 동물과 공중의 날짐승을 먹여 살리는 그 존귀한 흙을 하늘과 같이 받들기는커녕 짓밟고 뭉개고, 파헤치고, 그것도 모자라 인간들이 남긴 더러운 쓰레기로 덮씌우는 통에 흙이 분노한 까닭이라고 흙무당은 생각하고 있는 것이다. 진심에서 흙을 숭상하고, 흙을 두려워할 때 비로소 세상도 정화되면서 아이들도 제자리를 찾게 될 것이다.

그 하늘같이 신성한 흙의 진리를 저버리고 흙으로부터 일탈하려는 자기 자식들을 끝까지 교화시켜보려고 했지만 자식 이기는 부모 없다고 번번이 패배를 당해야만 했던 것이다.

흙무당은 초순이, 차순이로부터 무참히 당한 패배를 달기로부터 또 당할 수는 없다고 자나 깨나 조바심이었다. 흙무당은 천행으로 달기가 대학에 들어가 졸업을 하더라도 욕심 같아서는 놈이 새마을 지도자나 박판제 아들 박영구 같이 영농후계자로 남아주기를 기막히게 소망하고 있었다. 흙무당은 마지막으로 다시 한 번 호소해 보기로 했다.

"달기야?"

"왜 불러요, 귀찮게스리."

달기는 흙무당으로부터 삼만 원을 받는 순간만 잠시 표정이 밝더니, 제 버릇 개 못준다고 다시 얼굴이 굳어진다.

"내가 널 워떻기 얻은 자식인지 아남."

"엄니는 심심허면 맨날 그 소리래요. 나는 세상에 태어난데 대하여 아무런 책임도 없어요. 그렇게 힘이 들고 어려운데 뭐 헐라구 낳았어요. 참말루 나도 이런 콩가루 같은 집안에 왜 태어나 고생만 허는지 지긋지긋해요. 뭐 엄니만 고생허구. 나는 편안이 산 것 같아요?"

"달기야? 이 눔아. 그게 말이라구 혀능겨? 말이면 다 말인줄 아남, 불효막심현 눔!"

"못할말 했어요. 사실인 걸요."

"그게 자식으루서 에미에게 헐 소리냐. 시상에… 네 나이 벌써 갓 스물이다. 니 애비는 삼십 년 동안 허구헌 날 술과 지집과 투전으루 지새우구, 초순이 차순이는 위디서 뭘허는지 소식조차 웁구, 너 하나만 하눌님마냥 믿고 살어온 이 에미에게 그게 할 소리냐? 이 눔아. 집에서 부무를 뭇 섬기구 불효허면 밖에 나가서두 사람노릇 뭇 허는 벱이여. 옛날 성현 말씀이 하나두 안 그르다구. 세상만사는 이눔아 새옹지마라구들 혀드라."

"내가 뭘 워쨌다구 나만 가지구 들볶는대요. 엄니말 하두 많이 들어 귀에 못이 백히구 입에서 신물이 나요."

"잘헌다. 에미에게 참 잘 헌다. 니가 너무 효자라 에미는 시방 죽고 싶은 맴뿐이다. 이 눔아, 천하의 고이얀 눔."

드디어 흙무당의 입에서 거친 말이 튀어나오면서 닭똥 같은 눈물이 뚬벙뚬벙 떨어져 나온다.

"옛말에 믿는 도끼에 발등 찍힌다구 혔단다. 세상 사람을 다 뭇 믿어두 너와 삼순이는 믿었다. 그렇게 믿는 니눔이 그래 넘과 똑같이 눈, 코, 입이 똑같이 달리구 사지가 멀쩡헌 눔이 워쩨서 넘들 다 가는 대학을 해마다 낙동강 오리알 떨어지듯 떨어지느냐 말여. 이 눔아? 고등핵교 졸업허구 이날 이적지 니보구 듣기 싫은 소리 헌적이 있느냐? 니에게 희망을 걸구 살어온 불쌍헌 에미를 이렇게 실망시킬 수가 있느냐 말여…."

흙무당은 가슴속에 묻어있던 분통을 처음으로 달기 앞에서 털어 놓는다. 달기는 어머니의 뜻밖의 질타에 다소 의외라는 듯 과이 크지 않은 눈알을 이리저리 굴리다가 어머니가 가장 싫어하는 말투로 대꾸했다. 말하자면 어머니의 비위를 긁어 반

격해 보겠다는 의도가 잠재해 있었다.

"누가 뭐래두 나는 절대루 시골서 무식하게 흙은 안파요. 서울가서 하다못해 술집 문지기라두 헐거예요. 오직 못난 놈이 살기좋은 세상에 시골서 땅이나 파구 있어요. 개갈 안난소리 허질말어요."

"달기야, 이눔아 이눔아?"

"……."

"쇠귀에 경 읽기라더니 참말루 그 꼴이네 그랴. 워쩨서 그리 벽창호냐? 니 이 에미 뱃속에서 나온 것이 참말이냐?"

"……."

"옛날부터 세월이 약이라구 혔단댜. 니가 시방 에미에게 한 짓을 먼 훗날에 가서는 틀림없이 후회할 때가 있을 거여. 장가 가서 아들딸 낳구 그 아들딸이 다시 니 또래가 되얐을 때 니두 시방 에미마냥 똑같은 심정으루 말을 헐거다. 그때, 니 자식들이 니 말에 순순이 복종혀면 그 집안은 되는 집안이구, 시방 니처럼 반발혀구 나서면 별 볼일 읍는 집안이여. 그리구 니두 에미마냥 속이 무척 상혀, 옛날 에미에게 한 일을 생각혀구 아마 후회할 거여. 달기야 시방두 늦지 않다. 니는 이 에미의 뱃속에서 열 달을 자라구 시상에 나왔다. 내 간줄에서 떨어진 내 몸둥아리나 마찬가지라구. 달기야 맴 돌려먹구 서울만은 가지 말어. 그 지옥과 같은 서울에 가서 부랑자 되는거 에미는 눈 뜨구 못 본다. 달기야, 달기야."

"왜 서울이 지옥예요. 남들은 천당이라구 허는디."

"뭐이가 천당이구 뭐이가 지옥이냐? 초순이 혼인 때 서울가 보닝께 그게 워디 사램 사는 곳이더냐? 악구신들이 사는 곳이

지. 산이 옳게 있어, 나무가 있어, 물이 있어 숨을 제대루 쉴수가 있어. 귀창은 찢어져 나갈 것 같구, 사방 워딜 봐두 자동찬가 도깨비 작란감인가 때문에 건구 다닐수두 웂구, 똑 불가마속 같더라. 나는 돈을 주면서 살래두 못살것더라. 지옥이 따루 있남, 으중이 뜨중이가 모여 사는 서울이 바루 지옥이여."

"그게 문명사회라는 거라구요."

"너의 두 누이들 봐라! 걔들 생각조차 하기가 싫다만은 내 새끼인디 잊을 수가 있냐지. 사램이 살면서 사람노릇 뭇혀구 사는게 얼마나 큰 죄인지 알기나 혀남 달기야? 무신 짓을 혀두 좋으니 지발 서울 가서 공장이나 술집에 추직현다는 말은 혀지 마라. 이가 갈린다 달기야. 봐라! 집이 월매나 좋으냐. 산 좋구, 물 좋구, 나무 좋구, 흙을 맴대루 만질 수 있구, 부무가 있구, 하루 셋끼 배터지게 먹구 에미가 옷 사서 입히구 궁혀잖게 용돈두 주구 이게 천당이 아니구 뭐냐 달기야. 생각 고쳐먹자 응?"

"윗말 윤재사 씨는 서울 올라가서 돈을 억수로 벌어 술집을 몇 개씩 가지구 있는 갑부래요."

"좋다. 그 말 참 잘혔다. 윤재사는 니보다 내가 더 잘 아는 사람이여. 윤재사는 국민핵교 때 전 핵교에서 공불 젤루 잘현 사램이여. 클 때부터 유별나게 꾀가 약구, 부무 말씀을 썩 잘 들어 칭찬이 자자현 아이였다구. 그리구 윤재사는 철이 들면서 미치두룩 흙공부를 현사램이여. 흙을 애끼구 공경현 사램이라구. 그러닝께 지금두 꾕일이면 자식들 데리구 꼬박꼬박 고향에 내려와 부무에게 문안드리구, 모 심구, 밭 매구, 거둬들이구혀는 사램이라구. 아직두 흙공부를 열심이루 혀는 사램이여. 이

렇게 흙을 귀혀게 여기닝께 서울가서두 성공을 거두구 사장이
된 사램이여. 다시 말혀서 윤재사는 흙공부에서 터득헌 정직과
성실과 노력과 효도심이 뭉쳐서 성공헌 사램이라구. 니가 워찌
나만큼 알어…."

달기는 어눌한 말씨로 조목조목 따지는 흙무당의 논리에 할
말을 잃은 듯 머리만 긁적거리고 있었다. 자신이 불리하다든지
말이 막혔을 때 머리 긁적거리는 것조차 준보를 도승한 것이
다. 흙무당의 설득에 달기는 내심 윤재사씰 재평가한 듯 머리
긁적거리던 손을 내리면서 불쑥 던진다.

"윤재사 씨네는 원래 부자루 살잖았어요."

흙무당은 입언저리에 엉켜 붙은 비지침을 뭉뚱한 손가락으
로 문지르면서 이제는 놈을 아무리 설득해봐야 자신의 입만
아프다는 것을 깨달은 듯 더욱 짙게 울상을 짓는 것이었다.

달기는 준보보다 체구가 크기는 했지만, 그렇다고 흙무당의
체격을 닮은 것도 아니었다. 크지도 적지도 않은 보통 체구였
다. 게다가 삼수를 하면서 제 깐에도 고민을 했는지 얼굴에는
기름기가 마르고 푸석푸석하여 한편으로는 무척 걱정이 되고
불상한 생각이 들기도 했다. 사람 됨됨이만은 절대로 준보를
닮아서는 안 되는데도 한일을 보면 열일을 안다고 지금까지의
싹수로 봐서는 준보와 거의 비슷하다고 해도 과언은 아니다.

어쨌든 흙무당은 달기를 서울로 올려 보내서는 지금까지 들
인 공이 만사휴의라는 것을 뼈저리게 느끼고 있기 때문에 어
떤 방법을 써서든지 놈을 자신이 끼고 흙의 참됨을 가리키고
설득하면 최소한 준보같은 전철을 밟지 않을 것이라고 확신했
다. 흙무당은 끝까지 놈에 대한 설득을 포기치 않기로 다시 작

심했다.

"달기야? 나는 일자무식꾼이지만 평생을 흙에 묻혀 살면서 많은 것을 흙으루부터 배웠다. 또 잔소리헌다구 혈지 무르지만 부무를 일찍 여윈 나는 흙이 바루 어머니의 품이었구, 젖무덤이었다구. 아버지 같은 믿음과 든든함이 흙속에 있었다구. 나는 흙을 부무같이 여기며 흙공부를 열심으루, 아니 목숨을 받쳐 헌 탓으루 오늘날 이나마 굶지 않구 사는 거라구. 뭣이냐, 흙의 이치는 천 년 만 년이 가두 변치 않는다구 배웠어. 이건 하눌님의 뜻이라구. 알것남? 이 변헐 수 웁는 이치. 니두 그 흙의 이치를 배우면 사램이 뭣인지 그 이치를 깨닫게 될거여. 그러니 다시 한 번 깊이 생각혀서 이 에미와 같이 흙 속으루 들어가 눈 딱 감구 삼 년만 농살 짓자. 그러면 뭣여, 중들처럼 득도라나 그런걸 하게 된다구. 달기야? 누가 무신 소릴혀두 절대루 믿지말구 시방 내가 헌 말을 머릿속에 차곡차곡 쌓아뒀다가 맴이 무단이 흔들릴 때 이 에미의 헌 말을 하나하나 끄집어 내어 이겨내란 말이다. 핵교 공부두 중요 혀지만 흙공부만은 뭇혀. 먼저 흙으루부터 사램 공부를 한 다음, 핵교공부를 배워야 그게 참말루 공부인겨. 달기야 허황된 꿈 다 개 고뽈 때 팽개치듯 내 버리구. 내일부터 당장 에미와 같이 논으루 밭으루 나가 흙공부부터 시작혀자. 응? 우리 달기 참 착혀기두 혀지. 우리가 흙공부를 할 수 있는 땅은 많지는 않지만 굶어죽을 정도는 아니라구. 달기야? 에미의 마지막 소원이여. 내년에 대학에 갈 자신이 웁쓰면 훌훌 털구 흙으루 돌아가는 것이 절제절명이다. 그게 흙의 뜻이구 하눌님의 뜻이여. 달기야? 흙으루 돌아가서 양지말에서, 아니 충쳉도에서 젤루 흙공부를 잘혀는 일등핵생되여보자. 잉? 그래서 죽을 때까지 양지말의 흙속에서 살자. 응? 에이 착한 우리 달기… 에미말을 들으면 자다가도 떡을 얻어먹는다."

"아이 귀 따거워 저 눔의 흙타령 소리, 만날 흙타령만 늘어놓으닝께 동네사람들이 흙무당이라구 그러는 거라구요."

"흙무당! 흙무당! 홍, 월매나 듣기 좋은 소리냐. 나는 흙무당이라고 부를 때가 젤루 흐뭇혀구 가슴이 뛰더라!"

"나는 흙무당이라고 부르는 소리가 엔병에 까마귀 울음소리보다 더 듣기 싫어요."

"달기야? 이 눔아."

흙무당의 목소리에 기어이 울음이 섞여 나온다. 하지만 달기는 딴청을 부리며 주절거린다.

"흙이 무슨 말을 허나, 공부를 가리키게 늦지도 않고 엄니는 망녕이여. 아이 정말 챙피혀서 뭇 살겠다구. 어서 이 지긋지긋한 집을 벗어나야지. 꼭 정신병자랑 한 집에서 사는 기분이라구요."

"달기야? 이 눔! 니가 참말루 내 뱃속에서 나온 자식이냐?"

"내가 그걸 어떻게 알아요. 엄니가 알지. 나는 국민핵교 일학년 때 학교 갔다 와서 젖 빨던 생각밖에 아무것도 안난다구요."

"그려 바루 그거여, 이 눔아. 니는 에미의 젖을 빤 것이 아니라, 흙의 진기(眞氣)를 빨어먹구 큰거여 이 눔아."

"내가 왜 흙을 빨어 먹구 살어. 참말루 우럼니 흙구신에 단단히 걸렸다구. 저 눔의 흙구신을 내쫓기 위하여 대굿이라도 혀야 혈 것 아냐."

"그렇다. 나는 흙구신이 씌웠다. 이 늠!"

흙무당의 눈에서 이미 고여 있던 눈물과 더불어 새 눈물이 콸콸 쏟아져 내린다. 이어 흙무당은 치마폭을 걷어 올려 그 쏟아지는 눈물을 암팡지게 닦아낸다. 복바치는 서러움에 흙무당은 두터운 입술을 씰룩거리며 오열하고 있었다.

달기는 흙무당의 오열하는 모습을 보고 기류가 심상찮다고 느꼈는지, 차라리 군대를 가면 갔지 농사는 죽어도 안 지어요 이렇게 한마디 뱉고서는 후다닥 대문 밖으로 뛰쳐나갔다.

달기는 그담 행방이 묘연하더니 사흘 만에 아주 초췌한 모습으로 도둑고양이처럼 어둘 때 살금살금 기어들어 왔다. 밖에 나가 술을 만판 퍼마신 듯 눈과 입에서 술지검지가 꾸역꾸역 삐져나오는 듯 했다. 그리고 달기는 흙무당과 마주치자 숙쓰러운 듯 고개를 숙이면서 어색한 웃음을 흘렸다. 그러면서 읍내 친구 집에서 잤다고 묻지도 않는 말을 먼저 했다. 그리고 나서 아주 당당히 말했다.

"엄니? 나 군인 갈래요."

"얼래? 아닌 밤중에 홍두깨라더니, 참말루 군인가는겨?"

"매두 먼저 맞는 놈이 낫댐예요. 어짜피 가야 할 것 하루라도 빨리 갔다올라구요."

"영장이라나 그런 것두 안 나왔는디, 워떻기 군인을 간다능 겨 그래."

"지원 헐라구요."

"잘현 일이다. 서울루 가는 것부다야 백 번 났지."

흙무당의 입에서 의외로 긍정적인 대답이 나왔다. 사실 자식을 가진 부모들은 아직까지도 군인이 위험하다는 인식이 박혀,

군 입대를 내남적 없이 꺼려온 것만은 사실이었다. 때문에 흙무당으로서는 하나밖에 없는 아들을 솔선수범 군에 보낸다는 것은 상상치도 못한 일이다. 달기를 애지중지한 나머지 군 입대를 모면해보려고 오만가지 고심에 고심을 거듭하여 왔던 것이다. 이와 같은 흙무당의 속내를 속속들이 알고 있는지라 달기는 못 먹는 감 찔러나 보자는 심통에서 역으로 시위성 발언을 했는데, 흙무당은 눈썹 하나 깨닥하지 않고 태연히 승낙하는데, 달기는 적잖이 실망하는 눈치었다. 자신에 대한 흙무당의 모정의 깊이로 볼 때 누구나 다 가기 싫어하는 군에 입대한다고 으름짱을 놓으면 흙무당은 대경실색하고, 두 번 다시 그 지긋지긋한 흙공부 소리를 안함은 물론, 삼수가 아니라, 사수, 십 수까지도 하고 그것도 하기 싫으면 너 좋을 대로 서울 공장이라도 가라며 노자라도 몇 십만 원 듬뿍 집어줄 것으로 계산했던 것이다. 그런데 그 작전이 엉뚱하게도 빗나가고 말았다.

그날따라 무슨 초를 쳤는지 준보가 일찍 들어와 모자가 짜그락거리는 판에 끼어들어 풀무에서 바람 빠지는 소리로 말했다.

"넘들은 돈을 처들여서라도 군인을 안 가려고 바둥대는데 제발로 걸어가서 자진 입대헐 필요는 없잖느냐?"

"그럼, 워떻게 헤요. 삼수도 못허게 허지, 자나 깨나 나만 보면 세상에 듣지도 보지도 못헌 흙공부라나 무슨 도깨비공부라나 그걸 허라구 등살이니 제길로 한길 다 큰 사내놈으로서 도저히 견딜 수 없어요. 나는 군인을 열 번가면 갔지 시골서 농사는 안질래요."

달기는 원군이라도 만난 듯 목소리에 힘이 배어있고, 흙무당을 흘키는 눈매가 오만불손 했다.

"누가 그런 소릴헤여?"

준보는 내막을 훤히 들여다 보면서도 장구치고 북치는 말을 했다. 불난 집에 부채질 하는 꼴이었다.

"누군 누구요. 에미가 그러죠."

준보의 게슴츠레한 눈이 미안쩍다는 듯 흙무당을 슬쩍 쳐다 본다.

이때, 삼순이가 퇴근해 돌아왔다. 그녀는 옷도 갈아입지 않고, 집안의 분위기가 수상쩍다는 듯 세 사람 판에 합류했다. 그리고 흙무당에게 다정한 목소리로 물었다. 흙무당으로부터 대충 사연을 듣고 난 삼순이는 즉각 달기를 쥐 잡듯 족쳐댔다.

"달기 너 오래간 만이다. 한 집에 사는 시어머니 성도 모른다더니, 도무지 나는 네가 무슨 일로 집을 사흘씩이나 비웠는지 도통 모르겠다. 그래 전화는 어디다 쓰는 거야. 전화 됐다가 곰탕이라도 끓여 먹을라남. 못 들어올 일이 생기면 전화쯤은 해야 사람이 도리가 아니냐? 집에서 눈이 빠지게 기다리는 사람도 생각해야지. 어머니는 네가 기분 언짢게 하고 집을 나갔다며 이틀 밤을 꼬박 뜬눈으로 새우셨다. 사람이면 가슴에 손을 얹고 네 행위에 대하여 반성해 보라구."

삼순이는 우선 사흘 동안 가출한데 대하여 신랄히 꾸짖었다. 전에 없이 카랑카랑한 목소리로 내뱉는 삼순이의 질타에 분위기는 더욱 어름장같이 차갑게 굳었다. 그러나 삼순이는 그와 같은 분위기에 전혀 구애됨이 없이 제 이탄을 쏘아댔다.

"군인을 지원한다구, 참 잘 생각했어. 너 같은 놈은 군인에 가서 무진장 담금질을 하고 새롭게 태어나야 한다구. 주저 말고 낼 당장이라도 군에 가서 새롭게 인생을 개조하라구. 나쁜 놈! 넌 그럴 수 없이 나쁜 놈이야. 저 불쌍하신 어머니 가슴에 이렇게 못을 박아도 되는 거야? 이 나쁜 놈아."

"이 지집애 천둥에 개처럼 뛰어 들어와 지랄이야. 너 죽을려고 까불어?"

달기가 식식대며 눈을 부라린다.

"그렇지 환장한 놈이 무슨 말은 못하겠니. 하고 싶은 대로 지꺼려라! 하지만 마지막으로 한마디만 더 하겠다. 네깐 놈이 정말 군인갈 자격이나 되느냐구. 네깐 놈이 군인 간다고 누가 받아주기나 한댜? 일찌감치 냉수 마시구 속차려. 하룻강아지 범 무서운 줄 모르고 아무 곳에나 덤벼들지 말구 말여. 너는 이놈아, 독신이야."

"지원병은 독신도 상관 없댜. 이 지지배야."

"그래 갈 수만 있으면 무슨 방법으로든지 네 힘으로 군인을 가봐! 그러면 양지말에서 영웅난다."

"지원까지 혀서 갈 것은 없잖여. 애비가 오릿골 전자공장이 완공되면 사무원으로 취직시키도록 해 보마. 지근 간에 설마 그거야 안 들어 주겠니?"

"시골 공장은 싫어요."

"아니 꼭 서울로 올라갈 이유가 뭣여?"

"시골은 죽어도 있기 싫어요."

"원 참 그 눔의 속내 알 수가 있나!"

옆에서 뱁새눈에 독을 잔뜩 담고 듣고 있던 흙무당이 또다시 포문을 연다.

"장구 치구, 북 치구, 이제는 징까지 치는구먼… 흥… 양지말서 인물 났네. 천하의 준보가 지 아들을 공장 사무원으루 취직을 시키구, 참말루 사램은 오래 살구 볼 판여. 소가 웃겄다 소가."

삼순이가 흙무당의 치맛자락을 옆에서 슬그머니 잡아당긴다. 아버지와 어머니는 한자리에 앉기만 하면 전생에 무슨 악연이 있는지, 소 닭 보듯이 하면서도 원수지간처럼 으르렁거리는 것을 어려서부터 슬픈 마음으로 숱하게 지켜보았다. 철이 나면서는 남의 부모들처럼 다정하고 이해하는 부부로 승화되기를 은근히 바랐던 것이다. 희한한 것은 저토록 견원지간인데도 어떻게 자녀를 넷씩이나 생산해 냈는지 불가사의한 일이다.

살(煞)이 끼어도 단단히 끼었고, 어쩌면 태어나기 이전부터 두 사람은 상극이었는지도 모른다는 생각을 하면서 실소를 머금은 적이 한 두 번이 아니다. 한마디로 원숭이와 개가 운명적으로 만나 한우리에서 동숙(同宿)하고 있는 것이라고 생각했다.

"이 눔의 지지배 이거 놔! 왜 치맛자락은 잡어 댕기구 지랄이랴. 내가 뭐 뭇 혈말 혔남, 아니 쓸개두 읍남. 워디 부탁혈 곳이 읍서 그 사기꾼 눔들에 또 자식을 써달라구 빌붙는댜. 차라리 군인을 보내면 보냈지 그 사기꾼들한티는 취직부탁 뭇혀겄다. 꼭 눈 가리구 아웅 혀는 소리만 골러 현다구, 천치같이."

"요즘 며칠 동안 집안이 조용하다 싶더니 또 지랄병이 도지는구만, 에이…."

준보는 입맛을 다시며 혼잣소리로 중얼거린다. 얼굴을 맞대면 으레 흙무당의 담근질에 도가 튼 준보는 언제나처럼 잘잘못을 따지기 전에 고개를 숙이고 자리를 뜨는 것이 상책임을 경험적으로 터득하고 있으면서도 오늘만은 달기 놈의 장래가 걸린 중대한 문제라 자리를 얼릉 뜨지 못하고 뭉그적거리고 있다. 사실 준보의 진심은 달기가 자원입대만은 심사숙고하겠다는 확약을 받고 싶었던 것이다. 준보도 오십 년대 말 징병으로 끌려가 휴전선 철책선에서 일 년 동안 죽을 똥을 싼, 산 경험의 소유자라 외아들을 자원까지 시키고 싶은 마음은 추호도 없었다.

드디어 흙무당의 검으칙칙한 얼굴에 푸른기가 조금씩 돌아오르기 시작한다. 그것은 준보에 대한 일종의 도전장이었다. 풍전등화같은 아슬아슬한 순간이 이어지다가 드디어 질 파내기 깨지는 듯한 우뢰소리가 모두를 놀라게 한다.

"옛날부터 길이 아니면 가질 말구, 사람이 아니면 탄을 혀지 말랬댜. 니 애비말 콩으루 메주를 쑨대두 곧이 듣지 말라구. 시방와서 무신 낯 빤대기루 그런 뜬구름 잡는 거짓말을 식은 죽 갓 들러먹듯 쉽게 현댜. 참말루지 소금이 쉴 노릇이닝께 믿지 말구, 그저 에미 말대루 흙공부나 혀잔말여. 이 불효막심현 눔아. 워찌서 그렇기 에미 말은 똥친 막대기처럼 무시혀느냐 이 눔아, 이 눔아? 아이구."

하지만 평소와는 달리 준보가 입에 주먹을 갖다 대고 마른기침을 쿵쿵하고 나더니 비장한 목소리로 말한다.

"옛날부터 부창부수요, 여필종부라구 혔어. 다 큰 애들 앞에서 하눌같은 남편을 짓밟으니 애들이 무슨 본을 보겠어. 참말로 입에서 신물이 난다."

"야… 야 여필종부? 이제 문자까지 쓰구 양지말에서 공자맹자 나왔구먼. 이 등신아? 오는 말이 고아야 가는 말두 곱댜.

아이구 이 눔의 팔자야, 하눌님….”

“구만둬. 나두 싸우기 지쳤다. 나두 나 할일은 하구 산 사램이여. 세상에 독불장군은 없는 법여.”

“시상에…. 지할 일을 했어? 물에 빠진 눔, 건져 놓으닝께 보따리 달란다더니 똑 그 꼴이네 그랴. 그래 이제 와서 자식들 앞에서 짓밟는다구? 주제에 체면은 아나벼 쪽제비두 낯짝이 있댜. 이날 이적지 자식새끼들 위해서 헌일이 뭐가 있어. 아이 넷을 허리가 문들어지두룩 업어 키웠어야 애를 단 한 번이라두 받어 보듬어 준적이 있어? 애가 아퍼 사경을 해매두 약 한 봉지 사다 멕인 적 있느냐구? 그리구 애들 옷은 구만두구 고무신 한 짝이라두 사다 신킨 적 있어? 국민핵교지만 애들 넷 학비 한 푼 준적 있느냐구? 불여악처라구 만날 그래두 이 흙무당이 머리루 벌구 등짐저서 이만큼 가리키구 살었다구, 이 화상아. 아니 퍼내만 놓으면 자식여. 아이구 시상에 구신들 다 워디가 자빠졌댜. 서양 쌀이 들어 온다드니 구신들두 서양구신이 들어와 조선구신 다 내 몰았나. 워쩨서 저런 화상 그냥 놔두구 있댜. 잉?”

흙무당의 본색이 여지없이 드러나 흡사 따발총처럼 쏘아 붙인다.

“엄니 왜 이러시는 거예요. 네? 어머니가 항상 입버릇처럼 허시는 말씀 있잖어요. 누어서 침 뱉으면 어디 떨어지느냐구요. 어머니, 조그만 참으셔요. 아버지도 외아들 군인 간다니께 화가 나서 그러시는 거예요, 어머니? 진정 고정 좀 하셔요.”

“니년이 뭘 안다구, 개○에 보리알갱이마냥 끼어들어….”

흙무당이 극악한 욕설을 무섭게 퍼부으며 길길이 날뛰자 준보, 달기, 삼순이는 공포에 떨며 입을 꾹 다물고 있었다. 한동안 숨막히는 침묵이 이어졌다. 준보는 참다참다 더는 견딜 수 없다는 듯 큰맘 먹고 자리를 부스스 일어나 슬그머니 나가 버린다.

"벙어리가 마팍을 쳤나, 왜 말 뭇혀구 도망가 이 웬수야? 좋겄다. 외아들 공장 사무원이라, 뻭줄이 동아줄보다 더 굵어 참 좋겄다. 워찌 저렇기 소갈딱지가 옵댜. 아니 ○만 달렸으면 사내여. 사내구실을 혀야 사내지. 아이구 이 눔의 팔자. 워찌 이렇기 박복두 현지."

겁을 잔뜩 집어먹은 삼순이가 이러다 무슨 일 나겠다며 어머니를 위로하기 시작한다.

"그래요, 어머니? 어머니 고생하신 것 하늘이 알고 땅이 알고, 이 삼순이가 잘 알고 있어요. 어머니? 이런 때일수록 자제하시고 참으셔야만 집안도 편안하고 어머니 건강도 좋으셔요, 어머니. 요즘 안색이 아주 좋지 않으셔요. 얼굴빛이 검어지시고 눈자위가 조금 꺼지시고, 굉장히 피곤해 보이셔요. 화내시는 것이 건강에 얼마나 나쁜지 아셔요. 어머니? 고정하셔요 네? 팔십 먹은 할아버지가 세 살 먹은 손자한테 배우는 경우도 있대요. 어머니? 제 말을 들으시고, 어서 화를 푸셔요."

"이 눔의 지지배야. 잔솔배기 함부로 까지 말어. 내 몸 내가 더 잘 안다구. 이 몸 병든지 오래라구. 그렇지만 워찌여, 서방은 저타령이구 자식새끼는 왼갖 미련 다 떨구, 워찌란 말여. 이년아. 사램이 한 번 죽지 두 번 죽남…."

"어머니 정말 그러시면 삼순이 슬퍼져요. 엄니? 우리 병원에 한 번 가 봐요. 천안 대학병원이 잘 본대요, 어 엄니."

삼순이의 두 뺨에 눈물이 주르르 줄을 잇는다. 흙무당의 눈 언저리에도 이미 눈물이 괴어있었다.

"할 수 웂다. 공부두 싫구 흙두 싫으면 워찌여, 뾰족한 수가 웂잖여. 니 애비가 가라는 공장사무원은 된다 혀디래두 내 눈에 흙이 들어가기 전까지는 절대루 못 보낸다. 군인 면제가 안 되구 갈 것 같으면 하루라도 얼릉 다녀와라. 매두 먼저 맞는 눔이 났다구 혔다. 시방은 군인가두 죽을 염려는 웂잖여. 군인 갔다 와서 새 사램 되란 말여. 새 사램되라능 게 별건감, 흙을 중히 여기구 그 흙속에 묻혀 살면 그게 흙공부구 새 사램 되능겨."

삼순이의 눈물겨운 설득이 주요했던지 흙무당은 안정을 되찾으며 훨씬 누구러 들었다.

"흙소리 끄내지두 말어요. 몸서리 쳐져요. 군대 갔다 와서 농사짓는 바보가 세상천지 워딨어요."

"워찌 저렇기 사내새끼 소가지가 북통만두 못혀댜. 이 눔아 군인 갔다와서 더 좋은 사램이 되란말여. 이 불효막심헌 눔아."

"흙을 만지는 게 무신 새 사람이예요."

"저런 육실혈 눔의 새끼 봤나. 저게 사램이여 잉? 아이구 원 통혀라! 하늘님…."

"어머니? 제발 진정 좀 하셔요. 달기는 원래 저런 아이잖아요? 어머니가 자꾸 이러시면 오늘날까지 자식에 베푼 은덕이 순식간에 이슬로 사라지고 말어요, 어머니. 어머니는 사해바다마냥 넓은 마음씨를 가지고 계시잖아요, 어머니? 조금 전에 화내시면 건강이 나빠지신다고 했지요. 고정하셔요, 어머니…."

삼순이는 방향을 바꾸어 달기 쪽으로 돌아앉았더니 달기의 뺨을 힘껏 후려치고서는 사뭇 흐느끼기 시작한다.

그로부터 십여 일이 지난 후 추석을 불과 십여 일 앞두고 달기는 정말 입영통지서를 받아가지고 왔다. 입대할 장소는 강원도 오지 사창리라고 하는 곳에 소재한 ○○사단의 신병훈련소였다. 양지말에서는 달기 이외에 윗말 윤정수가 한 날 한 시에 입대하게 되어 있었다. 물론 사단은 달랐다.

흙무당은 달기의 입영준비를 하면서 입술을 피가 터지도록 깨물며 울었다. 그 어린 것을 위험한 전방으로 송출하는 모정은 비수로 가슴속 살점을 도려내는 것 만큼이나 아프고 쓰라렸다. 아직도 입에서 젖비린내가 가시지 않은 풋내기로만 여겨왔던 놈이 기어이 에미 품을 떠나 날개를 펴고, 일탈하려는 자연의 현실 앞에 흙무당은 또 한 번 세상의 무상함을 곱씹어야만 했다.

드디어 입대하는 날이 다가왔다. 흙무당은 마음을 다잡고 눈물을 최대한 감췄다. 에그 추석이나 쇠고 떠났으면 덜 섭섭할 걸 하고 중얼거리며 떠나는 달기를 뒤따랐다. 동네사람 거의 전부가 동구 밖 버스정류장까지 나와 달기와 윤정수를 환송했다. 윤정수는 그의 아버지 어머니가 사단까지 따라간다구 했다. 하지만 흙무당은 마음을 단단히 먹고 에미도 같이 갔으면 하는 달기의 눈치를 모질게 뿌리쳤다.

들판은 벼가 누렇게 익어 황금물결을 이루고 있었다. 그날따라 하늘에는 구름 한 점 없는 청명한 날씨였다. 제비들도 떠날 채비를 하는 듯 초가을 창공을 힘차게 비상하다가 전선에 가지런히 앉아 날개를 가다듬고 있었다.

저쪽 물퍼니 쪽에서 버스가 이쪽으로 질주해 오고 있었다.

대문 밖을 나서면서 입을 굳게 다물고, 심각한 표정으로 정류
장까지 온 달기는 버스를 보자 갑자기 흙무당 옆으로 바짝 다
가서더니, 아주 다정하고 세 살쩍 천진난만한 목소리로 엄니하
고 부르는 것이었다. 흙무당이 기겁을 하고 고개를 돌리자 달
기의 오른손이 이미 흙무당의 적삼 속으로 파고들어와 젖꼭지
를 움켜쥐고 있다. 오냐, 달기야? 흙무당도 즉각 반응을 보이
며 놈이 무엇을 요청하는지 이내 헤아리고 적삼을 걷어 올려
또한 젖꼭지를 달기의 입에 갖다 댄다. 달기는 정신없이 빈 젖
꼭지를 무아무중으로 빨며 눈물을 철철 흘리고 있다. 주위사람
들이 놀란 눈으로 두 모자를 무연이 바라보고 있었다. 그러나
동네사람들은 달기가 아홉 살까지 흙무당의 젖꼭지에 매달린
사실을 아는지라 나중에는 당연한 일로 받아들인다.

이때, 시외버스가 정류장에 닿았다. 달기는 흙무당의 젖무덤
을 놓고 시름없이 버스에 올랐다. 윤정수와 그 일행이 나중에
오르자 버스는 무정하게도 쏜살같이 사라졌다. 버스가 흙무당
의 시야에서 완전히 사라지자, 그녀는 자신도 모르게 그 자리
에 털썩하니 주저앉는다. 그리고 두 다리를 뻗고 아이고땜을
하며 운다. 흙무당의 망막 속에는 달기의 영상이 좀처럼 지워
지지 않고 있었다.

"하눌님? 우리 달기를 끝가지 지키고 보살펴서 군인을 무사
히 마치구 돌아오면 그저그저 흙을 벗삼두룩 혀주셔유. 야?"

흙무당은 간절이 빌었다. 곧 이어 흙무당은 삼순이에게 끌려
집으로 돌아온다.

5

"삼순아? 자나 깨나 달기 눔이 자꾸 눈에 밟혀 견딜 수가 읍구나. 하눌이 무너지구 땅이 꺼져두 우리 달기는 무사히 돌아와야 쓰겄는디, 시상이 하두 험악스러워서 워디 믿을 수가 있샤지. 시상에 태어났으면 참말루 씨(種子)를 냉겨야 혀는디, 그 씨가 싹을 뭇 트면 사램이 태어나 무신 소양머리가 있댜. 그 눔을 워떻기 얻은 자식인디, 그래 지발루 군인을 가야 쓰겄어? 불효막심헌 눔, 그래 이 눔이 원제 집에 온댜? 할 수 읍써 마지막으루 달기가 무사이 돌아오게 혀달라구 굿이나 한 번 혀야 겄다. 쇠푼이나 있던 것 이리쓰구 저리쓰구, 또 읍네 큰 보살님 모시는데 약조금으로 쓰구, 땡전 한 푼 읍다. 워떻기 혀? 집안에 이런 큰일이 벌어졌으니, 내 돈 니 돈 따지지 말구 니가 또 좀 장만혀야 쓰겄다. 염체가 읍지만 워떻기 혀. 주머니돈이 쌈지돈이라더라."

"없는 집 푸닥거리하듯 한다더니, 우리 엄니 굿 되게 좋아하네. 굿이 무슨 말러 비틀어진 굿이예요…."

"이 년아, 니가 에미 맴을 워떻기 알어. 물에 빠진 사람 지푸라기라도 잡는 맴이다. 그 어린 것 군인 보내놓구 내 맴 허전혀구 슬픈 것 아무두 무른다. 구만 둬 이년아! 내 과부 장변이래두 내다가 혈 것이닝께. 지지배들은 말짱 혔것이라구 키우느라구 심만 들지…."

흙무당은 윤씨 텃밭을 살 때 삼순이가 기천만 원을 자진해 댄 것은 까맣게 잊고, 당장의 요구를 거절했다하여 무척 심기가 뒤틀린 듯 얼굴색마저 울근불근했다.

"엄니는 세 살배기예유? 삐지기는 무슨 말을 못 한다구. 제발 진정 고정하셔요. 그런데 어느새 가을 중 싸 다니듯 다녀, 읍내 큰 보살과 쑥덕쑥덕했대유 그래. 그류, 허셔유. 내가 무슨 방법으로든지 돈을 장만해 드릴게요. 얼마나 가지면 되요?"

"줄잡아 백만 원은 있샤 쓰겄다."

"또 헛돈 뿌리는구먼, 뭐 백만 원이 뉘집 어린애 이름인줄 알아요?"

삼순이는 악의 없이 생글생글 웃으면서 톡톡 쏘아 붙인다. 삼순이의 본심을 꿰뚫고 있는 흙무당은 싱그레 웃으면서,

"굿을 혀면 들을 때는 영락웁시 잘 듣는다구. 니 까짓게 뭐 알기나 혀남. 옛날 나 시집와서 보니께 니 애비 마른 솔가지 말러가듯 말러가면서 죽네 사네 혈 때 죽은 니 할메가 박수를 불러다가 한 이레 대굿을 혀구, 니 애비 지금까지 살구 있는 것 아닌감. 참말루 구신(鬼神)은 있다구…."

그랬다. 시집오구 삼칠이 되자마자 윗말 시어머니는 대음리

의 새파란 박수를 끌고 와서 새 며느리의 부정(不淨)을 쫓고 아들의 운권천청을 기원한다며 굿놀이를 걸판지게 펼쳤던 것이다. 흙무당은 새색씨의 몸으로 멋도 모르고 시어머니와 박수가 시키는 대로 굿상 앞에 부복하여 자신의 기복과 그리고 남편의 완쾌를 무아지경에서 손이 발이 되도록 비벼댔던 것이다. 어쨌든 오비이락이라고나 할까. 굿을 마치고 난후 준보는 차츰 병줄을 놓기 시작하여 건강을 되찾았고, 죽을 사람으로 치부했던 남편은 근 삼십 삼 년이 지난 지금까지도 해수병으로 조금 그르렁 거리기는 하지만, 술과 잡기에 영일이 없는 말하자면 백수건달의 생활을 꾸준히 이어오고 있는 것이다. 쭈그렁밤송이 삼 년 간다고 이제는 되려 흙무당보다도 준보의 건강이 훨씬 좋은 편이다.

어쨌든 흙무당은 달기가 입대를 결정한 날부터 절에 가서 불공을 대판으로 드릴까, 아니면 교회에 가서 목사님한테 매달려 볼까, 그도 저도 아니면 대굿이라도 한 번 해볼까 궁리궁리 끝에 그래도 과거에 효험을 누린 바 있는 굿 쪽으로 마음을 다잡고, 몰래 읍내 큰보살을 찾아가 합의를 이룬 것이다.

"어머니? 다 미신이예요. 귀신이 어딧써요. 사람이 달나라에 가는 판에 말이예요."

"왜 구신이 읍써. 저 지지배가 참말루 구신헌티 한 번 혼나봐야 정신을 차릴라나. 워쩌서 저렇기 함부루 주뎅이를 놀린댜."

"아이구 우렄니 또 골내시네, 그류 있어요. 귀신이 있고 말고요. 후… 후…"

"이 년아, 자식이 있구 나서 땅두, 집두, 소양(所用)한 것이여. 시상에 태어나 후사가 웁쓰면 태어나나 마나 헌졌여. 달기가 군인에서 뭇 돌아오면 그 날이 바루 내 지삿날인줄 알어라. 우리 달기를 워떻기 얻은 자식인디….”

“엄니는 그저 눈만 뜨면 아들, 아들, 어디 아들 없는 사람 서러워 살겄어요?”

“그러기 어서 시집가서 자식새끼 퍼내 질르구 살어, 지지배야.”

“알았어요. 욕 좀 고만허시고, 엄니 좋은대로 하셔요. 백만 원 마련헐테니께. 굿을 하시든, 불공을 드리시든, 교회에 헌금을 하시든 뜻대로 하셔요. 소원껏 마음껏 힘껏 하셔요. 후, 후… 죽어도 원없게요.”

흙무당이 실쭉하더니 삼순이를 다시 몰아세운다.

“저 늠의 지지배가 싸래기 반토막을 쳐먹었나, 왜 자꾸 빈정거린댜. 품안쩍 자식이라더니, 커가면서 도무지 설삲은 말대가리마냥 말을 들어먹어야지, 말대꾸나 퉁퉁 혔쌌구 에이….”

흙무당의 앵돌아진 청이 삼순의 가슴을 찔렀다. 하지만 마음이 유순하기로 소문난 삼순이는 전매특허같은 웃음을 흘리면서 투정하듯 대꾸한다.

“예, 예, 우럼니. 이 미욱한 년이 하늘같은 엄니의 뜻을 저버린 죄 용서하여 주시옵소서… 갈, 갈. 엄니가 소용허실만큼 돈을 꼭 장만혀서 내일 이만 때까지 틀림없이 대령하겠사오니 용납하여 주시옵소서….”

“뭐, 이년아 내가 신주(神主)냐, 신주님 앞에서 빌듯혀게, 괘씸현 년 같으니라구. 저년이 에밀 뭇났다구 무시허니 이 일을 워쩐댜, 잉?”

"아이구 이놈의 혓바닥, 세치 혓바닥이 세상을 좌지우지 헌다드니, 엄니? 잘 못했어요. 이 삼순이가 참말로 잘못했어요. 앞으로 더욱 조심하겠습니다. 엄니?"

삼순이가 애교를 섞어가며 두 손바닥을 비비자, 흙무당의 얼굴에 금방 화색이 돌면서 말한다.

"암만 우리 삼순이 같은 효녀가 또 있을라구. 천하의 효녀지, 그럼…."

흙무당이 진지한 표정으로 맞장구를 친다.

이틀 후 흙무당네 안마당에 차일이 쳐졌다. 차일은 동네 경조사에 약의 감초처럼 으레 끼게 되어 있었다.

차일을 치는 까닭은 여름에는 뙤약볕을 피하고, 겨울에는 어한을 막기도 하지만 보다 깊은 뜻은 외부로부터의 부정을 차단하는데 있었다.

그러나 원체 차일이 오래된 탓으로 천이 낡고 삭아 여기저기 깁고 때웠지만 그래도 곳곳에 구멍이 듬성히 뚫려 햇빛이 훤히 새어들고 있었다.

병풍과 젯상이 준비되고 만돌어머니를 위시하여 몇몇 아낙네들이 분주히 들락거리고 있었다. 그녀들은 호기심에 들떠있으면서도 한편으로는 달기가 삼 년 동안 무사히 군복무를 마치고 귀환하기를 기원하고 있었다.

오늘의 주인공 격인 무당은 읍내에서 대성암이라는 신당을, 직접 건립 운영하고 있는 소위 큰보살님이라고 했다. 점 잘 맞추고, 춤 잘 추고, 주문(呪文) 잘 외우고, 게다가 미색까지 겸비하여 뭇사람들로부터 선망의 대상이 되고 있었다. 사람들은 이렇게 지명도 높은 큰보살의 굿거리를 누구나 한 번 보기를 원했지만 성가에 비유, 보수도 만만찮아 좀처럼 큰 무당의 굿을 구경하기가 힘들었다. 그러던 차에 흙무당네 집에서 드디어 큰보살 주관으로 안택굿이 벌어진다는 소문에 마을사람들은 너나 없이 마음이 들떠 있었던 것이다. 그래서 사람들은 호기심에 사로잡혀 하루 일을 접어두고 흙무당네 집으로 삼삼오오 몰려들고 있었다.

열 한 시가 조금 넘자 물찬 제비 같은 검정색 그렌저 승용차 한 대가 미끄러지듯 느티나무 앞을 지나 흙무당네 바깥마당에 와서 멈춰 섰다. 자동차가 멎자마자 운전수가 잽싸게 내려 뒷문을 조심스럽게 열었다. 과연 소문대로 귀티가 다래다래한 미모의 중년 여인이 거만한 몸가짐으로 차에서 내렸다. 풍문으로는 나이가 오십대 후반이라고 했는데 웬걸, 삼십대 후반으로 보일만큼 젊고 씽씽해 보였다. 훌쩍한 키에 살결은 이조백자 같이 희고 윤기가 잘잘 흐르고 있었다. 게다가 콧날까지 또렷했다. 꽉 다문 한일자 입은 아침이슬을 흠뻑 먹고, 막 피어나는 나팔꽃처럼 싱싱하고 아름다웠다. 짙은 눈썹에 뒤덮인 두 눈을 아래로 지긋이 내려뜨고, 애기보살의 부축을 받고 있는 큰보살은 가위 무당의 무당이며, 정말 요정(妖精)이라 일컬을만 했다. 하지만 나이는 속일 수가 없었다. 가까이서보니 눈꼬리와 꽃잎 같은 입가에는 시간과 공간을 타고 온 실금이 따라붙고 있었다.

흙무당이 신발도 미처 꿰지 못하고 허겁지겁 달려 나왔다. 한 번, 두 번, 세 번째 찾아가서 가까스로 오늘을 예약했다는 흙무당은 그야말로 큰보살을 신주 모시듯 모셨다. 아니 신주였다. 이 신주를 모시기 위해 빚이 천여만 원이 있는데도 거금

(?) 오십만 원을 아낌없이 예약금으로 선불(先拂)했었다. 그뿐만 아니다. 굿이 끝나면 굿값 나머지를 다 지불해야 되고, 또 굿 도중에 구메구메 얼마를 더 줘야할지 예측할 수가 없다. 하지만 흙무당으로서는 이씨 가문의 존폐가 걸린 한판 굿이니만큼, 큰돈이 들어간다 하더라도 별로 아까운 생각이 들지 않았다.

흙무당은 큰보살에게 절을 넙죽이 하면서 더듬거린다.

"참말루 고맙구, 또 고맙기 한량웂네유. 천금 같은 몸이신디 이 누추현딜 오시느라구 월매나 고상혀셨대유. 참말루지 백골이 난망혀네유."

흙무당은 감격에 겨워 눈물이 글썽했다. 흙무당의 그런 인사와 반색에도 큰보살은 그저 약간의 미소를 입가에 살짝 물뿐, 이렇다 저렇다 도통 대꾸가 없었다. 흙무당은 엄동설한 칼바람이 단속곳 속으로 파고 들 때처럼 전신에 싸늘한 한기를 느낀다. 큰보살에 대한 외경과 두려움이 흙무당을 긴장케 한 것이다.

큰보살이 안방에 들어와 좌정하고 나더니 애기보살을 턱으로 부른다. 애기보살이 이내 눈치를 채고, 들고 들어온 검정비닐 가방에서 백지와 대붓과 먹물통을 꺼내 큰보살 앞에 두 손으로 공손이 바치고 대령한다. 큰보살은 시큰둥하더니 백지를 명주고름 같은 손바닥으로 둬 서너 번 쓸고서는 대붓을 잡자마자 능숙한 솜씨로 써내려간다. '天地大王 神靈神位'라고 큰 글씨로 쓰고 난 후 그 옆에다 조그만한 글씨로 '乾名'이라고 붙여 쓴다. 한마디로 대단한 달필이었다. 신언서판이라더니, 미색에다 글씨조차 명필이었다. 과연 큰보살답다고 구경꾼들이 혀를 내두른다. 그리고 무슨 뜻이냐고 눈으로 물었지만 아는 사람은 하나도 없었다. 이윽고 큰보살이 정말 어렵게 입을 열었다.

"아들 이름이 뭐죠?"

"예, 저 거시기 이달기인듀."

기다렸다는 듯 흙무당이 냉큼 대답한다.

"건명은요?"

"그게 뭔 말씀이래유. 무식혀서 무르겠네유. 보살님!"

흙무당은 되게 수집어 하면서 갈퀴손으로 메기입을 덮는다. 몹시 부끄러움을 타고 있었다.

"나이 말이예요."

"나이는 스물 한 살이구유, 음력으루다 시월 초 이튿날 낳았슈."

"시는?"

"저 거시기 시벽 한 시나 두 시쯤일규. 퍼내 낳구 한참 있으닝께 첫닭이 울데유."

흙무당의 어눌한 말투에 젊은 아낙네들이 킬킬 웃음을 흘리자, 큰보살도 빙그레 웃으면서 흙무당이 지꺼린대로 백지여백에 받아쓴다. 두 번 묻는 법이 없었다. 정말 시원시원하게 써 내려갔다. 말하자면 오늘 굿의 제문(祭文)을 정성껏 기록하여 주신령께 바치는 절차였다.

애기보살은 큰보살이 붓을 놓자 이내 그 붓과 먹물 통을 거둬, 원래대로 비닐가방에 차곡차곡 집어넣는다. 그리고 큰보살이 써놓은 글귀를 정중히 집어 들고서는 차일 복판에 마련된 병풍 한가운데에 부착한다. 이어 운전기사가 차에서 내려다 놓은 소도구 등을 일일이 풀어 오늘의 굿판에 소용되는 도구만을 골라낸다. 장고, 바라, 징 등을 챙기고 색종이로 구슬을 만들어 붙인 방울종이 마지막으로 추려진다. 애기보살은 별도로 큰 가방 하나를 힘에 겨운 듯 들고서 이미 자리를 이동한 큰보살 옆으로 다가간다. 그러자 큰보살이 모든 사람들은 방을 나가달라고 엄숙히 선언을 하는 것이었다. 방안에 가득 들어찼던 구경꾼들은 큰보살의 말 한마디에 꿀 먹은 벙어리가 된 채 안방에서 차례로 나왔다.

큰보살은 사람들이 모두 나가자 몸에 착 달라붙는 원피스를 벗어버리고 애기보살이 순서대로 내어주는 한복을 차근차근 몸에 걸친다. 치마저고리를 입자 큰보살은 오색찬란한 전복을 입는다. 그리고 마지막으로 고깔을 단정히 쓴다. 불과 십여 분에 일습을 완전히 개비해 버린 것이다. 과연 큰보살답게 양장을 했을 때보다 육감은 좀 줄어들었지만, 한복차림이 훨씬 큰보살다웠고 위품과 신비감을 한결 돋구어 주었다.

큰보살이 마루를 내려서자 애기보살이 재빨리 방울종을 달랑달랑 흔들면서 인도한다. 큰보살은 눈이 부시도록 흰버선발로 사뿐사뿐 애기보살의 뒤를 따라 차일 속으로 가고 있었다. 귀신을 육안으로 본적이 없는 사람들은 큰보살이 사람이 아니라, 귀신이 현생(顯生)한 것이 아닌가 하여 어떤 심약한 구경꾼은 뒷걸음질치며 가볍게 비명을 지르기도 한다. 흙무당과 준보, 삼순이 그리고 서캐부치들을 제외한 여타 사람들은 과연 큰보살답다고 속으로 일제히 탄성을 지르며 눈초리가 호기심으로 무한 번득이고 있었다.

큰보살의 출현으로 사람들의 재잘거리던 소음은 일시에 뚝

멎었다. 아이들마저 큰보살의 위엄하고 신비스런 태도에 기가
질려 입을 다물고 있다.

  큰보살이 병풍에 붙여진 천지대와 신령신위를 정면으로 하
고 좌정하자 애기보살이 굿상의 진열품 등을 재차 정리하기
시작한다. 조율이시(棗栗梨柿) 순으로 맨 앞자리를 채우고, 두
번째 줄에는 다식, 부침개전, 강정, 약과, 사탕접시 등으로 채
워진다. 그리고 바로 그 뒷자리에는 두말들이 대형 떡시루가
놓여져 있었다. 떡시루에서는 김이 무럭무럭 피어올라 뚫어진
차일구멍으로 새어나간다. 떡시루 좌우에는 두 말들이 함지박
이 놓여 있고, 그 함지박에는 백미가 고봉으로 담겨져 있었다.
그리고 함지박에는 푸른 대나무가지를 꺾어다가 각각 꽂아놓
고 그 대나무 가지에는 실 한타래가 매여져 있었다. 함지박 바
로 앞에는 촛대가 준비된 채 불이 당겨지기를 기다리고 있었
다. 젯상 바로 앞에는 도랑상이 있고, 씻김굿이나 성주굿이 아
닌 일테면 안택굿의 일종이라 향이나 신장대 같은 초혼의 상
징물은 빠져 있었다. 다만 도랑상에는 정화수 양푼이 덩그머니
자리를 지키고 있었다. 애기보살에 의하여 굿상정리가 끝나자
애기보살은 즉시로 흙무당의 오른팔을 잡아끌면서 굿 상 앞으
로 다가선다. 촌닭 장에간 듯 어리벙벙한 채 끌려온 흙무당은
큰보살이나, 애기보살과는 퍽이나 큰 대조를 이루고 있었다.
사실 큰보살은 흙무당보다 나이가 훨씬 위인데도 누가 보던지
흙무당이 십 년쯤 연상으로 보였다. 큰보살보다 머리하나가 더
커 보이는 흙무당은 흰 치마저고리를 입었는데 오랫동안 벽장
속에 처박아 둔 탓으로 이건 흰색인지 누렁색인지 영 분간이
되질 않았다. 나이가 들면서 몸체가 제멋대로 불거져 치마저고

리를 입었다고 하기보다는 허수아비에게 억지로 들씌운 것만 같았다. 저고리 섶은 가슴팍을 제대로 가리지 못하고 양쪽으로 벌어져 몸을 움직일 때마다 보리자루 같은 두 개의 젖통이 섶 사이로 삐져나와 사람들의 낯을 뜨겁게 했다. 옷소매도 팔목을 덮지 못했고, 치마는 복상뼈는커녕 정강이를 겨우 덮을까 말까였다. 읍내 어느 쓰레기통에서 주서다 입어도 이보다는 훨씬 나을성 싶었다. 어느 구경꾼이 보기에 딱했던지 중얼거렸다. 삼순이가 철마다 옷두 숱허게 사다주던디 왜 그런 옷 안끄내 입구 저리 근친을 떤댜. 가난은 나라 상감님도 못 고친다드니만…. 하고 혀를 내둘렀다. 게다가 정수리는 모발이 둥그렇게 빠져 번쩍이었고, 흥분과 감격과 지성(至誠)이 얽히고 설킨 탓으로 코허가 푹꺼진 너풀코에서는 끊임없이 물코가 흘러나오면서 벌룸거린다. 그리고 달기 입대 후로는 주야장천 고심을 거듭하여 양 볼이 움푹 파이고, 또 뱁새눈은 십 리나 들어간 듯 했다. 정말 꼴불견이었다.

애기보살에게 끌려온 흙무당은 수전증 환자처럼 투박한 갈퀴손을 후들후들 떨면서 성냥을 득하고 켰지만 단번에 불이 켜지지 않는다. 두세 번 반복 끝에 두 초대에 불이 붙여졌다. 사람들은 흙무당의 바른손 엄지가락 위에 붙어있는 여섯 번째의 작은 손가락에 시선이 집중되었다. 열 손가락이 모두 바르르 떨고 있는데 유독 열 한 번째의 작은 손가락은 독사대가리처럼 꼿꼿이 쳐든 채 태연자약하다.

촛대에 점화가 끝나고 흙무당이 뒤로 물러서자 바야흐로 굿이 시작될 찰나였다. 젊은 운전수가 굿판 한 귀퉁이에 앉더니 준비된 베니야판대기에 징을 엎어놓고 징채를 잡는다. 운전수의 안색도 다소 긴장된 듯 하다. 애기보살도 자연스럽게 운전수 맞은편에 자리를 잡는다. 애기보살은 단조로운 전복에 하얀 고깔을 쓴 채 바라를 양손에 들고 묵묵히 대기하고 있었다. 매사는 불여튼튼이라고 했다. 그들의 치밀한 굿 준비는 어느 한 곳도 허술한 데가 없었다. 서로 똥창이 척척 맞는 듯 했다. 어떤 구경꾼은 그들의 일사분란한 준비상황을 지켜보면서 운전수까지 오지게 부려먹는다고 비아냥거렸다. 어쩌면 운전수는 큰보살의 밤동무가 될지도 모른다고 이기죽거렸다.

바라가 한 번 쾅하고 첫 시동을 걸었다. 곧이어 징이 자진모리로 댕댕하고 가늘게 울려 퍼진다. 이윽고 큰보살이 쥐고 있던 요술부채가 학의 날개처럼 퍼진다. 큰보살은 똑 미라 같은 자신의 얼굴을 부채로 반쯤 가리더니 왼팔을 수평으로 뻗으며 너울너울 춤을 추기 시작한다. 이때, 발등을 덮은 쾌자자락이 유연하게 곡선을 그으며 펄럭인다.

큰보살의 몸동작은 시간이 지날수록 서서히 불붙기 시작한다. 왼손을 약간 뒤로 젖히고 바른손을 머리위로 추켜들면서 팽이처럼 팽그르르 회전하는 춤 솜씨는 듣던 대로 신기에 가까웠다. 이렇게 팽이돌림춤이 끝나자 다시 두 팔과 두 다리를 조화 있게 구사하면서 굿판을 주살나게 누비고 다닌다. 무녀(巫女)의 보잘 것 없는 굿판의 춤쯤으로 치부하기에는 너무도 아깝다는 생각이 들었다. 정말 멋진 춤이었다. 잊혀가는 전통적 무속의 춤을 차림새와 춤 솜씨에서 조금이나마 옛것의 맥(脈)을 짚어낼 수가 있었다. 무속신앙이 아직도 대중의 틈새에 끼어 명맥을 유지하는 것도 말하자면 토속적이면서도 섬세하고 예술적 공감대를 형성하는데 있다고 생각게 했다.

구경꾼들은 큰보살의 혼이 살아 숨쉬는 춤 솜씨에 매료되어 모두가 넋을 잃은 듯 하였다.

소위 강신(降神)춤이 끝나자 큰보살은 굳게 닫혀있던 입술이 비로소 미풍에 꽃잎이 떨 듯 파르르하고 방긋 웃더니 정말 귀신의 딸답게 사설을 늘어놓기 시작한다.

"휘이! 휘이!
강남에서 온 새는 남쪽가지에 둥지 틀고,
호마는 북풍을 향하여 우짓는데
어즈버야 이 소식에 새도 울고 꽃도 피네.
모진폭풍이 불어도 새발에 피로다.
천지대왕 신령님께,
잡신배가 웬말인고…
서양귀신 얼씬 말고 물러가고
초라니 우루과이 라운드 귀신도 범접 말고,
우리 땅 이씨 대주집에 잡신배가 웬말이냐.
물러가라! 물러가라! 썩썩 물러가라!
휘이. 휘이…"

소위 모두에 잡신을 쫓아내는 서막이 간단히 끝이 난다.
사람들은 굿판 서두에 서양귀신 초라니 우루과이 라운드 귀신 운운은 좀 과하다는 생각도 가져보았지만, 역시 농촌실정으로서는 우루과이 라운드가 중대사라 사람들은 되려 큰보살의 마음씀씀이에 감복하기도 했다. 큰보살이 입술에 침을 바르고 나더니 드디어 본격적인 주문이 술술 쏟아져 나온다. 하지만 사람들은 그 주문의 의미를 제대로 알아들을 수 없었다.

"천지대왕
신령님께 고해바칩니다.
계축생 시월 초 이틀 자시생
이씨 가문 대주 이달기를
천지대왕
신령님께서는
사해 같은 천은으로
굽어 살피시어,
삼 년 동안 군인을 탈 없이 마치고,
집에 안녕히 돌아오도록
천지대왕
신령님께 축수하오니
무지하고 몽매한
이 가족들의 소원을
천지대왕
신령님께서
너그러히 받아주시옵고
이씨 가문에 천은이 충만하기를
축원하옵나이다.
관세음보살…."

징소리가 한결 크게 울렸고, 고비고비마다 바라가 간주를 넣는다.

큰보살은 또 신바람 나게 춤을 덩실덩실 추면서 굿판을 온통 휘졌고 다닌다. 굿판은 완전히 큰보살의 독무대였다. 신령님의 뜻에 따라 추는 춤이지만, 지칠 줄 모르는 큰보살의 그 격렬한 춤사위에 사람들은 모두 넋을 잃고 있었다. 그렇게 한바탕 춤을 추고 나면 으레껏 주문이 줄줄이 이어졌다.

"멀고먼 태고 적에
하늘과 땅이 붙어 있었으니,
천지대왕 신령님의
전능하심은
이곳에 땅이 떨어져 내려앉으니
하늘은 위에 계시고,
땅은 아래에 계시도다.
천지대왕
신령님의 무한한 천은으로
하늘에는
해가 뜨고,
달이 뜨고,
별이 뜨도다.
땅에는
삼라만상이 번생하여
세상을 이루다."

이때, 애기보살이 치던 바라를 제자리에 내려놓고 부리나케 장고를 들어다 큰보살의 어깨에다 걸쳐준다. 큰보살은 장고채를 잡자마자 능란한 솜씨로 장고를 서너차례 딩딩하고 울리더니 버릇처럼 혓바닥을 반쯤 끄내 하얗게 말라붙은 입술을 싹싹 핥는다. 이어 오른발을 사뿐 쳐들고, 두 팔로 장고모서리를 감아쥐면서 팽그르르 서너 바퀴를 냅다 돌았다. 유연하면서도 날쎈 춤동작은 가히 예로부터 전수한 예술이었고, 또한 큰보살의 위풍을 실증하기에 충분했다. 징이 가락을 낮추자 큰보살의 주문이 다시 이어진다. 사람들은 목에 걸렸던 침을 꼴깍 삼키면서 눈초리들이 호기심에 빛나고 있었다.

"사람이 으뜸이요,
영장이라.
수미산 기슭에
고대광실 세우고,
곡간에는 쌀이 백석이요,
비단이 백필이라.
금은보화가 가득하니
이 어찌 사람의 부귀영화가 아닐소냐.
화홍은 십일홍이요,
달도차면 기우느니라.
권불 십 년이요.
열흘 불꽃 없으니
사람 사는데
어찌 부귀영화가 백 년 천 년 갈소냐."

큰무당이 갑자기 청을 낮추자 춤도 자연스럽게 수그러든다.

순간, 바라가 쾅쾅하고 우렁차게 울려 퍼진다. 사람들은 미망으로부터 화들짝 깨어나면서 놀란 눈초리로 주위를 두리번거린다.

다시 주문이 이어진다.

"용에게는 구름이요,
범에게는 바람이로다.
사람에게는 부귀영화이니
아스시오.
부귀영화 욕심내다.
천지대왕
신령님의
노여움을 사지 마오.
사람 위에 사람 없고,
사람 밑에 사람 없네.
공수래, 공수거가
인생이로다.
살고지고, 살고지고,
사람노릇 못하면
사람 자를 달지 말고
천지대왕
신령님께서는
욕심 많고
사특한 사람들을
천은으로

탕척하시와
좋은 세상 되기를
축원하옵나이다."

굿이 점점 무르익어갈수록 사람들도 그 굿 속으로 빨려 들어가고 있었다. 큰보살의 카리스마와 낭낭한 청이 사람들을 옴낫 못하게 한다. 그들은 숨을 길게 내쉬고 침을 삼키면서 역시 소문대로라고 감탄을 불금하고 있었다. 구경꾼들은 주문의 의미를 귀담아 들을 필요도 여유도 없었다. 눈요기라는 말이 있듯이 세상이 영상시대화하면서, 이런 유형의 굿판은 흘러간 설화정도로 여기고 있던 판에 실제로 살아있는 굿을 목격하니 영상매체와는 또 다른 흥미와 옛 우리 것의 새로움을 만끽 할 수가 있었다. 이윽고 큰보살은 장고를 그 자리에 정중히 내려 놓고 천지대왕 신령님 앞에 무릎을 꿇고 정좌한다. 춤을 잠시 정지한 채 장고를 조율하면서 눈을 지그시 감고 잠고대 하듯 중얼거린다. 그야말로 환상적이었다. 제아무리 초능력을 가진 천지대왕 신령님이라 할지라도 당장 눈앞의 큰보살의 신비스런 모습에 그대로 몰입되면서 천지대왕 신령님의 영험을 받는 듯 했다.
장고의 조율을 끝마친 큰보살의 주문이 다시 울려 퍼졌다.

"머리 들고, 끄덕대어 보았으나,
백발이 먼저 시샘하고
지름길로 오나니
따돌림 받네, 따돌리네

어이 할소냐.
사람들아,
악한 씨는 심지도 말고,
가꾸지도 마소.
그 뿌리가 살아나서
자손들의 거름될라.
말 있음을 묻지 말고,
말 없음을 안 물으니
아귀다툼 불집 속에
스스로가 한가하네.
선타노인 어느 새라,
이종지를 알았던가
뉘라있어
부처님의 채찍이라 이르까냐.
손과 발이 따로따로 노니
눈과 귀도 멋대로다.
비바람이 뿌릴 제엔
꼼짝 달싹 못 하구나
인연 닿아,
한 방망이 후려맞은 그때에는
본래 소식
되찾아서
서슴없이 가리로다.
길을 가다 저물어서
덤불에서 묵었더니

눈을 뜰 새
온천지가 휘영청이 밝았구나.
웬일이냐, 몸과 마음
본래부터 비인 것을
이 도리를 깨쳐보니
아는 사람 많더구나.
구름 걷혀
부처 보니
원래 꾸정 없는 거이
비로소 뉘우쳤네.
평생 애써 구했음을
천지대왕
신령님이시여
이네 소원 들어주사
이씨 가문
이달기의 안녕 제대함을
축수 하옵나이다.
휘이 휘이 아흐흐….”

큰보살은 장고면을 열 손가락으로 가만이 두드리면서 이번
에는 주문이 아닌 사설조의 타령이 들릴락 말락 흘러나온다.

“옛날 옛적
천지대왕 신령님이
천지를 만드시니 살았다.

천지가 왼통
혼돈스럽고 공허하고
흑암으로
뒤덮여 있더라.
신령님이 보시기에
매우 딱하여
천지대왕 신령님이
궁리 끝에
해를 만드시고,
달을 만드시고
별을 창조 하시니
보시기에 매우 좋더라.
너무 빛만 찬란하여
삭막하여
월광단이라.
천지대왕 신령님이
빛의 반을 잘라
밤을 만드시고
빛의 반은
낮을 만드시더라.
낮과 밤이 반추되면서
지상에는 동물과 식물이 번성하고
물속에는 고기가 생성하고
궁창에는 새가 날으더라.
천지대왕 신령님의

무한한 창조의
심(힘)으로
우주가 탄생되니
그 안에서
만물의 생명이
공생함이로다.
훼이여 훼이여
천지대왕 신령님께
축수허고 또 축수혀나이다.
천지대왕 신령님의 생기 받고
어머니의 살을 빌고
아버지의 피를 빌어
탄생한 이 죄인들이
이 도리를 못하고,
살이 살을 먹고
쇠가 쇠를 먹고,
생명이 생명을 해치는
이 악순환의
죄를 끊임없이
짓고 사나이다.
천지대왕 신령님이시여,
이씨 가문 대주
이달기를 제대하여
안녕히 돌아오도록
축수하옵고, 축수하옵나이다.

훠이! 훠이!"

큰보살은 다시 장고를 힘껏 서너 차례 댕댕 치고서는 목까지 차오른 숨을 풀어 쉰다. 엄숙한 분위기였다. 이어 큰보살은 주위를 한 바퀴 둘러본다. 큰보살은 차에서 내려 굿이 중반으로 접어들 때까지 그 누구에게도 상대적인 눈길을 준적이 없는데 이번에는 굿의 절차상 꼭 필요로 하는 사람을 찾는 표정이었다. 이때, 무슨 일로 부엌에 잠시 들렸던 흙무당이 허둥지둥 달려 나온다. 흙무당은 큰보살 알기를 하눌님 다음으로 공경하는 것이었다. 자식의 무사 귀환을 뼈저리게 바라는 부모로서의 간절한 기망은 아들의 안녕한 제대를 담보할 수 있는 사람은 한마디로 큰보살밖에 없는 것이다.

큰보살은 주뼛주뼛 서있는 흙무당의 옷소매를 잡아당겨 자신의 앞자리에 앉히고 나더니 양푼의 정화수를 손끝으로 찍어 흙무당의 이마에 서너 번 뿌리고서는 다시 주문을 외기 시작한다.

"정성이 부족해서
호박떡이 설었느냐,
땔낭구가 없어서
시루떡이 설었느냐,
부정이 새어들어
백설기가 설었느냐,
마음이 강팍해서
운감을 앉으시냐,

흙무당 199

천지대왕 신령님께
이 도리를 다하여
있는 정성 바치오니
사해같이 넓으신
천은과 천복으로
이씨 가문 대주
이달기를
삼 년간 군인을 마치고,
건강한 몸으로
제대토록
천지대왕 신령님께
부복 축수하옵나이다.
훠이! 훠이! 훠이이…!"

큰보살과 애기보살은 고개를 멍석자리에 깊이 묻었고, 운전
수는 계속해서 징을 잔잔히 울리고 있었다. 이때, 만돌아버지
가 경험을 한 듯 황망히 흙무당의 옆구리를 직신한다. 흙무당
이 충혈된 뱁새눈을 치켜뜨고 무슨 일이냐고 묻자, 만돌아버지
는 답답하다는 듯 퉁명스럽게 말한다.
"돈을 놔요, 돈, 복채요."
흙무당은 굿에 몰아한 탓으로 얼이 빠져 중간 복채를 놓는
것도 까맣게 잊고 있었다. 흙무당이 만돌아버지의 채근에 황급
히 속곳주머니에서 만 원 지폐 한 장을 끄내자, 이번에는 만돌
어머니가 두 눈동자를 구석으로 하얗게 몰았다. 큰보살이 몸소
대굿을 주재하는 이 마당에 만 원 가지고 되느냐는 무언의 질

책이었다. 영악을 떨대는 도마뱀 잘린 꼬리처럼 팔딱거리다가도 미련을 부릴 때는 똑 곰단지 같은 일면이 있는 흙무당이었다. 지금도 감을 제대로 잡지 못하고 만 원 한 장을 더 보태자, 만돌어머니는 다시 고개를 좌우로 흔들면서 슬그머니 손가락 다섯 개를 펴면서 흙무당을 쏘아본다. 그러는 동안 큰보살과 애기보살이 멍석에서 고개를 들고 합장을 하고 속으로 뭐라고 지껄이고 있었다. 격렬했던 큰보살의 춤이 주춤해지자 굿판은 거짓말 같이 차분해진다. 말하자면 큰보살이 휴식을 취하는 의미도 있지만, 보다도 중간 복채를 저울질하는 시간이기도 하다. 만돌어머니는 계속해서 왼발 바른발을 구르면서 손가락 다섯 개를 힘껏 펴보이자 흙무당의 안색이 싸늘해지면서 과하다는 시늉을 보였으나, 자식을 위한 깊은 모정에서 수긍을 하고 흙무당도 오른손을 펴 화답한다. 만돌어머니가 빙긋 웃더니, 엄지에 붙은 새끼손가락은 아니라고 익살을 부리자 구경꾼들이 쿡쿡 웃는다. 흙무당도 메기입이 슬그머니 벌어지며 웃고 있었다. 그리고서는 서슴없이 속곳주머니를 밑바닥까지 훑어내어 만 원 지폐 다섯 장을 굿상 앞에 공손히 바친다. 자식을 위해서는 어떤 희생도 감수하겠다는 처절한 모습이었다. 흙무당의 동태를 힐끔거리며 쳐다보던 큰보살의 눈초리에서 서기가 반짝하고 발하더니 이내 못 본체 한다. 이때, 술과 노름과 계집질로 이골이 난 준보가 아뭏든 상황판단이 빨랐다. 노름판에서 딴 것인지, 아니면 흙무당으로부터 뜯은 돈인지는 모르되 준보로서는 거금 삼만 원을 달다 쓰다 말없이 비척비척 굿상 앞으로 다가와 흙무당이 바친 지폐 위에 포개 놓고 가만히 물러선다. 아마도 평생 처음으로 가사(?)에 보태는 쾌거에 흙무당을 위시하여 삼순이도 거기에 모인 대부분의 구경꾼들도 의아해한다. 이적지 흙무당에게 간단없이 손을 벌려 용돈과 더러는 노름밑천까지 구걸하던 준보로서는 대단한 용단이었다. 구경꾼들은 준보의 그런 엉뚱한 행동거지를 기이하게 여기면서 역시 자식에 대한 부정(父情)은 천륜이라고 수군거린다. 뒤따라 삼순이가 동생의 무사제대를 기원하면서 이만 원을 놓았고, 준보의 친가권속들이 이천 원, 삼천 원 등 재량껏 복채를 놓는다. 굿상 앞에는 금세 지폐가 수북히 쌓였다. 마지막으로 사람들을 헤치고 박영구가 불쑥 나타나 일금 오만 원을 놓고 재배까지한다. 흙무당도, 준보도 굿을 주관하는 큰보살, 구경꾼까지 모두 눈을 똥그랗게 뜨고 박영구를 주시하는 것이었다. 하지만 박영구는 당연하다는 듯 전혀 어색해 한다든지 주저함이 없고 당당해 보이기까지 했다. 사람들은 그 동안 풍문으로만 나돌던 박영구와 삼순이 사이가 어느 정도 사실이라는 것을 확인이라도 한 듯 여기저기서 수군거리는 말이 들려왔다. 하지만 그 누구보다도 놀란 사람은 흙무당이었다. 삼순으로부터 다시는 박영구와 만나지 않겠다는 확약을 받은 지가 엊그제 같은데, 등잔 밑이 어둡다고 정작 자기만 그들의 관계를 모르고 지내온 것만 같다. 사실 흙무당은 삼순이를 철석같이 믿기 때문에 박영구의 존재를 까맣게 잊고 있었던 것이다. 그런데 천둥에 개처럼 남의 집 굿판에 뛰어들어 성의인지 훼방인지 어쨌든 거금 오만 원을 희사한다는 것을 흙무당으로서는 도무지 납득할수가 없었다. 틀림없이 두 연놈 사이에 가당찮은 약조가 있는 모양이라고 비로소 의구심을 품기 시작했다. 그렇다고 달기를 위한 성스러운 굿판에서 부정스럽게 자신의 불편한 심기를 토

로할 수도 없는지라 끓어오르는 부아를 꿀꺽꿀꺽 참자니 여간
만 고통스럽지가 않았다. 삼순이가 어머니의 심기를 이내 눈치
채고 안심시키려고 옆으로 슬그머니 다가와 두 눈을 끔적끔적
하며 안심하라는 신호를 보냈지만, 흙무당은 되려 뱁새눈으로
맞쳐다 보며 두고 보자고 얼러댄다. 요행으로 이때, 복채 놓기
가 끝나자 큰보살의 눈초리가 지폐에 머무르면서 더욱 초롱거
린다. 아니 꺼져가는 심지에 기름을 쳤을 때처럼 광채가 살아
난다. 나중에는 흡사 십 년 묵은 초년 과부가 오랜만에 남근을
접했을 때처럼 눈까풀이 파르르하고 떨린다. 어쨌든 돈을 본
큰보살은 활력이 절로 솟아나는 듯 하였다. 재차 장고를 어깨
에 걸더니 복채에 답하려는 듯 신나게 원무를 추기 시작한다.
징이 강약을 절절히 구사하며 신바람 나게 울렸고, 바라의 간
주도 한결 박진감이 넘쳐흐른다.

  굿판은 한결 생기가 되살아났고, 사람들도 점점 황홀경으로
빠져든다. 큰보살이 무아지경에서 원무를 한바탕 추고 나더니
잠시 닫혔던 입이 절묘하게 벌어지면서 주문이 옥돌을 굴리듯
흘러나온다. 정말 신기의 춤 솜씨였고, 신의 목소리라고 사람
들은 생각했다.

  "먼 태고 적에
  방광택이라는 사람이
  천지신명 신령님의
  창조하심으로 태어났더라.
  남자를 만드신 신령님은,
  남자 혼자 쓸쓸함을 지실하고

남자의 살을 떼내
모시두루이라는
여인을 만드시더라.
신령님은
남자와 여인을 불러놓고
신령님의 허락이 있기 전까지
절대로 남녀의 부정을 저지르지 말라고
당부를 하셨는데
방광택이가
모시두루이의
꾐에 빠져
고만 두 남녀가
신령님의
명령을 거역하고
기어이 부정을 저지른지라
방광택이와 모시두루이는
순간의 절정 맛보고
계속 부정을 반복하고
드디어
잉태하여
세상에 씨를 뿌렸더라.
신령님이
방광택이와 모시두루이의
부정행위에
대노하시어

방광택과 모시두루이가
퍼뜨린 종자에게
벌을 내리시니
방광택이와 모시두루이가
퍼뜨린
후손들은
천지대왕 신령님이
우주공간을
소멸허실 때까지
죄 속에서
싸우고 할키고 때리고
쥑이는 죄과를
받으리라.
이번 이씨 가문
대주
이달기가
군인에 간 것도,
방광택이와 모시두루이의
부정을 저지른 탓에
응분의 죄를 받는 것이니라.
훼이여! 훼이여.
천지대왕 신령님께
마지막으로
용서를 비옵나이다.
한 번 실수는

병가지상사요.
두 번 실수는 죽을 죄인 것을
무지하고 목매한
방광택과 모시두루이의
후손인 이달기는
회개하고 참선하오니
너그럽게 용납하시와
틀림없이
이달기가
무사이 무사이
군 복무를 마치고
돌아오도록
축수합니다.
훼이여! 훼이여!
천지대왕 신령님이시어
사해같은 은혜와 용서로
그저 이 불쌍한
인간들을
구원하여 주시옵소서.
천지대왕 신령님께
부복축원 드리오니
계축생 시월 초 이틀 태어난
이씨 가문 이달기 대주를
군인으로부터 무사이 돌아오기를
천지대왕 신령님께

빌고, 또 비오니
한량없는 천은을 베푸소서.
훼이여 훼이여!"

주문을 조용히 마치자 큰보살이 중간 복채에 감사한 듯 어
여쿵! 저여쿵! 기성을 지르면서 괴기한 춤 동작으로 다시 춤을
춘다. 한마디로 춤 못 추고 죽은 귀신이 환생하여 맘껏 춤을
추나보다고 사람들은 쓴웃음을 짓는다. 처음에는 굿과 춤 동작
에 매료됐던 구경꾼들도 춤사위가 길어지자 은연중 싫증을 느
끼는 듯 하였다. 구경꾼들은 굿 행사가 빨리 마무리 짓고 그저
떡과 과일 등 음식에 정신이 쏠리기 시작한다. 구경꾼들의 본
심을 모르는 큰보살은 자기의 춤사위에 구경꾼들이 푹 빠진
줄 착각하고 더욱 신명이 솟구쳐 열심으로 춤을 춘다. 또다시
큰보살의 이마에 땀방울이 송알송알 돋아났다. 햇살이 쨍하기
는 하지만, 늦가을 기후답게 피부로 파고드는 가을바람은 모두
추위를 느끼게 하지만 굿에 열중한 큰보살은 여전히 구슬땀을
흘리고 있었다.

 드디어 큰보살은 마당 굿을 마무리하랴는 듯 때로는 격렬하
게 때로는 차분하게 춤의 흐름을 스스로 조절하고 있었다. 큰
보살의 율동에 따라 징과 바라가 기막히게 조화를 이루고 있
다. 신비스런 춤이었고, 그 춤을 더욱 신비스럽게 하기 위하여
징과 바라가 한몫을 단단히 해낸다. 사람들은 큰보살의 화사한
춤과 징소리 바라소리에 한결 같이 취해버렸던 것이다.

 이윽고 큰보살이 춤을 스르르 멈추자 애기보살이 잽싸게 수
건으로 큰보살의 이마에 주렁주렁 매달린 구슬땀을 훔쳐낸다.

비로소 구경꾼들도 목에 걸려있든 묵은 숨을 휴우 하고 토해 낸다.

한 숨을 돌린 후 애기보살이 굿상 앞에 놓여있는 청주병을 공손히 들고 대령한다. 큰보살이 굿상에서 잔을 내려 퇴주그릇에 붓고 두 손으로 받쳐들자, 애기보살이 그 잔에 청주를 가득히 따른다. 큰보살이 술잔을 천지대왕 신령님 앞에 예를 갖춰 올리고, 나푼나푼 재배를 한다. 이어 애기보살의 지시에 따라 준보가 굿상 앞으로 끌려와 무릎을 꿇는다. 준보는 그답지 않게 제법 심각한 안색을 짓고 있었다. 단 하나뿐인 아들이 그저 삼 년간 군인을 무사히 마치고 돌아오기를 기막히게 간구하는 듯 하였다. 준보는 가난에다 주색잡기에 찌들어 나이보다 좀 늙게 보였지만, 그러나 아직도 해사한 용모에다 타고난 이목구비가 비교적 수려했다. 그리고 반 백의 머리카락이 앞이마를 반쯤 가리고 진지한 눈빛으로 기구를 드리는 모양은 도무지 술과 놀음으로 미친 백수건달로는 보여지지가 않는다. 몸이 좀 가냘픈 것을 빼고는 어느 한 가지도 나무랄 데가 없었다. 한마디로 흙무당과는 외형으로 볼 때 부부지간으로 보아지지가 않는다. 근동에서 굿 구경을 온 어느 늙수구레한 아낙네는 준보와 그 옆의 흙무당을 번갈아 쳐다보며 바깥양반이 바람을 피울만도 하다고 준보를 두둔하는 것이었다.

애기보살이 급히 퇴주를 하고 잔을 준보에게 내밀자 그는 잔을 채우고 재배한 다음 잠시 묵념을 하고 물러선다. 이윽고 흙무당의 차례였다. 동구 밖 장승을 연상케 하는 흙무당은 애기보살의 비단결 같은 고은 손과는 사뭇 달리 손가락마다 악마디가 불거진 솥뚜껑 같은 왕손으로 데면스레 술잔을 잡는다.

이때, 오른 엄지에 매달린 가냘픈 애기손가락이 구경꾼들의 시선을 잡는다. 큰보살도, 애기보살도 그 애기손가락을 유심이 디려다 보고 있었다. 하지만 흙무당은 남들이 웃거나 말거나 본성대로 태연자약, 속으로는 정성을 다하여 잔을 올린다. 잔을 올리고 난 그니의 두 눈에서는 희한하게도 두 줄기 눈물이 거칠게 패여진 주름살 새로 흘러내린다. 두터운 메기입술이 벌쭉거리면서 무엇이라고 혼자 중얼중얼 씨부리더니 굿상 앞에 푹 쓰러져 흐느끼는 것이었다. 삼순이가 황급히 달려와 흙무당을 부축하여 가까스로 일으켜 세우자, 그니는 달기야? 달기야? 하며 방성대곡을 하는 것이었다. 그니의 너무나 애통해하는 모습에 구경꾼들도 더러는 눈물을 닦아내고 있었다.

이어 준보의 맞형인 길보씨가 친가를 대표하여 잔을 붓는다. 그리고 맨 나중에 삼순이가 술잔을 채웠다. 출가할 여자라 잔을 붓지 않아도 상관은 없지만 하나밖에 없는 남동생의 무운장구를 기구하는 뜻에서 말하자면 곁다리를 낀 것이다. 이때, 흙무당의 울음소리는 시나브로 갈아 앉았다. 본인도 더 울 힘이 빠진 듯 했다. 그리고 굿판에 이렇게 우는 것이 추태라는 것을 깨달은 듯 치마폭으로 얼굴을 싸매고 있었다. 드디어 굿이 마무리로 접어든다. 큰보살이 장고를 어깨에 걸치고 송신무를 학이 하늘을 날으듯 너풀너풀 추면서 굿상을 중심으로 빙글빙글 돈다. 그 뒤를 애기보살이 바라를 잔잔히 울리면서 사뿟사뿟 따라 붙는다. 애기보살이 고개를 좌우로 흔들면서 쾌자자락을 휘날리는 춤은 큰보살춤 보다 되려 젊은 율동미가 신선하고 생동감이 있어 보였다. 구경꾼의 시선이 애기보살에게 쏠리면서 이구동성으로 타고난 팔자는 속일 수 없다고 혀를

끌끌 찬다. 그러나 십대 후반의 애기보살이지만, 큰보살의 농
익은 인품이나 춤의 완숙미는 따라 잡을 수가 없었다. 굿판의
마지막이 그러하듯 흙무당과 삼순이가 절로 애기보살의 꽁무
니에 붙는다. 굿의 마무리는 대가 몇몇 사람의 군으로 끝나는
것이 상례다. 모두가 일체감을 형성하고 몸도 마음도 하나 되
어 살풀이를 하고, 기복의 의미를 극대화하는 효과를 기대하는
것이다. 흙무당과 삼순이는 조금 짓적은 듯 얼굴이 발갛게 상
기된 채 애기보살의 뒤를 따랐지만, 자신들의 뒤에 만돌어머니
를 위시하여 몇 사람이 덩달아 두 팔을 너울너울 내저으며 엉
덩이를 흔드는 것을 곁눈질로 보며 미소를 짓는다. 징소리가
우렁차게 울리고 장고소리가 간들어지게 가락을 꺾는다. 그야
말로 동네 굿이 되어 버렸고, 한마당 축제판을 연상케 했다.
    큰보살은 정말 신이라도 내린 듯 눈초리가 사납게 빛나면서
알아들을 수 없는 주문을 연신 외다가 막판에 또렷한 청으로
마당 굿의 종악을 짓는 듯 했다.

    "훠이! 훠이!
    잡귀신도 물러가라!
    서양귀신 물러가고,
    우르과이 라운두 귀신도 썩썩 물러가고,
    천지대왕 신령님
    이 나라, 이 고장, 이 가문에
    평화와 행복을 주시옵고,
    앞으로 닥쳐올 추위에
    이씨 가문 대주

이달기가 군인생활을
모범적으로 마치고,
부모님 품안으로 무사히 돌아오기를
천지대왕 신령님께
축수하고 축수하나이다.
훠이여! 훠이여!"

이로써 굿은 서서히 끝나갔다. 큰보살과 애기보살이 춤을 멈췄는데도 몇 사람은 제멋에 도취되어 타령조의 가락을 흥얼거리면서 멍석 위를 돌고 있었다. 그 사람들마저 시나브로 춤이 멎자 구경꾼들은 모두 굿판이 끝난 것이 아쉬운 듯 굿판을 뜨지 못하고 서성대고 있었다. 오릿골 사는 낯익은 중년부인이 술 한 잔 내오라고 소리 질렀지만 흙무당은 멍석한가운데 앉은 채 바위처럼 요지부동이었다.

사람들은 기분도 상쾌하고 목도 컬컬했다.

큰보살의 지시에 따라 굿상을 물리자 이내 굿상의 술도 떡도 풀어헤친다. 굿판은 이내 잔치판으로 변했고 사람들의 떠드는 유쾌한 웃음소리가 그칠 줄 몰랐다.

6

흙무당은 가을 추수가 순조롭게 끝난데 대하여 나름대로 희열을 느끼고 있었다. 가뭄이 있었기는 했지만 금년 여름은 유난히 무더웠고, 가을 날씨까지 쾌청하여 소출이 평년작을 훨씬 윗돌았다. 추곡수매가도 바라던 대로는 되지 않았지만 소폭이나마 인상되어 그런대로 위안이 되기도 했다. 보다도 수매량이 늘어나 수입면으로 계산하면 작년보다 백여만 원이 증가했다. 하지만 일 년 내내 쏟아부은 노력에 비한다면 터무니없이 부족한 수입이었다. 어쨌든 쥣꼬리만한 수입에 비하여 쓸 곳은 태산과도 같다. 장기저리 영농자금의 원리금도 상환해야 하고 농기구 구입자금은 물론, 비료대와 농약대, 세수, 지세 등 열 손가락을 꼽아도 모자랄 판이다. 이와 같은 공납금을 제외하고 나면 실질적으로 노력의 댓가는 한 푼도 받지 못하는 경우가 바로 농촌의 오늘의 비극적 현주소라고 할 수 있다. 만약 밭에서 나오는 수입이 없다면 입에 풀칠조차 하기가 빠듯하다.

하지만 흙무당은 해마다 가을걷이가 끝나고 나면, 어릴 때 지주들의 소작인에 대한 횡포한 수탈을 연상하고, 어쨌든 밥이라도 굶지 않고 배불리 먹을 수 있다는 사실에 자위를 하곤 했다. 그리고 배를 쓱쓱 쓸어내리면서 요즘 뱃속도 시속을 따라 찬밥, 더운밥을 따진다고 스스로 역정을 부리며, 뱃가죽을 비틀고 꼬집기도 했다. 어릴 적 굶다굶다 허기가지면 뒷동산에 올라가 무릇을 캐다가 고아먹고 뱃속이 창자가 비틀리면서 누런 똥물을 며칠씩 쫙쫙 쏟아내던 그때를 생각하면 지금은 어찌됐던 백만장자 부럽잖게 살고 있는 것만은 분명하다. 그런데도 지금 대부분의 사람들은 보리밥은 고사하고 쌀도 아끼바리니 뭐니하며 최고급만 찾는다. 물론 지금 쌀이 옛날의 다마금이나, 곡량도 은방조같은 쌀에는 그 질이 못 미친다하더라도 통일쌀을 기피하는 따위의 행태는 하늘로부터 죄를 받아야 마땅하다고 생각한다. 일설에 통일벼를 돼지사료로 쓴다는 말을 들었을 때 그니는 차마 하늘을 똑바로 쳐다볼 수가 없었다. 날벼락이라도 쏟아질 것 같은 두려움에서였다.

분명 살기좋은 세상인 것만은 틀림없는 사실이다. 칠십 년대 초반까지도 거개의 농민들은 보리고개라는 험난한 준령을 해마다 연중행사로 넘어야했고, 그 준령을 간신이 넘고나면 가을이 닥치기 전에 또다시 먹을 게 딸려 부득불 입도선매(立稻先賣)라는 제살 깎아먹는 식의 악순환이 계속되었던 것이다. 이와 같은 뼈에 사무치는 가난은 대대손손 이어져 내려온 고질적인 병폐였다. 그래서 역사적으로 그와 같은 가난을 면해보려고 숱한 저항과 조직적인 민중운동이 거세게 전개되었지만, 정권(政權)적인 차원에서 민중운동은 외세에 의하여 본질과는 상관없이 붕괴되고 말았던 것이다.

이러한 가난의 반추를 젖 빨던 시절부터 피부로 느끼며 성장한 흙무당은 한이 맺히고 또 맺혀, 그 배고픈 한을 푸는 방법은 흙밖에 없다는 신념이 확고한 신앙심으로 승화하여 그니의 가슴속에 자리매김을 하고 있었던 것이다.

사람은 곧 흙에서 탄생하여 흙에서 살다가 흙속으로 돌아간다는 것이 흙무당의 평범하면서 당연한 인생철학이었던 것이다. 일반적으로 사람들은 툭하면 하늘을 숭상하다가도 자신에 불리한 일이라도 생길라치면 그 하늘을 원망하고, 탓하면서도 그 하늘 밑의 흙에 대하여는 별로 관심을 갖지 않는다. 하늘을 겸허하게 모시듯 흙도 그렇게 지성껏 모셔야한다는 것이 흙무당의 지론이다. 하늘만 있고 흙이 없는 세상은 상상조차 할 수가 없다. 그럼에도 불구하고 요즘 사람들은 흙의 존엄성을 아예 무시하고, 툭하면 파헤치고, 뒤집고, 그것도 모자라 아스팔트라나 뭐라나 그런 조고약같은 석유화학 물질로 전 국토를 땜질하고 덮씌워 버리고 있는 것이다. 한마디로 비극 중에도 큰 비극이다. 고약으로 맥질을 한 흙은 숨을 제대로 못 쉰다. 흙이 숨을 못 쉴 때 닥쳐올 인류에 대한 재앙은 상상조차 할 수가 없었다.

흙무당은 아스팔트를 까는 장면을 목격할 때마다 자신의 가슴을 덮씌우는 듯한 답답하고 가슴을 짓누르는 것 같은 아픔을 느꼈다. 하지만 보잘 것 없는 시골 아낙의 힘으로는 개미가 고목을 흔드는 것보다도 더 미미한 저항에 불과했다. 벙어리 냉가슴 앓듯 그런 광경을 무연이 바라보며 안타까워했지만, 그 순간뿐이었다.

이십여 년 전의 일이다. 신작로로부터 양지말 새마을회관 앞까지 진입로를 새마을사업 일환으로 포장이 추진되고 있었다. 이 진입로 포장은 주민들의 숙원사업이라 일사천리로 진행되었다. 총 공사비의 팔십프로는 정부에서 대고, 나머지 이십프로는 각 가구에 균등 배분하여 분담키로 했다. 그때 새닥소리를 들은 흙무당이 뚱딴지같이 반기를 들고 나와 마을사람들을 아연케 했다.

"나는 쇠푼 한 푼 뭇내유. 사램은 원래부터 흙을 밟구 살게 마련이여유. 흙을 뭇밟구 살면 죽은 목숨이나 매 한가지유. 그런디두 뭐 할려구 생땅을 헤사무리루 덮는대유. 그래 헤사무리를 쳐 발러 지기(地氣)를 죽이면 사램은 워떻기 산대유. 나는 뭇혀유."

포복절도할 흙무당의 주장에 사람들은 젊은 여자가 미쳤다고 수군거리면서 그때부터 사람들의 입으로부터 흙에 미친 흙무당이라고 골려대기 시작했었다. 뿐만이 아니었다. 흙무당은 공사현장에서 물러서지 않고 버티자 마을사람들은 공사분담금을 내기 싫어 우정 미친 척 하는 것이라며, 폐일언하고 그길로 다니지 말라고 이구동성으로 몰아부쳤다. 그 말이 떨어지기가 무섭게 흙무당은 구원이나 얻은 듯 좌충우돌했다.

"그려 그 말 참 잘 혔슈. 이 길은 공동길이유. 우리 몯두 있으닝께 실낱 만큼이래두 헤사무리칠 혀지 말구 남겨 둬유. 그러면 우리는 그 남은 흙길루 다닐규. 왜 내 말이 틀리남유 홍…."

이론적으로는 가당한 주장이었다.

하지만 클 때부터 지수(知數)가 모자라는 사람으로 치부했던 마을사람들은 제 버릇 개 못준다는 식으로 타기해 버렸다.

그 후 준보가 공론과 사태의 심각성을 깨닫고, 흙무당 모르게 분담금을 납부하는 바람에 사태는 그러구러 수습이 되었던 것이다.

흙무당의 흙에 대한 신앙심은 그때나 지금이나 추호도 변함이 없다. 그 소중한 흙이 갈수록 못된 인간들로부터 외면당하고 천대받고 흙의 진리를 잃어가고 있는 사실이 너무도 안타까웠다. 흙을 홀대할 때 그것은 바로 하늘에 대하여 죄를 짓는 거와 조금도 다를 바가 없는 것이다.

우루과이 협상이 타결된 후로부터 흙을 무시하는 풍조가 더욱 확산되었다. 그에 따른 부작용도 이만저만이 아니었다. 그 한 예로 칠십 년대부터 부동산 경기는 농촌이라고 해서 예외일 수가 없었다. 부동산 경기를 부추기는 주범들은 말할 것도 없이 서울의 졸부들이었다. 그 졸부들은 마구잡이로 시골의 농지든, 임야든 닥치는 대로 사들였던 것이다.

그들은 농지를 헐값으로 매수한 뒤 주민등록증만 살짝 옮겨 놨다가 되 파가고, 농지는 위탁경작을 시켰으나 수지타산이 생각대로 들어맞을 리가 없었다. 투자한 돈의 이윤은 고사하고, 위탁경작에 투자한 원금조차 건지기가 힘들었다. 위탁 경영자들은 이구동성으로 도무지 비싼 임금을 줘도 인력을 구할 수가 없을 뿐더러 비료대 등 각종 소요자금이 비싸 위탁경작을 못하겠다고 아우성치는 바람에 기름진 땅이 도처에서 묵어가고 있었다. 당국에서 땅을 묵히지 못하도록 계도도 하고 규제를 가해도 서울의 졸부들은 제 손으로 농사를 짓지 못하기 때문에 속수무책이었다.

　문제는 농민들의 마음가짐이었고 당국의 영농정책이었다. 쌀값이 최소한 농사에 투자한 원금의 수준까지는 이중곡가제라도 도입하여 보장을 해야 한다. 국가재정을 운운하지만 말고, 이중곡가를 과감히 실시하여 죽어가는 농촌을 살리던가 그도 저도 아니면 쌀값을 현실화하는 방안인 것이다. 도시사람들의 가계비 운운하지만, 그럼 도시사람만 살고 농촌사람은 죽으란 말인가. 이와 같은 문제로 해서 농민들은 너도나도 농촌을 떠나려고 하는 것이다. 일종의 망국적인 유행병이 농촌을 강타하여 동서남북을 불문하고 이농(離農)현상이 무섭게 번지고 있는 것이다. 그래도 당국이나 정치간상배들은 강 건너 불구경식으로 바라만 보고 있다.

　정부에서는 농촌을 살려야 한다며 거창한 공약(空約)을 내걸고, 농민을 기만하고 있지만 농민들은 하도 많이 속아 이제는 콩으로 메주를 쑨다고 해도 믿으려들지 않는 것이 농촌의 실정이다.

　수확이 끝나자 양지말에서는 또 두 집이 떠났다. 한 집은 명색이 박수였는데, 그는 팔십 고령이라 더는 견디지 못하고 서울 가리봉동에 산다는 외동딸과 만부득이 합솔을 한다는 것이었고, 또 한 집은 양지말 윤씨 종가격인 윤영장네였다. 환갑이 다 된 윤씨는 물려받은 재산이 엄청 많았다. 집과 그리고 토지를 도처에 소유하고 있었다. 그 숱한 재산을 윤씨는 서울아들의 사업자금으로 땅을 야금야금 팔아대더니 지금은 종산 몇 필지와 살고 있는 집과 터밭과 터밭 밑으로 조르르 깔린 논 칠백여 평이 전부였다. 산은 선영인지라 차마 손을 못 대고,

마지막으로 터논을 내놓았다는 것이었다. 자기네 말로는 우르과이 라운드가 타결되어 농촌을 지켜봐야 별 볼일이 없다고 그럴사한 이유를 대고 있지만, 실은 아들의 사업실패로 부도를 틀어막기 위하여 재산을 처분한다는 소문이 파다하게 번지고 있는 것이었다. 또 한편으로는 조합장 출마시 선거자금을 과도하게 쓴 것이 탈이라고도 했다. 하지만 두 가지 다 믿을 근거는 없었다.

몇 년 전까지만 해도 윤영장네는 농사를 열심으로 지었다. 그렇게 농사를 지으면서 중후한 인품과 가통을 배경으로 농협 조합장으로 당선되어 이선(二選)까지 한 것이 탈이었다. 들어가네, 안 들어가네 해도 두 번의 선거에 막대한 자금이 필요했고, 그래서 이곳저곳서 닥치는 대로 돈을 빌어 대었던 것이다. 당선되고 나서는 농민의 선도자적 본분을 일탈하여 분수에 넘치는 호치한 일상생활에다 자연 여자쪽에 눈이 쏠려 소문이 자자하자 상급기관의 특별감사까지 받았다고 했다. 이런저런 사연으로 윤영장은 양지말을 뜬다는 것이었다.

흙무당은 윤씨네 텃논이 매물로 나왔다는 소문을 듣고 그때부터 안절부절 못했다. 세상에서 가장 갖고 싶은 것이 뭐냐고 누가 묻는다면 그니는 금송아지도 아니요, 고대광실 안방마님도 아니요, 유일하게 윤씨 소유의 텃밭과 텃논이라고 서슴없이 대답할 것이다. 구렛논 네 마지기와 텃밭 오백여 평은 양지말에서는 달걀 노란자위로 손꼽히는 상답 중에서도 상답이다. 그 땅은 윤씨 종가인 윤영장이 대대로 경작해온 관계로 양지말 마을 유사이래 소유주가 바뀌어 본적이 없는 땅이다. 천지개벽이나 되면 모를까, 그렇지 않고서는 그 유서 깊은 땅을 타성바지가 소유할 수 없는 황금의 땅이었다. 그런 철옹성같은 윤영장의 땅이 시대의 변천과 가세의 몰락과정에서 역부족인 듯 쥐구멍에도 볕들 날이 있듯이 매물로 나왔다.

"그려 그 땅을 사야지, 산수갑산을 가는 한이 있더라도 사야 혀는디, 그런디 뭘루 산댜. 엄청 비쌀턴디. 윤영장 그 양반은 욕심빼면 사램이 아니라구 혀잖남. 올라가지 뭇헐 낭구는 쳐다두 보지 말랬다는디, 이 일을 워쩐댜 잉?"

그랬다. 흙무당은 어린 시절부터의 그 참혹한 가난의 과거를 잊을 수가 없다.

아버지는 그때 가난한 자가 으레 그렇듯 윤씨 일문의 머슴살이로 전전했다. 바로 윤영장님의 아버지 시절이었다. 윤씨의 부친은 재력, 학문, 인품 등, 삼박자를 갖춘 면(面), 아니 군내에서도 손꼽히는 유력인사였다. 그는 일본 유학까지 했고, 제헌국회의원 선거 때 출마까지 했던 사람이었다.

아버지는 윤영장네 집에서 머슴살이를 하면서 하루하루를 한숨과 눈물로 힘겹게 보내고 있었다. 가진 자의 횡포와 그리고 온갖 인간적인 수모를 무수히 겪으면서도 아버지는 그 큰 입을 꽉 다문 채 하루 왼 종일 말이 없었다.

아버지는 몇 년간을 윤영장네 텃논에서 모를 심고, 김을 매고, 가을이면 벼를 거둬들였다. 아버지가 벼를 비는 날 어린 흙무당은 생일날이었다. 젖먹이 남동생을 들쳐 업고, 벼 비는 논으로 달려 나가 아버지가 흘리는 벼이삭을 정신없이 주어 모았다. 가을철이 되면, 소녀 흙무당의 일과는 눈코 뜰 사이없이 분주했다. 어린 동생을 업고, 벼를 베고 난 논바닥을 배회하면서 논바닥에 떨어진 벼이삭을 주어 식량에 보태는 것이

주임무였다. 때문에 소녀는 가을이 되면 이중으로 신역이 고되었다. 하지만 여름 내내 굶기를 밥 먹듯 하다가 벼이삭이라도 열심히 주어모아 쌀밥을 맛볼 때 소녀는 이것이 바로 꿀맛인가 보다고 생각했었다. 그러나 벼이삭을 줍는다는 것이 그리 손쉬운 노력(勞力)은 아니었다. 벼이삭이 흔하지도 않을 뿐더러, 독장수같은 동생을 업고 온종일 들녘을 누빈다는 것이 소녀의 힘으로 감내하기가 무척 힘들었다. 점심도 거르고 젖먹이를 엉덩이에 매단 채 주어 모은 벼이삭을 이틀동안 햇빛에 말려, 절구통에 넣구 찧으면 쌀 한 되박이 채 될까 말까였다. 하지만 그 쌀 한 되박이 앉은뱅이 어머니와 소녀와 젖먹이를 연명하는데, 없어서는 안 될 절체절명의 양식이었다.

소녀는 가을걷이가 끝날 때까지 양지말 앞뜰서부터 오릿골 들녘을 수십 번 왕복하면서 벼이삭이라는 이삭은 싹쓰리 해 버렸다. 그래서 어떤 사람들은 들짐승도 먹고 살아야한다면서 이삭줍기를 나무라는 경우도 어쩌다 있었다.

그렇게 벼이삭을 줍는 도중 운 좋게 아버지와 맞닥뜨리는 경우도 간혹있었다. 어린 딸의 참혹한 모습을 힐끔 쳐다보고, 아버지는 허공을 바라보며 눈물을 삼키곤 했다. 그리고 구메구메 벼이삭을 우정 흘리기도 했다. 그런 날의 소녀의 수확은 짭잘한 편이었다. 그런 중에도 소녀의 즐거운 날은 윤영장네의 텃손 벼 베는 날이었다. 집에서 거리가 지척일 뿐더러, 재수가 좋으면 들밥까지도 얻어먹을 수가 있었다. 그리고 벼이삭이 실하여 같은 품을 들이고도 다른 논에서 줍는 벼이삭보다 알곡으로 비교하여 배 가까운 수확을 얻을 수가 있었다. 뿐만이 아니었다. 벼이삭을 주으면서 짬짬이 주먹만한 우렁이를 챙기는

데 더한 묘미를 느끼고 있었다. 흙이 비옥한 탓으로 우렁이도 여느 논의 우렁이보다 훨씬 크고, 맛 또한 일품이었다.

그렇게 실하고 질 좋은 우렁이가 벼를 베고 난 자리에 군데군데 묻혀있고 더러는 나뒹굴고 있었다. 소녀는 우렁이를 소쿠리에 가득주어 담아가지고 집에 돌아와 솥에 넣고 삶은 후 껍데기를 벗겨버린 후 알맹이를 소금물로 깨끗이 헹군다음 무쇠솥에 넣고 들기름을 치고 적당한 온도로 복다가 걸쭉한 쌀뜨물을 붓고 지글지글 끓이는 것이다. 적당시간이 경과 후 솥뚜껑을 열면 노란 기름방울이 동동 엉키면서 구수하면서도 독특한 향토적인 향기가 코를 콕하고 자극한다. 소녀는 커다란 놋양푼에다 우렁이국을 그들먹히 담아가지고 들어가 앉은뱅이 어머니 앞에 놓으면 어머니는 그윽한 눈길을 소녀에게 던지며 대견스러워 했다. 윤영장네 텃논에서 우렁이를 잡고 벼이삭을 주을때마다 소녀는 우리는 어느 천 년에 이와 같이 기름진 땅을 소유할 수 있을까 하고 동심이지만 무척 부러워했었다. 이 텃논이 소녀네 소유라면 얼마나 기쁠까하는 환상에 빠져보기도 했다. 그와 같은 소녀의 소박한 꿈은 소녀나이 열두 살 때 하마터면 이루어질 뻔 했다가 물거품이 되고 말았다.

육이오 사변이 발발하고, 곧이어 아버지가 양지말 인민위원회 부위원장이라는 어마어마한 분에 넘치는 감투를 쓰면서 농지분배를 할 때 윤영장네의 예의 텃밭과 텃논을 일부 분배받았지만 소유기간은 한 달여에 불과했다. 말하자면 허망하게도 일종의 악몽으로 끝나고 말았다.

그와 같은 역사적인 비극을 지니고 있는 문제의 땅인만큼, 흙무당으로서는 천추의 한이 서려있는 땅이었다.

흙무당은 사변으로 양친을 잃고, 피 한방울 안 섞인 의붓 외숙모한테 몇 년간을 얹혀살다가 다시 본향(本鄕)으로 시집오면서 윤영장네의 텃논과 텃밭을 지나칠 때마다 소녀시절의 악몽을 되새기면서, 길음을 드디면서 이 땅을 언젠가는 자신의 소유로 삼아 비극적으로 횡사한 아버지의 원혼을 달래주겠다고 다짐을 했었다. 그러나 그와 같은 다짐은 언제나처럼 허망한 야욕에 지나지 않았다.

윤씨 일족이 대대손손 경작해온 옥토(沃土)를 팔리도 없지만 만에 하나 판다하더라도 그 엄청난 흙값을 마련할 방도가 없었다. 빚을 내서 땅을 산다는 것도 사실은 욕심의 한 단면일 뿐이다. 똥구멍이 찢어지게 가난한 양지말 농민들은 하나에서 열까지 매사를 팔자소관으로 치부하고 그 가난의 굴레를 평생토록 벗어날 줄 몰랐다. 때문에 흙무당이라고 다를 리가 없었다. 기실 윤영장네의 땅을 갖고 싶어하는 것은 순간적인 충동에 불과했다. 하지만 세월의 변천에 따라 사람들의 인성도 습관도 생활도 부의 편재도 조금씩 달라져 지금은 보릿고개도 옛이야기요, 깡보리밥은 별식으로 둔갑했다. 세상이 요지경으로 급변한 것이다. 이렇게 생활이 조금씩 나아지면서 사람들의 의식구조도 판이하게 달라졌다. 동네에는 자가용을 소유한 사람도 두서넛 있었다. 좋은 땅이 매물로 나오면 과부장변이라도 얻어 사났다가 되 팔곤했다. 이와 같은 세태가 흙무당을 직접 간접으로 자극한 것만은 사실이다.

흙무당은 윤영장네의 땅이 매물로 나왔다는 소문을 듣는 순간부터 눈앞이 하얗고 가슴이 터질 듯 두근거렸다. 정말 자기 땅이 된 듯 신바람이 나며 엉덩이가 절로 들썩거려졌다. 며칠

째 눈을 붙여보지도 못하고 뜬 눈으로 새우기도 했다. 이 세상에 인생으로 태어나 마지막 소원이 성취되느냐, 못되느냐의 갈림에서 성취와 초조감에서 일체를 하늘에 맡기고 하늘의 최후의 심판을 기다리는 거와도 같았다. 무엇보다도 흙무당을 근심케 하는 것은 윤영장네의 텃밭과 텃논이 토질이나 위치로 보아 최고의 땅인지라, 여러 사람이 눈독을 들일 것이고 그중 누군가가 오늘이라도 계약을 먼저 체결하면, 그야말로 닭쫓던 개 지붕 쳐다보는 격이 되고 만다. 현재 흙무당으로서는 그 땅을 다른 사람에게 빼앗긴다는 것은 상상조차 하기가 싫었다.

하지만 세상을 살아가는데 있어 자신이 마음먹은대로 되는 일이란 열 번 중에 한 번 있을까 말까 하다. 윤영장네의 땅을 놓칠 수 없다고 나름대로 아무리 발버둥 쳐봤자 도망치는 토끼쫓다 잡은 토끼마저 놓칠 수도 있다. 그와 같은 과거사를 교훈삼아 흙무당은 가급적 침착하고, 비밀스럽고, 치밀하게 추진하기로 마음의 가닥을 잡아나갔다. 하지만 아무리 머리를 굴려도 선뜻 떠오르는 묘안이 없었다.

흙무당은 올가미 없는 개백정격이라며 노심초사하고 있었다. 흙무당을 더욱 달뜨게 하는 것은 땅값이 우루과이 라운드 타결 후 타결전보다 무려 삼분지 일이 떨어진 똥값이라는 사실이었다.

흙무당은 이때가 천재일우의 기회라며 마음이 허공에 둥실둥실 떠 있는 상태였다. 작년까지만 해도 윤영장네의 땅과 버금가는 땅값은 보통 싸야 평당 십만 원 선이었다. 급한 매물을 밀고 당겨야만 팔구만 원선으로 거래가 형성되었다. 그런데 윤씨의 땅은 그보다도 약한 칠만 원이라며 흥정과정에서 더 내려갈 수도 있다고 참새떼들이 입방아를 찧고 있었다. 이런 때 윤씨 땅을 사놓았다가 땅값이 회복되면 되팔아도 큰 이문을 남길 수 있다는 생각도 든다. 흙무당은 애시 당초 장사 속으로 윤씨 땅을 산다는 생각은 갖고 있지 않았다. 윤씨 땅을 산다는 것은 비명에 돌아가신 부모님에 대한 효도요, 한풀이라고 생각했다.

흙무당은 속으로 손가락 발가락을 다 동원하여 땅값을 대충 추려본다. 떡 줄 놈은 생각도 않는데 김치국 먼저 마신다고, 칠만 원 호가하면 한 만 원쯤 깎아 육만 원쯤으로 계산하더라도 어림짐작으로 사천 오백여만 원이라는 흙무당으로서는 실로 상상조차 할 수 없는 천문학적인 수치가 나온다. 그니는 대경실색하면서 도리질을 한다. 열 번을 죽었다 깨어나도 그와 같은 거금을 마련한다는 것은 도저히 불가능하다.

흙무당은 거푸 날밤을 새워가며 궁리에 궁리를 거듭했지만, 뾰족한 수가 없었다. 땅값 사천 오백만 원을 쌀값으로 환산하면 대충 오백 가마 값에 육박하는 거액이다.

흙무당은 오르지 못할 나무는 쳐다도 보지 말랬다고, 체념쪽으로 조금씩 기울어가고 있었다. 하지만 포기하려고 마음을 가다듬으면 가다듬을수록 누군가가 흙무당의 뒷통수에 대고 윤씨의 땅은 당신이 꼭 임자라며 절대로 포기하지 말라고 충동질을 치는 것이었다. 그러면 흙무당은 다시 깊은 시름에 빠지곤 했다.

흙무당은 매일같이 개미 체바퀴 돌듯 같은 생각에 골몰했지만, 언제나 홀로 아득한 지평의 황야를 방황할 따름이었다.

흙무당은 날이 갈수록 긴장과 조바심으로 식음을 전폐하다시피 했다. 집안에서 일을 할 때나 들녘에서 일을 할 때도 미친 사람처럼, 무심코 사천 오백만 원하고 씨부렁거렸다. 잠자리에 들어도 그니는 이리 뒤척 저리 뒤척하면서 거의 매일 밤을 뜬눈으로 지새운다. 태평무심한 준보는 흙무당의 속앓이를 눈치 채고는 도리어 부아를 질렀다.

"더운밥 먹고 식은 짓 허지 말라구. 넘들이 알면, 육손이 육갑친다구 코웃음 친다구. 집안 망신 고만시켜 이 쓸개 빠진 여편네야. 웬간 해야 팔십에 능참봉이라두 허지 천치야. 꿈은 자다가나 꾸능겨…."

"저런 우라질 늠의 사내가 있어, 잉? 돕지는 못혈망정 그래 주둥머리루 훼방까지 놔? 이 웬수야. 옛날부터 말 한마디루 천 냥 빚을 갚는다구 혔어. 그래 저게 서방이여?"

"오는 말이 고와야 가는 말도 곱다고 혔어. 그래 워쩔래. 법적으로나 사실로나 엄연한 서방님이시지."

"아이구 하눌님, 저런 인간을 워쩨서 안 데려가십니까유 예? 하눌님…."

그랬다. 정말 소리 안나는 총이라도 있으면 주저없이 쏴죽이고 싶은 심정이다. 이때껏 살아오면서 단 한 번도 흙무당의 하는 일에 성큼 찬동하고 나선 적은 없었다. 적든 크든 무슨 일이고 사사건건 반대를 하는 것이 체질화 되어버렸다. 차라리 흙무당의 하는 일에 알던 모르던 침묵이라도 지켜주면 본전은 될텐데, 도리어 미주알고주알 들고 나올 때 흙무당은 화가 머리끝까지 치밀어 올랐다. 어쨌든 이번 땅 건에 대하여는 일체 준보와는 대화를 않기로 다짐했다. 그러자니 그니는 고독했다. 궁여지책으로 그니는 삼순이와 허탄한 심정으로 한 번 상의해 보기로 했다. 그리하여 하루는 좀 일찍 퇴근하여 돌아온 삼순이를 앉혀놓고 허허실실 운을 떼었다.

"죽을 데도 살약이 있대요. 백지장도 마주 들면 가볍구요."

"뭣여?"

흙무당이 외마디 비명을 질렀다.

"유영장 씨 텃논 땜에 요즘 그렇게 끙끙 앓으셨어요? 난 또 무슨 일인가 했죠. 죽을 병이 든 게 아닌가하여 속으로 은근히 걱정을 했다구요. 호호…."

삼순이는 간들어지게 웃었다.

그랬다. 정말 등잔 밑이 어둡다고 했다. 그니의 분신이나 진배없는 삼순이에게 엄청난 사건을 한마디 상의를 하지 않고 혼자 속앓이를 한 것이 너무 부끄럽고 미련했다고 후회하는 것이었다. 흙무당은 단박에 구세주나 만난 듯 얼굴에 덮씌웠겼던 먹구름이 청청히 걷히면서 싱글벙글했다.

"응? 엄니가 갑자기 왜 이러신대유. 어머니 정신 차리셔요."

삼순이가 눈을 화등잔 같이 크게 뜨면서 흙무당의 갈퀴 같은 두 손을 덥석 잡고 흔들었다.

"니두 내가 미친 줄 아남. 아니다 아녀, 나는 참말루 도적질이라두 혀서 그 땅을 사야현다구. 암만 사야혀구말구…."

흙무당은 오열하면서 삼순이를 슬픈 눈으로 응시하고 있었다. 그 눈초리는 너무도 진지하고 감격과 갈망과 어쩌면 살기 같은 빛이 뒤범벅되어 있었다.

"엄니? 너무 흥분하지 마시고 진정하셔요. 하늘이 무너져도 솟아날 구멍이 있고, 호랭이에 물려가도 정신만 차리면 산다고 했어요. 사람일인데 사람 힘으로 안될 게 있겠어요. 진정하시고 해결의 길을 풀어보시자구요. 엄니."

"돈이 원수다. 개두 안 물어갈 그 눔의 원수 같은 돈 사천 오백만 원? 업세, 꿈같은 이야기다."

흙무당은 부연해서 윤영장의 땅에 대하여 설명했다.

"그 땅으루 말헐 것 같으면, 니 외할아부지 할무니, 그리구 내 피가 섞여있는 땅이다. 이 땅을 워떻기든지 내 것으루 맨들어야, 땅속의 아부지 엄니의 원한두 풀어드리는 거라구."

흙무당은 흥분을 억지로 갈아 앉히면서 두꺼비 파리 잡아먹듯 띄엄띄엄 말했다.

"정말 우럼니 못 말려, 그게 뭐이 그리 어려운 일이라구 숨이라도 넘어가는 듯 걱정을 하셔요. 사람의 일인데…."

삼순이는 식은 죽 갓 둘러먹기보다도 더 쉽게 태평히 말한다. 흙무당이 하도 어처구니가 없어 어리둥절 하자, 삼순이는 살살 웃으면서 더욱 야멸차게 말한다.

"왜 믿어지지 않으셔요? 엄니, 하시기 나름이라구요. 그까짓 사천 오백만 원 가지구 뭘 걱정을 하셔요. 남들은 일억, 이억, 일조원도 뚝딱하면 버는데 시시하게요."

순간 흙무당의 잠재해있던 성깔이 불끈 치밀어 오른다.

"뭣여? 이 눔의 지지배 말혀는 소리 좀 봐! 이년이 간뎅이가 부어두 단단히 부었구면. 뭣여? 사천 오백만 원이 뉘집 강아지 이름인줄 아남. 이 지지배가 에밀 가지구 놀러드네. 참말루지 기막힌 꼴 다 보구 살것네…."

"엄니? 내가 뭣 땜에 우럼니를 가지구 놀어유. 벼락맞을라구유? 우럼니는 평생 못 고치시는 병이 있다구요. 모르시죠?"

"……?"

"이래도 걱정, 저래도 걱정 평생 걱정병요."

"저년 말혀는 것 좀 봐 워째서 걱정이 안 되어 이년아. 땅은 꼭 사야 혀는디, 돈은 한 푼 웂구, 니가 에미 속을 워찌 알어."

"엄니? 농협 같은 것은 뒀다가 국 끓어먹능거유? 예금이 월마 있슈?"

"예금이 뭐랴."

"맡긴 돈이 월마냐구유?"

"벼 수매현 것까지 빚 안 갚구 넣어 놨는디. 아마 한 삼백만 원을 될성 싶구먼. 혀지만 그 돈에서 반절은 나가야 혀. 이런 때 니 애비가 조금만 정신을 차리구 의논혀면 월매나 좋겄니. 우라질눔의 화상같으니라구."

흙무당은 다시 한숨을 크게 몰아쉰다.

"엄니? 그럼 됐슈. 그 나머지 돈하구, 쇠돼지 모두 팔아 보태면 그럭저럭 오백만 원이 되잖요. 그리고 엄니? 진짜 비밀인데, 제가 벌써 국민학교 나오고 십오 년간 대서소에 댕기면서 재형저축도 들고, 계도해서 시집갈 밑천으로 모아논 돈이 오백만 원이 조금 넘어요. 이자두 많이 붙구 혜서요. 시집은 천천히 가든지 말든지 하죠, 뭐."

"······?"

흙무당은 어이가 없어 입만 딱 벌린 채 넋을 잃고 있었다.

"엄니? 언발에 오줌눈다는 말있죠? 이판에 내 돈 네 돈이 어덨어요. 우럼니 심정 저는 잘 알어요. 엄니는 지금 은행금고라도 털어서 그 땅을 사고 싶으시죠? 그죠? 엄니!"

"시상에 니는 사램이 아녀. 선녀지."

흙무당은 오열하면서 말을 더는 잇지 못한다. 그리고 치맛자락을 걸어 올려 눈과 코언저리를 훔친다. 도무지 믿어지지 않는 삼순이의 인간됨됨이에 감정이 무쇠덩이 같은 흙무당도 잠시 마음을 추스르지 못하고 있었다. 만 십 년간을 눈이 오나 비가 오나 하루도 빠짐없이 이십여 리의 먼 길을 콩나무시루 같은 버스로 출퇴근하며 피나게 번 돈이다. 어쩌면 흙무당이 정수리가 벗겨지도록 나무와 채소를 읍내에 내다 판 그 돈과 동질의 돈일지도 모른다. 그 피땀 어린 돈을 에미의 한풀이를 위하여 군말 없이 내놓겠다는 그 진솔한 효심에 흙무당은 한바탕 춤을 추면서 통곡의 마당이라도 벌리고 싶은 심정이었다.

"그 대신 엄니? 나 시집가게 되면 솜이불 한 채는 헤주셔야만 되요. 아시죠?"

"시상에 흑… 흑… 여부가 있건남."

흙무당이 기어이 흐느끼면서 대답한다.

"엄니? 너무 흥분허셨나 봐요."

기실 흙무당은 윤영장네의 땅이 정말 자신의 소유가 된 듯 감정이 무한 격해있었다. 하지만 그런 감격 속에서도 불안은 상존하고 있었다. 지금의 형편으로는 윤씨 땅을 살 능력이 절대로 안된다. 무리를 해서 매입하더라도, 어쨌든 빚더미 위에 앉는다. 궁극적으로 삼순이 돈도 빚이다. 그 숱한 빚을 갚자면 십 년이 갈지 이십 년이 걸릴지 예측이 안 선다. 마음 같아서는 논을 반만 갈라사면 무난할 듯 한데 욕심꾸러기 윤영장이 분할해서 팔 리가 없다. 분할하자면 또 비용이 가외로 들어가기 때문이다.

이튿날 삼순이가 퇴근해 돌아오자 흙무당은 삼순이를 붙잡고 이야길했다.

"참말루 괜헌 일을 혈려구 혀나부다. 아무리 생각혀두 방도가 웂다구. 농협 빚 얻는 것두 생각혀 봤댜. 근디 넘들이 말혀는 것 들으닝께 젤루 무서운 돈이 농협 돈이랴. 농협은 칼 안들은 도둑눔들이라…."

"초록은 동색이라더니 저두 그 문제루 간밤 거의 뜬눈으로 새웠어요. 엄니…."

"얼래?"

"제가 무슨 말씀을 드려도 절대로 화내시면 안되요. 아시죠? 엄니."

"뭔디?"

삼순이는 커다란 두 눈동자를 잠시 섬벅거리다가 조심스럽게 말한다.

"엄니? 엄니가 애지중지 혀시는, 아니 땀과 피와 뼈가 뭉쳐진 저, 저 오릿골 밭을 파시자구요. 공장이 완공되면 그늘이 들어 곡식도 잘 안되고, 또 쓰레기와 먼지가 날라와 밭을 버리게 될지도 모른다구요. 그러니 이 기회에 그 땅을 팔아 윤씨 땅으로 대토(代土)를 하시자구요. 엄니? 화 안내시죠? 그리고 좀 모자라는 돈은 농협에서 싼 이자로 융자를 받자구요."

"……."

"엄니로서는 생명 다음으로 소중한 땅이지만, 속담에 같은 값이면 다홍치마라고 했대요. 그보다 더 좋은 땅을 사기위하여 오릿골 땅을 과감히 처분하여 그 돈으로 더 좋은 땅을 사는거라구요. 엄니, 그것이 사람 살아가는데 있어 가장 현명한 방법이라구요. 말하자면 일보전진을 위해 일보 후퇴를 하는 거죠. 이런 것을 보고 유식헌 말로 삶의 지혜라고도 하고 진리라고

한대요. 그곳에 전자부속품 공장이 들어서게 된 것이 우리에게
는 행운일 수도 있어요. 공장이 안 들어섰으면 이판에 누가 우
리 밭을 산다고 하겠어요. 이런 것을 보고, 왈! 전화위복이라고
한다나봐요. 엄니…."

돌부처 같이 꼼짝 않고 묵묵히 듣고만 있던 흙무당이 깊은
한숨을 크게 내쉬면서 몸과 마음의 평형을 잃은 듯 힘없이 말
했다. 순간적으로 흙무당의 얼굴색은 생기를 잃으면서 처절하
기까지 했다.

"그 눔들헌티 워떻기 땅을 되 사라구헌다. 혀를 깨물구 죽으
면 죽었지 뭇혈 노릇이다. 워쩐다 잉? 이 일을!"

흙무당은 여름에 있었던 악몽이 되살아난 듯 그 육중한 몸
을 부르르 한 번 떨면서 뒤채는 것이었다.

삼순이는 어머니가 무섭게 대노하면서 천길만길 뛸 줄로만
예상했는데, 뜻밖에도 기죽어하는 모습을 보자 용기를 얻었다.
삼순이는 한결 가라앉은 목소리로 차분히 설득한다.

"사람의 사는 길은 판판길도 걷고 또 어떤 때는 험산준령을
넘을 경우도 있어요. 엄니? 머리 숙일 때는 숙이시고, 화를 내
실 때는 내셔야해요. 아셨어요? 어머니는 어떤 때 보면, 맹모
같기도 하고 신사임당을 뺨치실 때도 있으시다구요. 정말 우럼
니는 훌륭허셔요. 그죠? 엄니?"

"얘가 왜 오늘 느닷웂시 뭇난 에미를 비양기까지 태운댜. 어
지럽게스리…."

뜻밖에도 흙무당이 삼순이의 설득에 동조하는 것이었다.

"되셨어요. 엄니, 평생소원을 푸시는데 그까짓 체면 따위 챙
피는 아무것도 아니예요. 그리고 오릿골 밭이 정말 아깝지만

그 보다 더 좋은 논을 사시게 되니까 그것도 상계가 되고요. 정말 용단을 잘 내리셨어요. 엄니, 정말 축하해요. 우린 이제 이 양지말에서 젤루 부자가 되는거라구요."

"그 눔들 생각만 혀면 자다가두 이가 바드득바드득 갈리는 데 위떻기 또 땅을 사라구 현댜. 얼굴 뜨거워서… 이럴 줄 알았으면 그 눔들 때려주지나 말걸…."

대토를 하기 위해서는 땅을 팔 수밖에 없다는 긍정적인 반응을 나타내면서도 한편으로는 그들과 다시 땅을 사라고 흥정을 벌인다는 것이 정신이 올바로 살아있는 한 차마 할 일이 못된다고 생각하는 것이었다.

"그러니께 엄니. 이렇게 하시자구요. 먼저 통장에 있는 돈으로 윤씨 땅을 계약하고, 토지는 흔히 계약기간이 두 달이니께 한 석달쯤 길게 기간을 늘리자구요. 윤씨가 한동네에서 그 정도의 사정이야 들어주겠지요. 그런 후에 저와 엄니가 공장 사장을 찾아가서 직접 단판을 짓자구요. 만약에 공장 사장이 안 산다고 하면, 기간이 많이 있으니까 딴 곳에서 살 사람을 찾어 보는거죠. 지성이면 감천이래요. 어머니의 고생허신 걸로 보아 하느님께서 꼭 우리 소원을 들어주실거예요. 엄니…."

"여름에 하두 나 한티 당현 사램들이라 아직두 골나서 지랄 혀면 위쩐댜. 그리구 땅을 사더래두 그때보다 싸게 살라구 덤비면 위쩐댜. 잉?"

"사업하는 사람이 설마 그렇게 옹졸하게 나오겠어요. 모르기는 하지만…."

"눈 읍쓰면 코 베가는 무서운 시상이랴. 사램 속은 아무두 무른다. 조심혀야지."

"그래요. 엄니 말씀 맞어요. 이제는 눈이 없는 게 아니라, 눈을 시퍼렇게 뜨고 있어도 코를 베가는 세상이래요. 지금 생각하니 그때 그냥 못이기는 체 허고 파실걸 그랬나 봐요."

"한 치 앞을 뭇 보구 사는 게 사램 팔자여. 이런 일이 벌어질 줄 꿈에나 생각했겠남. 아무리 생각혀두 너무 터무니웁는 짓을 벌리는 것 같구나. 사램은 그저 팔자대루 가늘게 묵고 가는 똥을 싸야혀는디, 너무 욕심부리다 아주 패가 망신혀능 게 아닌지 무르겄다."

"어머니? 하나님은 가만히 앉아 쇠부랄 떨어지기만 기다리는 우유부단한 자에게는 절대루 복을 안주서요. 활동하고 적극적이고 용단 있는 자에게 복이 돌아가게 돼있어요. 엄니? 인생살이가 바루 그게 아니서요. 머리루 여날으시구 농사를 지으셔 이만큼 살게 된 것 아니겠어요. 엄니? 마지막 기회서요. 용기 잃지 마시고 힘내셔요. 제가 있잖아요. 엄니…. 그리고 아버지하고도 한 번 깊이 있게 상의해 보셔요."

"그 화상혀구 무신 의논을 혀. 될 일두 안 된다. 그 화상혀구는!"

흙무당이 부르르 역정을 낸다. 삼순이는 쓸쓸히 웃으며 대꾸한다.

"알겠어요. 엄니, 아부지 얘기 안헐께요. 우선 내일 등기소에 가서 윤씨 땅을 열람하고 토지등기상에 이상 유무를 확인허고 농협통장에서 계약금을 찾아가지고 일찍 올께요. 엄니…."

"아무려도 겁이 나는구먼, 잘 안되면 이나마 살림 망혀는 게 아닌가혀구 말여. 이 집과 땅은 달기 놈에게 물려줘야 하는디…."

"우럼니 또 나약해지시네. 엄니? 사람이 살자면 모험도 좀 혜야해요. 허기야 이런 일은 모험도 아니지만서도 돈 주고 땅 사는 게 무슨 모험이 될 까닭이 없지요. 그리고 엄니 곁에는 삼순이라는 아주 건강한 딸이 버티고 있잖어요. 군에 간 달기가 있구요. 겁 잡숫지 마셔요. 또 한 가지, 이 삼순이는 사법서사 사무실에서 잔뼈가 굵은 여자라고요. 엄니."

"암만 그렇구 말구. 그러닝께 우리 딸이 세상천지 젤이구. 팥으루 메주를 쑨대두 고지듣지않남. 그리구 달기가 있구, 니 말이 맞다."

"엄니? 머지 않어 양지말에 백만장자가 생긴대요. 그게 누군지 아셔요?"

"천지개벽이나 혀면 나올까. 시방 있는 졸부두 망혀가지구 땅을 내놓는 판에 무신 백만장자가 생겨. 맬 같지 않은 소리."

"왜 말같잖어요. 우럼니가 백만장자가 틀림없이 된다구요. 두구 보셔요."

"그 개갈 안나는 소리 혀지두 마라."

삼순이는 흙무당의 우람한 어깨에 머리를 묻으면서 천진스럽게 응석 겸 다짐을 한다.

이튿날 삼순이는 약속대로 농협에서 계약금을 찾아들고 일찍 퇴근해 왔다. 준보는 이날따라 외출도 하지 않고 안방에서 뭉그적거리고 있었다. 흙무당은 눈의 가시같은 준보를 내쫓으려고 점심나절부터 꽤니 트집을 잡고 시비를 걸었지만, 웬일로 그는 대꾸도 없이 침묵을 지키면서 흙무당의 일거수일투족을 감시하는 듯 하였다. 낮 말은 새가 듣고, 밤 말은 쥐가 듣는다드니 정말 준보는 모녀가 의논하는 말을 엿듣고 훼방이라도

놓기 위하여 집구석을 못 비우는 것이 아닌가 하는 지레짐작
에서 흙무당은 더욱 마음이 산란했다.

흙무당은 궁리 끝에 큰마음 먹고, 속곳주머니바닥에서 만 원
지폐 한 장을 끄내어 준보에게 던져주고는 대음다방에라도 나
가 커피라나 코피라 그런 것을 마시고 오라고 반강제로 내쫓
았다. 이때, 준보는 사람은 오래살고 볼 판이라며 돈 만 원을
냉큼 채가지고 바람처럼 사라져버렸다.

삼순이는 아버지에 대한 어머니의 적개심과 불신의 골을 아
는지라 잠잖고 사라져가는 아버지의 뒷모습을 연민의 눈길로
바라볼 뿐이었다.

무슨 일이고 철저히 남편을 따돌리는 흙무당은 애초부터 준
보에게는 윤씨 땅 매입에 대하여 전혀 눈치조차 보이지 않았
다. 때문에 준보가 집을 비우자 삼순이를 앞세우고 윗말 윤영
장 집을 향하여 달음박질 쳤다. 정확한 햇수는 모르지만 아마
근 이십여 년 전 오릿골밭을 살 때 가고서는 처음 가는 것 같
다. 무슨 대사(大事)때 간 것도 같은데 잘 기억이 나지 않고
오릿골밭 살 때의 기억만 또렷하게 남아있다.

윤영장은 오릿골밭 살 당시처럼 사랑방에 거만히 앉아 있었
다. 일 년 열두 달 십년이 가도 흙무당은 격이 높은 윤영장을
대면할 용건이 없다.

환갑이 한참 지난 윤영장은 아직도 얼굴이 피둥피둥하여 오
십대 후반으로 보일만큼 젊었다. 앞머리가 벗겨진 것을 빼고는
체구나 얼굴생김이 출중하다. 윤영장은 방문을 나서면서 의아
한 시선으로 두 모녀를 뚫어지게 쳐다보고 있었다.

"이렇기 찾어와두 되능지 물르겄네유. 워쩐대유. 상의헐 일

이 있어 왔슈."

흙무당은 두 손을 모아 치마폭에 감추면서 허리를 구십도로 굽힌다. 딴에는 최상으로 공손히 인사를 하는 것이다.

"누구드라, 오 참. 이 정신 좀 봐! 저 거시기 이준보 아내지? 한집에 사는 시어머니 성도 모른다드니만, 한 동네 살면서 이렇게 사람을 몰러보다니, 참 오래간만이로구만. 그래 그간 잘 지냈나?"

그는 딱 부러지게 말을 놓았다. 옛날부터 그는 양지말 윤씨 일족의 종손에다 쇠푼이나 있는지라, 하인인 흙무당에게 존대를 할 리가 없다. 신분의 높낮음을 놓고 따진다면 이렇게 그를 직접 심방한다는 그 자체가 예의에 벗어나는 것이다. 세상이 많이 변하고, 또 그의 가세가 형편없이 쇠락하여 오래전부터 그의 권세가 추락하므로써 이제는 누구도 그를 스스럼없이 만나게 된 것이다. 하지만 그는 내면적으로는 아직도 오만의 핏줄이 도도히 흐르고 있음이 분명하다. 어쨌거나 흙무당으로서는 사활(?)이 걸린 문제니만큼, 대담하게 그를 찾아와 대면하게 된 것이다. 삼순이도 흙무당의 심사를 이해한 듯 옆에 붙어서서 옆구리를 가만이 꼬집는다. 기죽지 말라는 격려와 어서 용건을 이야기하라는 격려이기도 했다.

"저 텃논을 팔으시려구 내 놓으셨다멘유. 살라구 왔는듀."

"뭣여? 땅을 또 산다구?"

"야…"

윤영장은 도무지 믿어지지 않는 듯 대경실색하면서 벌어진 입을 다물지 못하고 있었다.

"판다믄유, 우리가 살까혀서 왔슈."

"허허…"

윤영장은 홍소를 터뜨렸다.

"헛소문인감유."

"그래 자네들이 그 땅을 살만한 재력이 있어? 꿈은 잠자다 꾸는거여, 이 사람아."

"마련중이여유."

"마련중이라니?"

"땅두 팔구, 쇠돼지두 팔구, 융자라나 뭐 그런것두 얻을려구 혀유."

"옛기 이 사람, 애들 작란인줄 알어?"

"작란 아니이유. 참말유 어르신…"

"돈보고 말하자, 계약금 가져왔나?"

"그럼유…"

"허허… 그랴?"

윤영장은 믿을 수 없다는 공허한 웃음을 연신 흘리고 있었다. 재미있는 구경거리를 보고 절로 터져 나오는 웃음소리 같기도 했고, 한편으로는 옛날 부리던 종 것들이 어찌 주인의 땅을 나오는 족족 넘보느냐는 허탄의 웃음소리와도 같았다. 두 모녀는 똑같이 윤씨의 불성실하고 오만불손하고 사람을 얕잡아보는 그런 태도가 좀 불만이지만, 참는데 도통한 모녀는 대꾸 없이 그를 그저 곱잖은 시선으로 맞쳐다 보고 있었다. 두 모녀의 절망하는 표정과 그리고 분노의 눈초리에 윤영감은 비로소 자신의 행동이 불손했음을 깨달은 듯 조금 전보다는 훨씬 누그러진 말씨로 모녀를 대하는 것이었다.

"티끌모아 태산된다니 옳은 말일세. 억척꾸러기라 역시 다르군, 그나저나 다른 사람들은 우루과이 라운드 때문에 농사를 지어야 말짱 헛짓이라며, 땅을 내놓는 판에 그대들은 무슨 초친 맛으로 땅을 사려구 들지? 나중에 후회하는 거 아니지?"

"우리는 그란 거 하나두 몰류. 시굴서는 흙 밖이 뭐 또 있대유. 제는 시상이 니얄 망혀두 우리는 심이 닿으면 땅을 살래유."

흙무당은 육중한 체구를 사랑마루 기둥에 피의(跛倚)한 채 띄엄띄엄 말한다.

"허허… 쯔쯔…."

이번에는 너무도 세상 물정을 모른다는 동정적 웃음이었다. 흙무당이 대답을 못하고 우물쭈물하자, 삼순이가 흙무당의 의중을 대변한다.

"우리 어머니는 평소부터 어르신네의 텃논이 이 근동에서는 최고의 땅이라고 평허시면서 죽기 전에 그 땅을 잠시만이라도 소유해 보셨으면 원이 없겠다고 입버릇처럼 말씀하셨어요. 마침 어르신 땅이 매물로 나왔다는 전문을 들으시고 며칠 밤을 뜬눈으로 새우시고 하다가 오늘 결심을 굳히시고 사시겠다고 이렇게 오신 거예요. 죄송합니다."

삼순이는 상대를 최대한으로 높이면서 차근차근 말했다. 한 동네에 살아도 기억이 없다는 듯 윤영감은 삼순이의 생김새와 화두에 무척 놀랜 듯 여전히 의문의 시선을 던지고 있었다. 삼순이의 훤칠한 육체와 흔치않은 미모에 윤영감은 시종 현혹되고 있는 듯 하다.

"작년까지만 해도 땅금이 천정부지였는데, 보통 밭은 평당 십만 원, 논도 육칠만 원씩이였는데, 우루과이 라운드가 타결되면서부터 땅값이 조금씩 떨어지고 말았지. 무슨 도둑놈 물건 값처럼 마구 후려쳐 깎는 게 요즘 땅값이라구. 무슨 놈의 세상 이 이 모양인지, 원…."

윤영장은 땅끔 이야기를 하면서 땅값하락으로 손해가 크다 는 불만으로 가득 차 있었다. 그리고 그는 볼수록 양지말 토박 이로는 보이지 않았다. 수시로 서울을 드나드는 그는 완벽한 서울내기나 진배없었다. 사람을 대할 때 하시하는 듯한 태도가 그러했고, 눈꼬리를 가늘게 꼬는 간사한 웃음이 서울내기를 입 증했다.

흙무당은 윤영감은 땅값을 논 평당 칠만 원, 밭은 십만 원 간다고 한 것은 순전히 참새들의 입방아임을 알아차렸다. 그 순간, 땅을 산다는 부풀었던 희망사항이 순식간에 사그라들면 서 낙담상혼하는 그녀의 표정이 처절하기 이를 데 없었다. 삼 순이가 어머니의 심상찮은 표정을 읽으면서 다시 윤영감을 향 하여 말한다.

"그러시면 땅을 못 파신다는 말씀인가요?"

"아, 아니 그런 건 아니고…."

그는 당황해하면서 일단 부인했다.

"어르신네는 양지말에서 대대로 내려오는 부자시고, 양반이 시고 후덕하시잖아요. 그에 비하여 저희는 너무 무지하고, 못 나고 가난해요. 어르신? 이 세상에서 가장 고생 많으시고, 불 쌍허신 저희 어먼님의 마지막 소원을 꼭 풀어주셔요. 예? 그러 면 그 은혜 평생 잊지 않을게요. 그리고 꼭 갚을게요. 네?"

"허… 이쁜 처녀가 통사정을 하니 마음이 약해지는군. 그런 데 이 땅은 참 팔기 아까운 땅이라구. 대대로 경작해온 유산을 내 세대에 와서 없앤다는 것이 여간 큰 죄가 아니지. 하지만 워떻게 하겠어. 우선 먹기는 꽂감이 달다고, 자식들이 사업을 하다 빚더미위에 앉았으니 강 건너 불구경하듯 보구 있을 수가 없어. 우선 발등에 불을 끄고 싶어 제일 손쉬운 텃논을 처분키로 한 것이지. 불효고, 체면이고 그런 것을 따질 게제가 아니지…. 여러 사람이 사겠다는 청이 있기는 하지만, 구슬이서 말이라도 꿰야 보배라고 했듯이 누구든지 먼저 사는 사람이 임자지.”

병 주고 약 주는 식이었다. 사회생활을 나름대로 쌓은 삼순이는 윤영감의 술수를 훤히 꿰뚫고 있었다. 하루라도 빨리 한 푼이라도 더 받기위한 복안이라고 생각하면서도 윤영장의 욕심을 탓하고 싶지는 않았다. 그리고 일을 너무 성급하게 추진하면, 윤영감의 음흉한 계략에 휘말려 손해 볼 수도 있다고 판단하고 일단 어머니를 안심시켜놓고, 당분간 유예기간을 갖기로 했다. 그래서 삼순이도 윤영감한테 질세라 당당하게 말했다.

“저희도 당장 현금을 가지고 있는 것도 아니예요. 쇠, 도야지 팔고 오릿골밭 팔고, 수매헌 돈까지 싹싹 긁어모아도 땅값에 턱없이 부족혜요. 어머니께서 하도 땅을 탐내서서 부족액은 농협융자라도 내어 사 볼려고 허는 거예요. 때문에 땅값을 현시세보다 비싸게 호가하시면 저희는 부득이 포기할 수밖에 없어요. 저희는 논금을 평당 사만여 원 선으로 계산하고 있어요. 그런 값으로 파실 의향이 있으시면 연락주세요. 오늘은 이만 가보겠습니다. 죄송합니다.”

삼순이는 예의를 잃지 않고 제 의사를 정연하게 밝히고, 결론을 내렸다. 옆에서 귀를 쫑긋거리며 듣고 있던 흙무당은 땅

홍정이 미결로 끝나자 못내 아쉬운 듯 그 큰 엉덩이를 뒤채면서 자리를 뜨려고 하질 않는다. 이때, 삼순이가 흙무당의 왼팔을 슬그머니 잡아당긴다. 윤영감도 지금과 같은 불경기에 원매자가 쉽게 나타나리라고는 전혀 예상치 못했던 터라 윤영장은 약간은 상기된 채 삼순이의 제의에 긍정도 부정도 하지 않으면서 모녀를 사랑마루 바깥까지 손수 배웅했다.

이틀이 지나갔다. 그날도 예외없이 삼순이는 새벽같이 읍내 법무사 사무실로 출근하고 집안에는 흙무당과 준보 둘 뿐이었다. 흙무당은 곧 닥쳐올 김장철에 대비하여 안마당에서 붉은 고추를 멍석에 펴놓고 손질하고 있었다. 북슬이가 심심했던지 마루 밑에서 기어나오더니 꼬리를 툭툭치면서 흙무당 옆에 와서 쭈그리고 앉았다. 이때, 바깥채 용마루에서 까치 한 쌍이 짝짝 울고 있었다. 흙무당은 까치울음소리를 들으며, 분명 오늘 중 무슨 기쁜 소식이 있을 것이라고 속으로 기대를 건다. 기쁜 소식이란 다름이 아니다. 윤영감으로부터 땅 홍정을 다시 벌리자는 기별이 오기를 일각이 여삼추로 기다리고 있는 것이다. 엊그제 가부간에 단판을 못짓고 미룬 것이 아쉬움이 남는다. 하지만 똑똑한 삼순이가 결정한 일인 만큼 일이 실패로 끝나리라고는 믿어지지 않는다.

남편이 방문을 부스스 열고 어슬렁어슬렁 걸어나오는 것을 흙무당은 뒷꼭지로 느낄 수가 있었다. 하지만 흙무당은 저 화상이 조반까지 먹었으니 양지말 주막이 아니면 대음리 다방으로 출타하나보다고 생각했다. 이제 남편이 어디서 무슨 짓거리를 하고 다니던, 아니 최악의 경우 교통사고라도 당해 죽는 한이 있더라도 아내로서 상관하고 싶은 생각이 눈꼽만큼도 들지 않는 것이었다. 서방과 지집이라는 명분과, 윤리와 도덕적인 바탕에서 어쩔 수 없이 한 지붕 밑에서 동거하고는 있지만, 솔직히 저런 화상 없느니만도 못하다. 더욱이 오릿골밭 사건 이후 서로기 소 닭 보듯이하는 철저한 무관심 속에서 시간이 가면 갈수록 둘 사이는 점점 얼어붙고만 있다. 때문에 오늘이라고 해서 별나게 관심을 가질 이유가 없다. 그래서 그냥 지나칠 줄 알았든 준보가 걸음을 드티는 듯 하더니 흙무당의 뒷꼭지 다대고, 볼멘소리로 시비를 걸어왔다. 첫 마디부터가 여간 도전적이 아니었다.

"명색이 서방인디 이레두 되능겨?"

"잠 잘 재워 아침밥 배터지게 멕여 놓으닝께 기운이 뻗치남. 아침부터 왜 또 지랄이랴. 먹은 것 체혔으면 얼릉 사관 한 방 맞구 와. 사네 뒈지네 발광 떨지말구 말여. 아침나절부터 재수 웂게 보채지 말구."

"윤영장네 텃논을 산다는 소문이 왼동네에 다 퍼져 있는디, 워찌된 노릇여?"

"맥두 모르구 침통 흔들질 마러. 우리 북슬이가 달보구 짖겄다. 함부로 나발 불지 말어! 다된 밥에 재뿌리겨? 무르면 굿이나 보구 떡이나 한쪽 얻어 처든질 궁리나 혀! 재수 옴붙는다."

"허허… 저 눔의 여편네 말하는 것 좀 봐. 그게 서방보구 헐 소리여?"

"말이 아니면 무슨 타령조로 들리남. 꼴에 꼴값까지 떨구 있네…."

"그래 꼴값 떤다, 어쩔래. 여러 말 말구 땅 살돈 있으면 나 용돈 좀 올려 달라. 요새 용돈이 부족허여 밖에 나가 사내구실도 제대로 못현다구⋯."

"아이구 하눌님, 참말루 저 화상 좀 어서 빨리 데려가 주시옵소서 하눌님 비나이다. 그저 빌구 또 비나이다. 하눌님."

"내가 저런 지집데리고 산게 참 불쌍허지. 저 눔의 여편네는 똥을 월마나 쳐든질러 저리두 입이 건거 원."

"양푼으루 퍼먹었다. 워쩔텨? 그리구두 배가 안차서 앞으루는 자배기루 퍼먹을 작정이다. 이 화상아. 시원현감, 이 화상아. 똥이라두 퍼먹으닝께 맵새겨서 그나마 서방이라두 옷(衣)혀서 입히구 밥혀서 먹여 이만큼이래두 사능겨. 알겄남?"

"세상에 저게 여자여, 악마지⋯."

"똥 묻은 개 겨묻은 개 나무래지 말여. 제 밑이 구리닝께 넘의 밑두 구린 줄 아남. 뒈질러거등 고이 뒈져! 산사람 고상시키지 말구 말여. 다리옹두라지 부러지기 전에 얼릉 꺼져버려! 꼴두 보기 싫구면⋯."

"에이, 참 남자가 저야지. 나갈테니 돈 뒤잎 주라! 주머니가 푸석푸석허다."

"풍월읊구 자빠졌네. 돈? 돈이 뭐 이웃집 아이 이름인줄 아나베."

"어디 땅 잘사나 보자. 내가 끼이잖구 말여. 윤영장네도 다른 사람에게는 팔어도 우리 헌티는 안 판디야."

준보는 한마디 찍 갈기고서는 볼장 다 봤다는 듯 제 그림자를 앞세우고 밖으로 휭 사라져 버렸다.

흙무당은 사라지는 준보의 등에 대고 가래침을 퉤 퉤 뱉고는 이어 욕악담을 퍼부어 댄다. 돌이킬 수 없는 부부지간의 불화의 처절한 단면이기도 했다.

흙무당은 준보가 홧김에 서방질한다고 심사가 뒤틀려 땅 흥정에 재를 뿌리겠다고 극언을 하고 나가기는 했지만, 설마하니 제 집안 잘 되는 일을 안면몰수하고 훼방까지 하리라고는 믿지 않았다. 사실 오릿골 땅문서를 훔치다 몰래 팔려고 한 것도 곰곰이 따져보면 비싼 값으로 팔아 그 보다 더 넓고 좋은 땅을 매입하려는 숨은 의도가 있었던 것도 사실이었다. 하지만 원체 돌출행동을 잘하고, 똑 과부집 수캐처럼 일을 잘 저지르는지라 안심할 수는 없었다. 동네에 소문이 쫙 퍼진 이상 누군가가 그 땅이 탐이 나서 먼저 계약을 해버리면 정말 십 년 공부 돌아미타불이요. 닭 쫓던 개 지붕 쳐다보는 격이다. 기실 그 우루과이 라운드라나 그 지랄 같은 것만 아니더라도 윤영감의 땅이 매물로 나올 리가 없고 설령 나왔다하더라도 흙무당이 그 땅을 반드시 산다는 보장도 없을 것이다. 어쨌든 사촌이 땅을 사도 배 아파하는 것이 세상풍속이라, 또 못 먹는 감 찔러나 본다고 누군가가 파투를 칠지도 모른다. 흙무당은 이래저래 불안한 심사가 가중되면서 일손을 놓고 멍하니 지붕 용마루를 응시하고 있었다. 그렇게 우두망찰 앉아 있다가 이래서는 안 되겠다며 자리를 털고 일어선다. 그리고 모처럼 삼순이에게 전화를 걸었다. 전화를 걸으면서도 혹시 전화번호를 잘못 돌렸나 해서 조마조마했지만, 용케 삼순이가 전화를 받는다. 흙무당은 아침에 벌어진 준보와의 티격태격했던 상황을 소상히 알리고 한시 바삐 집에 오라고 당부한다.

흙무당의 심정을 읽은 듯 삼순이는 평소보다도 일찍 귀가했다.

"니 애비가 아무래두 방해를 놓을 것만 같은 방정맞은 생각이 자꾸 드는구나."

"엄니? 그런걸 보구 도둑이 제 발 저리다구 헌대유. 왜 아버지랑 진작에 상의를 안허셨어요. 일은 순서가 있는 거예요. 아무려면 아버지가 모르실 것 같아요. 땅을 팔구 사는 것을 다 아버지명의로 하는데 말이예요. 아버지는 우리 집에서 제일 높으신 분 아니셔요. 그래서 제가 몇 번씩 말씀 드렸지요. 아버지와 상의하시라고요. 미운건 미운거고 일은 일 아니예요? 하지만 너무 걱정허지 마셔요. 팔이 안으로 굽는다고 했어요. 우리 집 일이고, 아버지일인데 뭘 어떻게 하시겠어요. 걱정도 팔자셔. 노루가 제 방귀에 놀랜다더니 엄니는 참…."

"이 눔의 지지배 좀 봐. 가재는 게편이라더니, 참말루 그 말이 맞네. 이년아? 어른이면 어른값을 혀야 어른대접을 받지. 온갖 망나니짓만 골라가며 하는 화상이 무슨 남편이구, 애비구 어른이여?"

"우럼니 또 골라시네, 그류 잘뭇혔슈. 엄니 말씀대로 우라버지는 만고에 없는 막나니예요. 막나니, 나는 막나니 딸이구, 후…."

"얼래? 이 지지배까지 지 애비를 도승혀서 지 에미를 낭구에 올라가라 놓구 밑에서 흔드네. 이런 불효가 워딧다 잉? 나 원통혀서 뭇살어, 이 노릇을 워쩐디야 잉?"

"엄니? 사람은 한 번 밉보면 끝까지 밉게만 보인대요. 엄니? 아버지의 결점만 자꾸 들추지 마시고, 아버지의 장점을 캐보시란 말이예요. 엄니가 더 잘 아시겠지만, 아버지는 술이 과하셔서 그렇지 가난한 사람 도우실 줄도 아시고 정말 정이 깊으신 분이여요. 엄니? 아버지 너무 미워허지 마시고, 쥐 잡듯 허지 마시고 좀 남편 사랑을 헤보시라구요. 그렇게 원수지간으로 사셨으면 어떻게 우리 사 남매를 생산허셨대요. 수수께기만 같다구요."

"이 지지배야 그게 다 천지이치라능겨. 너두 시집을 가보면 자연적으루 알게 될 거다."

"그렇닝께, 우럼니 속 달구 겉 달다구. 속으로는 끔직히 사랑허시면서 겉으로는 흉물 떠는 것이 더 죄가 크다구요."

"이년이 주둥이를 함부로 놀려대여."

"지발 욕 좀 구만혀서요. 엄니? 엄니가 욕을 않으시면 자연 아버지도 사랑허게 되신다고요. 아버지 얼굴이 얼마나 미남이예요. 후…."

"니가 에미보다 아부질 워떻게 더 잘 알아? 미남자라구? 너희 아부지는 무굴쳉이라구, 그리구 짐승 같이 밥만 축내구. 애 낳는 버릇만 아는 인면수심의 사람이여. 한 마디루."

서슬 퍼렇던 흙무당의 목소리가 이 대목에 와서 갑자기 시들어져 버린다.

"엄니? 아버지도 따지고 보면 불쌍한 분이예요. 평생 병줄을 놓지 못하고 사셨으니 얼마나 불행하셔요."

"시방 사는 게 누구 덕에 사는데."

"알아요, 엄니. 그러니 서로 불쌍히 여기시고 엄니가 진심으로 사랑을 주셔요."

"야가 이 나이에 무신 사랑, 누가 들을까 무섭다. 망칙두 혀라. 이 노릇을 워쩐댜 잉?"

"젊은 사람 간에 주고받는 것만 사랑인가요. 나이가 들수록 정말 깊고 쫄깃하고, 더 푸근한 사랑을 주고받는대요."

"그런가? 에이, 남새 사납다."

"부끄럽기는요. 그게 인생의 진짜 사랑이예요."

"나는 무르겄다. 니 애비랑 삼십여 년을 살아왔지만, 한 번두 이쁘다구 생각혀본 적은 읍다. 그렇다구 아주 미우면 벌써 무신 구정을 냈지, 이적지 붙어 살겄남."

"엄니, 처음 옳은 말씀허셨어요. 그거예요, 그것이 바루 사랑이예요. 엄니…."

"그런가 원, 나두 무르겄다."

이때, 전화벨이 따르릉하고 울었다. 흙무당은 전화벨이 울릴 때마다 초학이 떨어질 만큼 깜짝깜짝 놀란다. 그리고 이 문명의 이기를 원망하는 듯 비예하면서 어쩔 수 없이 송수화기를 들곤 한다. 담력 세기로 이름난 흙무당이지만 도무지 전화소리, 시계소리, 라디오 소리 같은 것에는 유난스레 신경이 곤두선다. 도대체 그 놈의 기계우는 소리는 악상에 호곡소리보다도 더 듣기가 싫다. 집에 전화를 놓을 때도 흙무당은 결사적으로 반대를 했었다. 삼대 일의 열세에서 몇 날을 머리 싸매고 반대시위를 했지만, 삼순이가 직장에서 갑자기 집에 연락할 일이 생겼을 때 아주 곤란하다며, 계속 눈물로 호소하는 통에 결국 흙무당이 지고만 것이다. 처음 몇 달간은 만돌어머니를 불러다가 전화를 걸곤했다. 이제는 숫자를 조금 익혀 가까스로 타인의 손을 안 빌리고 전화를 사용하고 있기는 하다.

송수화기를 잽싸게 잡은 삼순이는 대뜸 만면에 함박웃음을 터뜨리기 시작한다. 어디선가 반가운 소식이 온 것만은 틀림이 없었다. 그러나 흙무당은 별로 반가워하는 기색이 없다. 제 친구 누군가로부터 걸려왔을 거라고 시답잖게 생각한다. 네 네만 연발하던 삼순이가 송수화기를 놓구 나더니 갑자기 귓불이 발그레 해지면서 어쩔 줄을 몰라 했다. 평소에 무척 침착한 삼순이다. 그래서 저희 또래 중에서는 산신령이라는 별호가 붙어있다. 별호가 말해주듯 삼순이는 무슨 일이건 서두르는 법이 없다. 그런데도 오늘은 별나게 전화를 끊자마자, 싱글벙글하면서 불난 집에 물 나르듯 흙무당을 무섭게 몰아세운다.

"엄니? 어서 가요. 손이나 닦으시고요."

"얘가 왜 이리 야단이랴, 에미 숨 안 넘어간다. 무신 일인데 이런댜."

"어서 가시재두 이러시네."

흙무당은 머리가 둔해도 대충 감은 잡고 있었다.

"밑두 끝두 읍시 워딜 가자능겨 그래."

"윗말 윤영감이 빨리 오래요."

"뭐?"

"어서 올라와 흥정을 하자구 해요. 엄니…. 이제 정말 엄니의 평생소원을 푸시게 되나봐요. 어서 가시자구요."

"얘가 우물을 들구마실려구 혀네…."

비로소 흙무당도 목소리가 낭랑 해지면서 표정이 환하게 밝아진다.

두 모녀는 지난번 인출한 계약금 삼백만 원을 꼭 움켜쥐고, 허둥지둥 윗말로 달려갔다. 그런데 윤영장 사랑방에는 예상치 못했던 일이 벌어지고 있었다. 그곳에는 준보가 사랑방 윗목에 꿔다놓은 보리자루처럼 앉아 두 눈만 멀뚱거리고 있었다. 또 한사람은 윤영장과 사촌간인 윤재만이가 준보와 가지런히 앉아 있었다. 정말 희한한 노릇이었다. 흙무당은 준보와 눈이 부딪치는 순간, 전신에 오한이 아스스 퍼졌다. 두 모녀가 하도 황당하여 오도 가도 못하고 엉거주춤 서 있는데, 윤영장이 분위기를 알아차린 듯 말한다.

"어서들 들어와요. 해가 지니 좀 쌀쌀하군. 그 지간은 잘 지냈고?"

윤영장은 예의 대머리를 번쩍이며 수인사부터 했다. 윤재만도 덩달아 아는 체를 했다. 그러나 준보는 고개를 지리숙인 채 달다 쓰다 도통 말이 없었다. 집에서나, 밖에서나 말수가 적다는 것은 세상에 알려진 사실이지만 지집과 딸이 숨가쁘게 달려왔는데도 눈길조차 제대로 던지지 않는 것이었다. 그렇다고 흙무당이 남편인 준보를 우연한 장소에서 뜻밖에 만나는 순간, 그니의 잠재해 있는 성깔이 침묵을 지킬 리가 없다.

"시상에 웬수는 외나무다리에서 만난다드니 여기는 워쩐 일루 왔댜."

사랑방이 터져나갈 듯한 소리였다. 그제서야 준보는 눈을 지릅뜨고 흙무당을 향하여 맞받았다.

"집에서 새는 바가지 나와서두 샌다드니 옛말이 하나두 안 글러. 여기가 워딘 줄 알고 큰소리여 큰소리가."

준보의 그 큰 눈망울 속에는 주정(酒精)이 엉켜 있었다. 아침부터 내내 술로 시간을 지운 듯 했다.

"뭣여? 밖에서두 샌다구? 흥! 집안에서두 안새구 밖에서두 뭇 새게 땜질 않구 새는 바가지 탓만 현댜. 소금이 쉴 노릇 다 보구 살겠네. 에이…."

윤재만은 이들 가정의 속내를 훤히 꿰뚫고 있는지라, 재미있다는 듯 빙그레 웃음을 흘리고 있었다. 하지만 아무것도 모르는 윤영장은 이들의 격한 언동에 되려 곤혹스러워 하고 있었다. 삼순이가 어머니의 바른손을 꼭 잡으면서 귓속말을 했다.

"엄니? 아까 집에서도 혀가 닳도록 말씀드렸죠. 아버질 사랑하는 마음으로 대해 뵈라고요."

"내가 뭐라구 혔남, 저 등신이 쌈을 걸었지. 재수 옴붙었다."

"엄니, 한 번만 참으시고 아버지를 진정 사랑해 보셔요. 그래야 오늘 일이 순조롭게 풀려요, 어머니 아시죠?"

"알었다."

"엄니? 여긴 남의 집이예요."

"넘의 집이면 워떻구, 내 집이면 무슨 상관여. 니 아부지가 안그러담. 집에서 새는 바가지 밖에서두 샌다구. 참말루 기가 막힌 이야기 다 들어보겠다. 내가 혈 소릴 지가 혀구 자빠졌구먼 그랴."

"엄니? 지발 엄니가 좀 참고 이해하시고 마음속으로 아버질 한번 사랑을 해 보셔요. 그럼 복이 솔바람처럼 우리 집으로 솔솔 들어올 거예요."

"참말이냐?"

"그러닝께 먼저 아버질 사랑해 보셔요."

"호호… 사랑, 우리 집 북슬이가 웃겄다."

"세상에서 가장 아름답고 고귀한 것이 사랑이예요. 사랑을 허면 예뻐진다는 유행가도 있잖아요."

"그려!"

"이제 우라버지랑 싸우시면 안되요."

"알았다구. 손뼉도 마주쳐 소리가 난다더라. 쌈은 혼자는 못 혀는 벱이다."

"허허… 여기 싸울라구들 왔소? 좋은 일을 하러 와서 왜 부부간에 티격태격들 하는 거요. 하기야 부부싸움은 칼로 물베기라고들 하지만…"

윤재만 씨가 걸죽한 목소리로 쌈판에 끼어 들라고 했다. 이어 윤영장의 위엄 있는 중재에 흙무당도 준보도 한걸음씩 물러섰다. 흙무당은 부끄러운 듯 악마디진 두 손으로 얼굴을 가렸다. 이때 오른손 엄지에 달린 여섯 번째의 가느다란 손가락이 파르르 하고 경련을 일으킨다.

"하두 속이 상혀서 그랬슈. 죄송혀유."

한과 슬픔 같은 것이 말 마디마디에 숨어 있다가 묻어나온다. 방안의 분위기가 한층 얼어붙는 듯 했다. 그래도 산전수전 다 겪은 노련한 윤영장이 분위기를 바꿔보려고 부단히 애를 쓰고 있었다. 윤영장의 입장으로서는 이 마당에 서로의 감정이 악화되면 죽도 밥도 안 된다는 사실을 잘 알고 있었다. 매도인이 자신이지만, 싸움은 말리고 흥정은 붙이랬다는 속담이 딱 들어맞는 것 같았다. 윤영장은 청을 더욱 낮춰 말한다.

"두 사람 다같이 잘 살아보자는데는 이의가 있을 수 없지. 하지만 사람이 어디 뜻대로 되는 경우란 그리 흔치 않다구. 피차간 땅을 팔구 사는 것도 다 하늘이 점지하신 인연이라구. 하늘의 뜻이지, 서로 이해하고 조금씩 양보하여 흥정을 해 보자구. 내 말 알어듣겠지? 그러고 보니 내가 거간군이 된 기분이군."

윤재만 씨는 농담을 꺼내면서 그에게 어울리지 않는 억지미소를 짓는다.

"거간군이 따루 있남유. 아무나 흥정을 붙이면 그게 거간꾼이쥬."

"허긴 그려. 허지만서두 혼인에 중신애비처럼 땅을 팔구 사는데두 당사자끼리 직접 절충을 하느니보다는 서울 복덩방처럼 중개인이 필요하다구…."

"그람 우리두 복덩방이라나 그런 게 필요혀겠네유."

"그렇지, 그래서 여기 윤재만이를 불러왔어."

윤영장은 옆자리에 있는 윤재만을 바라보며 말한다. 그러자 윤재만은 생긴대로 의기양양하면서 나오지도 않는 마른기침을 콩콩하고 나더니 말한다.

"흙무당도 풍문으로 알고 있었겠지만, 형님은 집안형편상 어차피 시골재산을 정리하시고 서울로 올라가셔야 할 입장이고 해서 가지고 있는 땅과 가대를 처분키로 하신 것이지. 형님 집과 대지는 문중의 합의로 내가 우선 관리하기로 했고, 논을 팔기로 했는데 외지(外地)사람한테는 텃논을 팔 수가 없다구. 유서 깊은 땅을 생무지 사람에게 판다는 것은 선조에게 대해서도 면목 없고 불경스러워 고민하던 차에 이 마을의 토배기인 흙무당이 산다는 전갈을 받고 기쁜 맘으로 참여를 하게 된 거라구. 그러니 흙무당은 아침 해처럼 떠오르는 양지말 신흥갑부인 만큼, 너무 가격을 깎지만 말고 적정가격으로 사란 말이요."

"오래는 안 살았었두 별 소릴 다 들어 보겠네유. 우리가 무신 양지말의 떠오르는 부자래유. 소금이 쉴 소리네유, 내참."

"어쨌든 젤로 알부자 아닌감요."

"속빈 고염낭구유. 무신 알부자유. 우리가 참, 꿈은 자다가나 꾼대지. 오래는 안 살았어두 별소리를 다 들어 보겠네유."

"어허허… 왜들 본말이 뒤집히나."

윤영장이 말한다.

"아이구 이 노릇을 워쩐댜. 잉?"

흙무당의 풀렸던 성깔이 뱀대가리 쳐들 듯 다시 살아나는 듯 한다. 그니는 연신 혓바닥으로 마른입술을 핥으면서 또 안절부절 못한다.

"사실 흙무당도 알다시피 땅이야 이 근동에서 제일가는 상답 아니오. 칠 년 대한이 와도 물 없어 농사 못짓는 논이 아니닝께 말요. 사실 옛날 같으면 흙무당이 감이 엄보기나 하겠어요. 그 놈의 우루과이 라운드라나, 지랄이라나 하는 것 때문에 나라가 온통 뒤집혀 농촌의 땅금은 똥금이되고, 도처에서 공장들 부도나고 하는 대란이 일어난거라구요. 참말로 흙무당네 집에 임자 없는 황소가 들어간 격이라구요. 이런 횡재가 워딨어…"

윤재만은 자신의 공로로 매매가 이루어지는 것처럼 어깨를 으쓱거리면서 의기양양 했다. 떡고물이라도 생각하는지 여간 진지한 표정이 아니었다. 윤재만은 원래가 허풍선이 기질의 소유자로 동에가 번쩍, 서에가 번쩍하는 백수건달이었다. 한동안은 읍내에서 복덕방을 한답시고하면서 구십 씨씨 오토바이 한 대를 장만해 가지고 인근 구석구석을 누비고 다녔지만, 성과는 미지수였다. 그러다가 광역의회 선거 때 이름도 없는 정당소속의 입후보자를 지지한답시고 바람난 수캐처럼 낮밤 없이 동분서주하더니, 웬걸 돈봉투 사건에 연루되어 철창신세를 지더니 어찌어찌하다가 집행유예로 풀려나 무위도식하더니 제 버릇개 못 준다고, 읍내 변두리 어느 다방의 철부지를 꼬셔 구십 씨씨 오토바이 짐받이에 꾀어 차고 어디론가 훌쩍 사라졌다가

한 달도 채 안되어 오토바이는 물론, 입었던 옷까지 다 빼앗기고 불알만 달랑 달고 돌아왔던 것이다. 그리고는 조강지처에게 손이 발이 되도록 빌어 새사람되겠노라고 다짐을 하고, 또 하고서는 빌붙어 살고 있는 것이다. 흙무당으로서는 한마디로 준보나 윤재만을 동류로 취급하면서 상대하기를 꺼려하는 것이다. 때문에 사랑방에 들어설 때부터 준보와 엇비슷한 윤재만이 있는데 즉각 거부반응을 일으켰던 것이다. 윤재만은 준보네가 땅을 산다는 소문을 바람결에 듣고 은근히 구전생각이 동하여 사촌간인 윤영장을 설득하여 흥정에 뒤늦게 끼어든 것이다.

"그 땅에 대하여는 윤재만 씨보다 내가 더 잘 알어유. 넘의 제사에 대추놔라, 감(柿)놔라 허들 말어유. 사구 안사는 것은 대꼬바리 맴이유. 윤재만 씨는 상관헐 것 읍슈."

흙무당은 여전히 배알이 뒤틀려 쏘아붙인다. 바깥은 이미 정오가 훨씬 지난 듯 사랑마루에 그림자가 점점 깊어졌다. 윤영장은 이래저래 열불이 나는 듯 이마빼기에 돋아나는 땀방울을 수건으로 힘껏 닦아내곤 했다.

그러다가 흙무당을 무연히 바라보며 자숙이라도 하는 듯 말한다.

"재만이를 이 자리에 참석시킨 것은 부동산 소개업을 한 사람이라, 절차도 잘 알고 있을 뿐더러 입회인으로 오라고 한 것이니께 너무 신경 쓰지 말어요. 말허자면 증인격이지…."

윤영장도 사촌간이기는 하지만 그의 평소 행실을 샅샅이 알고 있는지라, 흙무당이 기피하는 그 저의를 십분 이해하고 있는 듯 했다.

"입회혀구 말구 헐게 뭣이 있대유. 우리 삼순이가 있는듀.

돈 받구 땅문서 넘겨주면 되잖유."

흙무당이 한술 더 뜨는 식으로 말한다. 분위기가 갈수록 경색해지자, 윤영장이 또 대머리를 긁적거리면서 싱그레 웃는다.

"좌우간 재만이에 대하여는 신경 쓰지 마러요. 어서 본론으로 들어갑시다."

흙무당은 아무래도 윤재만이 동석한 것에 영 똥누고 밑 안 씻은 것처럼 꾀름직했다. 그에 대한 건과(愆過)는 무시한다손 치더라도 어쩐지 윤재만의 얼굴조차 보기에 역기를 느낀다. 그래서 다시 흙무당이 제삼자를 배제하자고 꼬리를 붙인다.

"여러 사람 낄 것 웂슈. 으르신네랑 우리 삼순이랑 둘이서 혀면 충분허유."

"허허, 듣던 소문대로구먼. 거 고집이 이만저만이 아니로구먼."

"그려유. 말(馬) 죽은데 체장사 달려가 디려다본다구 혔슈. 누구나 제 잇속을 따지는게 사램 맴 아닌감유?"

"아니 윤재만이가 있다고 손해볼 게 뭐 있다는거여. 그리고 준보는 당사자 아니요. 농지법상 세대주가 아니면 계약대상이 안되기 때문에 그렇고, 자 당신들 원대로 양보 할테니 어서 결말을 내자구. 나도 더 이상 신경쓰기가 싫소. 사던 말던…."

"그류."

"상식이 있고, 절차가 있는 법인데."

윤영장은 유쾌하게 말을 마쳤다.

"땅금을 좀 깎어주셔유. 끝전 내는 것두 좀 늦춰주시구유. 땅값이 태부족이여유. 논금은 사만 원씩 혀주구유. 그래두 돈이 태부족이유. 영장님 봐 주셔유. 미찌는 장사는 아니시잖어유."

"다 땅 시세가 있는 법인데…. 우리 땅이 뭐 하늘에서 뚝 떨어진 공짜 땅인 줄 아나. 그런 말 두 번 다시 허지 마소. 사만 원짜리가 워딨어."

"그려두, 영장님? 우리는 가난혀잖어유. 영장님네는 나는 새 두 떨어뜨리는 심을 가지구 있구. 부자구 현디 가난현 사램 좀 봐 주셔유. 야? 나아리?"

부지부식간에 영장님, 나아리 호칭이 튕겨져 나왔다. 십여 년 전까지만 해도 흙무당은 윤영장을 비롯, 윤재만 씨의 아버지 등 윤씨 일문의 어른들을 입에 올릴 때는 나아리라는 최대의 존칭을 썼던 것이다. 어린이 시절부터 윤씨 가문에서 밥을 빌어먹은 탓으로 입술에 배어버린 존칭이었던 것이다. 하지만 유독 보수성이 강한 양지말 윤씨 일문도 불어 닥치는 개방바람에 견디다 못하여 차츰 권위의식을 조금씩 털어버리기 시작했던 것이다. 윤씨들의 권위의식은 달이 가고 해가 가면서 지금은 많이 희석되었지만, 아직도 알게 모르게 그들의 가슴 속에는 권위의식이 앙금으로 남아 있는 것이다. 그래서 지금은 나아리라는 호칭이 시나브로 사라지고 평범한 호칭으로 불리고 있는 것이다.

그런데 뚱딴지같은 나리 소리가 무의식적으로 튀어나온 것이다. 이런 현상은 아직까지도 알게 모르게 윤씨들의 지배권에 들어있음을 의미하는 것이다. 한편으로는 약자가 강자에게 매달리고 싶은 구원적인 심리현상이기도 하다. 그러니까 자신의 신분을 최소치로 낮추면서 상대방을 존중해줌으로써 반사효과의 득을 보자는 뜻도 다분히 숨어있었다.

"싼게 비지떡이라구 했어. 그래 우리 땅이 흙무당이 보기에 비지떡으로 보이나? 찰떡도 그렇게 차진 찰떡이 없다구. 그저 제 물건을 만들려면 좀 비싼 듯 해도 사두는 것이 현명한 처사지. 땅금에 대해서는 더 이상 말하지 말라구."

윤영장은 티를 조금 내면서 위엄 있게 말했지만, 한편으로는 몰락해가는 종가집 후예의 공허한 단면이 노골적으로 드러나고 있었다. 하지만 흙무당은 그런 것에 전혀 신경을 쓰지 않고 있었다.

"시상에 에누리 웁는 흥정이 워딧대유. 다만 한 푼이래두 깎어줘야 사지, 그렇지 않으면 우린 못 사유. 아시겄남유."

가루는 칠수록 고아지고, 말은 할수록 거칠어진다고 했다. 이제 흙무당은 본성대로 협박조의 으름장이 거침없이 쏟아져 나왔다. 삼순이가 조용히 참견을 한다.

"어르신네유. 우리 어머니의 간절한 소원을 좀 풀어 주셔유. 파시려거든 조금만 깎아 주셔유. 우리는 정말 돈이 턱없이 부족하거든유. 쇠돼지, 오릿골밭 팔구 다 싹싹 긁어 모아두 이천여만 원밖에 안 되유. 나머지는 융자를 받으려구혜요. 이해해 주시고 좀 깎아주세유 네? 육만 원은 비싸유."

삼순이가 정중하게 호소를 한다. 두 모녀가 파상공격(?)을 퍼붓자, 윤영장은 입장이 매우 난처한 듯 버릇대로 대머리를 긁어 올리면서 입맛만 쩍쩍 다시고 있었다. 정말 쇠락해가는 토반의 최후 모습을 적나라하게 드러내 놓고 있었다.

"아무리 깎고 깎아도 평당 칠만 원짜리를 육만 원 밑으로는 안 되요. 못 팔면 못 팔았지…."

"육만 원이여유? 아우기 하눌님 못 혀유, 못 혀유. 삼순아가자. 벌써 황새 울었다."

이때, 윤재만이가 윤영장과 흙무당을 번갈아 쳐다보더니, 빙
그레 웃음을 짓는다. 의미심장한 웃음이었다. 그거 보라는 듯
흙무당에 앙갚음을 갚는다는 듯한 웃음이기도 하다. 그는 입술
을 오른 손바닥으로 썩썩 문지르고 나더니 보라는 듯 말했다.

"아까 누군가가 말했듯이 싸움은 말리고 홍정은 붙이랬대요.
이래서 복덩방이 필요한거요. 두 말들 허실 것 없어요. 준보네
는 쥐어짜고 짜야 삼천만 원이라고 알고 있어요. 어차피 팔어
야 할 땅이고 사야할 땅이닌께 두분 다 눈 딱 감고 평당 만원
씩 양보들 하세요. 공평하지요. 그러찮으면 이 땅 홍정 안되요.
평당 오만 원씩요."

"그게 뭔 소리랴, 무신 소리인지 무르겄네."

흙무당은 정말 이해가 안 되는 듯 뱁새눈을 휘둥그렇게 뜨
고서는 궁금해 하고 있었다.

"한마디로 쉽게 계산해서 약 팔백평치고, 사천 만 원에 팔고
사시라는 뜻이예요."

윤재만이가 답답하다는 듯 말했다. 윤영장은 입맛을 짝짝 다
시면서도 은연중 동의하는 쪽으로 기우는 듯 했다. 그러나 흙
무당은 일언지하에,

"뭇 휴. 촉새가 황새를 따라갈랴면 가지랭이가 찢어지는 법
인디, 뭇 휴."

"뭇한다는 것이 능사는 아니여요. 한 삼년간만 그 땅에서 농
사를 열심히 지으면 천만 원이 아니라, 이천만 원도 나와요.
일을 긍정적으로 해결해야지, 안 되는 쪽으로 밀고 나가면 정
말 죽도 밥도 안 되요. 그 땅만 사 봐요. 내일서부터 당장 양

지말서 제일가는 부자소리를 들을텐데…."

"엄니?"

삼순이가 흙무당을 직시하면서 윤재만의 제의를 받아들이자고 무언의 압력을 가해온다. 윤영장의 텃논에 거의 미치다시피 한 흙무당은 더는 말을 하지 못한다.

"엄니? 저도 더 절약하여 벌고 우리가족 모두가 협심하여 노력허면 능히 이겨낼 수 있다구요. 자신 있어요. 엄니…."

윤재만은 능글맞게 웃음을 지으면서 안주머니에서 계약서 용지를 꺼내어 펴놓는다. 복덕방의 유경험자라 사전준비가 치밀하다.

이렇게 해서 윤재만에 의해 계약서가 작성되었고, 계약금조로 삼백만 원이 건네어진다. 곧이어 계약서에 서명날인을 하고 계약서를 한 통씩 나누어 갖는다. 흙무당이 맨 먼저 자리를 털고 일어서면서 윤영장에게 허리를 깊숙이 꺾는다. 윤영장도 일어서면서 이게 모두 다 인연이라며 껄껄 웃는다. 흙무당도 여부가 있남유 하고 맞장구를 치고 방을 나선다. 흙무당은 고무신을 꾀고 비척비척 걸어간다. 너무 감격하여 자제력을 잃고 있는 것이었다.

흙무당은 정신없이 윤영장집 바깥마당을 가로질러 지금 막 계약을 체결한 텃논으로 무아무중 달려간다. 그리고 첫 논두렁을 몇 번이고 왔다 갔다 한다. 지나가는 사람들이 의아한 눈길로 주시하고 있다. 하지만 흙무당은 아랑곳 하지 않고 끝내는 엉엉 앙천 대곡을 한다.

삼순이가 천방지축으로 날뛰는 흙무당을 붙잡고 늘어진다. 준보도 겁을 잔뜩 집어먹은 채 가세했다.

흙무당은 준보와 삼순이에게 끌려가면서 이게 꿈이여, 생시여하고 외마디 고함을 질러댄다.

늦더위가 더욱 기승을 부리고 있었다. 흙무당이 논에서 사라진 후 마을은 다시 조용해졌다.

7

땅을 계약하고 나자, 흙무당은 새 세상을 만난 것처럼 절로 신바람이 났다. 흙무당이 윤영장네의 텃논을 사들였다는 소문이 동네방네 파다하게 퍼지자 마을 사람들은 우루과이 라운드가 타결된 마당에 시퉁맞게 무슨 땅을 사느냐고 비아냥거리는가 하면, 한편에서는 그니의 억척과 꺼질 줄 모르는 흙에 대한 집념에 혀를 내두르는 사람도 있었다. 만돌아버지와 어머니는 그날 밤 득달같이 찾아와 진심에서 격려와 축하를 아끼지 않았다. 그리고 흙무당의 숨은 재력에 놀라워하면서 양지말에 신흥갑부가 탄생했다고 기뻐했다. 만돌어머니는 신토불이의 노래를 구성지게 부르면서 흙무당의 육손을 끌어 잡고 춤까지 덩실덩실 추었다.

이러한 들뜬 기쁨 속에서도 흙무당은 한편으로 가난은 나라상감님도 못 구한다는 옛 속설을 기억해 내면서 정말 윤영장의 텃논이 정말 자기의 소유가 된 것인지 진가민가하여 도무지 실감이 나지 않았다. 그리고 땅값이 당초 예상보다 천여만 원이 추가로 소요됨을 한참 후 깨닫게 되었다. 기실 천여만 원이라는 돈은 흙무당에 있어서는 상상할 수 없는 거금이었다. 평생을 벌어도 못벌 어마어마한 대금이다. 때문에 흙무당으로서는 몹시 불안하고 괜한 불장난을 했나보다고 후회도 했지만, 이미 엎지러진 물이었다. 그야말로 빼도 박도 못할 진퇴유곡의 입장이 되고 만 것이다.

그리고 또 한 가지 걸림돌은 오릿골 전자부품의 조립식 건물이 거의 완공단계에 있는 만큼, 공장 측에서 차질 없이 오릿골 밭을 다시 사주느냐가 우선 해결해야 할 가장 큰 핵심사항인 것이다. 공장 측에서 오릿골 흙무당의 밭이 필요한 것은 객관적으로도 인정이 되지만, 지난 여름 오릿골 밭을 파네 안파네 하고 일대 분란을 야기하고, 극기야는 폭력을 행사하고 해약까지 한 처지에 다시 땅을 사라고 자청하기가 정말 낯 들고는 할 수 없는 추악한 짓임을 흙무당은 나름대로 절감하고 있는 것이었다. 하지만 이미 주사위는 던져졌다. 공장사람들도 오릿골 밭이 공장입지여건상 꼭 필요한 땅인만큼 안살 수 없을 것이라는 것이 흙무당의 내심 판단이었다.

하지만 그들은 사건이후 두 번 다시 땅 매매 건에 대하여 군말이 없었다. 완전히 포기를 한 것인지, 아니면 뜸을 들여 서서히 사들이자는 계략인지 그 속내를 헤아릴 수가 없었다. 공장이 들어서면서 일부 밭머리에 그늘이 들어 흙무당과 공사 현장 감독 간에 한바탕 승강이가 벌어졌지만, 농작물에는 그닥 큰 피해가 없는지라 흐지부지 덮어두고 말았던 것이다. 현장감

독과 공장주와는 별개이기 때문에 현장감독을 닦달해 봤자 소용이 없는 것이다.

어쨌든 이제는 주객이 완전히 뒤바뀌고 말았다. 만약 공장주가 땅이 필요 없다고 배짱이라도 튕기는 날에는 그야말로 보통 낭패가 아니다. 알거지가 되어 양지말을 쫓겨나는 패가망신의 최후를 맞이할지도 모른다. 앞날에 대한 찬란했던 꿈이 일시에 물거품처럼 산산 부서지면서 극도의 절망감으로 전신을 부들부들 떠는 것이었다. 그리고 윤영장에게 건네준 계약금 삼백만 원을 몽땅 뗀다고 생각하니 뼈와 살이 녹아내리는 것 같은 아픔이 계속 전신을 휘감고 있었다. 설마 이와 같은 최악의 사태까지는 가지 않으리라고 자위하고 안심을 하려고 하지만, 사람인 이상 과분한 일을 저질러 놓고 마냥 마음이 편안할 수만은 없는 것이다.

이튿날 삼순이는 흙무당의 간곡한 부탁으로 조퇴를 하고 세시 경에 돌아왔다. 오릿골 밭을 다시 처분하기 위하여 흙무당과 같이 공사현장으로 공장 사장을 직접 찾아가 재교섭을 하기로 한 것이다.

일찍 퇴근한 딸을 그윽한 눈길로 바라보며 흙무당은 근심스럽게 말한다.

"너 맨날 조툇가 뭣인가 혀서 사무소 쫓겨나능거 아니냐?"

"십 년이면 강산도 변한다고 했어요. 어머니… 십 년 하고도 일 년을 더한 긴긴 세월을 하루도 빠짐없이 열심히 다닌 직장이예요. 이렇게 어려운 때 그만한 편의도 못 봐준대서야 되겠어요. 그리고 절대로 내 맡은 일에 낭패가 없도록 철저하게 조치를 해 놓으니께 아무 지장이 없어요, 엄니…."

"암만, 우리 삼순이가 어디 한구석이라도 빈틈이 있을라구. 원체 똑 떨어졌으닝께 말여."

"우렴니가 날 나무에 올라가라고 하고선 밑에서 흔드네."

삼순이는 시원스런 눈동자를 구석으로 몰면서 양쪽 볼때기가 사과의 표피처럼 볼그족족해졌다. 무뚝뚝한 흙무당은 딸의 그런 아름다움에도 별로 감흥을 느끼지 못한 듯 버릇대로 우물에서 숭늉 찾는 듯 설쳐대는 것이었다.

"가자!"

흙무당은 어느 새 낡고 빛바랜 세타를 꿰면서 대문 밖으로 나선다.

양지말에서 오릿골까지는 이 키로가 넘는 거리였다. 두 모녀는 앞서거니 뒤서거니 하면서 도란도란 대화를 주고받으면서 정답게 걸어간다.

"달기 눔만 생각혀면 땅이구 뭣이구 사구 싶은 생각이 하나두 웂다구. 원제 그 눔이 군인을 삼 년간 채우구 나온댜. 까마득혀기만 혀다구. 에이 망혈눔 같으니."

"세월은 유수 같다고 했잖어요. 걔가 입대한지가 벌써 한 달이 갔어요. 그까짓 삼년 눈 깜작할 사이에 가버린다고요, 엄니…. 그저 진드가니 기다리셔요. 엄니…."

삼순이가 입을 예쁘게 모으며 흙무당을 안심시킨다.

"그게 워떻기 얻은 자식이라구. 니가 뭘 알기나 혀? 주제 넘게스리…."

"뭐 하늘에서 뚝 떨어진 자식은 아니잖어요. 예수님 같이 동정녀에게 태어난 것도 아니고, 아버지의 한 톨 씨와 엄니의 핏방울이 뭉쳐져 조화 속에서 탯줄을 물고 열 달 동안 엄니를 고생시키고 태어난 자식이지요. 걔라고 특별나요?"

삼순이가 야멸차게 내 쏘았다.

"그 눔은 여느 사램과는 다르다. 태어날 때 이 에미를 너무 고생시켰구, 부랄이라 너무 기쁨을 안겨준 눔이라구. 그리구 월매나 애지중지 키웠다구. 니는 무른다."

"알았슈, 우럼니…."

"그저 군인 무사이 마치구 나와야 쓰겄는디. 에미가 조석으루 빌구는 있다만."

"걱정 마셔요, 엄니. 지금은 군인생활이 참 좋아졌대요. 배고픔 같은 것은 호랭이 담배 피우던 시절의 이야기래요. 배터지게 먹이고 옷도 잘 입히고 한 대요."

"읍내 어느 집 자식은 훈련받다 잘못 현다구 맞어 죽었다는 디."

"그런 일은 만에 하나 있을까 말까예요. 엄니? 아무 걱정 마시고 안심하셔요."

"그 어린 것을·군인에 보내 놓구 워찌 걱정이 안돼야. 니가 에미 맴을 워찌 알어?"

"걔가 어려요? 나이가 스물 한 살인디 어려요? 우럼니는 걱정도 사서허신다고…"

"팔십 먹은 어머니가 환갑이 다된 아들이 밖에 나갈 때면 물조심혀라구 혔다드라."

"엄니 마음 알어요. 제가 왜 모르겠어요."

"그러구, 저러구 그 눔들 우리 밭을 안 산다구 나가자빠지면 워쩐냐. 집안 폭삭 망혀는 거지? 그쟈? 기약금 다 떼구 알거지 되야서 이 동네서 살지두 못혀구 쫓겨나는거쟈 그지?"

"그런 걱정 마셔요. 엄니, 마음 푹 놓으셔요. 그런 걱정 사서 허시면 참말로 그렇게 될지도 모르거든요. 그러닝께 마음 넓게 가지시라구요. 엄니."

사실 삼순이도 땅을 계약한 그날 밤부터 며칠 밤은 거의 뜬눈으로 지새우다시피 했다. 삼순이라고 해서 걱정이 안 되는 것은 아니다. 오히려 흙무당보다도 걱정을 더 하면했지 덜 하지는 않았다. 어머니가 좋아하시는 것을 보면 참 잘 샀다고 여기다가도 턱없이 모자라는 땅값을 떠올리면 땅덩어리가 빙그르르 돌면서 눈이 휑가닥 뒤집힐 지경이었다. 그런 삼순이지만 어머니의 눈치를 꿰뚫고 있는 삼순이는 어머니가 더 걱정을 할까 봐 전혀 내색을 하지 않고 속으로만 앓고 있었다. 그리고 삼순이는 자신의 비자금에 일말의 자신감을 지니고 있었고, 공장에서 선선이 땅만 사준다면 만사는 해결된다.

"이렇게 일이 될 줄 알았으면 간 여름에 그냥 땅을 팔아버릴걸…."

"한치 앞을 못 보는 게 인생사예요. 후회해봐야 죽은 자식 부랄 만지기예요."

"걱정이다. 잘못되면 워찌여."

"죽을디도 살 약이 있고, 하늘이 무너져도 솟아날 구멍은 있대요, 엄니."

"얘가 이제 뭉혀는 말이 웁내."

"엄니? 다 되는 수가 있어요. 마음 푹 놓으셔요."

"그리구 그 눔들이 땅을 다시 산다구 혀두 여름 값을 줄라는지두 무르겄다."

"사람이 어떻게 남는 장사만해요. 경우에 따라서는 밑지는 장사도 하는거라구요."

"허긴 그려."

"엄니, 땅값을 제대로 받든 못 받든 너무 미련을 갖지 마셔요. 엄니 정말 늙으셨나 봐!"

"야 좀 봐, 이제 내일모레면 오십 고개다. 그런디 읍내에 나가두 날 부를 때 할머니라구 부르는 사램두 있더라. 그럴 때, 벌써 이리됐나혀구 슬퍼지구 한숨이 절루 나올 때가 있다구. 뭐니뭐니혀두 세상에서 젤루 무서운 것이 늙음이구 세월이여…"

흙무당의 얼굴에 초가을의 스산한 바람이 소리 없이 스치고 지나간다. 주름살 한가닥이 더 늘어난 듯 했다.

"엄니?"

삼순이가 흙무당을 정답게 부른다.

"왜 그런댜, 에미 숨넘어가는 줄 아남."

"세상에서 젤루 빠른 것이 시간이래요. 그리구요, 만인에게 공평하구요. 엄니 같은 농부(農婦)거나, 대통령이거나, 백만장자거나 누구를 막론하고 하느님은 사람에게 똑같이 시간을 주신거죠. 엄니가 한 시간 쓰실 때 대통령도 백만장자도 엄니와 똑같이 한 시간 이상은 못쓰거든요. 권세가 있다고 해서 돈이 많다고 해서 하느님께서는 그들에게 단 천만분의 일초도 시간을 더 주시지 않는 것이 바로 하느님의 섭리고 위대함이셔요. 엄니…"

"나는 무신 말인지 하나두 무르겠다."

"모르시는 게 약이셔요."

"이 지지배가 무식현 지 에미를 콩고물 주무르듯 데리구 노네. 잉? 니두 내 나이돼 봐라!"

"엄니가 늙으신 것만큼 이 삼순이도 이렇게 커서 시집갈 나이가 됐잖아요. 하느님은 사람에게 따로따로 복을 주셨지만, 시간만큼은 공동으로 일괄 배분 허셨다구요. 엄니, 그러닝께 하느님께서 주신 귀중한 시간, 근심으로 소비허지 마시고 즐겁게 사시라구요. 그게 하느님을 믿는 방법이예요."

"애가 예수쟁이랑 똑같은 말을 허네."

"성경말씀 하나도 안글러요. 다 옳은 말씀이라구요."

"나는 무른다."

"우럼니는 천치인가 봐."

"그렇다, 이 년아. 천치 중에도 상 천치다."

아직 시월 초순인데도 철이 이른 탓인지 바깥공기는 좀 쌀쌀한 편이었다. 더구나 바람을 안고 가는 까닭에 체감온도가 훨씬 낮았다. 삼순이는 준보의 살갗을 닮아 희고 매끄러운 편이었다. 그 고운 피부에 가을바람이 스치자 그니의 얼굴빛은 거칠고 싸늘하게 보였다.

흙무당이 길을 질러간다며 가던 길을 젖히고 논두렁길로 접어들었다.

두 모녀는 느린 걸음으로 근 삼십여 분만에 공장 입구에 다다랐다. 공장은 아직도 건설 중이라 각종 건설자재와 미리 도입한 설비기계 등이 어지럽게 흩어져 있었다. 잡부들이 저녁결 밥 때라도 됐는지 잠시 일손을 놓고 있는 중에 늘씬한 아가씨와 추물단지 같은 흙무당이 돌연 나타나자, 잡부들은 넋을 놓고 쳐다보며 시시덕거리고 있었다. 그들은 두 여인을 모녀간으로 보지 않는 듯 했다. 기실 누가 보아도 삼순이가 흙무당의 친딸로는 도무지 믿어지지 않을 만큼 판이했다. 억지로 찍어 붙인다면 신장정도가 좀 엇비슷할 뿐이었다. 인부 중 한 젊은 이가 야! 늘씬하다 하고 큰소리로 야료를 하는 것이었다. 남자들만 득실거리는 아사리판 같은 건설현장에 늘씬한 처녀가 나타나자 그들은 가슴이 두근거리고 마음이 싱숭생숭 해졌던 모양이다.

흙무당은 여름의 악몽이 채 가시지 않아 그런지 매우 시무룩해 보였고, 걸음걸이마저 힘이 쭉 빠져 있었다. 그러나 삼순이는 흙무당과는 아주 대조적이었다. 인부들이 좀 심하다싶을 정도로 야유를 던져도 그녀는 들은 척도 하지 않고, 되려 고개를 빳빳하게 쳐들고 미소를 머금은 채 그들의 앞을 당당하게 지나간다. 사회경험이 많은 탓인지 삼순이의 태도는 당돌하면서도 의연하고 자연스러웠다.

앞서가던 삼순이가 경비원인 듯 싶은 늙수그레한 남자를 잡고 공장 사장실이 어디냐고 물었다. 그러자 경비원은 무슨 일로 사장을 방문하느냐고 실쭉 웃으면서 반문했다. 삼순이가 거침없이 찾아온 사유를 밝히자 경비원은 부분적으로 완공된 건물을 가리키며 이층으로 올라가 보라고 퉁명스럽게 말했다. 모녀는 이내 이층계단을 올라가 사장실이라고 써 붙인 문을 조용히 노크했다. 이내 안에서 예하고 응답이 왔다. 삼순이가 문을 가만이 밀치고 먼저 들어섰다. 이어 흙무당이 그녀의 뒤를 따라 들어갔다. 사장실 내에는 서너 사람이 의자에 앉아 설계도 같은 것을 내놓고 업무협의를 하는 듯 했다. 뜻밖에 키가 훤칠한 미인이 예고도 없이 불쑥 들어서자 그들은 눈을 휘둥그렇게 뜨고 삼순이에게 시선을 집중시키고 있었다. 그녀의 뒤에 붙어선 흙무당을 보고 그들은 두 번 놀라는 표정이었다. 삼순이는 그들 앞에 다가가자마자 허리를 굽혀 정중히 인사부터 하고 말한다.

"사장님? 그 동안 안녕하셨습니까? 여름에 읍내 병원에서 뵌 적이 있습니다. 긴요하게 상의드릴 게 있어 왔습니다."

"공장 사장이나, 사장이나 그게 그건데 하여간 무슨 일이요. 느닷없이…."

의자 가운데 앉은 작업복 차림의 오십대가 돋보기를 벗어 쥐며 거만스럽게 대꾸했다.

흙무당은 사장과 눈길이 부딪치자 대뜸 낯이 익었다. 지난 여름 흙무당이 폭력을 가차 없이 행사했을 때 사람 살리라고 애원 복걸하던 바로 그 사람이다. 사장의 이마 한가운데에는 아직도 그때의 상처가 훈장이나 되는 듯 푸르스름한 상흔이 남아있다. 팔월 중순 경에 있었던 사건이니까, 그러구러 두 달이 지났는데도 상처가 또렷한 것을 보니 예사부상이 아니었던 것 같다. 그래서 흙무당은 보기 민망하여 사장의 시선을 의식적으로 피하려했다. 솔직히 원수를 외나무다리에서 만난 기분이라 흙무당은 정말 쥐구멍이라도 있으면 들어가고 싶은 심정이었다. 하지만 흙무당은 어떤 종류의 위기국면에 처하면 역으로 뱃심이 두둑해지는 특성을 지니고 있는 것이다. 이왕 맞부딪친 이상 죽이 되던 밥이 되던 결말을 지어야겠다는 오기가 살살 피어올랐다. 흙무당이 이렇게 고심하는 것과는 달리 사장은 월척이라도 낚는 순간처럼 희열과 통쾌감으로 충만해 있었다. 그는 주먹코를 벌룸거리면서 돋보기를 매만지다가 등을 거만하게 젖히면서 말한다.

"어허? 아니 저 여자가 여길 왜 왔지?"

응어리가 풀리지 않은 가시 돋친 첫마디였다. 이윽고 사장은 금방이라도 흙무당의 머리끄뎅이를 움켜잡고 박치기라도 하려는 듯한 험상궂은 표정으로 돌변했다. 그러나 사장은 자기가 장이라는 지위와 농촌사회의 정서를 염두에 둔 듯 차마 완력은 행사하지 못하고 자제하는 기색이 역력했다. 이와 같은 일촉즉발의 험악한 분위기를 피부로 감지한 삼순이가 지혜롭게 사장과 맞선다.

"저희 어머님이셔요, 사장님. 사장님과는 초면이 아닌 것으로 알고 있습니다. 지난 팔월에 읍내병원으로 박영구 씨와 함께 찾아뵙고, 고소취하서(告訴取下書)에 서명날인을 부탁드린 적이 있었습니다, 사장님. 그 동안 안녕하셨어요? 그때는 정말 죄송했습니다. 본의 아닌 우발적인 실수였음을 진심에서 다시 사과드립니다."

"어허, 맞아. 그때 바로 그 아가씨로군. 그런데 그때보다 더 예뻐져 잘 몰라보겠어…."

사장은 수수께끼라도 푼 듯 무릎을 가볍게 두들기며 통쾌해했다. 제법 대화가 풀린 듯한 조짐이 보인다.

"기억나시죠? 사장님…."

삼순이는 이 분위기를 일실할 수 없다는 듯 사근사근한 말씨로 사장을 회유하려고 한다. 하지만 사장은 아사리판의 공장 세계에 평생을 받치면서 산전수전을 다 겪은지라, 삼순이 계책대로 호락호락 넘어갈 위인이 아니다.

"그래서?"

그의 대답이 갑자기 퉁명스럽게 나왔다. 삼순이는 속으로 아차하고 놀랬지만, 우정 태연자약하게 말했다.

"오늘 이렇게 갑자기 찾아뵌 것은 지난 번 일에 대하여 사과도 드리고 용서를 빌러왔어요. 지난번 일은 사장님께서 너그럽게 선처허신 덕분으로 우리 어먼님께서 무사이 나오시구…. 사장님 정말 감사합니다."

"그때도 궁금하게 생각했는데, 아니 정말 아가씨가 저 여자의 딸 맞아요?"

"그때도 병원에서 분명히 말씀드렸잖아요. 저희 어먼님이라고요. 사장님두…."

"그래요. 허허…. 내가 잊었었군…."

그는 도무지 두 여인이 모녀지간이라는 사실이 영 믿어지지 않는 듯 의심어린 시선을 연신 던지면서 한편으로는 매우 실망스러운 눈빛을 보이고 있었다.

사장은 빈 의자가 몇 개 있는데도 빈말이라도 앉으라고 권하기커녕, 찾아온 속내를 눈치라도 챘는지 금방 쌀쌀맞은 표정으로 어서 나가줬으면 하는 표정이었다. 업무적으로 간부들끼리 매우 중요한 안건을 토의중인 듯 싶었다. 그렇다고 찾아온 용건도 말하지 않고 사장의 무언의 압력에 굴하여 순순히 물러설 삼순이가 아니다. 마음을 단단히 추스르고 찾아온 사유를 사장에게 떳떳이 밝히고 성사여부는 하늘의 뜻에 순복할 수밖에 없다고 삼순이는 순간적으로 판단했다. 가진 자와 못가진 자의 차가 극명하게 드러나는 순간이기도 했다. 더 이상 물러설 수 없다고 생각한 삼순이는 당차게 말한다.

"좀 앉겠어요. 엄니? 이리로 오셔서 앉으셔요! 의자란 궁둥이를 떠받치는 이외는 아무데도 쓸모가 없어요. 앉으tu요."

흙무당이 주뼛거리자 삼순이는 어머니의 팔뚝을 잡아끌고, 반 강압적으로 빈 의자에 앉히는 것이었다. 그녀의 당돌하고도 빈틈없는 행동에 세 남자들은 말없이 지켜보고만 있었다. 서창(西窓)으로 스며든 따스한 햇살이 동쪽 벽 구석까지 비취고 있었다. 벽시계가 어느 듯 네 시 정각을 가리키고 있었다. 석양을 맞바라보며 앉은 삼순이의 얼굴이 유독 해맑고 굴곡이 뚜렷하여 무슨 조각상을 연상시킨다. 바깥 작업장에서는 인부들의 와자지껄 떠드는 소리가 쉴 새 없이 들려온다. 산 넘어 경부선을 달리는 기차의 기적소리가 벽시계 소리에 반주라도 하는 듯 아련히 귀청을 울린다.

사장을 제외한 두 남자는 삼순이의 침착하고도 당돌한 행동거지를 지켜보면서 과히 싫지 않은 얼굴들이다. 업무적으로 골치가 아프던 차에 뜻밖에 미인이 홀연히 나타나 눈요기라도 할 수 있다는데 위안을 얻은 듯 했으며 두 모녀가 무슨 일로 찾아왔는지 그런 것에 대하여는 전혀 관심이 없는 듯 했다.

"아가씨 이름이 뭐요?"

사장이 언성을 높여 물었다.

"사장님, 죄송해요. 제 이름은 이삼순이예요."

"이삼순이라, 물론 미스겠지?"

"네, 사장님…."

"그래 찾아온 사유가 뭐여?"

사장은 무슨 일로 찾아왔는지 그 속내를 다 알고 있다는 듯 말투가 매우 불손했다. 사건직후에 들은 이야기지만 사장은 오랫동안 경찰생활을 하다가 사업가로 변신했다는 것이었다. 때문에 그는 경찰경력으로 얻은 경험에서 상대방의 표정만 읽고도 그 사람의 속셈을 어느 정도 알아채는 탁월한 변별력을 지니고 있다는 것이었다.

그는 흙무당이 사무실을 들어서는 순간, 대뜸 땅을 되팔러 왔을 것이라고 예단했던 것이다.

"저희 가족끼리 오랫동안 상의한 결과 오릿골 밭을 다시 팔기로 합의 했어요. 사장님…."

"뭐? 땅, 무슨 땅."

"사장님? 정말 몰라서서 물으시는거예요? 그러시지 마시고요. 진지허게 대화하시자구요. 여기에 무슨 술수가 필요하겠어요, 사장님…."

"어… 미스 리가 사람을 가지고 노네."

"사장님? 농담이 아니고요. 여름에 사시려고 했던 공장 옆 밭을 사시라구요."

삼순이는 창밖을 기웃거리며 자기네 밭쪽을 손가락질 한다.

"이 아가씨야, 지금 무슨 소릴하는 거요. 잠꼬대하는 것은 아니겠죠?"

"그러지 마시고요. 우리 밭을 다시 사시라구요. 사장님."

"아니 이 사람들이 지금 누굴 농락하는 거야 뭐야? 나 같은 무식한 사람으로서는 무슨 말인지 전혀 알아들을 수가 없소. 왜 늙지도 않고 망녕들이야 허허."

"사장님, 진정허시고 너그러우신 마음으로 저희 말을 끝가지 들어봐 주셔요."

"무슨 말인지 모르지만 들어볼 이유도 가치도 없소."

"사장님? 한 번 실수는 병가지상사라고 헸대요. 저희 어머님이 성질이 욱 허셔서 한 번 실수를 하신 것 여러 번 사과 드렸잖아요. 용서허시구요, 이번에 양지말 윤영장네가 서울 아들이 사업실패로 문전옥답을 판다고 하여 저희가 이 땅과 대토할 양으로 계약을 했어요. 만일 사장님이 이 밭을 다시 안 사주시면 저희로선 큰 낭패를 당하는 거예요. 사장님, 저희 입장을 십분 양해허시고 여름에 오간 조건으로 꼭 밭을 되 사주셔요. 네? 사장님, 이제는 찾아온 사연을 아시죠?"

"당신들 지금 머리가 좀 어떻게 된 거 아냐?"

사장은 얼굴이 벌겋게 닳아 올라가지고 손가락으로 원을 둬 개 그으면서 흥분하고 있었다.

"아닌데요. 사장님, 저희는 돌지 않고 이렇게 맑은 정신으로 말씀드리고 있는데요."

"미친 사람들! 간 여름에 저 여자가 억만금을 준대도 땅을 못 판다고 천길 만길 뛰면서 폭력까지 행사하고 이제 와서 대토할테니 땅을 다시 사달라고?… 이봐요, 여긴 대한민국이야. 법이 있고, 윤리가 있고, 도덕이 있고, 상식이 있는 나라야. 두 말하면 잔소리이니까 어서 썩 꺼져버렸! 꿈에 보일까 무서워…."

"무슨 말씀이 그렇게 과격하셔요. 말씀 삼가세요. 말 한마디로 천 냥 빚을 갚는다고 혰대요."

"뭐라구? 말 삼가라구. 이거야말로 적반하장이로구만, 나는 그때 당한 수모를 평생 잊을 수가 없다구. 생각 할수록 몸서리가 처진단 말여. 그때 내가 용서해준 것은 순전이 박판제 이장 아들의 진실성과 그의 희생정신에 감복한 나머지 내가 용서를 하고 소취하를 한 것이라구. 일언지폐하고 나는 그 땅, 그냥 공짜로 준대도 안 받겠어. 땅 문제라면 더 이상 말할 필요도 기력도 없으니 어서 이 사무실에서 떠나줘요. 정말 얼굴조차 보기가 싫소."

"사장님, 알고 있어요. 그래서 저희가 이렇게 사과하고, 또 우라버지가 백배사죄하시어 사장님도 이해하신 걸로 알고 있는데요."

"그러니까, 달면 삼키고 쓰면 뱉겠다는 심뽀지? 정말 요즘 시골사람들 서울 사람 뺨치고, 깍대기까지 홀라당 벗긴다구. 도대체 당신들이 이성이 있는 사람들이야?"

"이성이 있으니까, 필요한 땅을 필요한 분에게 사시라고 이렇게 온 거 아니겠어요."

"이 아가씨두 왜 이리 얼굴이 두터워 그 어머니에 그 딸이네. 땅 매매 건은 이미 물 건너간 거야. 아까도 말했지만, 그까짓 땅 그냥 줘도 싫다구. 딴 데가 물어봐! 우린 바쁜 사람들이여 어서 나가요. 사람들이 염치가 있샤지, 꿈자리가 사납다했더니 기여이 꿈땜을 하는군…"

삼순이 옆에 똑 곰처럼 삐닥이 앉아 사장과 삼순이의 대화를 열심히 듣고만 있던 흙무당이 사장이 어서 나가달라고 큰소리치자 비로소 잠재해 있던 울화가 치밀어 올라 불쑥 한마디 던진다. 흙무당 나름대로 심사숙고를 한듯 했다.

"웃는 낯에 침 뭇 뱉는대유. 우리가 뭐 여기루 살러라두 온 줄 알어유? 참말루 고약스러우네. 사램 박대혀구 하시혀면, 삼대에 걸쳐 동티난다는 말 뭇 들어봤슈?"

흙무당의 예의 사투리가 투박하게 튀어 나왔다.

"엄니? 엄니? 제발 좀 고정혀셔유."

삼순이가 흙무당의 두 손을 포개 쥐며 눈을 크게 뜨고 어머니를 나무란다.

"뭐여? 아직도 제 잘못을 반성은커녕 큰소리쳐?"

사장이 자리에서 벌떡 일어나며 삿대질을 한다. 이때 삼순이
가 잽싸게 가로막았고 옆의 한 남자가 사장을 자리에 가까스
로 앉힌다. 사장은 홧김에 벌떡 일어섰으나 차마 다음 행동에
옮기지는 못하고 난감하던 차라 옆 직원의 만류를 순순히 받
아들인다. 그리고 체면치례인 듯 말한다.

"당신은 입이 열 개가 있어도 할 말이 없을 텐데, 뭣이 워쩌
구 워쩌여. 사람 잘 만나 풀려난 것을 모르고, 뭐 삼대에 걸쳐
동티난다구. 뭐 이런 싸가지 없는 여자가 다 있어…"

사장도 질세라 사무실이 쩌렁쩌렁 울리도록 큰소리로 말한
다.

흙무당과 삼순이는 강경한 태도에 분노와 실망이 뒤섞여 망
연자실 앉아있을 수밖에 없었다. 흙무당은 이제 밭을 공장에
팔기는 황새 울었다고 포기하면서 윤영장과의 계약한 땅을 포
기하는 경우 금쪽같은 계약금 삼백만 원을 무쪽 자르듯 떼인
다고 생각하니 정신이 멍멍해지며, 똑 꿈속을 방황하는 듯 했
다. 그리고 그니는 죽음을 막연히 생각한다. 이도 저도 뜻대로
되지 않고 계약금을 떼이는 경우, 자기는 이 세상에 살아야 할
이유도 가치도 없다는 극단적인 생각을 한다.

"사장님? 사람이 살다보면 실수를 자의 아니게 저지를 수도
있고, 또 반대로 상대로부터 실수로 인한 피해를 당하고 사는
것 아니겠어요. 부자가 있으면 가난한 사람이 있게 마련이고,
약자가 있으므로 강자가 존재하는 거 아닌가요. 여자가 있고
또 남자가 있고요. 이렇게 상대성에 의하여 사회는 조립한다고

알고 있습니다. 분명, 사장님은 우리보다 몇 갑절 부자시고, 강자이시고 남자에다 사업가시잖아요. 우리 오릿골 밭은 누가 보더라도 사장님께서 꼭 필요한 땅이고, 그렇기 때문에 여름에도 사시려고 했던 것 아닌가요. 사장님? 지나간 감정에 얽매이지 마시고 사장님답게 결단을 내리세요."

"이 아가씨가 병 주고 약 주고, 가진 농간을 다 부리는구먼. 아가씨 대학에서 철학이라도 전공했소? 워쩨 그리 유식한 말만 골러 하슈?"

삼순이의 조리 있는 설득에 사장은 뒷통수라도 얻어맞은 듯 토끼눈을 하고 있었다.

"저는 대학은 고사하고 중학의 중자도 모르는 사람이예요. 골리지 마셔요."

"이봐요? 아가씨. 시집도 안간 미스면 좀 순박한 맛이 있샤지, 내가 한두 살 먹은 어린애야. 아가씨의 구라에 호락호락 넘어갈 내가 아니요. 정말 똥구멍으로 호박씨까는 처녀네…."

"사장님?"

"사장 숨 안 넘어가. 부르지 말고 할 말 있으면 해 봐요. 도무지 시골 아가씨다운 순수성이 전혀 없는 아가씨로군. 사람이 영 보기보다 딴판이야. 흥!"

"말씀 삼가하셔요. 사람이 뭣이 보기보다 딴판이라는 거예요. 순수성이 전혀 없다니요. 뭐 이런 사람이 다 있어, 나는 아직 양지말과 읍내 이외에는 가본 적이 없는 순수토종이여요."

"논설 고만 늘어놓고 어서 나가요!"

사장은 또 짜증을 벌컥 냈다. 매우 귀찮다는 듯 이제 모녀에게는 눈길도 주지 않고 다른 사람들과 다시 업무협의를 하려고 한다.

"사장님, 정말 저희 땅을 안 사시는 거예요?"

"두 말하면 잔소리로 들리겠지. 공짜로 준대두 싫다고 했잖아. 지금으로서는 공장이고 뭣이고 다 때려치우고 싶은 심정이라고, 땅 소리는 두 번 다시 하지 말라고…."

"얼래? 우리 땅이 뭐 똥친 막대기유? 그냥 줘두 싫다니, 허구버리는 말이래두 그렇기혀면 못써유. 죄 받어유. 미우면 땅임자가 밉지. 왜 죄 읎는 깨끗한 우리 땅을 들먹인대유. 사장이면 나는 새두 잡을 것 같은감유. 맹세컨대 나는유 간 여름이나 시방이나 잘못현게 눈꼽만큼두 읎슈. 죄가 있다면 가난혀게 산게 죄유. 그리구 흙을 내 살같이 애낀 게 죄구유. 땅을 사기 싫으면 구만둬유. 썩는 물건 아니닝께유. 그 쪽에서 그렇기 심술을 부리구 소가지내면 나두 가만이 안 있겄슈. 길에 있는 지렁이두 밟으면 꿈틀현대유. 두구봐유. 앞으루 우리밭 모서리에라두 공장지붕 그늘이 한 뺨이래두 들기만 혀봐유. 그리구 탑세기 한 개라두 날러오기만 혀봐유. 그리구 공장에서 나오는 구정물이 한 방울이래두 흘러만 들어와 봐유. 그날이 공장 문 닫는 날이구 사장인가 뭣인가 혀는 인간의 초상날인 줄 알어유. 사생결단 혈거유. 한 번 죽지 두 번 죽남유. 사램 또 깔보지 말어유. 안사면 구만이지 넘의 귀중헌 땅, 공짜루 줘두 안 갖는다구유? 뭐 도둑눔의 땅인줄 아유?"

드디어 흙무당이 지금까지의 수세에서 공세로 돌변했다. 그니의 햇볕에 그을린 검은 피부가 석양빛을 받아 번쩍번쩍 빛을 발한다. 그리고 메기입을 꽉 다물고 사장을 노려보는 흙무당의 장중한 모습은 흡사 고양이가 생쥐를 노리는 장면과도 흡사하다.

"도대체 전생에 무슨 원수가 졌다고 이러는 거야. 경찰을 부르기 전에 어서 꺼져버렷! 꿈에 나타날까 무섭소."

"떡 혀놓구 빌어두 안 있을거유. 갈 때 되면 어련실이 갈라구."

"아이구 골치야."

사장은 여름의 악몽이 되 살아나는 듯 손바닥으로 이마를 짚으면서 얼굴을 찡그렸다. 정말 골치가 아픈 듯 했다.

"또 봐유. 잘들 살어봐유 워디. 여자의 악담은 오뉴월에두 서리가 내린대유."

"보기는 뭘 또 봐. 몸서리나는데…."

"죄송합니다, 사장님. 안녕히 계십시오."

삼순이도 의례적인 인사를 마치고 흙무당의 뒤를 따른다. 작업현장의 인부들은 모녀가 들어올 때처럼 나가는데도 끊임없이 휘파람을 불며 아유를 보내고 있었다.

공장을 나서자 모녀는 오던 길로 다시 접어들었다. 어느 듯 해가 뉘엿뉘엿 지고 있었다. 황혼의 하늘을 날짐승 한 쌍이 어디론가 날아가고 있었다.

대충 짐작은 했지만 상상 밖의 무참한 패배를 안고 돌아오는 모녀의 발걸음은 무겁기 이를 데 없었다. 어머니와 딸은 제각각 허탈과 분노와 앞으로 해결해야 할 일의 중압에 말문조차 굳게 닫혀진 듯 했다.

논두렁길을 벗어날 때쯤 돼서야 삼순이가 오랜 침묵을 깨고 조심스럽게 입을 열었다. 나름대로 이 난관을 뚫고 나갈 묘책을 골돌이 생각하는 듯 했다.

"엄니? 어디서 그런 생각이 나셨대요?"

"무신 생각?"

"밭에 그늘이 든다든지, 오수가 흘러들어오면 사생결단을 한다고 하신 생각말이예요. 그 말씀 듣는 순간, 저는 옳다 됐구나 하고 속으로 손뼉을 쳤어요."

"그냥 입에서 나오는대루 헌 소리여. 시방두 밭머리에 그늘이 조금들구 탑세기가 날러와 현장소장눔 혀구 대판 입씨름을 혔다구. 그 생각이 나서 혀본 소리여."

"정말 정곡을 잘 찌르셨어요. 그 자들 엄니가 그렇게 홋되게 나오시니께 단박에 얼굴색이 창백해지면서 당황하던데요 뭘. 두고두고 시비를 걸면 그들 스스로 골치 아퍼서 나가떨어지고 말거예요. 그리고 저희들끼리 구수회의를 열어서 필요한 땅인만큼 사기로 결정을 하고 내일이라도 계약허자고 덤빌지 몰라요."

"니 생각대루 고렇기 호락호락현 눔들이 아녀. 흉측현 눔들이라구."

"말끝마다 욕 좀 허지 마셔요."

"그럼 그 양반들이라구 혀라?"

"우럼니 정말 못말려."

"그리구 저러구 이 일을 워떻기 현다니. 기가 막혀서 말이 안 나온다. 꿈은 자다가나 꾼다지 오릿골 밭을 그 눔들이 안사면 윤영장네 땅두 못 사게 되니 이 일을 워쩌야. 잉? 큰일이네. 하눌두 무심혀시지, 하루아침에 이렇기 폭삭 망혀다니. 암만 생각혀두 꿈만 같구면. 내가 너무 땅 욕심을 부린 게 화근이라구. 이일을 워쩐디야 잉? 하눌님."

"엄니? 엄니가 좋아혀는 말 있잖어요. 죽을 데도 살약이 있고, 하늘이 무너져도 솟아날 구멍이 있다는 말. 엄니? 절대로 윤영장과 계약한 땅금 삼백만 원 떼지 않을 자신이 있어요. 엄니…."

"무신 뾰죽한 수가 있남?"

"엄니? 제가 무슨 말씀을 드려도 이해하시죠? 그렇죠?"

"무신 말 워디 들어나 보자구."

"엄니가 아주 못마땅하게 여기시겠지만 그 왜 있죠?"

"뭔 소리랴."

"박판제 씨 아들 박영구 씨 말이예요."

"그 눔이 왜?"

"엄니는 또 욕이셔. 지난 여름 사건 때 그 박영구 씨가 아니였으면 엄니는 어쩌면 아직도 징역을 살면서 재판이 계류 중이었을지도 몰라요. 저희로서는 그 사람 정말 고마운 사람이라구요. 엄니."

"말 같지 않은 소리 혀들 마러라. 감악소에 살구 안 살구가 문제가 아녀. 그 눔들하군 말여. 그 눔들이 날 왕생극락에 보내준다 혀두 상종못헐 눔들이여. 넌 물러."

"엄니? 은혜를 입었으면 그 은혜를 갚는 것이 사람의 도리예요. 그 사람이 엄니를 구하기 위하여 자기 아버지와 사장을 읍내 병원으로 찾아가 우리 대신 백 번 사죄하고, 경우에 따라서는 공갈과 협박을 해 가면서 고소취하서를 받아다가 지서장에게 제출해서 엄니가 풀려나신 거라구요. 정말 고마운 사람들이예요. 엄니…."

"다, 그 눔이 그 눔여. 지 할애비 피를 지 애비가 받구, 지

애비 피를 그 눔이 받은 것 아닌감. 그 눔이라구 별수 있겄어. 뻔혀지 개만두 뭇헌 눔들….”

"옛날에 무슨 일이 있었는지 저는 모르겠어요. 또 알고 싶지도 않고요. 하지만 그 사람을 객관적으로 판단할 때 아주 성실하고 정직하고 사리도 밝고 무엇보다도 집념이 이만저만 강한 사람이 아니예요. 소도 언덕이 있어야 비빈다고, 서로 의지하고 돕고 사는 것이 사람 사는 세상 아니겠어요. 엄니?”

"그 웬수같은 눔들을 워찌 그리 잘 알구 있댜. 니 너 그 웬수눔들 나 몰래 만나 쑥덕거리는 거 아녀? 이 년….”

"엄니, 자라보구 놀랜 사람, 솥뚜껑보구도 놀랜다더니 걱정 푹 놓으셔요. 어쨌든 박영구 개인만은 정말 성실해요. 인물도 출중헌 편이구요.”

"야가 갈수록 태산이네. 열길 물속은 알어두, 한 길 사램 속은 무른댜. 한 두번 만나가지구 그 눔 속내를 워찌 알어. 다시는 그 눔들 소리 입 밖에 내지두 마러!”

삼순이는 어릴 적 어머니로부터 육 이오 전쟁 때의 비극적인 가족사를 귓전으로 건성으로 들은 적이 있는지라, 어머니가 박판제 일가를 싸잡아 매도하는 까닭을 비로소 생각해 내고는 무슨 곡절이 있음을 느끼게 한다. 한편으로는 앞으로 전개될 박영구와의 인간관계가 어떻게 매듭지어질지 겁이 덜컥 들기도 했다. 삼순이는 어머니의 눈치를 살피면서 조심조심 말을 이어간다.

"어머니? 지금 세상은 이십 일 세기를 향하여 달려가고 있어요. 그리고 실지로 사람이 달나라에 가기도 하고요. 이런 세상에 어머니 혼자 고리타분한 옛일을 잊지 못하고, 두고두고 생각하면 결코 될 일도 안 된다구요. 육 이오 사변은 벌써 근반 백년이라는 세월이 흘러갔어요. 이런 말도 있잖어요. 원수를 사랑하라구요. 옛날에는 은혜는 정성으로 갚고 원수는 돌로 갚으라고 했다지만, 지금은 세상이 변해서 원수를 사랑허라구 했어요. 또 어제의 원수가 오늘은 은인이 될 수도 있다구요. 엄니? 너무 옛날 일에 얽매이지 마셔요. 아셨죠? 이 딸의 소원이예요. 도도이 흐르는 현실 물결을 역행허고 살 수 없는 게 팔자구 사는 길이라구요."

삼순이가 입술을 야무지게 모으면서 어머니에게 대든다. 삼순이의 간곡한 설득에 흙무당은 잠시 한숨을 길게 내 쉬더니 말한다.

"내 눈에 흙이 덮힐 때까지는 그눔들을 용서 못현다구. 니가 뭘 안다구 주뎅이를 함부로 놀려대능겨. 허지만 지금 당장야 워떻기혀. 도읍구, 심읍구, 무식현 약잔디. 시방 아무리 용써봐야 달걀루 바위치기여. 혈수 읍지, 니가 알어서 혀라!"

"그래요, 엄니. 참 현명허신 판단이셔요. 우럼니가 이기셨다구요. 후후…."

삼순이는 웃음을 짜내고 있지만 얼굴 모서리에는 어두운 그림자가 미처 사라지지 않고 있었다. 황혼 빛 그림자가 그녀의 얼굴을 온통 뒤덮고 있었다.

"그렇게 좋으냐?"

"내일 출근허자마자 전화로 박영구와 상의해 보겠어요."

"그 눔과 너무 가까이 혀지 말라구."

"가까이 했다고 해서 안될 것도 없잖아요."

"이 년아 하눌님이 내려다 보구 있다."

흙무당이 질자배기 깨지는 소리로 쏘아 붙인다. 삼순이가 흠 칫하면서 걸음을 드틴다.

"엄니? 마음 푹 놓으셔요. 이게 다 이번 일을 성사시키기 위 한 산고라구요. 지금으로서는 다른 방도가 없어요. 밉네, 곱네 해도 박영구 밖에는 해결헐 사람이 없어요. 그러니 어찌 허시 겠어요."

"그래서는 안 되는디."

"그저 이 삼순일 믿구 또 믿으시구 안심허시라구요."

"알겠다. 이 지지배야."

"거기 왜 또 지지배가 들어간대요?"

"그럼 니가 지지배지 모스매여?"

"예… 알아 모셨습니다."

모녀는 일단 대화를 마무리하고 논두렁길을 벗어난다. 그리 고 이어 새마을 길로 들어섰다. 어깨를 나란이 하고 걸으면서 박영구라는 인물을 사이에 두고, 흙무당은 흙무당대로 삼순이 는 삼순이대로 각각 생각을 판이하게 하고 있었다. 모녀의 생 각은 영원히 평행선을 그을 수도 있고, 한편으로 극과 극이 동 일하듯이 쉽게 합일에 도달할 수도 있을 것이었다.

이튿날 점심 때가 조금 지난 뒤였다. 흙무당이 시름에 빠진 채 뜨락에서 잡일을 하고 있는데 뚱딴지 같이 윤재만이 불쑥 찾아왔다. 그는 타고난 대로 누런 금이빨을 드러내고 히죽히죽 웃으며 음흉하게 다가서며 말했다.

"자주 만나게 되네요. 흙무당….''

"해가 서쪽에서 뜰라나, 워쩐 일이유? 우리 집엘 다 오구유."

"준보 있슈?"

"다리나 부러지면 집에 있을까, 이 대명천지에 그 화상이 집에 있겠슈…."

"워디 갔대유?"

"내가 그 화상 워디간 걸 워떻기 안대유. 묻는 사램이 더 잘 알텐디…."

"좀 만날려구 왔더니만."

"무신 일이래유? 뭐 윗말 땅 쪼간 잘못된 노릇이래두 있남유?"

흙무당은 윤재만이가 들어설 때부터 윗말 윤영장네의 땅 매매건에 무슨 잘못된 일이라도 발생하여 찾아온 것이 아닌가하여 가슴이 조마조마 타들어가든 참이었다.

"알면서 뭘 물어요?"

흙무당은 예측대로 기어이 올 것이 왔다는 자포자기의 심정에서 반사적으로 몸이 부들부들 떨린다. 기필 오릿골 밭을 공장에서 매입을 거부했고, 그렇게 되면 윤영장네 땅 계약이 해지되는 것을 기정사실로 알고, 찾아온 것으로 흙무당은 단정했다.

"우리 집에 수자아부지가 뭣 땜에 왔겠슈. 그 뱃속 뻔혀쥬, 뭐."

수자란 윤재만의 맏딸 이름이다. 듣기 좋게 수자아버지로 호칭한 것이다.

"어제 오릿골 밭 사라고 전자공장 사장 찾아갔었다면서요?"

"그류. 근디 워찌 그렇기 귀가 밝대유. 당나귀 귀유?"

"나는 앉아서 백리 보고 서서 천리 보는 사람이여요. 천하의 이 윤재만은 이 근동에서 일어난 일을 손바닥 디려다 보듯 다 알구 있다구요. 그래 흥정 잘 됐슈?"

"다 안다면서 흥정 잘 되구 뭇된 것을 워쩨서 무른대유. 내 참, 우리 소가 웃어유."

"간 것만 알지 결과는 못 들었거든…."

"앉아서 백리는 고사혀구 한 치두 뭇 보는구먼. 뭘 다아는 척 혀유. 능청떨지 말구유, 혈일 움쓰면 집에 돌아가 낮잠이나 자유. 이 몸 바뻐유, 더 말 걸지마유."

"이 고장에서 땅이나 집을 팔구 사는데 내가 안끼구 성사되는 것 봤어요? 지난 여름에도 나를 빼돌리구 저희들끼리 쑥덕거리다가 실패한 것 아니냐구요. 피차에 얼마나 챙피한 노릇이요. 백주에 두 장정이 여자한테 얻어터지고, 병원에 입원까지 하는가 하면 때린 사람은 유치장에 갇히구, 참 꼴불견들이지. 허허…."

윤재만은 금이빨을 자랑이라도 하는 듯 입을 한껏 벌리고 웃었다.

흙무당은 음흉스런 윤재만의 빛바랜 웃음에 뚝심이 엔간한 흙무당도 무지하게 혐오감을 느끼면서 일이 묘하게 꼬여든다고 생각한다. 하지만 흙무당은 웃는 낯에 침 못 뱉는다고, 윤재만이 밉기는 하지만 현실적으로 모질게 박대할 수는 없다고 생각했다.

"그럼 무신 좋은 수래두 있슈?"

"그 공장 사장하구 나하구는 아삼육이지 알다시피 지금 공장을 짓구 있는 땅두 박판제 이장이 소개헌 것처럼 소문이 나 있지만, 사실은 내가 뒤에서 조종하여 흥정이 성사된 거라구요. 뭐 알기나 알아요."

"그류?"

"별사람이 별소리를 해도 다 소용없어요. 내가 개입하기 전에는 될 일도 안 되고 안 될 일도 된다구요."

"그람 잘 좀 혀 봐줘유. 수자아부지, 야?"

목마른 놈이 우물판다고 역시 흙무당은 상대가 윤재만이든, 누구든 오릿골 밭 매매만 성사시켜 준다면 호불간에 매달릴 수밖에는 긴박한 처지에 놓여있는 것이다.

"알다싶이 땅금이 많이 내렸거든요. 우리 사촌 형님댁 텃논도 작년 시세의 삼분지 이 값밖에 더 되느냐구요. 그 땅도 내가 형님께 흙무당의 억척스러움을 침이 마르도록 설명하여 형님이 대폭 양보를 하신거라구요. 사실 흙무당은 나 땜에 빈집에 황소가 제 발로 들어온거나 같다구. 그런디두 술 한 잔 없이 입을 싹 씻어?"

"땅값 다 내면 구문을 양쪽에서 받을텐디 무슨 술유, 술이. 사램이 염치가 있샤지, 그리구 그 동안 달기 아부지 꼬셔서 술을 월매나 많이 혔슈. 창자가 녹어두 벌써 녹었겠슈."

"나 준보한티 술 얻어먹은 적 웁쓔."

"얼래? 쪽제비두 낯짝이 있다는디, 참말루 닭 잡어 먹구 오리발 내미는 심뽀 여전혀구먼유."

"궂은 일은 준보에게 미루구, 좋은 일은 여편네가 혀구. 참 집구석두…"

"내 집구석이나, 수자네 집구석이나 도토리 키재기유. 잔말말구 그래 우리 땅 월매 받어줄래유?"

"시세껏 흥정해야지요."

"지난 여름에 오만 원씩 준다구 혔는디 그 금은 받어야혀유.

우리 땅은유."

"참 욕심두, 아니 자기가 사는 땅은 반값으로 사구, 파는 땅은 호디게 달라고 허구. 도대체 그게 어느 나라 경우요? 지난 여름엔 건물이 들어서기 전이라, 제일 건물은 흙무당 땅을 사서 그곳에 앉히구 마당을 넓게 쓰려구 설계허구, 시세보다 좀 높게 사기로 했던거요. 허지만 지금은 사정이 완전히 달라졌잖어요. 공장건물이 이미 자네 땅에 건축되었으니까 지금 흙무당 밭을 사봐야 별로 효용가치가 없단 말이요. 뭐 알어야 면장을 하지."

"그람 수자아부지는 워디 편이래유?"

"나유? 나야 팔이 안으로 굽는다구, 당연히 흙무당 편이지요."

"그라면 한 푼이라두 더 받어줘야쥬. 워쩨서 안벽치구 겉벽친대유. 이웃 사촌이라면서유."

"내가 뭘 안벽치고 겉벽을 처요. 땅금은 다 시세가 있는 법인디…."

"여름에 저희들이 그랬슈. 오만 원에다 만 원 한 장만 더 얹어주겠다구유. 아무리 헐값으루 버려두 오만 원은 받아야 스겄슈. 그 안으루는 못팔어유."

"맘대루 허슈. 팔든 말든, 그라면 우리 형님네 땅은 못 사는 거지. 아직 뜨거운 국맛을 덜 봤구만, 그냥 가져가래도 싫다는 사람들한테 시세보다 훨씬 비싼 오만 원을 내라고 해요. 도둑놈 패를 잡을 작정이슈. 잔말 말고, 평당 삼만 오천 원씩 흥정을 붙여볼테닌께 팔라면 팔구 말라면 마슈. 삼만 오천이면 감지덕지하고 팔어유. 나중에 후회 막급헐테니…."

"그라면 남지기 무자라는 돈은 워떻기 혀구유. 안 되유."

"평당 삼만 오천 원도 내가 흥정을 했기 때문에 평당 오천 원은 더 받는 거라구요. 그 땅 삼만 오천 원 더 받으면 내 열 손가락에 장을 지지겠수다."

"아이구 이 일을 워쩐댜 잉? 좌우지간 우리 삼순이랑 의논혀 봐야 혀유. 내 맴대루는 못혀유."

"삼순인가 개 읍내 대서방에 오래 댕기더니 옛날의 착한 삼순이가 아닙디다. 막말로 땅 흥정에 개가 개입허면 될 것도 안 되요. 준보가 오는 대로 셋이서 사장을 직접 찾아가 오늘 중으로 결말을 지읍시다. 흙무당, 내가 준보를 찾아볼테니께요. 그 대신 구전은 톡톡히 내야해요."

"안되유. 나 다시는 사장이라는 사램 만나기 싫어유. 어제 얼마나 그 사람한테 구박을 맞었는지 수자아부지는 보지 못하여 물류. 그 사람 꿈에 보일까 무서워유. 지옥 사자 같은 사램여유."

"단단히 혼이 난게로군."

"안되유 우리 삼순이랑 저녁에 상의혀서 니얄 아침에 기별 혈게유. 그때까지만 기다려주셔유. 그리구 구전소리 좀 구만혀유. 죽을때두 구전구전 혈래유?"

"그거 몇 푼 바라보구, 히히… 저 불알에서 요령소리가 나도록 쏴다니는거 아니요."

"업세 워떻기 넘의 여자 앞에서 그런 쌍소릴 예사루현대유. 양반이…."

"뭐 양반은 밥도 안 먹구 자식두 안 낳는답디까?"

"그래두 그렇쥬. 워떻기 그런 말을 얼굴두 붉히잖구 천연덕스럽게 현대유."

"사실이 그런 걸 어떻게 해요. 남녀간의 유별은 옛말이예요. 남녀간에 붙어서 아들딸 낳구 사는 것은 하눌의 이치인데 뭘 그렇게 트집을 잡구 그래요. 흙무당은 뭐 아들딸 안 낳았어요. 뻔뻔스럽게."

"오래는 안 살았어두 참 별소리를 다 들어보겠구먼."

흙무당은 메기입을 한껏 벌리고, 윤재만의 육담에 기죽어한다. 윤재만도 싱그레 웃으면서 좀 계면쩍은 듯 주머니를 뒤져 담배를 꺼내더니 불을 붙인다. 그의 입에서 내뿜는 연기가 그의 머리위에서 둥글게 원을 그리더니 허공 속으로 사라져 버렸다. 이윽고 윤재만은 담배를 끄고 군 입맛을 몇 번 쩍쩍 다시고 나더니 지루하다는 듯 하품을 찢어지게 하고서는 말한다.

"나 지금 나가서 준보를 찾으면 상의할 테니 그리 알고 있어요. 괘니 또 나중에라도 다 된 밥에 재 뿌리지 말고…."

"우리 삼순이 허락 읍시는 누가 뭐래두 안 되유. 그리구 구문은 두 번 뭇줘유."

윤재만은 들은 척도 않고 휘적휘적 대문간을 걸어 나가고 있었다.

이튿날 점심나절이었다. 누가 대문 밖에서 부르는 소리가 나는 것 같아 흙무당은 대뜸 윤재만인 줄 알고 콩닥콩닥 뛰는 가슴을 진정시키면서 나가보니 뜻밖에도 박판제 아들 박영구라나 그 사람이 대문밖에 장승처럼 우뚝 서 있었다. 키는 삼순이보다 약간 작아보였지만, 다부진 체구에 눈매가 부리부리한 것이 그 됨됨이가 예사롭게 보이지 않았다.

흙무당은 혹시 윤재만이가 아닌가하여 지레 겁을 먹었다가

의외로 박영구가 나타나자 더 한층 가슴의 동계를 짓누를 수가 없었다. 입술조차 얼어붙은 듯 좀처럼 말문이 터지지 않는다. 흙무당의 당황하는 모습에 박영구도 덩달아 얼굴빛이 하얘지며 열적게 웃음부터 흘리더니 우렁우렁한 목소리로 말한다.

"안녕하셨습니까. 절 알아보시겠습니까?"

"얼래? 지난 여름 대음리 지서에서 만난 그 냥반 아닌가베유."

"그렇습니다. 박영구입니다."

"이 누추현 곳을 무신 일루 왔대유?"

과거사는 접어두고 당장은 은근히 반가운 손님임에는 틀림이 없다. 그리고 그가 무슨 일로 왔을 것이라는 것을 짐작하면서도 흙무당은 지금껏 박영구와 정식 언로가 없었을 뿐더러 박판제의 아들이라는 적대감에서 대화기보다는 일단은 엊그제 삼순이가 한말을 떠올리며 대하는 것이었다.

어제 문제의 윤재만이가 다녀간 후 흙무당은 삼순이가 퇴근하자 밤늦게까지 상의를 했다. 결론은 윤재만을 철저히 배제하고, 삼순이의 의도대로 박영구를 중간에 넣고 사장과 절충하기로 했던 것이다. 흙무당은 박영구를 개입시키는 것이 끝내 못마땅했지만, 일이 막다른 골목까지 몰린 이상, 구원(舊怨)에 매달려 현재의 중대사를 그르칠 수 없다는 생각에 삼순이의 의견을 일단 믿고 수용키로 한 것이다.

삼순이는 오늘 출근하고 이내 전화로 박영구가 적극적으로 땅 매매 건에 개입하여 틀림없이 성사시키겠다고 확약했으니 어머니는 마음 푹 놓고 있으라고 알려왔던 것이다. 하지만 흙무당은 여전히 투전장 넉 장 뽑은 노름꾼처럼 뒤가 움찔움찔

했던 것이다.

만약 박영구가 박판제의 아들이 아니었던들, 아니 원수같은 박준표의 손자가 아니었던들 목이라도 끌어안고 싶은 반가운 손님이다. 그런데 공교롭게도 박준표, 그 원수 박준표의 손자가 이 중차대한 일에 중재자로 나선다니 정말 하늘도 무심하다는 생각이 자꾸 앞서가는 것이었다.

이런저런 생각으로 혼자 고심하면서 속으로 눈물을 쥐어짜든 판에 박영구는 흙무당의 기상이 심상찮음을 느낀 듯 이내 코가 땅에 닿도록 허리를 굽혀 절을 하고서는 조심스럽게 말을 한다.

"삼순 씨로부터 상세한 내용을 아침에 전화로 연락을 받았습니다. 얼마나 걱정이 되십니까?"

최대로 정중한 말씨이면서도 패기가 철철 넘쳐흐르고 있었다.

"워쩐대유. 좀 들어와유. 삼순이헌티 들었는디 지난 여름 내쪼간으루 혼났다는디 미안혀유. 인사가 늦었네유."

흙무당의 목소리가 가늘게 떨려나왔다. 하지만 그니는 마음을 도지게 먹고 인사치레를 잊지 않았다.

"별 말씀을 다 하십니다. 당연히 할 일을 했을 뿐입니다. 되려 제가 정말 죄송하게 되었음을 사과드립니다. 신속히 협조를 못해드려 잠시라도 유치장에 계시게 된 것을 무척 죄스럽게 여기고 있습니다. 용서하여 주십시오."

박영구는 진심에서 자신의 잘못을 뉘우치고 용서를 빌고 있었다. 요모조모 훑어보건대 박판제보다는 이목구비가 수려했고, 마음씨도 착하고 아버지보다 훨씬 순수해 보였다. 그리고 한일자 입이 그의 강인한 의지를 단적으로 표현하고 있었다.

"집에 아무두 읍슈. 나 밖에유. 좀 들어와유. 원래 우리는 사는 게 이래유."

"사시는 게 어떠셔서요. 농촌이 다 이런 것 아니겠습니까. 분수껏 살아가는 게 바로 진실이고, 부자가 되는 길입니다."

그는 말을 마치자 좀더 짙게 웃는다.

"큰일여유. 고연한 일 벌여 놓구 말이지, 촉새가 황새를 따라 가려면 가랭이가 찢어진다는디, 우리가 그 꼴 안 당혈라는지 무르겄슈. 걱정이 이만저만이 아뉴."

"그동안 여러 사람들로부터 아주먼님에 관한 이야길 많이 들어왔습니다. 정말 아주먼님은 훌륭하십니다. 참다운 아내시고, 어머니시고, 유일무이한 농부(農夫)이시고, 우리 향토를 지키고 보전하시는 파수꾼이시고 그리고 전형적인 한국의 여인상인 동시에 또한 여걸이시기도 합니다. 정말 아주먼님을 받들고 존경합니다."

박영구는 듣기 좋으라고 하는 말만은 아니었다. 박영구는 단호했고, 확신에 차 있었다. 그리고 두 눈동자가 새별 같이 빛나면서 의기양양해 있었다.

"시방 헌 소리가 무신 소리래유?"

"한마디로 아주먼님은 이 세상에서 가장 훌륭하시고, 모든 사람들의 참 어머니가 되신다는 뜻입니다."

"나는 하나두 훌륭혀잖어유. 뭇 나구, 뭇 배우구, 뭇 살구 그런 무지랭인걸유."

흙무당은 비로소 미소를 띠며 말한다.

"정말 아주먼님을 존경합니다."

"빈말은 찬 냉수 한 그릇만두 뭇 혀대유. 입에 침두 안 바르구 워찌 그리 그짓말을 두꺼비 파리 잡어 먹듯 잘 현대유 내 참…."

"하늘에 맹세코 빈말이 아닙니다. 언젠가는 제 본심이 입증될 때가 있을 것입니다."

"시상에 나같이 못난 여자가 워디 또 있을라구유. 그저 태어난 그대루, 더두 들두 보태지않구 사는 바보천친디. 제털 뽑아 제구멍에 도루 박는 그런 두량웂구 용렬헌 무지랭이유. 그리구 구신들두 날 보면 기절초풍혀구 도망가듯 시상에서 젤루 못생긴 추물단지인디유…."

"그렇게 말씀하시는 것이 바로 진실이고 인간의 본성입니다. 더 이상 무슨 설명이 필요하겠습니까. 정말 위대하십니다. 그리고 하늘 다음으로 아주먼님 존경합니다."

박영구가 사심 없이 나오자 흙무당도 절로 말문이 터진다.

"그저 이날 이적지 흙만 파구 살어왔슈. 시상에 흙보다 더 정직혀구 사램을 위혀는 것이 뭣이 또 있대유. 씨를 뿌리면 이 싹이돋구, 비가 오면 온 만큼, 거름을 주면 준만큼, 사램이 땀을 흘리면 흘린 만큼, 정성을 쏟으면 쏟은 만큼 반드시 곡식알이 나오자녀유. 참말루 비를 주시는 하눌은 아부지구, 흙은 엄니같은거쥬. 그렇게 소중한 흙을 사람들은 자꾸 파헤치구 다시 묻구, 또 파구 또 묻구 현대유. 어디 그것 뿐유. 대처에 나가면 흙은 구경두 못혀겄데유. 전부 고약 같은 것을 짓이겨 발러서 흙이 숨두 못 쉬구 다 죽어 나자뻐져 있데유. 시골두 점점 그 지경이니 이 일을 워쩐대유 잉? 흙과 사램은 뗄래야 뗄 수 웂는 사이인디, 흙을 저 모양으루 쥑여 놨으니 사람이 워떻기 명대루 산대유. 뭇 살어유. 이러다 다 죽어유. 그래서 지난 여름 오릿골 밭을 안팔려구 혀다 그 난리가 난거쥬. 공장이 읍쓰면 그 밭을 뭣 땜에 팔겠슈. 공장 땜에 그 밭두 버린거유. 마침 윤영장 땅이 매물로 나와 대토를 혈랴구 혔더니만 그것두 뜻대루 되지 않는구먼유. 속이 무척상혀유. 그저 옛날대루 살았으면 쓰겠는디."

"예예. 백천 번 옳은 말씀입니다. 아주먼님의 그 대붕의 뜻을 저희 같은 연작이 어찌 헤아릴 수가 있겠습니까. 부끄럽습니다. 아주먼님…."

박영구는 흙무당의 나름대로의 흙에 대한 소박한 철학에 감동할 수밖에 없었다. 구구절절 옳은 말 뿐이었다.

"꽤니 손님보구 중구난방으루 떠들었나뷰. 미안혀서 워쩐대유. 잉?"

"아닙니다. 아주먼님 정말 좋은 말씀 잘 들었습니다. 피가되고 살이 될 것이 분명합니다. 다른데서 백 마디 듣는 것보다 아주먼님의 말씀 한마디가 가슴속을 비수로 휘졌는 듯 했습니다. 농촌 실정에 합당한 금언(金言)이셨습니다."

"참말루지…."

박영구가 잠시 머뭇거리다가 이윽고 말머리를 돌렸다.

"아저씨는 안 계신가요?"

"그 사램은 허구헌날 술타령 밖에 무르는 사램이라구. 젊어서부터 이날이적지 술독에 푹 빠져 사는 사램이닝께 제버릇 개 못줘."

"아저씨에 대한 소문도 다 들어 알고 있습니다. 하지만 오늘만큼은 아저씰 모시고 의논을 드리고 싶었는데, 안 계시군요….

저 오릿골 밭 있잖습니까."

"……."

"삼순씨로부터 아침에 연락을 받고 저희 아번님과 상의를 했습니다마는 저희 아번님 역시 공장이 완공단계에 있고, 우루과이 라운드가 타결되어 지가가 하락한 까닭에 매매가 지난할 것으로 예상하시면서 여름사건도 있고 해서 더는 공장 측에 권유를 못하시겠다고 하시더군요."

"워쩐댜, 이 노릇을 잉?"

"그래서 제가 단도직입적으로 사장을 찾아가 백의종군한다는 각오로 직접 단판을 짓고 이리로 왔습니다."

"저 런."

"사장님한테 설명을 했지만 역시 아번님 예상대로 땅값도 떨어졌을 뿐만 아니라, 땅이 필요 없게 되었다는 것이었습니다. 그래서 삼순씨한테서 들은 대로 작전을 바꿔 밀어붙여 보았습니다. 다시 말해서 공장건설로 인한 농작물 피해를 우선적으로 주장했습니다. 땀 흘려 지어놓은 농작물에 조금이라도 피해를 입게 되면 그 성격이 불같으신 아주먼님이 용납지 않고 사생결단으로 싸움을 걸어올 터인데 두고두고 그 곤욕을 어떻게 감당할 것이냐고 역공을 했습니다. 그리고 유교적인 뿌리가 깊은 지역사회에서 토착민과 분쟁이 생기면 어느 쪽의 잘잘못을 차치하고 타지인이 설자리를 잃는다는 것은 삼척동자도 알고 있다고 설득했습니다. 그러자 지난 여름 아주먼님으로부터 홍역을 치른 사장은 야코가 죽은 듯 한발작 물러서는 것이었습니다. 계속 이런저런 그들의 불리한 조건을 제시하자 사장은 입맛을 쩍쩍 다시면서 이사회에 정식 부의해서 결정을 하겠노라며, 이틀간만 여유를 달라고 했습니다. 내친김에 땅금도 여름가격을 제시했더니 사장은 난색을 보였으나, 우리의 내정가 오만 원은 곤란하고 약 사만 원 선은 예견됩니다. 나중에는 농담까지 주고받는 화기애애한 분위기였습니다. 내가 놀고 있는 줄 알고 자기네 공장 관리과장으로 오라고까지 농담을 했습니다. 결론적으로 대성공입니다. 차후 가격의 진행문제는 삼순씨와 의논해서 처리토록 하겠습니다. 마음 푹 놓으시고 걱정하지 마십시오."

"워쩐다. 땅금이 너무 싸서 말여."

"지금 시세로써는 적정가격이라고 봅니다."

"여름에 저희들이 준다든 오만 원 받어야 쓰겄는디."

"아무래도 여름과는 상황이 많이 달라졌습니다. 제 생각으로는 그들이 평당 보너스로 만원씩 더 얹어준다는 혜택은 포길하시고 사만 원씩만 받아도 성공적이라고 생각합니다. 하여간 최선을 다할 작정입니다. 최악의 경우 조금 양보하실 각오는 하셔야 될줄 믿습니다."

흙무당은 아무래도 윤재만이가 마음에 걸려 박영구에게 모두 털어놓기로 했다.

"어제 수자아부지가 다녀갔는디…."

"수자아버지라니요?"

"저 거시기 윤재만…."

윤재만이란 말에 박영구는 그렇게도 밝던 표정이 금방 어두어진다. 그리고 힘없는 목소리로 말한다.

"윤재만 씨에 대해서는 저도 잘 알고 있습니다. 저보다 아주 먼님이 한동네에 사시니까 더 잘 아실 거 아닙니까?"

"한동네 살지만 내왕이 읆서 잘 물러유. 그저 소문으루만 들구있지유."

"와서 뭐라고 하던가요?"

"사장님에게 말혀서 삼만 오천 원씩 흥정이 되였다면서 구전을 많이 달라구 혀든구먼유."

"그럴 줄 알았습니다."

박영구는 또 한 번 난감한 표정을 짓는다. 윤재만의 인품을 진작부터 알고 있는 박영구는 그의 개입이 영 꺼림직한 모양이었다. 흙무당이 박영구의 표정을 힐끔힐끔 살피면서 지난 여름 잠시 수다꾼들의 입방아에 올랐던 박판제 이장 아들과 수자와의 떠돌던 소문이 불현 듯 생각나 풍각장이 새납부는 심사로 말했다.

"총각과 수자는 잘 되 가남유?"

"예?"

"떠도는 소문을 들은 적이 있어서…."

"네…. 터무니없는 모략입니다. 그 소문의 진원도 바로 윤재만씨 당사자입니다."

"워디가 그럴라구 자기 딸인데…."

"허허…."

박영구는 얼굴을 벌겋게 붉히면서 계면쩍게 웃었다. 흙무당은 박영구의 실망하는 눈치를 읽으며 수자이야기는 더 이상 꺼내지 않는다. 분위기가 서먹해지고 일단 대화가 중단되자 박영구가 돌아가겠다며 인사를 하는 순간, 웬일로 삼순이가 일찍 돌아왔다. 삼순이와 박영구는 서로 멀거니 쳐다보다가 미소만 짓는 것이었다. 흙무당은 두 사람의 표정을 살피면서 묘한 충

격을 받은 듯 메기입을 헤벌쭉 벌리고서는 뱁새눈을 깜빡거리
고 있었다. 그들은 그렇게 어색하게 침묵을 지키다가 분위기를
전환하려는 듯 의례적인 인사말을 나눈다. 곧이어 박영구가 오
릿골 밭 매매 건에 대하여 사장과의 오고간 전말을 설명했다.
삼순이는 이미 짐작하고 있었다는 듯 박영구의 설명을 별로
귀담아 듣는 것 같지가 않았다. 이때, 순간적으로 흙무당의 눈
자위에 옛날 무참히 돌아가신 친정아버지의 영상이 느닷없이
덮씌워진다. 흙무당은 무의식적으로 죽일 놈들 하고 가늘게 신
음한다. 삼순이가 흙무당의 욕하는 소리를 듣고 얼굴이 굳어지
며 어떤 위기상황에서 벗어나려는 듯 박영구를 향하여 말한다.
 "다시 연락하기로 하고 정말 수고하셨어요. 감사하고요. 어
서 돌아가셔요. 바쁘실 텐데…. 은혜 잊지 않겠어요."
 닭들이 헛청에서 모이를 찾느라고 기웃거리고 있었다. 북슬
이가 어느 새 삼순이의 옆으로 슬그머니 다가와 꼬리를 천천
히 내흔들면서 혓바닥으로 치맛자락을 핥고 있었다. 벌써 석양
의 따뜻한 햇살이 안마당을 가득 메우고 있었다.
 박영구는 삼순이의 독촉에 아쉬운 듯 잠시 주춤거리다가 인
사를 하고 대문간을 나선다. 삼순이가 그의 뒤를 바짝 따른다.
박영구는 당당한 체구와 같이 걸음걸이도 씩씩했다. 그러나 키
는 삼순이의 귀부리에 닿을까 말까였다. 오륙 센치는 족히 적
을 듯 싶었다.
 그로부터 사흘이 지났다. 삼순이는 출근을 하고 흙무당은 막
아침 설거지를 시작하려고 하는데 만돌어머니가 헐레벌떡 달
려왔다. 만돌어머니는 숨을 가다듬고 나더니 천지개벽이라도
터진 듯 호들갑을 떨었다. 오릿골 박판제의 아들 박영구가 무

슨 땅쪼간으로 수자아버지와 지금 대판 싸움이 벌어졌다는 것
이었다. 그러면서 빨리 현장으로 달려가 싸움구경도하고 사연
도 알아보자고 방정을 떨었다. 흙무당은 머슥하니 선채 움직일
기미를 보이지 않고 있었다. 만돌어머니가 한 발짝 다가서며
말한다.

"처음 싸움이 벌어졌다는 소릴 듣구 나는 수자 땜에 싸우는
줄 알았다구. 고등핵교 대닐 때부터 수자가 박판제 아들을 짝
사랑한 것은 시상이 다 알구 있잖남. 박판제의 아들이 쳐다두
안보자 수자는 송신을 했잖은감. 그리구 박판제 아들이 대핵교
에 가구, 군인을 갔다 오자 수자가 또 안달을 떤다는 소문이
심심찮게 돌구혀서 나는 또 그 일루 쌈이 난줄만 알았는데, 뚱
딴지 같이 무신 밭을 팔구사는디 그럴 수가 있느냐며 따지구
야단이랴. 혹시 흙무당이 산 윤영장네 땅 쪼간 땜에 그러는지
두 무르겄어…."

하지만 흙무당은 여전히 침묵을 지키고 있었다. 귀에 걸면
귀걸이, 코에 걸면 코걸이다. 흙무당은 만돌어머니의 전갈에
별로 흥미를 느끼지 못하는 듯 여편네두 하고 중얼거릴 뿐이
다. 흙무당의 반응이 기대만큼 신통치 않자 만돌어머니는 흙무
당의 팔을 잡아끄는 것이었다. 흙무당은 만돌어머니의 첫마디
를 듣는 순간부터 오릿골 밭 매매 건으로 사장과의 접촉에서
윤재만과 박영구 사이에 충돌이 있었음을 예단한지라, 선뜻 내
키지 않는 발길이지만 만돌어머니의 성화에 할 수 없이 끌려
가고 있었다. 그러나 한편으로는 오릿골 밭을 도마 위에 올려
놓고, 저희들끼리 어떻게 난도질을 치는지 궁금하여 가보고 싶
은 마음이 없는 것도 아니었다.

윤재만의 집은 흙무당집에서 불과 이백 미터의 지근에 자리하고 있었다. 윤재만의 집이 가깝게 다가오자 아닌게 아니라, 담장 밖으로 큰 싸움소리가 새어나오고 있었다. 박영구의 굵고 우렁우렁한 목소리가 대번에 귀에 익었다. 이미 몇몇 낯익은 사람들이 웅기중기 모여 고개를 빼고 기웃거리고 있었다. 서너 사람은 윤재만과 박영구 사이를 가로막고 싸움을 말리고 있었다. 박영구는 몹시 흥분상태였지만 생긴대로 당당하면서도 자제하는 모습이 역력했다.

"다시 한 번 말씀드리지만, 한동네에서 아니 바로 이웃 간에 그러시면 안 됩니다. 못 먹는 감 찔러나 본다고 아무데나 재를 뿌리시면 곤란합니다. 사장과 이미 매매하기로 합의를 하고 오늘낼 평당 사만 원씩 계약을 체결하려는데, 그렇게 훼방을 놔서야 되겠습니까. 그래 평당 삼만 오천 원에 아주머님이 그 땅을 팔 것 같습니까? 되지도 않을 일을 사장에게 그 값으로 흥정하신다니, 어디 한 번 마음껏 해 보십시오. 삼척동자도 용납 못할 일을 그래 소위 동네의 유지라는 분이 그렇게 파투를 칠 수가 있습니까. 너무하신다구요. 구전 몇 푼에…."

박영구는 매우 격앙된 어조였다.

"너야 말루 남의 지사에 대추 놔라, 밤 놔라 허들 말어. 이놈아? 젊은 놈이 하라는 일은 않고, 이곳저곳 기웃거리면서 남이 성사 시켜놓은 흥정을 나꿔채여? 니 놈이야말로 손안대고 코를 풀랴고 허는 못된 놈이라구, 이놈아. 니 애비 얼굴에 똥칠 고만하고 썩 물러가! 고이얀 놈 같으니라구. 이놈아 구전이 그렇게 탐이 나면 차라리 총 들고 금령조합을 털어라! 이 후레자식 같으니라구, 이놈아. 니 애비 박판제하고 나하고는 불알자지 맞잡고 자란 죽마지우다. 이놈! 니 애비를 봐서라도 이리 할 수가 있느냐 순 호로새끼 같으니라구.”

“정말 하늘이 내려다보십니다. 그렇게 억지를 쓰시면 안 됩니다. 진리는 영원한 것입니다.”

“누가 억지를 쓴다는 거야. 이놈아? 네 속을 알 수가 없다구. 뭣 땜에 흙무당 일에 네놈이 열을 올리는지, 이놈아. 흙무당과 네 할애비와의 관계를 좁쌀만큼이라도 주어 들었으면 네놈이 지금 그런 말을 감이 끄내지도 못할 것이다. 이놈! 눈 가리고 아웅 하는 식으로 옛일을 덮어버리려고 들어 괘씸한 놈 같으니라구.”

“아저씨가 무슨 말씀을 하던 저는 흙무당이라는 그 한 사람을 진정 사랑하기 때문입니다. 존경하고요. 아시겠어요? 제 말….”

“저런 날베락을 맞을 놈이 있어, 이제 알았다. 네놈의 뱃속을 말이다.”

“아저씨는 조금 전 말씀하시듯 저희 아번님과는 죽마지우십니다. 아들같은 놈 앞에서 끝내 위선으로 포장하실 작정이십니까?”

“이놈아, 누가 위선을 한다는 거여. 여기 모인 사람 앞에서 한 번 공개적으로 물어보자. 나는 일평생을 오로지 정직과 성실로서 살아온 것은 니 애비 박판제가 더 잘 알고 있을 것이다. 괘씸한 놈 같으니라고, 이놈아. 흙무당 밭은 이미 흙무당과 준보와 나 사이에 평당 삼만 오천 원으로 합의를 한 것이다. 니 놈이 중간에서 땅값을 더 받어 가로 챌랴고 하는 그 도둑놈 심뽀가 사기고 위선이지. 어째서 실시세대로 흥정을 붙이는 내가 위선자냐. 천하의 고이얀 놈, 이놈아? 그래도 할 말 있느냐? 철면피하고 도척같은 놈!"

"세상만사는 결국 사필귀정입니다. 눈 가리고 아웅한다고 위선이 숨겨지고 희석되는 건 아닙니다. 제발 한 동네에서 자중지란만은 피해야 합니다. 사장은 외지사람이고, 아주먼님은 이 고장 토박이 농부(農夫)입니다. 누구 편에서 일을 추진하시겠습니까. 구전가지구 말씀하시는데 제가 만약 한 푼이라도 구전을 손에 넣는다면 성(姓)을 갈겠습니다. 하늘에 대고 맹세 하겠습니다. 아저씨? 이 박영구를 정말 믿어주십시오."

"저 젊은 놈이 점점 야료부리는 것 좀 봐! 이놈아. 땅은 어느 시대 어딜 가나 시세(時勢)가 있는 법이다. 사장도 이제 이곳 사람이여, 그래 사장에게 시세 이상으로 땅을 사주고 두고 두고 그 원망을 어떻게 감당할꺼냐구. 그리고 이놈, 너 지금 분명히 말했겄다. 구전은 절대로 손에 안 넣겠다고…."

모여 있는 사람들의 얼굴에 일순 비웃음이 스쳐갔다.

"하하…."

이때, 너털웃음소리가 갑자기 터져 나왔다. 사람들의 시선이 일제히 그쪽으로 쏠렸다. 박영구가 하늘을 쳐다보며 홍소를 퍼붓고 있었다. 순간, 추이를 지켜보던 흙무당의 반백의 머리카락이 온통 거꾸로 곤두섰다. 그리고 흙무당과 박영구의 시선이 허공에서 부딪친다. 박영구는 황망이 손바닥으로 입을 틀어막으며 흙무당 앞으로 다가선다. 그리고 흙무당의 옷소매를 잡아끈다.

"뭐허러 여기까지 오셨습니까. 여기는 아주먼님께서 오실 곳이 못됩니다."

박영구가 우악스럽게 잡아끄는 바람에 흙무당은 절에 간 시약씨처럼 아무 말도 못하고 바깥마당까지 끌려나왔다. 만돌어머니도 근심스런 얼굴로 쫄래쫄래 따라 나오고 있었다. 박영구가 뒤돌아보고 한마디 더 보탰다.

 "또다시 이 땅 건에 대하여 헛소문을 터뜨리거나, 직간접으로 개입을 하시면 이 박영구가 목숨을 걸고 가만이 안 있을 것입니다. 새겨들으십시오. 그 대신 구전은 받는 그대로 갖다드리겠습니다. 마지막으로 정의롭고 곱게곱게 늙어가십시오. 박영구 물러갑니다."

 뼈있는 한마디를 던지고 박영구는 흙무당의 팔을 잡고 걸어간다.

 이튿날 공장에서도 난상토론 끝에 흙무당의 심기를 건드리지 않는 것이 좋겠다며 평당 사만 원씩 매입하기로 결정이 나무난이 매매계약이 성립되었다.

 흙무당은 부족액 천 오백여만 원도 농협에서 장기융자금으로 벌충해서 윤영장의 텃논을 무난히 사들일 수가 있었다.

 흙무당은 사람으로 태어나 비로소 보람차고 그리고 최대의 행복감을 육심으로 만끽할 수가 있었다.

8

　만돌어머니가 호들갑을 떨면서 천둥에 개처럼 뛰어들었다. 원래가 오지랖이 넓은 여편네라, 동네 대소사에 안 끼는 경우가 거의 없었다.
　"초순아기 워떤 요상허게 생긴 남자와 같이 와유. 흙무당 얼릉 이리루 나와 봐유. 초순이가 온다닝께유. 어서 나와봐유."
　안마당에서 김장거리를 손질하던 흙무당은 초순이라고 외쳐대는 만돌어머니의 수선에 거의 반사적으로 몸을 일으켜 대문간으로 걸어 나왔다. 만돌어머니의 말대로 초순이가 어떤 사내놈과 함께 이쪽으로 걸어오고 있었다. 한눈으로 봐도 짙게 화장한 초순이의 얼굴은 완전히 원색을 상실하고 있었다. 세파에 닳고, 찌들은 얼굴을 분가루로 반죽을 하여 맥질을 하다시피한 천박한 얼굴이었다. 어려서부터 에미를 쏙 빼닮아 뱁새눈과 양푼얼굴에 빈대코라고 짜증하던 그 모습은 간데 온데 없고, 빈대코는 주먹코가 되어 푸르므레하고 뱁새눈은 어찌된 노릇인지 흡사 썩어가는 동태의 눈동자를 연상케 했다. 본인도 눈의 추함을 알고 있는지 그 썩은 눈동자를 감추려는 듯 약간 푸른색이 감도는 색안경까지 코허리에 걸치고 있었다. 그 위장성 (偽裝性) 안경이 그녀의 안면 절반을 가리고 있었다. 에미를 닮아 유난 맞게 코허리가 탁 꺼져있었는데, 염라대왕한테 가서 성형수술이라도 받았는지 그 죽은 코허리가 몰라보게 살아나 있었다. 한마디로 원판은 어김없는 초순이었지만, 상판의 구멍 구멍은 넓히고 좁히고 돋우고 낮추고 지랄발광한 흔적이 역력히 드러나 있었다. 뿐더러, 귀부리와 목과 손목에는 값싼 금붙이가 끝물 참외처럼 주렁주렁 매달려 있었다. 첫눈에 말 못할 어떤 종류의 깊은 사연이 있고, 그리고 수렁에 푹 빠져있음을 알려주고 있었다.

흙무당은 동네에서 담력세기로 호가나 있지만 초순이의 그런 화상을 대하는 순간, 가슴이 덜커덩하고 내려앉았다. 은근히 두려운 마음조차 들었다. 그런데 초순이 뒤에 따라붙은 사십대 후반의 남자를 보고 흙무당은 두 번 놀란다. 숫이 작은 머리칼을 기름을 짓이겨 귀밑까지 반지르르하게 빗어 붙이고 실눈에다 그 역시 안경을 붙이고 있었다. 풍신이나 크면 또 모르겠는데, 옆으로만 잔뜩 퍼진 배불둑이에다 키는 난장이 똥자루만한 것이 정말 가관 중에도 가관이었다. 게다가 빈대코를 실룩대면서 거구의 흙무당을 조금은 겁먹은 눈초리로 올려다보고 있었다. 그 역시 흙무당의 지하여장군을 연상케 하는 인상에 경악을 금치 못하는 듯 하였다. 참으로 기묘하고 어색한 장면이 벌어지고 있었다. 그래도 나이가 지긋한 흙무당이 먼저 안정을 유지하며 기어 넘어가는 목소리로 묻는다.

"아니 이게 워찌된 심판이랴?"

"어머니? 그 동안 안녕하셨어요. 안부소식 제대로 전하지 못하여 죄송해요. 차차 말씀드릴게요. 어머니…."

초순이는 목소리마저 육십 대 할머니처럼 변해버렸고, 게다가 쉬기까지 했다.

"참말루지 무신 쪼간인가 무르겄다."

그랬다. 지금으로부터 꼭 삼년 전의 일이었다. 서울서 무슨 공장에 다니고 있다는 맏딸 초순이로부터 급하게 연락이 왔었다. 거두절미하고, 모월 모일 모시에 모처에서 결혼식을 올린다는 것이었다. 그러니 아버지 어머니께서 꼭 참석을 하라는 통기였다. 술독에 빠져 사는 준보는 참석할 엄두도 못 내고 고심고심 끝에 흙무당은 삼순이를 앞세우고 생애 두 번째로 생지옥 같은 서울을 찾아갔다. 십여 년간 객지생활을 하여 부모의 도움을 전혀 받지 않고 자력으로 시집을 간다는 사실에 흙무당은 가난을 탓하면서도 한편으로는 대견하고 기쁜가하면 걱정이 앞서기도 했었다. 어떤 연유로 어떤 남자에게 시집을 가는 것인지 전혀 아는바가 없었기 때문이다.

어쨌든 일판이 벌어진 이상 그냥 빈손으로 덜렁 갈 수도 없고 하여 좀 남부끄럽기는 하지만 동네방네를 누벼 꾸어 모은 돈이 그럭저럭 한 오십여만 원이 되어 그것을 쥐고 서울로 올라갔던 것이다. 그런데 예식장은 서울이 아니고, 저 변두리 소도시 신천리라나 하는 곳에 위치한 조그만한 식장이었다. 예식장도 그럴 수 없이 초라하지만, 하객마저 손가락으로 셀 수 있는 정도였다. 하객 중에는 중년층은 눈 씻고 찾아봐도 없고 모두가 고만고만한 젊은 패들이었다. 신랑측도 신부측과 대동소이했다. 신랑어머니는 눈에 띄지 않았고, 신랑아버지인 듯한 육십 대의 초라한 할아버지가 외톨로 부모석을 지키고 있었다. 애시 당초 신부측 아버지가 빠질 줄 알았던지 신랑신부가 동시에 손을 꼭 잡고 입장했다.

신랑을 처음 상면한 흙무당은 내심 기쁨을 감추지 못했었다. 키가 훤칠하고 눈매가 서글서글한 것이 비교적 호감이 가는 그런 청년이었다. 솔직히 초순이보다는 외양이 아주 출중한 편이었다. 예식이 십여 분만에 끝나고 폐백도 하는 둥 마는 둥 마친 다음 흙무당은 비로소 초순이와 대면할 수가 있었던 것이다. 이때 초순이는 눈물을 질금거리면서 그 동안의 사연을 대충 털어놓았던 것이다. 공장을 전전하다가 하도 신역(身役)이 고되어 궁리궁리 끝에 벌이도 직공보다는 좋고, 몸도 좀 편한 강남의 어느 대중음식점의 종업원으로 전직을 했다는 것이었다. 지금의 신랑자리는 바로 그 식당의 요리사보조라고 했다. 전라도 어느 섬이 고향인 신랑역시 처지가 초순이와 엇비슷하여 두 사람은 곧바로 똥집이 맞아 변두리의 사글세방을 얻어 동거한지가 일 년도 넘었다고 했다. 때문에 결혼식은 때늦은 절차이며 몽당귀신과 손각씨를 면하려는 형식에 불과하다고 했다. 흙무당은 그때 초순이와 같이 훌쩍거리면서 또 한 번 가난과 무지와 못난 것을 뼈저리게 실감했던 것이다. 그런 속에서도 좀 위안을 느낄 수 있었던 것은 신랑됨됨이가 비록 식당 요리사보조이기는 하지만 사람이 보기보다는 착실한 듯 했고, 초순이 보다는 훨씬 잘 생겼다는 생각이 들었다.

흙무당은 헤어지면서 이런 덕담을 했다. 두 사람이 결혼을

한 이상 꼭 찰떡처럼 붙어 한 백년 살 것이며, 서로 속일 생각
일랑 아예 꿈도 꾸지 말고 매사에 열심으로 노력하면 지성이
면 감천이라 반드시 성공할 수 있다는 나름대로의 소박한 인
생철학을 당부했고, 그리고 기필 시골에 내려와서 모모한 사람
들에게 인사는 드려야한다고 강조하고 돌아왔던 것이다.

흙무당은 집에 닿자마자 만돌어머니를 위시하여 몇몇 친척
들에게 은근슬쩍 사위자랑을 했고, 머지않아 사위 딸이 근친
오면 돼지라도 한 마리 잡고하여 잔치를 걸판지게 벌이겠다고
약속을 철석같이 했던 것이다. 그러나 한 달이 가고, 두 달이
갔지만 꼭 오겠다던 그들은 도무지 종소식이었다. 기다리다 지
친 흙무당은 삼순이를 시켜 결혼식 때 일러준 주소지로 편지
도 띄우고 삼순이가 전화통에서 불이 나도록 전화를 넣었지만,
편지는 띄우는 쪽쪽 되돌아왔고, 전화통에서는 그런 사람 없다
고 생파리마냥 잡아떼더라는 것이다. 동네여편네들은 한동안
초순이의 결혼잔치가 어떻게 되는거냐고 다구치며 입방아를
찧어댔지만, 흙무당은 다 때가되면 잔치를 할 거라고 남의 일
처럼 대꾸하자 그들도 기다리다 지쳐 시나브로 기억에서 완전
히 지워져버리고 말았던 것이다. 그래서 동네사람들은 초순이
가 시집을 간 것인지, 안간 것인지조차 기억에서 멀어지고 말
았다.

그 후 삼 년이 흐르도록 초순이의 행방은 그야말로 꿩 구어
먹은 자리였다. 뿐더러 흙무당도 굳이 알려고 하지도 않았다.
말하자면 가족의 테두리 속에서 완전히 배제시켜버린 것이다.
하지만 열 손가락 깨물어 안 아픈 손가락 없다고, 흙무당의 가
슴속에는 늘상 초순이의 생각이 불현 듯 떠오르면서 못 견디

도록 보고 싶은 본능적 모정에 남몰래 눈물, 콧물을 숱하게 흘렸던 것이다.

그런 초순이가 결혼 후 삼 년 만에 이제야 홀연이 나타난 것이다. 더욱 기막힌 사실은 그때 결혼한 그 사람이 아니고 얼토당토않게 사기꾼의 표본형 같은 능치를 뻔뻔스럽게 달고 나타난 것이다. 정말 희한한 노릇이다. 흙무당은 뭐이가 뭔지 도무지 정신이 얼떨떨했다.

"어머니? 전에 보다 많이 야위시고, 그리고 늙으신 것 같아요. 어디 편찮으신 것 아니셔요?"

"죽을래두, 죽을새두 웂는 몸이여, 그런디 아풀 시간이 워딨거냐. 아푼 것두 같은디 그냥 억지루 참구 산다."

흙무당은 입에서 나오는 대로 대답한다.

"안 되요, 어머니. 호미로 막을 걸 가래로 막지말구 빨리 병원에 가셔서 원인을 진단허시고 치료허시야 된다구요."

"내 몸은 내가 안다. 걱정혀지 말어라."

"하여간 방으로 우선 들어가셔서 인사부터 받으셔요. 아버지는 예나 지금이나 술로 소일하시나보죠? 안 계신 것을 보니!"

초순이는 준보에 대하여 물었지만 흙무당은 말문이 막힌 듯 뜨악한 표정으로 묵묵부답이었다. 흙무당이 마지못해 방안으로 들어오자 사내가 앞으로 다가서며 초순이와 같이 큰절을 한다. 말하자면 장모와 사위사이의 첫 상견례였다. 곧이어 사내가 떠엄띠엄 말한다.

"구만득이라구 합니다. 집사람으로부터 장모님에 대한 말씀을 많이 들었습니다. 진작에 내려와 인사를 드렸어야 했는데 생활이 바쁘다보니 이렇게 늦어졌습니다. 불효막심했습니다. 용서하여 주십시오."

목소리마저 가늘고 어딘가 간기(奸氣)가 숨어 있었다. 흙무당은 시종여일 입도 벙긋하지 않고, 바지랑대 같이 우두커니 서 있었다. 만돌어머니는 뭣이 그리도 신이 나는지 뒤쪽에서 여신 싱글벙글 웃고 있었다. 만돌어머니가 웃는 웃음이 정말 기쁘고 신이 나서 웃는 참 웃음인지, 아니면 초순이 부부의 생김새와 차림새가 하도 기상천외라 비웃는 것인지 그 진의를 알 수가 없었다.

흙무당은 이래저래 혈압이 정수리까지 치밀어 올랐지만 어쨌거나 초면인 사내 앞에서 차마 성질을 낼 수가 없어 터져 나오는 부아를 어금니로 꽉 물고 속으로 울먹거리고 있었다.

"어머니? 죽을 죄를 지었어요. 용서해주세요."

심상찮은 흙무당의 기상에 초순이는 불안한 듯 아니 사위와의 초대면의 장면인 만큼 좀 너그럽게 대해달라는 애원이 서린 호소 같기도 했다.

"구만득이?"

잠시 뜸을 들인 끝에 비로소 흙무당이 입을 열었다. 기다렸다는 듯이 구만득이가 되받았다.

"예, 구만득입니다. 말씀하십시오."

이때, 초순이가 구만득의 팔을 툭 치면서 가만히 있으라고 흘켜 본다. 함부로 입을 놀리지 말고 굿이나 보고 떡이나 얻어먹자는 유연한 제스처였다. 구만득이 놀라며 기어들어가는 목소리로 말한다.

"지금 부르시잖아."

그는 다 바래진 웃음을 실쭉 띠면서 초순이를 원망하듯 바라본다. 부부지간이지만 그들의 어쭙잖은 행태로 보아 이미 둘 사이에 아귀가 맞지 않는 듯 했다. 초순이가 앙칼지게 내쏜다.

"이름이 하도 별라서 그러시는 거야. 괘니 알지도 못하면서 떡줄사람은 생각도 않는데 김치국부터 마시지 말라구."

"집에서 새는 바가지 밖에서도 샌다더니 여기까지 와서 또 야단이야?"

"놀구 앉았네, 떠들지 말구 냉수 마시구 속 차려. 어서 손발 닦고 쉬어요. 잠도 못 잤잖아, 피곤할 텐데 눈 좀 붙이라구. 나는 식사준비 할 테니."

흙무당이 시종여일 낙담상혼하자 초순이는 눈치 싸게 분위기를 전환시켜보려는 의도가 역력히 드러난다. 따라서 만돌어머니도 덩달아 기죽어가지고 인사도 제대로 못하고 돌아 가버리고 만다.

초순이는 우선 어머니와 단 둘이서 그 동안에 있었던 기막힌 사연들을 대충이라도 알려주는 것이 도리라고 생각하면서 어머니의 노여움을 풀어드리려고 마음을 가다듬는 듯 했다.

흙무당이 초순이에게 끌려 부엌으로 들어갔다. 만돌어머니도 끈질기게 따라붙으며 궁금증을 하나라도 더 풀어보려고 등쌀 대더니 흙무당의 굳어진 표정이 좀처럼 풀리지 않자 흙무당을 힐끔거리면서 자기 집으로 돌아갔다. 만돌어머니가 사라진 후 흙무당의 입에서 대뜸 욕바가지가 총알같이 튕겨져 나왔다.

"이 년아? 워떻기 된겨, 삼년 전 그때 그 눔이 아니잖여?"

"그래요. 어머니. 제 말을 좀 들어보시고 야단을 치시던가 말던가 하셔요."

초순이는 울고 있었다. 눈물에 약한 흙무당은 금방 후회를 하면서 말한다.

"복장이 미어지는 것 같아 그렇다."

"먼저 결혼한 그 놈, 순 도둑놈이예요. 결혼하자고 하도 질기게 늘어붙어 여자팔자 뒤웅박팔자라고 여기고 결혼을 했더니만, 글쎄 그 놈이 단물 쓴물 다 빨아 쳐먹구 넉 달 만에 사글세방 보증금 이백만 원까지 찾아가지고 줄행랑을 쳤어요. 그래도 미련이 남아 이제나 저제나 하고 돌아오기를 눈이 빠지게 기다렸지만, 일 년이 다 가도록 함흥차사예요. 한 목구멍이지만, 입에 풀칠하기도 힘이 들어 요조숙녀가 아닌 이상 정절을 지킬 까닭도 없고 하여 술집을 두들겼지만, 가는 곳마다 못생겼다고 문전박대를 받다가 가까스로 어느 삼류술집 그것도 스페어로 들어갔어요. 하지만 원체 불경기고 못생겨서 팔리질 않는 거예요. 보다도 문민정부가 들어서면서 개혁 어쩌구 하는 바람에 술집도 싸잡아 된서리를 맞은 거예요. 도저히 한 목숨도 살 수가 없어 떠돌아다니다가 마침 떠돌이 악단에서 북을 치는 저 인간 구만득이를 만나게 된 거예요. 한 차례 이혼한 경력은 있지만, 자식도 없고 하여 불쌍한 사람끼리 의기투합 바로 동거를 시작한 거예요. 살다보니 사람이 참 착하고 저를 무척 사랑해 줘요. 나이차가 십여 년 되지만 크게 구애받지 않아요. 그리고 불편한 점도 없고요. 좀 있으면 같이 늙어갈걸요, 뭘. 어머니? 초순이 얼마나 불쌍한 애예요. 마음이 상하시겠지만 너그럽게 용서해 주세요. 어머니 예?"

"에라, 이 정을 칠 년 같으니라구."

"어머니 못처럼 내려온 딸 너무 구박하지 마셔요. 이 몸 알고 보면 정말 불쌍한 여자예요. 딸이 이렇게 되기까지는 어머니 죄도 크시다구요."

"그렇다구 치자, 그런디 이년아? 그 차림새는 뭐냐? 그리구 그것두 무잘러 눈구멍, 콧구멍은 있는대루 파헤치구, 그것두 또 무잘러서 앵경까지 걸구, 방에 있는 구만득인가 뭔가 혀는 눔은 그게 사내눔여? 도깨비지. 시상에 워디 남자새끼가 움서서 키는 난쟁이 자지만 한데다 배는 뱃섬같이 나오구, 두 눈깔은 동태눈깔처럼 얼어 튕겨져 나오구, 머리는 짓이겨 파리가 낙상혀겄구. 나는 오래 안살어서 무르겄다마는 저런 화상 보길 처음 봤다. 동네사람 부끄럽다. 밥이나 얼릉 쳐든질르구 사람들 하나라두 더 마주치기 전에 꺼져버려라. 망신살이 백리는 뻗치겄다. 예루부터 말이 있어, 적게 먹구 가늘게 싸라구 말여. 사램은 제 주제를 알라는 말이다. 타구난 못난 년이 지아무리 대처년 될라구 지랄발광을 떨어두 소양웁서, 이년아. 호박에 뭣이냐 줄 긋는다구 수박되는 거 봤냐? 에미 말 뿌리치구 서울 가서 이적지 현 지랄이 겨우 이거여? 이 주리를 틀 눔의 지지배야. 꿈에라두 보일까 무섭다. 밥 쳐먹구 얼릉 가버렷!"

"어머니? 십여 년 만에 처음 집에 온 딸자식을 이렇게 박대해두 되능 거예요?"

"이년아 사램의 탈을 썼으면 사램 구실을 혀야지, 사램의 탈을 쓰구 개, 도야지만두 못헌, 아니 도깨비지랄을 혀는 년이 그게 딸년여? 이년아. 입은 가루 찢어졌어두 말은 바루 혀랬다."

"엄니두 너무 하시네요. 솔직히 말해서 어머니가 나한테 해준 것이 뭐가 있어요? 맨날 굶다시피 배 골리구, 매질하구 딸자식은 자식취급이나 했느냐구요? 달기 새끼만 금이야 옥이야

하고 귀여워했지. 삼순이년만 빼구 나하구 차순이를 얼마나 미워하셨어요. 가슴에 손을 얹고 생각해 보세요. 누군 뭐 입이 없어 말 못하는 줄 알아요. 그리구 차림새가 워떼요? 옛날에 하도 헐벗고 굶주려서 친정에 못처럼 오는 마당에 때 빼고 광을 한 번 낸 것을 가지고 그렇게 탓을 하셔요. 성인도 시속을 따른다는 말도 있잖어요."

초순이도 만만찮게 대든다. 흙무당은 부지깽이로 아궁이의 불꽃을 푹푹 쑤셔대면서 푸르르 성깔을 돋군다.

"이년아 뭇현게 뭐이가 있어. 똥구멍이 찢어지게 가난혀게 산 것은 세상 사람이 다 알구있다구. 니 애비인가 뭔가는 날이면 날마다 투전판에서 살며 술독에 빠져있구, 여자혼자서 워떻기 혀란말여. 이 급살을 맞어 뒈질 눔의 지지배야. 그래두 새끼들 굶기지 않으려구 목이 휘두룩 겨울에는 낭구장수, 봄 여름에는 푸성귀장수 이십 리가 넘는 읍내에 허구헌 날 내다팔아 멕이구, 입히구 그나마 국민핵교라두 졸업을 시켜주닝께 이년 에미 고상은 눈꼽만큼두 생각 않구 서울루 줄행랭 쳐서 그 꼴루 돌아와서 워쩌구 워쩌여. 이년 에미 말 듣구 집에서 에미가 가리키는대루 흙공부나 열심으루 혀다가 부무가 정혀 주는 눔현티 시집가서 시부무에게 효도혀구 자식 잘 퍼내지르구 농사 잘 짓구 살면 그게 복이지 뭐이가 복이냐구. 이년아? 그런 에미 말 코방귀 끼구 자발머리 읍시 서울인가 지랄인가 혀는 곳으루 끼질러가더니 돈은 고사혀구 서방을 화투장 바꿔치듯 갈구 이리 저리 떠돌면서 밥두 못처먹는 신세가 되얐으니 그래 그게 딸자식으루서 할 짓이냐? 뻔뻔스러운년 같으니라구. 이년아, 이 서러움 저 서러움 혀두 배고픈 슬픔이 제일이라구 혔어. 배불리 멕여놓으닝께 그 복을 속알머리웂이 차버리구 무신 잔말여, 이년아. 나같으면 입이 열 개가 있어두 말 못혀겄다. 우라질년!"

"오는 말이 고아야 가는 말도 곱대요."

"뭣여?"

"언제 서방을 화투장처럼 갈어 첬어요. 두 번째지…."

"나는 무식혀서 아무 것두 무르것다마는 옛날부터 여필종부라구 혔디야. 그리구 서방을 하눌같이 받들라는 말두 있다드라. 이런 옛말은 모두 한 서방만 죽두룩 섬기구 따르라는 뜻이여, 이년아."

흙무당은 자신이 알고 있는 부부지간의 관계를 아는대로 늘어놓았다. 초순이는 어머니의 진지한 말씨와 슬픈 표정에 어머니에 대한 적대감이 허물어지면서 할 말을 자제하면서 고개를 푹 숙인다. 사춘기 때의 달뜬 마음을 잘만 다독거리고 제어했던들, 지금 어머니 말씀대로 평범한 농부(農夫)의 아내가 되어 소박하고 단란한 가정을 꾸렸을 것이다. 하지만 엎지러진 물이다. 아무리 후회해봐야 죽은 자식 자지 까보는 거나 똑같다. 어떻게 보면 사람의 생명은 시간의 계기(計器)와도 같은 것이여서 가버린 시간은 흘러간 물과 같아 되돌아올 수 없으며 생명의 개념은 사람사는 방식과 질에 따라 정리할 수도 있을 것이다. 또한 사람은 미래를 꿈꾸고, 설계하고 실천하는 위대한 사고력을 소유하고 있다. 인간의 생명이 비록 한시적일지언정 다른 하등동물과는 근본적으로 다르게 과거를 기억하고 살아가면서 잘잘못을 깨닫고, 신앙도 갖고 미래를 잘되게 해달라고 염원하는 기복심리가 존재하는 것이다. 과거와 현재와 미래의

삶이 사람마다 장단(長短)의 차이는 있을망정 거기에는 원천적
으로 자유가 보장돼있다. 신으로부터 부여받은 시간을 유효적
절하게 쓰고 못 쓰는 자유, 이것이 흔히들 말하는 인생의 성패
인 것이다.

　이와 같은 차원에서 초순이는 지금 당장 큰 장애가 앞을 가
로막고 있는 것이다. 그 장애를 탈출해 보려는 의도에서 안면
몰수하고 부랴부랴 친정으로 내려온 것이다. 애시 당초 초순이
는 혼자 내려올 요령이었지만 남편인 구만득이가 굳이 따라오
겠다고 보채는 바람에 할 수 없이 동행하여 어머니의 심기를
건드린 도화선이 되고 만 것이다. 어머니가 자신은 물론, 구만
득이를 보는 눈길이 예사롭지가 않다고 느꼈을 때 아무래도
무슨 일이 벌어질 것만 같은 조짐이 보였던 것이다. 그 예감이
적중하였고, 어머니는 좀체 노여움을 풀지 못하고 있는 것이다.
어쨌든 초순이는 어머니가 자기에 대한 미움을 누구러뜨려야
되겠다고 생각했다. 그러자면 우선 자신이 머리를 숙이고 살려
주십사 하고 비는 수밖에 없다. 어머니는 성깔이 나면 불같이
노하지만 뒤끝이 없는 게 장점이다. 노해있다가도 잘못했다고
한마디만 하면 금방 평상시로 되돌아가는 것이 어머니의 장기
이다.

　"사는 게 지긋지긋 해졌어요. 못처럼 찾아뵌 어머니 앞에서
결코 눈물을 보이지 않으려고 했는데 자꾸 눈물이 쏟아지네요.
어머니? 정말 죄송해요. 저도 잘 살아보려고 어머니의 지극한
정도 마다하고 서울로 간 것 아니겠어요. 하지만 세상이 어디
뜻대로 되나요. 난다, 긴다하는 사람들도 팡팡 나가떨어지는
아사리판에서 코흘리개가 무슨 수로 견디어 내겠어요. 결국은

여자로서 꼭 지켜야할 곳을 지키지 못하고 마구 유린당할 때 체면이고, 희망이고 생각할 겨를이 없었어요. 솔직히 말씀드려서 젊으니까 그나마 그것을 밑천으로 삼고 살아왔다 해도 과언이 아니예요. 어머니? 어머니 말씀이 백천 번 옳다고 이제 와서 후회막급 하지만 이미 시간은 흘러가 버렸어요. 어쨌든 앞으로의 삶을 어머니의 말씀대로 정직하고, 성실하고, 사랑하고 효도하는데 노력해 보겠어요. 어머니? 용서해 주셔요. 죄송해요, 어머니. 한 번만 어머니 이 못난 초순이를 진정 용서해 주셔요."

참회하는 듯 눈물까지 주르르 흘리며 사죄를 했지만 흙무당은 오늘따라 왠지 가슴에 와 닿는 것이 별반 없었다. 어떻게 해서 초순이가 저토록 타락했을까 하고, 혓바닥을 앞니로 지긋이 누르고 막연히 생각해 보았지만 귀착점은 언제나 똑 같았다. 가난과 무지와 선천적인 못생김이 종합적으로 작용하여 인간 말족으로 자타가 모두 인정하게 된 것이다.

흙무당은 어깨를 들먹이며 울고 있는 초순이를 물끄러미 쳐다보는 순간, 불꽃처럼 타오르던 성미가 생긴대로 순식간에 스르르 꺼지면서 초순이가 너무 측은하게 보이는 것이었다. 이와 같은 심적 변화는 자식을 키워보지 못한 사람은 감이 느낄 수 없는 깊고도 깊은 모정의 한 단면이기도 했다.

"울지 마라, 다 팔자소관이다. 하두 너희들을 보는 순간, 속이 상혀서 에미가 제 버릇 개 뭇준다구 한마디 헌 것이 구만니 속을 뒤집어놨나부다. 예루부터 쓸수룩 약이 된다구혔다. 에미 말 쓴약으루 여겨라. 앞으루 그저 넘 속이지 말구 정직혀게 살어라. 그게 절간에 가는 것부다 성교당에 가는 것부다 훨씬 낫다."

"엄니 앞으로가 아니라 당장 문제가 코앞에 닥쳤어요…."

"큰일이 또 있어? 무신 큰일이랴."

흙무당은 초순이가 구만득이를 데리고 와서 머리를 얹어 달라는 것이 아닌가 하는 지레짐작을 한다. 하지만 초순이나 구만득이 둘 다 초혼이 아닌 이상 그런 극단적인 요구는 아닌상 싶었다. 그렇다면 무슨 일이란 말인가, 흙무당은 무척 궁금했다.

"아주 어려운 일이 생겼어요, 어머니. 부모자식사이는 천륜이라고들 하데요. 미워도 할 수 없어요. 어머니, 모든 걸 용서하시고 한 번만 도와주셔요, 어머니."

그렇게 호소하는 초순이의 얼굴에는 세파에 닳고, 찌들고, 수모를 당했을 터인데도 그 파고를 뛰어넘는데 순치된 위선과 교활과 연극 같은 여운이 투명하게 엿보였다. 초순이는 조금 전보다도 더 큰 눈물방울을 뚬벙뚬벙 흘리고 있었다. 흙무당은 또 한 번 가슴이 찡하고 아려온다. 정말 본능의 정을 인위적으로는 도저히 도말할 수가 없었다. 일초, 이초 침묵이 이어졌다. 어느 새 흙무당의 뱁새눈에서도 눈물이 비춰고 있었다. 흙무당은 치맛자락으로 흐르는 눈물을 닦는다. 그리고 잃었던 것을 찾았을 때처럼 조금은 흥분한 채 초순이를 바라보며 묻는다.

"차순이 지지배는 워떻기 살구있댜. 더러 내왕은 있능겨? 불쌍한 것."

흙무당이 불쑥 말을 꺼내자, 초순이는 어머니를 힐끔 곁눈질하더니 단박에 얼굴색이 변하면서 마지못해 대답한다.

"잘 지내고 있어요."

"혹시 너같이 술집으루 나도는 건 아니지 그쟈?"

흙무당은 무엇을 예방이라도 하려는 듯 자문자답한다.

"아니예요, 어머니. 걱정하지 마시고 안심하셔요. 갠 잘 지내고 있어요. 그리고 어머니, 삼순이가 참 예뻐졌지요. 갠 어려서부터 아버질 닮어서 미인이였잖어요. 개도 시집을 보내야죠."

초순이가 탈출구를 찾으려는 듯 말머리를 돌린다.

"차순이가 아직 시집을 안갔는디, 워떻기 삼순일 보낸댜."

"개혼(開婚)만 하면 다음 순서는 상관이 없대요."

"삼순이는 걱정읍다. 사방에서 서루 데려가려구 혀닝께 말여. 자식자랑은 팔불출이라구 혀더라만, 삼순이는 집에서나 밖에서나 맴 씀씀이가 비단결 같다구. 윗사램 공경헐줄 알구, 아랫사램을 쓰다듬구, 정직혀구, 공손혀구 웂는 사람에게 음덕두 베풀 줄 알구, 부지런혀구 한말루 걔는 똥밖에 버릴 께 웂는 애라구. 게다가 흙을 좋아혀구…."

"그래요, 어머니. 같은 형제지간이지만, 그 애만 보면 부럽고, 주눅이 들고 질투가 생겨요. 키는 어머니를 닮아서 훤칠하고 얼굴과 피부색은 아버지를 쏙 빼닮지 않았어요? 정말 이목구비가 양귀비처럼 수려하고 마음씨 곱고, 그야말로 보기 드문 팔등신 미인이예요. 나는 그래서 하느님을 안 믿잖어요. 걔 생긴 것 반만 하느님께서 저에게 주셨던들 제 팔자가 이렇지는 않았을 텐데, 정말 너무 야속하시다구요. 갠 아버질 닮어서… 참…."

"니 애비가 뭘 잘 생겨 무굴쳉인디…."

"키가 적으셔서 그렇지 얼굴 바탕이야 왔다지요. 정말 이목구비야 쏙 떨어졌지요. 어머니는 좋으시겠어요. 미남자랑 사시니께…."

"소용웂다. 속빈 강정이다. 겉만 번드르르 혀면 뭣혀 속이 차야지."

"어머니? 사회에 나가 보닝께 우선 잘 나구 봐야겄더라구요. 아부지를 닮었으면 얼마나 좋았을까."

혼자말로 탄식을 한다.

"이년아, 그럼 에미 닮아 팔자가 기박하다는겨? 뭐여? 살다 살다 별소릴 다 듣겠네…."

"일테면 그렇다 그거죠. 어머니 또 화내시지 마셔요. 사실은 사실 아니예요."

"허울 좋은 개살구보다는 봉투라지 진 개복숭아가 훨씬 맛이 좋더라. 마찬가지루 허울 좋은 막난이보다는 뭇 생겼어두 맴이 올바루 백인 사내 눔이 백 번 천 번 나은 벱이다."

이때, 밥솥이 김을 뿜어내며 끓어오른다. 흙무당은 솥뚜껑을 드르릉하고 열더니 그 큰 입에서 바람을 확하고 내뿜어 거품을 재우고 소두방을 덮는다. 흙무당의 그 동작이 너무도 자연스러웠다. 초순이가 물끄러미 바라다보다가 말했다.

"어머니? 처음 뵐 때 느낀건데요. 어머니 건강이 좋지 않으신 것 같어요. 안색이 검어지시고, 윤기가 없어요. 그리고 무척 피곤하신 것 같어요. 어머니? 어디 아프시죠? 그렇죠?"

"다 시상 탓이다. 못된 인간들이 흙을 중히 여길 줄 무르고 학대혀니 흙이 중병을 앓듯 나두 그런 증상이다. 소화두 안 되구, 잠두 잘 안 오구 입맛두 웂구. 그러니 심이 나야지, 일 헐라구 억지루 입에 퍼넣지만 자꾸 욕지기가 나와서 음식을 생킬 수가 웂다구. 중병인디 워찌여, 이 집구석 하루만 내가 웂서두 끝장나니 말여. 이러다 죽능거 아닌지 무르겄다. 달기 눔이나 마지막으루 보구 죽어두 죽어야 쓰겄는디. 워찌 될라는지 무르겄다."

"병원을 속히 가셔야 되겠어요."

"인명은 재천이랴. 병원엔 기냥 가남. 다 돈이 든다구. 한 푼 쓰면 금방 그 자리가 나는디 워떻기 병원엘 가. 그저 하눌님이 혀시는대루 이 죄인 석고대죄라나 그런거 혀면서 기다릴란다."

"그러시면 안 되요. 내일이라도 당장 병원에 가셔서 종합적인 진단을 받어 보셔요."

"알었다."

흙무당은 시큰둥하게 내뱉는다. 도무지 마음이 상하여 견딜 수가 없다. 초순이도 초순이지만, 구만득이라나 구만둔이라나 하는 자를 첫 대면 순간부터 오장육부가 부글부글 끓어올랐던 것이다.

흙무당은 점심상을 대충 차려가지고 초순이와 같이 안방으로 들어가 구만득과 마주한다. 흙무당은 상기된 감정을 진정시켜보려고, 묻지도 않는데 자진해서 달기의 군입대 등 그지간의 방탕한 생활과 그리고 끝내는 자발적으로 자원입대했다는 이야기를 어눌하게 늘어놓았다. 점심을 먹고난 후 초순이는 밖에 나가 수소문하여 준보를 찾아내어 같이 들어왔다. 초순이는 이어 전화로 삼순이를 퇴근 즉시 곧장 집으로 오라고 신신당부했다.

저녁에 삼순이가 귀가하자 의례적인 수인사를 했다. 곧이어 저녁상이 들어왔다. 진수성찬은 아니지만 정갈하게 차린 식탁이었다. 하지만 분위기는 여전히 어색하고 냉기류가 바닥에 깔려있었다. 그래도 술로 평생을 살아온 준보가 반주로 마신 소주 몇 잔에 흥얼거리며 분위기를 조화시켜보려고 했지만, 역시 시도로 그치고 만다. 어디서나 구김이 없는 삼순이마저 초순이와 형부격인 구만득의 묘스런 인상에 기가 죽은 듯 그니의 발랄했던 생기는 온데간데없고 시무룩해 있었다. 세상에 뭐 저런 인간들이 다 있느냐는 듯한 멸시의 눈초리만 번득이고 있었다. 이와 같은 경색된 분위기에 가장 신경을 곤두세우는 사람은 뭐니뭐니해도 초순이었다. 이런 딱딱한 분위기속에서는 도저히 나름대로의 계획을 순조롭게 진행시킬 수가 없다. 내일로 미룰까 하고도 생각해 보았지만, 도저히 그럴 시간적인 여유가 없다. 한시가 급한 것이다. 그래서 초순이는 이판사판으로 억지웃음을 자내어 애교도 부리고, 어림짐작으로 알고 있는 요즘 농촌의 현실과 정책적인 뒷받침과 그에 따른 실정(失政)도 비판하면서 굳어진 분위기를 풀어보려고 안간힘을 쓴다. 그래서 그런지 삼순이가 옆에서 기를 쓰고 거들고 하여 분위기는 초반보다 훨씬 누그러들었다. 식사가 끝나고 삼순이가 설거지를 한다며 빈 밥상을 들고 부엌으로 나가자 초순이는 이때라는 듯이 십여 년에 걸친 한 맺힌 서울생활을 눈물 콧물을 섞어가며 그동안에 닦은 능숙한 말솜씨로 늘어놓았다. 신경이 무딘 준보조차 초순이의 그 비루적인 삶의 역정에 몹시 마음이 아픈 듯 그리고 죄책감을 느끼는 듯 연신 줄담배만 피워대고 있었다. 담배를 피다가는 간헐적으로 마른기침을 쿨룩쿨룩하면서 곧이어 긴 한숨을 방고래가 꺼지도록 내쉬곤 했다. 어느 새 흙무당도 초순이와 같이 눈물을 짜내면서 훌쩍거린다. 그러다가 흙무당은 거두절미하고 불쑥 그렇게 고생을 한 것은 모두가 네년의 초사라고 퉁박을 했다.

초순이의 이야기가 거의 끝나갈 무렵, 삼순이가 설거지를 마치고 행주치마에 두 손을 씻으며 방으로 들어왔다. 방안의 분위기가 역전되었음을 눈치 챈 삼순이는 태연히 텔레비전 앞으로 다가가 앉더니 스위치를 누른다. 잠시 후 흑백 화면이 전개되면서 가래 끓듯 칙칙한 음향이 새어나온다.

초순이가 화면을 잠시 쳐다보다가 눈을 동그랗게 뜨고 말한다.

"어머니? 아직도 흑백텔레비전을 보셔요?"

"나는 흑백이 뭔지 잘 무르지만 저 눔의 요술상자 그것이 보기 싫여."

"세상에 어머니가 보시든 안보시든 지금 흑백 티부이를 보는 사람이 워딨어요."

"쓸디웁는 소리 구만혀라."

"하셔도 너무 하시네요. 차라리 보질 마시던가. 그래, 삼순이와 군인간 달기가 지금껏 저걸 보았다니 정말 불쌍하네요. 제가 한 대 사드릴께요, 어머니…."

"저런 도깨비상자 같은 것 나 사줄 생각 아예 혀지 말구, 너희 잘살 궁리나 혀라!"

"아니, 도깨비상자가 뭐예요. 텔레비전이지."

흙무당은 좌중을 한 번 둘러보고 자기 딴에도 좀 무안한지 싱그레 웃으면서 말한다.

"저 속에서 움직이는 것이 도깨비가 아니면 뭣여. 저희들끼리 찧구 까불구 엔병지랄을 떨면서두 내가 아무리 말을 걸어두 응구대척두 웁는 게 그게 도깨비구 헛것이라구. 내말이 틀리남."

백열등에 희미하게 비춰는 흙무당의 옆얼굴에 텔레비전에 대한 불신과 불만의 그림자가 짙게 드리워져 있었다. 그러면서도 그니의 얼굴에는 병색이 완연했다. 어딘가 어둡고 무겁고 칙칙한 황혼의 그림자 같은 것이 짓누르고 있었다.

"얼마 전까지만 해도 꼭 도깨비상자라고 하셨는데, 그래도 요즘에는 더러 헛귀신상자라고 하실 때도 있어요."

좀처럼 말참견을 삼가던 삼순이가 어머니를 탓하거나 업신 여기는 말투는 아니었다. 도리어 당당하고 때 묻지 않은 사랑이 밴 말투였다. 이때, 초순이가 신기한 눈초리로 흙무당은 잠시 쳐다보다가 이번에는 삼순이쪽으로 눈을 돌리면서 말한다.

"도깨비상자가 왜 헛귀신상자로 변했지?"

"도깨비는 옛날부터 심술을 부리기는 하지만 그래도 있는 자의 돈을 뜯어다가 가난한 자를 돕는 상서로운 귀신으로 치부하고 있거든요. 그러나 헛귀신은 하나에서 열까지 사람을 위해하는 귀신으로 알고 있기 때문에 텔레비전은 사람에게 해만 끼친다하여 헛귀신으로 고쳐 부르시는 것 같애요. 한마디로 농민들에게 게으름만 피우게 하고, 허황된 꿈만 꾸게 하여 농촌을 황폐화 시키는 악신으로 여기셨어요. 그러니까 텔레비전을 처음 보시는 순간부터 세상 망할 추물단지로 기피하셨지요. 그래서 어머니는 텔레비전을 화면만 나오면 의례 하시는 말씀이 있어요."

"뭐라구 하시는데?"

초순이가 삼순이 앞으로 조여 앉으며 채근하자,

"뭐라구 하시기는 뭘 뭐라구 하셔, 너두 먹구 물러나구 나두 먹구 물러나라구. 우루과이 라운드라나, 뭐 그런 서양귀신도 썩썩 물러나라구 저주를 하신다구….”

“그럼 물러가데?”

흙무당이 그 말을 받는다.

“논농사, 밭농사 다 망쳐 놓구 사람 농사까지 완전히 망쳐 놓구 물러가겠다구 혀더라. 웬수 같은 그 헛구신이 말여….”

“정말 우리 어머니 못 말려, 하하….”

초순이가 실망한 표정으로 웃는다. 구만득이도 덩달아 빙그레 웃는다. 준보나 삼순이는 귀에 못이 박히도록 들은 말이라 별다른 반응을 보이지 않는다.

“그려, 그 우루과인지 지랄인지 자꾸 떠들었쌌는디, 그 구신이 무신 구신이 그리두 질긴겨 그래.”

모두가 눈만 멀뚱이 뜰뿐 알기 쉽게 설명하는 사람이 없었다. 흙무당이 어째서 묻는 말에 대답이 없느냐고 다구치자 그래도 그 중에서는 가장 상식이 있는 삼순이가 골백번도 더 설명을 드렸다고 쏘아붙이면서 말한다.

“어머니? 한마디로요, 땅에서 나는 곡식, 즉 농산물과 아울러 사람 생활하는데 필요로 하는 모든 물건, 기술 그리고 방법 등을 서로 터놓고 가장 싼값으로 팔고 사자는 것이 우루과이 라운드라는 거예요. 아셨죠? 어머니 그러면 서로 이득을 보잖어요.”

흙무당은 잠시 침묵을 지키고 있다가 말을 받는다.

“저 지지배는 맨날 헌소리 되혀구 이년아 앵무새냐? 싼 값으루 뭘 팔구 산다능겨, 이년아.”

“나라에서 농촌을 살리기 위하여 그리고 피해를 막기 위하여 세상 돌아가는 대로 따라갈 뿐이예요, 엄니…."

"구만 둬. 다 듣기 좋으라구 혀는 말이여. 이제 속을 만큼 속았다구. 나라를 다스리는 그 눔들은 도적눔 아닌감, 도적눔 그 말을 워떻기 믿어. 농촌을 잘 살게 혀는 방법은 다른 거 읍써. 시방 흙이 나처럼 중병을 앓구 있다구. 맥을 올바루 짚어 흙을 살리여야 현단말여. 제까짓 도둑눔들 땅 속내를 뭘안다구 농촌을 살리네, 워쩌구 지랄이랴. 그래 돈 몇푼 가지구 워떻기 중병에 걸린 흙을 살린다능겨. 안되지, 안되구 말구. 하루속히 농촌이나 정치나 나라를 다스리는 눔들이 한시바뻐 하눌과 흙을 무서운 줄 알어야 현단 말여. 내말은 한 마디루 흙은 무신 곡식이든지 씨를 뿌려 가을에 몇 배씩 거둬들이듯 흙은 불어나능게 아녀. 흙은 한 번 죽으면 영영 살어 나지 뭇현다구. 이 시굴구석까지 공장이 쳐들어와 흙을 마구 파헤쳐 공장을 짓구 그 위에다 회사무리라나 뭘루 짓이겨바르구 엔병을 떠니, 하눌과 흙이 골날 수밖에 더 있남. 그리구 말여, 읍내나 서울을 가보면 길이란 길은 모조리 고약(膏藥) 같은 걸루 맥질을 혀놨으니 흙이 워떻기 숨을 쉬어, 그러닝께 흙의 숨통을 다 막구. 시굴의 전답은 그 독한 농약을 구석구석 뿌려 지기(地氣)를 죽이구, 이래서 흙은 갈수록 중병에 걸려 죽어가구 있다구. 흙이 죽어간다는 것은 흙이 줄어든다는 것이구, 흙이 줄어들면 나중에 사람들은 워다다 밭을 붙이구 산댜. 원통현 노릇이지 농촌 살리는 것 한가지는 있어, 지금부터라두 늦기전에 흙을 더 이상 파헤치지말구 하눌님 같이 섬겨야 현다구. 바루 눈앞에서 시방 벌어지구 있는 흙병을 뭇보는 당달봉사가 책상머리에 앉아서 뭘안다구 이래라 저래라 야단이냐 말여. 무식현 눔들이, 그러니 하눌과 흙이 그대루 보구만 있을 것 같은감. 하눌과 흙이 더더욱 대노혀기 전에 농민들두 정신차리구, 나라를 다스리는 상감님두 정치를 잘혀서 하루속히 흙의 병을 고쳐야 현다구. 발등에 불이 떨어지구나서 아차혀지말구 미리미리 정신 바짝 차려야 호미루 막을 것 가래루 막는 우를 범혀지 않는다구 내말은… 흙의 병만 고쳐보라구, 그까짓 우루과이라나 뭣이가 왜 문제가 되느냐구 알겠남?….”

흙무당이 마른침을 삼키며 장광설을 토해냈다.

초순이는 흙무당의 열변에 얼떨떨하면서도 그니의 주장을 액면대로 받아들일 수 없다는 듯 쓴웃음을 머금은 채 말한다.

“어머니는 호랭이 담배 피우던 때의 이야길 하시네요.”

“뭣이여, 호랭이 담배 태운 때의 이야기라구?”

흙무당이 소리를 빽 하고 지른다. 그러자 구만득이가 냉큼 나선다. 그는 흙무당의 피를 토해내는 듯한 주장에 나름대로 감명을 받은 듯 빈대코를 훌쩍이며 조심조심 말한다.

“어머님? 백천 번 옳은 말씀입니다. 정말 지금껏 살아오면서 가장 후련한 감동을 받았습니다. 천만금보다도 더 귀중한 말씀을 하셨습니다. 어머님의 말씀은 한 촌부의 넋두리가 아니라, 우리 모두가 경청하여 생활의 아니 인생의 정치인들의 지표로 삼아야 한다고 확신합니다. 정말 옳은 말씀이었습니다.”

구만득이는 생긴 대로 뱁새눈을 살살 감으면서 아첨을 떨었다. 하지만 속으로는 구만득이도 비웃고 있음이 분명했다.

이때, 준보가 느닷없이 휘발유에 불씨를 던지듯 말참견을 했다.

“젊은 사람이 뭐이 이래? 목에 칼이 들어가도 할 말은 정직하게 해야 그게 사내지. 한마디로 저 여자는 흙 한 가지 밖에 모르는 흙에 미쳐버린 흙무당이라구, 흙무당. 무슨 말인지 알겠냐?"

준보의 말이 채 끝나기도 전에 흙무당이 무섭게 되받어 친다.

"얼씨구 가재는 게편이라더니 참말루 그 꼴이네 그랴. 그래 나는 흙무당이다, 흙무당이여. 이 썩어질 화상아? 흙무당이 뭔지나 알엇, 아느냐구? 흐흥…. 흙무당은 하눌님과 흙새에서 태어난 쬐그만한 구신이라, 말이면 다 말인 줄 아남. 내 오늘은 객두 있구혀서 참는다만은 두구 봐, 내 그 늄의 입에다 똥이라두 퍼넣구 말테닝께. 참말루 갈수록 별꼴을 다보겠네. 하눌님은 저 화상을…."

"흙타령을 제발 고만 좀 하셔요. 어머니? 십여 년 만에 모처럼 내려온 딸과 사위 앞에서 이게 무슨 자중지란이예요. 어서 유쾌한 대화를 하시자고요. 이놈의 흑백텔레비전 땜에 분위기가 깨질 것 같네요."

초순이가 초조한 듯 끼어든다.

"성은 모를 거야. 이게 우리 집의 일상적인 대화여. 나는 아무렇지도 않은데 호… 호호…."

삼순이의 말에 방안이 조용해진다. 다만 천식으로 시달리는 준보의 목구멍에서 가래 끓는 소리가 그르렁 그르렁 들려온다. 하지만 모두가 다음 이야길 기다리는 눈치였다. 부자연스런 침묵이 잠시 이어지다가 초순이가 자세를 고치면서 불쑥 한마디 던진다.

"어머니? 우리도 이제는 남들처럼 문화생활을 하셔요. 오다

보니께 농촌도 참 좋아진 것 같던데요.”

“빛 좋은 개살구여. 겉만 번지르르혀면 뭣혀, 하눌이 구멍나구 흙이 썩구 있는데. 원젠가는 큰코다칠 때가 올 거다.”

“호호… 어머니는 참, 아니 어떻게 세상의 거센 물결을 어머니가 그러신다고 막아질 것 같아요. 성인도 시속을 따르라는 말도 있잖아요. 나무함박을 아무리 오래 놔두어도 쇠함박 될 수 없다구요.”

“나두 알구 있다. 허지만 타고난 성미가 그런 것을 워쩌냐.”

“앞으로 눈 딱 감으시고, 집도 새로 개조하시고, 부엌도 입석으로 고치시고, 냉장고, 가스렌지 그리고 텔레비전도 천연색으로 교체하시고, 가능하시면 자가용도 사시고해서 남들과 같이 멋지게 사셔요. 맨날 고릿적 생각만 허시고 궁상떨지 마시고요. 아셨죠?”

“이 지집애야, 무르면 입이나 닥치구 있으라구. 고생을 혀두 내가 혀구, 호강을 혀두 내가 혀능겨. 시상에 아궁이 웁는 부엌이 그게 무신 부엌이여. 아궁이에서 장작불이 활활 타오르구 그 불기운을 쬐야 사램이 사램답게 익어가능거라구. 가스나, 지랄이라나 그게 워디 부엌에서 쓸 수 있는 불이냐말여. 나는 그 입식부엌이라나 그것을 볼 때마다 하두 신풍스러워서 욕지기가 울컥혀고 치밀더라. 그저 부엌에는 참말루지 아궁이가 있구, 가마솥이 걸려 있구 부뚜막머리에는 큰 물독을 묻어 놓구, 낭구간에는 장작이 그득히 쟁여 있구, 부엌바닥은 조개를 엎어 놓은 것처럼 흙이 살어나구 그래야만 조상님이 안심혀시구 복을 주신다 이말여 내 말은.”

준보와 삼순이는 하도 많이 들은 말이라 무덤덤한 표정이었고, 초순이와 구만득만이 홍미진진하게 경청하고 있었다.

흙무당이 어눌하게 자신의 평소의 생각을 가감 없이 늘어놓자, 초순이와 구만득은 현실성은 희박하지만 귀담아 들어둘만한 대목임을 인정하는 듯 초순이는 가만히 한숨을 간헐적으로 토해내면서 감탄하는 것이었다.

"내가 왜 냉장구라나 그런 것을 싫어혀는지 알기나 아남. 삼순이나 좀 알까?"

흙무당 건너편에 묵묵히 앉아있던 삼순이가 화들짝 놀라면서 정색을 하더니 침착하게 말한다.

"어먼님의 깊고 깊은 심정은 정말 하늘이나 알고, 땅이나 알지 아무도 몰라요. 사람으로서는 그나마 제가 쬐끔 알고 있을 거예요. 그래서 저는 어먼님께서 하시자는 대로 성심껏 따르고 있어요. 어먼님께서 원하신다면 입식부엌이나 냉장고, 가스렌지, 텔레비전을 왜 안 해 놓았겠어요. 어먼님이 한사코 반대하시기 때문에 그냥 살고 있는 거예요. 전화를 놓는데도 근 이년간을 어먼님를 설득해서 놓았다구요. 전화를 놓구서도 지금껏 어먼님은 여간해서는 전화를 걸지도 않으시고 받으시지도 않으셔요."

흙무당은 삼순이의 부연설명을 액면 그대로 받아들이는 듯 입가에 미소를 띠며 만족해하는 표정이었다.

"너희들은 아직 김치맛을 무를거다. 생김치는 생김치대루, 신김치는 신김치대루 다 제각끔 맛을 지니구 있다구. 여름에는 열무김치가 시여, 골가지가 하얗게 끼구 군동내가 코를 푹푹 찌르는 것을 한 사발 푹 떠다가 찬 꽁보리밥 한 덩이 뚝 떠서 그 열무김치에 말어 묵어봐라. 내 입맛엔 시상에 그보다 더 맛

있는 음식이 워딨냐. 한 마디루 꿀맛이지 꿀맛. 그런디 김치를 냉장구라나 지랄이라나 그 속에 집어 쳐넣구 꽁꽁 얼려 쳐 먹어? 뭇 쓴다, 뭇 쓰구 말구. 그러니 하눌과 흙이 대노하시어 천벌 흙벌을 네리시능거라구. 두구 봐라, 내말이 틀리나. 또 있다. 한겨울 흙속에 묻은 김칫독에서 끄내 온 김치맛 월매나 싱싱혀구 참맛이냐? 시상천지 그런 김치맛은 여기 시굴 아니구서는 맛볼 수 웂다. 그 맛은 하눌과 흙이 사람에게 주신 참맛이구 참복(慙福)이라구. 그리구 이듬해 겨울내 묻어뒀던 김칫독에서 동치미를 끄내어 채를 쳐 시원한 우물물에 담궈 모심고, 논매고 밭맬 때 밥을 말어 후룩후룩 마셔봐라! 워디 인삼 녹용이 그보다 더 보(補) 될 수가 있느냐구. 천하의 진미지, 상감님의 밥상에두 뭇 오르는 진수성찬이라구. 이런 참맛을 무르구 시두 때두 웂시 김치를 냉장구에 얼려 사시장철 얼음국물을 마시구사니 세상인심이 이렇게 모질구, 차구, 서루 찔러 죽이구두 눈하나 깜작혀지 않는 뭇된 늠의 시상이 되얐다구. 큰일이여. 그러니 자연 흙을 무시혀구, 병들게 혀구 끝내는 흙을 전부 죽이구 말었다구. 흙이 죽었다는 것은 사램이 죽은거나 진배웂다구. 사램이 죽는다는 것은 바루 인심이 죽은거나 마찬가지지. 이게 모두가 사람들의 잘못이라구. 우라질늠들, 제목숨지가 잡어쳐묵구 앉어있다구… 히힝….”

“어머니?”

흙무당의 어투가 예사롭지 않자 초순이가 애원하듯 흙무당을 부른다. 그러나 초순이는 흙무당을 불러놓고는 할 말을 잊은 듯 조금은 당황스런 기색을 보이고 있었다. 덩달아 구만득이도 얼이 빠진 듯 고개를 푹 숙인 채 방바닥의 무늬를 손가락으로 줄을 따라 그리고 있었다. 그러나 준보와 삼순이는 별다른 표정변화가 없었다. 오랫동안 흙무당 넋두리로 단련된 탓이기도 했다.

전반적으로 생활이 향상되면서 준보와 삼순이는 부엌도 개조하고, 생활필수품인 냉장고, 텔레비전, 가스렌지 정도는 갖춰놓고 살자고 혀가 닳도록 설득을 했지만 그럴 때마다 흙무당은 그게 모두 하늘과 흙을 무시하는 소행머리라며 주어진 여건 속에서 분수껏 살아야 복을 받는다고 뱁새눈을 흡뜨면서 으름장 놓는 것이었다. 그리고 촉새가 황새를 따라가려면 가랑이가 찢어지는 법이라고 맞서는 것이었다. 삼순이는 당초부터 어머니의 타고난 깊은 뜻을 이해했는지라 수긍하고 곧바로 어머니의 설득에 순응했지만, 준보는 싸우고 또 싸우다 지쳐 제물에 두 손을 들고 물러섰던 것이다. 사실 돈주머니를 꽉 움켜쥐고 있는 흙무당으로서는 부녀가 아무리 용을 써도 결정권은 자신이 쥐고 있다는 사실을 꿰뚫고 있는 이상, 자꾸 설득할 이유가 없었다. 지금 가지고 있는 흑백텔레비전도 만돌네가 칼라텔레비전으로 대체하면서 전파상에게 단돈 몇 천 원을 받고 그냥 넘기는 것을 달기가 옆에서 보고 울고불고 그것을 사서 설치하자고 매달리는 통에 흙무당은 마지못해 외아들의 청에 굴복했던 것이다. 하지만 흙무당은 난생 처음 설치한 텔레비전 앞에 진득히 앉아서 구경을 한 적이 별로 없었다. 그것을 볼 시간이 있으면 차라리 밭에라도 나가서 곡식을 가꿔야 한다는 것이 그니의 변함없는 신념이었던 것이다.

"어먼님? 어먼님 맘, 충분히 이해하고도 남아요. 하지만 이제 시기적으로 그 옹고집을 꺾을 때도 된 것 같아요, 어먼님."

"옛날부터 누울 자리 보구 다리 뻗으랬댜. 개뿔두 읎는 집구석에서 넘들 혀는 대루 냉장구 놓구, 헛구신상자 사구, 부엌고치구 혀면 되능건감. 그저 분수껏 살어야 혀느니라 사램은. 우리가 원제쩍부터 잘 살았어, 옛날 보리고개를 생각혀면 내남적 읎시 이렇게 흥청대다가 한 번 큰 코다친다구. 하눌이나 흙이 그냥 보구만 계시지 않을꺼다. 두구봐라! 정신 바짝 차려야 살어 남는다구. 요즘, 사램 죽이는 일 줄줄이 터지는 까닭두 어려서부터 분수를 무르구 흥청망청 먹구쓰구현 애들이 커서 끔찍한 일을 저지른다구. 허구헌날 저 늠의 헛구신상자 속에서 구신들 노는 짓거리가 뭣여? 나는 잘 무르지만 맨날 사램을 식은 죽 갓 둘러먹듯 쉽게 죽이구, 벌거벗구 끄러안구 춤추구 염병지랄을 피우니 애들이 무신 본을 보겠어. 너무두 뻔혀지. 뭣보다두 저 늠의 헛구신상자부터 이 시상에서 싹쓰러버려야 쓴다구. 그래서 헛구신상자를 읎세구, 옛날마냥 하눌 천, 따지를 가리켜야 쓴다구. 그래야만 부무에서 효도혀구 나라상감님께 충절을 바치구혀야 나라가 바루 슨다구. 별늠이 별소릴혀두 지금처럼 놔뒀다가는 이 천지에 든 중환을 뭇고친다구. 사램이 영악혀지구, 사램이 사램을 밥먹듯 쥑이는 것이 별거아녀. 천지를 받들지 뭇현까닭이라구. 모든 사램들이 흙에 머리를 묻구 용서를 빌어야 쓴다구. 알겄남?"

"어먼님 말씀이 지당하시옵니다."

구만득이가 조심조심 맞장구를 친다.

"사램들이 위째서 올챙이적 생각을 뭇 혀는지 원, 그래 올챙이가 개구리 됐다구혀여 흙과 물을 뜰 수 읎듯이 사램두 꼭 마찬가지여."

이때, 문밖에서 인기척이 났다. 방안에서는 대화를 중단하고 귀를 기울였다. 기침을 콩콩하며 들어서는 사람은 만돌아버지였다. 저녁을 먹었느냐는 수인사가 오가고 난후 만돌아버지는 구만득과 통성명을 했다. 만돌아버지는 바로 옆에서 줄담배를 피우고 있는 준보에게 찾아온 사유를 밝힌다.

"다음 월요일부터 이박삼일간 부곡하와이로 해서 진주까지 단체관광을 더나는데 노비일부는 국회의원님이 부담하고, 우리는 버스값만 내면 되닝께 이런 때 흙무당도 부부동반으로 같이 가유. 농사도 필혔겄다 좀 좋아유. 흙무당 좋구, 준보 좋구."

만돌아버지는 준보와 흙무당을 번갈아 쳐다보며 함께 가자고 간청을 했다. 그러나 준보는 흙무당의 눈치를 살피며 꿀 먹은 벙어리였고, 흙무당은 아예 고개를 외여 빼고 있었다. 흑백화면이 심하게 흔들리면서 음향이 칙칙 거리자, 삼순이가 스위치를 눌렀다. 방안이 태풍일과 후와 같이 조용해졌다.

"흙무당 안 가실래유?"

만돌아버지가 답답하다는 듯 재차 다그쳤지만 역시 묵묵부답이었다. 만돌아버지는 좀 무안했든지 이번에는 준보를 돌아보며 눈짓으로 가부를 추궁했다. 그래도 준보는 엄처시하인지라 흙무당을 힐끔거릴 뿐이었다.

"어머니? 달기두 입대하구 마음이 허전하실텐데 이런 좋은 기회에 유람이나 다녀오셔서 마음을 푸셔요, 어머니. 그러면 건강도 좋아지시고 생기도 나시고요."

초순이가 의젓하게 거들었다. 그러나 흙무당은 칼로 무 자르듯 냉엄하게 잘라버린다. 여전히 한이 서린 말투였다.

"뭐이 말러비틀어진 게 관꽹이여. 처 먹구 헐일 웂는 인간들

이나 하는 거지 난 못 간다. 거기갈 짬이 있으면 밭에 나가 흙
이라두 한 번 더 만져 보겄다."

만돌아버지가 다시 나선다.

"죽구나면 싫어두 흙속으루 들어가는디 워찌서 자나 깨나
흙타령이래유. 오죽허면 사람들이 흙무당이라구 아주 별호를
붙여겄슈? 참말루지."

"나는 흙무당이라는 이름이 참말루 듣기 좋아유. 참말루 영
험혀신 흙구신이 제게 내리시어 그 눔의 우루과인지 지랄구신
인지 하는 서양 잡눔을 잡어 족쳤으면 십년체증이 다 뚫리겄
슈. 젠장 맞을 눔의 것."

"우루과이 라운드가 왜 서양 잡눔이유."

"쌀 한가마니를 오만 원에 파는 눔들이 잡눔이 아니면 뭐래
유. 미친 눔들이쥬.

"일테면 그렇다 그거지, 지금 누구도 쌀을 오만 원에 판 사
람도 산사람도 없잖어유."

만돌아버지는 헛심이 켜는 듯 빙그레 웃으며 말했다. 이어
그는 주머니를 부스럭부스럭 뒤져 담배를 꺼내어 피워 물고는
정색을 한다.

"흙무당두 이제는 밥 안 굶고 살만큼 됐잖어유. 논밭두 사들
이구 말유. 앞으루는 더 땅 살 생각 버리구 여생을 준보와 같
이 즐기면서 살생각혀유. 집두 번듯허게 수리허구, 냉장고, 텔
레비죤, 자가용도 사구요. 그리고 짬나는 대루 관광도 다니고,
이것이 모두 인생사는 재미 아뉴? 흙무당 안색이 요즘 들어
아주 안 좋아 보여요. 노세노세 젊어서 놀자는 타령두 있잖어
유. 더 늙어봐유. 돈 읍구 힘없으면 아무데두 쓸모가 없는 게

인생 아뉴. 육십되구 칠십 돼 봐유. 누가 거들떠나 보나, 더 늙기 전에 관광가유, 이양반아."

"젊어서 맨날 놀기만 혀면 일은 워느 천 년에 현대유. 그 시상망혈 소리 구만 좀 혀유. 시상에 이웃 간에 그게 혈소리유? 나는 집고치구, 냉장구 사구, 텔레비죤 보구 관괭 댕기는 게 참말루 죽기보다두 싫유. 나는유 흙속에 묻혀있으면 신선된 기분이여유. 맴두 편안혀구, 몸두 구룸을 타구 하눌루 올라가는 것만 같혀유. 꼭 천당이래두 간 것 같쥬. 만돌아버지가 내 맴을 워찌 알겄슈. 혈말 읍쓰면 어서 돌아가유."

"누가 흙일을 허지 말랬어요. 일을 허면 여가를 즐기자 그 말이쥬."

"만돌아버지나 실컷 즐겨유. 나는 죽었다 깨어나두 안 갈거유. 어서 집에 가서 만돌어머니 궁둥짝이나 두둘겨유…."

"왜 이참에 만돌어머니 궁둥이가 나온대유. 농담 구만혀구 이번에는 꼭 가야만혜유 사람이 안 차유. 의원님이 꼭 채우라구 신신당부를 했어유."

"그러면 더더욱 못 가유."

그랬다. 그것은 분명히 느낌의 차이였고 생각의 차이였다. 햇수로 꼭 오년 전의 일이었다. 흙무당은 만돌아버지와 어머니의 강권에 못 이겨 거금(?) 오만 원을 내고 난생처음 서울구경을 나섰다가 기절초풍을 했었다. 지금도 그때의 악몽을 간간 되새기고는 몸서리를 치곤한다. 서울관광은 한마디로 지옥을 다녀온 것이나 다름없었다. 첫째로 흙무당은 사람에 치어 정신이 멍멍하기까지 했다. 그리고 하늘을 찌른 듯한 높다란 집들이 금방이라도 와르르 무너져 깔려죽는 게 아닌가하여 가슴이 두근거리고 똥구멍이 옴찔거렸다. 밀려드는 자동차에 현훈이 일면서 제물에 토악질을 했던 것이다. 그래서 이박삼일동안 죽을 똥을 싸면서 맥물조차 마시질 못했다. 한마디로 흙무당에게는 세상에서 가장 가혹한 형벌이었다. 하지만 같이 간 떨거지들은 잘 먹고, 잘 마시고, 잘 떠들고, 날밤을 새면서 잘 놀고, 잘 구경하고 잘도 쓰면서 잘도 쏴다니고 있었다. 흙무당은 그런 요지경을 지켜보면서 아무튼 세상이 거꾸로 돌아간다고 한숨만 푹푹 내쉬었던 것이다. 집에 돌아온 흙무당은 생전 처음 한밤과 이틀을 꼬박 누어지내면서 돈 오만 원과 시간이 아까워 몸살을 앓았던 것이다.

그 후 흙무당은 입에서 관광소리만 나와도 진저리를 치곤했다. 봄, 가을 두 번씩 이리 뜯고 저리 뜯어 연례행사로 작당을 지어 전국을 누비고 있지만, 흙무당은 까마귀 노는 곳에 백로가 낄 수 없다는 심정으로 서울관광 후 한 번도 단체관광에 나선 적이 없었다. 동네사람들은 흙무당의 강퍅한 성미를 아는지라 까놓고 관광을 가자는 권유를 더는 안했다. 그런데 느닷없이 만돌아버지가 찾아와 부곡하와이 어쩌구 하며 부부동반으로 가자고 한다. 그리고 그는 의원님도 앞으로는 규제도 심하고, 보다도 주머니사정이 여의치 않아 이번이 마지막 선심관광이 될 것이라는 토를 달기까지 했다. 사정이야 어떻든 간에 흙무당으로서는 치가 떨리는 소리였다.

"그 여드레 쌂은 호박에 도래송곳 안 들어갈 소리 혀들말어유. 나는 관광의 관자소리만 들어두 가물킬 지경이유."

흙무당이 매정하게 쏘아 붙인다.

"사람이 뭐 한 백년 산대유? 건강두 좋지 않은디 부곡온천에 가서 탕물에 그동안 쌓이고 쌓인 마음의 때와 몸의 쌓인 때를 깨끗이 벗기구 나면 병두 나을 거유. 그리구 준보와 부부 동반이니 좀 좋아유? 맨날 아웅다웅하다 이런 때 뭣이여 사랑도 허구 뽀보두 좀 헤서 인생의 참맛을 맛보란 말유. 그리구 그동안 적립한 돈과 의원님의 보조금이 아깝지두 않대유?"

"평양감사두 지 가기 싫으면 안 간대유. 난 적립현 돈두 웁구 의원님 돈두 싫유."

"음으로 양으로 선거 때마다 동네에 생긴 돈이 꽤 되유. 그것두 우리 모두의 돈유."

이때, 구만득이가 제 딴에는 점잔을 빼며 참견을 한다.

"어머님? 이제 조금 있으시면 오십 고개이십니다. 그리고 평생 자식들을 위하여 헌신하셨습니다. 이제는 가능한 한 여생을 편안하고 즐겁게 보내셔야 합니다. 우리가 갑자기 나타나 관광을 못 떠나시는 게 아닌가하는 노파심에서 말씀드립니다마는 저희는 내일 틀림없이 떠나겠습니다. 저희도 나름대로 무척 바쁜 몸입니다. 이번에도 내려올 형편이 아닙니다마는 큰 맘 먹고 왔습니다. 결혼 후 몇 년을 벼르다가 더 이상 지체하면 불효막심하다고 생각되어 잠시 인사만 드리고 떠날까 합니다. 저희 때문에 집안일에 차질이 생겨서는 안 됩니다. 어머님! 저희는 저들과 대결하여 승산이 있습니다. 저….."

이때, 초순이가 구만득을 잡아 삼킬 듯 쏘아보며 옆구리를 직신거렸다.

"자기두 잔소리가 많어. 여기가 무신 돗때기아사리판인 줄 아남. 니얄이 아니라 지금 당장이라두 가구 싶으면 가라구. 그리구 끄트머리 그 말은 무신소리여, 뭐 사램이래두 쥑여 보겠다능겨?"

구만득은 찔끔하더니 고개를 자라목처럼 움츠리며 모기소리만큼 대답한다.

"어먼님 지가 경솔했습니다. 착각을 하고 무의식적으로 나온 말입니다. 용서하십시오. 그리고 이 밤에 어떻게 떠나겠습니까. 하루 밤 자고 내일 떠나겠습니다."

"그러기 찢어진 입이라구 함부루 지껄이지 말라구, 이 사람아 버릇 웁시…."

드디어 흙무당의 본색이 조금씩 달아오르기 시작한다. 만돌 아버지는 더 앉아있기가 민망했던지 부스스 자리를 털면서 다시 한 번 생각해보라고 권고하고서는 방문을 열고 사라져버린다. 준보가 사라지는 만돌아버지 등에 대고 잘 가게! 하고 인사말을 던졌지만 대꾸가 없었다.

이튿날 아침이었다. 삼순이는 평소와 같이 일찍 출근을 하고 초순이와 구만득, 준보, 흙무당 이렇게 네 사람이 조반을 마친 후 이런저런 잡담을 나누던 중 초순이가 무슨 말을 할듯할듯 초조해 하더니 드디어 본말을 조금씩 털어놓기 시작한다.

"어머니? 옛날보다 형편이 많이 펴신 것 같아요. 어머니가 그렇게도 소원허시던 윤영장네 땅도 사시고, 정말 지성이면 감천이라더니 그 말이 맞는 것 같아요. 사실은요 어머니, 저희도 웬만큼 살게 됐거든요. 그런데 이번에 사업상 뜻하지 않게 받을 사람한테 돈을 못 받아 부도(不渡) 일보직전이거든요. 이 고비만 넘기면 만사형통헐 것 같아요. 어머니…."

"……."

초순이는 진실이든, 가식이든 간에 또 눈물을 쏟고 있었다.

그 흐르는 눈물을 초순이는 손수건으로 찍어내면서 말을 청산유수로 이어간다.

"요 고비만 넘기면 땅 짚고 헤엄치기예요. 슬기롭게 고비만 넘으면 충분히 한밑천 잡을 수 있는 유망한 업종이거든요. 사실 저희는 어디 가서 돈을 꾸어달라고 하기가 죽기보다도 싫거든요. 이런 성질머리도 따지고 보면 다 어머니를 닮은 탓인가 봐요. 생각 생각 끝에 그래도 천륜인 부모자식간이라 염치 불구하고 겸사겸사 내려왔어요. 어머니? 처음이자 마지막으로 한 번만 도와주셔요. 소도 언덕이 있어야 비빈다고 했어요. 이런 때 한 번만 도와주셔요. 그러면 수금이 되는대로 한 달 내에 꼭 갚어 드릴께요. 어머니?"

흙무당의 뱁새눈이 묘하게 일그러지며 독기를 내뿜더니 이윽고 구만득을 째려보면서 모든 사안이 네놈의 농간이라는 듯 한숨을 달더니 말했다.

"그런 씨 안 먹는 소리 다시는 입 밖에 내지도 말어라. 이 가난한 시굴에 무신 돈이 있다구, 니 냄편이 저렇기 훌륭헌디 예까지 돈을 꾸러와? 넘들은 딸 잘 둬 비양기타구 미국두 간다더라만 니들은 왜 하나같이 등살이냐, 뭇난 것들."

"사람이 어떻게 천편일률로 살어요. 이런 사람도 있고, 저런 사람도 있죠. 그럼 윗말 땅은 뭘로 사셨어요?"

"에미 머리카락 팔어 산땅 팔구, 쇠돼지 있는대루 팔구, 삼순이 시집갈 밑천까지 끌어써두 무잘러 농협에서 천만 원 장변 얻었다. 뭐시 또 궁금헌 것 있어?"

흙무당의 기상이 심상찮게 변하자, 서울 아사리판에서 단련된 초순이지만 어머니의 폭풍 같은 기질을 익히 아는지라 은근히 겁이 나기도 했지만, 처지가 아주 난처하고 다급한지라 이판사판으로 대거리했다. 삼류술집에서 막가는 남자들을 주물러 호리던 기교를 부릴 수밖에 없었다. 초순이는 일차적인 수단으로 눈물을 연신 흘리면서 흙무당의 분노와는 반대로 놀랍도록 침착한 어조로 위협과 설득을 같이 펴나간다.

"어머니가 우리 어려서부터 주문처럼 하신 말씀이 있으셔요. 열 손꾸락 깨물어 안 아픈 손꾸락 없다구요. 딸자식도 자식이예요. 아니 이 초순이도 분명 아버지의 피를 빌고, 어머니의 살을 빌어 태어난 자식이라구요. 헌데도 어머니는 날 너무 칭화 하셨어요. 나는 이 세상에 태어난 것이 나의 의사와는 아무 상관이 없어요. 어머니 아버지가 좋아서 낳은 찌꺼기예요. 그런데도 어머니는 내가 못생겼다고 무지허게 미워하신 거 인정하시죠? 낳아서 그냥 허허벌판에 발가벗겨 내동이칠 것 뭣 땜에 낳았어요. 낳았으면 끝까지 책임을 지셔야죠. 어머니는 달기만 금이야, 옥이야 하고 기르시고 우린 천덕꾸러기로 키우신 것 아시죠. 나는 부모로부터 받은 학대를 당당하게 보상받을 수 있는 권리가 있다구요. 어머니? 오직 어렵고 다급하면 불쌍한 어머니에게 애원을 하겠어요. 그저 미운놈 떡 하나 더 준다고 했어요. 어머니? 부도가 나면 우리 부부는 당장 철창신세를 지게 되요. 도와주셔요. 이 순간만 넘기면 성공할 자신이 있어요. 우선 땅 값 치를 돈에서 삼백만 원만 뚝 떼어 주셔요. 삼순이는 아마 더 많은 돈을 가지고 있을 거예요. 걔는 어머니를 닮아서 어려서부터도 구두쇠흉내를 냈거던요. 어머니 한 번만 살려주셔요. 네?"

어제와는 영판 달리 초순이의 까붙인 눈동자가 초롱초롱 빛나고 있었다. 흙무당은 초순이의 무시무시한 눈초리를 피하면서 고만 섬뜩함을 느낀다. 불길한 예감이 스쳐가면서 등골에 오한이 서리는 것도 같았다.

"삼백만 원?"

"그래요, 어머니. 요즘 돈 삼백만 원이 뭐 돈이예요?"

"얘가 시방 무신 도깨비 방귀끼는 소릴 다 헌댜. 간뎅이가 부을대루 부었구먼. 니가 시방 정신이 있니 웂니? 삼백만 원이 돈이 아니라구? 그러면 어느 집 가이 이름이 삼백만 원이냐?"

흙무당은 하도 어처구니가 없어 목소리도 제대로 나오질 않는다. 사지가 신장대처럼 덜덜 떨리는 것만 같다. 그러나 초순이도 만만찮게 대거리를 한다.

"그럼 삼백만 원이 돈이예요. 돈 많은 사장님의 하루 밤 술값도 제대로 안 되는 액수라구요. 정말 우럼니 지하실인 가봐."

"열 번 죽었다 깨어나두 난 뭇현다."

"제가 어머니보고 삼백만 원을 도와달라는 것은 정말 어머니를 위해서예요. 효녀두신 줄 아세요. 이 재산 제대로 상속을 받으면 몇 천 만원이 된다구요. 어머니 저 상속포기각서 써드릴테니 삼백만 원만 꼭 도와주셔요. 안도와 주시면 줄초상 난다구요. 삼백만 원이 정이 어려우시면, 우선 이백만 원만 해 주시고 나머지는 며칠 후에 해 주셔도 되요. 어머니? 이 초순이 불쌍헌 년이예요, 한 번만 도와주셔요."

참으로 마른하늘에서 날벼락 치는 거와도 같았다. 흙무당은 하도 분통이 치밀어 안절부절 못한다. 금방이라도 초순이와 구만득의 목이라도 잡고 비틀 그런 기세지만 그래도 자식이라 차마 완력까지는 행사치 않고 자제하는 그니의 표정은 너무도

처참했다. 흙무당에 비하여 초순이는 미리 각본을 짜가지고 온 듯 태연자약했다. 초순이는 아무리 흙무당이 노발대발해도 침착을 잃지 않고, 반박과 회유를 적절히 구사하면서 논리정연하게 대거리하는 것이었다. 더하여 초순이는 어려서 배곯던 이야기로부터 공장생활의 쓰라림, 술집 접대부에서 초혼실패까지의 이야길 반복 늘어놓으면서 있는 자들의 흥청망청 써대는 황금만능주의의 세태를 실감나게 비판하는 것이었다. 그리고 나서 집에 한 푼이라도 보탰으면 보탰지, 집 돈을 갖다 버린 적은 없다고 강변하는 것이었다. 두 번에 걸친 결혼식도 자신이 피땀 흘려 모은 돈으로 치뤘다면서 어느 부모치고 딸자식 시집가는데 단돈 삼백만 원도 안 쓰겠냐며, 낳아만 놓으면 자식이 나고 나중에는 뎁되 삿대질까지 해대는 것이었다. 흙무당이 하도 분하고 기가 막혀서 묵묵부답하자, 초순이는 결론적으로 자신은 좀 더 잘 살아보려고 구만득과 결혼하여 사업에 손을 댔지만 수금이 부진하여 궁지에 몰렸으니 시집보낼 때 혼수 해준심 치고, 기어코 돈을 해내라고 조른다. 흙무당은 누구 앞에서나 자신은 낫 놓고 격자도 모르는 순무식꾼이라고 자처하지만, 오늘 초순이의 이야길 듣고 보니 정말 불쌍한 생각도 들고, 또한 그녀의 요구가 무리한 것만은 아니라는 생각이 들기도 한다. 흙무당은 덮어놓고 흥분과 욕지거리로 초순이와 맞서느니보다 살살 구슬려서 어떻게 돈 백만 원이나 장만하여 한시바삐 내쫓는 것이 최상책이라는 생각이 들었다. 사실 흙무당은 일자무식꾼이지만 동네에서는 사리밝기로 호가 나 있었다. 간혹 이웃간에 돈거래가 있을 때 갚는다는 날짜를 한 번도 어긴 적이 없었다. 그리고 무슨 일이고 자신에게 해가 미치지 않는 한 대세 쪽으로 판단하고 협조하는 현명함도 소유하고 있었다. 그러나 현재로서는 주머니에 단돈 만원 한 장도 없다. 흙무당은 삼순이가 퇴근하면 상의하여 우선 삼순이의 돈을 빌어 발등의 불을 끄기로 한다. 그러니 흙무당은 절대로 백만 원 이상은 해줄 수 없다고 굳게 마음을 다잡는다. 초순이는 갚는다고 큰소리치지만, 흙무당은 그녀에게 돈을 건네는 것은 밑 빠진 독에 물붓기라고 생각하고 있다. 일단 백만 원을 해 주기로 결심하자, 흙무당은 앞이 캄캄했다. 사실 돈쓸 구멍은 열 손가락을 꼽아도 모자랄 지경이다. 농협원금 일부와 또 이자돈, 수세와 지세, 머지않아 달기 놈 면회도 가야할 것이다. 가을철이 닥치면서 시도 때도 없이 결혼축의금이 수월찮게 나간다. 자식도 정각각 흉각각이라더니 초순이가 이제 자식이라는 느낌보다는 무슨 공갈협잡배로 보인다. 얼마 전 세상을 떠들썩하게 했던 연쇄살인집단의 그런 부류가 아닌가하는 의구심이 울컥 치밀기도 한다. 요는 한시바삐 년놈들 집밖으로 쫓아내야 한다는 것이 시급한 일이라고 생각한다. 도무지 구만득이라는 자의 정체가 무엇보다도 아리송하다. 처음에는 술집에서 무슨 북을 친다더니 다시 사업에 손을 댔다는 것도 믿어지지 않고, 사업이라는 업종도 음반판매업이라고 했다가 나중에는 비디오가게를 운영한다는 등 횡설수설했다. 흙무당은 그들과 계속 싸우다가는 더 큰 화를 자초할지도 모른다는 지레짐작에서 슬그머니 자신도 모르게 꼬리를 사렸던 것이다.

흙무당이 흥분을 조금 가라앉히며 낮은 목소리로 말한다.

"에미가 너희들 키울 때 뭐라구 했어? 귀 막구 방울도둑질혀는 짓은 혀지 말라구 혔지. 에미 말대루 고향에서 오순도순 흙이나 일구구 살자구말여. 지난날 후회해봐야 죽은 자식 자지 까기지만서두 네 꼴을 보니 에미 맴이 처량혀서 그런다."

"지금 시골에서 흙이나 뒤지고 사는 멍청이가 워딨어요. 있다면 그것은 미친 년놈들이라구요."

"그래서 너는 이렇게 출세를 혔남."

"아직 앞길이 구만리라구요. 더 두고 봐야지요. 사람은 죽어 관뚜껑을 덮을 때 평가한대요. 저는 반드시 부자가 되고 말꺼예요. 그래서 밑천을 마련하러 온 거예요."

"시상에… 말혀야 입만 아프다. 내가 그 많은 돈을 워떻기 장만허니, 삼순이가 퇴근혀구 오면 의논혀보마."

무슨 짓을 벌일지 몰라, 흙무당은 우선 안전방어책으로 삼순이를 끌어드린다. 또 삼순이는 능히 이 어려운 파고를 헤칠 수 있는 지혜와 용기가 있다고 철석같이 믿기 때문이었다.

"어머니? 정말 도와주셔요. 아까도 말씀하셨듯이 열 손가락 깨물어 안 아픈 손가락 없다구요. 나도 분명히 어머니 뱃속에서 태어난 자식이예요. 어머니의 그 한 핏줄이 지금 무지무지한 고통을 겪고 있어요. 어머니의 핏줄이 이렇게 수난을 당하고 있는데, 어머니가 이심전심으로 편안하실 리가 있으시겠어요. 어머니? 이번 딱 한 번만 눈 딱 감으시고 먼저 이백만 원만 융통해 주셔요. 한 달쯤 후에 꼭 갚어 드릴게요. 궁극적으로 자식이 존재한다는 행복한 고민으로 여기시고 이 초순이 살려주셔요, 어머니. 진심에서 말씀드리는 거예요. 아시죠? 그리고 나중에 저희가 상속권을 주장하여 법원으로부터 판결을 받으면 이백만 원이 아니라 천만 원, 이천만 원도 될 수가 있어요. 배보다 배꼽이 더 커질 수도 있어요. 상속은 법으로 보

장이 되어있어요. 상속포기각서를 당장 쓸테니 이번만 도와 주
셔요, 어머니…"

쇠파리 같이 끈끈하던 초순이가 쉽게 무너지면서 그녀의 흐
리멍텅하던 눈동자에 이슬이 끼기 시작한다. 그 눈물의 의미는
덮어두고, 그 눈물의 실체가 흙무당의 마음을 야금야금 휘저어
놓는다. 하지만 초순이의 눈물의 의미는 컸다. 어린 시절의 똥
구멍이 찢어지도록 가난했던 시절, 가출 후 서울의 아사리판에
서 극기야는 육신을 담보로 목숨을 부지했던, 그리고 지금 옴
치고 뛸 수 없는 극한사항 등이 얽히고 설켜 저도 모르게 눈
물이 맺히는 것이었다. 흙무당은 초순이의 눈물을 보자 마음이
약해졌다. 흙무당이 세상을 살아오는 동안 가장 무서웠던 것은
귀신도 도깨비도 호랑이도 아닌 바로 자식들의 눈물이었던 것
이다.

드디어 초순이의 두 눈에서 눈물방울이 뚝뚝 떨어진다. 그
눈물방울을 지켜보다가 흙무당은 별안간 초순이의 두 손을 꼭
움켜쥐면서 같이 훌쩍거린다.

이때, 모녀간의 참정이 핏줄을 통하여 교감하면서 그 동안의
서운함을 말끔히 씻어버린다. 모녀간의 진정어린 몸부림을 준
보나 구만득은 더 지켜보기가 민망스러운 듯 슬그머니 방문을
열고 나가버린다. 목석과 같은 그들이었지만 인간의 순수성 앞
에서는 무쇠같은 감정도 녹는 듯 하였다.

이날 저녁, 삼순이는 전화연락을 받고 팔십만 원을 변통해가
지고 왔고, 흙무당이 동네방네 누비며 긁어모은 삼십만 원을
받아가지고 초순이와 구만득은 쫓기든 이튿날 새벽 황망히 사
라지고 말았다.

흙무당은 초순이도 어쨌든 제 뱃속에서 낳은 자식인지라 그들이 도망치듯 시야에서 사라지자 다시금 슬픔과 저주같은 감정이 요동을 치기 시작했다. 하지만 한편으로는 앓던 이 빠진 것보다도 더 시원했다. 다시 말해서 이런 경우를 시원섭섭하다고 하나보다고 생각하며 쓴 웃음을 지었다. 그리고 자식도 품안적 자식이요, 사람노릇을 해야 자식대접을 받지 불효자식은 딴 남만도 못하다고 생각했다.

아랫목에서 멍청히 앉아 원숭이처럼 두 눈만 껌벅거리던 구만득이의 환상이 떠오르자 흙무당은 아침 먹은 밥알이 거꾸로 기어 넘어올 것만 같았다.

어쨌든 그들 내외가 새벽댓바람과 같이 사라지자 집안은 태풍이 모질게 휩쓸고 지나간 후처럼 황량했다. 이만저만 큰 풍파가 아니었다. 호랑이도 때려눕힐 수 있다는 담력과 완력을 소유한 흙무당이지만 초순이 앞에서는 천륜 탓인지 별나게 유약했던 것이다.

흙무당은 이래저래 심기가 편치 않아 생전처음 방문을 걸어잠그고 두문불출, 몸을 뒤채면서 끙끙 앓고 있었다. 아무리 좋게 생각하려해도 악몽에 시달린 듯도 했고, 도깨비에 홀린 듯도 했다.

그랬다. 정말 자식 앞에서는 그지없이 약해지는 것이 모정이라고 생각한다. 지나온 발자취를 대충 더듬어 봐도, 자식들과의 사소한 의견충돌에서도 결국은 흙무당 자신이 맥없이 물러서고 말았다. 초순이가 맨 먼저 흙무당의 간절한 만류도 일언지하에 뿌리치고, 저 잘났다고 가출하더니 결국은 이 지경에까지 이르르고 말았다. 차순이 역시 어느 회사의 경리보조원으로 있다고 하지만 그것은 에미 안심시키기 위해 하는 말이고, 발 없는 말 천 리 간다고 소문으로는 별의별 희한한 풍문이 들려오고 있는 것이다. 유일한 대통, 달기 놈도 재수 삼수라도 하여 대학생이 되겠다기에 대학생 어머니가 된다는 황홀한 꿈에서 죽을 둥, 살 둥 뒷바라지를 했지만 결국은 삼수의 끝도 맺지 못하고 고향에서 흙 파는 짓은 죽어도 못한다며 제 발로 입대를 하고 말았다. 이 모든 것이 흙무당의 본래의 뜻과는 영판 다른 것이다. 한마디로 삶의 가혹하고도 엄청난 괴리현상이라고 할 수밖에 없는 것이다.

셋째 딸, 삼순이 하나만 에미의 뜻에 따르고 심정을 이해해 줄 따름이다. 하지만 삼순이도 궁극적으로 준보의 피가, 그것도 많이 섞여있는 것이다. 어느 한 순간 어떻게 돌변할지 전혀 예단할 수가 없다. 요즘 젊은것들은 도무지 슴베가 얕아 오뉴월 감주 맛 변하듯 변하여 종잡을 수가 없다. 자식농사도 반타작은 했어야 하는데 하고 고시랑거리면서 한나절 내내 방안에 쳐 박혀 뒤적거리다가 소피가 마려워 윗도리를 꿰고 있는데 밖에서 인기척이 났다.

"거기 누구 왔슈?"

"계십니까?"

"사램 목소리가 안 들리남유?"

"……."

흙무당은 단밖에 낯선 목소리임을 알아차린다. 방문을 열자 아뿔싸 방문 바로 앞에 건장한 청년 두 사람이 가죽잠바를 걸치고 심각한 얼굴로 서 있다. 스포츠형머리에 부리부리한 눈매가 예사 사람들은 아닌성 싶었다. 머리는 쑤세미 같고, 육척거구에 하마 같은 얼굴을 잔뜩 찡그려 붙인 흙무당의 꼬라지에 그들은 흙무당보다도 더 경악하고 있었다. 흙무당의 첫 인상에 질려버린 그들은 잠시 말문이 얼어붙은 듯 덤덤이 서 있을 뿐이었다. 외출에서 돌아온 북슬이가 낯선 사람을 보고서는 하늘에 대고 의무적으로 컹컹 서너 번 짓더니 이내 꼬리를 흔들며 문 앞으로 다가온다. 짐승도 주인을 닮는다고 했다. 그래서 그런지 북슬이는 덩치만 컸지 영악스럽지가 못하다. 한마디로 개로서의 역할을 다하지 못하고 있다. 제아무리 사나운 개도 흙무당이 한 달만 갖다 기르면 시르죽은 이가 되고 만다. 흙무당은 저 가이 하고 북슬이를 쫓으며 말한다.

"워디서들 오셨대유?"

흙무당은 방문 열 때부터 느꼈던 불길한 예감이 영 지워지지 않는다. 그들의 차림새나 위풍으로 보아 어디 포도청에서 나온 사람들 같았다.

"서울서 왔습니다."

"서울서 무신 일루 오셨대유? 이 시골을유."

"우리는 이런 사람입니다."

그중 한 사람이 주머니를 쑤시더니 신분증을 꺼내어 흙무당 눈앞에 바싹 들여댄다.

흙무당은 올 것이 왔나보다고 생각하면서 말한다.

"나는 까막눈이라 아무것두 물류."

"우리는 서울경찰청에서 왔습니다."

경찰이라는 말을 듣는 순간, 흙무당은 자신의 짐작이 신통하게 들어맞은데 또 한 번 놀란다.

"서울 경찰, 아니 서울순사님들이 뭣 땜에 왔대유. 개갈 안

나는 노릇 다 보겠네유."

흙무당은 지난 여름 대음리 지서 유치장을 떠올리면서 또한 번 몸서리를 친다.

"저 김혜자 씨와 아주머니는 어떻게 되세요?"

"나는 그런 사램 꿈에서두 본적 웂슈."

"아 그렇지. 김혜자는 가명이지. 김혜자는 아니구 이초순 씨, 호적 이름으로요?"

"초순이유? 우리 큰 딸유. 뭣 땜에 그래유?"

"지금 집에 있죠?"

그들의 말발이 몹시 거칠어졌다.

"오늘 새벽에 서울루 간다구유 떠났슈."

"거짓말하면 안 되요. 우리가 다 은신처를 미리 알고 왔는데, 속이려고 해 응?"

두 사람이 동시에 호통을 친다. 그러면서도 그들은 실패했다는 낭패감이 역력히 얼굴에 떠올리고 있었다.

"익은 밥 먹구 워쩔라구 선소리 현대유. 나는 태여나서 이적지 그짓말 혀본적 웂슈. 그 양반들 참말루 생사램 잡을라구 드네. 그러면 뭇 써유. 죄 받어유."

"집안을 좀 조사해 봐도 되죠?"

"봐야 촌집 우습쥬, 뭐. 우리는 가난혀서 냉장구두 웂구, 뵉두 옛날 뵉이유. 둘러보서유. 부끄럽구먼유."

"혼자 계십니까? 바깥아저씨는 안 계시고요?"

"혼자쥬, 뭐. 영감은 아침부터 술타령 나가구유. 아들냄이는 군인가구유. 딸 둘은 서울로 돈 벌러가구유. 셋째 딸은 읍내 사법서사 사무실루 돈 벌러 나가구유. 그러닝께 나 혼자쥬, 뭐.

나두 밭에 나가야 쓰는디, 날씨두 쌀쌀혀구 큰 딸년 땜에 속이 상혀서 주춤거리구 있는 판유."

그들의 두 눈초리가 순식간에 빛을 발한다. 그리고 옆구리에 라디오 같은 것을 연신 매만지고 있었다. 흙무당은 그 조그만한 상자 같은 것이 무엇인지 전혀 알지 못했다.

"그래 이초순 씨가 무슨 속을 썩였대유?"

"시집간 지 삼년 만에 서방을 새루 갈아가지구 와서는 무신 가게를 혀다가 빚을 졌다나유 혀면서 글쎄 이 시굴서 삼백만 원 혀내래유. 기가 맥혀서유. 졸리다 뭇혀 백만 원을 빚내 줬슈. 워쩐대유. 죽네 사네 지랄발광을 떠니 자식두 품안에 자식이라는 말이 하나두 안 글러유. 우라질 눔의 지지배…."

"그래서요?"

"그래서는 뭘 그래서유. 과부장변까지 내서 백만 원 혀주닝께 년눔이 넝큼 받아가지구 새벽 참에 아침두 안 쳐먹구 꽁지 빠진 장닭처럼 도망치데유. 밉기는 혀지만, 그것들 아침 굶겨 보낸 것이 무척 맴이 아프네유. 이게 부무의 맴인가뷰. 두 양반은 부무님께 효자노릇 혀시쥬?"

그들은 쓴웃음을 지으며 묻는 말에는 대꾸도 하지 않고, 구두를 신은 채 안방으로 들어가 벽장을 샅샅이 뒤지고 나갔다. 이윽고 윗방을 검색한 그들은 아래채 헛청과 외양간까지 수색하고 뒤란까지 훑어본 후 들어온 그들은 여전히 긴장한 채 비로소 찾아온 사유를 밝히기 시작했다.

"아주머니? 불시에 이렇게 찾아와서 집까지 수색을 하고 정말 죄송합니다. 그만한 이유가 있기 때문에 그렇게 된 것이니 결례된 점이 있더라도 양해하시기 바랍니다."

말투는 정중했지만, 그 말속에는 어딘지 오만과 위협의 칼날 같은 것이 도사리고 있었다.

"워디 가유. 다 우리 잘못시쥬. 뭇 나구, 뭇 배우구 가난혀서 그류. 잘못현 것이 있으면 용서혀쥬슈."

"실은 따님과 같이 온 남자는 구만득이 아니라, 구본질입니다. 그 땅달보 말이죠, 그 사람은 마약밀매 공급책에다 지능적인 사기꾼입니다. 그리고 전과 칠범에다 살인까지도 저지른 그런 흉악범입니다. 따님 이초순은 이년 전에 구본질을 만나 동거하면서 그자의 하수인으로 전락한 무서운 공범자입니다. 때문에 두 사람은 오래 전부터 지명수배를 받고 경찰의 추적을 받고 있지만, 흉악범인 구본질은 지능적으로 경찰을 따돌리는 희대의 강력범인입니다. 얼마 전 국제적인 마약사건이 터지면서 이들이 한국마약공급의 총책으로 지명되어 전 경찰에 체포령이 내리자, 이들은 이미 정보를 입수하고 신출귀몰하면서 경찰을 우롱하고 있는 것입니다."

"마약이 뭔듀?"

"사람을 뇌살시키는 망국적인 독약입니다. 한 번 맛보면 영영 빠져나올 수 없는 환각제라고도 합니다."

"그러면 양구비라나 그런 약인가베유."

"맞습니다. 바로 그것이 마약입니다."

"워쩐댜. 이일을… 잉? 초순이가 그런 약장시 앞잽이가 되얐으니 말여. 그 구가라는 사내 눔이 영 거상에 벗더니 내 생각이 꼭 들어맞었구먼 그랴. 시상에… 그런 눔이 뭐 장사라나 사업을 현다구 넌스레를 떠는 통에 이 멍텅구리가 감쪽같이 속았지 뭐유. 참말루지 구신이 곡혈 노릇이네유. 시상에, 그럼 워쩐대유? 그자 못잡으면 꿩 대신 닭 새끼루 또 날 잡아가능규. 집을 한시두 비울 수가 읎는듀. 나는 이날이적지 아무 것두 무르구유. 그저 땅 파는 거 밖에 물류."

"아닙니다. 아주머니를 참고인 자격으로 연행할 수도 있지만 정상을 참작컨대 아주머니가 관계되는 부분을 거의 발견되지 않아 그럴 수는 없고, 앞으로나 꼭 협조를 해 주셔야 하겠습니다."

"여부가 있겠슈. 그 눔이 잡혀가면 우리 딸과 헤여지는 거쥬?"

"허허…."

그들이 실소를 터뜨린다. 흙무당은 진심에서 구만득이 하루속히 붙잡혀가고 초순이가 집으로 돌아오기를 기대해 본다.

"다시 당부말씀 드립니다. 그 자들이 다시 나타난다든지 또는 따님의 연락이 닿는 경우, 즉시 이곳 지서나 이리로 알려주셔야 아주머니도 무사하고 나라도 편안합니다. 아셨죠? 따님을 감추시면 안되요."

"내 딸을 잡아가라구유? 참말루지 에미가 그런 못된 짓을 워떻기 현대유. 하눌이 무섭구 흙이 무서워서유. 에미가 워떻기 자식을 잡아가라구 고자질현대유. 그것은 사램의 도리가 아뉴. 우리 딸은 말구유. 그 구만득이라나 혀는 눔은 얼씬만혀두 바루 알려줄께유. 참말루지 오래는 안살어두 천지개벽혀는 것을 다 보겠네유. 앞으루 또 무신 일을 겪을지, 뭐시어라…."

"아주머니가 오해를 하고 계신데 따님 나타나도 꼭 신고를 하셔야 합니다. 따님도 공범이거든요. 아주머니가 따님을 살리시려면 주저마시고 신고를 하시면 저희가 정상참작을 해서 기

소유예처분도 할 수가 있습니다. 하지만 구본질은 원래 흉악범이라 참작의 여지가 없습니다. 만약 아주머니가 신고를 게을리 하시면 아주머니도 범인은닉죄로 벌을 받을 수 있습니다. 명심하시고 꼭 신고하십시오."

그들은 몇 번씩 다짐을 하면서 피식피식 웃고 있었다. 무슨 쇼를 구경하는 듯한 태도들이었다.

그들은 흙무당에게 실례가 많았다며, 허리를 깊이 꺾어 인사를 한다.

"워떻기 진지들이나 잡수셨슈? 점심 때가 거반 됐네유."

"고맙습니다. 걱정하지 마십시오."

"인심 고약스럽다구 혀겄네유. 서울서 불원천리 오셨는디 건건이는 웂서두 한 끼 들구 가셔유."

"아닙니다. 먹은 거나 진배없습니다. 우리는 바쁜 사람입니다. 또 급히 갈 데가 있습니다. 안녕히 계십시오."

흙무당은 대문까지 따라 나가며 정말 미안한 안색을 감추지 못한다. 그들은 윗말 이장 집을 향하여 휘적휘적 걸어가고 있었다.

9

일요일 아침이었다. 흙무당은 평소대로 집밖을 한 번 돌고 들어와 삼순이가 차려다주는 아침밥을 입맛이 당기지 않아 밥알을 곱씹고 있는데, 마주한 삼순이도 웬일인지 순갈 들 생각을 않고 주뼛거리고 있었다. 여느 때와는 아주 달리 얼굴의 근육질이 굳어있고, 항시 입가에 잔잔히 흐르던 미소마저 딱 멎은 상태였다. 어제는 토요일인데도 밤 아홉 시가 넘어서야 돌아왔다 꽤 초간한 정류장까지 흙무당이 마중하였는데도 일이 밀려 늦었노라며 전에 없이 시무룩한 채 동행했었다. 사무실에서 무슨 좋지 않은 일이 생겼거나, 아니면 몸이 고단해서 그러나보다고 대수롭지 않게 생각했는데, 자고 나서도 어제의 그런 기류가 계속되고 있었다. 대가리가 커진 만큼 변화가 오는 것은 당연지사다. 하지만 그 변화가 하룻밤 사이에 일어나서는 안 된다. 강물 흐르듯 서서히 변화는 것이 바람직스럽다. 결혼을 하고, 자식을 낳아서 키우고, 부부지간에 화합하고, 부모에게 효도하고, 맡은 일에 정성을 쏟으며 흙과 더불어 묵묵히 살아가는 것이 도리라는 확고한 신념이 거의 신앙처럼 자리하고 있는 것이다. 혹시 삼순이가 피는 못 속인다고, 초순이나 차순이처럼 그 못쓸 놈의 서울바람이 서서히 도져 집을 빠져나갈 궁리에 노심초사하는 것이 아닌가 하는 의구심이 생기자 흙무당은 삽시간에 모골이 송연해지는 것이었다. 그리고 호미로 막을 것 가래로 막아서는 안 된다는 생각이 번개처럼 떠오른다. 이판에 단단히 예방을 해야 된다. 하늘이 두 쪼각이 나도 삼순이만은 절대로 서울로 보낼 수 없다는 것이 그니의 확고한 신념이었다. 흙무당은 자리를 고쳐 앉으며 삼순이를 또 한 번 힐끔 탐색한다. 고개까지 약간 숙이고 다소곳이 앉아있는 품이 우습기도 하고 귀엽기도 하고, 또 믿음직스럽기도 하고 자기 뱃속에서 나온 자식이지만, 애비를 쏙 빼닮아 새삼스럽게 이쁘다고 속으로 감탄을 하는 것이었다. 하지만 이 위급한 상황에서 얌전하고 귀엽고 이쁜 것이 고려될 수가 없다. 흙무당은 마음의 무장을 단단히 하고 선수를 친다.

"삼순이 니 무신일 있냐? 어제 퇴근 때부터 워째 절(寺)에 간 시약씨랴, 맴 단단히 묵어! 에미 죽는 꼴 안 보려거든 얼릉 설겆이혀구 서리촌 갈치밭에 가서 하루나 혀구, 시금치를 짚검불루 두둑히 덮어야 쓴다. 추위가 원제 닥칠지 무른다구. 하루나 시금치 잘 덮어놔야 내년 봄 푸성귀를 먹기두 혀구 팔기두 혀지, 나는 짐장준비두 혀야 혀구 일이 산떼미같이 쌓여 있다구. 쇠새끼 멍에 벗고 쉴날 읍다더니, 그 꼴이여. 참말루지 남자들 같으면 오점누고 고추 디려다볼 틈두 읍다. 몸은 갈수록 쇠약혀지구 왜 내가 이런지 무르겄다. 아직 죽어서는 뭇 쓰는 나이인디 워쩐댜."

"어머니? 제발 금주 중에는 천안에 있는 대학병원에 한 번 가보시자구요. 퍽 용하고 시설도 좋다는 소문이예요. 만에 하나 어머니가 덜컹 병석에라도 눕는다고 가상해 보세요. 집안이 쑥대밭 된다는 것을 더 잘 알고 계시잖어요. 물론 어머니자신을 위해서 병원엘 가셔야 하지만, 식구들을 생각해서라도 병원에 가시자구요. 이번만은 저도 절대로 양보 안 할거예요."

그 동안 삼순이는 어머니가 간간이 식사도 입맛이 없다며 거르시고, 간혹 토사도 하는가 하면 곧잘 방안에 누어서 신음소리를 내기도 했다. 전 같으면 상상조차 할 수 없는 일이었다. 그리고 얼굴이 검으적적 해지면서 몹시 피곤해하는 것을 역력이 읽을 수가 있었다. 삼순이는 궁여지책으로 약방에서 조제약을 몇 번 사다드렸지만, 그것은 언발에 오줌누는 폭의 효험도 없었다. 그래서 기회있을 때마다 좀 멀기는 하지만 천안대학병원에 가서 진단을 받아보자고 졸랐지만 흙무당은 어느 개가 짓느냐는 듯 돌부처처럼 꿈쩍도 하지 않았던 것이다. 병원비는 생돈이고 또 금쪽같은 시간이 아깝다는 것이었다. 한마디로 무지무지한 벽창호였다.

"병원갈돈 있으면 모았다가 초순이년 땜에 꿔온 돈 질미래두 갚어야 쓴다구. 약조헌 날자에 시상 읍서두 갚어야 헌다구. 사램이 신용을 지켜야지, 초순이 그 육실헐 년 땜에 내 병이 더 심혀다구. 아니 그년이 워디서 헛구신 마냥 나타나 불을 질르구 도망쳤댜. 아이구 시상에 꿈은 자다가나 꾼다지, 농협이자는 워쩔겨. 그 눔의 이자내는 날은 워찌 그렇기 가난한집 지사 돌아오듯 쉽게 닥친댜, 원 참."

"어머니? 어디까지나 자신의 일이닝께 알어서 하셔요. 목숨은 하나예요. 어디다 생명하나를 예비라두 해 두셨어요."

"잔소리 구만혀구 얼릉 밥 쳐든지르구 갈치밭에 내려가 에미가 시키는대루 혀."

"알었어요. 밀린 빨래도 혀구, 집안청소도 혀고 오후에 내려가서 어머니 분부대로 어김없이 해 놓을 께요. 쇠털같이 쌓인 날 세월이 뭐 좀먹나요."

흙무당을 구슬려야 되겠다고 생각했는지 삼순이는 비로소 너스레를 떨기 시작한다. 말하자면 본색이 들어나기 시작한 것이다.

"그까짓 미친년 볼기짝 만큼두 안 되는 것 삼십 분이면 다 혀다. 한시가 급혀. 빨래는 저녁 때 혀구 에미가 혀라는 대루 혀라. 저년이 대가리가 커지면서 에미 말을 우습게 들을 때가 참 많다구. 앙살 구만 떨구 얼릉얼릉 혀지 못혀?"

"왜 또 년자를 붙이시죠? 엄니…."

"아니 에미가 딸자식보구 년소리두 뭇혀냐? 참 별일 다 보겠네. 아니 딸보구 년이라구 혀잖구 아들보구 혀듯 놈이라구 혀랴?"

"어머니는 밖에 나가셔서 만나는 사람마다 년, 놈 하셔요? 히히…."

"그런다 이 지지배야."

"히히…."

"저년이 허파줄이 끊어졌냐, 웃기는."

흙무당도 삼순이의 악의 없는 익살에 메기입이 비로소 함박

만큼 벌어지면서 싱그레 웃는다. 덩달아 삼순이도 차츰 그녀 특유의 미소가 조금씩 살아난다. 그리고 평소의 제 모습을 서서히 찾는다. 모녀는 서로 무연이 바라보며 또 정다운 미소를 주고받는다. 이들 모녀만이 교환하는 지순하고도 포근한 사랑의 장면이었다.

"어머니?"

삼순이가 두 눈을 아래로 내리며 약간은 떨리는 목소리로 흙무당을 부른다. 그 목소리 속에는 말하기 힘든 곡절이 숨어 있는 듯 하였다.

"이 몸 아프구, 바쁘구 힘이 읍다. 왜 또 무신 일 있능겨? 너마저 서울 간다는 소린 아니것쟈?"

초순이 차순이의 가출에 혼이 빠져 십여 년 세월을 눈물과 한으로 정신없이 보내고 조금 안정을 되찾는가 싶더니 외아들 달기 놈이 기어이 예상대로 방황하다가 끝내는 자진 입대하고 말았다. 차순이 다음에 삼순이가 줄행랑 칠 차례인데, 천우신조로 꿋꿋이 제자리를 지켜 다음에는 다시 그런 일이 없으려니 하고 안심을 했었는데, 잘되면 제복이고 안 되면 조상 탓이라고 묘자리가 잘못됐는지 달기 놈에게로 그 병줄이 이어졌던 것이다. 하지만 흙무당은 삼순이만은 위아래 삼남매와는 성격도 판이하고, 제 분수껏 살아가는 올곧고 굳건한 인간됨을 철석같이 믿고 있는 것이다. 하지만 열길 물속은 알아도 한길 사람 속은 모른다고, 아무리 딸자식이라지만 그 깊고 깊은 속내를 에미라고 해서 훤히 디려다 볼 수가 없는 것이다. 그래서 흙무당은 겁이 덜컥 났다. 집안 핏줄이 그러한지라, 삼순이 마저 집을 나가겠다는 것이 아닌가 하여 초학이라도 걸린 듯 몸과 마음이 덜덜 떨렸다.

"자라보고 놀란 사람, 솥뚜껑보고 놀란다더니 엄니는 워째서 서울이라면 과천서부터 기신대요?"

제법 누구러들었던 분위기가 다시 딱딱하게 솔기 시작한다.

"시퉁터지게 아침부터 치 떨리는 서울소릴 헌다."

어제부터 심상찮은 눈치로 흙무당은 가능하면 미리 쐐기를 박아 어떤 종류의 불행을 막아보겠다는 것이 흙무당의 속심이 기도 했다. 삼순이가 잠시 주위를 두리번거리더니 또 주저주저 하다가 입술을 잘강 씹으면서 결연히 화두를 꺼낸다.

"어머니? 나 죽어두 서울은 안가구요, 시집가면 안 되죠?"

흙무당은 삼순이의 시집간다는 말에 십년은 감수한 듯 막혔 던 숨을 푸 하고 내쉬면서 격앙된 표정으로 말한다.

"뭐라구? 시집을 간다구? 워디루? 서방감은 있능겨?"

되묻는 흙무당의 목소리가 예사롭지가 않았다. 순간, 삼순이 가 훔칠 몸을 뒤채면서 흙무당의 사나운 얼굴을 맑디맑은 눈 매로 무연이 바라보며 소원을 들어달라고 애원하고 있었다. 그 리고 이미 어떤 종류의 결심이 선 듯 얼굴에 결기가 가득 차 있었다.

"저는 요즘 밤잠을 설치며 생각을 많이 하고 결정을 했어요, 어먼님."

흙무당은 삼순이의 아닌 밤중에 홍두깨 같은 결혼을 하겠다 는 말에 자신의 귀를 의심하는 듯 그 무딘 손가락으로 귓속을 후비며 흡사 백치 같은 표정을 짓다가 맥빠진 소리로 말한다.

"얘가 시방 자다가 봉창 두들기는 소릴 현다, 잉?"

"어먼님? 쬐금치도 장난이 아니고 진심이예요, 어머니…"

"서방감은 있어? 이 년아!"

흙무당이 절굿공이로 천장을 들이받듯 거친 말투로 물었다.

"때가 되면 시집가서 아들 딸 낳고, 서방 잘 섬기고, 시부모님 잘 모시고, 흙속에 묻혀 사는 게 사람 사는 도리라고 어머니가 침이 마르도록 말씀하셨잖어요."

"암만 그렇구 말구, 서방 잘 만나 니 말대루 그렇기 사는기 최고지…. 옛날부터 여자 팔자는 되웅박 팔자라구 혔다."

"그런데 왜 제가 시집을 간다구 허닌 게 놀래시는 거예요?"

"이 년아, 아무리 모녀지간이지만 한 입가지구 두 말 혀면, 그게 워디 사램년여? 이 년아? 니가 니 입으루 스물 일곱 살에 시집간다혀구서 시방와서 에미랑 의논 한 마디두 않다가 밑두 끝두 읍시 시집을 간다닝께 하두 기가 맥혀서 그런다, 이 년아."

"앞으루 이년만 있으면 스물 일곱이여요. 그래서 조금 미리 상의 드리는 거라구요."

삼순이는 중간에 말을 끊고 양볼때기를 발갛게 붉히면서 고개를 숙인다.

"허기사 사램두 곡식처럼 때가 있능겨. 여자 나이 스물 다섯이면 물오른 버드나무 가지지. 니가 스물 일곱까지 시집 안 간다구 혀서 아무 말 안 혔지만, 참말루지 지금이 시집갈 때는 때지. 옛날 같으면 엄청 늦었지. 시상이 개명 혀서 시방은 처녀루 늙어죽는 사램두 있다더라만…."

흙무당은 조금만 자신의 생각이 그르다고 생각하면 금세 후회하는 기색이 역력히 드러나며 궁둥짝을 이리저리 들썩들썩 하는 버릇이 있었다.

"어먼님 정말 놀래시면 안 되요."

"또 놀랠 일이 뭣이 있댜? 서울루 가남."

"아뇨. 서울로는 죽어도 시집 안가요. 혹시 신랑감이 누구일까 하고 궁금하지 않으셔요?"

"뭐시라구? 그러면 벌써 니 맘대루 서방감을 정혔다능겨. 아이구 이 노릇을 워쩐댜, 잉? 그래 그 눔이 누기여? 응, 참말루 시상 뒤집힐소리 다 들어보겄구먼. 내가 초순이와 차순이년 땜에 가슴이 두엄(堆肥) 썩듯 푹푹 썩는 것 니년두 옆에서 보아왔지. 시방 그 까닭으루 몸에 병까지 생겨 이 지경인디, 하눌같이 믿고 있던 니년마저 니 맴대루 서방감을 구혔단말여? 이 오살혈 년아. 아이구 하눌님 이 노릇을 워쩐대유, 야? 나 뭇살어유. 나 죽어유 하눌님. 시상에 이런 노릇이 워딨대유? 하눌님 말쏨 좀 혀 주셔유, 야?"

흙무당은 성깔머리를 있는 대로 곤두세우며 천길만길 뛰기 시작한다. 금방이라도 삼순이를 잡아삼킬 듯 흥분하면서도 전과는 달리 이상하게 그니의 독특한 뱁새눈초리가 꺼져가는 등잔불빛마냥 시들시들하다. 그리고 한과, 분과, 절망의 표정으로 안절부절 못하고 있었다. 그렇게도 불꽃과 같이 타오르던 눈빛이 저토록 희미해진 까닭은 갑작스런 충격 탓도 있지만 보다 근원적인 것은 흙무당의 건강이 심상치 않음을 암시하는 듯도 했다.

과년한 딸의 입으로부터 신랑감 있다고 고백하면 부모로서는 희비가 엇갈릴 것이다. 어쨌든 요즘 결혼풍습이 중매보다는 연애결혼이 성행하는 세태라 당장은 섭하고 분이 치밀더라도 자초지종을 알아보고 신랑감의 가정, 인품 등을 샅샅이 듣고난 후 가부간에 자신의 뜻을 개진하는 것이 순서라고 생각한다. 한데도 흙무당은 초순이 차순으로부터 보기 좋게 속은 경험이 있는지라, 삼순이가 신랑감 운운하자 금방 사색이 되고만 것이다.

그랬다. 가난하고, 무지하고, 못나고 불쌍놈의 가계(家系)이지만, 자식들만은 상대가 누가 됐던 정상적인 절차를 밟아 시집보내고 싶은 것이 흙무당의 천추의 소망이었던 것이다. 그와 같은 간절했던 소망이 첫 단추부터 잘못 끼워져 초순이가 저 꼴이 되었고, 차순이도 초순의 전철을 밟아 야밤도주하여 서울서 무슨 짓을 하는지 실체가 불투명한 상태다. 이와 같은 현실에서 흙무당은 오로지 삼순이에게 자신의 삶은 물론, 초순이 차순이의 몫까지 몽땅 얹어 그녀만은 틀림없이 자신의 뜻대로 인생을 살아줄 것으로 확신했던 것이다. 때문에 삼순이는 꼭 부모끼리 합의하여 선을 보고 혼사를 성사시켜 원삼 쪽도리에 연지곤지 찍고 시집보내는 날, 근동 모든 사람들을 초대하여 잔치를 걸판지게 벌이고 그리하여 축복을 받고 싶은 것이 흙무당이 삼순이에게 거는 마지막 희망사항이었던 것이다.

이와 같은 에미의 참정을 저버리고, 제 마음대로 신랑감을 물색하여 시집을 간다고 하니 정말 마른하늘에서 날벼락 치는 소리다. 위 두 딸들처럼 옳게 혼인식도 못 올리고 어물어물 또 남편따라 대처로 빠져나가는 것이 아닌가하는 지레짐작에서 흙무당은 병고의 영향 탓도 있겠지만 자기 이성을 제대로 가눌 수가 없었던 것이다.

정말 하늘이 무너져도 삼순이마저 무정하게 놓칠 수는 없다. 삼순이를 놓치면 이제 자신의 인생을 막가는 끝장이라고 생각한다.

"하여튼 우럼니는 성질도 급하기도 하셔. 우물을 들고 마실
랴고 하시는 성미시라구. 좀 느긋하게 앉으셔서 제 말을 끝까
지 들어보시고, 화를 내시든 칭찬을 하시든 하시라구요. 다 큰
딸자식 앞에서 욕설허시구 화를 내지마시고요."

"저 급살 맞을 년이 에미를 훈계까지 혀네. 뭣이여 이 년
아?"

"우럼니는 욕 못하고 죽은 귀신이 환생하셨나봐. 남들이 뭐
라고 하는지나 아셔요? 어머니가 어디 나타나시면 아이들도
그런데요, 욕쟁이 흙무당 떴다구요. 뭐 알기나 하셔요."

되바라진 듯 하면서도 야멸차게 흙무당을 몰아세운다.

"업세, 이년 좀 봐. 에미가 못나구 무식혀다구 니년마저 이
에밀 우습게 아능겨? 아이구 이 노릇을 워쩐댜, 잉? 이년, 니
가 집나가는 날이 내 제삿날인줄 알어."

뱁새눈을 홉뜨면서 또 성을 돋군다. 흙무당의 노기로 보아
무슨 좋지 않은 사단이 벌어질 조짐 같은 것이 보인다. 하지만
삼순이는 타고난 유순한 이성에다 십년가까이 사회생활에서
터득한 나름대로의 경험에서 별로 당황하지 않고 태연하게 흙
무당에게 응수한다.

"저기요. 신랑감을 구헌 것이 아니라, 앞으로 시집가기 위해
서 신랑감을 차차 구허겠다 이 말씀이예요. 시집을 혼자가요?
신랑감이 있어야 가죠."

삼순이가 그 큰 눈을 예쁘게 흘키면서 입을 삐죽거리고 있
었다. 그 하는 양이 귀엽고 천진스러웠다. 흙무당의 답답했던
가슴이 조금 진정되면서 말한다.

"암만. 좋은 신랑감이 있으면 봐두구, 읍쓰면 구혀서 시집을 가능게 인지상정이지."

흙무당의 흥분이 좀 수그러들면서 목소리마저 힘이 쭉 빠져 있었다. 이러한 성격의 변화가 때로는 장점도 되고 단점도 될 수 있었다. 삼순이는 어머니의 화가 조금 풀린 모습을 보면서 답답했던 숨을 크게 한 번 풀어 쉬었다. 그리고 이왕 말이 나온 김에 결판을 내랴는 듯 입술을 아래위로 잘강잘강 씹으면서 설득조로 말한다.

"어머니? 이제는 화 안내시죠? 그렇죠? 제 말을 끝까지 들으시고, 화를 내시든 웃으시든 하시라구요. 네? 어먼님!"

"니가 시방 에밀 데리구 노능겨."

"제가 어떻게 어머니를….."

"그럼, 뭣여? 시방 병 주고 약 주능겨?"

"그러니께 제 말을 끝까지 들으시라는 거예요. 그래도 모르시겠어요?"

"일 미찐다. 혈말 있으면 얼릉얼릉 혀라구. 혈말 읍쓰면 빨랑 밭으루 나가자!"

"예, 분부대로 허겠습니다."

"그럼, 얼릉 일어나!"

"어머니?"

무릎을 짚고 막 일어서려는 흙무당의 치맛자락을 잡고 매달리는 삼순이의 표정이 다시 우릿하게 굳어진다.

"야가 왜 사램 자꾸 구찮게 현다?"

"어머니? 시집을 갈라면 신랑감을 골라야 혀고, 신랑감을 고르자면 누구누구 이렇게 국회의원 입후보하듯 나서는 사람이 있어야 되는 거 아니예요?"

"얘가 시방 고드름으로 짱아찌 담아먹는 소릴헌댜. 구찮구먼!"

흙무당이 다시 귀찮아하자,

"어머니? 말하자면 여기저기서 혼인 말이 들어오면 그 중에서 가장 합당한 신랑감을 골라서 시집가는 거 아니예요?"

"그걸 말이라구 혀능겨, 이 년아?"

"그와 같은 예비신랑감이 한 사람 나왔다 이 말씀이예요. 제 말은요."

"뭣여? 그 눔이 워떤 눔여, 그 눔이 잉?"

흙무당이 삼순이를 다시 힘없이 노려보며 으르렁댄다. 하지만 삼순이도 이 정도의 반응은 예상하듯 버릇처럼 입술을 잘강잘강 씹으며 비장한 목소리로 말한다.

"박영구 있죠?"

"박영구가 누구랴?"

"엊그제 땅 때문에 애쓴 오릿골 박판제 이장님 아들 있잖어요."

삼순이는 비밀 아닌 비밀을 흙무당에게 털어놓기가 매우 쑥스러운 듯 말을 하면서 양 뺨이 능금빛 처럼 발갛게 타오른다.

삼순이는 간 여름, 땅 사건 때 어머니를 석방시키기 위하여 그와 오랫동안 붙어 다니면서 대화를 했고, 삼순이는 그때 박영구의 진실성과, 그리고 남을 위하여 자신을 희생하는 그 정신과 자신을 대하는 태도 등을 예사롭게 보아 넘기지 않았던 것이다. 또 생김새도 키가 좀 작기는 하지만 이목구비가 수려한 편이고 아주 당차보이기까지 했었다. 그때 삼순이는 박영구의 성의에 머리를 조아리며 감사의 뜻을 전하였던 것이다. 하지만 박영구는 당연히 할 일을 했다는 양 무덤덤한 얼굴로 순진스럽게 씩하고 웃을 뿐이었다. 박영구가 대전에 소재한 대학까지 졸업하고 군대 삼년을 마친 당당한 청년인데도 그런 수줍어하는 모양을 보고 삼순이는 속으로 감동을 했던 것이다.

그리고 나서 한동안 연락이 뜸했다가 코스모스가 흐트러지게 핀 어느 가을날 둘은 읍내에서 우연히 부딪쳤다. 마침 삼순이는 퇴근길이었고, 박영구는 읍내에 나왔다가 집에 가는 길이었다. 둘은 자연스럽게 같은 버스에 실려 오면서 그들은 소 닭보듯이 말이 없었다. 같은 정류장에서 내리자 박영구가 다가오더니 뜻밖에 차나 한 잔 하자고 낯을 붉혔다. 좁은 바닥이라괜한 입질에 오를 것 같아 삼순이는 바쁘다는 핑계를 대고 점잖게 거절했었다. 박영구도 삼순이의 그런 저의를 알아차리고두말없이 헤어지고 말았다. 서로 헤어지고 다섯 발짝이나 걸었을까, 박영구는 되돌아와 삼순이의 앞을 막고 읍내에 나가는 기회에 꼭 한 번 찾겠다고 했다. 삼순이도 내심 그냥 헤어지기가 아쉬웠던 터라, 두말없이 고개를 끄덕거렸다.

삼일 후 그들은 읍내 변두리의 한적한 식당에서 식탁을 사이에 두고 마주했다. 서로 부끄러움을 타면서도 정겨운 눈씨름이 허공에서 불꽃을 튕겼다. 젊은 미혼의 남녀간 만이 느낄 수있는 신선하면서도 신비스럽고, 창조의 싹이 목마르게 배태되기를 갈망하는 위대한 자연의 섭리가 요동치는 그런 만남의자리였다.

소주 몇 잔을 걸친 박영구는 용기를 얻은 듯 자신에 대한청사진을 정연하게 설명하고, 이어 세상 돌아가는 꼬라지에 강한 불만을 나타내기도 했다. 그리고 박영구는 흙무당의 강철같은 신념과 노력을 최상으로 평가하고, 그런 불굴의 농민이 존재하기에 이 사회는 유지되고 또한 농촌의 미래는 밝다고 설파하더니 자신두 흙무당에 버금할만한 모범적 농민으로 새롭게 태어나 이 나라 농민의 참다운 구심점 역할을 하겠노라고 의기양양했던 것이다. 그러면서 그는 흙무당을 존경하듯 삼순이를 사랑한다고 호기있게 고백했던 것이다. 그 후 그들은 오릿골 밭을 공장에 되파는 과정에서 박영구의 노력이 절대적으로 작용했고, 그러다 보니 그들은 더욱 가까운 사이로 근접했던 것이다.

사실 삼순이도 스물을 훨씬넘긴 처녀였다. 이성을 알 나이도 지났고, 이제는 이성을 선택할 그런 처지에 도달한 것이다. 삼순이는 남달리 신체도 건장하고 숙성(夙成)한데다 흔치않은 미모에 성격마저 유순하고, 머리까지 회전이 빨랐다. 그래서 직장에서는 물론, 그녀의 주위사람들로부터 끊임없이 중매가 들어왔지만 어머니에게 약속한대로 스물 일곱까지는 결혼을 유보할 작정이었다.

첫째는 일찍 시집을 가서 영육으로 얽매이느니보다는 좀 더 자유 분망하게 꽃다운 시절을 보내고 싶었고, 다음으로는 불쌍한 어머니를 위해서였다. 자고나면 일밖에 모르는 어머니가 몹시 불쌍하여 어머니가 윗말 윤영장네 땅을 사는데 빚진 천여만 원을 어떻게든지 노력하고 절약해서 결혼 전에 갚아드리고 싶었다. 그것은 자신의 의무라고 생각했다. 십년 가까이 저축한 시집갈 밑천 천만 원은 염두에도 두지 않는 그런 효녀였다.

삼순이는 간간 기분이 내키면 어머니를 죽도록 사랑하고 존경한다고 큰소리친 것이 결코 빈말이 아니었다. 못나고 무지하고, 분별력이 약하고 가랑잎에 불붙는 듯한 급한 성깔의 어머니이시다. 그리고 성깔이 나면 상대가 누구이던 상관없이 욕설을 퍼붓고, 상황에 따라 폭력까지도 서슴없이 행사하며 자신의 한과 울분을 푸는 괴팍한 어머니다.

그러나 흙무당은 돈 있고, 잘나고, 유식하고, 호치하고 무절제와 오만과 이기주의에 탐닉하는 자들의 삶에 비한다면 너무도 연약하고, 투명하고, 깨끗하고, 정직하고 진지한 삶의 표상이라고 못박아 말할 수 있을 것이다. 말하자면 이 세상에 태어나는 순간의 순수성이 변질 없이 지금껏 보존되고 있는 인간 표본 형이라고 할 수 있을 것이다.

삼순이는 그런 지순한 어머니를 잠시도 저버린 적이 없다. 자신을 어머니의 분신이고, 자신은 어머니를 위하여, 어머니는 자신을 위하여 살아왔다고 끊임없이 생각하고 있는 것이다.

그 불쌍한 어머니를 빚더미와 같이 남겨두고 제 혼자 훌쩍 떠나간다는 것이 불효막심한 비극적 종말이라고 삼순이는 진작부터 생각하고 있는 것이다. 그래서 중매가 들어올 때마다 좀 늦기는 하지만 스물 일곱까지는 시집갈 생각이 없노라고 단호히 거절했었다. 하지만 날이 갈수록 중매는 줄지어 들어왔다. 그때마다 삼순이는 점잖게 거절해 왔다. 그러나 여자가 잘나고 쓸만하면 그냥 지나치지 않는다. 열 번 찍어 안 넘어가는 나무 없다고, 계속 지분거리고 수작을 걸면 동요를 안할 수가 없다. 그래서 주위에서는 석녀라고까지 놀려댔다. 석녀가 아니고서야 그만한 미모와 체형을 가지고 있으면서 어찌 그 좋은 혼처에 눈 하나 깜박하지 않느냐는 것이었다. 이런 와중에 박영구가 무지개 같이 나타나 단도직입적으로 사랑을 고백해온 것이다.

삼순이라고해서 박영구를 소 닭 보듯이 무시한 적은 한 번도 없었다. 우릿골 밭을 되파는 과정에서 박영구의 명석한 두뇌회전과 뚝심에 속으로 감탄사를 연발했던 것이다. 그리고 그를 먼빛이라도 보면 가슴의 동계를 느끼곤 했다. 꽉 다문 입술에다 우뚝한 콧날이 남성의 의지를 대변하고 있었다. 아울러 형형한 눈매는 총명과 진실의 표지였고, 훤칠한 이마는 출세를, 부처님 귀는 수(壽)를 상징하고 있었다. 언젠가 여성잡지에서 주서들은 초보적인 관상학이다. 옥(玉)에도 티가 있다고 흠이 있다면 키가 삼순이보다 작다는 사실이다. 하지만 그런 것은 문제가 되지 않는다. 왜냐하면 여자로서 자신 키가 너무 크기 때문이다.

그들은 그 후에도 사람들의 눈을 피하여 수시로 밀회를 가졌다. 만나면 만날수록 삼순이는 박영구의 인간됨됨이에 매료될 수밖에 없었다. 씹으면 씹을수록 진맛이 난다더니, 박영구가 그러한 사람이었다. 무엇보다도 그의 농촌에 대한 신념이 확고하여 무한 신뢰가 갔다. 그는 인간의 심신의 고향 흙을 절대로 자신이 지키겠다는 의지를 실토하면서 믿어달라고 했다. 그의 흙에 대한 의지는 어머니의 흙에 대한 애정과 버금갔다.

사람들은 박영구보고 젊은 놈이 대학까지 나와 가지고 오죽 빙충맞으면 촌구석에서 빈둥거리겠느냐며 비아냥했지만 박영구는 되려 코웃음을 치면서 이런 때일수록 젊은이가 농촌을 사수해야한다고 역정을 냈다. 그러면서 그는 농촌을 되살리는 첩경은 첫째로 나라경제가 빈궁하기는 하지만, 세금감면과 농촌지원자금 같은 언발에 오줌 누는 식의 미봉책보다는 나라살림에 구멍이 좀 뚫린다 하더라도 과감히 이중곡가제(二重穀價制)를 실시해야 하고 그러므로써 소득증대로 인한 젊은이들이 귀향하여 인력을 확보해야만 농업이 재생산된다고 사자후를 토하기도 했다. 그리고 그는 양지말 흙무당은 대한민국의 쓰러져가는 농촌의 귀감이며 불멸의 농부상(農婦像)이라고 찬양하는 것이었다.

한마디로 흙무당의 흙에 대한 투철한 농민정신에 무한 감복했다며 힘닿는 데까지 흙무당을 도와 이 고장을 풍요롭게 하겠다고 피를 토하는 것이었다. 그러자면 선결조건으로 우선 삼순이와의 결혼이 반드시 전제되어야 한다며 노골적으로 청혼을 해 왔다. 삼순이는 구체적인 내력은 알지 못하지만, 토막토막 귀동냥으로 들은 바로는 어머니와 박판제 가문과는 오래 전부터 좋지 않은 사연이 깔려 있음을 짐작케 했고, 또 현실적으로 박판제의 가문과 자신의 가문과는 비교조차 할 수가 없는 처지이다. 이와 같은 외적 조건으로 인하여 삼순이는 애초부터 박영구를 멀리했던 것이다. 또한 지난 여름 오릿골 밭 매매사건으로 빚어진 사건을 생각하면 감히 결혼 같은 것은 꿈도 꿀 수 없었던 것이다. 가장 마음에 걸리는 대목은 지서에서 흙무당과 박영구의 어머니 간에 차마 입에 담을 수 없는 온갖 욕설을 퍼부어대며 머리끄댕이를 움켜쥐고 너죽고, 나죽자는 식의 격투장면을 상상하면 자다가도 모골이 송연해진다.

삼순이는 박영구의 끈질긴 구애와 성실성에 호감을 느끼면서도 일방 두 어머니의 사생결단의 장면을 떠올리며 두 집안은 물과 기름 같은 사이로 단정 짓고 자신과 박영구와는 숙명적으로 일체가 될 수 없음을 예단하고, 번번히 박영구의 구애를 거부해 왔던 것이다. 하지만 어제 있었던 일로 더는 주저할 수 없는 막다른 골목에 다다라 무지무지한 고심 끝에 처음으로 박영구의 이름을 어머니에게 밝혔다.

"박영구··· 박판제 아들 박··· 영··· 박. 박··· 영··· 영··· 구··· 구··· 하하··· 하하···."

박영구라는 이름을 반추하는 흙무당은 형언할 수 없는 허한의 그림자가 흙무당의 큰 얼굴판을 뒤덮기 시작했다.

박,영,구. 그 한 개인을 미워하고 싶은 생각은 애시 당초 없었다. 하지만 눈에 흙가루가 덮일 때까지는 잊을 수 없는 깊은 비극이 뼛속까지 파묻혀 있는 것이다. 원래 얼굴의 색조가 고르지 못한 흙무당은 검정빛과 검붉은 빛이 뒤섞여 감청색으로 변색돼가고 있었다. 역시 비지침이 입 양귀퉁이에 엉켜들면서 뱁새눈에서는 슬픔과 함께 복수의 불길 같은 것이 무섭게 겹겹이 쌓이고 있었다. 오릿골 밭 매매 사건으로 연유한 박판제의 아들이라는 단순관계로 사색이 되는 것은 결코 아닌상 싶었다.

"시집을 못 가. 처녀루 늙어 죽어두 박판제 그 눔 아들 혀구는 안된다."

한여름 이무기 우는 소리와도 같았다. 삼순이는 또 어머니의 무시무시한 불똥이 떨어질 것을 예지하면서도 이왕 할말을 뱉어놓은 이상 구렁이 담 넘어가는 식으로 어물쩍 후퇴할 것이 아니라, 어쨌든 이판에 끝장을 내는 방향으로 말머리를 돌리고 싶었다. 결혼의 성사여부는 하늘에 맡기고, 도대체 무슨 원수지간인지 먼저 그것부터 알고 싶었다.

삼순이는 일이 심상찮게 확대된 이상 침착해야 한다고 자신을 다잡는다.

"어머니? 왜 그러시죠? 박영구 얘기만 나오면 이를 박박 갈으시니 말이예요. 효녀 삼순이한테 뭐 숨기실 게 있으셔요?"

하도 기가 차 천장만 멀뚱멀뚱 응시하던 흙무당이 삼순이의 정감어린 언사에 조금은 자극을 받은 듯 흡사 황소 울음소리 같은 목소리로 천천히 말한다.

"참말루지 하눌님두 너무 혀신다. 시상에 이럴 수가 웂는디. 박판제 아들 눔 박,영,구. 워쩐댜. 그 눔혀구 삼순이혀구 아이구 워쩐댜, 이 노릇을 잉? 안돼야 안 돼구말구…"

"아이구 답답해 안 되는 사유를 말씀 좀 해 보시라니께요."

"너희들은 무른다. 얘기를 혀두 고릿적때닝께. 너희 외할아부지때 일여."

"무슨 일인데요, 엄니?"

그랬다. 삼순이나 박영구에게 누가 일부러 가리켜주지 않는 한 반백 년 전의 뼈저린 비극의 실상을 그들은 알턱이 없다.

"애꾸눔헌티 시집을 가는 한이 있더라두 박판제 아들 눔 헌티는 안 된다."

"무슨 이유예요. 뭐 부모라도 때려죽인 원수지간이예요?"

"그보다두 더 혀."

"뭔데요. 엄니?"

삼순이도 만만찮게 나온다. 흙무당은 또 천장을 잠시 무연이 응시하다가 천 근 같은 한숨을 토해내더니 오십년 가까이 간직해온 비사를 비로소 삼순이에게 털어놓기 시작한다. 더는 감출 수 없다는 듯 말이다.

"자식 중에서 누군가는 꼭 그 처량헌 일을 알어둬야 혀는디, 달기 눕두 믿을 수가 읎구. 일이 이리된 바에야 너 현티는 털어놔야 쓰겄구먼…."

이윽고 흙무당이 떠듬떠듬 말머리를 풀어놓기 시작한다.

흙무당이 겨우 여덟 살 되던 해였다. 그해는 유심히 더웠고, 철이 이른 편이었다. 보리베기가 막판이었고, 모심기가 한창일 무렵이었다. 여덟 살 밖에 안된 소녀 흙무당은 집안 살림을 도맡아 해야만 했다. 아버지는 눈만 비비뜨면 밖으로 품팔이를 나갔고, 어머니는 앉은뱅이에다 설상가상으로 이름 모를 병고로 시달리고 있었다. 어머니는 똥 오줌조차 가리질 못했다. 소녀는 어머니의 병간호는 물론, 일상적인 수발까지 해야 했고, 세살박이 남동생을 어머니대신 키워야만 했다. 세살박이는 누렁물 한 방울 나오지 않는 병든 에미의 젖꼭지를 물고 늘어지는 통에 동생마저 진종일 등에 매달고 다녀야만 했다. 이만저만 힘이 딸리는 것이 아니었다. 하지만 소녀는 타고난 체질과 성실성으로 꿋꿋이 이겨내고 있었다. 어느 날 소녀는 채 익지도 않은 풋보리이삭을 잘라다가 맷방석에 말려 저녁보리죽거리를 장만하고 있는데, 아랫말 쪽에서 느닷없이 떠드는 소리가 들려왔다. 소녀는 호기심에 하던 일을 멈추고 동구 밖 느티나무 쪽으로 급히 달려갔다. 이삼일 전부터 서울에서 무슨 전쟁이라나 그런 것이 터졌다고 어른들이 수군거리는 소리를 언뜻 들은지라, 양지말도 전쟁이 터졌나하는 의구심에서 그 떠드는 곳으로 조무래기들과 함께 조심조심 다가갔었다. 그런데 그곳에서는 정말 희한한 광경이 벌어지고 있었다. 구릿빛같이 탄 얼굴에 나팔바지를 입고, 개똥모자와 비슷한 모자를 쓴 생판 낯선 군인 두 사람이 자기보다도 큰 총을 어깨에 메고 동네사람들에게 둘러 쌓여 연신 무슨 말인지 지껄이고 있었다. 소녀는 사람들이 떠드는 통에 한마디도 알아들을 수가 없었다. 낯선 군인들의 연설(?)이 끝나자 동네사람들은 약속이나 한 듯 누군가의 선창으로 일제이 어버이수령, 김일성장군 만세! 조선민주주의 인민공화국 만세만세! 하고 외쳐대었다. 동네 윤부자 집 몇몇을 빼고는 동네사람 거의가 다 모여 있었다. 그 중에는 약에 감초처럼 소녀의 아버지도 끼어 있었다. 키가 육척장신인 아버지는 다른 사람들보다 모가지 하나가 더 크기 때문에 소녀의 눈에 쉽게 띈 것이다. 그런데 아버지의 얼굴은 여느 사람들의 불안한 몰골과는 달리, 허공에 뜬 고무풍선처럼 잔뜩 들뜨고 부풀어 있었다.

원래 말수가 적은 아버지였다. 황해도라나 어디서 염병을 피해 후조처럼 날라날라 이곳에 기착(寄着)한 아버지는 윤영장 집에서 사년, 윤재만 집에서 삼년 이렇게 이집 저집 돌아다니면서 십수 년 동안을 그 우람한 체구에서 솟아나는 힘과 성실성을 바탕으로 대과없이 고공살이를 그해 봄에야 겨우 마치고 비로소 독립된 살림을 꾸렸던 것이다.

처음 머슴살이 일 년을 마치자 사람의 진국됨을 인정한 윤부자는 더 부려먹을 욕심으로 사고뭉치인 열여덟 살난 앉은뱅이를 자기네 멋대로 짝까지 붙여주었다. 그 첫 소생이 말하자면 소녀였다.

아버지의 인생은 한마디로 가난과 수모와 학대와 혈한으로 빚어진 생애였다. 그와 같은 쓰라린 삶의 역정을 살아오면서 아버지는 타고난 눌변이지만, 그 눌변마저 잃은 채 다만 예,

아니오하는 두 마디만 반복하는 반벙어리로 전락하고 말았던 것이다.

그런데 그날은 아버지가 정말 희한하게도 동네 청년들과 동등하게 어울려 말을 유창하게 주고받고, 때로는 너털웃음까지 짓는 것을 소녀는 놓치지 않고 지켜보았다. 어제의 아버지가 아닌 새로운 아버지로 탈바꿈한 것이다. 평소 그렇게 무뚝뚝하던 아버지의 급작스런 변모를 지켜보면서 어린 동심의 소녀는 덩달아 신바람이 날 수밖에 없었다. 무엇인가 앞으로 좋은 일이 벌어질 것만 같은 예감에 사로잡혀 오래간만에 아니 난생처음 또래들과 마음껏 어울려 놀 수가 있었다.

그날 아버지는 집에 일찍 돌아와 병석의 어머니와 한동안 귀엣말을 주고받더니 우리도 이제는 그 지긋지긋한 가난을 면하게 되었다며 우리 어린 자식들에게도 원 없이 쌀밥을 실컷 먹여주겠다고 환하게 웃으시며 장담하고는 소녀의 머리를 참으로 오래간만에 쓰다듬어 주었던 것이다. 소녀도 덩달아 흥분이 지나쳐 엉엉 소리 내어 울었었다. 소녀는 그 지긋지긋한 보리방아 찧기를 면하고 세살박이 동생을 등에서 내려놓기를 간절이 소망했었다.

그 후 아버지는 팔뚝에 붉은 완장을 두르고 양지말은 물론, 오릿골 할 것 없이 부지런히 돌아다니며 소위 남반부의 해방완수에 여념이 없었다. 매일 같이 근동의 청년들과 작당지어 똑 불한당 같이 이리저리로 몰려다녔다. 그러면서 소위 반동분자를 색출처단 한다고 하였다. 하지만 모모한 거물들은 모두 빠져 도망치고 애매한 송사리만 잡아 족치다가 드디어 대어 한 마리를 나꿨다고 했다. 그 대사(大事)는 바로 소녀의 아버지가 해냈다는 것이었다.

사건은 오릿골 박씨 문중의 우두머리에다 부르조아 표본형 같은 박준표의 체포였다. 박준표는 천석직이는 아니었지만, 왜정 때부터 사오백 석은 넉히 했고, 대대로 걸출한 인물이 많이 나와 원근을 불문하고 복받은 집안으로 소문이 나 있었다. 박준표도 그렇게 똑똑한 편은 아니지만 말발이 사납고, 빨갱이라면 이를 득득 갈면서 대한청년단 군지부의 조직부 차장과 면단위 단장을 겸직하고 있었다. 박준표는 자기의 직위를 기화로 좌익인사를 숱하게 잡다가 족친, 말하자면 악질분자 중에서도 최악질분자였던 것이다.

인민위원회에서는 이곳 일원을 접수하는 즉시로 박준표를 제일의 반동분자로 꼽고 체포하기 위하여 백방으로 심혈을 쏟았지만 그의 행방은 그야말로 오리무중이었다. 이곳 면단위 인민위원장 윤열구는 집근처 어디엔가 박준표가 숨어있을지도 모른다는 막연한 추측에서 잘되면 충신이고 안 되면 역적이라는 자포자기적인 심정에서 소녀의 아버지를 박준표의 집근처에 밤마다 매복을 시켰던 것이다. 우직하고 성실한 소녀의 아버지는 부여된 임무를 충실히 수행하기 위하여 뜬눈으로 꼬박 새우기를 거듭하던 어느날 밤 자정 무렵이었다. 지성이면 감천이라던가. 소녀의 아버지로서는 호박이 넝쿨채 굴러들어온 밤이었고, 박준표로서는 뒤로 자빠져도 코가 깨지는 재수 옴 붙는 날이었던 것이다. 소녀의 아버지가 박준표집을 예의주시하자, 아뿔사 박준표네집 부엌에서 불빛이 잠시 비춰더니 부엌뒷대문이 사르르 열리는 것이었다. 이때, 정말 뜻밖에도 박준표의 부인이 무엇을 옆에 끼고 뒷문을 빠져나와 잠시 주위를 두리번거리고 나더니 살금살금 물금내 쪽으로 사라지는 것이었다. 소녀의 아버지가 뛰는 가슴을 진정시키며 부인의 뒤를 적당한 간격을 유지하고 따랐다. 상여집을 돌아 물금내에서 가장 후미진 골짝으로 올라갔다. 뒤쫓는 소녀의 아버지를 박준표 부인은 끝내 눈치 채지 못했다. 어느 듯 때는 반쪽달이 솟아 으스름 달밤이었다. 박준표 부인은 집채만한 바위 옆에 서서 다시 한 번 주위를 꼼꼼히 살펴 보았다. 그니는 이윽고 풀섶을 헤치고, 무엇을 찾는 듯 하더니 귀신처럼 사라지고 말았다. 소녀의 아버지는 이때다 하고 속으로 외치면서 한달음에 바위 쪽으로 달려갔다. 박준표 부인이 사라진 장소를 유심이 살펴보니 과연 풀섶 속에 동굴 같은 구멍이 눈에 띄었다. 힘이 장사인 소녀의 아버지는 삼백 근도 더 나갈만한 돌덩어리를 옆으로 제치면서 벽력같은 고함을 질렀다. 박준표 이놈, 천하의 반동분자 이놈! 당장 나오지 않으면 돌로 쳐 죽인다고 엄포를 놓았다. 예상대로 막 밥숟가락을 잡던 박준표는 김치가닥을 아삭아삭 씹으며 두 손을 번쩍 쳐들고 힘없이 기어 나왔다. 소녀의 아버지는 불문곡직하고 박준표를 칡덩굴로 칭칭 묶어 송아지 끌 듯 끌고 오는데, 박준표 부인의 통곡소리가 밤의 적요를 갈기갈기 찢고, 똑 손각씨 울음 소리처럼 메아리쳐 왔다. 생명의 근원이 무엇인지를 한 번쯤 되새기게 하는 엄숙하고도 가장 슬프게 들리는 인간본연의 참 울음이기도 했다.

하지만 소녀의 아버지는 이때만은 눈에 보이는 것도 귀에 들리는 것도 아픔도 즐거움도 더위도 추위도 느끼지 못하는 완전한 진공상태였다. 오로지 가난 그 지긋지긋한 가난만을 면할 수 있다면 목숨을 제외하고는 무슨 일이고 해내어 가난을 면해야 된다는 일념뿐이었다. 돈만 있다면 불쌍한 앉은뱅이 아내의 중병도 고칠 수 있다는 것이 당시로서는 유일무이한 그의 확신이었다. 해산 후 삼년간 몸져 누어지내는 앉은뱅이 아내에게 산약 이외는 돈 주고 약 한 첩 쓰지 못했다.

박준표는 이튿날 물금내 상여집 옆 분지에서 소위 인민재판이라는 형식적 절차를 마치고 즉석에서 형장의 이슬로 사라지고 말았다.

소녀의 아버지는 그 후 승승장구하여 양지말 인민위원회 부위원장이라는 직위까지 올랐고, 토지분배도 윤부자네 옥답을 위시하여 알짜로만 분배받아 가위 기적도 있다는 신화를 실감하기에 이르른 것이다. 소녀는 그때 처음으로 쌀밥을 배가 터져라고 먹고서는 어깨 숨을 들어 쉬고 내쉬다가 더는 견디지 못하고 목구멍에 손가락을 집어넣고 토악질을 유도했지만 무위로 그치고 말았던 것이다. 궁여지책으로 소녀는 콩밭으로 달려가 넉마같은 속곳을 까고 나오잖은 오줌도 질금거리고 똥구멍에 온힘을 집중시켜 그저 대추씨만큼이라도 똥이 나와 이 숨 막히는 고통을 덜어달라고 하느님께 빌기조차 했던 것이다.

이렇게 한 서너 달 남부럽지 않게 살았던 소녀는 운명적으로 '고난'이 아귀차게 따라다녔다. 아버지의 얼굴에 시나브로 그늘이 짙어지는 듯 하더니 하루는 온다간다 말 한마디 없이 바람처럼 사라지고 말았다. 인민위원회에 가도 사무실에는 사람이 하나도 없었다. 매일 같이 펄럭이던 붉은 깃발이 휘날리던 게양대에 어느새 붉은기 대신 낯익은 태극기가 펄럭이고 있었다. 순식간에 일어난 사태였다. 또 세상이 뒤집혔다고 했다. 소녀는 그냥 슬퍼졌다. 분배받은 논과 밭도 다 내놔야했고,

또다시 보리죽과 싸울 생각을 하니 동심이지만 눈앞이 캄캄해졌다. 보다도 아버지의 안위가 무엇보다도 걱정이 되었다. 아버지의 행방은 전혀 알 길이 없었다. 그 착하디착한 아버지를 영영 못 보는 것이 아닌가 하는 슬픔에서 눈물이 와락 쏟아지기도 했다.

쥐도 새도 모르게 사라졌던 윤씨 일문들이 속속 돌아오자, 동네는 그런대로 다시 활기를 찾기 시작했다. 즉시 윤씨 일족을 중심으로 양지말 자치위원회가 결성되었고, 그 산하에 자치대가 편성되었다.

자치대의 주 임무는 동네경비와 아울러 적색분자의 색출과 체포였다. 그들은 죽창을 들고 쏴 다니면서 가가호호를 물샐틈없이 수색했다. 같은 문중의 윤열구 위원장을 체포하여 읍내 경찰서로 넘기고 득달같이 소녀의 아버지를 체포하러 왔지만 그들은 허탕치고 꿩 대신 닭이라면서 꼼작달싹도 못하는 앉은뱅이 어머니를 강압적으로 끌고 갔다. 그러면서 자치대원은 소녀의 아버지가 체포될 때까지 결코 석방치 않겠노라고 위협했다. 소녀는 개 끌려가듯 끌려가는 어머니의 참상을 보고 발을 동동 구르며 한 번만 살려달라고 애원했지만 누구도 소녀의 애원을 귀담아 듣질 않았다. 그로부터 사흘 후 아버지는 역시 물금내 골짜기에서 자치대원에 의해 체포되고 말았다. 그 후 소녀의 어머니는 반주검 상태에서 풀려났다. 앉은뱅이 어머니를 누군가가 업고 왔으며 그 뒤를 소녀는 자지러지게 울부짖는 세살박이 동생을 업고 따르면서 눈물 한 방울 흘리지 않았다. 동구 밖 느티나무에서 까마귀 한 쌍이 나란이 앉아 번갈아 까욱까욱 울고 있었다. 뜻있는 동네사람들은 또 동네에 불행한 일이 발생할 징후라며 관습적으로 침을 퉤퉤하고 세 번씩 뱉아 버렸다. 봄철에 마마 같은 돌림병이 창궐한다던지, 또는 잠감 같은 전염병이 번진다던지 할 때 으레 까마귀가 느티나무에 앉아 불길하게 울곤 했었다. 그런 악몽이 있는지라 사람들은 느티나무에서 까마귀가 울면 필연적으로 동네에 불상사가 발생하는 것으로 단정 짓고 있었다. 동네사람들의 그와 같은 우려는 그대로 적중되었다.

저녁나절 학살당한 박준표의 친동생 박준기가 칼빈소총을 메고 양지말에 홀연이 나타났다. 초가을 해가 뉘엿뉘엿 질 무렵 박준기를 위시한 몇 사람이 무리를 지어 수런을 떨더니 윤열구 자치대장이 뇌(牢)에서 소녀아버지를 끄집어내어 박준기 일당에게 선선이 인계하는 것이었다. 소녀아버지는 완전히 포박당한 채 즉시 물금내로 끌려가고 있었다. 그때 아버지는 그 큰 육덕을 제대로 가누지 못하고 흐느적흐느적 하면서 무슨 일이고 할 테니 목숨하나만 살려달라고 손이 발이 되도록 비벼댔다. 사람으로서는 차마 눈뜨고 바라볼 수 없는 처참한 비극의 현장이었다. 소녀의 아버지가 걷기를 거부하고 길바닥에 주저앉으면 박준기는 총 개머리판으로 인정사정없이 난타했다. 아버지가 견디지 못하고, 혼절하자 그들은 새끼줄로 아버지의 전신을 묶어 질질 끌고 가는 것이었다. 소녀는 그 광경을 차마 볼 수가 없어 먼 산만 쳐다보고 아버지? 아버지? 하고 부르며 따라갔다. 누군가가 소녀에게 너도 죽고 싶으냐고 호통을 쳤다.

아버지가 무리에게 끌려간 지 한 시간도 안 되어 물금내 골짜기에서 귀청을 가르는 총소리가 막 내리덮이는 어둠을 뒤흔들어 놓았다. 예측대로 아버지는 그날 밤 돌아오지 않았다. 이

틑날 소녀는 동네 소염할아버지를 따라 물금내 죽음의 현장으로 올라갔다. 아버지는 새끼줄로 꽁꽁 묶인 채 가슴부위가 걸레처럼 헤어져 피범벅을 이루고 있었다. 그 피를 쇳파리들이 달게 빨아먹고 있었다. 이빨을 악물고 눈을 홉뜬 채 나무토막처럼 빳빳하게 굳어진 아버지의 처참한 모습을 보는 순간, 소녀는 기절초풍 세살박이를 업은 채 뒤로 벌떡 나둥그러지고 말았다.

아버지의 주검은 인정 많고, 남의 궂은 일을 헌신적으로 도맡다싶이 하는 소염영감의 노력으로 모래내 국유지에 지게로 저다 되는대로 파묻고 말았다. 그런 비극을 치른 지 한 달도 채 안되어 앉은뱅이 어머니마저 오랜 지병과 화가 겹쳐 한 많은 삶을 마감했다. 이때도 역시 소염영감이 염도 하지 않고 곧바로 지게로 저다가 아버지 묘 옆에 묻고 말았다. 소염영감에 대한 고마움은 지금도 잊을 수가 없다. 그 은혜는 저승에서라도 꼭 갚아야 한다는 것이 흙무당의 변함없는 마음가짐이다.

대충 이야길 듣고 난 삼순이는 흐르는 눈물을 손등으로 훔치며 떨리는 목소리로 더듬더듬 말한다.

"엄니? 엄니의 처참한 일생, 저는 꿈에서조차 생각을 못했어요. 한마디로 태어나는 그 순간부터 피눈물의 삶이었다고 생각해요. 하지만 저는 눈꼽 만큼도 부끄럽다든지 죄책감을 느끼단던지 하지는 않아요. 되려 명예롭고 정말 어머니가 자랑스러워요. 엄니? 엄니를 더욱 존경하고, 신명을 받쳐 사랑할 꺼예요. 엄니… 흑흑…."

"하눌이나 알구 흙이나 알지 시상 사램 누구두 이 에미의 깊은 슬픔은 무른다."

"어머니가 윤영장네 땅을 사시려고 기를 쓰신 그 깊은 뜻을 이제는 조금 알 것 같아요. 어머니? 정말 훌륭하셔요."

"암만 우리 삼순이가 참말 효녀지."

"그러니께 작년 팔십 몇 살에 세상을 뜬 윤영장의 부친이 그때 양지말 인민위원장 윤열구 씨라구요? 정말 기구한 인연이네요."

"그렇지. 그 눔들이 한술 더 떠 악질적으로 부역은 몽땅 혀구 혔는데, 주동 인물은 돈 있구, 세도 있구 저희 윤가들이 싸구서 살려주구. 죽두룩 하수인 노릇만현 니 외할아부지는 가난혀구, 뭇 나구 윤가가 아니라는 핑계루 윤가들의 죄를 떠맡어 혼자서 죽은 거지. 원래가 윤열구혀구 박준표는 앙숙이었다구. 서루 세도 싸움이었지. 그러자 서루 뭇잡어 먹어 으르렁거리든 차에 사변이 나구, 사변이 나자 윤열구는 니 외할아버질 시켜 박준표를 미행하여 인민재판이라나 뭘루 쥑이구, 다시 시상이 뒤집히자 박가들은 니 외할아버질 먼저 죽이구, 다음으루 윤열구를 죽일려구 혔는디, 치안이 회복되면서 윤열구를 경찰서루 보냈댜. 그런디 윤가들이 그냥있남. 모두 들구일어나 니 외할아버지에게 죄를 몽땅 씌우구, 윤열구는 살어 나와 수를 다혔지. 절통현 노릇이지, 이 눔의 시상…."

"그런데 어먼님?"

"……."

"죽은 박준표와 박영구와는 어떤 관계예요?"

"참말루, 그걸 말 안혔네. 박준표는 박영구의 친할애비구, 박판제는 박준표의 큰아들이지. 박판제는 그때 국민핵교 이학년인가, 삼학년인가 그랬을겨."

"알았어요, 어머니…. 어머니는 정말 초인적이시구 이 세상에서 고생을 가장 많이 하셨고, 그리고 강철보다도 강하신 위인이셔요. 어먼님."

"니가 뭘 안다구, 빈말은 찬 냉수 한 사발만두 못 혀댜."

"그래요. 어먼님, 저는 정말 입이 열 개라도 뭐라고 드릴 말씀이 없어요."

삼순이의 입가에 각인된 미소가 사라지면서 표정이 딱딱하게 굳어졌다. 그리고 삼순이의 두 눈에서는 어머니의 원수를 조금이라도 갚겠다는 복수의 불꽃이 배어들고 있었다. 흙무당이 조금 주춤하면서 말한다.

"그러니 말이다. 사램이야 출중혀구 착실현줄 알지만 그런 원수 눔들의 자식을 워떻기 사위감으루 정혀느냐 이 말이다."

"……."

"시상이 개명혀여 뭘 따지느냐구 혈지두 무르지만 사램은 그런게 아니다. 옛말두 있잖은감, 웬수는 외나무 다리에서 만난다구. 우리가 꼭 그꼴이라구. 그 눔들이 우릴 더 웬수루 여기구 있을겨, 윤일구의 종노릇을 현걸 무르구 말여. 당사자들만 똥창이 맞아 시집가구 장가가면 된다는 생각은 혀들 말어라! 박판제 그 눔두 무르기는 혀지만 에미와 똑같은 생각을 갖구 있을겨, 괘니 숨죽인 불씨를 혜집어 큰불 내지말구, 니가 처신 잘 혀라. 에미의 마지막 소원이다."

"엄니?"

"박판제 그 눔이 니들 사이를 무르닝게 그렇지 둘이 혼인헌다구 혀면 아마 천길 만길 뛸거라구. 그리구 그 눔들은 사는 행펜이 이 근동에서는 젤루 부자아닌감. 땅두 많구, 돈두 많구,

넘들두 그러드라. 박판제 그 눔이 보통 인간이 아니랴. 게다가 박판제 집안은 현재 면내에서 윗말 윤가들과 똑같이 옛날에는 지들이 양반이라구 떵떵거리며 불쌍한 쌍것들의 피를 쪽쪽 빨어처먹구, 그리구 저희들끼리 도토리 키재기루 세도다툼을 혀느라구 편현 날이 웂었다. 그런 박판제 눔이 널 메누리루 삼겄어. 올라가지 뭇혈 낭구는 쳐다두 보지 말랬다. 니들만 똥창이 맞는다구 되는 일이 아니여. 그리구 박판제 아들 그 눔은 무신 대핵교라나 뭐실 졸업혔다는디, 국민핵교 밖에 안 나온 너를 데려갈 것 같은감. 한 마디루 단물 쓴물 다 빨어 처먹구 나서 웬수의 딸이요, 불쌍눔에다 근본 웂는 집의 딸 새끼라구 헌짚신 차듯 차버릴 것은 불을 보듯 뻔현 노릇이라구. 옛날부터 혼인은 끼리끼리 혀야 복 받는다구 혔다. 괘니 그 도도헌 눔들의 야료에 빠지지 말구 니 말대루 스물 일곱까지 조신혀게 있다가 우리 헹펜에 맞는 얌전현 신랑감 골라 시집가자. 알것남?…"

"……."

"워쩨서 말이 웂댜. 니 눔들 혹시 무신 불장난 친것 아녀?"

흙무당은 어제 퇴근길부터 깊은 시름에 빠져있는 삼순이의 거동이 아무래도 수상쩍다고 생각하던 참이라 단단히 마음먹고 궁금하던 곳을 찔러본다. 만에 하나 삼순이가 이성이 순간적으로 마비되어 불장난을 쳤다면 흙무당으로서는 마지막 인생의 보루가 여지없이 허물어지고 마는 것이다. 삼순이의 꼿꼿한 성미는 알고는 있지만 요즘 젊은 것들은 하늘이 주신 순결을 발가락 새에 낀 때만큼도 중히 여기지않는 풍조라 서로 마음만 조금 통하여도 먼저 일을 저지르는 경거망동을 예사롭게 저지르는 것이다.

"엄니? 이 삼순이가 그렇게도 믿어지지가 않으셔요?"

흙무당의 의표를 찌르는 질문에 삼순이는 그 큰 눈을 멀뚱거리면서 자신 있게 대꾸했지만, 그 표정은 어딘가 짙은 그늘이 드리워져 있었다. 그리고 어딘지 노루가 제방귀에 놀란 그런 표정이었다.

"암만, 우리 삼순이가 누기 딸이라구. 하눌님 다음으루 흙과 같이 믿는 내 딸인디."

흙무당은 비록 에미와 자식지간이지만 여자로서의 마지막 양심을 유리한 것 같아 마음이 씁쓸해지면서 상대적으로 삼순이가 측은해져 달래는 심정으로 말한 것이다.

"엄니? 저는요, 어머니 뜻에 따라 건강하고 흙을 제 몸같이 사랑하고, 흙에 묻혀 사는 농부(農夫)한테 기필코 시집을 가서 아들딸 줄줄이 낳고 행복허게 살아 엄니를 만족허게 해 드리고 효녀노릇 끝까지 할께요. 하지만 시골에 그런 모범적인 총각이 있어야 말이죠. 너도나도 주먹에 힘이 배면 대가리 도끼 삼아 서울로 기어 올라가니 시골이 이렇게 황무지가 된 것 아니겠어요. 그놈의 우루과이 라운드가 타결된 후로는 이농현상이 해가 갈수록 더욱 심화되고 있잖어요, 그래서 저는 박판제 씨의 아들 박영구라는 청년의 인간됨됨이와 농촌에 대한 깊은 애정과 일생을 농촌재건을 위하여 투쟁하며 농촌에서 일생을 살겠다는 그 의지에 마음이 끌렸던 것 뿐이예요. 대학도 나오고, 지금도 꾸준히 공부를 계속 허는 지성인이 도회의 유혹을 뿌리치고 고향에서 일생을 보내겠다는 그 신념 하나만은 정말 가상허다는 생각이 들어요. 박영구 그 사람도 과거의 비극적인 가족사를 풍문으로 조금은 알고 있는 듯 해요. 어머니로부터 자초지종을 듣고, 그의 말마디에서 언뜻 그런 냄새를 풍긴 적이 있음을 이제야 알겠어요. 어먼님, 하지만 박영구 씨가 구체적인 비극을 알던 무르던, 국민핵교 밖에 못나온 가난허고, 쌍놈의 집 딸을, 그 비극을 초월하고 구애해온 것은 그의 인간성이 착실함을 엿볼 수 있잖아요?”

“그러면 그 웬수 눔의 새끼현티 시집을 가겠다능겨, 뭣이여?”

“일테면 그렇다 그 말씀이예요.”

계속해서 모녀는 서로 암투를 모색하고 있었다.

“그 눔두, 지 할애비 지 애비를 닮어서 월매나 음충맞다구. 니가 키두 훤출허게 크구 반반허게 생겼으닝께 못 먹는 감 찔러나본다는 심뽀루 덤벼드능겨, 그 눔들이 월매나 독현눔들인디. 지 할애비 박준표는 아까두 말혔지만, 죄읎는 사램두 지 거상에서 벗어나면 잡어다가 빨갱이루 몰아 파리 죽이듯 죽인 천하의 무도현 눔이라구. 그 눔두 지 할애비 피를 받은 눔이라구.”

“엄니의 잊을 수 없는 한(恨)도 충분히 알겠어요. 하지만 모든 것을 떠나 사람하나만 놓고 볼 때 정말 성실허고 정직허고 부지런한 사람임엔 틀림없는 청년이예요. 엄니도 직접 겪으셨잖아요. 지난 여름 그 난리 때 엄니를 위하여 동분서주 뛰어다녀 취하서를 받어다가 엄니를 석방시켰고, 그 후 오릿골 밭을 다시 공장에 파는데 박영구 씨가 아니면 그 값에, 그리 쉽게 매매가 성사되지 않었을 거예요. 그리고 농협에서 오백만 원 융자도 자신이 연대보증을 서면서 융자를 받었잖아요. 정말 그렇게 고마울 수가 없었어요. 과거사를 떠나 현실적으로 말이죠."

"그것만 보면 그런디, 그 늄두 속달구 겉다른 늄이라구. 다무신 꿍꿍잇 속이 있어서 그 지랄현거라구."

"선량헌사람 자꾸 미워허지 마셔요. 그것도 따지고 보면 큰 죄예요. 은혜를 원수로 갚어서야 되겠어요. 옛날 어머니 시대를 원망허시지 지금 그 후손들이 무슨 죄가 있어요. 솔직히 말허면 거꾸로 그들도 큰 피해자라구요, 어먼님…."

삼순이가 자세를 고쳐 앉으며 야멸차게 내 쏘았다.

"저 늄의 지지배가 참말루지 수상쩍다구. 그 늄 말이라면 뭣땜에 쌍지팽이를 짚구 나와 에미한테 지랄이랴, 내참…."

"쌍지팽이가 아니구요. 있는 사실대로 말씀드렸을 뿐이예요."

"옛날부터 거머리 속을 까뒤집어도 뱃속의 창자는 보지만, 맴은 볼 수 웁다고 혔다. 몇 달 새겨보구 그 늄의 속내를 니년이 워찌 안다는겨? 그년 참말루 지 애비 마냥 앉어서 천리 보나벼. 이년아 니가 보살(菩薩)이냐?"

"한 일을 보면, 열 일을 안대요. 사람 속을 거머리가 아닌데 어떻게 까뒤집고 보겠어요. 엄니 말씀대로라면 부부지간도 평생 그 깊은 속을 의심허고 그저 자연적으로 일생을 무의미허게 보낸다는 것 아니겠어요?"

"저 지지배 말대꾸 혀는 것 좀 봐! 오냐, 좋다. 요년아, 그 늄한티, 아니 그 웬수 박판제의 아들 늄헌티, 오늘 당장이라두 시집가 시시득득거리구 살아봐라, 이년아. 천벌을 맞을 늄의 지지배 같으니라구."

흙무당은 뭉그적뭉그적 삼순이한테 다가앉으며 삿대질을 격럴하게 해 댄다.

"쓸데없는 걱정은 접어두시고, 어서어서 병원에나 가실 채비나 하셔요."

"듣기 싫여, 이년아. 죽으면 그냥앉아 죽었지 니년혀구 병원에는 안 간다."

"목숨이 한 몸에 두 개가 있다고 하지 않았잖어요. 쓸데웁시 옹고집 피우지 마셔요. 호미루 막을 것 그러시면 땅차루두 못 막아요."

"듣기 싫여 이년아. 나는 앞으루 니년 말은 콩으루 메주를 쑨다구 혀두 고지 안 들을란다. 고얀 년!"

"어머니? 어머니는 잘 이해가 되시지 않겠지만, 진리는 시궁창에 들어가도 변치 않아요. 언젠가는 효녀 이삼순의 참 사랑을 아실 날이 있을 거예요."

"저년이 똥구멍으루 호박씨 까는 흉측스런 지지배라구. 내 앞에서 다시는 박판제 아들 눔 소릴 입 밖에 내지 말어라!"

"엄니가 아무리 박영구를 미워하셔도 나는 그의 힘을 빌어 어머니를 그 용하다는 천안 대학병원으로 모시고 갈 꺼예요. 용서 하셔요, 어먼님…."

삼순이는 두 손을 비비기까지 한다.

삼순이의 하는 양이 귀엽게 보였던지 흙무당의 흥분으로 가득 찼던 얼굴이 흐물흐물 허물어지면서 제물에 한 가닥 미소가 입가에 배이기 시작한다. 삼순이도 흙무당을 따라 웃는다. 모녀간에 순수한 사랑이 교감하는 엄숙한 순간이기도 했다.

10

흙무당은 아들을 입대시키고 나서부터 전에 없던 버릇이 하나 더 늘었다. 그렇게도 기피하던 텔레비전을 보는 빈도가 부쩍 잦아진 것이다. 텔레비전을 들여다보고 있으면 화면에 팔려 잠시나마 달기에 대한 그리움과 집안에서 일어나고 있는 대소사를 잊을 수가 있는 것이다. 얼마 전 거금 백여만 원을 들여 읍내 큰보살을 불러다가 대굿을 했는데도 달기에 대한 안위가 잠잘 때를 빼고는 뇌리에서 떠날 때가 없었다. 비만 내려도 혹시 달기가 비를 맞는 게 아닌가하는 근심, 날씨가 차면 감기라도 걸리지 않았나하는 걱정, 꿈자리가 조금 사나워도 걱정, 똑세 살배기 어린 것을 물가에 홀로 놔둔 그런 불안감이 항상 꿈틀대고 있었다.

오늘 저녁도 입맛이 없어 저녁도 먹는 둥 마는 둥 하고 막 텔레비전의 스위치를 틀고 있는데, 느닷없이 만돌어머니가 들어왔다. 이십사 시간 짬만 있으면 수시로 드나드는 처지라 별로 신경도 안쓰고 왔느냐고 눈인사만 했다. 그런데 만돌어머니는 어딘지 상기된 표정을 짓고 무엇인가 신기한 일이라도 벌어진 듯 똥마려운 새며느리 국거리를 썰 듯 들떠 있었다. 원래 성미가 급한 만돌어머니는 어서 발설을 하고 싶어 죽겠다는 듯 흙무당이 텔레비전을 자주 대하는 것을 보니 분명 천지개벽이 될라나보다고 우선 떠벌리고서는 손바닥으로 입술을 싹싹 문지르고 나더니 잔기침을 두 번 뱉고서는 말했다.

"흙무당? 참말루지 천하태평이네. 저 거시기말여, 삼순이에 대하여 기쁜 소식이 들리던디 그게 참말여?"

"무신 기쁜 소식이랴 시퉁터지게. 변눔의 여편네 다 보겠네. 찢어진 입이라구 함부루 놀려대지 말어. 새치두 뭇 되는 헛바닥이 시상을 뒤집는댜."

"이웃간에 너무 그러지말라구. 불 안땐 굴뚝에서 연기 난디야? 듣구보닝께 나만 물루구 있었다구. 동네 사람이 다 알구있든디 뭘 생파리처럼 시치미랴. 삼순이가 오릿골 박판제 아들 박영구와 그렇구 그래서 곧 결혼식까지 올린다구들 혀든디."

"뭣여? 시상에 그게 무신 소리랴. 이 눔의 여편네가 말여, 응? 아닌 밤중에 홍두깨두 유만부동이지 시상에 워떤 눔들이 그런 헛소릴혀? 잉? 그 눔들이 누겨, 어서 말 뭇혀? 이 눔의 여편네야."

흙무당의 얼굴근육이 삽시간에 돌덩이처럼 굳어진다. 그리고 입 양귀퉁이에 비지거품이 엉키면서 걷잡을 수 없이 흥분하자 만돌어머니는 입방아 잘못 찧었다가 뼈다귀도 못 추린다는 속담을 생각하면서 겁에 질린 듯 슬그머니 꼬리를 내린다. 그리고서 혼자소리로 한마디 덧붙인다.

"아이구 저 눔의 성질머리, 성질 낸다구 될 일인 줄 아나베. 등잔 밑이 어둡댜. 괘니 다 된 밥에 코 빠뜨리지 말구 있으라구."

"뭣여 이 우라질 눔의 여편네. 등잔 밑이 어둡다니, 그게 뭔 소리여 말혀 봐!"

흙무당의 서슬에 만돌어머니는 고양이 앞의 쥐 마냥 옴낫 못하면서도 말대꾸는 여전했다.

"아마 내가 귀가 엷어서 잘못 들었나벼, 다 내 초사여. 허지만 소문은 윤재만 딸 수자는 박판제 아들 영구한테 시집못가 상사병까지 났다는디…."

"아가리 함부루 놀리지 말엇, 그런 헛소문 두 번 다시 터뜨렷다만 봐라. 그 눔의 주뎅이 인두루 싹싹 지져놓을 테니, 그뿐인줄 아남. 밑창까지두 화젓갈루 푹푹 쑤셔놓을테닝께. 이 눔의 여편네야, 넘의 착한 딸 신세망칠 작정이여?"

"어이구 욕두, 욕 뭇혀구 죽은 구신이 환생을 혔냐. 입만 열면 극악무도현 욕이 쏟어져나오니 원. 아니 입만 지지면 되얐지 아무 죄두 읍는 밑구멍은 왜 지져."

"이눔의 여편네야, 혈일 읍쓰면 집에가 만돌아부지나 끌어안구 잠이나 자뻐져자라구! 오지랖 구만 떨구 말여. 꼴두보기 싫여 어서 가, 가라구!"

"발 없는 말 천 리 간댜. 어디 두고 보자지, 내가 뭐 집이 읍서 살러온 줄 아남, 갈겨."

만돌어머니가 가시 돋친 한마디를 남기고 험상궂은 얼굴로 횡하니 돌아가자 집안은 다시 절간처럼 조용했다. 흙무당은 삼순이를 은근히 기다리며 부엌으로 나와 저녁상을 차렸다. 준보는 버릇대로 오밤중에나 들어올지 아니면 내일새벽에 고주망태가 된 채 들어올지 감을 잡을 수가 없다. 어서 삼순이가 퇴근해 돌아와야 입맛이 쓰기는 하지만 억지로라도 저녁을 한술 먹을 작정이었다. 한데 오늘따라 삼순이는 돌아올 시간이 훨씬 지났는데도 감감소식이다. 흙무당은 혹시 야근을 하나하고 생각하면서도 전화가 없는 것으로 보아 야근을 하는 것 같지도 않다. 흙무당은 조마조마 하여 대문간을 살피는데 예상대로 삼순이가 대문을 삐걱 밀치고 들어왔다. 그런데 삼순이는 혼자가 아니었다. 그녀의 뒤에 또 한사람이 따라 들어오고 있었다. 백열등의 역광반사로 누군지 쉽게 가름할 수가 없었다. 이때, 뒷사람이 앞으로 한 발짝 성큼 나서면서 절부터 너부죽이 했다. 허리를 편 그는 커다란 눈망울을 디굴거리면서 점잖게 말했다.

"놀래지 마십시오. 오릿골 박영구입니다. 얼마 전 오릿골 땅 매매 건으로 뵙고 그만 총망중에 문안을 드리지 못했습니다. 근황은 종종 삼순 씨 편으로 듣고 있습니다. 아든님의 입대로 그지 간에 얼마나 마음고생이 심하십니까. 외동아들을 군에 보낸 그 아픔은 아마 겪어보지 않고서는 헤아리지 못할 것입니다. 하지만 남자대장부라면 군인은 꼭 한 번 갔다 와야 합니다. 그것은 제가 군인에 가서 절실히 느낀 소회입니다. 자고로 사람은 열 번 변한다고 했습니다. 그 열 번 중에서 마지막으로 사람이 되는 곳이 군대입니다. 우선 몸이 건강해지고, 사고방식이 바뀌고 인내력이 함양되고, 확고한 신념과 인생관이 바뀌게 됩니다. 나약한 아든님을 강인한 아든님으로 탈바꿈 하기 위하여 위탁교육을 보냈다고 생각하시면 됩니다. 그리고 군대

생활도 지금은 옛날 같지 않아 잘 먹이고 잘 입히고 인간적인
대우를 해 주고 있습니다. 조금치도 걱정 마시고 안심하십시
오."

"아니 위쩐 일이랴, 이 밤중에…."

흙무당은 박영구의 설명은 들은 척도 않고, 배알이 몹시 뒤
틀린 목소리였다. 그러찮아도 지난번 굿판에서 거금 오만 원을
직계존속도 아닌 주제에 복체를 선뜻 놓는 바람에 참새떼들의
입질에 오르고 내려, 조금전 만돌어머니의 억지소리도 그런데
서 연유한 것이라고 자기적인 해석을 내리고 있는 것이다. 흙
무당은 심히 불쾌하여 굿이 끝나고 나서 삼순이를 다그쳤지만
자신과는 전혀 무관한 일이라고 생파리 같이 잡아떼는 바람에
지금껏 그 오만원에 대하여는 벙어리 냉가슴 앓듯 앓고 있는
것이다.

엎친데 덮친다드니, 만돌어머니의 근거 없는 주착에 심기가
몹시 상해있는 판국에 한술 더 떠 당사자인 박영구를 삼순이
가 달고 왔으니 정말 아닌 밤중에 홍두깨였다. 마음 같아서는
두 년놈을 몽둥이로 짓이기고 싶지만 그럴 수도 없고 하여 숨
만 거칠게 내쉬고 있었다. 조금 전 흙무당에게 혼쭐이 나 쫓겨
간 만돌어머니의 말이 빈말이 아니고 근거가 있다는 확신이
들었다. 이럴 줄 알았으면 만돌어머니에게 친절을 베풀어 좀
더 자세한 내용을 캐물을 걸 경솔했다는 후회가 막급했다. 다
시 박영구가 말했다.

"제가 너무 말이 많았던 것 같습니다."

"밤두 이슥혀구 날씨두 쌀쌀현디, 뭣 땜에 넘의 처녀 뒷꽁무
닐 따라 다닌댜 잉?"

흙무당이 여전히 쌀쌀맞고 독기가 잔뜩 서린 말투였다. 그리고 삼순이를 뱁새눈을 치뜨고 무섭게 째려본다. 그니의 두 눈동자에서는 파란 불꽃이 이글이글 타오르고 있었다. 누구도 모르게 눈빛이 살아난 것이다. 어머니의 분노를 알아차린 삼순이가 그녀 특유의 포근한 미소를 입가에 물면서 어머니의 편치 못한 심기를 다독거리기 시작한다. 아무리 미워하려해도 제 뱃속에서 나온 자식이라 그런지 도무지 끝판에 가서는 사랑과 용서로 변질되는 것이었다.

"어머니? 또 이 효녀 삼순이를 미워하시는 거죠? 뻔할 뻔자죠, 뭐. 하지만 제 말을 좀 들어보시고 미워허시든가 노여움을 푸시던가 하셔요. 퇴근길에 버스를 타고 한참 오다가 우연히 뒤돌아다보니 뒷좌석에 박영구 씨가 앉아있질 않겠어요. 저는 그냥 무심코 눈인사를 했더니 영구 씨도 반색을 하더군요. 정류장에서 같이 내려오다가 삼거리에서 따로따로 갈 줄 알았더니 계속 저를 쫓아오는 거예요. 저는 영구 씨가 양지말에 볼일이 있어 오는 줄로만 생각하고 우리 집 앞에서 인사를 헐라고 했더니만 먼저 한 발작 앞서 우리 집으로 향하잖아요. 무슨 일이 있느냐니까 어먼님을 위로하고 인사나 드리고 간다나요. 그러면서 산짐승이 어디를 못 가느냐면서 면박을 주잖아요. 어머니? 용서허셔요. 제가 잘못했어요. 삼거리에서 혼자 막 뛰어왔어야 하는데…."

어둠 탓인지는 모르되 삼순이의 어투나 행동은 전혀 반성이나 잘못이 없다는 아주 당당한 모습이기도 했다.

"왜 넘의 집 지지배 궁둥이를 졸졸 따라 다니능겨. 그러잖어두 헛소문이 돌구 있는디, 누구 혼사길 막을 작정이여? 뭣여?

그 눔의 속 시커멓기는 똑같군⋯."

나중 말은 무서운 가시가 돋아있는 말이었다. 현재로서는 누가 별소리로 위안을 해도 흙무당의 지금의 감정은 쉽게 갈아앉을 것 같지가 않았다. 하지만 웃는 낯에 침 못 뱉는다고 그지간 박영구의 노고를 봐서라도 차마 원수의 새끼라고 대놓고모질게 내뱉을 수는 없었다.

"꼭 드릴 말씀이 있어서 오래전부터 벼르던 차에 오늘 마침삼순씰 만난 기회에 용기를 내어 왔습니다. 용서하십시오."

사실 박영구와 삼순이는 미리 치밀하게 짜놓은 각본대로 연출을 하고 있었다. 이들은 지난 여름의 사건이후 이미 서로 간에 숙명적인 인력(引力)에 접근해 가고 있었다. 대학을 나오고서도 굳이 도회 진출을 마다하고 농촌을, 아니 고향을 지키겠다는 원대한 포부를 품고 영농후계자의 길을 걷고 있는 박영구는 정말 보기 드문 청년이었다. 그런 박영구가 신장이 백 팔십에다 빼어난 미모에 전혀 도회의 물이 섞이지 않은 진실하고 순박한 삼순에게 홀딱 빠져든 것이다. 삼순이 역시 죽어가는 농촌을 기피하는 게 아니라, 그 현장으로 뛰어들어 농촌을기어코 살리고야 말겠다는 굳은 신념과 성실성과 그리고 젊음과 건강이 넘쳐흐르는 박영구에게 은근히 마음이 끌렸던 것이다. 더욱이 삼순이는 자신과 비교해볼 때 집안의 경제력과 근동에서 알아주는 양반가문에다 인간성, 생김새, 교육수준 무엇하나도 자신은 박영구를 따를 수 없다는 것을 실감하고 있었다. 다만, 박영구보다 나은 점이 있다면 생김새뿐이었다. 자신은 얼굴은 아버질 닮고 체구는 어머닐 닮아 균형을 갖춘 탓으로 모두가 이구동성으로 미인이라고 일컫는 것이다. 필시는 박영구도 고등학교 때부터 소문이 돌던 이웃집 수자를 마다하고 자신을 죽자 살자 따라붙는 것도 미모 때문에 일 것이라고 생각은 했었다. 어쨌든 삼순이는 직업상 많은 남자들과 상대해 봤지만 박영구 만한 독실한 청년을 아직 보지 못했다. 박영구 정도의 남자라면 정말 안심하고 일생을 맡겨도 아무런 후환이 없을 성 싶었다. 하지만 그들에게는 과거의 비극적인 가족사가 크나큰 걸림돌이 되었다. 두 사람 모두 그런 비사(秘史)를 알아차리고 심한 갈등에 빠져있을 때 박영구가 젊음의 패기로 과감히 문제의 해결점을 제시했던 것이다. 박영구는 과거사를 아예 없었던 일로 무시해버리고, 오로지 현실에 충실하자며 기성세대의 고루한 사고(思考)를 깨우치기 위해서라도 둘만의 세계를 봐 깊이 갖자고 파격적인 제안을 해 왔던 것이다. 그의 고백은 일시적인 미봉책이나 욕망을 풀기 위한 계략적인 것이 아니라, 진지한 사랑이 승화된 순진무구한 요구이기도 했다. 그러므로써 두 사람간의 사랑은 결코 깨질 수 없으며, 결국은 부모님들도 두 사람의 결혼을 승낙하게 될 것이라는 것이 박영구의 확고부동한 주장이었다. 하지만 삼순이는 다 이해가 되지만 순수성만은 꼭 지키고 싶다고 호소했었다. 그러나 열 번 찍어 안 넘어가는 나무 없다고 했다. 만추(晩秋)의 어느 날 퇴근길에 두 사람은 코스모스가 흐드러지게 핀 한적한 시골길을 거닐다가 박영구의 불같은 정열과 호소에 굴복, 기어이 그 소중한 옥문(玉門)을 얼떨결에 열어주고 말았던 것이다. 그 날이 바로 삼순이가 흙무당에게 박영구와 결혼하겠다고 최초로 밝힌 날이었다.

일을 저지르고 난 후 삼순이의 고민은 이만저만 심각한 것이 아니었다. 밤을 하얗게 지새우며 남몰래 눈물을 쏟으며 똥끝을 태웠지만, 이미 엎지러진 물이었다. 심지어 수면제까지 사모았지만 차마 실행에는 옮기지 못했다. 그럴 경우, 사후(死後) 분란을 상상만 해도 몸서리가 쳐졌다. 삼순이는 거듭되는 고심 끝에 자신이 비교적 순순(?)히 몸을 열어준 것은 박영구라는 한 남자를 열렬이 사랑한 결과이므로 어떠한 고난과 장애가 따르더라도 박영구와 결혼하는 것만이 최선의 선택이라고 결론을 내렸다. 그렇게 결심하고 나니 마음이 훨씬 안정이 되었다. 하지만 박영구와의 결혼을 위해서는 넘어야 할 험준한 고개가 한 두 개가 아니었다. 우선 첫 고비이며 제일 높은 고개가 어머니를 설득하는 일이었다. 어머니는 박영구 일가를 세상에서 가장 악랄한 원수로 치부하고 있는 것이다. 어머니의 성품을 누구보다도 잘 파악하고 있는 삼순이는 과거 선조(先祖)들이 빚어낸 구원(舊怨)을 무시하고 두 사람의 결혼을 호락호락 승낙한다는 것은 천지개벽이 일어나도 불가능 할 것이라고 생각했다. 때문에 자신의 입으로 박영구와 결혼을 할 것이라고 운을 뗐을 때 어머니는 식칼이라도 들고 너 죽고 나 죽자며 토혈을 할 것이라고 생각했었다. 더군다나 요즘 달기입대후 어머니는 노심초사한 나머지 어머니의 건강상태가 눈에 띄게 쇠약해지고 있다. 이런 판국에 두 사람이 결혼한다고 내대면 건강이 더욱 악화될 것은 뻔한 이치다.

그리고 어머니는 입버릇처럼 말하기를 삼순이만은 기필코 자신이 직접 사위감을 골라 결혼을 시킨다고 주술(呪術)처럼 되뇌어왔던 것이다. 초순이, 차순이의 야반도주가 평생 지워지지 않는 한(恨)으로 남아있기 때문이다. 삼순이의 이런저런 근심을 훤하니 꿰뚫고 있는 박영구는 특유의 뚝심과 추진력을 바탕으로 해서 삼순이와 이미 넘어서는 안될 선을 넘은 이상 지지부진 끌고 가다가는 죽도 밥도 안 된다는 주장을 펴면서 쇳뿔도 단김에 빼랬다고 열흘 안에 결말을 짓고 한 달 안에 결혼식을 올리자고 단호히 보채는 것이었다. 너무 급히 서두는 게 아닌가하여 겁이 나기도 했지만 한편으로는 그의 시원시원한 행동거지에 수긍이가고 믿음직스러웠다. 그렇게 일사불란한 결혼계획을 세우고 추진하면서도 그는 두 번 다시 삼순이의 옥문을 두드리지 않았다. 되려 삼순이가 궁금하게 여길 만큼 그는 아주 초연했다. 삼순이의 의구심을 눈치 챈 박영구는 어느 날 읍내 경양식집에서 만나, 술을 한 잔하더니 앞으로 결혼날까지는 절대로 삼순에게 범접지 않겠다고 선언을 했다. 지난 번 행위는 인간본능의 소유욕이 전제된 순수행위였고, 내밀적으로 자신의 소유가 된 이상 보다 아름답고 보다 고귀하게 보전하고 싶다는, 어찌 보면 바보스럽고 어찌 보면 진실 되고 어린이 같은 그의 인간성에 또 한 번 경악을 금치 못했다. 두 사람은 양가 부모님을 설득하여 박영구의 계획대로 결혼식을 올리기로 다시 한 번 다짐했던 것이다. 이런 바람은 삼순이보다 박영구쪽이 더 강렬한 듯 했다. 그래서 박영구는 우선 일차로 자기부모부터 설득하기 시작했다. 그런데 뜻밖에도 아버지 박판제는 평소부터 남달리 삼순에게 호감을 갖고 있던 터라 가타부타 말이 없었고, 간 여름 지서에서 흙무당으로부터 일생일대의 봉변을 당한 어머니 박판제 부인은 두 눈을 흰죽사발 같이 흘키면서 네가 미쳐도 단단히 미쳤구나 하고 일언지하에 거부반응을 보였던 것이다. 박영구는 장고(長考)를 거듭하다가 삼순이와 상의도 없이 자기는 곧 삼순이와 결혼한다는 소문을 동네방네에 퍼뜨리고 다녔던 것이다. 술에 찌들어 사는 준보씨도 소문을 들었는지 어쩌다 길거리에서라도 박영구와 맞닥뜨릴라치면 그의 눈길이 포근하면서도 예사롭지가 않음을 박영구는 육감으로 느끼곤 했다.

문제는 흙무당이었다. 불같은 성미에 고집불통으로 호가난 흙무당은 삼순이를 박판제 아들 박영구에게 시집보낸다는 것은 바로 자신의 목숨과 직결된다는 극단적인 생각을 가지고 있음은 불문가지의 사실일 것이다. 때문에 섣불리 말을 잘못 꺼냈다가는 일을 단초부터 그르칠 수도 있다는 것을 두 사람은 잘 알고 있었다. 그래서 두 사람은 작전을 세우고 기회만 엿보던 중 뜻밖에도 흙무당이 세상에서 가장 애지중지하는 외아들 달기가 어머니에 대한 불만으로 자진 입대를 했고, 어머니는 기막힌 외아들을 위험한 군에 보내놓고 밤이나 낮이나 깊은 시름에 빠져있는 이때를 절호의 기회로 삼았던 것이다.

두 사람은 오늘 읍내에서 만나 자신들의 결의를 재다짐하고 하루라도 빨리 결판을 내자며, 좀 미적거리는 삼순이를 채근하여 박영구가 삼순이를 따라 붙었던 것이다.

이와 같은 두 사람의 음모를 까맣게 모르고 분만 터뜨리는 흙무당은 흡사 당달봉사가 개천나무라는 꼴이었다.

흙무당은 여전히 박영구를 의식적으로 무시하는 듯 말을 새끼줄처럼 비비 꼬고 있었다.

"나 보구 헐 말이 뭣이가 있댜. 넘의 집 다 큰 지지배 꽁무니나 쫓아댕기는 심뽀 뻔혀지. 뭐 그런 사램 말 들어서 하나두 이(利)될 것 웂다구. 어서 썩 나가! 우리 삼순이 시장혀, 얼릉 밥 차려줘야 쓴다구. 좋게 말혈 때 얼릉 돌아가라구."

"예, 알겠습니다. 갈 때는 가드라도 아주먼님께 꼭 한 말씀 드리고 가겠습니다."

"뭔 소리여, 얼릉혀 봐!"

"저는 이 세상에서 아주먼님을 가장 존경하고 사랑합니다. 거짓말이 아닙니다."

박영구는 기도하듯 두 손을 모으고 나직이 말하면서 몸을 한 번 부르르 떤다. 하지만 흙무당은 여전히 네가 무슨 말을 하든 들어줄 수 없다는 듯 어름장 같이 차가운 표정으로 무연이 바라보고 있었다.

"오래는 안 살았어두, 별 눔의 소릴 다 듣구 살겠네…."

"아주먼님은 바로 살아계신 부처님이시고 예수님이나 진배 없습니다."

박영구는 최상의 격찬을 아끼지 않았다.

"얼래 무신 소리랴."

"저는 지난 여름에 있었던 땅 매매 사건에 우리 아번님이 직접적으로 관련된 일이지만, 아주먼님의 인간으로서의 진실성과 의연함에 놀랐고, 과연 이 세상에 아직도 이런 전설적인 사람이 살고 있나 하고 의문을 품어보기도 했습니다."

"소영 읊는 소리 구만 지껄이구 얼릉 가라구!"

그러나 박영구는 좀처럼 일어날 기미를 보이지 않고 있었다. 아니 일어나기는커녕 경기에 임하는 선수처럼 더한 결기로 번득이고 있었다. 그리고 그는 말을 이었다.

"아주먼님 다음으로 저는 삼순씰 사랑합니다. 내 목숨 같이요."

"뭣여? 우리 삼순이를 사랑한다구? 아이구 하눌님, 이 노릇을 워쩐대유, 아?"

　"삼순씨로부터 육이오의 참사(慘史)를 상세히 들었습니다. 아니 저는 오래전부터 대충 양가에 그런 비극이 있었음을 바람결에 듣고 알고 있었습니다. 어쨌든 두 집안의 비극이요, 동시에 민족적 비극이기도 합니다. 하지만 이(李)씨와 박(朴)씨간에 자고로 무슨 원한이 있었겠습니까. 분단의 상황에서 양가의 의사와는 전혀 상관없이 불행하게도 시대적 제물이 되고만 것입니다. 우리 양가는 공동의 희생자입니다. 때문에 이와 같은 비극도 좋게 말하면 인연이라 할 수 있을 것입니다. 따라서 박(朴)씨 가문은 서로 앙숙관계가 아니라, 가장 근접한 사이라는 것을 새롭게 인식하셔야 합니다. 그리하여 공동으로 두 가문을 희생시킨 원흉들에게 복수를 가해야 합니다. 솔직히 말씀드리자면 이(李)씨 할아버지는 이승만이가 죽이고 박(朴)씨 할아버지는 김일성이가 죽였습니다. 그들 뒤에는 냉전체제 하에서 미·소라는 양대 세력이 군림하고 약소민족을 조율했던 것입니다. 따라서 두 할아버지의 희생은 역사의 비극적 산물입니다. 때문에 이(李)씨는 노태우 정부에, 박(朴)씨는 김일성 정부에 희생의 댓가를 요구해서 보상받아야 합니다. 황당한 주장이라고 비웃겠지만, 저희 생각으로는 이와 같은 절차가 인도적 차원에서 반드시 선행돼야 된다고 생각합니다. 물질적 보상과 동시에 그들의 사과문이라도 받아 희생된 분들의 영혼을 위로해 드려야 합니다. 이와 같은 일련의 일을 해결하기 위해서는 일 단계 조치로 희생자 가족 간에 퇴적된 앙금부터 씻고 화해하는 길입니다. 그리고 저들과 협동으로 싸워 희생된 분들의 한을 조금이라도 풀어드려야 합니다. 그럼에도 불구하고 조작된 전쟁놀음에 희생된 후손들이 대물림까지 해가며 치졸한 싸움을 벌인다는 것은 한마디로 제 살 깎기나 같습니다. 이와 같은 비극적 요소를 깨끗이 도려내기 위하여 저는 기필고 삼순씨와 어떤 장애가 있든 물리치고 결혼하겠습니다. 아주먼님….”

말을 마치고 난 박영구는 홍분을 갈아 앉히려는 듯 입에 주먹을 붙이고 밭은기침을 서너 번 했다. 박영구의 열변에서 깨어난 삼순이는 흙무당의 안색을 힐끔힐끔 살피면서도 자신의 속내를 대신 시원스레 털어놓은 박영구가 의연하고, 그리고 고마운 듯 사려 깊은 눈길을 그윽이 던지면서 미소까지 짓고 있었다. 하지만 흙무당은 여전히 분노한 표정으로 박영구를 노려보다가 불쑥 격한 소리로 말했다.

“나는 무식혀서 무신 말인지 하나두 무르겄어. 그런 비단보재기에 개똥 쌓는 소리 듣기 싫여. 우리 삼순이 이야길랑 끄내지두 말라구, 여드레 쌂은 호박에 도래송곳 안 들어갈 소리닝께, 알겄남. 뀌찮여 얼릉 나가라구!”

“너무 어렵게 말씀을 드린 것 같습니다. 원체 말주변이 없어서 그렇습니다. 마지막으로 한마디만 더 드리겠습니다. 이(李)씨 가문과 박(朴)씨 가문과는 절대로 척(戚)을 질 수가 없으며, 우리의 원수는 이승만과 김일성이라는 사실입니다. 그리고 그들을 사주한 배후의 세력들이고요.”

“이승만이가 왜 우리 적이라구 그런댜. 그 양반이 나라를 위하여 월매나 싸우셨다구. 쓸데 읎는 소리 구만혀구 얼릉 가라닝께 말 안 듣네. 그리구 앞으루 다시는 다른 지지배 궁둥이 따러댕기지 말어. 오줌 한 방울두 읎쓰닝께 말여, 알겄남?”

오십 년 가까이 굳어져 내려온 흙무당의 원한은 풀어질 것 같지가 않았다.

"이렇게 뵙기도 힘드니께 사실을 다 말씀드리고 일어서겠습니다. 용서하십시오!"

"무신 헐 소리가 또 있댜."

"아주먼님? 저는 삼순씰 제 목숨보다 더 사랑합니다. 승낙해 주십시오. 우리들의 결합은 하느님의 뜻입니다. 그리고 아주먼님의 가슴 속에 쌓인 그 천추의 한을 풀어드리는데 결정적인 계기가 될 것입니다. 만일 우리들의 결혼을 끝끝내 반대하시는 경우, 두 집안에 또다시 불행한 비극을 자초하게 될 것입니다. 그리고 오십년 전의 비극을 영원히 역사의 뒤란으로 몰아버리고마는 우(愚)를 범하는 것입니다. 예로부터 부부지간의 싸움은 칼로 물베기라고 하였습니다. 우리 양가의 옛날 싸움도 칼로 물을 베듯 화해와 용서로 복원해야 합니다. 그러기 위해서 우리들의 결혼은 필수적인 것입니다. 우리들은 이 고장을 지키면서 아들, 딸 줄줄이 낳고 죽어가는 흙을 살릴 것입니다. 그러므로써 이승만과 김일성에 대하여 원수를 갚아나갈 것입니다."

박영구는 말을 마치고 벌떡 일어나더니 너부죽이 큰절을 한다. 순간, 흙무당은 짙은 안개 속을 걸을 때처럼 눈앞이 갑자기 부유스름해지며 앞에 있는 박영구도, 삼순이도 잘 식별할 수가 없었다. 어떤 사람은 도깨비에 홀려 밤새껏 공동묘지를 헤맸다더니, 정말 도깨비에 홀리지 않고서야 이렇게 앞이 흐릿하고 정신이 알쏭달쏭 할 수가 없다. 흙무당은 절을 마치고 엉거주춤 서 있는 박영구를 향하여 나오는 대로 말한다.

"우리 딸이 시집못가 손말명이 되어두 박가네한테는 절대루 안준다구. 이 눔들! 내 눈앞에 다시는 얼씬두 혀지 말라! 얼릉 못가? 다리몽두라지 부러지기 전에 어서 물러 가라구. 얼릉!"

"아주먼님 진정하십시오. 저희가 백천 번 잘못했음을 솔직히 고백합니다. 하지만 모든 잘잘못은 이미 저희 선대에서 빚어진 비극이고 원한이었습니다. 벌써 사십여 년 전의 일인 만큼 이제는 잊으시고 화해할 시점도 되었습니다."

박영구가 되려 흙무당을 신칙하고 있었다.

"이 눔들! 뭇 나구, 무식혀구 가난한 사램을 소 부리듯 부려 쳐묵고 쥑이구, 이 눔들 하눌이 알구 땅이 안다. 말 같지 않은 소리 구만혀구 어서 눈앞서 물러가라. 얼릉!"

흙무당의 욕설 섞인 대갈에도 박영구는 노여움을 탄다든지 동요의 빛이 전혀 보이지가 않는다. 그는 자신의 하고 싶은 말을 다했고, 애시 당초 즉석에서 결혼 승락을 기대한 것도 아니었다. 아니 박영구로서는 예상과는 달리 이 정도의 반응을 얻은 것만으로도 기대 이상의 성과를 거둔 셈이었다. 최악의 경우, 죽네 사네 길길이 날뛰면서 식칼이라도 들고 난동을 부릴 것으로 예상도 한 바였다. 어쨌든 박영구로서는 자신의 의사를 분명히 전한이상 이 자리에 더 머물 이유가 없다고 생각했다. 더 있어봤자, 흙무당의 심기만 돋군다는 판단에서 그는 하직인사를 정중히 하고 물러나온다.

그가 물러가자 방안은 태풍이 휩쓸고 지나간 듯 조용했고 또 쓸쓸했다. 흙무당은 백열등 아래서 부처처럼 조용히 앉아 두 눈을 지긋이 감고 있었다. 그 모습은 흡사 흑곰이 쭈그리고 앉아 잠을 청하는 거와도 같았다. 이때, 삼순이가 어머니의 동태를 예의 주시하며 조심조심 입을 열었다.

"어머니? 죄송해요. 모든 것이 다 제 잘못이예요. 제가 이 세상에 태어나지 않았던들 이런 불상사는 일어나지 않았을 텐데 말이죠. 어머니 마음고생 시켜드려서 정말 죄송해요."

"이 년아? 시상에 태어난 게 워쩨서 니 죄여? 니 애비 죄지."

"그런가. 우럼니 죄는 하나도 없지 참."

삼순이는 익살스럽게 눈동자를 구석으로 몰면서 입을 예쁘게 삐죽거린다. 천연덕스러운 삼순이의 어리광에 무쇠 같은 흙무당도 마음이 좀 누구러드는 듯 하다.

사실은 준보의 죄라고 하기보다는 자신의 본능적인 행위로 해서 삼순이가 탄생했고, 그러므로써 자신의 책임이 크다는 것을 은영 중 느끼게 된다.

"이 눔의 지지배 그 눔이랑 또 만나기만 혀봐라. 그때는 사생결단을 벌일 것이닝께."

약간 수그러진 음설로 퍼부으면서도 입가에는 정겨운 미소가 조금 배어든다.

"저는 이 세상에서 누구보다도 어머니를 아끼고 사랑하고 존경해요. 그런데 저 때문에 어머니가 돌아가시면 어떻게 해요. 말도 안 되요. 엄니…."

"그 웬수 눔의 새끼 워떻게 쥑여 버릴 수 웁슬까, 그 눔을 말여."

"엄니?"

"왜그랴. 이 눔의 지지배야. 에미 숨 안 넘어간다."

삼순이의 눈에 눈물이 고여 들었다. 그 눈물은 불빛에 반사되어 더 영롱하게 빛나고 있었다. 삼순이는 어머니가 박영구를 죽이고 싶도록 밉다는데 큰 충격을 받은 것이다. 어머니의 한이 얼마나 깊고 깊으면, 당사자의 손자까지도 죽이고 싶을 정도로 미워할까 하고 삼순이는 골돌이 생각한다. 그리고 자신의 앞날이 더욱 험난할 것만 같고, 박영구에 앞서 자신이 먼저 죽을 것만 같은 불길한 생각도 드는 것이었다. 하지만 삼순이는 양가의 평화를 위하여, 자신들 행복을 위하여 결코 나약해져서는 안 된다고 스스로를 독려한다. 호랑이에 물려가도 정신만 똑바로 차리면 살 수 있다는 속담을 회상하며 정신을 가다듬는다.

"엄니? 저는 엄니의 심정을 누구보다도 이해를 해요. 그래서 큰언니, 작은언니의 전철을 절대로 밟지 않겠다는 것이 저의 신념이에요. 그런 결심은 영원히 불변할 꺼예요. 엄니가 외눈박이한테 시집을 가라면 가고, 죽으라면 죽는 시늉이라도 할 꺼예요. 그렇게 해서 엄니께 효도를 하고 싶어요. 며칠 전 엄니로부터 두 집안의 비극담을 듣고, 두 번 다시 만나지 말자고 했지만 박영구 씨는 막무가내였어요. 그런 비극적인 역사가 되려 두 사람의 삶에 밑거름이 된다면서요. 그러면서 매일 같이 전보다도 더 적극성을 띠고 하루에도 세네 번씩 전화를 걸어 제 맘을 돌리려고 했어요. 어떤 때는 협박도 하고요. 어쨌든 모든 것을 접어두고, 객관적으로 보아 사람하나만은 틀림없어요. 첫째 진실하고, 의지가 굳고, 당차고 대인관계가 원만하고, 때로는 고집도 부릴 줄 알고요. 비교적 신언서판이 갖춰진 사람 같아요. 누가 보던지 사람하나만 놓고 볼 때 놓치기 아까운 사람 같아요. 험이 있다면 키가 저보다 좀 작은 것이 아쉬워요.

엄니… 키 적은 것이 그 사람 죄는 아니잖어요? 그의 부모들 죄고, 내 키가 큰 것이 죄지요, 호호….”

“이 지지배야, 키가 밥 먹여줘. 키 크고 싱겁지 않은 사람 읍다드라.”

“얼래? 우럼니가 이제야 박영구씰 좋아하시나보네. 야! 신난다.”

“이 년아, 떡줄 사람은 생각도 않는디, 김치국부터 마실 생각은 아예 허지 말라구. 죽었다 깨어나두 그 놈들과는 상종 않는다.”

“좋다 말었네, 에이….”

삼순이는 실망이 이만저만이 아니었다.

“저 년이 아직두 그 눔을 잊지 못혀는 것 같은디, 이 노릇을 워쩐댜, 잉?”

“엄니?”

“니 혹시 그 눔이랑 무신 일 있능거 아녀, 이 눔의 지지배.”

“……”

“하눌님 이 일을 워쩐대유 잉?”

흙무당은 태산이 무너지는 듯 절망적으로 한탄을 하면서 삼순이 앞으로 주춤주춤 다가앉는다. 그리고 뱁새눈을 무섭게 치뜨고 오열하기 시작한다. 하늘이 갈아 앉고 땅이 무너져 내리는 듯한 망연자실의 표정으로 자지러드는 모습에 기가 질린 삼순이는 어쨌거나 이 위기를 수습해야 되겠다는 생각이 번개불처럼 번쩍하고 빛났다. 그리고 박영구의 행위를 사뭇 후회한다.

“엄니? 삼순이가 누구 딸이예요?”

"……."

"분명 엄니 딸이죠?"

"그랴, 이 지지배야….."

못내 질그릇 깨지는 소리로 대답한다.

"흙무당의 딸이 그렇게 호물호물 한줄 아셔요. 천만에 말씀! 엄니가 간간 말씀허셨잖어요. 남자는 뱃포, 여자는 절개라구요. 엄니? 맴 푹 놓으셔요. 이 삼순이 아직 별 일 없어요. 천지신명께 맹세하겠어요. 엄니…."

말은 그렇게 강력 부인 쪽으로 기울면서도 속심이 있는지라 표정은 여전히 어두운 구석이 있었다. 이내 흙무당이 말을 되받는다.

"암만, 그러문 그렇지. 삼순이가 누구 딸인디. 그럼, 그렇구말구. 미리 겁부터 먹은 내가 잘못했다. 사램을 의심 혀는 것이 젤루 죄가 크다는디… 제 뱃속에서 쏟어 낸 딸년을 의심혔으니 내 죄가 크다."

"……."

삼순이는 대꾸가 없었다. 금시라도 그 큰 눈동자에서 눈물이 콸콸 쏟아질 것만 같았다. 삼순이는 어머니 앞에 더는 앉아있을 수가 없었다. 부스스 자리를 털고 일어나 제방으로 돌아간다. 흙무당이 저녁을 먹으라고 불러도 그녀의 방에서는 기척이 없었다. 아마도 나름대로 무지무지하게 오열하고 있는지도 모른다.

그랬다. 세 살배기 어린이보다도 더 천진난만한 어머니를 감쪽같이 속인 것은 죽어 마땅한 대역죄를 지은 것이다. 당장 물금내로 달려가 방죽에 풍당하고 몸을 내던지고 싶은 심정이었다. 순간적으로 박영구가 죽이고 싶도록 미워졌다. 이 사태의 근원은 박영구 때문이라는 생각에 분노의 불살이 활활 타올랐다. 하지만 손뼉도 마주쳐야 소리가 난다고 했다. 결코 일방적으로 박영구만 나무랄 성질의 것이 아니라는 생각이 고개를 쳐든다. 박영구와의 교통직전의 일이다. 박영구는 불길 같은 정열과 힘을 잠시 죽이고 삼순이의 문이 열리는 순간, 그 역시 아쉬움이 남는 듯 후회 없겠느냐고 두서너 번 다짐을 했었다. 이때, 그녀가 마음만 돌렸다면 그 위기(?)를 슬기롭게 극복했을 터였다. 그러나 그 순간 성숙한 젊음의 흥분은 목에 비수가 꽂히는 경우가 있더라도 흥분을 진정시킬 수가 없었다. 그리고 박영구라는 한 인간을 놓칠 수 없다는 심리적 부담이 동시에 작용한 탓이다.

흙무당은 삼순이의 행동거지가 좀 수상쩍기는 하지만 세상에서 그 누구보다도 딸의 성실을 믿고 의지하는지라, 자꾸 의심하고 다구치다 보면 그녀의 결벽증이 동티나 죽네 사네 하면 어쩌나하는 근심이 들었던 것이다. 그래서 흙무당은 삼순이의 해명을 액면대로 받아드렸고, 더 이상 지분대지 않기로 작심했다. 마음 같아서는 원수 같은 박영구 그 놈을 잡아다가 닭새끼 모가지를 비틀어 죽이듯 하고 싶지만 인륜도덕상 그 짓도 할 짓이 못된다.

문제는 하루속히 삼순이를 좋은 혼처를 물색하여 시집보내는 것만이 최선의 방법이었다. 이럴 줄 알았으면 지난봄 친정 동생이 중매한 곳으로 시집을 보내지 않은 것이 정말 후회막급하다. 집안도 부자는 아니지만 그런대로 살만하고 신랑감도 공고를 졸업하고 대전에 있는 통신공사 지점에 근무하는 모범

청년이라고 했다. 이미 결혼을 대비해서 아파트까지 마련한 훌륭한 혼처라고 동생은 침이 마르도록 칭찬을 했었다. 한데도 거절한 것은 모녀간에 스물 일곱까지 결혼을 않는다는 묵계가 있어 삼순이가 극구 반대를 하여 혼인이 이루어지지 않았었다. 눈 딱 감고 그때, 정혼을 했던들 오늘날 이와 같은 사단은 벌어지지 않았을 것이다. 그때 시부모자리와 신랑감이 맞선을 보고, 당장 혼인하자고 졸랐던 것이다. 그와 같은 혼처를 모녀간에 스물 일곱 살에 결혼한다는 이유같지 않은 이유로 거절한 것이 여간만 후회가 되지 않는다.

내일, 아니 오늘밤이라도 동생에게 전화를 하여 중매를 다시 부탁하면 그때, 그 혼처에 대하여 가부간 무슨 말이 나올성 싶기도 하다. 흙무당은 동생 정남(正男)에게 안부 겸 전활 걸기로 마음먹었다. 그리고 날이 새면 당장 대음리 박수한테 가서 삼순이가 언제쯤 시집을 갈 것인가 점이라도 한 번 쳐볼 요량이었다.

예정대로 이튿날 점심 때 흙무당은 낡은 세타를 끄내어 저고리위에 껴입고 목도리로 얼굴을 싸매고 집을 나섰다. 날씨가 되우 찼다. 전에는 이정도 추위는 추위로 여기지도 않았었다. 그러나 몸이 쇠약해지면서 유심이 추위를 더 탄다. 늦가을의 들판은 황량하기 이를 데 없었다. 사시사철 자는 시간과 밥 먹는 시간을 빼고는 이 산에야 빌붙어 근 오십 년을 살아왔다. 봄, 여름, 가을에는 들판에서 먹이를 거두며 땀을 흘렸고, 겨울에는 산에서 땔나무를 머리가 벗겨지도록 여나르고, 또 지계질을 했다. 그러면서도 고뿔 한 번 홋되게 앓아본 적이 없다. 그리고 두 손 놓고 몸져 누어본적은 더더욱 없다. 출산 때를 빼고는 말이다. 그런 무쇠 같은 몸이 최근에 와서 심상치가 않다. 무슨 이상이 온 것 같은데 어떤 종류의 병인지 전혀 감을 잡을 수가 없다. 흙무당은 걸음을 잠시 멈추고 들녘을 무연이 바라본다. 어느 한구석도 자신의 발길이 닿지않은 곳이 없다. 지난 여름, 오릿골 땅 사기매매 사건 때 준보를 자전거에 싣고 오다가 하도 화가 나고 미워서 개골창에 쳐박은 그 곳은 지금 살얼음이 살짝 엉켜있었다. 흙무당은 그곳을 흘켜 보며 쓴웃음을 짓는다. 그리고 불현 듯 내년에도 예년과 같이 이 들녘에 풍요가 펼쳐지고 대소사가 순조롭게 이루어지기를 문뜩 생각해 본다. 순간, 흙무당은 화들짝 정신을 깨치면서 내가 왜 이리 심약해졌나 하고 다그치기도 한다. 다시 걸음을 힘없이 옮긴다. 하지만 걸을수록 발이 무겁게 느껴진다.

마침 박수무당은 집에 있었다. 칠십대 중반의 박수는 이제 울거먹을 대로 다 울거 먹어 영험이 바닥난 퇴물이지만 그래도 유식한 한문으로 신수를 푸는지라 맞든 안 맞든 찾아드는 것이 약자의 심리였다. 근동에 살 뿐더러 전에도 더러 점을 치러 온 적이 있는지라 박수는 단박에 흙무당을 알아보았다.

"워쩐 일이랴? 날씨두 쌀쌀헌디."

"점치러 왔슈…."

"얼마 전 읍내 큰보살 모셔다가 대굿을 했다는 소문이 돌던디 점은 또 무신 점이랴."

"발 옶는 말 천리간다드니 소문두 참 빠르네유."

"좁은 바닥에서 척 허면 삼천리지 뭐."

"지난 번 굿은 군인간 아들 쪼간이구, 시방은 싯째년 땜에 왔슈."

"다 알구 있어, 아들은 편지 자주오나? 셋째 딸이 왜? 딸 잘 됐다구 소문이 자자 허던디. 거시기 뭐 바람이라두 피우남?"

"얼래? 그럼 점 치나 마나게유."

흙무당은 가슴이 덜컹 내려앉으면서 낙담상혼한다. 박수가 삼순이 바람난 것을 알고 있을 정도라면 일은 끝장이라고 생각했다.

"깊은 속내야 아나, 그저 소문 뿐이지."

"참말루지…. 무신 소문이래유, 내 원 참…."

"얼굴이 왜 그 지경이야? 워디 아픈가?"

"그려서 원제 죽을라는지 그것두 덤으루 좀 봐줘유."

"삼천갑자 동방석이도 저 죽을 날은 물렀디야. 하늘이 허시는 일을 사람이 워찌 알고… 허허."

"점치는 박수님이 그런 소리 혀면 워쩐대유. 밥줄 놓을래유?"

"내야 점치는 건 부업이구 지리학이 본업 아닌가. 오늘두 묏자리를 두 군데나 잡으러 갈판이여. 시시허게 점쟁이는 무신 점쟁이라는 게야. 남새 부끄럽기도 하고."

"돈 많이 벌어 좋겠슈."

"글쎄 쌓아둘 데가 없어 걱정이야."

그들은 친한 구면처럼 서로 농담을 주고받곤 했다.

"싯째 년 시집을 보내야 쓰겄는디 원제쯤 어떤 사람헌티 갈 것인지 알어 맞춰줘야 쓰겄구먼유. 자식두 품안 적 자식이지, 대가리가 커지닝께 영 뜻대루 안 되유."

"그게 세상 살어가는 이치여."

"스물 일곱까지 시집 안 보낼냐구 혔더니만 지지배가 원체 커서 사방에서 눈독을 들여 더 놔둘 수가 읍네유. 그저 참한 신랑감만 나오면 제참 보내야겠슈. 지집과 바가지는 나돌리면 깨진다구 그것을 막기 위혀서라두 보낼라구혀유. 박수님? 참 점 한 번 쩍찌게 봐 줘유. 그럼 금방 소문나서 돈을 갈퀴루 긁어모을 거유. 후…."

"흙무당이 병 주고 약 주고 다 허네, 그러기 이름대로 무당 노릇허지 그러냐."

"객적은 말 구만 혀구 어서 점이나 쳐유."

"혼인이란 연이 닿아야지 억지루 되는 게 아녀."

"그러닝께 뭤여 그 연이 원제쯤 닿는지 그걸 좀 맞혀달라닝께유."

"몇 살에 생월생시가 원지여? 나 바뻐."

"공짜루 봐달라능거 아뉴. 바뻐두 찬찬히 정성을 다혀서 봐 줘유. 수물 다섯에 오월 보름날 아침 곁밥때유. 모 싱글 때유. 모심다 말구 그년 낳느라구 혼낫슈."

흙무당은 묻지도 않는 말을 곁드린다. 박수는 흙무당이 구술하는 대로 종이에 받아쓰더니, 이내 붓을 놓고 신단(神壇)에서 두툼한 책을 끄내 몇 장 넘긴다. 그리고 돋보기너머로 글귀를 짚어보고 손가락을 몇 번 폈다 오무렸다 했다. 이어 신단에서 냉수사발을 끄내어 그물을 손가락으로 찍어 자신의 이마에 뿌린다. 사발 속에는 요상한 손거울이 담겨 있었다. 박수는 물속의 거울을 디려다보다가 다시 책자의 한자를 한 자 한 자 짚어나간다. 그리고 뭐라고 중얼거리지만 흙무당은 한마디도 알아들을 수가 없었다.

박수의 점치는 방식을 올 때마다 달랐다. 몇 년 전에는 상위에 백미를 부어놓고 구술달린 소구(小球)를 흔들면서 점을 치더니 이번에는 그 방법과는 생판 다르다. 도무지 이해가 되지 않는다. 막상 점이 시작되자 박수는 아주 근엄한 얼굴로 점쟁이의 티를 내는 꼴이 역겨웠다. 잠시 후 박수는 판단을 내린다.

"올해가 시집갈 수여. 올 지나면 시집가기 힘들겠어…."

"이 양반이… 그런 점은 나두 치겄슈."

"점괘는 그리 나오는디 워떻혜여. 사주대로 사람은 살게 돼 있다구. 그리구 신랑감두 있구만 그랴."

"아뉴. 신랑감 절대루지 읍슈."

"아녀 있어. 사주는 잘 타구 낫구면 그랴. 올해 넘기면 힘드닝께 지금 그 사람에게 눈 딱 감구 보내라구. 그게 연분이여."

"누구현티 보내라능규. 읍는디."

"딸 꽁무니 일 년 열두 달 따라다녀 봤어?"

"봤슈."

"실없는 소리 작작허구 잔치준비나 허여. 사주상으루는 썩 좋은디 뭘 그려. 올해 둘이 합치면 금계포란이라 암탉은 황금알을 품고, 수탉은 암탉을 지키는 보기드믄 사주여. 돈복, 자식복에 수까지 누리는 금상첨화격이라구. 들어오는 복 몽니 구만 부리구 받어 들여. 이번 그 자리 놓치면 앞으로 그런 자리 안 나와, 그리구 혼인두 늦어지구. 사주 잘 봐줬으니 복채나 듬뿍 놓구 가라구."

"그런 점은 나두 치겄슈."

"뭣여? 딸이 사주를 그렇게 타구 낳다구."

"소문을 그대루 옮기는 게 점유? 사기지. 사람 문문이 보지 말어유. 쥐 구녁에두 볕들 날이 있대유."

"허허…. 저런 고이얀 몽니가 있나 소문대로구먼. 하여근 좋은 신랑감 놓치지 말어."

흙무당은 동생 정남이가 지난 봄에 소개한 대전의 혼처를 내내 머릿속에 은근이 담아놓고 있었던지라, 박수의 점괘에 떠오른 상대가 혹시 대전의 신랑감이 아닌가하고 자기적인 해석을 했지만, 점괘의 전후를 짚어 보건데 전혀 통수가 맞지 않는 것 같다. 이럴 줄 알았으면 점을 안치니만도 못하게 돼 버렸다. 박수말대로 딸의 꽁무니를 이십 사 시간 따라 다니지 않은 이상 그들의 관계는 안개 속과도 같다. 하지만 흙무당은 딸의 말을 철석같이 믿고 일단 안심을 했던 것이다.

그러나 박수의 말로 봐서는 그렇지만도 않은 것 같다. 에미의 승낙도 없이 미리 저희들끼리 결혼을 약속했다던지 또는 범접해서는 안될 불장난을 저질렀다던지 했다면 정말 하늘이 두 동강이 나는 한이 있더라도 두 년놈을 박살을 시켜야한다. 그러나 점괘가 그리도 좋을 뿐만 아니라, 지금의 상대자와 결혼을 안 시키면 결혼이 상당이 늦어질 것이라는 부분이 좀 찜찜하기는 하다. 퇴물박수의 점괘를 액면대로 믿지는 않지만 그래도 자식의 운명에 관한 문제라 걱정이 안될 수가 없었다. 그리고 의심 가는 곳이 한두 군데가 아니다.

"그럼 웬수래두 인연만 닿으면 혀야 되나유?"

"점에는 웬순지, 은인인지 그런 게 안 나와. 웬수지간에 아들딸들이 인연 없이 만날 수가 있었어? 안그려? 내가 보긴 천륜일세."

"참말루지 기가 맥혀서 박수님은 소문만 듣구 점두 옳게 안치구 그냥 말루 좋게 현거쥬?"

"허허, 저런 억지가 있나."

"뭇써유. 구신은 속여두 난 뭇속여유."

"날 믿으소. 나이살이나 먹어 가지구 워찌 아는 사람끼리 타고난 사주를 속이겠나, 에이….''

"그람 그 눔이 워느 쪽에 산대유?"

"그 눔이 누겨? 누굴 말허는겨?"

"시치미 떼지 말구 묻는 말에 대답이나 혀유. 응충구만 떨구유. 순사헌티 일를규. 올해에 혼인을 혀라는 그 눔이 동쪽에 사류, 서쪽에 사류?"

"허허 땀나는 일이로다. 다 말 했잖여."

박수는 영 못마땅한 표정을 짓더니 약간은 심술궂은 말씨로 확실히 말한다.

"흙무당 집에서는 그 쪽이 아마 서쪽이 되지…. 오릿골도 물러?"

양지말에서 오릿골은 틀림없는 서쪽이고, 대전은 정남쪽이다. 흙무당으로서는 마지막 실낱같은 희망마저 무참히 깨지고 만다. 흙무당은 속으로 네 눔들이 아무리 지랄발광을 떨어봐라 내 딸을 데려가기 전에 급살을 맞을 테니…. 하고 이빨을 바드득 간다. 이때, 박수가 흙무당의 눈치를 살피며 말한다.

"나 바뻐."

"뭐유?"

박수가 복채를 재촉한다.

"점괘가 금상첨화로 아니 금계포란으로 나왔으니 듬뿍 내놔! 한 십만 원쯤."

"야? 십만 원유?"

"그랴, 사주로 봐서는 백만 원두 비싸지 않다구. 이웃 간에 그럴 수두 없구, 쯔."

"천 원밖에 웁슈. 소행머리루 봐서는 이것두 아까운듀. 그 눔들이랑 짰슈?"

"어린애 장난허나? 도대체 그 눔들이란 누굴 가리키능겨? 답답도 허지, 쯔쯔."

박수가 정색을 한다. 흙무당은 세타주머니 속에서 꼬기꼬기 접은 오천 원짜리 한 장을 내 놓는다.

"미안혀유. 이것 밖에 웁슈. 받구유, 마지막으루다 우리 달기 잘지내는지 개평으루 봐줘유."

박수는 소태를 씹는 얼굴을 하면서 못이기는 체 오천 원을 거머쥐면서 말한다.

"아들을 위하여 대굿까지 하구서 뭘 또 봐달라는 거여. 나 바쁘다구 얼릉 초상집에 가서 묏자리 봐야 헌다구."

흙무당은 개평점을 단념하고 굴왕신 같은 박수집을 나와 신작로에서 마침 지나가는 버스를 탔다. 불과 두 정거장거리다. 전에는 차비가 아까와 늘상 걸어 다녔다. 그러나 지금은 사정이 다르다. 몸이 너무 무겁고 걷기가 무척 힘이 든다. 내가 시방 죽을병이 들기는 들었나벼, 이렇게 중얼거리면서 버스뒷좌석에 앉는다. 버스는 눈깜작할 사이에 삼거리 정류장에 이르렀다. 흙무당은 버스에서 내려 양지말을 향하여 힘없이 걸어간다. 정류장에서 집까지는 꽤 초간한 거리었다. 집에 들어서자 언제나처럼 북슬이가 꼬리를 툭툭 치며 그니를 마중한다. 엊그제 수자네 암캐에게 흘레붙겠다고 덤비다가 더 큰 수캐에게 쫓겨 어제까지 주위만 맴돌더니 그나마, 암캐의 발정기가 끝났는지 오늘은 집을 지키고 있는 것이다. 흙무당은 북슬이를 쓰다듬으며 에이그 불쌍헌 것, 심이부쳐 수자네 암캐에게 장가두 못가구 쫓겨온 불쌍헌 것, 그러닝께 시상에서는 심이 세야 살어남어 장가두 가구 헌다구 하고는 침을 마당에 찍하고 갈긴다. 북슬이가 잽싸게 그 침을 핥아먹는다. 집안은 낮이나 밤이나 항상 정적이 감돈다. 댓돌에 뜻밖에도 낯익은 운동화가 눈에 띄었다. 지난 봄 흙무당이 채소를 이고 읍내장에 나갔다가 운동화를 추럭으로 신고와 거의 반값으로 산매하기에 한켜레 사다가 달기를 신켰더니 놈은 사랑 땜도 못하고 바로 그 운동화를 신고 군에 입대한 것이었다. 그리고 얼마 후 입고 간 사복과 운동화가 우송돼 왔었다. 흙무당은 그 옷과 신발을 매만지며 며칠을 눈물로 보내자, 준보가 화를 벌컥 내며 그 운동화를 날름 신고 다니는 것이었다. 웬일로 준보가 점심때에 들어와 있다. 살다가 별 희한한 일도 다 보겠다. 그니는 순간적으로 배알이 꼬여들면서 난폭하게 방문을 열고 들어갔다. 따듯한 방안의 온기가 확하고 몸에 와 부딪쳤다. 준보는 예상대로 쇠잔한 몸을 아랫목에 부리고서는 콜록콜록 기침을 하고 있었다. 숨결이 여간 거칠지가 않았다. 천식기가 있는 그는 환절기 때면 영락없이 한차례씩 겪는 고질병이었다. 그런데 금년에는 발병이 빨리 왔을 뿐더러 증상이 좀 심한 듯도 하다. 병석에 들면 으레 암상만 남아 그니에게 병구완을 잘못한다고 투정을 부리기가 일쑤다. 평소에는 흙무당이 무서워 과부집 수캐처럼 눈치만 슬슬 살피다가도 발병만하면 아프다는 핑계로 세 살배기처럼 보채는 것이었다. 하루에도 몇 번씩 불뚱이 치밀었지만 환자의 안정을 위하여 참아내곤 했다. 그러나 오늘은 불뚝성이 목구멍까지 치밀어 그냥 순탄하게 넘길 수가 없었다.

"흉물 구만 떨어, 병잔 나여!"

"서방은 죽네사네 허는디 지집이 워딜 그렇게 쏴다녀?"

"애들 문자루 웃기구 앉었네 시방, 아루목 비켯! 이 몸이 더 죽을 지경이여."

"서방을 하눌 같이 모시랬댜. 잔솔배기 구만까구 어서 단호박좀 삶어가지구 와."

"아따, 절에 가서 새우젓 찾구 앉었네."

평소 같았으면 이렇게 얌전히 대응할 그니가 아니다. 몸이 아픈 것은 둘째 치고 너무 피곤하여 엔간한 것은 참기로 했다. 흙무당은 밉네, 곱네 아귀다툼을 일상으로 하지만 그래도 서방이고 삼십 년간 살을 섞고 살은지라, 한편으로는 그래도 측은한 감정이 들어 부엌으로 나왔다. 그리고 살강 밑에 쌓아둔 호박 한 개를 골라 반으로 쪼개어 씨를 골라내고 가마솥에 넣고서 불을 피우고 방으로 들어와 신탄진 무슨 베아링 제조공장에서 기능공으로 근무하는 정남에게 전화를 걸었다. 근무 중에는 통화가 불가능하다는 교환양의 친절한 대꾸에 흙무당은 아차 한다. 전화를 걸때마다 번번히 실수를 저지르는 것이다. 다시 부엌으로 나와 가까스로 저녁준비를 하는데, 오늘역시 삼순이가 일찍 돌아왔다. 그녀는 집에 들어서기가 바쁘게 옷을 갈아입고 어머니를 돕는다. 돕는게 아니라, 자신이 주관하여 부엌일을 해치운다. 일솜씨도 어머니를 닮아 시원시원하니 거침이 없다. 정말 내놓기 아까운 집안의 보물단지고 살림밑천이다. 공부를 못시킨 것이 한이지, 저희 또래들과 비교하여 무엇하나 꿀리는 게 없다. 흙무당은 농익은 처녀의 몸집에서 자연 발산

하는 향긋하면서도 신비스런 체취에 코를 훌쩍거린다. 성숙한 처녀만이 향유할 수 있는 천부의 살(肉) 내다. 때문에 삼순이만 집에 있으면 집안이 언제나 은은한 향기로 가득 차게 마련이다. 그니는 삼순이가 허리를 굽히고 일을 할 때 늘씬한 체구에서 드러나는 유연한 곡선미와 투실투실한 엉덩이를 일별하면서 그 아름다움에 도취되어 침을 꿀꺽꿀꺽 삼키는 것이었다. 흙무당 자신은 열 여덟 시집올 때도 저렇게 풍성하고 신비스런 아름다움을 가져보지 못했었다. 삼순이 나이 때쯤에는 이미 차순이를 낳아 들쳐 엎고 악착 같이 산으로, 들로 쏴다니며 모진 가난과 맞붙어 격렬한 싸움을 벌릴 때였다. 원래 타고나기를 키만 바지랑대 같이 컸지 어느 한구석도 여자다운 데가 없었다. 또한 몸치장이란 상상도 할 수가 없었다.

흙무당은 격세지감을 느끼면서 이번에는 삼순이의 옆얼굴을 훔쳐본다. 도톰한 입술, 적당히 높고 반듯한 콧날, 사과빛을 연상케하는 볼때기, 별명과 같이 왕눈, 게다가 삼단 같은 머릿결이 유난히 돋보인다. 이런 아름다움에도 불구하고 그녀의 얼굴 한구석에는 어딘지 짙은 수심이 드리워져 있어 흙무당의 못처럼 유쾌한 마음을 흐려놓는다. 그니는 자신도 모르게 욕설이 튀어나온다. 우라질 박가놈 때문에 그렇다고 생각하니 더욱 열불이 치솟는다. 하루속히 그놈과 관계를 단절시키는 것만이 예쁘고, 소중하고, 사랑하는 딸을 지킬 수 있다고 다짐한다. 흙무당은 시래기 된장국을 손수 끓이면서 불현듯 박수무당의 점괘가 떠오른다. 점괘에 떠오른 그놈이 제발 박영구가 아니고 대전의 신랑감이기를 간절히 조상님게 축원한다. 하지만 양지말을 깃점으로 서쪽에 사는 놈이라니, 아무래도 박가놈만 같은 선입감이 든다. 그 박가 놈들만 생각하면 정말 모골이 송연하다. 천만금을 준다 해도 원수 놈들에게 삼순이를 출가시킬 수는 없다. 그것은 자살행위나 마찬가지다. 하지만 박수의 점괘에 나오는 서쪽 놈이 아니고, 다른 곳으로 시집가면 팔자가 기구하다니 그것도 영 마음에 걸린다. 그저 맘대로 할 수만 있다면 그 박가 놈이 쥐도 새도 모르게 뒈져버렸으면 싶은 것이 큰 죄악인 줄 알면서도 솔직한 바램이었다.

흙무당은 아궁이의 불을 돋구면서 실날 같은 기대감에서 삼순에게 넌지시 말을 건다.

"그 눔현티 무신 기별 있었남?"

그 눔이란 박영구를 가리키는 말이다.

"그 놈이라뇨? 박영구 씨 말이예요?"

"그랴. 이 년아, 물러서 물어? 씨가 뭐여?"

"그 놈은 뭐 창아리도 없대요. 그렇게 멸시를 당허고, 무슨 기별을 헤요. 나 같아도 않겠다."

삼순이답지 않은 볼멘 대답에 흙무당은 저것도 대가리가 다 찼다고 단정하며 한숨짓는다. 전 같으면 무슨 말버릇이 그 따위냐고 벼락이 칠 법도 한데, 건강상 힘이 빠진데다 그 놈으로부터 연락이 없었다는데, 흙무당은 다소 위안을 얻고 모르는 체 한다.

"지난 봄에 네 외숙이 중신헌 것 알지? 대전에 산다는 그 사람 말여, 인물 좋구, 직장 좋구, 집두 사났다는 사램말여? 선본 사램…"

"잘 몰라요."

여전히 앵도라진 말투였다.

"저 늠의 지지배가, 아 이년에 읍네 무신 다방에서 선까지 보구 물러?"

"그래서요."

"니 외숙헌티 전화혀 가지구 다시 혀달라구 혈란다. 오늘 박수헌티 점을 쳤는디 평생 연분이구 찰떡궁합이랴…"

영 자신이 없는 말씨였다.

"그 사람이 뭐 한 생전 나만 믿구 있대요. 질래질래 시집 안 가구 살 거예요."

"다른 곳으로 정혼했는지 알아봤남?"

"미쳤어요. 그런 걸 다 알어 보게요."

"이 지지배가 화통을 쌂어 처먹었나. 앙알거리구 지랄이랴."

흙무당이 화를 벌컥 내자, 삼순이가 한 발짝 물러나며 특유의 미소로 아양을 떤다.

"아이구 우럼니, 또 화내시네. 진정고정 허시구요. 그저 엄니 분부대로 따르겠사오니 그리 하시옵소서…"

"이 년아, 내가 무신 부처님여? 빌게…"

"예, 예, 엄니. 저는 대전 신랑감이 어떤 지도 모르구요. 까맣게 잊어먹었어요. 제발 무슨 물건처럼 내돌릴 생각 마시라구요. 엄니, 정말 부탁이예요."

"이 지지배가 생사램 잡네. 이 년아 입은 가루 찢어 졌어두 말은 바루혀랐댜. 니 년이 앞장서서 박가 늠과 이렁궁 저렁궁 했지, 누가 내돌렸다능겨."

드디어 흙무당이 본격적으로 성깔을 돋구기 시작한다. 전에 없이 어깃장을 놓는 삼순이의 기를 초반에 꺾어놔야 되겠다는 생각이 든 것이다. 물론 대전의 신랑감을 염두에 둔 음흉한 골부림이기도하다. 흙무당의 기상이 심상치 않자 약삭빠른 삼순이는 금방 자라목처럼 쏙 들어가 버린다. 역시 뒷심이 부족하고 순진한 티가 엿보인다.

"아이구, 우럼니. 또 잘못했어요. 오늘은 왜 이리 실수를 거푸 허는지 모르겠네. 그저 어머니가 가라면 가고 엄니가 가지 말라면 안 갈게요."

삼순이는 물끼가 마르지 않은 두 손을 싹싹 비빈다. 꾸밈이 없는 자연스런 동작에 그니는 금방 두 손을 들 수밖에 없었다.

"직장에서 뭔일 있었남."

"아뇨!"

"니 얼굴이 전만 못혀서 그런다."

"아무 일도 없었어요. 일이 좀 바쁘다 뿐 아무런 일도 없었어요."

"옛날부터 여자팔자는 뒴박팔자라구 혔다. 무신 소린지 알지? 서방 잘 섬기구, 아들 딸 줄줄이 낳구, 시부무 잘 모시구, 농사 잘 짓구, 동기간에 우애혀구, 이웃과 화묵혀구 그리 사는 게 뒴박팔자여."

"백 번두 더 들은 소린예요."

"이 년아, 대핵규 아니라, 대핵규 할아베를 졸업혀두 에미가 가르친 말은 못 배우구 나올기다. 알겄남?"

"참나무에 전대구멍 같은 소리 고만 허시고 어서 저녁이나 차려 가지구 들어가시자구요."

"니 애비 화상 보기 싫여 천천히 들어갈란다. 화상이 오늘은 집안에 퍼대있댜."

"허구헌 날 엄니는 서방 잘 섬기라면서 엄니는 아부질 왜 천대 허시죠?"

삼순이가 못처럼 흙무당에게 역공을 시도한다.

"이 년이 왜 이런댜. 니 애비 혀는 짓 니 눈깔루 똑똑히 보구서 똥구멍으로 호박씨까능겨? 흉측스런 년, 이 년아? 쪽제비두 낯짝이 있댜. 이 년아, 사램은 주니만큼 받능겨."

흙무당은 그렇게 윽박지르면서도 딸을 비예하는 눈길이 여간만 다정하지가 않다. 삼순이는 어머니의 그런 태도를 이내 알아차리고 행주를 짜면서 헛바닥을 날름하고 흙무당에게 내민다. 분명히 어머니를 사랑한다는 표현이기도 하다. 어머니와 딸만이 주고받을 수 있는 깊은 사랑의 나눔이었다. 저녁상을 물리자마자 흙무당은 득달같이 조치원 정남이한테 삼순이를 시켜 전화를 걸도록 한다. 전화가 통하자 의례적인 인사말이 끝난 후 다짜고짜 지난봄 혼사 말이 오간 대전 신랑감을 끄집어낸다. 정남이는 자다가 봉창 두들기는 누님의 말에 잠시 어리둥절하더니 나중에 가서야 전화내용을 파악하고서는 봄 이후로 소식이 두절됐다며 아직 결혼은 안한 듯 싶다는 애매모호한 대답에 흙무당은 얼굴이 갑자기 복상꽃처럼 활짝 피는 것이었다. 빨리 결혼을 했는지 안 했는지를 확인해서 아직 미혼이면 한시바삐 재추진하라고 신신당부를 하고 전화를 끊는다. 옆에서 지켜보던 준보도, 삼순이도 하도 어이가 없어 낙담상혼하고 있었다. 전화내용을 요약하면 정남이는 누님 뜻대로 재추진하되, 성사여부는 불확실하다 했고, 다음 일요일쯤 오래간만에 누님 댁을 심방하여 그때 자세한 말을 하겠노라고 했다. 아랫목에서 늙은 숫고양이처럼 몸을 웅크리고 있던 준보가 한참 후에 또 한 번 한숨을 길게 내쉬면서 기침을 서너 번 콜록콜록 하고 나더니 말한다.

"세상만사 새옹지마랴. 먼디서 사위감 찾을 생각 허들 말어. 등잔 밑이 어둡다구 가차운디두 월마든지 좋은 신랑감이 수두룩 허다구."

"뭔 소리랴, 유식헌 문자를 다 쓰구 저 화상이."

노루가 제 방귀에 놀래 듯 흙무당은 소릴 빽 지르면서 뱁새 눈을 치뜨고 의아해 한다. 준보도 지지 않고 나온다.

"술은 익어야 제 맛이 나고, 사램은 오래 사귀어봐야 그 본심을 안다구 혔어. 근본두 모르는 아무 놈한테나 삼순이를 막 내줄 참여? 이 눔의 여편내야?"

준보답지 않은 옹골진 말을 서슴없이 한다.

"다 지어놓은 농사에 낫 가지구 덤빈다더니 똑 그 꼴이네그랴. 이 화상아? 말이면 다 말인 줄 아남, 자식농사 누가 지었어. 워디서 함부루 꽃감 놔라! 대추 놔라 지랄이여. 이 눔의 화상아 참말루 기가 막혀 말이 안 나오네. 누구 죽는 꼴 봐야 쓰겄남. 아이구 하눌님."

"말이나 않구 잠잖구 있으면 본전이나 되지, 자식이나 서방 대접 옳게 헌적 있어?"

근래에 없었던 말싸움이 다시 재연되었다. 하지만 준보도 만만치가 않다.

"저 화상이 오늘은 무신 바램이 불어 말문이 고식도로마냥 뚫렸다, 참말루지."

"삼순이는 벌써 저희들끼리 좋아하는 사람이 있댜. 꽤니 넘의 다리 긁는 소리 점 구만허구, 현실을 똑바루 보란 말여."

"아니 눈깔루 봤남? 워디서 그런 허무맹랑헌 소릴 들었댜.

저 눔의 화상이 잉?"

"발 없는 말이 천 리 가구, 밤 말은 쥐가 듣구, 낮말은 새가 듣는다구 혔어. 사람 사는 세상에 비밀이 워딨어."

"아니 시방 이 눔의 화상이 허파에서 바람 빠지는 소릴 혀구 있댜, 잉? 남들 애비들 좀 봐! 자식 여위살이 시키는데 애비들이 얼마나 애를 태우는지 보지 못혔어? 그러지는 뭇혈망정 다 된 밥에 재를 뿌려? 아이구 이 노릇을 워쩐댜, 잉?"

"지집이 서방을 중히 여기구 잘 혜야 집 일두 걱정허구 허지."

"그말 참 잘혔다. 지은이면 보은이랴. 서방은 그래 지집 대접 혀췄남. 길을 막구 물어 봐! 이 화상아. 물에 빠진 사람 건져주닝께 봇따리 달란 다더니 참말루 그러네."

흙무당이 이빨을 악물고 사나운 개처럼 으르렁거리며 주춤 다가앉는다.

"무슨 일이구 상의 한마디 없이 독불장군으로 결정허구서 오늘은 웬일루 서방이 협조않는다구 생떼랴. 참말루 워느 장단에 춤을 추라능겨, 그래…."

"참말루 소금이 쉬겄네. 집안에서 밥이 끓는지, 죽이 끓는지 걱정 한 번 현적 있남. 이 화상아, 워찌 저리 뻔뻔스럽댜. 참말루지 환장 혀겄구면."

결전에라도 임하는 듯 흙무당이 팔뚝을 갇어 붙이고 준보 앞으로 바짝 다가앉자, 준보는 주춤주춤 뒤로 물러나 앉으며 굳은 표정으로 나도 더는 물러설 수 없다는 듯 흙무당을 맞쳐다 보며 단호한 목소리로 말하기 시작한다.

"나두 한마디 허야 쓰겄다. 어쩌피 이판사판이닝께. 그래 동네 삼척동자를 붙잡고 물어봐라! 박판제 아들 눔헌티서 청혼이 들어왔는디, 우리가 거절을 헌 것이 잘헌 일인가 못헌 일인가 하구 말여. 박판제 집안과 우리 집안과를 비교한다는 자체가 우습다구. 말이야 바른 말이지. 육이오 때 장인어른이 먼저 박영구 할애비 박준표를 잡아다 죽인 것은 시상이 다 아는 사실이라구. 그럼 누가 피해자여? 오랜 세월이 흘러가 이것저것 따지지 않구 기억속에서 사러졌으닝께 망정이지, 세상만사 그때의 사연을 캐구 들면 누가 보던지 장인어른을 나무랜다구. 고집두 부릴 때부려 따지자면 주객이 전도된 것이라구. 사실 박판제 집안에서 들구 일어나야 할 일을 됩데 왜 임자가 선수를 치구 야단이여? 어쩌자구 딸자식 팔자까지 에미가 좌지우지혀려구 허느냔 말여. 박판제네 집에서는 뭐 시약씨가 웂서서 그러는 줄 알어? 고등핵교, 대핵교 나온 규수들이 줄줄이 서 있댜. 우리 동네에서두 윤재만의 딸 수자년이 박영구에 미쳐 죽네 사네하고 발광을 했지만 한눈 한 번 안판 눔이 박판제 아들 눔이였어. 박판제 아들 그 눔두 제 눈이 안경이라고 우리 삼순이헌티 홀딱 빠진거라구. 괘니 자발머리 웂시 날뛰어 다 된 밥에 코 빠트리지 말구. 굿이나 보구 떡이나 주거든 받어먹구 구구루 있으라구. 집안 호세 구만 시키구 말여. 넘들이 얼마나 손꾸락질 허는지 알구나 있어? 두구봐, 그런 훌륭한 사위감 또 나오나 안나오나 말여."

준보답지 않게 정연하면서도 정곡을 찌르는 반격에 가장 놀란 사람은 삼순이었고, 또 쾌재를 부른 것도 그녀였다. 그야말로 아버지의 일장반박은 십년 묵은 체증이 일시에 뚫렸을 때처럼 후련하고 상쾌했다. 삼순이는 난생처음 어머니의 그늘을 벗어나 속으로나마 아버지에게 감사를 드리고 어머니에게 쥐 어만 사시던 아버지가 아니라는 것을 깨달으며 경외심까지 느낀다. 그리고 아버지의 무릎에 얼굴이라도 묻고 엉엉 울고 싶은 감격이 치밀어 올랐다. 정말 불장난을 저질러놓고 잠만 깨면 노심초사하던 고뇌가 일시에 싹 가시여 백만 증원군을 얻은 듯 어깨가 으쓱거려졌다. 하지만 한편으로는 참담한 패배자로서의 어머니의 시무룩한 표정이 또 마음속에 와 부딪친다. 어쨌든 오늘의 격전은 아버지의 완승이었다.

흙무당은 뜻하지 않게 불의의 일격을 당하고 나자 너무 분하고, 약이 올라 얼굴이 재빛이 된 채 말도 못하고 부들부들 떨다가 궁지에 몰렸을 때 하는 말로 고양이 앞에서 쥐가 최후 반격하듯 말했다.

"나 고상헌 것, 하눌이나 알구 땅이나 안다구. 시상에 말 못 혀구 뒈진 구신이 살어 왔나, 오늘은 워쩐 일루 저리 청산유수 랴. 술 구만 처든질르구, 노름 구면 혀구, 지집질 혀지 말구 벤호사혔으면 쓰것구면."

참새가 죽어도 쩩 한다고 악을 쓰고 있지만 자신의 패배를 스스로 인정하는 듯 흙무당 답지 않게 힘이 쭉 빠진 목소리였다.

사태가 심상치 않음을 느낀 삼순이가 흙무당을 강제로 일서 세우며 말한다.

"엄니? 만돌네 집에 마실이나 가셔서 칼라텔레비전이나 구경하셔요. 만돌네 이번에 칼러텔레비전으로 바꾸었잖아요."

"이 년아, 니 년두 초록은 동색이라구, 니 애비와 다 한 통속이여, 우라질 년눔들!"

흙무당은 삼순이의 강권에 못 이겨 일어서면서 싸잡아 욕바가지를 퍼부었다.

사흘 후 일요일 아침나절이었다. 불과 백리안팎에 살면서도 근 반년여 만에 동생 정남이가 청주 한 병과 고기 서너 근을 사들고 흙무당 집을 약속대로 찾아왔다. 그 동안의 안부를 서로 주고 받은 후 정남이는 누님의 몰골이 형편없다며 크게 걱정을 했다. 왜 병원엘 진작에 안 갔느냐면서 이만저만 질책을 하는 것이 아니었다. 이 세상에서 유일무이한 피붙이라 서로간에 느끼는 정이 남달리 깊었던 것이다. 정남이는 계속 흙무당의 건강문제를 화제로 삼는 것이었다.

"무슨 병이고 조기진단해서 병명을 확진해서 초장에 병줄을 잡아야 해요. 누님, 병을 그렇게 기르고 계시면 안되요. 호미로 막을 것 가래로 막지 마세요. 내일 당장 대전이나 천안의 대학병원에 가서서 진찰을 하셔야 되요. 누님…."

"내 걱정말구 니 걱정이나 혀라구."

"내 걱정은 하나도 없어요. 내일 꼭 병원에 가세요, 누님."

"알혔다."

흙무당은 건성으로 대꾸한다.

"그리구 매형은 어디 가셨어요?"

"그 화상 한 댓새 감기와 해소로 고릉거리드니 오늘은 좀 우선현지 대음리나 읍내에 나갔겠지. 나가서 술이나 노름이나 지집질루 푹 빠져있을겨. 그 눔의 병 죽으면이나 고칠라나 원."

"참 누님두, 그래두 매형이 속이 깊고 얼마나 똑똑한 분인지 아셔요?"

"니가 워쩔라구 그 화상을 다 두둔현댜."

"허허…."

정남이는 매가리 없이 웃었다.

준보의 이야기만 나오면 열불이 치미는 듯 흙무당이 얼굴빛이 또 울그락 불그락 해진다. 정남이는 오래전부터 매형과 누님사이를 익히 알고 있는지라 화제를 의도적으로 돌린다.

"금년 연사는 어떠셨어요?"

"요즘야 뭐 흉년풍년이 따루 웂다구. 금년은 가뭄이 좀 심현 편이지만 보통 농사는 되얐다구."

"농촌도 참 많이 달라진 것 같아요."

"넘들은 모두 달러졌다구 혀는디, 내가 보기엔 못된 짓만 달라졌어. 옛날이 좋았지. 인심 후혀구, 일손 흔혀구, 시방 촌에서는 사램 손바닥 보구 금바닥이라구 현다구. 일손이 너무 딸려서 혀는 소리지. 농사두 이제 뭇 지어 먹겠어, 이러다 농촌 완전히 망혀능거 아닌지 무르겄어."

"농촌뿐만 아니라 도회에서도 젊은 사람들은 힘들고 지저분한 일은 안 하려고들 해요. 그러니 농촌이야 더 말할 나위도 없겠지요. 설상가상으로 우루과이 라운드다 뭐다하여 나라꼴이 점점 어렵게 돌아가는 것 같아요. 한마디로 윗돌 뽑아 밑돌 괴고, 밑돌 뽑아 윗돌 괴는 미봉책만 쓰니 나라가 이꼴이죠. 미래가 없고 오직 당장 잘 먹고 잘 놀자는 한탕주위뿐인이 농촌이고, 도회고 큰일이예요. 위정자가 정치를 잘 혀야 하는디 모두가 당달봉사가 제 앞가림만 할라고 하니 사면초가지요. 정말 분통이 터질 때가 한두 번이 아니예요. 요즘 계속 터지는 대형사고들은 무엇인가 불길을 예고하는 듯 해요. 나라의 명운을 질머진 위정자나 공무원, 근로자, 농민들 할 것 없이 모두가 정신 바짝 차려야 위기에서 벗어나고 손해를 덜 볼 수 있을 거예요."

"나는 무신 말인지 잘 무르겄지만 시상이 시끄럽구 어려워지는 것은 다 흙을 사램들이 츤대혀기 때문이여. 흙을 위혀구 흙농사를 열심으루 지으면 시상 인심이 이리 야박혀구, 시상이 이렇기 위태혀지는 않을겨. 내남적 읎시 지가 태어나서 묻칠 흙을 깐만이 보닝께 흙이 노혀서서 벌을 주능거라구. 한 마디루 말여, 큰일여 시방."

"누님 말씀이 백 번 옳습니다."

정남이는 눈을 반짝이면서 맞장구를 친다. 흙무당은 즐거워 어쩔 줄을 몰라하는 정남이의 옆얼굴에서 사십년 전 비명에 가신 아버지의 모습을 찾아본다. 정말 그립고 보고 싶은 얼굴이다. 자신은 앉은뱅이 어머니를 쏙 빼닮았지만 정남이는 그 시절 아버지의 생김새와 너무나 흡사하다.

정남이의 얼굴을 다시 눈이겨 보면서 이렇게 살아남아 오누이끼리 한자리에 앉아 대화를 나누고 있다는 사실이 흙무당으로서는 믿어지지 않을 만큼 감격한다. 사십여 년 전 그때, 아버지가 죽었다는 기별을 받고 마지막으로 아버지의 얼굴이나 한 번 본다며 소염아저씨를 따라 현장으로 갈 때 업고 간 세 살배기가 이렇게 성장하여 지금 앞에 앉아있다. 벌써 불혹의 중반을 벗어난 정남이는 머리카락이 히끗히끗 반백이 된 채 중년의 티가 역력하다. 어머니가 죽은 후 흙무당은 개가한 외숙모집으로 식모살이 겸 들어가고, 네 살배기 정남이는 관계기관의 주선으로 대전에 있는 고아원으로 입양되었던 것이다. 그 후 흙무당은 열 여덟이 되던 해 준보와 혼인을 정해놓고 햇수로 꼬박 십년 만에 큰맘 먹고 대전 고아원을 찾아갔지만 그 고아원은 재정난으로 이미 폐쇄되고, 수용돼있던 원생들은 뿔뿔이 흩어져 동생의 행방을 수소문하는데 애를 먹었다. 하지만 하나밖에 없는 혈육이라 어떻게든지 찾아야한다는 일념으로 연줄연줄 찾은 끝에 군산 비행장 근처에 있는 희망원이라는 고아원으로 이송된 것을 알게 되었다. 그 희망원을 찾아갔을 때 정남이는 열 세 살이었고, 국민학교 오학년에 재학중이었다. 못 먹고, 헐벗고 사랑을 모르고 자랐는데도 정남이는 아버지의 기골을 닮아 키가 껑충하니 비교적 건강하게 자라고 있었다. 정남이는 누이를 보고서도 누이가 하도 우람하고 무섭게 생겨서 그런지 피붙이의 실감이 나지 않는 듯 소 닭 보듯이 덤덤한 낯으로 도무지 말이 없었다. 그때, 흙무당은 하염없이 눈물을 쥐어짜며 떨어지지 않는 발길을 돌렸었다. 그 후로는 몇 달에 한 번 때로는 일 년에 한 번 정도는 정남이를 찾아가 오누이의 정분을 쌓아갔다.

정남이는 고아원에서 중학교까지 마치고 거제도 무슨 조선소의 기능공양성소를 마치고 조선소에서 용접공으로 착실히 근무하던 중 동료의 소개로 장가까지 들어 아들, 또 아들, 다음에 딸까지 낳고 살다가 삼년 전쯤 고향근처로 오고 싶다며 신탄진에 신설중인 베아링 제조공장으로 전직을 했던 것이다. 그는 조선소 퇴직금으로 신탄진 변두리에 연립주택도 마련하고 애들이 커나가자 부인까지 돈벌이에 나서 요즈음에는 아주 짭짤하게 살아가고 있는 것이다. 생각할수록 대견스럽고, 옛날을 회상할 때 기적을 이룩한 것만 같다.

"그래 내가 알아보라던 대전 그 혼처는 그 후 알아봤남?"

"예, 알아봤어요."

"정혼혔댜?"

"내년 봄쯤 결혼을 할 예정이라고 하던데요. 요즘 쓸만한 총 각이 워디 흔한가요. 총각은 귀하고, 처녀만 넘쳐흘러 웬만한 신랑감은 남이 있질 못하지요. 입도선매까지 하는 판인데요, 뭘…."

"워쩐댜. 여기저기서 지지배가 참혀구 실허서 혼일 말 있기 는 혀지만 대전만헌 곳이 읎다구. 대전 그 집에서두 우리 삼순 이가 첫 눈에 들어 안달복달을 혔는디, 그때 냉큼 헐 것을 저 늠의 지지배가 주제넘게 굴다가 파토가 난것 아닌감. 이 일을 워쩐댜 잉? 저 늠의 지지배가 스물 일곱 살까지 시집을 안 간 다구 혀는 바람에 이렇게 되얐으니 우쩐댜, 잉?"

"누님도 참, 걱정하지 마세요. 짚신짝도 짝이 있다잖아요. 대 전보다 더 훌륭한 혼처가 있으닝께 걱정 마셔요. 누님."

"내가 건강이 좋질 안혀 자꾸만 이상한 생각이 든다구. 꿈자 리두 사납구."

"흉몽대길이래요. 꿈을 다 믿으셔요. 맘만 단단히 잡수시면 팔십 수로 하신다구요. 누님."

"팔십은 구만두구 한갑까지만이라두 건강히 살다갔으면 쓰 겄어. 그러구 저러구 아까운 혼처를 놓쳤으니 워쩐댜, 잉? 대 전보다 더 좋은 혼처가 있다구 혔는디 그기가 워뎌?"

"누님 참 총기두 좋으시네요."

"나는 시방 잠자는 때를 빼구서는 원제나 우리 삼순이 시집 잘 보낼 궁리만 현다구, 히…."

윗목에 얌전히 앉아있던 삼순이가 처녀귀신 안될 테니까 걱정하지 말라고 대들자, 또 한바탕 삼순에게 욕바가지를 퍼붓더니 정남이 보기가 민망했던지 슬그머니 말꼬리를 돌린다.

"그게 누겨 말 좀 신천히 혀봐?"

정남이가 잠시 머뭇거리더니, 조심스럽게 입을 연다.

"누님? 제가 무슨 말씀을 드려도 이해하셔야 해요. 삼순이를 위하고 누님 댁을 위해서 허심탄회하게 말씀 드리는 거니께요. 절대로 화내시면 안되요. 누님!"

"뜸 좀 구만 들이구 시원혀게 말 좀 혀봐!"

"거절 안 허실거죠?"

"오래간만에 만난 동상인디 화는, 대전 혼처만 한감?"

정남이가 또 머뭇거리다가 목소리를 한껏 낮추고 속삭이듯 화두를 끄낸다.

"저 거시기 오릿골이라나 워디 사는 박판제 씨 아들 박영구 군 아시죠? 누님."

"……."

"박영구 어제 지한테 다녀갔습니다."

"아니 그 눔이 니 한티는 왜?"

흙무당의 격앙된 목소리였다.

"골 안내시기로 약속하시고 또 화부터 내시네. 좀 제 말을 끝까지 들으시고 화를 내시든지 하시라구요. 누님? 아주 경사스럽고 좋은 일이예요. 그리고 누님이 언젠가 말씀 하셨잖어요. 아버지의 주검을 보는 순간, 누님이 뒤로 벌렁 자빠져 기절하는 바람에 나도 누님 등 밑에 깔려 기절했다고요. 얼마나 뼈아프고 슬픈 역사입니까. 그러니까 누님과 저와는 남들 동기간과는 전혀 다른 피와 우애가 교통하고 있는 것입니다. 지금도 말입니다. 때문에 제가 지금 말씀드리는 것은 가장 순수하고, 진리이고 우애에서 말씀드리는 것입니다. 누님과 저 사이에 무슨 야료 같은 것이 낄 수가 있겠습니까, 누님?"

정남이의 눈자위가 촉촉해지면서 목소리도 물기가 섞여있었다. 방안이 되우 숙연해졌다.

"니가 미워 골낸 것 아녀, 그 눔의 박가 소리만 들으면 나두 무르게 치가 떨리구 승이 난다구. 웬수 눔들…."

"누님? 압니다. 저도 그 원한을 죽으면이나 잊을까. 워찌 잊겠 습니까, 누님."

"그 쥑일 눔들이 나를 꾀실려구 혀다혀다 안 되니께 너까지 찾아가 발광을 핀 모양인디 이 노릇을 워쩐댜, 잉? 그 눔이 지 발루 찾아간 것은 아닐껴. 틀림 읎시 삼순이년이 아니면 지 애비가 너를 찾아가 보라구 속달질 혔을껴. 환장혀구 접시 물에 코 박구 죽을 노릇이네. 흉악헌 눔 같으니라구. 콩 심은데 콩 나구 팥 심은데 팥난다구, 그 눔두 지 애비눔 박판제를 닮어 흉악무도헌 눔이여, 이 년눔들이 이제는 똥창까지 맞어 별의별 짓을 다 혀구 댕기는 모양인디, 내 눈에 흙이 들어가기 전까지 는 안 되야. 이제는 딸년조차 믿을 수 읎는 시상이 되었으니 이 노릇을 워쩐댜, 잉? 삼순이 이년! 바룬대루 말혀 봐. 이년 다 니년 초사지 그렇지, 이년?"

위목에서 겁을 잔뜩 집어먹고 오돌오돌 떨면서 흙무당의 눈치만 살피던 삼순이는 너무 어머니가 무섭던지 대꾸가 없었다. 흙무당은 삼순이가 아무런 대꾸가 없자, 그녀의 배신을 기정사실로 인정하고 더욱 분노에 치를 떤다. 두 연놈을 식칼이라도 갖고 모가지라도 팍팍 쑤셔대야만 분이 풀릴까 그렇지 않으면 생전 분이 풀리지 않을 것만 같다. 흙무당은 그니답지 않게 갑자기 고독감을 느낀다. 흙무당은 안절부절 못하면서 숨을 헉헉 내쉰다. 똑 실성한 사람과도 같다. 그러면서 연방 씨부렁거린다.

"그 쥑일 연눔이 대전 혼처를 파토 놓을 요량으루 널 찾아 갔구만그랴. 내가 저 지지배를 시켜 네게 전화한 것이 큰 잘못이었어. 내가 미련혀서 일을 그르친겨. 그러니 이 일을 워쩐댜, 잉?"

흙무당은 너무도 큰 실망의 충격에 입언저리에 비지침이 엉켜들면서 이성을 잃어가고 있었다.

기실 흙무당은 세상의 온갖 것이 변하는 한이 있더라도, 삼순이의 진정만은 변하지 않을 것이라고 신주 믿듯 믿고 있었다. 그런데 정남으로부터 이야기를 듣는 순간, 즉각 삼순이 짓임을 깨달으며, 정말 하늘이 내려앉는 것 같은 절망감을 느꼈던 것이다. 꿈에서조차 상상할 수 없는 일이 현실로 나타난 것이다.

"누님, 진정하시고 제 말을 끝까지 들어보세요. 그러시고 화를 내시든가, 죽이든가 하시라고요. 이 동생 정남이 말도 못 믿으시겠어요?"

"참말루 믿는 도끼에 발등 찍힌다더니 옛말이 하나두 안 그르다구."

"누님? 정말 고정하십시오. 이러나저러나 다 짚어 넘기신 것, 모든 것을 사실대로 말씀드리겠어요. 누님."

"뭣이 또 혈 말이 있댜. 다 아는 일인디. 입만 아푸다구 구만둬 다…"

"사실은 어제 토요일 늦은감치 매형이 박영구라는 청년을 데리고 저를 찾아와서 하는 말이 두 사람을 꼭 결혼을 시켜야 하겠는데, 누님께서 한사코 반대를 하시니, 대전 혼처는 물 건너간 것으로 누님께 말씀드리고 박 청년과 삼순이의 혼사가 이루어지도록 누님을 설득해 달라고 하더군요."

"읍세, 그 눔의 영감까지. 아이구 하눌님 이 일을 워쩐대유, 야? 청천에 날벼락이지, 잉?"

흙무당은 새로운 사실에 더욱 분개하면서 자지러지는 것이었다. 남편 준보와는 삼십여 년 간을 한집에서 살 맞대고 살아왔지만 참다운 애정의 매체로 살아왔다기 보다는 막연한 의무감에서 팔자소관으로 치부하고 한 시절을 살아왔던 것이다. 어떤 때는 불쌍하기도 했고, 또 미워하기도 했다. 하지만 삼십여 년 동안 거의 대부분의 시간을 그니는 준보를 미워했고, 준보역시 술과 노름과 지집에 방탕하면서 흙무당을 철저히 경원해왔다. 정말 남남으로 만나 서로 교통하고 자식을 생산하면서도 항시 으르릉거리고 살아온 묘스런 부부지간이었다. 그런 관계 설정에서 오늘 같이 준보가 믿고 탓해본 적도 그다지 없었던 것이다.

"누님? 저도 처음에는 굉장히 불쾌했습니다. 그런데 매형께서 박영구를 제게 소개하시면서 하시는 말씀이 과거지사를 따지자면 우리가 더 큰 죄를 졌다고 하시면서 일언지폐하고 신랑감하나만은 틀림이 없는지라 삼순이는 물론, 매형자신도 이미 사위감으로 낙점을 했는데, 유독 누님만 옛 원한을 잊지 못하시고 극력 반대하시니, 신랑감을 감정하고 쓸만 하면 누님을 설득하라고 하시든군요."

"저런 육실혈 눔의 인간이 있어, 잉?"

"끝까지 들어보시래두요. 그런데 박영구와 소주를 한 잔 해 가면서 이야길 해 봤습니다. 한마디로 만점입디다. 요새 젊은 이 중에도 이런 훌륭한 청년이 있나하고 한마디로 뽕 갔습니다. 인물 좋고 집안도 살만하고 대학을 나오고, 군인도 정규로 갔다 오고, 게다가 신념이 투철하고…. 무엇보다도 제가 감탄한 것은 누님께서 아무리 자신을 기피해도 자기는 이 세상에서 누님을 가장 존경하고 사랑한다고 하던군요. 그리고 누님의 흙에 대한 사상을 계승하여 자신도 죽을 때까지 고향을 지키며 흙을 살리겠다고 하던군요. 누님? 우리 삼순이도 인물이 빼어나고, 건강하고, 머리영리하고 성실한줄 압니다. 하지만 박영구도 객관적으로 평가할 때 우리 삼순이 못지않습니다. 때문에 두 남녀가 천은(天恩)으로 결합하면 이 세상에서 가장 아름답고 이상적인 부부상이 될 수 있음을 확신합니다. 두말하면 잔소리입니다. 누님? 이 혼인 승낙하십시오! 정말 놓치기 아까운 신랑감입니다. 누님이 끝내 반대하셔서 이 혼인이 실패하면 삼순이의 인생을 누님이 망쳐놓는 꼴입니다. 때문에 누님이 한사코 반대를 하시는 경우 저도 누님 댁을 더는 찾지 않겠습니다. 누님? 어제의 동지가 오늘의 적이 되고, 오늘의 적이 내일은 동지가 된다는 것이 세상 돌아가는 이치입니다. 누님 사십여 년 전에 있었던 과거사에 얽매여서는 절대로 안 됩니다. 옛말에 성인도 시속을 따르라고 했답니다. 현실이 중요합니다. 솔직히 내가 보기에는 주객이 전도된 것 같습니다. 누님? 저희 간곡한 소원이고 부탁입니다. 누님, 한 분만 마음을 돌리시면 세상만사가 실꾸리 풀리듯 풀릴 터인데, 어쩌자구 고집을 피우십니까. 더 이상 말이 필요 없습니다. 누님이 끝까지 반대하시는 경우 극단적으로 삼순이와 박영구가 같이 자살이라도 하면 어쩌하시겠습니까. 집안망신이고 두 사람에게는 얼마나 비극적입니까, 누님? 그런 비극적인 개연성이 충분히 있습니다. 제 추측입니다마는 박영구의 눈치로 보아 그들은 어쩌면 서로 접속을 했을지도 모릅니다. 최악의 비극을 예방하기 위해서라도 누님과 핏줄을 끊는 한이 있더라도 제가 솔선해서 두 애들 결혼을 주선 하겠습니다."

흙무당은 동생의 설득이 끝나자 억장이 무너져 내리는 듯 군 입맛만 쩍쩍 다시고 있었다. 그러나 어딘지 박판제 일가에 대한 납덩이처럼 굳었던 악감이 다소는 풀리는 듯 감청색의 얼굴에 화색이 조금 감도는 듯도 했다. 드디어 흙무당이 천년 풍상을 겪은 노천의 돌부처처럼 위목의 삼순이를 뚫어지게 응시하다가 툭 한마디 뱉은 것이었다.

"나 하나만 돌려놓구 식구끼리 똘똘 뭉쳤구만 그랴. 그래두 너만은 내편이 될 줄 알았드니만, 한 마디루 나 하나 죽어지면 만사가 형통이겠구먼."

"누님편이기 때문에 이런 진솔한 말씀을 드린 것입니다. 우리가족들이 모두 하나로 뭉쳐 누님을 돕기로 한 것입니다. 정말입니다. 누님, 두고 보십시오. 하늘에 맹세컨대 박영구 청년, 대전의 그 청년보다 세 배는 더 훌륭합니다. 장담합니다. 정말 하늘이 내리신 축복입니다. 사람이 어찌 하늘의 뜻을 거역하겠습니까. 인생이란 결코 역으로 걸어갈 수는 없습니다. 물 흐르듯이 순리대로 살아가야 합니다. 누님이 이들의 결합을 허락하신 걸로 저는 믿겠습니다. 저도 정말 훌륭한 질서(姪婿)를 보게 되어서 무척 기쁩니다. 누님? 기뻐하십시오 정말 축복을 드립니다. 그리구 행여 돌아가신다는 극언은 두 번 다시 마십시오."

이때, 누구보다도 감격한 것은 삼순이었다. 삼순이는 감격에 겨워 자신을 가누지 못하고 흐느끼고 있었다. 하지만 흙무당은 그런 딸을 거들떠보지도 않고 말을 더 보탠다.

"나 하나만 독불장군이되고 쥑일 뭇쓸 년이 되는구만 그랴. 허지만 내 승낙헌 것은 아녀. 오늘 하루 밤만 더 말미를 달라구. 꿈에라두 불쌍허게 돌아가신 아부지 엄니 만나면 상의혀서 말 헐게…. 참말루지 고적혀구만 이럴 수가 웁는디."

흙무당은 자기 혼자 만신창이가 된 것을 뼈저리게 실감한다. 이미 자신이 아무리 반대를 해 봐야 대세는 기운 것을 알아차리고 이미 황새는 울었다고 자탄한다.

"그렇게 하셔요. 아마 꿈에서도 아버지 어머니가 무척 기뻐하시면서 하루 빨리 혼인하라고 독촉 하실 것입니다. 이미 결판은 났습니다. 축배나 한 잔 해야겠어요. 누님, 이렇게 기쁜날 술을 안먹고 언제 먹어요, 허허…. 생애 최고의 날입니다."

당사자보다도 정남이가 더 기뻐했다.

"니가 사온 청주 마시구 가려므나."

흙무당은 정남이가 밉기는 하지만 한편으로는 그의 텁텁하면서 서글서글한 마음씨가 돌아가신 아버지를 닮았다고 생각하며 술상을 차려가지고 들어오면서 혼인은 성혼 핀 것으로 치부한다. 그리고 한편으로 정남이가 이 집안의 비극을 예방해 준 듯 하여 고맙다는 생각도 들었다. 흙무당이 부엌을 나서는데, 안방문이 삐그덕 열리며 삼순이가 나와 술상을 받는다. 삼순이의 두 왕눈에 눈물이 글썽하다. 하지만 얼굴에는 환희의 그림자가 역력하다. 입가에는 그녀 특유의 미소가 잔잔히 배어 있었다. 흙무당도 티없이 맑아보이는 삼순이를 보고 짓눌렸던 어깨가 가벼워지는 듯 했고, 머릿속에 엉켜있던 폐혈이 차츰 제거되고 새 피로 신진대사를 이루는 것처럼 산뜻함을 느낀다. 정말 희한한 일도 다 있다 자탄하면서 자위한다.

"그런디 지금 생각혀닝께 박가들현티 사과는 받아야 쓰겄어. 그냥은 못 넘어가."

"무슨 사과요?"

"난리 때 더 지랄현 윤위원장 늠은 살려두구 그 늠 대신 우라부지를 쥑인 늠들이 박가 늠들이라구."

"허허… 그래요, 누님."

"니는 그때 세 살배기라 아무 것두 무른다구. 내 가슴속의 한은 죽으면 지워질까 살아서는 잊을 수가 웁다구. 원통혀 원통혀구 말구. 쌍놈에다 무식혀구, 가난혀구 타관살이구 혀닝께 저희들 맘대루 시켜 먹구 나중에는 쥑이까지 혔다구. 박영구 놈 할애비, 박준표 그 늠 월매나 악질이라구. 돈푼이나 있구 청년단장이라 하여 지 거상에 벗는 사램은 무조건 빨갱이루 몰아 쥑이기를 밥 먹듯 혔다구…."

"누님 다 알고 있어요. 죽은 원혼을 위로하기 위해서라도 사과를 받아내야죠."

"암만."

"좋습니다. 누님, 자 우리 이씨, 박씨 가문의 무궁한 발전과 건배를 위하여 누님 한 잔 하십시다. 아, 기분 좋다."

정남이는 정말 방이 떠나가도록 큰 목소리로 떠들어댄다. 이

읔고 그는 흙무당의 두 손을 꼭 잡는다. 흙무당의 엄지위에 달린 새끼손가락이 정남의 손바닥에서 불거져 나와 간댕거린다.

"정말 누님 현명하십니다. 참 잘 하셨습니다. 누님은 이 세상 그 누구보다도 위대하시다는 것을 정남이는 비로소 깨달았습니다. 우리 삼순이가 얼마나 착하고 예쁩니까. 우리 삼순이를 막다른 골목에서 극적으로 구해내신 것입니다. 누님!"

정남이는 정말 감격한 듯 기어이 훌쩍거린다. 삼순이가 점심을 정성껏 지어다 바쳤는데도 그는 청주 몇 잔에 취해가지고 혼자 신이나 흥얼흥얼 하다가 낮잠을 좀 자고서는 저녁때 부스스 자리를 털고 일어나, 인사도 변변히 없이 사라지고 말았다.

집안은 다시 조용해졌다. 흙무당은 긴장과 어떤 종류의 흥분에서 벗어나려고 텔레비전의 스위치를 누른다. 때마침 텔레비전에서는 흙무당이 즐겨보는 우정의 무대가 막 시작되는 판이었다. 잠시 까맣게 잊었던 달기의 생각이 뭉클하고 떠오른다. 자신도 우정의 무대에 어머니로서 한 번 출연하고 싶은 소망이 간절해진다. 흙무당의 뱁새눈에 자신도 모르게 눈물이 핑돌고 있었다. 달기에 대한 애뜻한 감정이 복받쳐 올랐다.

11

박영구와 삼순이가 결혼한다는 소문이 삽시간에 양지말 오
릿골을 위시하여 인근마을에 요원의 불길처럼 퍼져나갔다. 흙
무당은 그런 소문을 귀동냥하고서도 비교적 태연자약했다. 참
새 떼들이 중구난방으로 떠드는 것 쯤으로 대수롭지 않게 여
기고 있었다. 아니 속으로는 코웃음을 지리기도 했다. 아무리
포치고 차쳐도 결정권은 자신에게 있다는 오기에서였다. 자신
은 끝까지 박영구를 데면데면 여기고 가타부타 결정을 유보했
는데도 정남과 남편인 준보, 삼순이 이렇게 세 사람이 부화뇌
동하여 정남이에게 총대를 메게 하고 그로 하여금 소문을 흘
리게 한 것이다. 일이 이렇게 벌어지자 흙무당도 박영구와 삼
순이의 결혼에 더는 뚱딴지노릇을 할 수가 없었다. 아무리 혼
자 쉬쉬해 봤자 이미 시운(時運)은 기울어졌음을 간파했다. 다
른 자식들도 마찬가지지만, 정말 삼순이만은 자신이 사위감을

골라 시집을 보내겠다는 것이 흙무당의 진솔한 바람이었던 것이다. 그럼에도 천추의 한이 맺힌 박가의 직계인 박영구에게 애지중지하는 삼순이를 여위게 되는 이 기막힌 운명 앞에 흙무당은 한마디로 얼이 나간 상태였다. 도둑을 맞을라면 개도 안 짓는다고 했다. 정남에게 대전의 그 이상적인 혼처를 재추진 해달라고 부탁한 것이 결론적으로 혹을 뗀 것이 아니라, 되려 혹을 붙인 꼴이 되고 말았다. 이래저래 심사가 뒤틀린데다 신병이 깊어드는 탓인지 구실 못하고 방구석에 쳐 박혀 노심초사하는 시간이 갈수록 길어졌다.

엊그제 첫 추위가 한 차례 휩쓸고 지나가자 삼한사온 탓인지 날씨는 다시 눅졌지만 쌀쌀한 바람기는 여전하다. 그래도 지붕에 쌓였던 초설(初雪)이 녹아내려 추녀에 고드름이 매달리면서 낙수물 소리가 장마철의 빗줄기를 연상케 한다. 낮 길이가 짧은 초겨울이라 그런지 아침상을 물린지가 얼마 안 되는데 시계바늘은 열한시를 가리키고 있었다. 십여 년간 직장 생활을 하면서 좀처럼 결근을 모르던 삼순이가 오늘은 웬일로 일이 있다면서 직장도 안 나가고 제 방에 쳐박힌 채 두문불출이다. 흙무당은 혹시 삼순이의 신변에 이상이라도 생겼나싶어 그녀의 방 앞으로 살금살금 다가가 귀를 기우린다. 방안에서 소곤거리는 전화소리가 문풍지를 타고 밖으로 새어나왔다. 누군가랑 은밀히 전화통화를 하고 있었다. 흙무당은 일단 마음을 놓고 살그머니 돌아서려는데, 격자문살에 얼룩지는 그림자를 보고서 삼순이가 전화를 끊고 황급히 문을 열고 고개를 쑥 내밀고 포근이 웃는다. 윤곽이 또렷하면서도 정감이 잘잘 흐르는 한 떨기 꽃송이를 연상케 했다. 얼굴은 맞쳐다보며 왜 직장을 쉬느냐고 재차 눈으로 다구친다. 그러자 삼순이는 조금 전보다도 더 짙게 미소를 얼굴에 담으며 말한다.

"엄니? 왜 내가 직장을 쉬는지 모르시죠?"

"이년아, 내가 점젱이여? 그런걸 알게."

"엄니가 낳은 딸자식의 마음을 그리도 모르셔요?"

"소양 읊는 소리 혀지두 말라. 시상에서 믿을 것은 하눌님이나 믿구, 흙이나 믿구 살랜다."

"히히…."

"웃기는 허파에 바람 들었냐. 안다구 나두 니가 오늘 안 나가는 것은 박가눔 때문이지 뭘, 구신은 쐭여두 난 뭇쐭인다."

"앞으로 사위가 될 사람보구 놈이 뭐예요. 이제 고은 말 좀 쓰시라구요. 엄니?"

삼순이는 천연덕스럽게 내뱉고는 또 혼자 쿡쿡 웃는다.

"이년 좀 봐. 벌써 똥창이 맞어가지구 죽네 사네 지랄이네. 이 노릇을 워쩐댜, 잉?"

흙무당의 목청이 다시 높아진다. 삼순이는 흙무당의 기상이 심상치 않자, 다된 밥에 재를 뿌리는 게 아닌가 하는 지레짐작에 목소리를 낮추면서 말한다.

"우럼니 또 골내시네, 잘못했어요."

"골 안내게 되았어, 이년아? 당최 요즘 지집눔들은 속내를 알 수가 읍다구. 짝두 짓기 전에 죽네 사네 지랄들이니 말여. 시상이 워떻기 될랴구 이러는지 무르겄다. 시상은 꼭 망혈 것 같은디…."

"괜스리 해본 소리예요. 이 삼순이 마음을 그리도 이해 못하셔요? 그리고 저러고 지금 막 엄니한테 드릴 말씀이 있어 전화 끊고 갈라고 하는 판이었다고요."

"이년아, 시퉁맞게 무신 상의여? 또 그 박가 눔 애긴감?"

"엄니, 박가 놈, 놈 허지 마셔요. 어짜피 이제 미워도 내 사람 고와도 내 사람인데 그러신대요."

"누구 맴대루 내 사램여, 이 년아?"

흙무당이 또 푸르르 성깔을 돋구자,

"예… 예 엄니 말씀이 백번 옳아요. 진정허시구요, 엄니의 표현대로라면 그 박가 놈 이야기가 아니고요, 오늘 저랑 엄니 병원엘 꼭 가시자구요."

"뭣여? 병원!"

"내가 왜 직장을 빠졌겠어요."

"병원에 뭣혀러 가 이 년아?"

"엄니? 엄니 자신이 한 번 곰곰이 생각해 보셔요. 몸이 지금 말이 아니시죠? 그렇죠? 솔직히 말씀해 보셔요. 오늘 저랑 병원에 같이 가셔서 어디가 어떻게 아프신지 확실히 진단을 받어보시자구요. 뭐 목숨이 두 개냐구요. 엄니 건강, 엄니가 알어서 고치셔야 헌다구요. 그래서 박영구 씨의 도움이 필요혀서 오라고 전화혔어요. 그러잖어도 윗말에 볼일이 있다면서 조금 후에 오겠다고 헀어요."

"또 그 눔이여. 안 간다. 죽어두 그 눔이랑은 병원에 안 간다. 이 년아."

흙무당은 말만했다하면 욕이 튀어 나왔다. 말을 마치고서도 좀 심했다는 생각이 드는지 습쓰레 웃는 것이었다.

"그래요, 엄니. 그 눔이랑은 절대로 안 가구 저와 단 둘이 가시자구요."

삼순이도 눕자에 힘을 실으면서 빙긋이 웃는다.

"내 병 내가 안다. 병원에 가서 고칠 병 같으면 벌써 나았다. 괜히 돈 버리구, 시간 허비허구, 사램 고생허구 그런 쓸디웂는 짓을 왜혀. 내년 가을까지 살게 되면 물금내 가서 서리철 구료초나 뜯어다가 고아먹어 볼란다. 여자의 산약으루는 썩 좋댜."

"얼래. 내년 가을에 구료초로 고치신다구요. 맙소서 생일에 잘 먹자고 아흐레를 굶는다더니 엄니가 똑 그 꼴이네…."

"뭣여? 이 년아, 나 죽길 바래능겨?"

"아뇨, 엄니…."

삼순이가 입을 삐쭉 내밀고 눈을 흘긴다.

"만돌엄니두 하혈혈 때 구료초 뜯어다 삶어 먹구 고친 적이 있다구. 그리구 구료초를 먹으면 입맛나구 잠 잘오구 오줌똥이 잘나온댜. 사램 건강이 뭣이가 있어 밥 잘묵구 잠 잘자구 잘 싸면 구만이지 뭣이가 또 있댜?"

"그럼 뭘 내년까지 기다려요. 내일 당장이라도 뜯으러가죠?"

"저년이 뭘 알어야 말을 혀지. 이년아 약초는 서리 내릴 때 젤루 약효가 좋댜. 그리구 갈만 되면 너두 나두 뜯는 바람에 남어나남? 내년에는 산막이라두 짓구 지키다가 뜯어야지…. 병원은 무신 얼어 죽을 병원여. 좋은 산약 놔두구서…."

흙무당은 가쁜 숨을 내쉬면서 병원가기를 강력히 거부한다.

"그래요. 병원에 가시든, 안 가시든 우선은 마음을 단단히 가지셔요. 호랑이에 물려가도 정신만 똑바로 차리면 산다고 했잖어요. 아무리 깊은 병이라도 정신력으로 이길 수도 있으니께요. 엄니…."

"니 보구 말이다만은 요즘 달기 눔 생각이 부쩍 나는구나.

이 추위에 일선에서 고생을 헌다구 생각하니 에미 가슴이 찢어지는 것 같다. 그 눔을 워떻기 낳은 자식인디… 어서어서 군인을 잘 마치구 돌아와야 쓰겄는디. 자꾸만 요사스럽구 방정맞은 생각이든다구…. 군인에 나가서 죽는 것은 외아들이 많이 죽는댜…."

"어, 엄니? 왜 그렇게 마음을 약하게 가지시능 거예요. 조금 전에도 말씀드렸잖아요. 병은 마음으로 고친다구요. 엄니…."

이렇게 모녀가 마주앉아 대화를 하는 동안 시계바늘은 오종을 가리키고 있었다. 흙무당은 속도 답답하고 몸도 찌뿌드등하여 바깥바람이나 좀 마실까 하고 방문을 막 열고 나서는데, 정말 뜻밖에도 윤재만의 아내, 아니 수자어머니이며 양지말 부녀회장이 대문간에서 기웃거리고 있었다. 이때, 북슬이가 마루 밑에서 어슬렁어슬렁 기어 나와 킁킁 뒤서너 번 억지로 짖으며 마중했다. 북슬이도 한동네사람이라 안면이 있다는 듯 부녀회장에게 다가가 꼬리까지 툭툭 치고 있었다.

흙무당은 너무도 뜻밖이라 안마당에 우두망찰 서 있는 부녀회장을 넋 빠진 듯 바라볼 뿐이었다. 정말 묘한 만남이었던 것이다. 흙무당은 뜬금없이 찾아온 부녀회장을 보고 속으로 당혹하면서도 한편으로는 야릇한 승리감 같은 것을 느꼈다. 흙무당은 좀 들뜬 목소리로 반색한다.

"업세, 이게 누구시랴. 부녀회장님 아니셔유? 이런 누추한델다 오시구 워쩐 일이시래유. 야? 아이구 큰일 났네. 얼릉 들어오셔유. 추우셔유, 야?"

흙무당과 부녀회장은 한동네에서 수십 년을 함께 살으면서도 서로 간에 전혀 대화가 없는 아주 서먹서먹한 사이이다. 때문에 간혹 모임이나, 길에서 오다가다 만나더라도 마지 못해 눈인사를 하는 정도의 관계에 지나지 않는다. 그럴 수밖에 없는 것이 부녀회장은 양지말 윤씨 가문의 우두머리 윤영장이 서울 큰아들 집으로 합솔해 가 버리고, 그 뒤를 잇다시피한 백수건달 윤재만의 아내로서 실질적으로 오래전부터 양지말 부녀회를 휘여 잡고 좌지우지하는 실권자이다. 따라서 부녀회장은 흙무당과는 근본부터가 다르다. 부녀회장은 오릿골 박씨 문중에서 태어나 부유하게 자라 읍내 종고(綜高) 일회 졸업생으로서 가문이나 교육수준에서 흙무당과는 비교가 되지 않는다. 게다가 성격마저 사특하고 교활하고 자기에게 잇속이 따르는 일이라면 물불을 가리지 않는 맹렬여성이었다. 나이도 흙무당보다 네 살이 많은 오십대 초반이다. 때문에 동네의 관한 일이라면 뭣이든지 윤재만이라는 무소불위의 남편과 부녀회장이라는 직위를 내세워 무불간섭하는 여자였다.

이렇게 귀하신 부녀회장님이 보잘 것 없고 초라한 흙무당집을 아닌 밤중에 홍두깨처럼 불쑥 찾아온 것이다.

때문에 흙무당으로서는 부녀회장이 자신의 집을 찾은데 대하여 너무 황송하고, 명예스럽고 반가워 몸둘 바를 모르고 쩔쩔매는 것이었다. 하지만 삼순이는 흙무당과는 지극히 대조적이었다. 그녀는 툇마루에 버티고 서서 상큼한 눈빛으로 부녀회장을 차갑게 쳐다보면서 인사도 하는 둥 마는 둥이었다. 어딘지 허물 수 없는 장벽이 둘 사이를 막고 있는 듯 했다. 흙무당이 허둥대다가 겨우 마음을 가다듬고 부녀회장을 안방으로 안내한다. 흙무당은 연신 싱글벙글 하면서 수인사를 건넨다.

"날씨가 찬듀. 워쩐 일이시래유?"

"……."

부녀회장은 대꾸가 없다. 약간의 들창코를 벌룸거리며 방안을 두리번거린다. 부녀회장의 뒤를 따라 들어와 윗목에 앉아있는 삼순이에게 시선이 멎자 얼굴에 남았던 사특한 표정이 싹 가시며 두 눈에서 불똥이 튀는 듯 하다. 그리고 말한다.

"너 어디 다닌다드니, 안 나갔니?"

"네, 오늘 볼일이 좀 있어서 안 나갔어요."

"응 그랴."

다시 대화가 끊긴다. 부녀회장은 꾸밈이 없는 방안을 다시 한 번 일별하면서 사촌시아주버니 윤영장네의 텃논을 사들인 알부자로는 도무지 믿어지지가 않는다는 눈치였다.

흙무당이 부녀회장의 옆에 조심조심 쭈그리고 앉으면서 또 말을 걸었다.

"바쁘실텐데 워쩐 일이시래유. 이 누추헌 곳을유. 뭐 대접혈 것두웁구 워쩐댜."

"대접은 무슨 대접, 금방 아침 먹었는데."

"저희가 산 땅 쪼간으루 오셨나유? 뭐이가 또 잘못 되었나유?"

흙무당은 부녀회장을 처음 보는 순간부터 지난 여름에 사들인 윤영장의 땅 관계로 온 것이 아닌가 하는 궁금증을 풀기 위하여 솔직히 말을 했다.

"아니야, 겸사겸사 내려왔어. 심심도 하고."

회장이 비로소 말문을 열었다. 그러나 심심해서 왔다는 말은 빨간 거짓말이다. 그저 수사적인 말에 지나지 않는다.

"야…"

흙무당이 이해 못하겠다는 듯 고개를 갸우뚱 하자,

"왜 내가 오면 안 되나?"

회장의 목소리는 매우 탁하면서도 굴절이 없는데도 오만불손했다. 어디 지나가는 비렁뱅이보고 툭 던지는 듯한 말투였다.

"워디 가유 오셔야혀시쥬. 그런디유, 꼭 무신 일이 있어서 오신 것만 같어서유."

"그래 아들이 군인 갔다며 잘 있나?"

"무르쥬. 뭐, 군인가구서 펜지 딱 한 번 오구 구만이유."

"무소식이 희소식이랴."

"그랴두 부무맴이 워디 그런가유. 날씨두 춥구혀서 걱정이유 대산 같듀…."

"아무래두 집 떠나면 고생이지, 더군다나 전방에서 말여."

"여부가 있남유. 집 떠나면 다 고상이쥬."

"신체검사 나왔을 때 나 하구 상의했으면 한 오백만 들여서 군인면제 시킬걸 그랬어."

"워디가유, 지가 자원혀서 강걸유."

"신체검사에 합격했으니까 자원도 가능한 것이지. 신체검사 때 면제를 받으면 자원을 할 까닭이 없지. 진작 상의할 걸."

"그랴두 사램이 워찌 그런 짓을 현대유. 그리구 돈두 오백만 원씩 저희는 장만 못혀유…."

"땅을 사들이면서 돈 오백이 뭘 아깝다구 그래. 생명이 더 중한가, 돈 오백이 더 중한가?"

"그걸 무르는 사람이 워딨슈. 생명이 천 만번 더 중혀쥬."

"자식의 목숨이 아까운줄 알면 억만금이라두 써서 면제를 시키능게 요즘 세대라구."

"우리 같이 무식현 사램이 그런 일을 할 수가 있나유. 그런 짓은 회장님같이 똑똑현 사람들이 혀는 짓이쥬. 저희는 지금두 사내자식은 모두 군인에 나가는줄루만 알구 있쥬. 참말루 걱정이 많유. 자식이라두 무녀리 같은 것 그것 하난디, 보내구 나닝께 걱정이 이만저만이 아뉴. 밤잠두 옳게 뭇 자구 혀서 뒤달 전에 읍내 큰보살 모셔다가 큰굿까지 혔슈. 그래두 걱정은 안 가셔유."

"응 그래, 대굿했다는 소문 들었어. 대굿하는 비용에다 조금만 더 보태면 아주 군인을 면제시키잖아. 앞으로 시대는 점점 영악스러워진다구. 그러니까, 요것저것 따져서 잇속이 되는 쪽으로 사람은 살아야 한다구…."

"무르는 건 주먹에 쥐여줘두 무른대유. 참 회장님 아든님두 군인갈 나이가 지냈을 텐듀, 안 그류?"

"우리 애야 옛날에 다 돈 들여 단도리혔지, 지금껏 그냥 있었어. 무슨 수를 쓰든지 써서 군인을 빼는 게 장땡이라구. 지금 군인가는 사람들은 정말 빽 없고, 돈 없고 권세 없는 바보들이나 가는거라구."

"야, 그류."

"등잔 밑이 어둡다구, 내가 그런 실력을 가지고 있는 것을 몰랐구만 그려."

"알어두 그렇쥬. 저희야 뭐 돈이 있나유, 심이 있나유. 그랴서 매두 먼저 맞는 게 좋다구… 그냥 내버려둔거쥬, 뭐."

"돈 몇 백만 원 하고, 자식하고 어떻게 바꿔…. 아까두 이야기혔지만 잇속을 따지라구."

"군인간다구 다 위험현가유? 지금은 때리지두 않구, 밥두 배가 터지두룩 먹는대유."

"다 헛소리야. 군인은 언제든지 위험한 거여. 언제 전쟁이 터질지 모르는 상황 아닌가. 항상 사자 밥 짊어지고 다니는 거지."

"이왕지사 간 것 워떻기 현대유. 무사이 군인을 마치구 돌어오기를 축수혈 뿐이쥬."

"아무리 빌고, 굿을 해도 다 소용없어. 현실이 그렇지 않은 것을 어떻게 해…."

시종여일 하게쬬의 반말이었다. 나이는 부녀회장이 네 살 위지만, 고생을 모르고 살아온 회장은 사십대 후반쯤으로 보였고, 가진 역경의 길을 걸어온 흙무당은 언뜻 보아 환갑이 다 돼가는 중늙은이로 보여 회장보다 흙무당이 연장자로 보인다. 하지만 회장은 외형은 전혀 무시한 채 신분상 상위와 실질 나이를 따져 아주 철저히 흙무당을 하시하고 있었다. 회장의 오만방자한 태도가 영 못마땅하고 눈꼴시어 삼순이는 시간이 흐를수록 가시방석에라도 앉아있는 기분이었다. 회장에게 한마디 해야 되겠다는 생각이 들자, 목구멍이 근질거렸다. 하지만 삼순이는 인내로 참고 있었다. 흙무당이 말했다.

"그랴두 사램 맴이 워디 그렁가유. 그저 지푸라기라두 붙잡으려는 맴이쥬. 새벽으루 장독대에 정한수 떠 놓구, 손이 발이 되두룩 빌구 있슈."

"아무리 손이 발이 되도록 빌어도 살 놈은 살고, 죽을 놈은 죽는거라구. 미리 손 못쓴 것이 실수지."

"야!"

잠시 어색한 침묵이 흘렀다. 다만 흙무당의 한숨소리가 간혈적으로 들리면서 분위기를 더욱 딱딱하게 했다. 그래도 산전수전을 다 겪은 회장이 드디어 어색한 침묵을 깨고 본론을 끄집어낸다.

"저…. 소문을 들으니께 삼순이가 오릿골 내 조카애와 결혼한다는데 그게 사실이여? 궁금해서…."

회장의 목소리가 웬지 힘이 빠져 있었다. 조금 전까지 그렇게도 당당하고 오만에 차있던 회장의 표정이 일시 표변해 좀 쓸쓸해 보이기까지 한다. 그것은 눈에 보이지 않은 싸움에서 스스로 졌음을 자인하는 듯한 표정이었다. 그리고 어딘지 흙무당에게 사정을 하여 양보를 구하는 듯도 했다. 그리고 회장이 못처럼 흙무당을 찾아온 이유를 솔직히 털어놓는 듯도 했다.

흙무당은 회장을 멀거니 쳐다보며 입술이 제절로 실룩대며, 답변할 합당한 말을 찾으려고 애쓰는 듯 했다. 흙무당은 혓바닥으로 입술을 축이고 나서 어눌하게 대답한다.

"어디가유. 소문이라능게 그런게 아닌감유. 속젓 끝자락을 보구서두 엉뎅이를 봤다구 퍼뜨리능거 말유. 혼인이란 끼리끼리 혀는건디 원체 넘구 쳐져서유. 난 잘 무르겄슈. 삼순애비가 혀는 일이닝께유."

흙무당이 한 자락 깔아놓고 알쏭달쏭한 말로 대꾸한다. 그것은 분명 회장이 말하는 오릿골 조카벌이 되는 박영구와 수자와의 관계를 염두에 두고 나름대로 머리를 쓴 답변이기도 했다.

"그런 말이 어딨댜. 아니 삼순이 아버지 준보가 동네방네 쐬다니며 나발을 불었는디, 그 마누라가 모른다는 게 무슨 소리랴?"

"나발을 불었는지 피리를 불었는지 나는 무르는 일이구유. 엊그제 굉일날에유 친정동생이 찾아와서 저쪽에서 혼인하자는데 허락혀라구 혀데유. 그래서 나는 옛날 일을 생각혀구 좀 더 깊이 생각혀 보자구 혔슈. 그거밖에 물류. 원래부터 삼순이를 그 집으루 시집 보내는 것을 좋아혀는 삼순애비가 냉수부터 마신 거 아닌지 무르겄네유. 사램 함부루 몰지마유. 길에 기어 댕기는 지렁이두 밟으면 꿈틀현대유. 뭇 나구, 뭇 살구 무식혀서 그러닝께유."

흙무당의 말투가 심상찮게 나오자, 회장은 이미 흙무당의 불뚝성을 들어 아는지 그니를 덤덤이 노려볼 뿐 더 이상의 추궁은 하지 않았다. 하지만 간교하기로 호가 난 회장이 무지렁이 같은 흙무당에게 밀려 꼬리를 사릴 그런 연약한 여자는 아니었다. 침묵 속에서 반격을 펼칠 작전구상을 했을 터였다. 아니나 다를까 회장의 치졸했던 표정이 누구러지면서 간사한 목소리로 흙무당을 다독거리는 것이었다.

"사실은 내가 흙무당에게 긴이 할 말이 있어. 모든 일을 제쳐놓구 이렇게 왔다구. 옆에서 보기에 너무너무 딱해서 말이지."

"그게 뭔소리래유. 그럼 얼릉 애기 혀봐유. 너무 뜸을 들이면 밥이 탄다구 혔슈."

"저… 말이지…."

"야…."

"저… 거시기…."

"속 시원이 말 좀 혀유. 답답혀유."

"저 거시기 삼순이가 얼마나 착하구 효심 있고, 잘 생기고 똑똑한 애냐고. 그런 잘난 딸을 박판제 아들 박영구에게 시집을 보내서는 절대로 안 된다구. 그것은 너무도 아까운 처녀를 망치는 일이야.”

“아깝구 말구 혈게 뭐 있대유. 그라문 왜 회장님 딸 수자는 박판제 아들에게 죽자 사자 매달렸다구 혀든디, 수자는 그리 시집가면 안 아까운 가유?”

“한때 수자가 좋아하기는 했지만, 수자아버지나 나는 반대였어.”

회장은 사실과는 영 딴소리로 호도하고 있었다. 회장은 오릿골 박씨 문중에서 양지말 윤씨 문종으로 시집온 전형적인 시골의 근친혼이라고 할 수 있었다. 그리고 회장시어머니도 박씨 문중에서 왔고, 회장 손위 올캐 둘과 손아래 올캐도 서울로 시집은 갔지만 뿌리는 오릿골 박가였다. 따라서 오릿골 박씨와 양지말 윤씨간에는 회장 집을 빼고서도 대대로 통혼하여 서로간에 얽히고 설킨 혈통간이였다. 자신들만이 근방에서 가장 올곧고 지존한 토반이라고 으쓱대지만 알아주는 사람은 별로 많지 않았다. 이런 내력으로 회장도 자신의 고명딸 수자를 학벌 있고, 잘 생기고, 똑똑하고 돈도 좀 가지고 있는 박씨 문중의 박영구를 점찍고, 몇 년 전부터 박영구를 사위 삼으려고 수단과 방법을 가리지 않고 공격을 폈지만 원래가 심지가 깊고 처신이 신중한 박영구가 윤재만 씨나 회장의 행동거지를 가까이서 지켜보고 나름대로 평가를 내리고, 주위에서 이구동성으로 수자와의 결혼을 극력 권했는데도 그는 끝까지 침묵으로 일관했던 것이다. 그래서 한때는 그들의 아버지인 윤재만과 박판제 사이가 아주 서먹서먹하다는 말까지 나돌았던 것이다. 뿐만 아니라, 수자는 너무 낙심한 나머지 근무하던 농협임시직도 사임하고 두문불출 단식투쟁을 벌이다가 다량의 수면제를 먹고 죽네 사네하는 것을 약삭빠른 회장이 낌새를 알아차려 병원에서 구사일생으로 목숨을 건진 것이다. 이와 같은 사실을 자기네들은 쉬쉬하고 있지만 발 없는 말 천리 간다고 알만한 사람은 다 알고 있는 것이다. 그런데도 회장은 자기네가 박영구를 거절한양 요사를 떨고 있다. 흙무당은 소가 웃을 노릇이라며 자기도 소처럼 한 번 씩하고 웃음을 지리고는,

"그랴두, 소문은 회장님이 더 혼인을 성사시키려구 혔다든디유."

"흥! 빨갱이 수법이네그랴."

"뭐유?"

"왜 물귀신마냥 물구 늘어지는냐구."

"뭐 빨갱이유? 이런 시상에….''

흙무당은 어쩌다 지나가는 말이라도 빨갱이소리만 나와도 전신이 사시나무처럼 떨리며 모골이 송연해지는 것이다. 아버지가 육이오 때 빨갱이로 몰려 횡사한 후 흙무당은 빨갱이 또는 빨갱이딸년 소리를 수없이 들으면서 자랐다. 십대 초반까지도 빨갱이라는 손가락질에 그닥 신경을 곤두세우지 않았다. 그러나 점점 철이 들면서 아버지의 비극적인 죽음을 반추하게 되고 오릿골 박씨 문중과의 관계를 듣고 난 후부터는 빨갱이의 빨자 말만 들어도 머리카락이 곤두서는 거부반응을 보이면서 일생일대의 치욕으로 여겨왔던 것이다. 세월이 흐르면서 빨갱이라는 사회적인 인식도 점차 희석되고 또 그 어휘마저도 사라져갔던 것이다. 그런데 오늘 정말 뜻밖에 부녀회장으로부

터 까맣게 잊었던 빨갱이라는 말을 듣는 순간, 그니는 하늘이 노래지는 분노가 치밀어 올랐든 것이다. 회장은 아마 무지렁이 같은 흙무당으로부터 뜻하지 않게 일격을 당하자 방어적인 아니 보복적인 심산에서 불쑥 내뱉은 말이었지만 듣는 흙무당으로서는 천추의 한이 되는 말이었다.

"흙무당이 굉장히 흥분을 하는데 내말을 끝까지 들어보라구. 우리는 수자를 박영군가 누구한테 줄 수 없다는 것은 불문가지의 사실이라구. 그런데도 흙무당이 우리 수자와 박영구와의 혼인 운운하니까, 그 말하는 수법이 남을 끌고 들어가는 듯 해서 그 방법이 옛날 빨갱이와 흡사하여 한말이니까, 절대루 노엽게 생각하지 말라 이거야. 내말 알겠지? 별것도 아닌 것을 가지고 그러네."

"그런 뜻으루 말헌게 아닌 것 같은듀."

흙무당이 앞니를 악다물고 수캐처럼 으르릉 대자 회장은 자신의 입지가 어렵게 되었음을 깨닫고 임기응변으로 나온다.

"우리나, 흙무당이나 따지고 보면 박영구라나 그 애한테 농락을 당하고 있는 거라구. 딸 줄 사람은 생각도 않는데 김치국부터 마시고 소문을 퍼뜨리는 그들이 말여."

"그건 그려유."

"우리끼리 찧구 까부르구 할께 아니라, 서로 협조해서 대처하자구."

"찧구 까불구 혈 게 뭐이가 있다구 그런대유. 변죽만 긁지말구 얼릉 얘기혀 봐유!"

"저 거시기 말여, 기절초풍할 일이 있다구."

"그게 뭔듀?"

"저 거시기."

"저 거시기 좀 구만혀슈."

"저 거시기 말여. 박영구, 개 군인 가서 상관으로부터 구두 발로 사타구니를 채여 고자(鼓子)가 됐다. 처음 듣는 말이지?"

"야? 야? 고자유?"

"놀랬지?"

"부삻을 못쓴단 말유?"

"그렇댜….."

"그럴 리가 있나유. 믿어지지 않네유. 풍설이겠쥬. 겉으루는 월매나 씩씩혀구 사내다워유."

하기 싫은 혼인, 엎어진 김에 쉬어간다고 잘된 일이라는 생각도 든다.

"씩씩한 것 하고 무슨 상관여 사타구니 까봤어? 이 여편네 야."

남자의 그것도 가장 중요한 부위의 하나를 폭로하면서도 회장 얼굴하나 구기지 않는데, 흙무당은 잘 이해가 되지 않았다. 그리고 여러 가지가 궁금했다. 아직 고자를 본적도 없고 전전으로 들은 상식으로는 고자는 고환이 없는 것도 고자이고, 발기불능인 것도 고자라는 것을 상식적으로 알고 있는데, 박영구는 어디로 보나 고자 같지는 않았다.

"시상에 살다가 별소리를 다 들어보겠네유. 시상에 불쌍혀서 워쩐댜, 잉?"

흙무당은 혼자소리로 중얼거리며 조금전까지만 해도 삼순이가 혹시 박영구와 불장난을 친 것이 아닌가 하고 의심이 명명백백하게 풀리자 삼순이에게 미안한 감정이 들면서도 한편으로는 박영구가 불쌍하고 아깝다는 생각이 들기도 했다. 흙무당은 제절로 위목에 다소곳이 앉아 회장과 흙무당의 주고받는 대화를 경청하고 있는 삼순이를 힐끗 쳐다보았다. 하지만 삼순이는 박영구가 성불구자라는 충격적인 말을 듣고서도 말의 뜻을 이해 못한 탓인지 전혀 동요의 빛이 보이지 않는다. 아니 놀래기는커녕 꽃송이 같은 입가에 의미심장한 미소를 머금고 있었다. 미소라기보다는 회장도, 어머니까지도 깔보는 듯한 냉소였다. 참으로 알 수 없는 일이었다. 엊그제까지도 변함없이 박영구와의 결합을 은근히 원하던 그녀였다. 인생에 있어서 그 운명을 좌우하는 것이 시집가고 장가가는 것이고, 시집가서 잘 살고 못 사는 요체는 서로간의 사랑이다. 그 사랑의 근간은 두 말 할 것도 없이 하늘이 주신 신체의 구조이다. 그와 같은 절대한 조건이 불구가 되었다면 결혼도 사랑도 존재할 수가 없다. 설령 결혼이 성사된다손치더라도 그것은 유명무실 바로 그것이다. 그런데도 삼순이는 박영구의 신체적 결함을 듣고서도 눈썹하나 까닥하지 않고 아주 태연자약하다. 당연한 일로 받아들이는 것도 같다. 그러자 흙무당은 겁이 덜컥 났다. 아직도 남녀관계를 모르는 쑥맥이거나, 고자라는 뜻을 전혀 해득 못하는 천치거나 둘 중의 하나라는 의심이 드는 것이었다. 하지만 흙무당은 삼순이가 동네에서 제일 이쁘고 똑똑하다는 확신을 품고 있다. 삼순이가 그 정도의 상식을 모를 리가 없다는 생각이 들자, 점점 자신도 알 수 없는 최면에 휘말려 드는 듯 했다. 그리고 회장 앞에서 모녀간 아옹다옹하는 것이 마음에 걸리기도 한다.

"워디서 그런 소리를 들었대유?"

"나는 앉아서 백리, 서서 천리 보는 사람 아냐. 뉘 집 숟가락이 몇 개인지, 또 죽이 끓는지, 밥이 끓는지 다 알고 있지. 나는 그런 것을 알아내는 게 내 할 일이구, 또 재미도 있고, 그래야 닥쳐올 불상사 같은 것도 막을 수 있다구…."

"지지배 신세 망칠뻔 혔네유."

"그러기 나보구 고맙다구 혀여."

회장은 더욱 가슴을 피면서 의기양양했다. 그리고 작전이 잘 맞아떨어져 승리한 장군처럼 승리감에 도취된 듯도 했다.

"회장님, 참말루 수구 많으셨슈. 고맙구먼유. 참말루지 살다 별일을 다 보겠네유."

"정말여?"

"그럼유. 회장님."

"빈말은 찬냉수도 못하댜."

"친정 동생이 하두 강권혀서 울며겨자먹기루 반승락을 혀는 체 했지만, 속으루는 찝찝하여 결정을 못혀는 참이였슈!"

"그랴?"

"고마워유."

"그럼 나는 볼일 다 봤으니께 일어나 가겠어. 남의 청년 비밀이니께 소문내지말구 혼자만 알고 있어. 본인이야 거 얼머나 창피한 일이여, 사람 영 병신만들 수도 있으니께 입 꽉 다물고 있으라구."

"여부가 있남유. 박영구 그 늠야 얼굴을 뭇들구 댕길 일이쥬. 그런 망신살이 워딨대유."

"나 올라갈게. 앞으로 궁금한 일이 생기고, 상의할 일 생기면 집으로 와!"

"야!"

부녀회장은 친절하게도 사후대책까지 말하고 자리를 떴다. 회장을 마지못해 배웅하던 삼순이가 마지막 순간, 회장의 뒷꼭지에 대고 혀를 날름 내밀면서 두 눈을 하얗게 흘겼다. 하는 짓거리가 하도 천연덕스럽고 밉지가 않아 흙무당은 대문 밖까지 따라 나가고서도 인사말로 변변히 못하고 방으로 들어온다. 방안에서 삼순이와 마주친 흙무당은 오늘 그녀가 결근을 한 것은 하늘의 계시였다고 생각한다. 만약, 그녀가 현장에 없었다면 박영구와의 관계를 깨는 데는 많은 어려움이 있었을 것으로 여겨졌다. 그 어려움을 회장의 말 한 마디로 말끔히 해소되고, 박영구와 삼순이 사이를 일거에 분리시켜놓고 말았다. 정말 살다가 뜻하지 않은 통쾌감을 맛보았다. 정남의 등쌀에 어물어물 반승락을 하기는 했지만, 원수의 자식에게 애지중지하는 삼순이를 준다는 것이 못내 찜찜했던 것이다. 한마디로 손 안대고 코푸는 효과를 얻어낸 셈이다. 하지만 삼순이가 흙무당을 쳐다보는 눈초리가 예사롭지가 않았다. 기분이 매우 언짢은 듯 얼굴 살을 구기고 있었다. 한동안 모녀간에 팽팽한 줄다리기를 하다가 삼순이가 더는 침묵을 지킬 수 없다는 듯 약간 격앙된 목소리로 말했다.

"엄니? 조금 쉬었다가 열 두시 반 버스로 병원에 가시자구요."

"나 시방 병원에 갈 기분 아니다."

"뭐이 또 틀어지셔서 그러시는 거예요?"

"물러서 그려, 이 년아."

"뭘요?"

"고자현티 시집갔으면 꼴 참 좋아겄다. 하눌이 도왔지, 하눌이, 아이구 끔직혀."

"엄니? 고자고자 하시는데 고자가 뭐예요?"

"저년이 나이는 곱빼기루 쳐 묵구 그래 고자두 물러? 미친 년 같으니라구."

"모르는 건 죄가 될 수 없고, 또 행복하대요…."

"우리 부녀회장님 아니었으면 큰일 날 뻔혔다. 멀쩡현 딸 두 눈 뜨구 고자 눔현티 도적맞을 뻔 혔구만그려. 시상에 그 눔이 고자라 흉물 떨었다구."

"고자한테 시집가면 병신 되는 거요?"

"저 지지배가 시방 똥구멍으루 호박씨 까능겨 아녀. 이 년아 불알 읎는 눔현티 시집가면 애를 낳나? 심을 쓰나, 이년아 니 년두 병신 되능겨…."

"그, 그래요?"

삼순이는 겉으로는 반신반의 하는 듯 하지만, 속으로는 웃기고있네 하고, 흙무당과 회장의 짝짜꿍을 코웃음치면서 한껏 비하하고 있는 듯한 표정을 짓고 있었다.

"이 년아, 고자는 옛날 임금님계신 궁속에서 삼천궁녀의 노리개 서방 내시라는 말두 뭇 들어 봤어. 저년이 흉물 떠능겨? 뭣이여?"

"우럼니, 참 유식허시다. 노리개 서방을 다 아시고…. 내시도 아시니…."

삼순이는 여전히 비아냥거리고 있었다. 그리고 전혀 궁금증이나 걱정끼가 보이지 않는다. 흙무당은 삼순이의 석연찮은 태도에 아리송한 구석을 찾아내랴는 듯 삼순이를 하얗게 째려본다. 제물에 답답하다는 듯 주먹으로 가슴을 서너 번 자근자근 치면서 숨을 몰아 쉰다. 그러면서도 마음 한편으로는 시원섭섭한 감정도 있었다. 남 주기는 아깝고, 저 먹기는 싫은 심술이기도하다. 친정아버지의 비명횡사를 생각하면 절대로 혼인이 이루어질 수 없다. 하지만 박영구 하나만을 보면 이 고장에서는 보기 드문 신랑감임에는 틀림이 없다.

"사내구실을 못 혀는 것 보구 고자라구 혀능겨, 이 년아."

"호호…."

"이 년아, 웃음이 나와?"

"방바닥을 치면서 통곡이라두 혀란 말이예요?"

"누가 그러랬어…."

"그럼 어느 장단에 춤을 추라능거유?"

"저년 말 혀는 소리 좀 들어봐. 참말루지 소금이 쉬겠네…."

"엄니와 회장이 맞장구치는 게 소금이 쉴 노릇이예요."

"뭣여?"

"남의 다 큰 청년의 부샅을 어떻게 확인을 하고 그런 허무맹랑한 소릴헤요."

"그럼 너는 봤냐? 이 년아…."

"엄니? 냉수 마시고 정신 차리세요."

"저년 말혀는 소리 좀 들어 봐. 무신 꿍꿍잇속이 있능겨 아녀?"

"아이구 하느님 맙소서. 억지 고만 부리시고 어서 병원 가실 채비나 하셔요."

"나는 죽었다 깨나두 병원에 안 간다. 돈 버리구 사람 고생 혀구 하는 그런 짓을 지랄 열쳤다구 혀. 혈일 웂쓰면 니 방에 가서 잠이나 자빠져 자라구 이년아. 나는 좋아서 춤이라두 덩실덩실 추구 싶다."

"남의 불행한 일에 뭣이 좋다구 춤을 춰요. 참 엄니도 비보통이셔…."

"에미야 춤을 추든 말든 상관혀지 말어…."

"왜 상관 안 해요. 그 사람 고자아니고, 부샅만 튼실한 걸요."

삼순이가 입을 손바닥으로 가리면서 킬킬 거리자, 흙무당이 용수철처럼 튕겨져 나온다.

"뭣이여, 이 오살혈 년!"

벽력같은 고함소리가 터져 나왔다. 이윽고 흙무당은 방바닥을 두 주먹으로 거듭 내려친다. 엄지에 붙은 새끼손가락이 방바닥을 두들길 때마다 파르르하고 떤다. 그리고 흙무당은 아이고, 아이고 하고 황소울음소리로 절규했다. 삼순이는 흙무당이 어느 정도의 조건반사는 예상을 했지만, 이렇게 노발대발하면서 나 죽는다고 절망을 할 줄은 미처 생각지 못했다. 이대로 가다가는 무슨 변이 벌어질 것만 같아 어떤 방법이로든지 어머니를 진정 시켜야 되겠다고 생각했다. 우선 임기응변으로 순간적으로 허언하였음을 이해시켜야 되겠다고 생각했다.

"엄니? 놀래셨어요?"

"그랬구나. 이 눔의 지지배가 가을내내 밤늦게 들어오더니 일을 냈구면그랴. 워쩐댜, 잉? 이 노릇을 말여, 하눌님…."

절망의 신음소리가 긴 여운을 남기면서 삼순이의 가슴 속에 와 부딪친다. 어머니와 부녀회장의 하는 짓거리가 하도 가소롭고 따라서 부아가 슬그머니 치밀어 반박한다는 것이 고만 너무 노골적으로 말을 하는 바람에 어머니의 격노를 산 것이다. 박영구로 해서 벌써 어머니와 두 번째의 격돌인 것이다. 하지만 지난번처럼 절대로 아무 일도 없었다고 빌면 어머니는 금방 풀어질 것이다.

"엄니, 제가 누구 딸이죠? 분명 엄니 딸이죠. 엄니? 박영구와 절대루 부정한 짓 한 거 없어요. 지난번에도 누누이 말씀 드렸잖어요. 엄니 안심하셔요. 마음 푹 놓으시고 병원에나 어서 가시자구요."

"이 급살 맞을 년이 시방 병 주구 약 주네."

"엄니, 절대로 아무 일도 없었어요. 절 믿으셔요. 엄니 네? 그냥 좋게 대답한다는 것이 나도 모르게 불쑥 튀어나온 말이예요. 엄니 하늘이 내려다보고 계셔요."

"이 년아 말속에 가시가 있다고 혔어. 무신 죄지은 일을 저질렀으닝께 그런 참말이 튀어나온겨, 이 년아."

"엄니 그렇지 않아요. 저도 박영구 그 사람 고자가 된 것이 참 다행스럽게 여기고 있어요. 이심전심으로 엄니 마음이 제 마음이고, 제 마음이 엄니 마음 아니겠어요."

"그게 참말이지. 에미 속이능 거 아니지?"

"그럼요, 엄니. 삼순이를 믿으셔요."

"아이구 이 늠의 팔자, 딸 새끼한티두 에미가 빌구 있으니 말여 잉?"

흙무당은 치미른 분노를 새기려고 무던히 애를 쓰고 있었다. 자신을 힐책하는 듯도 했고, 또 체념하는 듯도 했다. 그리고 아랫목으로 엉금엉금 기어가더니 그 육중한 몸을 쿵하고 부리고서는 입을 꽉 다문다. 삼순이가 어머니를 쫓아내려와 흙무당의 손발을 주무르면서 애교를 떤다.

"엄니? 엄니의 깊은 속마음 저는 알아요. 이 효녀 삼순이 믿으셔요, 네?"

그러자 흙무당이 실눈을 뜨고 삼순이를 올려다본다. 그리고 두터운 입술에 짓적은 미소 같은 것이 스쳐간다. 그것은 흙무당의 분이 풀렸다는 징후이기도 하다. 한참을 그렇게 말없이 누워 있다가 흙무당은 뱁새눈을 본래대로 뜨고 머리를 절레절레 흔들며 부스스 일어나 앉는다.

그로부터 한 일주일쯤 지난 어느 날 아침나절이었다. 아침상을 물리고, 설거지도 미룬채 텔레비전의 아침마당이라나 뭣을 건성으로 보고 있는데, 또 불쑥 달기 생각이 떠올랐다. 한마디로 보고 싶어 환장할 것만 같았다. 흙무당은 달기가 너무 보고 싶어 중고졸업사진첩을 벽장에서 꺼내어 디려다보면서 추위에 고생은 않는지, 밥은 배불리 먹었는지 걱정을 하면서 또 눈물을 쥐어짜고 있는데, 새벽 댓바람에 외출했던 준보가 오늘아침은 무슨 초친맛으로 천둥에 개처럼 뛰어 들어왔다. 그리고 평소에는 좀처럼 입도 떼지 않던 준보가 흙무당을 보자마자 큰일 났다며, 어서 부녀회장집을 가보자고 호들갑을 떠는 것이었다. 흙무당은 준보의 호들갑에 하도 어이가 없어 그를 저주의 눈길로 바라보며, 당혹스런 표정으로 왜 그러느냐고 묻는다. 준보는 상황이 몹시 위급하다는 듯 허둥지둥하면서 말한다.

"큰일 났어. 오릿골 박영구가 시방 부녀회장님 집에 들어가 부녀회장을 죽인다고 몽둥이를 휘두르고 야단이여. 살인나기 전에 어서 가서 말리자구."

"그게 나랑 무신 상관이 있댜."

"위쩨서 상관이 없어. 회장님이 우리 집에 내려와 임자에게 박영구가 고자라고 고자질해서 혼인을 파토 났다고 저 야단인디 상관이 없어, 이 여편네야."

"나는 무르는 일여, 구신 곡혀는 소리 혀지 말어. 나는 누구보구두 박영구 그 눔이 고자라는 말을 헌적이 웁서. 나는 말 전주 헌적 웁서."

"삼순이가 들었는디, 말이 안샐 리가 있어. 이 깡통 같은 여편네야. 아이구 답답혀!"

"그것은 저희들 사정이구 난 무르는 노릇여, 사램 겁주지 말라구. 워찌 그런 일에는 빠꿈이랴."

"헐일 웁쓰면 나무라두 한 짐 혀와 봐! 그게 실속 있다구."

"저런 도적 같은 여편네가 워딨댜, 잉?"

"여깃지 워딨어…. 당달봉사까지 되었남."

흙무당은 준보의 호들갑과 강권에 어쩔 수 없이 끌려 윗말 회장 집으로 향했다. 부녀회장 집이 가까워오면서 아니나 다를까 왁자지껄하고 싸우는 소리가 들려왔다. 대문 안으로 들어서자 동네사람들이 안마당에 웅기중기 모여 있었다. 예측한대로 박영구는 앞가슴을 풀어헤친 채 몽둥이를 짚고 장승 같이 서서 안방문을 향하여 고래고래 소리치고 있었다.

"부녀회장 나왓! 어서 빨리 나와서 내가 고자인지 그 사실을 밝혀요! 어서 나왓, 만약 고자라는 사실을 밝혀내지 못하면 오늘이 회장 제삿날인 줄 알아, 아니 회장 죽고 나도 죽는 날이여. 이웃 간에 아니 집안 간에 서로 우애는 못 나눌망정 이렇게 치명적인 헛소문을 퍼뜨릴 수가 있느냐 말야. 앙? 남의 혼사 길까지 막아놓고, 내 인생 책임질 거야, 앙? 어서 나왓!"

이렇게 고함을 치다가 막 대문간에 들어서는 흙무당과 눈이 부딪치자 그는 제물에 꾸벅하고 절을 하고서는 쑥쓰러운 듯 입가에 기묘한 웃음을 띠는 것이었다. 그리고 이내 본래의 제 자리로 돌아가 계속적으로 울분을 토해내고 있었다. 흙무당이 보라는 듯이 말이다.

　　"어서 나왓! 험한 꼴 당하기 전에 생사람 잡지 말고 내가 참말로 고자인지 밝히란 말여. 당신이 부녀회장? 야, 꼴좋다, 좋아."

　　양지말 윤씨 문중의 가까운 청년 몇 사람이 안방문을 굳게 지키고 있었다. 회장 남편 윤재만 씨는 벗겨진 대머리를 번쩍이면서 곤혹스런 표정으로 우왕좌왕하면서 연신 중언부언 박영구를 설득하고 있었다.

　　"이 사람, 자네가 참게나. 사람이 살다보면 별의별 오해도 있는 법일세. 이 사람아, 자네 아버지와 부녀회장과는 십촌 간일세. 옛부터 한울타리 속에서 십촌이 낳는다고 했네. 이게 무슨 자중지란 말인가. 부녀회장이 백번 잘못했네. 내가 대신 사과함세. 그리고 부녀회장에게는 내가 자네대신 응분의 질책을 하겠네. 내말을 믿게."

　　"아저씨가 사과한다고 될 일이 아니예요. 이게 보통의 일입니까. 한 젊은 놈의 전도를 짓뭉개놓고 아저씨가 사과한다고 될 일입니까? 안 됩니다. 절대로 안 됩니다."

　　"자네가 고자가 아니면 고만 아닌가."

　　"도대체 그걸 말이라고 하는 겁니까. 내가 곧 결혼한다는 말을 듣고, 못 먹은 감 찔러나 본다는 이 악랄한 심뽀, 아니 다 된 밥에 코 빠뜨리고, 못 먹는 밥에 재를 뿌리는 이런 천인공

노할 행위를 이해하라구요? 고자가 아니면 되잖느냐고요? 나는 절대로 용서 못해요. 회장을 죽이고 나도 죽을 거요. 나왓! 부녀회장."

박영구는 감정이 극에 달한 듯 거의 이성을 잃고 있었다. 그러면서 그는 몽둥이를 내동댕이치고 허릿띠를 풀어 젖힌다. 하얀내복이 드러난다. 이때 변죽에서 눈치만 힐끔힐끔 살피든 준보가 급히 박영구의 앞으로 뛰어가 더 이상 내복을 벗지 못하도록 두 손을 힘껏 잡았다. 그렇게도 길길이 날뛰든 박영구가 웬일로 준보의 느닷없는 만류에 반항은커녕 슬그머니 수그러들면서 고개까지 떨군다. 조금은 부끄러움을 타는 듯도 했다. 이윽고 준보가 잡았던 박영구의 두 손을 슬그머니 놓고, 그의 흘러내린 청바지를 추켜올려 가죽혁대를 채워준다. 그래도 박영구는 준보를 물끄러미 내려다보며 준보가 하는 대로 순순이 따른다. 준보가 그의 한 팔을 다시 잡고 밖으로 나가자고 간곡히 설득하자, 그는 들은 척도 않고 더더욱 큰 소리로 외쳐댄다.

"앞으로 오분 내에 안 나오면 칼 들고 방으로 쳐들어간다. 박영구 우습게 보았다가는 큰코다친다. 나는 한 번 한다면 하는 사람이라구. 어서 나와 이 몽둥이, 아니 이 칼을 받어보란 말여, 어서 나왓!"

정말 박영구는 청바지 뒷주머니에서 숨겨가지고 온 과도를 끄내 들고 막 안방문으로 달려갈 태세를 짓는다.

이때, 안방지계문이 조용히 열리며, 부녀회장이 아닌 수자가 두툼한 파카차림으로 뛰쳐나왔다. 뜻밖의 일이다. 수자는 호리호리한 키에 해사한 얼굴을 지니고 있었다. 며느리 감으로 충분치는 않지만 그런대로 미모와 총기를 겸비한 사분사분한 처녀임에는 틀림이 없었다. 동네처녀 중 읍내 종고를 졸업하고, 유일하게 대전에 소재한 모 전문대의 식품영양학과를 나온 처녀였다. 흠이 있다면 부녀회장을 닮아 좀 수다스럽고 거만한 깃이 결점이기는 하지만, 시골처녀가 고등교육을 받고, 또 윤씨 문중이라는 배경도 있고 하여 근동의 유력한 집안에서 청혼이 잇따랐지만 연(緣)이 안 닿은 탓인지 아직도 노처녀의 굴레를 면치 못하고 있는 것이다.

수자는 방문을 열고 나서자마자 뜰팡에 놓여있던 스리퍼를 끼고 박영구 앞으로 바싹 다가서드니 얼굴을 마주한다. 그리고 글성한 눈빛으로 애원하는 것이었다. 누가 보던지 수자의 모습은 애처롭고 순진해 보였다. 그녀는 박영구를 쳐다보면서 울음 반, 눈물 반으로 읍소한다.

"오빠? 이성을 찾고 내말을 똑똑히 들어보셔요. 나는 지금 이 순간까지도 오빠를 진정에서 사랑하고 있어요. 나는 읍내중학교 일학년 때 이학년인 오빠를 처음 보는 순간, 바로 이 사람이다 하고 사랑하기 시작했고, 후제 크면 오빠와 결혼하여 이상적인 모범가정을 꾸미는 것이 소녀의 지순하고 찬란한 꿈이었어요. 그래서 그때부터 나의 인생의 좌표에는 박영구라는 인물이 우뚝 서서 나의 인생의 하나하나를 좌지우지했어요. 나는 철이 점점 들면서 오빠를 더욱 열렬히 사랑하기에 이르렀고, 나의 인생에 있어 오빠를 빼고는 그 누구도 생각할 수 없는 대상으로 자리매김을 했어요. 하지만 오빠는 나의 이와 같은 마음과는 전혀 반대로 나를 의식적으로 멀리했어요. 누구보다도 오빠가 더 잘 알고 계실 거예요. 나는 전문대학에 입학하고서도 한날 한 시도 오빨 잊을 수가 없어, 오빠가 소속한 군

부대 소재지인 화천(華川)을 한 달에도 두서너 번씩 면회를 갔지만, 오빠는 언제나 묘 앞을 지키는 문무상같이 무덤덤할 뿐이었어요. 어머니도 나의 이런 사랑을 긍정하시고 자신이 앞장서 윤가 딸은 박가한테 시집을 가야 잘 산다며 음으로 양으로 오빠와의 결혼을 찬동하셨어요. 하지만 손뼉도 마주쳐야 소리가 난다고 했어요. 제가 아무리 오빠를 사랑하고, 추파를 던져도 오빠는 끝끝내 소태 씹은 벙어리였잖아요. 그래서 오빠가 제대하고 돌아온 후 극단적으로 수면제까지 복용하고 자해를 기도하면서 오빠의 마음을 잡어 보려고 했지만, 무위로 끝나고 역으로 오빠가 아랫말 삼순이와 결혼한다는 말을 듣고 저는 하늘이 무너져 내리는 절망을 느꼈어요. 나는 다시 죽기로 단단히 결심하고 기회를 엿보는데, 낌새를 알아차린 어머니로부터 무지무지하게 경을 쳤어요. 하지만 어머니도 자식을 가진 여자라, 딸의 심리파악을 하고 고심고심 끝에 궁리한 것이 오빠가 군인에 나가 상사의 기합으로 평생 불구자인 고자라는 소문을 퍼뜨려 오빠와 삼순이의 혼인이 파기되면 혹여라도 오빠가 내게 접근하지 않을까 하는 미련하고도 단순한 생각에서 어머니가 흙무당을 찾아가 어리석은 공작을 꾸민 것이예요. 오빠? 이것이 그지간에 있었던 사건의 전말이예요. 눈꼽 만큼도 거짓말이 없어요. 오빠? 용서하세요. 이 일을 계기로 저는 오빠를 사랑할 수 없음을, 아니 오빠는 평범한 사람이 아님을 뼈저리게 느끼고 깨끗이 단념할 수 있는 계기를 만들어 주셨어요. 오빠? 예로부터 올라가지 못할 나무는 쳐다도 보지 말라고 했대요. 더 이상 오빠를 괴롭히지 않겠어요. 그리고 영원히 존경할께요 오빠? 용서하시죠? 네, 네?"

말을 마친 수자는 참회의 눈물을 주르르 흘리면서 엉엉 울고 있었다. 그리고 박영구의 가슴에 마지막으로 안기려는 듯 다가선다. 박영구는 눈치를 채고 뒤로 서너 발짝 물러선다. 주위는 물을 끼얹은 듯 아주 조용했다. 기침 소리하나 새어나오지 않는다. 모두가 수자의 호소에 수긍을 하고 동정을 표하는 듯 했다.

흙무당도 비통한 표정을 감추지 못한 채 비로소 난해한 수수께끼를 풀어낸 듯 숨을 크게 몰아쉬었다. 그리고 회장과 수자에 대한 적개심이 좀 사그러들면서 연민의 정까지 느끼고 있었다.

이때, 소슬 대문이 삐걱하고 난폭하게 젖혀지면서 뜻밖에도 박판제가 푸르락 붉으락 씨근거리면서 뛰어 들어왔다. 그리고 군입도 떼지 않고 다짜고짜 아들 박영구의 멱살을 두 손으로 움켜 잡드니 그대로 박영구를 질질 끌고서는 대문 밖으로 사라진다. 그야말로 전광석화 같은 납치극이었다. 한마디로 솔개가 병아리를 나꿔채 듯한 파란이었다. 대문 밖으로 끌려 나간 박영구는 아버지에 안 끌려가려고 바둥거렸지만 흥분한 아버지를 당할 수가 없었든지, 아니면 순종하기 위해서인지 강아지 새끼 끌려가듯 끌려가고 있었다. 동네사람들도 닭 쫓던 개 지붕 쳐다보는 심정으로 잠시 허탈해 있다가 정신을 가다듬고 하나씩 둘씩 짝을 지어 수자네 집을 나선다.

흙무당도 그들 틈에 끼어 대문간을 나서면서 부녀회장의 얄팍한 간계와 그 비인간성에 몹시 분개하면서도 웬지 한편으로는 짜릿한 승리감 같은 것을 느꼈다. 부녀회장이 얄미운 반면 박영구 앞에서 눈물로 호소하던 수자가 괜히 안쓰럽고 가련해 보이기까지 했다.

흙무당은 혼자 돌아오면서 생각에 빠졌다. 부녀회장의 그 불여우 같은 모사에 걸려들지 않았음을 천행으로 여기면서 은연중 일이 이렇게까지 꼬인 이상 되나 못되나 박영구를 사위삼기로 새삼 결심을 한다. 그리고 머지않은 장래에 결혼식을 올려, 부녀회장의 코를 납작하게 만들어야 되겠다는 생각까지 한다. 이렇게 일이 급변하자 박영구와 삼순이에게는 전화위복이었다.

흙무당은 집에 들어서자마자 삼순이에게 전화를 넣는다. 번호를 잘못 돌렸나 싶어 가슴이 조마조마했지만 신호가 울리자마자 삼순이의 목소리가 흘러나온다. 흙무당은 길조라고 여기면서 당장 내일이라도 박판제, 박영구 부자를 자기 집으로 초청하라고 간곡히 당부를 한다.

"어른끼리 만나 가부간 결판을 내야 쓰겄어."

삼순이가 무슨 일로 그러느냐고 다급하게 물었지만 흙무당은 집으로 오면 알 것 아니냐고 버럭 역정을 내고 전화를 끊었다. 흙무당은 일단 마음을 결정하고 나자, 훨씬 안정도 되고 몸 상태도 좋아지는 듯 하였다.

삼일 후 일요일 아침나절이었다. 준보는 새벽출타도 중지하고 무릎팍에 턱을 고인 채 그릉거리면서 새삼스럽게 거담제를 먹고 싶다고 투정을 부리고 있었다. 거담제로 고쳐질 병이 아님을 본인도 잘 알고 있을 터인데도 삼순이만 집에 있는 날이면 무슨 심술에서인지 늘상 귀찮게 심부름을 못시켜 안달복달이었다. 흙무당은 들은 척도 하지 않고 일소에 붙이자 준보는 나오지 않는 기침을 억지로 캑캑하면서 죽는 재수를 했다. 삼순이가 아버지의 엄살을 알아차리고 제방에서 나와 약을 사오 겠다며 대문간을 나서자 준보가 삼순이를 불러 세우며 오는 길에 소주도 뒤병 사가지고 오라고 한다. 도무지 앞뒤가 안 맞 는 아버지의 요구에 삼순이는 미간을 모으며 거담제와 소주 중 하나만 선택하라고 얼러댄다. 그러자 준보는 술 먹기 전에 예방적으로 거담제를 복용해야만 천식의 진행을 막을 수 있다 는 나름의 병리(病理)를 펼치는 것이었다. 흙무당이 옆에서 듣 다가 준보를 몰아세우려고 하는데, 북슬이가 마루 밑에서 기어 나와 대문간으로 쪼르르 달려가면서 킁킁하고 서너 번 짖어댄 다. 그리고 곧이어 대문간으로 박판제, 박영구 부자가 막 들어 서고 있었다. 흙무당이 화들짝 놀래면서 목구멍을 막 넘어오든 욕바가지를 꼴깍 삼키고 본능적으로 옷매무새를 고친다. 박판 제와는 지난 여름 오릿골 밭 사기매매 건으로 충돌한 후로는 처음 만남이었다. 이마팍에는 아직도 지난 여름 흙무당으로부 터 식탁으로 얻어맞은 흉터가 푸루스름하니 남아 있었다. 강심 장의 흙무당도 새 사돈이 될 사람이라 생각하니 부끄러움과 죄책감이 뒤엉켜 박판제를 차마 정면으로 쳐다보지 못하고 절 로 고개가 숙어지는 것이었다. 정말 쥐구멍이라도 있으면 숨고 싶은 것이 솔직한 심정이었다. 하지만 그럴 수도 없고 하여 잠 시 안절부절 못하다가 그래도 인사는 해야 할 것 같아, 오셨슈 하고 모기소리만큼 먼저 말을 붙인다. 어디서나 좌중을 휘여 잡는 박판제는 집안의 분위기를 육감으로 느낀 듯 특유의 걸 쭉한 청으로 거침없이 운을 뗀다.

"안녕하십니까? 지척이 천리라드니 근동에 살면서도 오래간 만에 뵙는 것 같습니다. 병환중이란 말은 애들 편으로 종종 들습니다마는 근자에는 건강이 어떠하신지요?"

"그저 그만혀유."

지난 여름, 오릿골 밭 사건 때 극단적으로 치고받고 할 때와는 상황이 영 판이하다. 흙무당이 갑자기 요조숙녀가 된 채 쩔쩔매자 죽을병에도 살 약이 있듯이 준보가 불쑥 참견을 한다.

"자네가 우리 집엘 다 오구 정말 세상 많이 변했군. 이것두 문민시대의 여판가?"

원래 남 앞에서는 개뿔도 없는 주제에 희떠운 척을 잘했고, 또한 누구 못지않게 술이면 술, 가락이면 가락, 투전도 농담도 즐길 줄 아는 준보였기에 이 고장의 한량이라고 자칭하는 박판제와도 비교적 가깝게 지내는 사이였다.

"문민시대가 되면서 자네 집 대문이 활짝 열렸다기에 이렇게 염치없이 왔네…."

"말 못하고 죽은 귀신은 되기 싫은가 보지."

"허허…."

그들은 스스럼없이 농담을 주고받는다. 두 사람 간에는 이미 박영구와 삼순이의 결합을 암암리에 예지하고 합의가 성립되어 있는 듯한 인상을 강하게 풍겼다. 박영구가 돼지갈비 한 짝과 정종 한 병을 사들고 와 이내 술판이 화기애애하게 펼쳐진다. 그들은 난제가 예상외로 쉽게 해결되어 자축연이라도 하는 듯 무척 유쾌하게 술잔을 나누고 있었다. 그들의 술잔이 몇 순배 오가고 일상적인 잡담이 끝날 무렵 준보가 불쑥 금년 농사도 완전 적자라고 푸념한다. 그러자 박판제가 기다렸다는 듯이 준보의 불평을 받는다.

"적자 아닌 해가 있던가. 해마다 적자가 가중되니. 참 촌놈을 다 쥑일 작정인지 원…. 도무지 정치의 속내를 알 수가 없다구. 별 수 없어. 농촌을 살리는 길은 우선 젊은 노력(勞力)의 유출을 막고 그 고장의 특작물을 살려야 한다구. 그런데 위정자들은 노력의 유출을 막기는커녕 되려 유출을 부추기고 있으니 큰일이지. 말로는 유통구조 개선이다, 선진국형의 영농기법이다, 어쩌구 떠들구 있지만 이것은 모두가 언발에 오줌 누는 식의 미봉책에 불과하다구. 농안기금이 아무리 많으면 뭣하나 그 돈을 어떻게 농민들의 손에 골고루 들어가느냐에 성공의 열쇠는 달려있어. 세금을 탕감해 준다, 융자금을 상쇄해 준다, 또는 융자금의 회수기간을 연장해 준다. 모두가 일리는 있지, 하지만 농촌을 본질적으로 살리는 길은 국가의 재정이 아무리 어렵더라도 반드시 이중곡가제를 실시해야 농민도 살고 나라도 산다구."

"또 그 소리인가."

준보는 박판제로부터 숱하게 들은 듯 이중곡가제 이야기가 나오자 시큰둥 하는 것이었다.

"저 젊은 애들도 꼭 명심해 들어야 하고 신토불이의 원조이신 준보 부인께서도 알아셔야 한다구. 그래서 말하는 걸세…."

"두 번 세 번 말하지 않아도 다 아는 사실 아닌가, 뭘 새삼스러이…."

"허허… 그게 아닐쎄. 쌀을 생산하면 최소한 원가라도 건질 수 있도록 정부에서 보장을 해줘야 한다구. 그게 바로 이중곡가제 아닌가."

준보는 박판제의 진지한 표정에 눌려 건성으로라도 맞장구를 치지 않을 수가 없었다.

"산술적으로 이야기해 보세. 지금 쌀 한 가마에 십삼만 원 아닌가. 오천 평을 경작해야 쌀 백가마가 될까말까. 백가마로 치더라도 천삼백만 원이지. 이 천삼백만 원이 순수소득이라도 부족한데, 거시기 비료대, 농지세, 농약대, 인건비를 빼고 나면 본인의 노력비는 커녕 적자를 메꾸기 위하여 다시 융자를 내고 말하자면 밑돌 빼어 윗돌 괴고, 윗돌 빼어 밑돌 괴는 악순환의 연속 아닌가. 그러니 젊은이들이 농살 지을 까닭이 없지. 일 년 전 수입이 서울부자들의 하룻밤 술값에도 미치지 못하는 실정이니 누가 농살 짓겠나. 이런 망국적 고질적인 병폐를 고쳐야 농촌이 산다구. 만약 이중곡가제를 국가재정상 실시할 수 없으면 과감히 농지혁명을 일으켜야 한다구. 절대농지를 영구히 보전하고 개발제한구역을 더 확대해서 농지가 택지나, 산업용으로 훼손되는 일이 더 이상 없도록 막어 놔야 하고, 또 농지고시지가를 지금의 이십 배로 묶어놓고, 지수(指數)에 상관없이 쌀값도 가마당 삼십만 원 쯤으로 올려놔야 한다구. 먹고사는 주식 값을 물가지수에 얽매어 가장 싼 똥금으로 멕이고 있으니 천벌을 맞을 노릇이지⋯. 지금의 종합적인 물가추세로 보아 쌀 한 가마에 최저 이십 오륙만 원은 돼야 형평이 맞는다구. 지금 아무리 가난한 가정이라도 쌀값 걱정 하는 것 봤나? 이것이 큰 문제야. 가계비 지출에서 쌀값의 비중이 제일 높아야 되는데, 교육비 지출 등의 삼분의 일에도 못 미치는 형편이니 이래가지고 농촌을 살린다구? 형편없는 자들의 잠꼬대 같은 소리지, 그리고 마지막으로 한마디만 더 함세. 정부에서 올바른 농정을 펼라면 세 번째로 농지공사 같은 것을 설립해서 특별법으로 외지인이 점유한 농지를 고시가로 수매하여 농토 없는 농민에게 재분배해야만 되네. 시골의 농토가 결코 있는 자들의 재산축적의 수단이 되어서는 안 된단 말일세. 이런 방법으로 농촌을 살리기 전에는 어떤 극약처방을 써도 도로아미타불이지…."

박판제는 흥분을 갈아 앉히려는 듯 담배를 끄내 물며 불을 붙이드니,

"내가 괜이 중언부언 늘어놨구만… 허…."

그는 말을 마치고 담배를 또 깊이 빨아들인다. 그리고 얼굴에는 고뇌의 빛이 역력이 서려있었다. 박판제는 지난 여름 흙무당과의 이전투구의 악몽을 지워보려는 듯 평소에 주장하던 농촌의 타개책을 지루할 정도로 말했지만, 아무래도 좌중분위기는 여전히 찬 기류가 흐르고 있었다. 준보는 박판제의 의도를 꿰뚫고 있다는 듯 빙긋 웃음을 짓드니 말했다.

"수매가를 일 퍼센트만 인상해도 국가의 재정이 흔들린다고 아우성인데 말과 같이 간단한 문제는 아니라고 생각되네."

"그렇다고 언제까지 늙은 농부들의 땀과, 심과, 한숨에 의존해서 식량정책을 무책으로 지탱할 수만은 없지 않은가."

"정부라고 그런 것을 왜 생각지 않겠나."

"탁상공론을 아무리 해봐야 소용없어. 구슬이 서 말이라도 꿰야 보배라고 했어. 아무리 숫자놀음만 해봤자 실천이 안 되는 것을 워쩌겠나. 사실 국방비다, 비행장, 고속철, 복지시설 등 사회간접 비용을 우선하다 보니 이중곡가제 같은 것은 항상 뒤로 밀리게 마련이지. 아직까지는 농민들이 천부적으로 양 (羊)과 같아서 숨을 죽이고 있지만 앞으로가 문제여, 참는 것도 한계가 있거든. 농민들이 돌출행동을 하게 되면 큰 코 다친

다구. 그때 가서 허둥대지 말고, 지금부터라도 준비에 들어가 농민을 살리는 정치를 해야 한다구. 그래야만 우르과이 라운드도 극복하고, 국제 경쟁에서 살아 남을 수 있을 걸세. 절대적으로 농민들의 안정이 바로 나라의 안정이란 말일세. 내 말이 틀리나?"

박판제는 담배를 비벼 끄면서 말을 마친다. 흙무당도, 박영구도, 삼순이도 그저 분위기에 말려 고개를 끄덕거린다.

흙무당은 그 애비에 그 자식이라는 속담을 되새기며, 말하는 태도나 입놀림, 그리고 목소리까지도 부자가 꼭 닮았다고 생각한다. 씨는 못 속인다는 평범한 진리를 또 한 번 곱씹어본다.

그들은 술잔을 연신 돌리면서 흥이 돌자 너털웃음을 터뜨리며 분위기를 잡아나갔다. 청주 한 병을 다 비우고, 삼순이가 주막에서 추가로 사온 소주 세 병까지 몽땅 비웠다.

흙무당은 내내 속이 편치 않았다. 술 먹고 노닥거리는 남자들의 세계가 도무지 이해가 되지 않을 뿐더러, 박판제 부자는 분명 잡담을 늘어놓기 위하여 온 것이 아니고 목적이 있을 터인데도 술에 취하여 횡설수설하는 것이 몹시 비위에 거슬렸다. 흙무당은 눈치를 살피다가 그들의 대화가 잠시 끊기는 순간을 이용, 질파내기 깨지는 소리로 말했다.

"아니 아침나절부터 술만 그렇게 들면 워쩐대유. 술이 더 취하기 전에 헐말 있으면 혀보셔유. 술 잡수시려구 오신 것은 아닌 것 같은듀…. 또 내가 오시라구두 혔구유."

흙무당의 말투가 심상치 않자, 박판제가 마시던 술잔을 상에 탁 놓고 술에 절어 게슴츠레한 두 눈을 멀뚱이 뜨고 있다가 아들 박영구와 한쪽구석에 얌전히 앉아있는 삼순이를 쳐다보는 것이었다. 그러다가 먹다 남은 잔을 홀짝 들어 마시고 주먹으로 입술을 문지르며 말했다.

"그러잖어도 한 번 사과 겸 인사차 찾아 뵐라고 하던 차에 부인께서 내려오라는 전갈을 받고 왔습니다. 하도 기분이 좋아 좀 과음은 했습니다마는 아주 알맞게 술을 마신 것 같습니다."

"이장어른? 자꾸 말을 돌리지 마셔유. 엊그제 부녀회장네 갔다가 회장의 그 간롱에 치가 떨리데유. 하두 부아가 나서 댁의 아들을 되나, 못 되나 사위 삼기루 혔슈. 아셨슈? 그말 혈라구 뵙자구 혔슈."

더듬거리는 말이었지만, 그것은 직사포였다. 사려도 가식도 예의도 모두 무시한 진솔한 의사표현이었다.

박판제는 뒷통수를 긁적거리면서 술잔을 홀짝거리고 있었다. 준보가 선수를 뺏겨 아쉽다는 듯 하지만 기쁨을 감추지 못하고 말했다.

"우리 삼순이허구 박영구허구는 태어날 때부터 천생연분이여. 나는 이렇게 연이 닿을줄 벌써부터 점치고 있었지 허…."

준보는 유쾌하게 웃는다. 오래간만에 준보와 흙무당의 뜻이 합일하는 순간이기도 하다. 전 같으면 준보의 말에 쌍지팡이를 짚고 나올 법도 했지만, 그녀도 이 좋은 분위기를 깨기 싫었던지 잠잫고 있었다.

혼담은 일사천리로 이루어졌다. 박영구의 주장에 따라 혼수도 일절 생략하고 기본적인 반지와 옷 한 벌씩만 교환하기로 했다. 가급적 빠른 시일로 택일하여 양촌마을 새마을회관에서 결혼식을 거행하는 것으로 합의를 도출해 낸다.

박영구와 이삼순이의 결혼은 그 동안의 우여곡절을 말끔이 씻어버리고 전격적으로 이루어지게 되었다.

십일월 하순경 어느 날, 양지말 새마을회관 광장에 예의 차일이 처지고 마을부녀회원들이 음식장만을 하느라고 분주히 움직이고 있었다. 오릿골 박판제의 아들 박영구와 양지말 이준보의 딸 이삼순의 결혼식이 정오에 새마을회관 광장에서 거행되는 것이다.

시간이 임박해지자, 박영구와 이삼순의 구식혼례식을 구경도 하고, 축하도 하고 음식도 얻어먹을 겸 양지말은 물론, 인근마을에서 축하객이 꾸역꾸역 모여들어 새마을회관 광장은 삽시간에 발 들여놓을 틈조차 없었다. 식장에 들어서는 사람마다 제집대사처럼 싱글벙글하고 있었다. 한결같이 즐겁고, 축복의 분위기로 들떠 있었다. 식장 입구에는 신랑신부의 뜻에 따라 불우이웃돕기 성금함이라는 하얀 종이상자가 놓여있었다. 그리고 그 성금함 앞에는 '축의금을 이 성금함에 넣어주시면 불우이웃을 돕는데 쓰겠으며, 더없는 축복과 광영으로 삼겠습니다.' 라는 쪽지가 하객들의 눈길을 끌었다.

이윽고 흙무당이 준보 보다 한걸음 뒤처져 타박타박 따라오고 있었다. 흙무당은 정말 보기 드물게 오늘은 분홍색 치마에 연두저고리를 입고 있었다. 그리고 정수리가 훤한 머리카락을 단정히 빗어 넘기고, 얼굴에는 분칠까지 조금하고 있었다. 하지만 살이 분을 흡수 못하여 얼굴은 사태(沙汰)난 것처럼 군데군데 분이 벗겨져 있었다. 아무리 화장을 했어도 흙무당의 얼굴은 깊은 고뇌와 부정적인 그림자가 역력했다. 그녀는 애써 자신의 그런 모습을 보이기 싫은 듯 모여든 하객들과 어쭙지 않게 인사를 나누며 억지로 미소를 조금씩 흘리곤 한다.

하느님도 이들의 결혼을 축복하시는 듯 봄날처럼 포근하면서 아주 쾌청했다. 사람들은 신부가 원체 유순하여 쌀쌀하던 추위조차 물러가고 봄 날씨 같다고 입방아를 찧었다. 곧이어 차일 안에 검소한 초례청이 만들어졌다. 회관 내에 있는 젯상을 끄내다가 흰 보자기로 덮었다. 그리고 촛대 두 개를 동서로 갈라놓았다. 삼색실과가 준비되었고, 나무함지에 백미가 수북이 담겨져 있었다. 그 위에 대나무가지를 꺾어다가 꽂고, 청실, 홍실 각 한 타래가 곱게 걸려있었다. 동서로 유기잔 두 개가 놓여있고, 암수의 오리조상(彫像)이 가지런히 자리하고 있었다. 그 오리 한 쌍은 금방이라도 자리를 박차고 비상할 것 같은 자세로 하객들을 응시하고 있었다.

곧이어 신랑어머니와 신부어머니가 초례청에 나와 가볍게 맞절을 하고 각각 동서로 갈려 촛대에 불을 붙인다. 박수소리가 진동했다. 바로 지난 여름 두 여편네들은 지서 내에서 대낮에 서로 머리끄댕이를 움켜쥐고 차마 입에 담을 수 없는 욕바가지를 퍼부으며 사생결단, 싸움질을 한 사실을 훤히 알고 있는 몇몇 사람들은 오늘의 운명적인 만남에 쓴웃음을 짓고 있었다.

먼저 사모관대에 덧신을 신은 신랑이 입장했다. 다부진 체구에 이목구비가 수려했고, 꽉 다문 한일자의 입은 사람들의 골림에도 좀처럼 벌어질 줄 몰랐다. 신랑의 당당한 모습에 사람들은 그의 인간됨에 다시 한번 놀랬다. 박수가 멎자 관중 중에서 누군가, 초례청에서 신랑이 골을 내면 평생 골내고 살아야 한다드라고 우스개 소리를 하자, 신랑은 금방 굳었던 얼굴을 환하게 펴면서 싱글벙글 하자, 다시 박수소리와 웃음소리가 온 마을을 진동시켰다.

이윽고 신부 삼순이가 만돌어머니의 안내를 받으며 사뿐사
뿐 들어선다. 족두리를 얹고, 곤지를 곱게 찍고 고개를 다소곳
이 숙인 채 서 있는 삼순이는 일견 선녀가 하늘에서 막 내려
와 서 있는 듯 했다. 원삼의 색상이 좀 바래기는 했지만, 신부
가 원체 출중하여 그런대로 조화를 이루고 있었다. 신부의 자
색에 하객들은 넋을 잠시 놓고, 목침을 꿀꺽꿀꺽 삼키고 있었
다.

신랑, 신부가 맞서고 막 예식이 시작될 찰나, 우뢰 같은 박
수가 또 터져 나왔다. 그리고 휘파람소리도 약에 감초처럼 섞
여 나왔다. 사람들의 웅성거림이 가라앉자, 한쪽 구석에서 야
신부 한번 이쁘다. 미스코리야 저리 가라고 해! 박영구 장가
한 번 떡을 치게 잘 간다 등등의 탄성과 야유가 식장을 뒤흔
들었다. 분에 넘치는 찬사에 신랑과 신부는 미소로 답례한다.
어떤 짓궂은 아낙네가 초례청에서 웃으면 첫 딸이라고 덕담을
하자, 웃음소리가 까르르하고 쏟아져 나왔다. 식이 길어질 것
같자, 사회자가 결혼식이 끝나면 신랑신부를 다르라고 미리 쐐
기를 박는다.

이윽고 만돌어머니의 지시에 따라 신부가 먼저 일배를 올린
다. 곧이어 신랑도 정중히 교배를 한다. 만돌어머니가 신랑신
부를 정좌시키고 술잔을 번갈아 돌리면서 합근례(合卺禮)를 이
끌어 나간다. 만돌어머니는 잔을 이쪽 저쪽으로 돌리면서 수복
강녕 어쩌구 하더니 적덕지가에 필유익이라. 신랑신부는 찰떡
같이 하나 되어 아들 딸 한 죽만 낳아 정승판사 줄줄이 배출
시키고, 모두가 천석직이 되라는 혼훈(婚訓)을 하자, 하객들은

여전히 손뼉을 치면서 우 하고 소리를 지른다.

끝으로 면장의 축사가 특별이 마련되어 있었다. 면장은 박판제와 막역지우일 뿐더러 박영구가 영농후계자라는 사실을 감안한 듯 구식혼례에서는 좀처럼 보기 드문 축사가 첨가되었든 것이다. 결혼식이 끝나자 하객들은 미리 준비된 음식을 끼리끼리 둘러앉아 신나게 먹어대면서 담소를 나누고 있었다. 흙무당은 똥 누고 밑 안 씻은 때처럼, 영 마음 한구석이 개운치가 않았다. 그 누구보다도 즐겁고 축복의 마음을 가져야 할 그니다. 하지만 그저 의무적으로 닥친 일이라 하객들에게 음식을 대접하고 있었다.

폐백을 마친 신랑신부는 하객들에게 일일이 인사를 했다. 짓 꽂은 젊은이들은 신랑신부를 끌어안게 하고 더 나아가 입맞춤까지 시켰다. 입맞춤을 시켰을 때 삼순이가 한사코 고개를 뒤로 빼자 누군가가 달려가 기어이 입술을 닿게 한다. 하객들은 광장이 흔들리도록 웃고, 고함치고, 휘파람을 휙휙 불어대고 박수를 보낸다. 참으로 즐겁고, 흐뭇하고 행복한 순간이었다. 이때, 새마을회관 구석지 짚가리 모서리에 흰저고리에 검정치마를 입은 수자가 결혼식을 처음부터 끝까지 지켜보면서 손수건으로 조용히 눈물을 찍어내고 있었다. 그러나 사람들 누구도 수자의 숨은 모습을 발견한 사람은 없었다.

만인의 축복 속에 이들의 결혼식과 잔치는 성황리에 끝났다. 신랑신부는 이내 평상복으로 갈아입고 나왔다. 삼순이의 청바지차림은 한복과는 또 달리 사람들의 시선을 잡아끌었다. 일 미터 팔십에 육박하는 늘씬한 팔등신 체구는 풍만한 엉덩이와 허벅지로 더욱 조화를 이루고 있었다. 생긴 모습 대로 적나라하게 드러난 엉덩이와 허벅지는 아름답고, 육감적이고 신비하기까지 했다. 젊은이들은 삼순이의 그런 육체미를 겉으로 눈요기하면서 속으로는 자유스럽게 환상을 시도하다가 제물에 한숨을 푸 하고 내쉬기도 한다.

그들은 계획대로 계룡산 등정 길에 나섰다. 말하자면 신혼여행이다. 그들은 주막거리 버스 정류장까지 나와 공주행 버스에 몸을 싣는다. 버스는 이내 떠났다. 환송객들의 박수소리가 긴 여운을 남기며 버스 뒷꽁무니에 매달린다.

12

흙무당은 오늘따라 몸이 그닐거려 방안에 누어있기가 앓기보다도 더 괴로웠다. 그야말로 목숨이 끊어지는 순간까지 손에서 흙을 놓아서는 안 된다는 것이 변함없는 신념이요, 소박한 인생철학이다. 아침에 삼순이가 출근을 하면서 신신당부를 했다. 어머니는 꼼작 마시고 누어계실 것이며 대신 아버지가 집안일을 좀 돌보라고 타이르고 나갔다. 하지만 준보는 삼순이가 출근하자마자 그 뒤를 이내 따라 나갔다. 흙무당은 준보의 헛개비 같은 인간상에 부아가 부글부글 끓어올랐지만, 준보의 인간됨을 수십 년 동안 보고 느낀지라 꾹꾹 참을 수밖에 없었다. 차라리 눈앞에 띄지 않는 것이 훨씬 마음이 편하지만, 웬일로 요즘에 와서는 전과 같이 밤을 밖에서 새우는 경우가 뜸해졌다.

황혼이 기어드는 길바닥에 어둠이 스멀스멀 내리기 시작하면 준보는 술에 절어 이성이 마비된 채 게걸게걸 기어들어와 요상하게도 생청을 떠는 경우가 많아졌다. 병신 고은 데 없다고 준보의 일거수일투족, 어느 하나 마음에 드는 구석이라고는 눈꼽 만큼도 없다. 그렇다고 마냥 트집만 잡아 아웅다웅 하는 것도 삼십여 년간 반복하고 나니 이제는 정말 입에서 신물이 날 지경이다.

집안이 번성하려면 부부사이가 구순해야 된다는 것은 동서고금을 통 털어 불문가지인데도 준보는 술과 잡기의 습벽을 늙어가면서도 버리지 못하고 탐닉하는 준보를 대할 때마다 눈 딱 감고, 목이라도 비틀고 싶은 충동을 느낀 적이 한 두 번이 아니다. 도무지 제 버릇 개 못준다는 속담은 준보를 두고 일컫는 것만 같다.

최근 들어 건강이 좋지 않아 더더욱 준보에 대한 고까운 생각이 갈수록 깊어만 간다. 방에 누어있으면 이런저런 고뇌로 골치가 더욱 아파 통모퉁이 갈치밭에라도 나가 얼마 되지는 않지만, 보리싹 돋아나는 것도 돌아볼 겸 갈치밭으로 힘없이 걸어 나갔다. 어느 듯 보리싹은 파랗게 돋아나 싱싱하게 자라고 있었다. 시집온 그 이듬해 흙무당은 땅을 구하려고 쏴다니다가 윤부자네 통무퉁이 산자락에 따비뜰만한 공간을 발견하고 윤부자네 집에 가서 근 한 달간 부엌일을 틈틈이 도우며 애걸복걸하여 따비를 뜬 것이 소위 갈치밭이다. 폭은 좁고 길이만 갈치꽁지 같이 길어 일명 갈치밭으로 명명한 것이다. 오릿골 밭을 사기 전까지는 유일한 밭농사의 근거지였다. 아니 오늘을 있게 한 흙무당의 삶의 토대였고, 생명선이나 진배없었던 것이다.

흙무당은 밭 귀퉁이에 뽑다 버려둔 알타리무를 마저 걷어가지고, 밭뚝길을 엉금엉금 기어 나와 새마을 길로 막 접어드는 순간이었다. 헤드라이트를 켠 낯선 차 한 대가 막 내리기 시작한 엷은 어둠을 비춰며 흙무당 앞을 쏜살 같이 지나갔다. 눈이겨 보니 그 차는 국방색카버를 들씌운 군용 찦차였다. 그 찦차를 보는 순간, 흙무당은 불현 듯 달기 모습이 떠올랐다.

요즘은 길거리에서 군인이나 예비군을 만나면 으레 달기생각이 나며 안부가 궁금해지는 것이었다. 달포 전쯤 군사우편이 한 장 왔는데, 전방에는 벌써 첫눈이 내리고 기온이 뚝 떨어져 고향의 한겨울 날씨 같다고 했고, 아직 최 말단 졸병이라 고생이 이만저만이 아니라고 했다. 편지지가 군데군데 얼룩이 진 것으로 보아 쓰는 동안에 눈물을 흘린 듯 했다. 고향의 한겨울 같다는 통기에 흙무당은 추위를 유심이 타는 달기인지라 더욱 마음이 심란했었다. 생각 같아서는 놈이 좋아하는 인절미도 만들고, 내복도 두툼한 것으로 한 벌 사가지고 당장이라도 달려가고 싶었다. 하지만 최전방 부대라 길도 모르거니와 여느 사람은 들어갈 수가 없다는 것이었다. 놈이 사뭇 보고 싶으면 옛날사진을 끄내 무연이 바라보며 회상에 잠기곤 한다. 내년 봄쯤이나 휴가를 올 것 같다니 지루하지만 기다릴 수밖에 없는 것이다.

흙무당이 알타리무 다발을 머리에 인채 무심코 집 마당으로 들어서자, 바로 눈앞에 조금 전 길에서 흙무당을 앞질러 갔던 군용찦차가 만돌네 마당복판에 서 있었다. 그리고 만돌 아버지, 어머니를 비롯하여 몇몇 사람이 웅성거리고 있다가 흙무당이 나타나자 모두들 반색을 한다.

흙무당은 제물에 가슴이 철렁하고 내려앉는다. 어쩐지 불길한 예감 같은 것이 머리를 적시고 스쳐갔다. 그러면서도 한편으로는 은근히 기대감이 떠오르기도 했다.

달기가 군인을 가고 나서부터 흙무당은 거의 무시해버렸던 흑백텔레비전을 일주일에 딱 한 번 놓치지 않고 보는 프로가 있었다. 그것은 일요일 오후에 방영되는 우정의 무대였다. 사회자의 넉살도 재미가 있을 뿐더러 달기 또래들의 젊은 군인들이 한데 어우러져 활기 넘치는 출연도 볼만했고, 맨 나중에 등장하는 모자(母子) 상봉의 극적 장면이 흙무당의 가슴을 더욱 짜릿하게 했던 것이다. 하여 흙무당은 일요일의 그 프로가 속으로 기다려졌고, 그 시간대만 되면 잠시 동안이나마 생활의 고달픔도 남편에 대한 미움도 자신의 병고도 허허실실 잊을 수가 있었던 것이다. 그리고 그 장면에 선택되어 출연하는 어머니들은 한마디로 운수대통하고 무척 행복한 사람이라는 선망이 들었던 것이다. 자신도 엄연한 군인간 아들이 있는 만큼 그와 같은 행운이 찾아올 수 있다는 막연한 기대도 걸어보는 것이었다. 하지만 그런 축복받는 행사에 어머니를 데릴러 온 사람들 치고는 그 표정이나 행동이 어딘지 딱딱하고 불친절해 보인다. 만돌어머니가 약에 감초처럼 또 끼어든다.

"달기 부대에서 나오신 장교님들이랴."

"……?"

"왜 그리 장승처럼 서만 있대유?"

만돌어머니가 장교님이라고 손가락질 한 건장한 군인이 흙무당앞으로 성큼 다가서더니 흙무당에게 경례를 힘차게 붙인다. 그리고 정중하지만 다급한 말씨로 흙무당의 표정을 파보면서 말한다.

"이달기 일병의 어머님 되십니까?"

"그런듀. 워디서 뭣 땜에 오셨대유?"

"저희는 이달기 일병이 복무하는 부대에서 나왔습니다. 어머니께서는 저희 부대까지 좀 가셔야겠습니다. 지금 곧 떠나셔야 하니까 빨리 준비를 대충하셔야겠습니다. 옷이라도 갈어 입으시려면 그렇게 하셔도 좋습니다."

"무신 사고래두 생겼냄유? 우리 달기가유, 야?"

흙무당은 울음 반 말 반으로 장교에게 애원한다.

"아닙니다. 가보시면 압니다."

말투가 몹시 불손하면서도 도전적이다.

"그라면 혹시 우정의 무대라나 그런디 나가는 것 아닌가유?"

아까부터 가슴속에 내재해있던 희망사항이 벼르고 벼르다 비로소 입 밖으로 새어나왔다. 군인들의 경직된 태도로 보아 매우 우려할만한 사건이 벌어진 듯 한데도 흙무당은 그런 낌새를 전혀 눈치 채지 못한 듯 했다. 군인들은 흙무당의 우정의 무대 운운에 실소를 흘렸지만, 어둠으로 인하여 주위사람들은 그런 실소를 알아차리지 못했다.

"어서 준비를 하고 나오시죠. 준비하실 게 없으면 그냥 가셔도 괜찮습니다. 그리고 이달기 일병의 아번님은 안 계신가요?"

"그 화상 읎슈. 새벽녘에 들어올지 니얄 들어올지 물류. 한 번 나가면 그날은 함흥차사닝께유."

"됐습니다. 달기 아번님은 안가도 상관없습니다. 어서 어서…."

그들은 점점 설쳐대면서 쫓기듯 흙무당을 몰아세운다.

"이 양반들이 우물을 들구 마실려구 혀네, 숨이나 좀 돌려야쥬. 그리구 무신 일인지 알구나 가야쥬."

"알구 말구 할 것도 없습니다. 시간이 없습니다. 어서 차에 타세요."

"나두 우리 기맥힌 아들 얼릉보구 싶어유. 이 에미 맴을 누가 안대유."

이날따라 날이 완전히 저물었는데도 준보는 말할 것도 없고 웬일인지 삼순이조차 돌아오지 않고 있었다. 흙무당은 옆에 서 있는 만돌어머니의 옆구리를 직신하여 불러 말한다.

"만돌어머니? 부탁 좀 혀께유. 우리 삼순이 곧 올꺼유. 삼순이 오면 나 군인들 따라 달기 면회갔다구 혀구유. 집 좀 잘 보라구 일러줘유. 쇠돼지 잘 건사혀라구 혀구유. 우정의 무대에 나가게 되면 잘 혀구 바루 온다구유. 알았슈? 사위한테두 전혀 주구유."

"걱정말구 잘 다녀와유. 몸두 성치않은디 워쩐댜, 잉? 우정의 무대가 아무리 좋다구는 혀지만, 이 밤에 워떻기 그 먼딜 간댜, 잉?"

만돌어머니가 걱정조로 말한다.

흙무당은 부랴부랴 옷을 갈아입고, 돈 몇 닢을 돌돌 말아 주먹에 쥔 채 찦차에 오르면서 한 군인을 향하여 말한다.

"우리 달기가 고구마를 참 좋아하거든유. 마침 쪄놓은 게 있어서 싼는디유. 넘들 보닝께 아들 면회갈 때 떡두 말(末)쌀루 혀가지구 가던디 워쩐대유. 갑자기 당헌 일이라 떡두 못혀구유. 참말루지 미안스러우네유. 저 거시기 생(산)닭이라두 뒈마리 가지구 갈까유?"

"그런거 다 소용없어요. 어서 차에 오르시기나 하세요."

그들은 흙무당의 마지막 정마저 매정하게 잘라버린다.

"아이구 우리 삼순이라두 보구설랑 떠나야 쓰는디 이 노릇을 워쩐댜, 잉? 또 그 박판제 아들인가 사위를 만나 시집에 들리느라구 늦는 거 아닌지 무르겄네. 가던 날이 장날이라드니 해필 오늘같은 날 시집에 끼질러 간댜, 에이…."

"시간이 없어요. 어서 타세요!"

운전병 아닌 다른 군인이 쬪차의 문을 젖힌 채 독촉이 추상같았다. 흙무당은 쫓기듯 차에 오르면서 문 앞에서 서성대는 만돌 어머니를 보고서는 그릉거리는 억양으로 말한다.

"만돌어머니? 나 댕겨 올께유. 그리구 누가 아남유. 혹시나 우정의 무대라나 그런디 나올지 무르닝께 잘 봐둬유. 잘 혀나, 뭇 혀나 말여. 잉?"

"어이구 천치 같은 소리 좀 작작허구 몸조심이나 혜유. 나오게 되더라두 그게 뭐시여 생방송인줄 아남. 떡줄 놈은 생각도 않는디 김치국부터 마신다드니 참말루 그 지경이네."

몰라도 한참 모른다는 퉁박 같았고 경구였다. 그 경구 속에는 달기의 신상에 아무래도 이상이 있는 듯 하니 냉수마시고 속차리라는 질책 같기도 했다.

흙무당이 쬪차 뒷좌석에 힘겹게 몸을 부리자 이내 남아 있던 군인이 앞자리에 각각 올라탔다. 그러자 운전병은 즉각 시동을 걸었다. 이어 쬪차는 만돌네 마당을 발진하여 전속력으로 내 달린다. 흙무당은 뒷좌석에서 그들의 동태를 살피기 시작한다. 왜 그런지 그들을 처음 대할 때부터 그들의 태도가 모나게 불손할 뿐만 아니라, 말씨도 거칠고 아주 기계적이었다. 사실

여부는 알 수 없지만, 만약 흙무당의 바램대로 우정의 무대에 나가게 된다면 그보다 더 기쁠 수는 없으며 온 집안의 영광인 것이다. 하지만 군인들의 행동이나 태도로 보아 그런 기쁜 일로 데려가는 것은 아닌성 싶다. 조금 전까지도 흙무당은 그들이 하도 서두르는 통에 미처 깊은 생각 없이 어쩌면 우정의 무대에 나갈지도 모른다는 자기적인 생각에 사로 잡혔다가 차를 타고 흥분이 차차 갈아 앉기 시작하자 비로소 의구심이 조금씩 일기 시작한다. 흙무당이 알고 있는 상식으로 지금 휴전 중이라 피차간 총질은 없지만, 간혹 이북 군인들이 야밤 틈입하여 이쪽 군인들을 죽이고 쏜살 같이 사라진다는 사실과 지뢰사고, 자동차사고 등 사소한 사건이 속출하고 있다는 것을 기왕부터 대충 알고 있는 것이다. 그리고 며칠 전 들은 바로는 장교 두 사람과 하사 한 명이 탈영하여 나라 안팎을 온통 시끄럽게 했다고도 했다. 달기는 그런 사고를 저지를 위인도 못되어 일단 안심은 하면서도 선무당 사람 잡는다고 나약한 놈도 때로는 도진면이 있는지라 안심만은 할 수가 없다. 생각이 예까지 미치자 흙무당은 우정의 무대에 대한 실낱 같은 희망이 사그러들면서 오금이 땡겨 들고 진땀이 등판을 적시기 시작한다.

비로소 흙무당은 달기의 신상에 사고가 생긴 듯 하여 더는 꿀 먹은 벙어리처럼 침묵만을 지킬 수가 없어 바작바작 타들어가는 입술을 혓바닥으로 핥고서는 묻는다.

"우리 달기 그 눔이 무신 일 저질렀쥬? 그렇쥬? 에미인디 이 마당에 속일게 뭣이 있대유. 속시원혀게 말 좀 혀봐유, 야?"

"가보면 알어요. 뭣이 그렇게 급해서 야단이오, 좀 점잖이 있으라구요."

군인들의 볼멘소리였다. 흙무당은 점점 불안해지기 시작한다. 그래서 아까보다도 더 떨리는 목소리로 사정한다.

"선상님들두 부무가 있잖은감유. 워찌 그리두 자식가진 부무의 심정을 참말루 몰러준대유. 내참⋯. 혹시 우리 달기가 죽은 건 아닌가유, 야? 선상님들유. 바른대루 좀 알려줘유. 그것두 다 좋은 일혀능규. 그래야 복받구 산다구유. 내참."

"죽기는 왜 죽어요. 눈을 시퍼렇게 까뒤집구 발광인데."

"그럼 워디 다쳤남유?"

"다치기는 왜 다쳐요. 사지가 멀쩡한데⋯."

흙무당은 갈수록 미망에 빠져들면서 허우적거리고 있었다. 도무지 갈피를 잡을 수가 없었다. 그녀는 제물에 도리질을 힘차게 서너 번 하고서는 마음을 다잡고 아귀차게 덤벼든다.

"이 양반들이 사람을 가지구 노네, 아니 이것두 아니구, 저것두 아니면 참말루 무신 일루 이 밤중에 이 병객을 차에 싣구 간대유? 우정의 무대라나 그런 것두 아니구, 막말루 죽지두 않구, 다치지두 않구 눈을 시퍼렇게 뜨구 발광한다면 그게 뭐유 그래. 참말루 실뜨기 치자는거유 뭐유. 이 양반들이 시골 아주메라구 함부루 보는 모양인디 그러면 못써유, 못써⋯. 길에 있는 지렁이두 밟으면 꿈틀혀구, 참새두 죽을 때는 짹 현대유. 사램 문문이 보지 말어유, 내참⋯."

두 군인이 서로 눈을 맞추는 듯 하더니 운전병 옆자리의 군인이 모자를 고쳐 쓰면서 얼굴을 심각하게 구기는 모습이 마주치는 자동차의 불빛에 비춰었다가는 이내 사라진다. 곧이어 천근같은 무거운 목소리가 흙무당의 고막을 강타했다. 그야말로 청천의 벽력같은 소리였다.

"이것도 저것도 아니고, 총을 가지고 도망쳐 나와 생사람 죽인다고 발광을 떨고 있단 말이요. 알겠어요?"

그 군인은 달기에 대한 분풀이(?)를 꿩 대신 닭이라고 흙무당에게 해대는 듯 하다.

"선상님들 이 찻속에서 나 죽는 꼴 봐야 쓰겄슈? 그 눔을 워떻기 얻은 자식인디유. 독자유, 독자. 딸 싯을 낳구 시어머니 현티 쫓겨나기 바루 전에 얻은 하눌 같은 자식이여유. 어려서부터 눈에 넣어두 아푸지 않을만큼 귀엽게 키운 자식이여유. 예루부터 자식두 정각각, 흉각각이라구 혔대유. 그 눔 됨됨이럴 나 맨큼 아는 사람이 시상에 워디 또 있겄슈. 그 눔은 길바닥에 기어 다니는 버러지 하나두 뭇 죽이는 참말루 용렬헌 사램이유. 그 눔이 총을 들구 도망쳤다면 필연구 속사연이 있을규. 그 속사정을 알려줘유. 나 그렇지 않으면 뭇 가유. 나 내려놔유. 안 내려주면 이 찻속에서 죽을규. 혓바닥이라두 깨물구 죽을규. 아이구, 아이구 이 노릇을 워쩐댜, 잉? 줄초상 나기 전에 어서 속 시원혀게 말혀유. 어서유. 아이구, 아이구 이 노릇을 워쩐댜, 잉…"

달리는 찻속에서 때 아닌 여자의 통곡소리가 바람에 실려 퍼져나간다. 하지만 그 통곡소리는 어둠을 가르고 질풍같이 달리는 찦차의 속력에 실려 허공 속으로 흔적없이 사라져 버리고 만다.

이때, 앞자리의 군인이 대경실색을 하면서 마음을 고쳐먹은 듯 흙무당을 뒤돌아보며 조금 전보다 훨씬 누구러진 목소리로 사건의 전말을 대충 설명하고 흙무당을 위로시키는 것이었다.

그러면서 그도 몹시 괴로운 듯 몸을 뒤채면서 몇 번씩 한숨을 토해낸다. 아무리 군에서 오랜 기간 단련된 심신이지만, 지금 이 기막힌 모정 앞에서는 아무리 강철 같이 다져진 심신이라 하더라도 무력해질 수밖에 없는 것이 인간의 본래의 심성이었다. 아니 흙무당의 절통 앞에서는 무쇠덩어리로 여름날 엿가래처럼 녹아내릴 것만 같다.

"나도 고향에 아주머니 보다 더 늙으신 부모님이 계십니다. 그런 사람으로서 정말 이런 말씀을 드리기가 무척 괴롭고, 송구스럽습니다. 하지만 아주머니의 그 괴로워하시는 모습을 보고 더 숨길 수가 없어 사고의 경위를 대충 말씀드리겠습니다. 그러니까 오늘 새벽 이달기 일병이 아주 사소한 일로 무장탈영을 했습니다. 그래서 현재 화도리라는 곳에서 인질극을 벌이고 있는 중입니다. 아무리 설득하고 유도를 해도 막무가내로 인질을 사살하고 자신도 죽겠다고 으름장을 놓고 있습니다. 이미 인질을 사살하고 자신도 죽었는지 단언할 수는 없습니다마는 하여튼 간에 최후적 방법으로 어머님을 모시고 가는 것입니다. 협조해 주십시오. 저희는 아직 사건이 끝나지 않은 것으로 판단하고 있습니다."

"그게 뭔 소리래유?"

흙무당이 다급하게 반문한다.

"아주머니 아들 이달기가 총과 총알과 수류탄을 훔쳐가지고 부대를 도망쳐 나와 하도리의 외딴집에 들어가 어린애와 그 어머니를 붙잡아놓고 같이 죽자며 마구 총질을 하며 난동을 벌이고 있다 이 말입니다. 이제 알아들었지요?"

"얼래, 우리 달기가유. 참말루 그럴 눔이 아닌디, 이게 뭔 소리랴, 꿈여 생시여 그럼 어디선가 엊그제 장교랑 둘이 도망쳤다는 사램이 우리 달기유?"

"그 사건과는 거리가 멉니다. 그것은 저 후방에서 일어난 사건이고, 이 사건은 전방에서 일어난 일입니다. 전방에서는 이런 사건이 심심찮게 발생하고 있습니다. 신문에 안나서 그렇지…."

"잉? 워쩐댜. 우리 달기가 사람을 죽이다니 그럴 수가 웂슈. 그 눔은 사람을 죽일 눔이 아뉴. 천지신명게 약조혀겄슈. 우리 달기는 맴이 한웂시 여려유. 그 눔이 워떻기 사람을 죽여유. 아뉴, 참말루지 아뉴. 아뉴… 아… 뉴…."

흙무당이 또 기성을 질러대며 발광을 하기 시작한다. 운전병도 놀라 악세레다를 늦추면서 흙무당의 동태를 살핀다.

다른 군인이 흙무당을 뒤돌아다 보며 흥분을 진정시키려고 한다.

"아주머니? 이렇게 자꾸 흥분하시면 될 일도 안 되고 실패로 끝납니다. 아주머니가 침착하고 의연하게 대처함으로써 이달기 일병은 살아날 수가 있는 것입니다. 나도 이달기 일병의 심성을 십분 알고 있습니다. 너무도 착한 아이지요. 나도 믿습니다. 이달기 일병이 결코 사람을 죽이지 않을 것이라는 것을 말입니다."

"그러면 그렇쥬. 달기 눔이 참말루지 사람을 죽일 눔이 아녀유."

"압니다. 아주머니… 그러니까 아들을 살리고 죽이는 것은 아주머니의 하기에 달렸습니다. 진정하시고 이런 때일수록 지혜를 짜내어 이달기 일병과 인질을 구해내야 합니다. 아주머니가 흥분하고 천길만길 뛰면 일을 아주 그르칠 수도 있다는 사실을 명심해야 합니다. 얌전히 계시면서 우리가 하라는 대로 하시면 됩니다. 아시겠죠?"

"그류. 참 옳은 말씀이네유. 호랭이에 물려가두 정신만 똑똑히 차리면 산다구 혔는디, 참말루 선상님 말씀이 백번 옳구먼유. 그런디유 한 가지만 묻구 안 물을께유. 그 놈이 뭣 땜에 그런 무시무시헌 짓을 저질렀대유?"

"구체적인 원인은 지금 조사 중이니까, 차차 밝혀질 것입니다. 가장 시급한 일은 희생자 없이 인명을 구출하는 일 뿐입니다."

"여부가 있남유. 에미루서 무신 짓이구 혀서 달기를 살리겄슈."

흙무당은 똑 실성한 사람 같았다.

그들은 엄청난 이 사건에 뾰족한 해법이 없다는 듯 절망의 한숨을 달면서 조금 전 한 말을 되풀이하고 있었다.

"아까도 말했지만 이달기 일병도 살리고 인질도 살려낼 수 있는 길은 현재로서는 최후적으로 아주머니의 모정에 호소할 수밖에 없는 절박한 시점에 다다른 것입니다. 지금까지 사건을 원만히 수습하고자, 법사, 신부, 군목, 사단장님까지 나서보았지만, 별무 효과입니다. 그래서 사단장님의 특명에 의하여 어머니를 모시고 가는 것입니다. 이달기 일병과 인질을 희생 없이 전원 살려내야 합니다. 또 부탁입니다만은 이런 큰 사건에 아주머니가 흥분해서서 갈팡질팡하시면 아주 일을 망쳐놓을 수도 있는 것입니다. 마음을 단단히 가다듬으시고, 찡한 모정으로 대처하셔야 합니다."

"백번 옳은 말씀이유. 내가 무식혀서 괘니 나이값두 뭇 혀구 주책바가지를 떨었나뷰. 우리 달기를 살리구 다른 사램두 온전히 살릴 수만 있다면, 이 목숨 당장이래두 바치겄슈. 참말유 결기에서 혀는 소리가 아뉴. 그 눔의 진 죄를 내가 대신 받고, 죽으라면 기꺼이 죽을 거유. 그런디 그 눔이 그런 무도현 짓을 저지르기까지는 필연쿠 무신 깊은 사연이 있을규. 틀림웁슬 거유."

"이달기 일병이 지금 요구하고 있는 조건들을 종합해 보면 아주 사소한 일로 감정이 격해진 듯 합니다. 동료사병과 밥그릇 몇 사발 가지고 다툼의 시발이 된듯 합니다."

"어이구 망현눔 같으니라구. 나와 같이 영장 나올 때까지 흙 공부나 혀며 살겄더니 흙이 싫다구 제발루 군인을 가더니만… 자식두 품안 자식이라드니… 에이그…."

흙무당은 군인들이 들릴락 말락 혼자말로 중얼거린다. 찦차는 질풍처럼 달려간다. 차 속력이 한계에 이르렀는지 찦차의 엔진에서 따르르 하고 심한 마찰음이 연거푸 울려 퍼진다.

흙무당은 지금 자동차가 어디로 가며, 어느 지점에 와 있는지 전혀 알 수가 없었다. 헝겊으로 덥씌워진 찦차는 앞 양쪽과 뒤쪽에 맹맹이 콧구멍만한 프라스틱 유리가 있기는 하지만 도무지 불투명하여 바깥의 광경을 전혀 식별할 수가 없었다. 다만 전면 윈도어로 유성처럼 스치고 지나가는 불빛의 이음으로 보아 어느 고속도로를 질주하고 있다는 것을 어렴풋이나마 짐작할 수가 있었다. 문틈으로 새어 들어오는 늦가을의 찬바람이 옷깃 속으로 파고들 때 오싹오싹 한기를 느끼게 했다. 황망 중에 평소이던 입성에다 치마저고리만 새로 걸쳤을 뿐 추위에 무방비 상태라 온몸이 똑 한겨울 젖 떨어진 강아지 떨듯 달달 떨고 있는 것이었다.

군인들은 전방에서 여러 해 단련된 탓인지 추위를 타는 것 같지가 않았다. 흙무당은 긴장과 불안이 조금 수그러들자 전신에 힘이 쭉 빠지면서 자진의 몸둥이가 아닌 것처럼 무겁고 주체스러웠다. 뱃속이 오뉴월 똥독이 부풀어 오르듯 부글부글 끓으면서도 헛헛한 것 같기도 하고, 또 헛배가 부른 듯도 했다. 그리고 목젖이 땡겨들면서 침이 말라붙어 입안이 껄끄럽고 소태같이 쓰기만 했다.

침묵은 계속되었다. 장교는 군인들대로 사건에 직간접적으로 연루돼 있는 만큼 재수 옴 붙었다며, 향후 진급에 결정적인 영향이 미칠 것으로 걱정을 태산같이 하면서 사건이 더 이상 확대되지 않고 이대로 수습되기를 바랄 것이다. 운전병은 운전병대로 밤잠도 못자고 이게 무슨 날벼락이냐면서 속으로 씨팔 소리를 연발하고 있을 것이다. 흙무당도 이제는 제물에 지친 듯 두 눈을 지긋이 감은 채 하눌님 우리 달기를 살려주셔유 하고 애원을 하다가 이 엄청난 위기를 어떻게 극복해 낼까하고 골똘히 생각하고 있는 것이다. 찦차는 이렇게 극도의 이질감을 가진 세 사람을 싣고 북으로 북으로 달려가고 있었다.

시간이 흐르면서 흙무당은 그니 특유의 강인한 기질이 살아나면서 차츰 이성을 되찾기 시작한다. 애지중지하는 외아들이 백척간두의 위기에 처해있다고는 하지만, 그렇다고 마냥 울고 불고하면서 군인들 앞에서 추태를 부리느니 보다는 군인 말마따나 모두를 살려내기 위하여 이 한 몸 금방 죽는 한이 있더라도 정신을 똑바로 차려야 되겠다고 재삼 다짐을 한다. 흙무당은 흘러내린 눈물자국을 치맛자락으로 암팡지게 문질렀다.

밤은 꽤나 깊어진 듯 하였다. 하지만 자동차는 쉴 새 없이 어디론가 힘차게 질주해 간다. 일 분 일 초가 다급한 듯 하다. 자동차끼리 부딪치는 불빛이 현저히 줄어든 것으로 보아 고속도로를 버리고, 지방 국도를 달리는 것 같았다. 경황에도 흙무당의 몸은 굴신도 할 수 없을 만큼 굳어지면서 이제 나도 죽는다는 극단적인 생각에 빠져 있다가 무심코 말을 던진다. 그것은 어떤 공포심으로부터 일탈하려는 조건반사이기도 하다.

"선상님, 예가 워디래유?"

"예, 원주 인터체인지를 벗어 지금 춘천 쪽으로 가고 있습니다."

"춘천이여유?"

"춘천을 지나고서도 한참 가야합니다."

"워쩐댜…."

"기다리십시오, 한 서너 시간만 가면 됩니다."

길은 고속도로처럼 훤히 뚫린 것이 아니라, 곡선이 많아 차체가 쉴 새 없이 좌우로 쏠리였다. 그때마다 몸이 이리저리 기울어 정신을 차리기가 벅찼다. 이제는 차의 속도도 많이 떨어지고 마주치는 차량도 드물었다. 도로 좌우로 우거진 숲은 깊은 잠에 빠진 듯 침묵을 굳게 지키고 있었다. 기온이 더욱 떨어진 듯 손발이 시리기 시작했다. 운전대 쪽에서 해묵은 난방기가 가랑가랑 돌아가기는 했지만, 차내의 한기를 녹이는 데는 역부족인 듯 싶었다. 다리를 건느고 고개를 기어 넘고 굴절된 꼬불길을 수없이 돌고 또 돌아 자동차는 허덕거리고 기어가다 어느 전기불도 변변찮은 지점에서 멎었다. 자동차가 서자마자 총을 멘 군인들이 우르르 몰려들어 일행을 에워쌌았다. 곧이어 앞자리에 군인이 내리고 이어 흙무당이 누군가의 지시로 군인들의 부축을 받으며 내렸다. 운전병 옆에 탔던 군인은 흙무당을 쳐다도 안보고 어떤 땅딸보에게 거수경례를 붙이더니 무엇이라고 구두보고를 하는 듯 하였다.

흙무당은 내리는 즉시 먼저 주위를 두리번거린다. 민가 촌이기는 한데 야밤이라 그런지 일반시민들의 모습은 눈 씻고 찾아봐도 보이지 않는다. 다만 완전군장을 갖춘 군인들이 삼삼오오 대오를 짓고 지나가는가 하면 요소요소에는 무장군인들이 주위를 삼엄하게 지키고 있었다. 이때, 어디선가 총성 두발이 귀청을 박박 긁는다. 흙무당은 사십여 년 전 난리 때 아버지를 자위대들이 물금내로 끌고간 후 곧이어 들려오던 총성과 너무도 똑같아 몸서리를 친다. 하지만 이곳 군인들은 총성에도 별다른 표정이 없었다. 조금 후에 누군가가 악에 바친 목소리로 그 총소리에 대꾸했다.

"저 눔의 새끼 수면제라도 먹일 재주 없나, 자빠져 자지도 않고 밤새껏 지랄이야 개놈의 새끼…."

그러나 총성은 더 이상 들리지 않았다. 흙무당은 한 장교의 안내를 받아 백열등이 깜박이는 희미한 실내로 인도되었다. 문을 열고 들어서자 따뜻한 훈기가 훅하고 얼굴에 와 부딪친다. 그 곳에는 여러 군인이 잠도 안자고 웅기중기 모여 대책을 심각하게 논의하고 있는 듯 했다. 사건이 사건인 만큼 실내의 분위기는 아주 냉랭했고 어수선했다. 그리고 모든 군인들 눈초리가 긴장과 살기로 이글거리며 흙무당을 주시했다.

흙무당은 실내 중앙에 설치된 난로가에 앉아있는 사십대 초반의 중후한 군인 앞에 가서 엉거주춤 섰다. 군인들 중에서 그는 나이가 가장 많아보였다. 그리고 예리한 눈초리를 소유하고 있었다. 그는 계급도 매우 높아보였다. 아니나 다를까, 어떤 군인이 그를 보고 연대장님이라고 불렀다. 흙무당은 연대장이라는 지위가 무엇인지 모르지만 우두머리임에는 틀림이 없을성싶었다. 흙무당은 옆에서 시키는 대로 코가 땅에 닿도록 허리를 굽혀 그에게 첫 인사를 했다. 그가 반짝이는 눈초리로 흙무당을 아래위로 한 번 훑어보더니 양미간을 찡그린다. 치마를 두르고 머리를 지졌으니까 여자지, 도무지 어느 한구석도 여자다운 데가 없는데다 키는 연대장보다도 커보였고, 살갗은 검고 거친데다 얼굴모양새는 그림에서 본적이 있는 하마와 아주 근사한 게 두 번 놀래기는 했다. 심신을 평생 단련한 강골의 군인이지만, 흙무당을 처음 보는 순간, 간담이 떨릴 수밖에 없었던 것이다. 새 입성으로 갈아입기는 했지만, 치마는 신장과 바란스가 맞지 않아 깡뚱하고, 저고리는 겨드랑도 제대로 가리지 못하고 있었다. 병고와 그리고 오랜 시간 자동차에 시달린 탓인지 치째진 두 눈은 십리나 들어가 있었다. 오랜 병마와 피로가 겹쳐 눈만 감으면 송장으로 보일만큼 참혹스러웠다.

연대장은 흙무당의 그런 신색을 찬찬이 파보며 이만저만 상심하는 게 아니었다. 그리고 끓어오르는 낭패감을 스스로 억제하려는 듯 씨부렁거리고 있었다.

"그 어머니에 그 아들이로군…."

하지만 연대장의 한탄을 제대로 알아들은 사람은 옆에 부동자세로 서 있는 당번병 뿐이었다. 연대장은 연방 한숨을 들어쉬고 내쉬다가 지휘봉으로 자신의 손바닥을 토닥토닥 치면서 흙무당에게 비로소 말을 걸었다.

"좌우간 원로에 오느라 수고가 많았습니다."

지극히 사무적인 인사치례였다. 그리고 목소리도 볼멘소리였
다.

"워디가유. 참말루지 죽을 죄를 지었구먼유. 오다가 찻 속에
서 애기를 대충 들었는디유, 그 눔이 그런 끔찍헌 일을 저지른
것이 에미루서 믿어지지가 않어유. 그게 참말인 것 같은디, 지
금 내 맴루는 그 눔 죄를 내가 받구 당정 죽어두 좋겠슈. 내
게 그 눔 죄를 내려주셔유, 야? 나으리님, 높은 양반…."

흙무당은 또 두 손을 모아 쥐고 싹싹 비비면서 고개를 깊이
숙인다. 순수한 모정의 발로이고, 인간본연의 처절한 몸부림이
었다.

"지금 죄를 누가 받고 용서를 따질 때가 아니오. 시급한 것
은 어떻게 해서든지 저 죄 없는 민간인을 그것도 천진난만한
어린이를 무사히 구출해 내느냐가 가장 시급하단 말이오. 저
인질을 살려내기 위해서 아주머니가 대신 죄를 지고 벌을 받
는다고 해서 해결될 문제는 아니오. 아주머니는 아들의 죄를
담보로 대신 죽는다고 하는데, 아주머니가 죽는다고 해서 인질
이 희생 없이 풀려난다는 보장은 없어요. 어쨌든 인질이 아직
까지는 별일 없이 살아있는 만큼 군인으로서는 무슨 방법으로
든지 최선을 다하여 인질을 구출하는 것이 절체절명의 일이오.
아시겠죠, 내 말을…."

"나는유 원래가 무식혀서 하나두 무르겄슈. 그저 내 자식 눔
이 큰 죄를 지구 죄 읎는 사램을 총으루 쏴 쥑인다구 혀면서
가두구, 저두 총을 쏴 죽는다구 혀는 거 밖에 무르겄슈. 내게

는유, 내 목숨보다 더 소중헌 자식여유. 그러니 자식을 위해서 내 목숨 버리는 것은 헌신짝 버리기보다두 더 쉬워유. 이 에미를 죽이구 내 자식 살려내유. 저 자식만 무사히 살린다면 이 자리에서 당장이라두 죽겠슈. 참말이유, 나으리님. 내 자식이 워떻기 얻은 자식인디유."

생김새와는 달리 두꺼비 파리 잡아먹듯 입을 헤벌쭉 벌렸다가는 다시 덮으며 어눌하게 뱉아내는 한마디 한마디는 듣는 사람의 심금을 천착했다. 열 길, 백 길보다도 더 깊은 곳에서 솟아나오는 인간참회의 여과 없는 참 목소리였던 것이다. 연대장도 흙무당의 순수성에 감동한 듯 자세를 고쳐 앉으며 말이 없었다. 그는 처연한 표정을 지은 채 먼동이 트는 창밖을 무연이 바라다보고만 있었다. 한동안 잠잠하다가 드디어 총성이 적막강산을 마구 뒤흔들어 놓았다. 잠을 안자고 이렇게 건재하니 섣불리 현장을 습격하지 말라는 위협사격인 듯 싶었다.

이와 같은 큰 사건은 아니더라도 사소한 부상이라던가 교통사고 등의 사고에 연관되어 부득이 직계가족을 부르는 경우, 가족들은 부대에 도착하자마자 울음부터 터뜨리는 것이 상례였다. 하지만 이달기 일병의 어머니는 전혀 예외적이라고 할 수 있었다. 눈물을 비치기는커녕 푹 꺼진 눈자위속에 감춰진 눈동자에서는 섬뜩하리만큼 무서운 남기(嵐氣)가 모락모락 피어오르고 있었다.

이번에는 연대장 바로 옆에 앉아있는 삼십대 중반의 장교가 자신은 이달기 일병이 속한 대대장이라고 자기소개를 한 후 사건의 단초를 보다 구체적으로 설명하기 시작한다.

"이번 사건은 우발적이라기보다는 군대라는 특수조직체에서 흔히 발생할 수 있는 사소한 동인으로 시작된 일입니다. 어제 새벽 동초교대 때 조(趙) 일병이 이달기 일병과 엇비슷한 신병이 두 달 먼저 입대한 것을 기화로 이십여 분쯤 늦게 교대를 해 주므로써 사건이 발단된 것입니다. 그런데 이들 두 일병은 만날 때부터 견원지간이었던 것 같습니다. 그 동안의 경위를 누구보다도 옆에서 지켜본 소대장이 직접 설명토록 하겠습니다.”

대대장의 소개가 끝나자 멀대 같은 소대장이 이미 혼이 나간 사람처럼 쭈뼛거리다가 무게 없는 목소리로 설명하기 시작했다.

조 일병은 이달기 일병보다 나이는 한 살 아래지만, 군대는 이 개월쯤 먼저 들어왔다. 오로지 짠밥 그릇 수를 가지고 상하의 위계질서를 유지하는 군대사회인 만큼, 한마디로 이달기 일병은 조일병의 밥일 수밖에 없었다. 조 일병은 지난 두 달 동안 최하위자로서 상급자의 치다꺼리를 도맡아 하다시피 했다. 그리고 상급자들로부터 인간 이하의 수모와 학대를 고스란히 혼자 당해야만 했다. 조 일병은 기진맥진상태에서 이달기 신병을 맞이했던 것이다.

시집살이도 겪어본 사람이 시킨다고 했다. 조 일병은 그동안 당한 수모와 체형의 한풀이를 지체 없이 신병인 이달기 일병에게 인정사정없이 행사하기 시작했다. 잘못이 없는데도 툭하면 쪼인트를 까고 팔 굽히기로부터 원산폭격 같은 원시적이고도 격렬한 체형을 타인의 눈을 살살 피해가며 교묘하게 가해왔다. 뿐만 아니라, 온갖 궂은일은 이달기 일병이 도맡아하다시피 했다. 이달기일병은 처음에는 나이도 한 살 어린놈이 가증스럽다고 좀 뻐시다가 조 일병과 작당한 몇몇 상급자로부터 짠밥통을 무시한다며 된통 몰매를 맞고 입에서 선지피를 토해낼 때 신참인 그는 군대사회라는 것을 비로소 터득했다는 것이었다. 하지만 조 일병에 대한 끊임없는 적개심은 날이 갈수록 깊어져만 갔다. 때로는 놈의 뒷통수를 향하여 총구를 들여대는 환상도 느꼈다는 것이었다.

사건 전날에도 밥을 지어 후라이판에 정성껏 차려다 바쳤는데, 첫술을 뜨자마자 대뜸 얼굴을 험상궂게 구겨 붙이며, 이게 손목아지로 만든 음식이냐고 투덜대더라는 것이었다. 이달기 일병이 하도 어이가 없어 멀건히 쳐다보자, 조 일병은 주위에 장병들이 없음을 틈타 후라이판을 번쩍 들어 이달기 일병의 면상을 향하여 내던졌다고 했다. 뜨거운 국물을 온통 뒤집어 쓴 이달기 일병은 그래도 말없이 얼굴의 국물을 옷소매로 훔치고 다시 밥을 차려다주면서 속으로 칼날을 세웠다고 했다.

어제 새벽만 해도 그랬다. 동초교대를 이십여 분 늦게 나왔으면 사람 같으면 미안해서라도 할 말이 없을 터인데도 똥낀 놈이 성낸다고 되려 성깔을 푸르르 돋으며 신참주제에 태도가 불손하다고 정강이를 걷어찼다고 했다. 흙무당과 준보의 중간을 닮은 이달기 일병은 체구가 평균치보다도 큰 편이었다. 완력 또한 조일병 따위는 한팔잽이에 불과했다.

이때, 이달기 일병은 더는 참지 못하고 비호 같이 달려들어 조일병은 호미걸이로 쓰러뜨리고, 주먹과 발로 사뭇 짓이기다가 조일병이 살려달라고 두 손을 싹싹 비벼대는 통에 잠시 제정신을 되찾았다고 했다. 순간, 이달기 일병은 이러나저러나 자신은 이제 죽은 몸이라고 간파하고 그는 다시 흥분, 미친 사람처럼 조 일병을 난타했다고 했다. 조 일병은 유혈이 낭자한 채 목숨만 살려달라고 단정의 비명을 지르며 도망치려고 안간힘을 다하자, 이 놈을 놓치면 자신은 죽는다고 생각을 하면서 비호 같이 뛰어 방호벽 구축공사장에서 노줄을 주서다가 조 일병을 옴낫 못하게 꽁꽁 묶고서는 보라는 듯이 하하하고 한바탕 통쾌하게 웃고서는 조 일병이 소지했던 M16소총과 탄창, 탄환, 수류탄 두 발을 빼앗어 가지고 즉시로 부대를 이탈, 계곡을 따라 이곳까지 도망쳐 와 변두리의 농가에 침입 인질극을 벌이고 있다는 것이었다.

소대장의 긴 설명이 끝나자 이번에는 쩦차 앞좌석에 앉아있었던 중대장이라는 사람이 부연 설명을 한다.

"지금 당면 문제는 이달기 일병이 조 일병을 인질극 현장으로 보내라는 것이죠. 그래야만 조 일병을 쏴 죽이고 인질을 풀겠다는 얼토당토않은 조건을 내걸고 있는 것입니다. 가소로운 일이죠."

"워쩐대유. 이 일을유, 야?"

묵묵히 듣고만 있던 흙무당이 비로소 천만 근 보다도 무거운 신음소리와 함께 내뱉은 첫 마디였다.

"그렇지 않으면 인질을 몰살시키고 자신도 자폭하겠다는 것입니다."

"그람 말유, 쥑인 사램이 있나유?"

"아직 사람을 죽이지는 않았습니다."

겹겹으로 휘감았던 어둠이 한 꺼풀 한 꺼풀 벗겨지면서 바깥이 부유스럼 바래지기 시작한다. 그 짙었던 어둠처럼 깜깜하고, 답답하고 숨 막혔던 흙무당의 가슴속에 보이지 않는 한 줄기 미세한 섬광이 반짝하고 비춰었다. 그것은 아직 사람이 상하지 않은 만큼 그래도 달기를 살릴 수 있다는 희망의 빛이었던 것이다.

날이 완전히 밝자 이달기 일병이 점거중인 문제의 농가가 아침 골안개에 가려 지붕만 부옇게 드러나 있었다. 군인들은 아침인지 간식인지 비상식빵을 분배받아 맛있게 먹고들 있었다. 흙무당에게도 빵 한 봉지와 우유팩이 돌아왔지만, 엇 저녁을 굶었는데도 입안이 소태처럼 써서 먹을 수가 없었다. 주위의 군인들이 먹고 기운을 차리라고 이구동성으로 권했지만 흙무당은 들은 척도 하지 않는다.

이윽고 해가 솟아오르면서 하늘과 땅과 사물이 하얗게 드러난다. 그리고 골안개도 서서히 걷혀, 산중턱에 빨래가닥처럼 횡으로 걸쳐져 있었다. 이때, 헬리콥터 한 대가 갑자기 날라와 낮게 비상하면서 앉을 자리를 찾는 듯 했다. 곧이어 누군가가 사단장님이 떴다고 고함을 질렀다. 책상머리의 무전기에서는 가래가 훗되게 끓듯 지글거려 도무지 무슨 말을 하는지 알아들을 수가 없었다.

헬리콥터는 저공을 둬 번 선회하다가 이윽고 인근 초등학교 운동장에 내려앉았다. 사단장은 즉시 헌병차의 안내를 받으며 대책본부로 들이닥쳤다. 모두들 사단장 영접에 혈안이 되어 흙무당 따위는 이제 안중에도 없었다. 사단장이 자리에 앉자 대대장의 현황브리핑이 막 시작되는 순간, 왕별 두 개가 흙무당의 눈앞을 가로 막았다. 사단장이 자리에서 부스스 일어나 흙무당 앞으로 다가온 것이다.

"범인의 어머니인가?"

옆의 대대장에게 묻는다.

"그렇습니다."

"이 험한 산간벽지까지 오느라고 수고가 많았습니다. 자식을 가진 어머니로서 얼마나 마음이 아프십니까. 하지만 같이 협력해서 무고한 인질들도 무사히 구해내고 아들도 살려내도록 합시다. 젊은 애들의 집단이라 분별력이 약하여 순간적으로 발생한 불행한 사건입니다. 누가 누구를 탓하기에 앞서 우선 사람을 살려내야 합니다. 사건이 잘 풀릴 수 있도록 협조하여 주십시오. 걱정에 앞서 지혜와 슬기로 대처해야 합니다."

사단장은 흙무당의 답변을 기다리지 않았다. 들어보나마나 하다는 표정이다. 사단장이 다시 대대장에게 지시한다.

"이 분을 좀 다른 곳으로 데려가 쉬게 하지."

"옛, 알겠습니다."

흙무당은 어떤 군인이 이끄는 대로 옆에 새로 가설된 임시 의무실로 안내되었다. 들어서는 순간, 소독내가 확하고 콧속으로 파고들어왔다. 흙무당은 절에 간 색시처럼 안내원이 지시하는 의자에 가 얌전히 앉았다. 피로와 분노와 절망과 허탈이 뒤범벅이 되어 생사를 분별할 의식조차 까물거린다. 흙무당은 죽은 듯이 두 눈을 지긋이 감고 묵묵히 앉아있었다. 브리핑은 무척 길었다. 근 한 시간이 가깝도록 계속되고 있었다. 무척 심각한 이야기가 오가는 듯 했다. 브리핑이 길어지자 흙무당은 골이 뻐개지는 듯 쑤시고 입안이 소태처럼 쓰고 똥끝이 쌔까맣게 타들어가는 것 같았다. 흙무당은 순간순간 가물거리는 의식을 되찾으며, 자신을 홋되게 질책했다. 결코 이대로 주저앉아서는 안 되며, 하늘이 무너져도 솟아날 구멍은 있다는 격언을 되뇌인다. 자신의 목숨을 대신 바쳐서라도 달기를 꼭 살려야한다고 두 번, 세 번 아니 백 번 천 번 다짐하는 것이었다.

한 시간여 만에 브리핑은 결론 없이 끝나고 사단장은 이내 타고 온 비행기로 출발했다. 헬리콥터는 짜리몽땅한 사단장을 싣고 무정하게도 산 넘어 하늘로 흔적도 없이 사라져 버리고 말았다. 정오가 가까워 오면서 일반시민들이 호기심어린 시선으로 사삼오오 모여들기 시작한다. 그들은 헌병들의 강력한 제지로 저만큼 물러갔다가 되 몰려오곤 했다. 남의 불행을 목격하고 구경꺼리로 여기는 듯한 그들의 태도가 몹시 야속했다. 인질현장을 깃점으로 반경 일 킬로미터 안팎으로는 일반인들의 접근을 절대로 금지한다는 표지와 또 헌병들이 삼엄한 경비를 서고 있었다.

이때, 인질현장에서 또 두 발의 총성이 요란하게 터져 나왔다. 순간, 농가의 스레트 지붕에서 풀석하고 두 줄기 먼지가 보얗게 피어올랐다.

"저 놈의 새끼 날이 밝으니까 또 지랄하기 시작하는군."

누군가가 비관적인 목소리로 탄식했다. 그의 탄식소리가 끝나자마자 또다시 드르륵 드르륵 하고 총성이 사납게 대지를 뒤 흔들었다. 이번에는 인질현장 천장에 대고 쏘는 게 아니라, 문밖 허공을 향하여 무차별 난사를 하는 것이었다. 연이은 총격에 모두들 바짝 긴장을 할 수밖에 없었다.

이윽고 장교 한 사람이 핸드마이크를 입에 대더니 부드러운 어조로 설득을 시작한다. 다시 작전이 개시된 것이다.

"이달기 일병? 너를 낳아주시고 길러주신 어먼님이 불원천리 이곳까지 오셨다. 너는 지금 너희 어먼님께 씻을 수 없는 불효를 저지르고 있단 말이다. 지금도 늦지 않다. 어린이와 그 어머니를 석방하고 너도 무기를 용기 있게 버리고 즉시 너희 어머님 품으로 돌아와라! 그리하여 부모에 불충했음을 빌고, 너도 개과천선하여 새 삶의 지평을 열어라! 어서 무기를 버려라! 그러면 모든 죄를 씻은 듯 용서할 것이다. 너희 어머님이 옆에서 울고 계시다. 자, 봐라! 이 불쌍하신 어머님을 봐서라도 한시바삐 무기를 버리고 투항하라! 그러면 모두가 산다. 알겠나? 어서!"

흙무당은 장교가 들이대는 마이크를 잡고 정신없이 씨부렁거렸다. 하지만 흙무당의 목소리는 결코 당황하거나 울먹이는 음질이 아니었다.

"달기야? 에미여, 에미. 에미가 예까지 왔다. 너를 면혀허러 왔다. 널 볼라구 어제 밤새왔다. 이놈아. 얼릉 이리 오지 뭇혀겠남, 에미가 왔는디두 안 오구 뭣 혀구 있댜. 원제까지 그러구 있을겨, 이 불효막심헌 눔아. 달기야? 달기야? 에미여, 에미가 왔다구 이 눔아. 이 에미 보구 싶지두 안현감. 이 에미는 니가 보구 싶어 환장혈 지경이여. 이 눔아. 달기야? 어서 나와라! 달기야? 달기…."

처음으로 그의 육성이 메아리소리처럼 들려온다.

"절대로 우리 어머니에게 연락을 하지 말라고 했는데, 기어이 약속을 어기고 연락을 했구나. 할 수 없지, 이제 물은 업질러졌으닝께 막 가는 수밖에 없다. 이 ○팽이 같은 새끼들아. 어떤 눔이 불상한 우럼니를 이 쌀쌀한 추운날씨에 여기까지 데리구 왔어? 그 눔 당장 나와라! 대가리를 박살내겠다. 이놈들아, 나 하나 죽으면 깨끗허지. 어느 어머니가 자식 죽는 꼴을 보느냐 말이다. 이것은 두 번 불효를 저지르는 거다. 이제 도리 없다. 너 죽고 나 죽는 거다. 이제는 볼짱 다 봤다. 나는 우럼니가 왔다고 해서 손들고 나갈 그런 나약한 놈이 아니다. 이런 사태는 모두가 다 너희 놈들이 자초한 인과응보일 뿐이다. 나는 불쌍허게도 너희 놈들의 희생양일 뿐이다."

다시 다르륵 하고 총성이 찬란한 아침햇살을 무참히 찢어놓는다. 이 총성 앞에서는 쌀쌀한 추위도 맥을 못 추는 듯 모두의 등골에 식은땀을 흘리게 한다. 이달기 일병의 언질로 보아 어머니를 현장으로 대동한 것이 작전미스로 드러나고 말았다. 하지만 흙무당의 표정은 아들의 육성을 듣는 순간부터 굳어졌던 얼굴근육이 흐물흐물 누구러들면서 생기가 한쪽구석부터 조금씩 살아나기 시작하던 것이다. 그것은 아들을 살릴 수 있다는 나름대로 불확실한 자신감이지만, 조금은 희망이 싹트기 때문이었다. 흙무당이 다시 마이크를 잡고 조금 전보다도 더욱 침착한 어조로 말한다.

"달기야. 에미 말 귀담어 들어라! 이러면 절대루 뭇 쓴다. 시상에서 젤루 큰 죄가 목숨을 아서가는 죄랴. 내가 맨날 귀에 못이 백히두룩 말했잖은감. 길바닥에 기어 다니는 버러지 한 마리두 죽이면 뭇 쓴다구 말여. 그런디, 그런디 항차 사램을 죽인다구? 그것은 하눌이 무너질 소리여. 사램을 죽여서는 뭇 쓴다구 달기야. 얼릉 총칼 버리구 에미 품으루 와라! 시상에 너같이 순하디 순한 놈이 이게 무신 짓이랴. 꿈은 자다가나 꾼다지, 안 되어 안 되구 말구. 이런 일은 생시에 벌어질 수가 웁는디, 그쟈? 달기야! 앞이 구만리 같은 니 목숨을 이런 시시헌 일루 혀서 하루살이처럼 버려서야 쓰겄남. 어서 에미말 들어라. 이 백일청청 하에 하눌님이 널 네려다보구 있구먼, 달기야? 달기야?"

"엄니두 그 놈들한티 단단히 세뇌를 당허셨구먼유. 엄니두 내말 안 듣구 그 눔들 편에 서서 자꾸 귀찮게 굴면 쏠거유."

이달기 일병은 제물에 사투리를 구사하며 점점 난폭하게 나온다. 거의 이성이 마비된 듯 하였다. 하지만 흙무당은 숨겨진 묘책이라도 있는 듯 주위사람들의 절망하는 탄식과 표정과는 달리 여유가 있어 보인다.

"달기야? 니가 환장했구나, 에미두 무루구 쏴봐라! 나를 쏴서 쥑이구 너두 죽어라 이 눔! 하눌이 무섭지두 않으냐, 이 눔 어서 쏴라, 쏴봐라! 불효막심현 눔."

"엄니? 어서 집으로 돌아가셔유! 어서 가서 엄니가 젤루 좋아허는 흙공부나 허유. 엄니, 안가면 더 큰일나유. 엄니? 흑…흑…소원이 있슈. 조 일병, 그 새끼를 얼릉얼릉 이리로 보내줘유. 그 새끼를 쏴 쥑이구 나두 죽으면 일은 깨끗이 끝나유. 그렇지 않으면 여기 어린애와 어린애 어머니를 쏴 죽이구, 그 쪽으로 달려가서 인사계 선임하사 눔도 죽이구 말꺼유. 인사계 선임하사 눔 그 눔 눈물 젖은 돈 쳐먹구 휴가순번도 바꿔놓구, 내가 가서 항의 허닝께 시치미를 떼구 되려 쪼인트를 깐 눔이 예유. 선임하사 그 눔 쌍판대기만 생각혜두 게욱질이 나요."

다시 총성이 세 발 울렸다. 이달기 일병의 절규는 계속되었다.

"인사계 선임하사 그 눔, 시굴 출신들은 제 발꾸락의 때만큼도 여기지 않고, 도회지 졸부들 새끼 앞에서는 아양이나 떨어 술잔이나 얻어 쳐먹구 용돈을 집어넣어주는 새끼들한테는 외

박중을 떼주구, 또 똑똑현 대학생 사병 앞에서는 쩔쩔매는 쓸
개 빠진 눔이라구, 아니 인두겁을 썼으닝께 사람새끼지 개돼지
만두 뭇헌 눔이라구. 선임하사 너두 이 눔, 조 일병과 같이 나
왔! 나와서 이 나의 정의의 총알을 먹고 그 맛이 단지 쓴지 아
픈지 맛 좀 가려봐라! 이 무도한 놈아, 나왔! 어서!"

다시 총성이 삼발점사로 다르륵 하고 울렸다. 총성이 여운을
남기고 사그러들자 주위는 웬지 물을 끼얹은 듯 조용하다. 선
임하사의 비리에 대하여 아는 사람은 다 알고 있는지라, 그의
잔인무도한 행위가 백일하에 폭로되는 것을 경악하면서도 일
방 침묵으로 긍정하는 듯 하였다. 사람만이 아니었다. 산새들
도 들쥐조차도 숨을 죽이고, 이달기의 토혈하는 절규를 경청하
는 듯 하였다.

"어서 조 일병 개새끼를 내 보내라! 한 시간 내에 내 보내지
않으면 어린이와 어머니를 쏘고 그리로 달려가 조 일병과 선
임하사를 죽이고 나는 장렬하게 전사한다. 어제 새벽 동초교대
때 조일병 개새끼를 쏴죽이지 못한 것이 일생일대의 실수였다.
염라대왕한테 가서도 어제 새벽의 실수를 용서받지 못하고 염
라대왕으로부터 또 기합을 받을 것을 생각허니 참말로 오금이
저리다. 야? 이 개○도 아닌 새끼들아. 나는 이미 죽은 몸이다.
그리 알구 우럼니 빨리 고향으로 돌려보내라! 그렇지 않으면
모조리 쏴 죽일테다. 피도 눈물도 없는 눔들아, 위떻게 어머니
가 자식 죽는 현장을 보느냐 말이다. 그것은 도저히 사람으로
서 할 짓이 못된다. 한마디로 그것은 이 세상에서 가장 잔혹한
형벌일 것이다. 너희는 부모두 없느냐? 이 날벼락을 맞을 눔들
아…."

이달기 일병은 악이 극에 다다른 듯 하였다. 그가 이렇게까지 흥분하게 된 것은 어머니를 현장에 투입한 것이 결정적인 요인으로 작용한 것이 분명하다. 그래서 연대장과 대대장간에 왜 말을 안 듣고 어머니를 데려왔느냐는 책망의 목소리도 간헐적으로 새어나왔다. 그러자 대대장은 연석회의의 결정에 따랐을 뿐이라고 책임을 떠넘기기도 했다. 아무리 떠들어봐야 소 잃고 외양간 고치는 격이었다.

연대장이 화를 삭이면서 마이크를 치우라고 지시했다. 다시 조용해진다.

이달기 일병이 간밤을 하얗게 새운데다 어머니의 출현까지 겹쳐 몹시 흥분상태라 그 흥분을 가라앉히기 위해서는 더 이상 자극을 주지 않는 것이 좋다는 수뇌부의 지시에 따라 일체의 작전을 중지키로 한 것이다. 어느 장교가 흙무당의 팔을 잡아당기며 실내로 들어가자고 했지만, 흙무당은 태산처럼 요지부동이었다.

헌병들이 혈안이 되어 일반시민들을 쫓은 탓인지 구경꾼도 현저하게 줄어들었다.

정각 열 시가 지났는데도 쌍방에서는 여전히 꿀 먹은 벙어리였다. 혹시 이달기 일병이 잠을 자는 것이 아닌가하고 첨병들이 접근하여 망원경으로 동태를 탐색했지만, 그때마다 놈은 용케 알아차리고 기지개를 펴면서 대응태세를 취한다고 했다. 수뇌부에서는 그의 빈틈없는 경계태세에 고개를 절레절레 내흔들었다.

그런 과정을 샅샅이 목격하며 흙무당은 그 자리에 올올(兀兀)이 선채 인질현장을 무섭게 노려보고 있었다. 정오가 되자 하늘이 점점 잿빛으로 변하고 있었다. 금방 눈발이 휘날릴 것만 같다. 예정대로 다시 작전이 개시되었다. 시간이 갈수록 분위기는 살벌해지고, 장병들의 얼굴마저 살기로 번득이고 있었다. 아마도 수뇌부에서는 더 이상 시간을 끌지 말고, 작전을 종결하라는 명령이 떨어진 듯 장병들은 긴장한 채 더욱 기민하게 움직이고 있었다.

이번에는 대대장이 마이크를 잡는다.

"이 일병? 나 대대장이다. 좀 진정이 되었나?"

"……."

"빨리 무기를 버려라! 그러면 네가 원하는 대로 해 주겠다. 조 일병, 그 놈은 이미 영창에 갇혀있는데, 네가 무기를 버리면 조 일병 그 놈을 네 앞에 꾸러 앉히고 네 마음대로 기합을 넣든 죽이든 맘대로 하란 말이다. 그리고 인사계 선임하사도 네 앞에서 묵사발을 만들겠다. 대대장이 거짓말하는 것 봤나? 마지막으로 인간적 차원에서 호소한다. 여기 계신 너희 어머님을 생각해서라도 어서 무기를 버리고 나와라! 이것은 준엄한 하느님의 명령이다. 지금 하느님이 너를 내려다보고 계시다. 하느님의 뜻을 거역하면 죽어서도 혹독한 심판을 받는다. 자, 어서 무기를 버리고 나와라! 하늘의 뜻이다."

하지만 이달기 일병의 반응은 시종여일 했다.

"웃기구 자빠졌네. 나도 군대 짠밥 다섯 달째다. 그런 감언이설에 넘어갈 줄 아나. 대대장도 똑똑히 알아두라! 지금 내무반이 어떻게 돌아가고 있는지 알기나하나. 변죽만 긁지 말구 속을 알란 말이야. 내무반에서는 소대장도 중대장도 고참들 앞에서는 고양이 앞에 쥐란 말야. 형식적인 점호가 끝나면 무슨 일이 벌어지는지 상상도 못한다니까. 소대장 중대장 말에도 고참들은 코방귀를 뀐다구. ○팽이 같은 고참병들이 날보구 십리나 되는 사창리까지 가서 족발과 소주를 사오라지 않나, 어떤 ○팽이는 내게 동초를 맡기고 ○방아 찧으러 삼거리까지 나가질 않나. 아침에는 세수물, 저녁에는 발 닦을 물을 거냉해서 바치질 않나. 양말 내복 다 빨아대고, 조석으로 나는 굶어도 밥해 바치고 그러고서도 저희들 비위에 조금만 거슬려도 죽잖을 만큼 두둘겨 패질 않나, 이게 무슨 군대여? 개판이지. 이북 놈들 하나두 탓헐 것 없어. 이북수용소라나 워디두 여기 내무반보다는 천국일 거다. 나 같은 낮은 땅개들은 철책선에 들어가기를 얼마나 원하는지 알기나 해? 이래 가지구 무슨 전쟁을 해서 승리한다고 큰 소리 치는 거야. 두고 보라구, 전쟁이 나는 즉시로 인민군의 밥이 될 터이니… 희떠운 소리 굶어터지기 전에 어서어서 냉수 마시구 속 차렷. 큰 코 다치기 전에 이것은 죽어가는 한 땅개의 진솔한 충고라구. 나는 애국자야, 그러니까 내 손으로 선임하사, 조 일병 같은 놈을 처단하겠다 이거야. 군인이 썩으면 나라가 흔들린다구, 고사성언이여. 이 머저리 같은 눔들아."

모든 장병들이 경악과 실소를 머금고 있었다. 그러나 어떤 초급장교는 고개를 끄덕이며 긍정과 반성의 기색이 엿보이기도 한다.

"이 일병?"

"나는 이제 이 일병이 아니다. 이달기다. 이 ○팽이 같은 놈들아. 나도 이제는 지쳤다. 지금 살고 있는 것이 죽음보다 훨씬 고통스럽다. 더 이상 기다릴 수가 없다. 앞으로 에누리 없이 한 시간이다. 그때까지 조 일병 그 새끼 이곳으로 안 보내 주면 여기 모자를 쏴죽이고 이 수류탄을 까들고 너희들 진중 으로 뛰어들어 같이 폭사하겠다. 이 이상 기다림은 정말 무의 미하다.”

“이 일병, 너 지금 배고프지?”

“여기 먹을 것이 지천이다. 쌀도 가마니로 있고, 김장김치도 독에 가득하다. 쥔아주머니가 사람이 좋아 조석으로 밥을 푸짐 허게 지어주어 배가 터질 지경이다. 이대로라면 한 달도 더 버 틸 것 같다. 다만 술이 기맥히게 먹고 싶다.”

“소주 한 병 보내줄까?”

“야? 마지막까지 사람 웃길 거냐?”

다시 총알이 퓽 하고 날아온다. 모두가 그 자리에 납작 엎드 렸지만 흙무당은 눈썹하나 까닥하지 않고 그냥 장승처럼 서 있었다. 시간이 흐를수록 해결의 기미는 보이지 않고 비관적인 국면으로 점점 치닫는 것 같았다. 이때, 삼십대 중반의 건장한 사나이가 제지선을 무차별로 뚫고 앞으로 달려온다. 그리고 그 는 아내와 자식을 살려내라고 처절하게 울부짖는다. 이곳 지방 공무원인 그는 도청소재지 춘천에서 연수도중 청천에 벽력같 은 소식을 접하고 황급히 달려왔다는 것이었다. 정말 눈뜨고 볼 수 없는 한가정의 참혹한 비극의 현장을 목도하고 너도나 도 같이 눈시울을 적신다. 그 사람은 즉각 헌병들에게 끌려 어 디론가 사라지고 말았다. 다시 주위가 조용해지자 이번에는 연 대장이라는 사람이 신중하게 마이크를 입에 대었다.

“사람이 어떻게 사느냐도 중요하지만 그것보다 죽을 때 어 떻게 죽느냐는 것도 사는 것 못지않게 중요한 일이다. 네 말대로 세 사람이 한꺼번에 폭사한다면 그것은 한마디로 천인공노할 개죽음이다. 또 네가 마음을 돌려 무고한 어린이와 그의 어머니를 돌려보내고, 너만 죽는다면 그런대로 의로운 죽음이 될지도 모른다. 반대로 무기를 버리고 용서를 구하여 국가에 다시 충성하고 부모님께 효도하고 결혼하여 아들딸 낳고 한 가정을 순리대로 유지하며 살다가 제 주어진 명(命)을 다 하고 죽는다. 이중 그래 어떤 죽음을 선택하겠느냐?"

"달밤에 매화타령 고만 불러라, 귀찮다. 나는 내 손으로 조일병 그 새끼 죽이기 전에는 무슨 말도 들리지 않는다. 한시바삐 조 일병을 죽이고, 그리고 술 한 잔 각하고 잠을 푹 자고 싶다. 그뿐이다. 긴말이 필요 없다. 어서 조 일병과 선임하사 눔을 내 놔라! 최후 통고다. 더 기다릴 이유가 없다."

"사나이대 사나이의 약속이다. 인질만 풀고 나오면 너 소원대로 다 해 준다. 술도 싫건 마시고 잠도 푹 잘 수 있다. 그리고 조 일병 인사계 선임하사 모두 너 앞에서 사과를 하게 하고 의법 처단한다. 이런 만족할 수 있는 조건을 너가 끝내 거부하고 범법한다면 방법은 하나밖에 없다. 너를 낳고 길러주신 너의 어머님 면전에서 천륜을 어기고 너는 죽어야만 하는 거다. 너의 그 불효는 죽어서도 씻지 못할 것이다. 세상에서 가장 무서운 중죄를 너는 짓고 있는 것이다. 이 연대장이 목숨을 너와 같이 걸고 약속한다. 무기를 버리고 어머니 품안으로 돌아오면 맹세코 용서한다. 어서 무기를 버리고 나와라! 이것은 하느님의 지엄하신 명령이시다. 이 일병? 어서 무기를 버려라! 너희 어머님이 사뭇 울고 계시다. 시간이 없다. 어서 무기를 버려라! 우선 생명부터 건지고 잘잘못을 따지자 이 일병? 어서…."

"나는 이미 모든 것을 포기했다. 이래 죽으나 저래 죽으나 한번 죽는 것은 똑같다. 사람은 죽으면 그것으로 끝이다. 아무런 기억이 아니 생각이 없는 것이 죽음이다. 지옥이 어디 있고 천당이 뭐 말러 비틀어진 것이냐? 졸음이 온다. 졸다가는 정말 개죽음허기 십상이다. 더 졸음이 오기 전에 조 일병 개새끼 내보내라. 지금부터 정확히 삼십분 내다. 그러면 여기 인질을 풀 것이다. 천만금보다도 귀중한 삼십분이다. 삼십분만 넘으면 아무것도 더 기대하지 말라. 귀찮다. 술이 먹구 싶다. 살아있는 동안에 총알이나 다 소비하자."

드르륵 하고 또 총성이 날카롭게 귀바퀴를 긁어댄다. 최후의 발악을 하는 듯 하다. 이때, 사람들의 간담을 서늘케 하는 돌발사건이 벌어졌다. 장승 같이 서 있던 흙무당이 연대장에게로 날쎄게 달려들더니 연대장이 쥐고 있는 핸드마이크를 거칠게 빼앗은 것이었다. 그리고 왼손으로 흘러내린 치맛자락을 거머쥐며 아들을 부른다.

"달기야? 이 눔아? 에미다, 에미여. 너를 열 달 동안 뱃속에 넣구, 그리구 낳아서 진자리 마른자리 골라가며 세상에 젤루 내 목숨보다두 널 더 소중스리 키웠다. 그런 에미에게 효도는 뭇혈망정 총알루 보답혀라느냐? 이 눔아. 이 불효막심헌 눔아. 아이구 달기야 내 자식 달기야? 에미다."

"……."

이때, 잿빛 하늘에서 드디어 눈발이 흩날리기 시작했다. 기상 조건으로 보아 대설이 내릴 것만 같다. 흙무당은 입술에 앉은 눈발을 핥으며 하늘을 힐끔 올려다본다. 그리고 말한다.

"그래 쏴봐라! 자식이 에미한티 쏘는 총알 맛이 단지 쓴지 아픈지 맛 좀 보자…."

"……."

"워찌시 말이 웂다?"

"엄니? 어서 가유. 가서 흙공부나 헤유. 엄니두 소용 없슈. 흙공부를 허라구, 상가시게 헤서 흙공부를 안 헐라구. 군대에 와서 이렇게 망헌거유. 어서 가유! 보기 싫어유. 그러니 불효자식 더 생각혀지 말어유. 미워유. 하나님도 아버지도 엄니도 누이들도 다 미워요. 엄니는 삼순이 누이만 이뻐허구 자식들 모두 미워헸슈. 그 지긋지긋한 흙공부 않는다구유. 자식헌티 총맞어 죽기 전에 어서가유. 자꾸 그러면 엄니구 뭐이구 사정없이 갈겨 버릴거유. 빈말이 아뉴. 나는 이미 죽은 몸이유. 내 정신이 완전히 지워지기 전에 조 일병 그 새끼와 선임하사 눔 죽이기 전에는 여기서 한 발자욱도 못 움직여유 참말유. 자식 돼지는 비참한 꼴 보지말구 어서 가유!"

또 다다닥 하고 총성이 세 번 울린다.

웬일로 이번에는 흙무당의 가슴이 철렁하고 뛰었다. 흙무당은 정말 놈이 인질을 쏘고 자신도 죽나보다고 생각한다.

"이놈아 내가 니게 흙공부를 시키려고 현 것은 널 사람 만들라구 현 짓이여. 니가 에미 말대로 흙공부를 열심으루 혔으면 오늘날 이 지경까지는 안 되얐을 거다. 그래 에미 잘못이여. 어서 에미부터 죽이구 죽어라! 마지막 소원이다."

흙무당은 가슴을 조리면서 달기의 반응을 기다린다. 하지만 그의 대답은 본질로 나왔다.

"이제 앞으로 이십 분이다. 이십 분 내에 조 일병과 인사계 선임하사 그 새끼들 이곳으로 보내지 않으면 만사는 끝장이다. 더 이상 말 걸지 말라! 엄니도, 연대장도, 대대장도 밉다. 아니 죽이고 싶다. 그럼 다음에 저승에 가서 보자. 내가 먼저 가서 좋은 자리 잡어 놓고 기다리겠다. 저승에서 서로 웃는 낯으로 만나고 싶으면 조 일병 새끼 빨리 보내라!"

"이 눔아 달기야? 참새는 죽어두 쩩한다구 혔다. 죽기루 작정혔다면 무신 말은 뭇혀겄냐. 허지만 아무 죄두 웂는 어린이와 그 엄니는 뭣 땜에 죽인다능겨, 그래. 이 눔아 그런 참혹한 죄를 짓고 죽으면 저승에두 뭇 간다. 하여간 나는 내발루는 집에 뭇 간다. 니가 날 안쬑이구 가면 나는 헛바닥이라두 깨물구 죽어 니 뒤를 따러갈 것이여. 어서 이 에미 먼저 쏘구 니두 죽어라! 이 눔아. 내가 니를 워떻기 낳아서 키웠는지 알기나 혀남. 무른다구 물러. 하눌이나 알구 땅이나 알지 아무두 무른다. 이 눔아."

"우럼니 하늘타령, 흙타령 또 나오네. 허허… 히히….”

그의 오열소리가 하늘을 찌른다.

"니가 좋아하는 고구마를 싸가지구 왔다. 에미랑 같이 묵어 볼라남?"

"히… 히…. 우럼니두 대대장과 똑같은 소리 허네. 불쌍한 우럼니를 데려온 눔이 어떤 눔이냐, 그 눔도 그냥 놔두지 않을 거다. 하하… 하하….”

그는 완전히 미치광이가 된 듯 싶었다.

모든 장병들이 쓴 웃음을 지린다.

연대장이 다시 말한다.

"네가 정한 시한이 앞으로 불과 십여분 밖에 남지 않았다.

이제 군에서도 더 이상 지체할 수가 없다. 네가 끝까지 반인륜적 반도덕적 행위를 계속하는 한 군은 작전상 기다릴 수가 없다. 이 일병? 마지막으로 대대장이 참맘으로 호소한다. 생명은 하느님이 주신 지고(至高)의 선물이다. 그 귀중한 생명을 스스로 끊는다는 것은 하느님께 엄청난 죄를 짓는 것이다. 그러니 즉시 인질을 풀고 너도 무기를 버리고 나와라! 그러면 모두가 다 무사할 것이다. 네가 약속한 시간이 불과 십여 분밖에 남지 않았다. 십여 분이 가고나면 만사는 끝나고, 너는 돌이킬 수 없는 대 죄인이 되어 하느님의 심판을 받게 될 것이다. 마지막 당부다. 너를 낳아서 길러주신 너의 어머니를 봐서라도 극한적인 행위를 중단하고, 어서 무기를 버리고 인질을 풀어라! 이것은 대대장의 말이 아니고 전지전능하시고 거룩하신 하느님의 말씀을 대신 전하는 거다."

"대대장 웃기고 있네."

"이달기 일병? 최후 순간이 다가오고 있다."

대대장은 상부로부터 최후작명을 받은 듯 그의 어투는 단호했고, 또한 결기가 차 있었다. 시간은 지체 없이 흘러갔다. 모든 장병들은 이미 순리적인 해결을 포기하고 최후의 일전을 초조하게 기다리고 있음이 분명했다. 시간이 임박해진 듯 주위는 더욱 어수선해지기 시작했다. 최전방의 수색대 요원들이 완전군장을 갖춘 채 속속 도착했다. 그들로 하여금 인질현장을 덮칠 작전인 듯 싶었다. 정말 숨 막히고 긴장이 고조되는 순간이었다.

이때, 전혀 뜻하지 않은 사건이 발생했다. 사건의 돌아가는 상황을 참담한 표정으로 지켜보고 있던 흙무당이 우직스럽게 경비병들의 제지선을 한달음에 뚫고 주저없이 인질현장으로 내달린다. 흙무당은 앞가슴을 풀어헤치고 똑 신들린 무당처럼 천방지축으로 뛰어간다. 풀어헤친 가슴에는 똑 황소불알만한 젖통 두 개가 흙무당의 움직임에 맞춰 털럭거리고 있었다. 그 젖통이가 하도 크고, 징그러워 몇 사람은 외면까지 했다. 경비병들이 민첩하게 흙무당을 쫓아갔지만, 인질 현장과의 사정거리권이라 상부의 지시로 그들은 흙무당을 놓친 채 되돌아 나왔다. 흙무당은 이미 죽음을 각오한 듯 아주 의연하게 다가가고 있었다.

"드르륵… 드르륵…."

탄환이 흙무당 머리위로 뿅뿅 날아가고 있었다. 일종의 위협사격이었다. 지금 이달기 일병의 눈에는 자신을 낳아 길러준 어머니도 적으로 보일 수밖에 없는 절박한 상황이었다. 그는 순간적으로 분별력을 상실하면서 갑자기 조용해졌다. 그에게 부여된 시간이 일시에 정지된 듯 했다. 그리고 이 세상에서 가장 고독한 사람으로 전락한 것이다. 어느 누구도 이달기 일병의 편을 드는 사람은 지구상에 단 한사람도 존재치 않았다. 다만 흙무당만이 이 고독한 이달기 일병의 목숨을 담보하기 위하여 역시 홀로 고독한 몸부림과 절규를 외치고 있는 것이다. 그럼에도 고독한 아들이 고독한 어머니의 가슴을 향하여 총탄을 쏘아대고 있다. 고독한 어머니는 그 총알을 맞고 기꺼이 죽겠다고 접근해가는 차마 눈뜨고 볼 수 없는 인간 최후의 참상이 백주에 버젓이 연출되고 있는 것이다. 어쩌면 이것은 연극이었는지도 모른다. 하느님이 창조한 인간들이 이성과 윤리 도덕, 상식을 뛰어넘은 본연의 연극인지도 몰랐다.

후방에서 장병들이 빨리 되돌아오라고 어기차게 고함을 쳤지만 그 소리가 흙무당의 귀에 들어올 리가 없었다. 다시 총소리가 탕, 탕, 탕 세 번 울렸지만, 흙무당은 눈썹하나 까닥하지 않았다. 그리고 만취한 사람처럼 현장으로 점점 다가간다. 시시각각으로 위험수위가 차오른다. 어느 순간에 이달기 일병의 총알이 흙무당의 젓가슴을 뚫을지 예측할 수 없는 아슬아슬한 순간이었다. 다시 총소리가 터져 나온다. 이때, 흙무당의 절규가 역풍을 타고 또렷이 들려온다.

"오냐, 쏴라! 이 에미의 젖을 가누구 쏴라! 여기가 바루 숨통이여. 쏴라! 자식 눔이 쏘는 총알 맛을 한 번 맛 좀 보자. 단지 쓴지 아푼지 이 눔아, 사램이 한 번 죽지 두 번 죽는다드냐. 어서 쏴라! 이 눔아."

흙무당은 축 늘어진 젖통이를 두 손으로 움켜쥐고, 힘껏 흔들며 소리친다.

"어서 쏴라! 총알 맛 좀 어서보자, 쏴라!"

"쏠거윳!"

"쏴봐라! 이 눔아, 어서 쏴라! 에미를 죅이구. 저 죄 웂는 어린거와 그 에미를 살려야 헌다. 날 죅이구 어린 것은 살려줘라! 이 눔! 하눌이 내려다보구 흙이 널 지켜보구 있다. 쏴봐라! 니가 여덟 살까지 빨어 먹던 이 젖통을 니 손으루 죅여 봐라! 진자리 마른자리 골라가며 여덟 살까지 젖을 물려 키웠더니만, 이 눔아 그 은공을 총알루 갚는다능겨? 천하에 못된 눔 같으니라구. 이 눔아 어서 쏴라! 자식 눔이 쏜 총알이 진꿀같이 단지, 소태같이 쓴지 어서 맛 좀 보자 이 눔아."

그랬다. 국민학교 입학할 때까지 달기는 흙무당의 젖꼭지를 입에서 놓지 않았다.

달기가 돌이지나 네 살이 되어도 어찌된 노릇인지 흙무당은 후속타가 없었다. 그때, 흙무당은 아들이든 딸이든 나오는 데까지 낳을 작정이었다. 그와 같은 흙무당의 기망(祈望)과는 영판 달리 잉태가 될 듯 될 듯 하면서도 좀처럼 이루어지지가 않았던 것이다. 아들을 하나만 더 낳고 싶은 끊임없는 욕망에서 흙무당은 남편 준보를 억지춘향으로 자주 접촉하면서 아들 낳기를 기도(企圖)했지만, 매번 속절없이 허사로 그치고 말았다.

후속타가 없자, 건강이 좋은 흙무당의 젖줄은 마를 줄을 모르고 생수처럼 솟아났다. 유질(乳質)도 소위 참젖이라 아이의 건강과 발육도 최상이었다. 흙무당은 다음 아이가 생길 때까지 기존의 아이나 싫건 빨려 건강하게 키운다며 저 먹고 싶도록 빨렸던 것이다. 하지만 아이가 다섯 여섯 살이 되어도 잉태는 종무소식이었고 젖줄은 끊기질 않았다. 이 덕분에 달기는 티없이 무럭무럭 자라났다. 흙무당은 외아들이 될지도 모른다고 생각하며 놀고 있는 녀석도 끌어다가 젖꼭지를 물려주곤 했다. 그래서 놈은 일곱 살이 되어도 젖꼭지를 놓지 않았다. 밖에서 또래들과 신나게 놀다가도 젖 생각이 문득 떠오르면 슬그머니 집안으로 들어와 칭얼거렸다. 혹시 마실꾼이라도 있으면 녀석은 어머니의 치맛자락을 슬쩍 잡아당기는 것이었다. 말하자면 젖을 좀 달라는 신호였다.

흙무당이 녀석의 의도를 즉각 눈치 채고 마실꾼들의 눈을 피하여 뒤란으로 가면 녀석은 강아지처럼 졸졸 따라와 한참씩 젖을 빨아먹고서는 다시 밖으로 뛰쳐나가 놀곤 했었다.

녀석이 국민학교에 입학할 무렵부터 젖줄도 자연 마르기 시작했다. 또 더 먹인다는 것도 건강에 좋지 않다는 이웃들의 조언도 있고 하여 젖꼭지에 금계랍을 발랐더니 녀석은 흙무당의 치맛자락으로 쓱쓱 닦아내고서는 누렁물밖에 안 나오는 젖꼭지를 빨다가 소가지가 치미는 듯 두 손가락으로 젖꼭지를 비틀고 잡아당기고 에미의 가슴을 짓찧고 했다. 젖이 안 나온다는 분풀이였다.

어찌어찌하다 시나브로 젖이 떨어지고서도 녀석은 사춘기 때까지 흙무당의 젖꼭지를 만지작거리며 잠들곤 했다. 그런 버릇은 성장하고 나서도 놓질 못하고 여름날 흙무당이 윗통이라도 벗고 있을라치면 놈은 축 늘어진 흙무당의 젖통이를 두 손으로 덥석 잡으면서 몇 차례 빨고서는 싱그레 웃는 것이었다. 군에 입대하던 날도 버스 정류장에서 누가 보거나 말거나 달기는 흙무당의 젖가슴을 뒤져 푹 감싸안쥐고서는 한동안 쭉쭉 빨던 중 버스 시간에 쫓겨 황급히 차에 오른 것이 바로 엊그제 일만 같다.

"이 눔아 얼릉 쏘지 않구 뭣현댜, 어서 쏴. 이 눔이 이 젖을 말여 어서 쏴 쥑여."

이달기 일병이 점령한 농가와 흙무당과의 거리는 불과 오십여 미터로 좁혀들었다. 그런데 이때, 희한한 광경이 벌어졌다. 흙무당이 쌀쌀한 날씨인데도 풀어헤친 저고리와 걷어 올린 무명내복을 홀렁 벗어 내동댕이친다. 앙상한 가슴팍에 똑 쇠불알만한 젖통이 두 개가 적나라하게 매달려 있었다. 장병들은 이 광경을 숨을 들어 마신 채 지켜보고 있었다. 아슬아슬한 순간이었다. 금방이라도 이달기 일병이 쏜 총탄이 흙무당의 가슴을 뚫고 붉은 선혈이 콸콸 쏟을 것만 같았다. 그리고 흙무당이 뒤로 쓰러질 것만 같았다. 그런 절박감이 아슬아슬하게 이어지고 있는 순간, 흙무당의 단장의 절규가 크게 울려 퍼졌다.

"달기야? 이 눔아. 에미의 젖이 안 보이느냐? 이 눔이 니가 여덟 살까지 비틀구, 꼬집구 빨던 젖이여. 이 젖이 안 보이느냐? 이눔 하눌이 무섭지두 않으냐? 이왕 죽기루 혔으니 마지막으루 소원 한 가지가 있다. 니에게 사램으루 태어나서 마지막으루 젖이나 한 번 물려보구 죽으면 쓰겄다. 죽은 사램 원두 푸는디 워쩨서 산 에미의 소원두 못 들어주느냐, 어서 나와서 입대혔던 날처럼 이 젖을 한 번만 심껏 빨어 봐라! 그러면 죽어두 아무런 한 웂겄다. 어서 이 젖 한 번 빨구 에미랑 이 자리에서 하냥 죽자. 달기야? 달기야?"

어디서 그런 목청이 울어 나오는지 산천이 찌렁찌렁 울린다. 그리고 가슴을 쩍 벌리고 서 있는 흙무당의 무인석비 같은 자세는 태산을 방불케 했다.

이때, 전혀 예상 밖의 맞고함소리가 터져 나왔다.

"술이 기차게 먹구 싶더니, 우럼니 젖을 보닝께 술보다 엄니 젖이 열 배는 더 먹구 싶네유, 히히… 히…."

이 세상에서 가장 순수한 인간의 태초의 목소리였다. 이 목소리에 장병 모두가 다 숙연해진다.

이윽고 흙무당이 현장으로 한 발짝 다가섰다. 순간, 현장 농가에서 검은 물체 하나가 묏돼지처럼 뛰쳐나왔다. 그 검은 물체는 다짜고짜 흙무당의 적나라한 가슴팍에 팍하고 안기더니 흙무당의 젖꼭지를 사정없이 빨아댄다.

수색대요원들이 비호같이 달려가 이달기 일병을 구금한다.

이달기 일병은 흙무당의 젖꼭지를 놓으면서 말한다.

"우럼니, 우럼니. 바다보다두 깊구 하눌보다두 높은 우럼니 젖맛, 하하… 하하…."

이달기 일병의 절규가 저 앞산에 가 부딪치고 되돌아온다.

◇ 저자 약력 ◇

1929년 충남 청양 출생.
1951년 해병대로 6.25 참전.
1959년 단국대학교 국어국문학과 졸업.
1959년 자유문학 '后孫'으로 추천 완료. 문단 데뷔.
1959년-1985년 서울은행, 주택은행 근무.
2001년 김天.

◇ 작품집 ◇

1979년 소설집 '아버지의 演劇"
1983년 소설집 '그래도 사랑받는 순례자'
1998년 소설집 '똥쇠' ① ② 를 펴냄

흙무당

초판 인쇄   2015년 9월 10일
초판 발행   2015년 9월 28일

지은이 : 이석배
펴낸이 : 연규석
펴낸곳 / 도서출판 고글

서울특별시 용산구 한강로 2가 144-2
등록 : 1990년 11월 7일(제302-000049호)
전화 / (02)794-4490, (031)873-7077

값 19,500원